一個地點，四種角度，360度透視單字

韓國人
天天在用的
單字地圖

U0072022

完全依所在「地點」分類單字，
一跨頁一主題，一翻開就能立即上手！

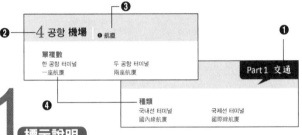

標示說明

❶ 右上角為該地點的領域：Part 1 交通 ～ Part 13 特殊場合。
❷ 左上角為該地點的中韓對照：1 捷運～ 100 戰場。
❸ 該地點的細部區域詳細介紹。
❹ 該地點的單複數、種類、同反義字、類義字、相關字等用法。

四種角度整理核心字彙

- 用四種角度來分析每一個地點的單字。可能包括的角度有：
  在這裡做什麼 (What)、在這裡有誰 (Who)、在這裡有什麼
  (Something)、在這裡的什麼地方 (Where)、如何形容這裡
  (How)、有哪些種類 (What Kind)、哪一個（Which）。
- 全書單字皆加註羅馬拼音，不需苦惱發音。

3

活用關鍵字

- 在 A/B/C/D 四個欄位中各挑選一個單字，列出中韓對照的實用短句。
- 使用的單字在框中會以不同的顏色表示，讀者可選用欄位中其他適合的單字做替換。

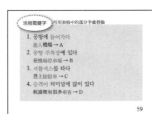

4

這些狀況怎麼說

- 圖解「光看中文很難聯想到韓文說法」的慣用語。
- 用插圖解說三個不同的狀況。
- 重點字的部分用不同的顏色標示，方便讀者對照。

5

一定要會的常用句 & 不可不學的問答句

- 超過 200 句生活與旅遊常用句，同一個句型提供多種單字或短句，讀者可自行組合替換。
- 可替換的部分以不同的顏色標示。

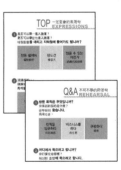

6

中文索引頁

- 同一個單字在書中會有重複出現的狀況，單字後所標示出的每一個頁碼都可以找到該單字。讀者可藉此進一步查詢相同單字在不同地點的用法。

3

欄位解說

每個單元從以下項目選用四種角度，分析這個地點會出現的所有單字

角度 1　　**What?**　　做什麼？　　____

單字內容：在該地點可能會使用到的各種動詞。

角度 2　　**Where?**　　在哪裡？　　____

單字內容：在該地點的各個精確位置。

角度 3　　**Who?**　　有誰？　　____

單字內容：在該地點可能會出現的各種人物。

角度 4　　**Something?**　　有什麼？　　____

單字內容：在該地點可能會出現的物品。

角度 5　　**What Kind?**　　哪些種類？　　____

單字內容：同一性質的物品可能有的各種分類。

角度 6　　**How?**　　如何形容？或 如何前往？

單字內容：如何形容該地點的物品，或搭乘什麼交通工具。

角度 7　　**Which?**　　哪一個？　　____

單字內容：同一物品可能會出現的各種選擇。

翻到指定頁面，
即可詳閱完整的單字列表

例 **P106 在客廳做什麼？**
눕다 躺著／켜다 打開／읽다 閱讀／보다 看 (電視)
…

例 **P60 在機場大廳的哪裡？**
짐 찾는 곳 行李認領處／체크인 카운터 登機報到櫃
檯／세관 海關／면세점 免稅商店 …

例 **P87 在十字路口有誰？**
교통 위반하는 사람 不遵守交通規則的人／보행자
行人／교통 순경 交通警察 …

例 **P433 在冰店有什麼？**
연유 煉乳／종이컵 紙杯／시럽 糖漿／나무 숟가락
小木匙 …

例 **P328 有什麼種類的圖書？**
전기 傳記／만화책 漫畫書／문학 文學／소설 小說
／잡지 雜誌 …

例 1 **P319 如何形容電腦配件？**
내부의 內部的／휴대용 可攜式的 …

例 2 **P59 如何前往航廈？**
지하철 捷運／택시 計程車 …

例 **P485 施打哪一種疫苗？**
콜레라 霍亂／홍역 麻疹／소아마비 小兒麻痺症／파
상풍 破傷風 …

 **本書使用方法**

1. 依詳細目錄，找到想查詢的地點。

Step❶ 查分類 → P8-P9

Step❷ 查地點 → P10-P15

Step❸ 查詳細地點 → P16-P35

2. 所有看得見的人、事、物…
所有看不見的想法、動作、形容詞…

What? 在 售票處 做什麼？

Where? 在 售票處 的哪裡？

Who? 在 售票處 有誰？

Something? 在 售票處 有什麼？

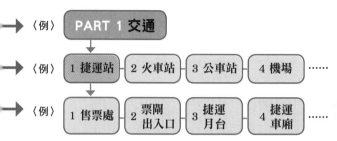

〈例〉 **PART 1 交通**

↓

〈例〉 1 捷運站 ─ 2 火車站 ─ 3 公車站 ─ 4 機場 ……

↓

〈例〉 1 售票處 ─ 2 票閘 出入口 ─ 3 捷運 月台 ─ 4 捷運 車廂 ……

通通查得到！

교환하다 兌換／넣다 投入／구매하다 購買／누르다 按壓／충전하다 儲值／…

자동판매기 自動售票機／화폐 교환기 自動兌幣機 ／안내 창구 服務台／노선도 路線圖／교통카드 충 전기 儲值機…

백패커 背包客／구매자 購買者／승객 乘客／ 매표원 售票員…

지폐 鈔票／현금 現金／동전 錢幣／충전카드 儲值 卡…

7

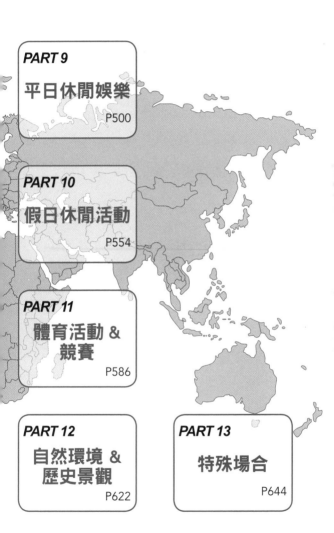

100 個大地點 Next Page

單字地圖
100 個大地點

 PART 1 **交通**

PART 2 **居家**

PART 3 **學習**

PART 4 **工作**

PART 5 **購物**

單字地圖
100 個大地點

PART 6 **飲食**

PART 7 **公共行政 & 金融機構**

PART 8 生活保健

PART 9 平日休閒娛樂

單字地圖
100 個大地點

14

PART 12 **自然環境 & 歷史景觀**

PART 13 **特殊場合**

100 個地點的放大檢視 Next Page

目錄 CONTENTS

地點 1～4 的細部區域

PART 1 交通

PART 2 居家

PART 3 學習

PART 4 工作

PART 5 購物

PART 6 飲食

PART 7 公共行政 & 金融機構

PART 8 生活保健

PART 9 平日休閒娛樂

PART 10 假日休閒活動

PART 12 自然環境 & 歷史景觀

PART 13 特殊場合

量詞計算

한 매표소
一個售票處

두 매표소
兩個售票處

A | *What*
在售票處做什麼?

- 구입하다 購買
  [gu-i-pa-da] 〈購入 -〉

- 세다 算,數
  [se-da] 〈計算 -〉

- 교환하다 兌換
  [gyo-hwan-ha-da] 〈交換 -〉

- 접다 [jeop-tta] 對折

- 이양하다 交出
  [i-yang-ha-da] 〈移讓 -〉

- 넣다 [neo-ta] 投入

- 줍다 [jup-tta] 拾起

- 구매하다 購買
  [gu-mae-ha-da] 〈購買 -〉

- 누르다 按壓
  [nu-reu-da]

- 받다 [bat-tta] 接受

- 회수하다 收回
  [hoe-su-ha-da] 〈回收 -〉

- 반환하다 退回
  [ban-hwan-ha-da] 〈返還 -〉

- 쌓이다 把…疊起來
  [ssa-i-da]

- 충전하다 儲值
  [chung-jeon-ha-da] 〈充填 -〉

B | *Where*
在售票處的哪裡?

- 자동판매기 自動售票機
  [ja-dong-pan-mae-gi] 〈自動販賣機〉

- 키패드 小型鍵盤
  [ki-pae-deu] 〈keypad〉

- 터치스크린 觸控螢幕
  [teo-chi-seu-keu-rin]
  〈touch screen〉

- 화폐 교환기 自動兌幣機
  [hwa-pye gyo-hwan-gi]
  〈貨幣交換機〉

- 분수식 식수대 自動飲水機
  [bun-su-sik sik-ssu-dae]
  〈噴水式食水台〉

- 안내 창구 服務台
  [an-nae chang-gu]
  〈案內窗口〉

- 노선도 路線圖
  [no-seon-do] 〈路線圖〉

- 종착역 終點站
  [jong-cha-gyeok] 〈終著驛〉

- 시작점 起始站
  [si-jak-jjeom] 〈始作點〉

- 교통카드 충전기 儲值機
  [gyo-tong-ka-deu chung-jeon-gi]
  〈交通 card 充電機〉

類義字

매표창구
售票口

| C | **Who**
在售票處有誰？

- 백패커 背包客
  [baek-pae-keo]
  〈backpacker〉

- 구매자 購買者
  [gu-mae-ja]〈購買者〉

- 고객 顧客
  [go-gaek]〈顧客〉

- 승객 乘客
  [seung-gaek]〈乘客〉

- 판매자 銷售者
  [pan-mae-ja]〈販賣者〉

- 매표원 售票員
  [mae-pyo-won]〈賣票員〉

- 여객 旅客
  [yeo-gaek]〈旅客〉

| D | **Something**
在售票處有什麼？

- 지폐 鈔票
  [ji-pye]〈紙幣〉

- 현금 現金
  [hyeon-geum]〈現金〉

- 동전 錢幣
  [dong-jeon]〈銅錢〉

- 신용카드 信用卡
  [si-nyong-ka-deu]〈信用 card〉

- 편도차표 單程票
  [pyeon-do-cha-pyo]
  〈片道車票〉

- 영수증 收據
  [yeong-su-jeung]〈領收證〉

- 충전카드 儲值卡
  [chung-jeon-ka-deu]
  〈充填 card〉

活用關鍵字　可用表格中的部分字彙替換

1. 손에 지폐를 접다
   對折手中的鈔票 → A

2. 화폐 교환기를 잠시 사용하지 못하다
   自動兌幣機暫停使用 → B

3. 많은 매표원
   許多售票員 → C

4. 신용카드로 표를 사다
   使用信用卡購票 → D

單複數

한 개찰구
一個票閘出入口

두 개찰구
兩個票閘出入口

| A | What
在票閘出入口做什麼？

- 막다 阻擋，擋下
  [mak-tta]

- 체크하다 檢查
  [che-keu-ha-da] 〈check-〉

- 들어가다 進入
  [deu-reo-ga-da]

- 나가다 出去
  [na-ga-da]

- 가볍게 치다 輕拍
  [ga-byeop-kke chi-da]

- 통과하다 通過
  [tong-gwa-ha-da] 〈通過-〉

- 삽입하다 插入
  [sa-bi-pa-da] 〈插入-〉

- 통과하다 穿越
  [tong-gwa-ha-da] 〈通過-〉

- 놓다 [no-ta] 放置

- 회수하다 收回（票卡）
  [hoe-su-ha-da] 〈回收-〉

- 찍다 掃描
  [jjik-tta]

- 대다 碰擦，擦過
  [dae-da]

- 접촉하다 接觸
  [jeop-cho-ka-da] 〈接觸-〉

| B | Where
在票閘出入口的哪裡？

- 입구 入口
  [ip-kku] 〈入口〉

- 출구 出口
  [chul-gu] 〈出口〉

- 디스플레이 스크린
  [di-seu-peul-le-i seu-keu-rin]
  顯示螢幕 〈display screen〉

- 위치도 位置圖
  [wi-chi-do] 〈位置圖〉

- 지불구역 付費區
  [ji-bul-gu-yeok] 〈支拂區域〉

- 디스플레이 스크린
  [di-seu-peul-le-i seu-keu-rin]
  顯示螢幕 〈display screen〉

- 스캐너 掃描器
  [seu-kae-neo] 〈scanner〉

- 티켓 배출구 車票取出口
  [ti-ket bae-chul-gu]
  〈ticket 排出口〉

- 티켓 센서 車票感應器
  [ti-ket sen-seo] 〈ticket sensor〉

- 판독 헤드 讀寫頭
  [pan-dok he-deu] 〈判讀 head〉

- 티켓 투입구 車票投入孔
  [ti-ket tu-ip-kku]
  〈ticket 投入口〉

種類

회전식 문
十字轉門

집어넣을 수 있는 갑문
可伸縮的閘門

| C | **Who**
在票閘出入口有誰？

- 성인 成人
  [seong-in]〈成人〉

- 아동 兒童
  [a-dong]〈兒童〉

- 통근자 通勤族
  [tong-geun-ja]〈通勤者〉

- 유아 嬰兒，幼兒
  [yu-a]〈幼兒〉

- 승객 乘客
  [seung-gaek]〈乘客〉

- 노인 老年人
  [no-in]〈老人〉

- 학생 學生
  [hak-ssaeng]〈學生〉

| D | **Something**
在票閘出入口有什麼？

- 단체표 團體票
  [dan-che-pyo]〈團體票〉

- 자기띠가 있는 카드 磁條卡
  [ja-gi-tti-ga in-neun ka-deu]
  〈磁氣 -card〉

- 일일권 一日票
  [i-ril-gwon]〈一日券〉

- 종이로 티켓 紙製車票
  [jong-i-ro ti-ket]〈-ticket〉

- 플라스틱으로 티켓
  [peul-la-seu-ti-geu-ro ti-ket]
  塑膠車票〈plastic-ticket〉

- 스마트카드 智慧晶片儲值卡
  [seu-ma-teu-ka-deu]
  〈smart card〉

活用關鍵字 可用表格中的部分字彙替換

1. 카드를 찍다
   掃描卡片 → A
2. 위치도를 보다
   看位置圖 → B
3. 승강장에 통근자가 붐비다
   月台擠滿了通勤族 → C
4. 일일권은 환불이 불가능하다
   一日票不可退換 → D

單複數

한 승강장
一個捷運月台

두 승강장
兩個捷運月台

| A | **What**
在捷運月台做什麼？

- 내리다 下車
  [nae-ri-da]

- 탑승하다 登上
  [tap-sseung-ha-da] 〈搭乘 -〉

- 깨어지다 打破
  [kkae-eo-ji-da]

- 전화하다 打電話
  [jeon-hwa-ha-da] 〈電話 -〉

- 끼어들다 插（隊）
  [kki-eo-deul-tta]

- 건너다 越過
  [geon-neo-da]

- 들어가다 進入
  [deu-reo-ga-da]

- 타다 [ta-da] 上車

- 멀리 하다 遠離
  [meol-li ha-da]

- 줄을 서다 排隊
  [ju-reul sseo-da]

- 앉다 [an-da] 坐下

- 서다 [seo-da] 站立

- 호루라기를 불다 吹哨子
  [ho-ru-ra-gi-reul ppul-da]

- 기다리다 等待
  [gi-da-ri-da]

| B | **Where**
在捷運月台的哪裡？

- 장벽 柵欄
  [jang-byeok] 〈障壁〉

- 방향지시표지
  [bang-hyang-ji-si-pyo-ji]
  方向指示標誌 〈方向指示標誌〉

- 고가선로 高架軌道
  [go-ga-seol-lo] 〈高架線路〉

- 엘리베이터 電梯
  [el-li-be-i-teo] 〈elevator〉

- 에스컬레이터 電動手扶梯
  [e-seu-keol-le-i-teo]
  〈escalator〉

- 비상용 긴급정지버튼
  [bi-sang-yong gin-geup-
  jjeong-ji-beo-teun]
  緊急停止按鈕
  〈非常用緊急停止 button〉

- 손잡이 扶手
  [son-ja-bi]

- 발판 [bal-pan] 踏板

- 계단 樓梯
  [gye-dan] 〈階段〉

- 철도 軌道
  [cheol-do] 〈鐵道〉

- 대기 행렬 候車線
  [dae-gi haeng-nyeol]
  〈待期行列〉

種類

담수행 방면 승강장
往淡水方向月台

동물원행 방면 승강장
往動物園方向月台

| C | Who
在捷運月台有誰？

- 엘리베이터 기사
  [el-li-be-i-teo gi-sa]
  電梯修理員〈elevator 技師〉

- 경찰관 警官　〈警察官〉
  [gyeong-chal-kkwan]

- 경비원 保安人員
  [gyeong-bi-won]〈警備員〉

- 역무원 站務員
  [yeong-mu-won]〈驛務員〉

- 거리의 악사 街頭音樂家
  [geo-ri-ui ak-ssa]〈- 樂士〉

- 위법자 違法者
  [wi-beop-jja]〈違法者〉

- 승객 乘客
  [seung-gaek]〈乘客〉

| D | Something
在捷運月台有什麼？

- 미술품 美術品
  [mi-sul-pum]〈美術品〉

- 벤치 長椅
  [ben-chi]〈bench〉

- 소화기 滅火器
  [so-hwa-gi]〈消化器〉

- 프레스코화 壁畫
  [peu-re-seu-ko-hwa]
  〈fresco 畫〉

- 소화전 消防栓
  [so-hwa-jeon]〈消化栓〉

- 조각품 雕塑品
  [jo-gak-pum]〈雕刻品〉

- 쓰레기통 垃圾箱
  [sseu-re-gi-tong]〈- 桶〉

活用關鍵字　可用表格中的部分字彙替換

1. 지하철 객차에 승차하다
   登上捷運車廂 → A
2. 엘리베이터를 타다
   搭電梯 → B
3. 거만한 위법자
   傲慢的違法者 → C
4. 역에서 소화전을 배치하다
   車站配備有消防栓 → D

單複數

한 지하철 객차
一個捷運車廂

두 지하철 객차
兩個捷運車廂

| A | **What**
在捷運車廂做什麼？

- 들다 提著，背著
  [deul-tta]

- 잡담하다 閒聊
  [jap-ttam-ha-da] 〈雜談 -〉

- 졸리다 打瞌睡
  [jol-li-da]

- 붙잡다 緊握
  [but-jjap-tta]

- 잡다 [jap-tta] 抓住

- 손잡이 扶手
  [son-ja-bi]

- 기대다 倚靠
  [gi-dae-da]

- 들어 올리다 舉起
  [deu-reo ol-li-da]

- 읽다 [ik-tta] 看書

- 쉬다 [swi-da] 休憩

- 서다 [seo-da] 站立

- 싣다 [sit-tta] 裝載

- 이야기하다 談話
  [i-ya-gi-ha-da]

- 하품하다 打呵欠
  [ha-pum-ha-da]

- 자리를 양보하다 讓（位）
  [ja-ri-reul yang-bo-ha-da]
  〈- 讓步 -〉

| B | **Where**
在捷運車廂的哪裡？

- 통로 走道
  [tong-no] 〈通路〉

- 비상구 緊急出口
  [bi-sang-gu] 〈非常口〉

- 비상문 수동핸들
  [bi-sang-mun su-dong-haen-deul]
  緊急手動開門把手
  〈非常門手動 handle〉

- 비상 인터컴 緊急對講機
  [bi-sang in-teo-keom]
  〈非常 intercom〉

- 손잡이끈 手拉環
  [son-ja-bi-kkeun]

- 확성기 廣播器
  [hwak-sseong-gi] 〈擴聲器〉

- 포스터 海報
  [po-seu-teo] 〈poster〉

- 좌석 座位
  [jwa-seok] 〈座席〉

- 노약자석 博愛座
  [no-yak-jja-seok] 〈老弱者席〉

- 열차 문 車門
  [yeol-cha mun] 〈列車門〉

- 열차 창문 車窗
  [yeol-cha chang-mun]
  〈列車窗門〉

- 빈자리 空位
  [bin-ja-ri]

種類

기관사실	객차
車掌室	旅客車廂

|C| **Who**
在捷運車廂有誰？

- 카드 소지자 卡片持有人
  [ka-deu so-ji-ja]
  〈card 所持者〉

- 운전기사 駕駛員
  [un-jeon-gi-sa] 〈運轉技士〉

- 승객 乘客
  [seung-gaek] 〈乘客〉

- 임신부 孕婦
  [im-sin-bu] 〈妊娠婦〉

- 아이를 안긴 승객
  [a-i-reul an-gin seung-gaek]
  抱小孩的乘客〈-乘客〉

- 장애인 身障人士
  [jang-ae-in] 〈障礙人〉

- 노인 老人
  [no-in] 〈老人〉

|D| **Something**
在捷運車廂有什麼？

- 소지품 隨身物品
  [so-ji-pum] 〈所持品〉

- 책 [chaek] 書〈冊〉

- 핸드폰 手機
  [haen-deu-ponn]
  〈hand phone〉

- 이어폰 耳機
  [i-eo-pon] 〈ear phone〉

- 접을 수 있는 자전거
  [jeo-beul ssu in-neun ja-jeon-geo]
  摺疊式腳踏車〈-自轉-〉

- 엠피 쓰리 플레이어
  [em-pi sseu-ri peul-le-i-eo]
  mp3 隨身聽〈mp3 player〉

- 유모차 摺疊式嬰兒車
  [yu-mo-cha] 〈乳母車〉

活用關鍵字 可用表格中的部分字彙替換

1. 서류 가방을 들고 있다
   提著公事包 → A
2. 손잡이끈을 잡다
   握著手拉環 → B
3. 임신부에게 자리를 양보하다
   讓座給孕婦 → C
4. 소지품을 좀 주의하세요.
   注意你的隨身物品！→ D

43

購票

- 편도차표 두 장 사다
  購買兩張單程票

- 교통카드를 충전하다
  加值悠遊卡

操作機器

- 버튼을 누르다
  壓下按鈕

- 터치스크린을 대다
  觸碰觸控螢幕

上火車

- 승강장 간격 주의하다
  小心月台間隙

- 열차 바닥을 밟다
  踏上列車地板

1 是否可以帶…進入捷運？
是否可以帶寵物進入捷運？
애원동물을 데리고 지하철에 들어가도 됩니까?

전동 휠체어	맹도견	접을 수 있는 자전거
電動輪椅	導盲犬	摺疊式腳踏車

2 請讓座給…。
請讓座給需要的人。
좌석을 필요한 사람에게 양보하십시오.

임신부	노약자	장애인
孕婦	老年人	身障人士

3 …會被罰款最高五千元。
吃東西會被罰款最高五千元。
음식을 먹으면 최고 5000원 벌금을 내야 합니다.

빈랑 나무 열매를 씹다	담비를 피우다	껍을 씹다
嚼檳榔	吸菸	嚼口香糖
차표를 안 사다	쓰레기를 함부로 버리다	발을 좌석에 올려 놓다
沒有買車票	亂丟垃圾	將腳放在車椅上

單複數

한 발매창구
一個售票口

두 발매창구
兩個售票口

A	**What** 在售票口做什麼？	B	**Something** 在售票口有什麼？

A | What 在售票口做什麼？

- 접수하다 接收
  [jeop-ssu-ha-da] 〈接受 -〉

- 예약하다 預訂
  [ye-ya-ka-da] 〈預約 -〉

- 취소하다 取消
  [chwi-so-ha-da] 〈取消 -〉

- 바꾸다 更改，換
  [ba-kku-da]

- 요금을 내다 付費
  [yo-geu-meul nae-da] 〈料金 -〉

- 받다 [bat-tta] 領取

- 발급하다 發行
  [bal-kkeu-pa-da] 〈發給 -〉

- 내다 [nae-da] 付款

- 보여 주다 出示
  [ppo-yeo ju-da]

- 증명하다 證明
  [jeung-myeong-ha-da] 〈證明 -〉

- 환불하다 退款
  [hwan-bul-ha-da] 〈還拂 -〉

- 선택하다 選擇
  [seon-tae-ka-da] 〈選擇 -〉

- 중지하다 中止
  [jung-ji-ha-da] 〈中止 -〉

- 뜯다 撕掉
  [tteut-tta]

B | Something 在售票口有什麼？

- 예매표 預售票
  [ye-mae-pyo] 〈預賣票〉

- 카르네 車票本
  [ka-reu-ne] 〈carnet〉

- 구매 증명서 購票證明
  [gu-mae jeung-myeong-seo]
  〈購買證明書〉

- 단체표 團體票
  [dan-che-pyo] 〈團體票〉

- 신분증 身分證
  [sin-bun-jeung] 〈身分證〉

- 식별서류 識別文件
  [sik-ppyeol-seo-ryu]
  〈識別書類〉

- 한 달치의 정기권 月票
  [han dal-chi-ui jeong-gi-gwon]
  〈- 定期卷〉

- 편도 차표 單程票
  [pyeon-do cha-pyo]
  〈片道車票〉

- 라운드 섬 패스 環島周遊券
  [ra-un-deu seom pae-seu]
  〈around-pass〉

- 왕복표 來回票
  [wang-bok-pyo] 〈往復票〉

- 정기 승차권 定期車票
  [jeong-gi seung-cha-gwon]
  〈定期乘車券〉

種類

예매 승차권 발매창구
預售票窗口

당일 승차권 발매창구
當日票窗口

| C | **Who**
在售票口有誰？

- 거지 [geo-ji] 乞丐
- 역무원 櫃檯職員
  [yeong-mu-nwon] 〈驛務員〉
- 승무원 剪票員
  [seung-mu-nwon] 〈乘務員〉
- 승객 乘客
  [seung-gaek] 〈乘客〉
- 승차권을 받는 사람 取票人
  [seung-cha-gwo-neul ppan-neun sa-ram] 〈乘車券 -〉
- 암표상 賣黃牛票的人
  [am-pyo-sang] 〈暗票商〉
- 암자원봉사자 義工
  [ja-won-bong-sa-ja]
  〈自願奉仕者〉

| D | **Where**
在售票口的哪裡？

- 자동정산기 補票機
  [ja-dong-jeong-san-gi]
  〈自動精算機〉
- 수하물 보관소 行李寄放處
  [su-ha-mul bo-gwan-so]
  〈手荷物保管所〉
- 개인 물품 보관함 寄物櫃
  [gae-in mul-pum bo-gwan-ham] 〈個人物品保管函〉
- 분실물센터 失物招領處
  [bun-sil-mul-sen-teo]
  〈紛失物 center〉
- 자동 개찰구 票閘出入口
  [ja-dong gae-chal-kku]
  〈自動改札口〉

活用關鍵字　可用表格中的部分字彙替換

1. 예약이 취소하다
   取消你的預訂 → A
2. 증명 문서를 좀 보여 주세요.
   出示你的識別文件 → B
3. 역무원이 서비스를 제공해 드리겠습니다.
   櫃檯職員將為您服務 → C
4. 자동 개찰구를 통과하다
   穿過票閘出入口 → D

2 기차역 火車站 | ❷ 火車月台

單複數

한 기차 승강장
一個火車月台

두 기차 승강장
兩個火車月台

A | What 在火車月台做什麼?

- 바이 패스 過站不停
  [ba-i pae-seu] 〈by pass〉

- 지연되다 延誤
  [ji-yeon-doe-da] 〈遲延 -〉

- 출발하다 出發，離開
  [chul-bal-ha-tta] 〈出發 -〉

- 신호기 打旗號
  [sin-ho-gi] 〈信號旗〉

- 유지하다 維護
  [yu-ji-ha-da] 〈維護 -〉

- 문의하다 詢問
  [mu-nui-ha-da] 〈問議 -〉

- 다시 시작하다 重新開始
  [da-si si-ja-ka-da] 〈始作 -〉

- 뛰다 衝，奔
  [ttwi-da]

- 운송하다 運送
  [un-song-ha-da] 〈運送 -〉

- 의지하다 求助
  [ui-ji-ha-da] 〈依支 -〉

- 기다리다 等候
  [gi-da-ri-da]

- 걷다 走路
  [geot-tta]

- 들다 提（行李）
  [deul-tta]

B | Where 在火車月台的哪裡?

- 당직 사무실 值班站長室
  [dang-jik sa-mu-sil]
  〈當職事務室〉

- 전기계량실 電錶室
  [jeon-gi-gye-ryang-sil]
  〈電氣計量室〉

- 신문 판매대 報攤
  sin-mun pan-mae-dae]
  〈新聞販賣臺〉

- 승강장 간격 月台間隙
  [seung-gang-jang gan-gyeok]
  〈乘降場間隔〉

- 승강장 갑문 月台閘門
  [seung-gang-jang gam-mun]
  〈乘降場閘門〉

- 측선 支軌
  [cheuk-sseon] 〈側線〉

- 신호소 訊號箱
  [sin-ho-so] 〈信號所〉

- 철도 軌道
  [cheol-do] 〈鐵道〉

- 터널 隧道
  [teo-neol] 〈tunnel〉

- 대기실 候車室
  [dae-gi-sil] 〈待機室〉

- 자갈돌 碎石
  [ja-gal-ttol]

種類

섬 승차장
島式月台（雙側月台）

베이 플랫폼
盡頭式月台（列車無法迴轉）

C | Who
在火車月台有誰？

- 위반자 違規者
  [wi-ban-ja]〈違反者〉

- 철도종업원 鐵路從業人員
  [cheol-do-jong-eo-bwon]
  〈鐵道從業員〉

- 역장 站長
  [yeok-jjang]〈驛長〉

- 개찰원 驗票員
  [gae-cha-rwon]〈改札員〉

- 보선공 護路工人
  [bo-seon-gong]〈保線工〉

- 열차승무원 列車組員
  [yeol-cha-seung-mu-won]
  〈列車乘務員〉

D | Something
在火車月台有什麼？

- 화물 貨物
  [hwa-mul]〈貨物〉

- 원료 原料
  [wol-lyo]〈原料〉

- 수화물 行李
  [su-hwa-mul]〈手貨物〉

- 승차권 月台票
  [seung-cha]〈乘車卷〉

- 노선도 路線圖
  [no-seon-do]〈路線圖〉

- 시간표 時刻表
  [si-gan-pyo]〈時刻表〉

- 카트 手推車
  [ka-teu]〈cart〉

活用關鍵字　可用表格中的部分字彙替換

1. 승강장으로 뛰어가다
   衝到月台 → A
2. 철도를 따라 걷다
   沿著軌道走 → B
3. 위반자에게 시벌하다
   對違規者的處罰 → C
4. 화물을 기차로 운송하다
   用火車運送貨物 → D

單複數

한 기차 객차
一個車廂

두 기차 객차
兩個車廂

|A| *What*
在火車車廂做什麼？

- 대화를 나누다 交談
  [dae-hwa-reul na-nu-da]
  〈對話 -〉

- 먹다 [meok-tta] 吃

- 동반하다 陪同，護送
  [dong-ban-ha-da] 〈同伴 -〉

- 검사하다 檢查
  [geom-sa-ha-da] 〈檢查 -〉

- 점검하다 檢驗
  [jeom-geom-ha-da] 〈點檢 -〉

- 간섭하다 干擾
  [gan-seo-pa-da] 〈干涉 -〉

- 잃어버리다 遺失
  [i-reo-beo-ri-da]

- 가동시키다 操作
  [ga-dong-si-ki-da] 〈可動 -〉

- 쉬다 [swi-da] 休息

- 보내다 發送（簡訊）
  [bo-nae-da]

- 팔다 [pal-tta] 賣

- 제공하다 供應
  [je-gong-ha-da] 〈提供 -〉

- 보여 주다 出示
  [bo-yeo ju-da]

- 자다 [ja-da] 睡覺

|B| *Where*
在火車車廂的哪裡？

- 벤치 長椅
  [ben-chi] 〈bench〉

- 침상 鋪位
  [chim-sang] 〈寢牀〉

- 불과 연기탐지기
  [bul-gwa yeon-gi-tam-ji-gi]
  火災及煙霧偵測器
  〈- 煙氣探知機〉

- 그물 선반 行李架
  [geu-mul seon-ban]

- 자유석 좌석 自由座座位
  [ja-yu-seok jwa-seok]
  〈自由席座席〉

- 난간 欄杆
  [nan-gan] 〈欄杆〉

- 지정석 對號座位
  [ji-jeong-seok] 〈指定席〉

- 화장실 洗手間
  [hwa-jang-sil] 〈化妝室〉

- 무장애 탑승구역
  [mu-jang-ae tap-sseung-gu-yeok]
  無障礙乘車區
  〈無障礙搭乘區域〉

- 커튼 窗簾
  [keo-teun] 〈curtain〉

- 흡연차 吸煙車廂
  [heu-byeon-cha] 〈吸煙車〉

種類

수하물차
行李車廂

침대차
臥鋪車廂

| C | **Who**
在火車車廂有誰？

| D | **Something**
在火車車廂有什麼？

- 백패커 背包客
  [baek-pae-keo]〈backpacker〉

- 제동수 煞車手
  [je-dong-su]〈制動手〉

- 검표원 查票員
  [geom-pyo-won]〈檢票員〉

- 표구매자 持票人
  [pyo-gu-mae-ja]〈票購買者〉

- 열차차장 列車長
  [yeol-cha-cha-jang]
  〈列車車長〉

- 기차 번호 애호자
  [gi-cha beon-ho ae-ho-ja]
  火車號碼愛好者
  〈火車番號蒐集愛好者〉

- 서류가방 公事包
  [seo-ryu-ga-bang]〈書類 -〉

- 정보 資訊
  [jeong-bo]〈情報〉

- 재활용쓰레기통
  [jae-hwa-ryong-sseu-re-gi-
  tong] 資源回收筒
  〈再活用 - 桶〉

- 쓰레기통 垃圾桶
  [sseu-re-gi-tong]〈桶 -〉

- 가방 包包
  [ga-bang]

- 버스 노선도 公車路線圖
  [beo-seu no-seon-do]
  〈bus 路線圖〉

活用關鍵字　可用表格中的部分字彙替換

1. 승차권을 검표하다
   檢查車票 → A
2. 차에는 전부 다 지정석
   全車皆為對號座位 → B
3. 친절한 열차차장
   親切的列車長 → C
4. 신문을 읽는 거로 시간을 보내다
   看報紙殺時間 → D

單複數

한 버스 정류소
一個候車亭

두 버스 정류소
兩個候車亭

| A | **What**
在候車亭做什麼？

- 내리다 下車
  [nae-ri-da]

- 타다 [ta-da] 上車

- 정차하다 停靠
  [jeong-cha-ha-da] 〈停車 -〉

- 잡다 趕上（公車）
  [jap-tta]

- 내려 시키다 讓…下車
  [nae-ryeo si-ki-da]

- 정지 신호를 하다 揮攔下
  [jeong-ji sin-ho-reul ha-da]
  〈停止信號 -〉

- 신호를 보내다 招來
  [ho-reul ppo-nae-da] 〈信號 -〉

- 도중하차 中途下車
  [do-jung-ha-cha] 〈途中下車〉

- 찾다 [chat-tta] 尋找

- 태우다 載…上車
  [tae-u-da]

- 탑승하다 搭乘
  [tap-sseung-ha-da] 〈搭乘 -〉

- 세우다 停車
  [se-u-da]

- 기다리다 等候
  [gi-da-ri-da]

- 조심하다 留意
  [jo-sim-ha-da] 〈操心 -〉

| B | **Where**
在候車亭的哪裡？

- 벤치 長椅
  [ben-chi] 〈bench〉

- 버스 벌브 公車上車處
  [beo-seu beol-beu] 〈bus bulb〉

- 버스 표지판 公車站牌
  [beo-seu pyo-ji-pan]
  〈bus 標識板〉

- 버스가 오는 빈도
  [beo-seu-ga o-neun bin-do]
  公車到站頻率 〈bus- 頻度〉

- 막대기 （站牌）杆
  [mak-ttae-gi]

- 노선도 路線圖
  [no-seon-do] 〈路線圖〉

- 노선 번호 路線號碼
  [no-seon beon-ho] 〈路線番號〉

- 네온 광고 燈箱廣告
  [ne-on gwang-go] 〈neon 廣告〉

- 조명시설 照明設備
  [jo-myeong-si-seol]
  〈照明施設〉

- 안전 유리 防碎玻璃
  [an-jeon yu-ri] 〈安全琉璃〉

- 보도 人行道
  [bo-do] 〈步道〉

- 시간표 時刻表
  [si-gan-pyo] 〈時刻表〉

- 벽보 壁報
  [byeok-ppo] 〈壁報〉

種類

정규 정차 지점
按表到站的停車站

임시 정차 지점
需揮手攔下的停車站

| C | **Who**
在候車亭有誰？

- 백패커 背包客
  [baek-pae-keo] 〈backpacker〉
- 통근자 通勤族
  [tong-geun-ja] 〈通勤者〉
- 외국인 外國人
  [oe-gu-gin] 〈外國人〉
- 현지인 當地居民
  [hyeon-ji-in] 〈現地人〉
- 관광객 觀光客
  [gwan-gwang-gaek] 〈觀光客〉
- 부랑자 流浪漢
  [bu-rang-ja] 〈浮浪者〉
- 여행자 旅客
  [yeo-haeng-ja] 〈旅行者〉

| D | **Something**
在候車亭有什麼？

- 서류 가방 公事包
  [seo-ryu ga-bang] 〈書類 -〉
- 즉시정보표시장치
  [jeuk-ssi-jeong-bo-pyo-si-jang-
  chi] 即時資訊顯示設備
  〈即時情報表示裝置〉
- 재생 이용 통 資源回收箱
  [jae-saeng i-yong tong]
  〈再生利用桶〉
- 책가방 書包
  [chaek-kka-bang] 〈冊 -〉
- 쓰레기통 垃圾筒
  [sseu-re-gi-tong] 〈- 桶〉
- 공공예술 公共藝術
  [gong-gong-ye-sul] 〈公共藝術〉

活用關鍵字 可用表格中的部分字彙替換

1. 버스에게 정지 신호를 하다
   用手揮攔下公車 → A

2. 네온 광고를 장치하다
   裝備有燈箱廣告 → B

3. 한 부랑자가 벤치에 누워 있다
   一個流浪漢躺在長椅上 → C

4. 병을 재생 이용 통에 버리다
   將瓶子丟入資源回收箱 → D

單複數

한 버스
一輛公車

두 버스
兩輛公車

| A | **What** 在公車上做什麼？

- 앉다 [an-da] 坐著
- 서다 [seo-da] 站著
- 깨어지다 打破 [kkae-eo-ji-da]
- 갈아타다 轉車 [ga-ra-ta-da]
- 통근하다 通勤 [tong-geun-ha-da] 〈通勤 -〉
- 넣다 [neo-ta] 塞進
- 운전하다 駕駛 [un-jeon-ha-da] 〈運轉 -〉
- 괴롭히다 騷擾 [goe-ro-pi-da]
- ~ 로 뛰다 跳上（車） [ro ttwi-da]
- ~ 에서 뛰다 跳下（車） [e-seo ttwi-da]
- 차지하다 佔位 [cha-ji-ha-da]
- 가동시키다 操作 [ga-dong-si-ki-da] 〈可動 -〉
- 뜯다 撕開 [tteut-tta]
- 관광 여행하다 遊覽，觀光 [gwan-gwang yeo-haeng-ha-daa] 〈觀光旅行 -〉

| B | **Where** 在公車的哪裡？

- 버스 도어 巴士車門 [beo-seu do-eo] 〈bus door〉
- 앞문 前門 [am-mun] 〈- 門〉
- 뒷문 後門 [dwin-mun] 〈- 門〉
- 차대 車身底盤 [cha-dae] 〈車臺〉
- 멈춤끈 下車鈴（繩） [meom-chum-kkeun]
- 무장애 탑승구역 [mu-jang-ae tap-sseung-gu-yeok] 無障礙乘車區 〈無障礙搭乘區域〉
- 비상 창문 출구 [bi-sang chang-mun chul-gu] 緊急逃生窗出口 〈非常窗門出口〉
- 헤드 사인 公車頭標示 [he-deu sa-in] 〈head sign〉
- 종착역 終點（站名） [jong-cha-gyeok] 〈終著驛〉
- 노선 번호 路線號碼 [no-seon beon-ho] 〈路線番號〉
- 스톱버튼 停車按鈕 [seu-top-ppeo-teun] 〈stop button〉

種類

저상버스
低底盤公車

이층버스
雙層公車

| C | **Who**
在公車上有誰？

- 버스 승무원 車內服務員
  [beo-seu seung-mu-won]
  〈bus 乘務員〉

- 버스 운전사 公車司機
  [beo-seu un-jeon-sa]
  〈bus 運轉士〉

- 검표원 查票員
  [geom-pyo-won]〈檢票員〉

- 앉아 있는 승객 坐著的乘客
  [an-ja in-neun seung-gaek]
  〈- 乘客〉

- 서 있는 승객 站著的乘客
  [seo in-neun seung-gaek]
  〈- 乘客〉

- 학생 學生
  [hak-ssaeng]〈學生〉

| D | **Something**
在公車上有什麼？

- 동전 錢幣
  [dong-jeon]〈銅錢〉

- 디젤 엔진 柴油內燃機
  [di-jel en-jin]
  〈diesel engine〉

- 요금 상자 車資收費箱
  [yo-geum sang-ja]
  〈料金箱子〉

- 이동식 소화기
  [i-dong-sik so-hwa-gi]
  攜帶式滅火器
  〈移動式消化機〉

- 스페어타이어 備用輪胎
  [seu-pe-eo-ta-i-eo]〈spare tire〉

- 환승표 轉乘券
  [hwan-seung-pyo]〈換乘票〉

活用關鍵字　可用表格中的部分字彙替換

1. 노약자석을 차지하다
   霸佔博愛座 → A
2. 스톱버튼을 누르다
   按停車按鈕 → B
3. 검표원하고 논쟁하다
   與查票員爭論 → C
4. 동전을 넣다
   投入錢幣 → D

預售票

- 전화로 예매표를 구매하다
  透過電話購買預售票
- 인터넷으로 표를 구매하다
  在線上購票

攔公車

- 버스에게 정지 신호를 하다
  揮手攔下公車
- 큰소리로 외치고 **버스를** 잡하다
  大叫攔下公車

買車票

- 거스름 사절
  恕不找零
- 차에서 요금을 내고 승차권을 구매하다
  在車上付費買車票

1 **타이베이행 급행열차 승차권을 두 장 주세요.**
請給我兩張到台北的快速車車票。
알겠습니다. 300원입니다.
好的，共三百元。

보통 열차 普通車	주요한 역만 정차하는 열차 只停大站的火車	직행 열차 直達車

2 **다음 열차가 언제 옵니까?**
下一班車哪時候來？
20분 후에 제대로 도착하겠습니다.
二十分鐘之後。它將準時到。

5 분 지연되겠습니다 將誤點五分鐘	예정 시간 보다 일찍 도착하겠습니다 將比預定時間提早到

3 **11번 버스를 이미 40분 기다렸습니다.**
我已經等11號公車等了四十分鐘了。
저도요. 아직 버스 터미널에 있을지 궁금합니다.
我也是。我很納悶它是否還在公車總站。

혹시 버스가 정차 차선에 막혔습니까？ 它是否堵在公車避車道	혹시 이 노선이 취소됐 습니까？ 是否這條路線已經被取消了

4 공항 機場 | ❶ 航廈

單複數

한 공항 터미널
一座航廈

두 공항 터미널
兩座航廈

A | What
在航廈做什麼？

- 도착하다 到達
  [do-cha-ka-da] 〈到著 -〉

- 들어가다 進入
  [deu-reo-ga-da]

- 타다 [ta-da] 上車

- 마중 나가다 接機
  [ma-jung na-ga-da]

- 신호를 보내다
  [sin-ho-reul ppo-nae-da]
  招（計程車）〈信號 -〉

- 떠나다 離開
  [tteo-na-da]

- 환영하다 迎接
  [hwa-nyeong-ha-da] 〈歡迎 -〉

- 주차하다 停車
  [ju-cha-ha-da] 〈駐車 -〉

- 태우다 接，搭載
  [tae-u-da]

- 배웅하다 為…送行
  [ppae-ung-ha-da]

- 보내다 送，送往
  [bo-nae-da]

- 탑승하다 搭乘
  [tap-sseung-ha-da] 〈搭乘 -〉

- 기다리다 等候
  [gi-da-ri-da]

B | Where
在航廈的哪裡？

- 공항 주차장 停車場
  [gong-hang ju-cha-jang]
  〈空港駐車場〉

- 자동문 自動門
  [ja-dong-mun] 〈自動門〉

- 횡단보도 行人穿越道
  [hoeng-dan-bo-do]
  〈橫斷步道〉

- 도로 경계석 道路連界
  [do-ro gyeong-gye-seok]
  〈道路境界石〉

- 대리석 타일 大理石地磚
  [dae-ri-seok ta-il]
  〈大理石 tile〉

- 지하철역 捷運站
  [ji-ha-cheo-ryeok] 〈地下鐵驛〉

- 공항 셔틀버스
  [gong-hang syeo-teul-ppeo-seu]
  機場接駁巴士站
  〈空港 shuttle bus〉

- 택시 승차장 計程車招呼站
  [taek-ssi seung-cha-jang]
  〈tax 乘車場〉

- 교통 표지 交通標誌
  [gyo-tong pyo-ji] 〈交通標誌〉

- 보도 走道，通道
  [bo-do] 〈步道〉

種類

국내선 터미널
國內線航廈

국제선 터미널
國際線航廈

| C | **How**
如何前往航廈？

- 장거리 버스 長途客運
  [jang-geo-ri beo-seu]
  〈長距離 bus〉

- 터미널 내부 열차
  [teo-mi-neol nae-bu yeol-cha]
  穿梭於航廈的列車
  〈terminal 內部列車〉

- 지하철 捷運，地鐵
  [ji-ha-cheol] 〈地下鐵〉

- 셔틀버스 接駁車
  [syeo-teul-ppeo-seu]
  〈shuttle bus〉

- 택시 計程車
  [taek-ssi] 〈taxi〉

- 전차 電車
  [jeon-cha] 〈電車〉

| D | **Who**
在航廈有誰？

- 자가용 운전사 私家司機
  [ja-ga-yong un-jeon-sa]
  〈自家用運轉士〉

- 승객 乘客
  [seung-gaek] 〈乘客〉

- 짐꾼 搬運工人
  [jim-kkun]

- 경비원 警衛
  [gyeong-bi-won] 〈警備員〉

- 여객 旅客
  [yeo-gaek] 〈旅客〉

- 관광 가이드 導遊
  [gwan-gwang ga-i-deu]
  〈觀光 guide〉

- 여행자 遊客
  [yeo-haeng-ja] 〈旅行者〉

活用關鍵字　可用表格中的部分字彙替換

1. 공항에 들어가다
   進入**機場** → A
2. 공항 주차장에 있다
   在**機場停車場** → B
3. 셔틀버스를 타다
   登上**接駁車** → C
4. 승객이 터미널에 많이 있다
   航廈裡有很多乘客 → D

59

單複數

한 공항 홀
一個機場大廳

두 공항 홀
兩個機場大廳

A | What
在機場大廳做什麼？

- 붙이다 貼上
  [bu-chi-da]

- 체크인하다 登記，報到
  [che-keu-in-ha-da] ⟨check in-⟩

- 확인하다 確認
  [hwa-gin-ha-da] ⟨確認 -⟩

- 작성하다 填寫
  [jak-sseong-ha-da] ⟨作成 -⟩

- 몸수색을 하다 搜身
  [mom-su-sae-geul ha-da]
  ⟨- 搜索⟩

- 통과되다 通過
  [tong-gwa-doe-da] ⟨通過 -⟩

- 싣다 [sit-tta] 裝載

- 받다 [bat-tta] 領取

- 구입하다 購買
  [gu-i-pa-da] ⟨購入 -⟩

- 받다 [bat-tta] 接收

- 보여 주다 出示
  [bo-yeo ju-da]

- 내리다 卸載
  [nae-ri-da]

- 무게를 달다 秤重
  [mu-ge-reul ttal-tta]

- 정산하다 計算
  [jeong-san-ha-da] ⟨精算 -⟩

B | Where
在機場大廳的哪裡？

- 짐 찾는 곳 行李認領處
  [jim chan-neun got]

- 수하물 컨베이어 벨트
  [su-ha-mul keon-be-i-eo bel-teu]
  行李旋轉道
  ⟨手荷物 conveyer belt⟩

- 컨베이어 輸送帶
  [keon-be-i-eo] ⟨conveyer⟩

- 체크인 카운터
  [che-keu-in ka-un-teo]
  登機報到櫃檯
  ⟨check-in counter⟩

- 저울 [jeo-ul] 行李磅秤

- 세관 海關出入境口
  [se-gwan] ⟨稅關⟩

- 면세점 免稅商店
  [myeon-se-jeom] ⟨免稅店⟩

- 출입국 관리소 出入境檢查處
  [chu-rip-kkuk gwal-li-so]
  ⟨出入國管理所⟩

- 금속 탐지기 金屬探測器
  [geum-sok tam-ji-gi]
  ⟨金屬探知機⟩

- 보안 검문소 安檢站
  [bo-an geom-mun-so]
  ⟨保安檢問所⟩

- X 선 기기 X 光檢測機
  [Xseon gi-gi] ⟨X 線機器⟩

種類

출국 홀
出境大廳

입국 홀
入境大廳

| C | **Who**
在機場大廳有誰？

- 수하물계원 行李員
  [su-ha-mul-gye-won]
  〈手荷物係員〉

- 세관관사 海關官員
  [se-gwan-gwan-sa] 〈稅關 -〉

- 지상 근무원 地勤人員
  [ji-sang geun-mu-won]
  〈地上勤務員〉

- 검역관 檢疫官
  [geo-myeok-kkwan] 〈檢疫官〉

- 보안 요원 安檢人員
  [bo-an yo-won] 〈保安要員〉

- 안내원 引導人員
  [an-nae-won] 〈案內員〉

- 탑승자 乘客
  [tap-sseung-ja] 〈搭乘者〉

| D | **Something**
在機場大廳有什麼？

- 탑승권 登機證
  [tap-sseung-gwon] 〈搭乘券〉

- 짐 隨身行李
  [jim]

- 운행안내판 航班訊息板
  [un-haeng-an-nae-pan]
  〈運行案內板〉

- 항공권 機票
  [hang-gong-gwon] 〈航空券〉

- 여권 護照
  [yeo-gwon] 〈旅券〉

- 여행 가방 行李箱
  [yeo-haeng ga-bang] 〈旅行 -〉

- 안내대 服務台
  [an-nae-dae] 〈案內臺〉

活用關鍵字 可用表格中的部分字彙替換

1. 항공권을 받다
   領取**機票** → A

2. 체크인 카운터 앞에 있다
   在登機報到櫃檯**前面** → B

3. 수하물계원을 찾다
   尋找**行李員** → C

4. 여권을 좀 보여 주세요.
   請出示你的**護照** → D

單複數

한 비행기
一架飛機

두 비행기
兩架飛機

A	**What** 在飛機上做什麼?

- 방송하다 廣播
  [bang-song-ha-da] 〈放送 - 〉

- 닫다 [dat-tta] 關上

- 매다 [mae-da] 繫緊

- 비행하다 飛行
  [bi-haeng-ha-da] 〈飛行 - 〉

- 공중 납치를 하다 劫持
  [gong-jung nap-chi-reul ha-da]
  〈空中拉致 - 〉

- 뒤로 젖히다 向後傾斜
  [dwi-ro jeo-chi-da]

- 떠나다 離開
  [tteo-na-da]

- 차지하다 佔用
  [cha-ji-ha-da]

- 방영하다 放映
  [bang-yeong-ha-da] 〈放映 - 〉

- 내려놓다 放下
  [nae-ryeo-no-ta]

- 뒤로 넘어가다 向後仰
  [dwi-ro neo-meo-ga-da]

- 원위치로 되돌리다 放回
  [wo-nwi-chi-ro doe-dol-li-da]
  〈原位置 - 〉

- 기내식을 먹다 吃飛機餐
  [gi-nae-si-geul meok-tta]
  〈機內食 - 〉

B	**Where** 在飛機上的哪裡?

- 객실 機艙
  [gaek-ssil] 〈客室〉

- 공중 화장실 機上廁所
  [gong-jung hwa-jang-sil]
  〈空中化妝室〉

- 짐칸 頭頂置物櫃
  [jim-kan]

- 비행기 좌석 機上座位
  [bi-haeng-gi jwa-seok-jjim-kan]
  〈飛行機座席〉

- 블라인드 遮陽板
  [beul-la-in-deu] 〈blind〉

- 버클 (安全帶) 帶扣
  [beo-keul] 〈buckle〉

- 제어반 扶手上的操縱器
  [je-eo-ban] 〈制御盤〉

- 접는 식의 테이블 摺疊餐桌
  [jeom-neun si-gui te-i-beul]
  〈- 式 table〉

- 발판 腳踏板
  [bal-pan] 〈- 板〉

- 머리 받침대 頭靠處
  [meo-ri bat-chim-dae] 〈- 臺〉

- 산소마스크 氧氣罩
  [san-so-ma-seu-keu]
  〈酸素 mask〉

- 안전벨트 安全帶
  [an-jeon-bel-teu] 〈安全 belt〉

艙等

일반석 經濟艙

비즈니스 클래스 商務艙

1등석 頭等艙

| C | Who
在飛機上有誰？

- 객실승무원 飛機組員
  [gaek-ssil-seung-mu-won]
  〈客室乘務員〉

- 부조종사 副駕駛員
  [bu-jo-jong-sa] 〈副操縱士〉

- 항공승무원 空服員
  [hang-gong-seung-mu-won]
  〈航空乘務員〉

- 스튜어드 男空服員
  [seu-tyu-eo-deu] 〈steward〉

- 스튜어디스 女空服員
  [seu-tyu-eo-di-seu]
  〈stewardess〉

- 단골 고객 飛行常客
  [dan-gol go-gaek] 〈-顧客〉

- 조종사 駕駛員
  [jo-jong-sa] 〈操縱士〉

| D | Something
在飛機上有什麼？

- 에어시크니스백 嘔吐袋
  [e-eo-si-keu-ni-seu-baek]
  〈airsickness bag〉

- 면세품 카탈로그
  [myeon-se-pum ka-tal-lo-geu]
  免稅商品目錄
  〈免稅品 catalogue〉

- 귀마개 耳塞
  [gwi-ma-gae]

- 아이 마스크 眼罩
  [a-i ma-seu-keu] 〈eye mask〉

- 헤드폰 耳機
  [he-deu-pon] 〈headphone〉

- 기내식 機上餐點
  [gi-nae-sik] 〈機內食〉

- 구명복 救生衣
  [gu-myeong-bok] 〈救命服〉

活用關鍵字 可用表格中的部分字彙替換

1. 의자 등받이가 뒤로 넘어가다
   椅背向後仰 → A

2. 발판을 원위치로 되돌리다
   把腳踏板放回原處 → B

3. 교육을 받고 있는 조종사
   受訓中的駕駛員 → C

4. 헤드폰 하나 좀 주세요.
   給我一副耳機 → D

單複數

한 공항 에이프런
一個停機坪

두 공항 에이프런
兩個停機坪

| A | *What*
在停機坪做什麼？

- 탑재하다 搭載
  [tap-jjae-ha-da] 〈搭載 -〉

- 탑승하다 登機
  [tap-sseung-ha-da] 〈搭乘 -〉

- 검사하다 檢查
  [geom-sa-ha-da] 〈檢查 -〉

- 내리다 登陸
  [nae-ri-da]

- 떠나다 離去
  [tteo-na-da]

- 제출하다 遞出
  [je-chul-ha-da] 〈提出 -〉

- 착륙하다 著陸
  [chang-nyu-ka-da] 〈著陸 -〉

- 유지하다 維護
  [yu-ji-ha-da] 〈維持 -〉

- 밀치다 向後推
  [mil-chi-da]

- 연료를 보급하다 補給燃料
  [yeol-lyo-reul ppo-geu-pa-da]
  〈燃料補給 -〉

- 수리하다 維修
  [su-ri-ha-da] 〈修理 -〉

- 이륙하다 起飛
  [i-ryu-ka-da] 〈離陸 -〉

- 끌다 拖，拉
  [kkeul-tta]

| B | *Where*
在停機坪的哪裡？

- 이동식 탑승교 空橋
  [i-dong-sik tap-sseung-gyo]
  〈移動式搭乘橋〉

- 영공 上空，領空
  [yeong-gong] 〈領空〉

- 탑승구 登機門
  [tap-sseung-gu] 〈搭乘口〉

- 버스 출입구 巴士登機門
  [beo-seu chu-rip-kku]
  〈bus 出入口〉

- 관제탑 塔台
  [gwan-je-tap] 〈管制塔〉

- 움직이는 보도
  [um-ji-gi-neun bo-do]
  自動步道 〈- 步道〉

- 램프 （上下機用）活動梯
  [raem-peu] 〈ramp〉

- 활주로 （機場）跑道
  [hwal-ju-ro] 〈滑走路〉

- 위성 탑승 터미널
  [wi-seong tap-sseung teo-mi-neol] 衛星登機航廈
  〈衛星搭乘 terminal〉

- 유도로 飛機滑行道
  [yu-do-ro] 〈誘導路〉

- 지하도 地下行人通道
  [ji-ha-do] 〈地下道〉

種類

헬리콥터 이착륙지 直昇機飛機場	개인 비행장 私人飛機場

C | Who
在停機坪有誰？

- 항공기사 飛機維修員
  [hang-gong-gi-sa]〈航空技士〉
- 비행사 飛行員
  [bi-haeng-sa]〈飛行士〉
- 여류 비행가 女飛行員
  [yeo-ryu bi-haeng-ga]
  〈女流飛行士〉
- 조종사 機師
  [jo-jong-sa]〈操縱士〉
- 연료 보급원 飛機加油員
  [yeol-lyo bo-geu-won]
  〈燃料補給 agent〉
- 공항 포터 機場行李搬運員
  [gong-hang po-teo]
  〈空港 Potter〉

D | Something
在停機坪有什麼？

- 항공기 飛機，飛行器
  [hang-gong-gi]〈航空機〉
- 비행기 飛機
  [bi-haeng-gi]〈飛行機〉
- 투광 조명등 停機坪泛光燈
  [tu-gwang jo-myeong-deung]
  〈投光照明燈〉
- 화물 貨物
  [hwa-mul]〈貨物〉
- 컨베이어 運輸設備
  [keon-be-i-eo]〈conveyer〉
- 트레일러 拖車
  [teu-re-il-leo]〈trailer〉
- 트럭 卡車
  [teu-reok]〈truck〉

活用關鍵字 可用表格中的部分字彙替換

1. 항공기 엔진을 유지하다
   維護飛機引擎 → A
2. 비행기가 활주로에 있다
   飛機在跑道上 → B
3. 조종사가 되는 꿈을 꾸다
   夢想成為一位機師 → C
4. 짐을 트레일러에 올리고 싶다
   把行李裝載上拖車 → D

單複數

한 관광안내소
一個旅客服務中心

두 관광안내소
兩個旅客服務中心

A | What
在旅客服務中心做什麼？

- 마련하다 安排
  [ma-ryeon-ha-da]

- 청구하다 要求
  [cheong-gu-ha-da] 〈請求 -〉

- 돕다 [dop-tta] 幫助

- 예약하다 預訂
  [ye-ya-ka-da] 〈預約 -〉

- 협조하다 協調
  [hyeop-jjo-ha-da] 〈協調 -〉

- 전시하다 展示
  [jeon-si-ha-da] 〈展示 -〉

- 빌려주다 把…借給
  [bil-lyeo-ju-da]

- 얻다 [eot-tta] 得到

- 이름을 불러 사람을
  찾다 廣播尋人
  [i-reu-meul ppul-leo sa-ra-
  meul chat-tta]

- 가지고 가다 拿取
  [kka-ji-go ga-da]

- 제공하다 提供
  [je-gong-ha-da] 〈提供 -〉

- 문의하다 詢問
  [mu-nui-ha-da] 〈問議 -〉

- 보다 [bo-tta] 看

B | Something
在旅客服務中心有什麼？

- 유모차 嬰兒車
  [yu-mo-cha] 〈乳母車〉

- 책자 小冊子
  [chaek-jja] 〈冊子〉

- 렌터카 租車服務
  [ren-teo-ka] 〈rental car〉

- 시내지도 市區地圖
  [si-nae-ji-do] 〈市內地圖〉

- 평면도 樓層平面圖
  [pyeong-myeon-do]
  〈平面圖〉

- 분실물품 遺失物品
  [bun-sil-mul-pum] 〈紛失物品〉

- 팸플릿 小冊子
  [paem-peul-lit] 〈pamphlet〉

- 안내서 觀光指南
  [an-nae-seo] 〈案內書〉

- 기념품 紀念品
  [gi-nyeom-pum] 〈紀念品〉

- 차표 車票
  [cha-pyo] 〈車票〉

- 관광안내서 旅遊小冊
  [gwan-gwang-an-nae-seo]
  〈觀光案內書〉

- 휠체어 輪椅
  [hwil-che-eo] 〈wheelchair〉

同義字
관광안내센터
遊客服務中心

C | Who
在旅客服務中心有誰?

- 문의자 諮詢者
  [mu-nui-ja] 〈問議者〉

- 내근 사원 櫃檯人員
  [nae-geun sa-won] 〈內勤社員〉

- 통역사 口譯員
  [tong-yeok-ssa] 〈通譯士〉

- 길을 잃어버린 어린이
  [gi-reul i-reo-beo-rin eo-ri-ni]
  走失的孩童

- 접수 담당자 接待員
  [jeop-ssu dam-dang-ja]
  〈接受擔當者〉

- 와이파이 핫스팟
  無線網路熱點
  [wa-i-pa-i hat-sseu-pat]
  〈Wi-Fi hotspot〉

D | Where
在旅客服務中心的哪裡?

- 여행책자 전시선반
  [yeo-haeng-chaek-jja jeon-si-seon-ban] 旅遊手冊展示架
  〈觀光冊子展示 -〉

- 게시판 佈告欄
  [ge-si-pan] 〈揭示板〉

- 포스터 海報
  [po-seu-teo] 〈poster〉

- 카운터 櫃檯
  [ka-un-teo] 〈counter〉

- 전시회장 展示廳
  [jeon-si-hoe-jang] 〈展示會場〉

- 기념품가게 紀念品店
  [gi-nyeom-pum-ga-ge]
  〈紀念品 -〉

活用關鍵字 可用表格中的部分字彙替換

1. 지도를 보다
   看地圖 → A

2. 휠체어를 대여하다
   借輪椅 → B

3. 문의자에게 물어 보다
   詢問諮詢者 → C

4. 기념품가게를 여기저기 보다
   隨意瀏覽紀念品店 → D

櫃檯報到

◆ 짐 위에 꼬리표를 붙이다
把標籤固定在行李箱上
◆ 여권을 보여 주다
出示護照

登機

◆ 탑승하다
登機
◆ 탑승권을 제출하다
遞出登機卡

準備用餐

◆ 등받이를 수직으로 하다
豎直椅背
◆ 쟁반을 내려 놓다
放下餐盤

1 **방문 목적은 무엇입니까?**
你來訪的目的是什麼？
공부하러 왔습니다.
我來唸書。

친척을 방문하다	비즈니스를 하다	관광하다
拜訪親戚	做生意	觀光

2 **어디에서 묵으려고 합니까?**
你打算住在哪裡？
워싱턴 호텔에 묵으려고 합니다.
我打算住在華盛頓飯店。

친구 집	학교 기숙사	하숙집
朋友家	學校宿舍	寄宿家庭

3 **물 좀 한 잔 주실래요?**
請給我一杯水好嗎？
문제가 없습니다.
沒問題。

담요 한 장	배게 한 개	헤드폰 한 개
一條毛毯	一個枕頭	一副耳機
커피 한 잔	잡지 한 권	비행기 멀미약
一杯咖啡	一本雜誌	暈機藥

單複數

한 부두
一座碼頭

두 부두
兩座碼頭

| A | **What**
在碼頭做什麼?

- 하역하다 拆櫃,卸貨
  [ha-yeo-ka-da] 〈荷役 -〉

- 부두에 들어가다 靠岸
  [bu-du-e deu-reo-ga-da]
  〈埠頭 -〉

- 운전하다 駕駛
  [un-jeon-ha-da] 〈運轉 -〉

- 장비를 갖추다 整裝備
  [jang-bi-reul kkat-chu-da]
  〈裝備 -〉

- 낚시하다 釣魚
  [nak-ssi-ha-da]

- 타다,내리다 上,下船
  [ta-da/nae-ri-da]

- 로드하다 裝櫃
  [ro-deu-ha-da] 〈load-〉

- 유지하다 維修
  [yu-ji-ha-da] 〈維持 -〉

- 가동시키다 操作
  [ga-dong-si-ki-da] 〈可動 -〉

- 대여하다 租用
  [dae-yeo-ha-da] 〈貸與 -〉

- 수리하다 修理
  [su-ri-ha-da] 〈修理 -〉

- 내리다 卸貨
  [nae-ri-da]

- 쉬프먼트 裝船
  [swi-peu-meon-teu] 〈shipment〉

| B | **Where**
在碼頭的哪裡?

- 방파제 防波堤
  [bang-pa-je] 〈防波堤〉

- 컨테이너 야적장 裝櫃區
  [keon-te-i-neo ya-jeok-jjang]
  〈container 野積場〉

- 수로 航道
  [su-ro] 〈水路〉

- 페리 渡輪
  [pe-ri] 〈ferry〉

- 어선 漁船
  [eo-seon] 〈漁船〉

- 컨테이너 야드 貨櫃場
  [keon-te-i-neo ya-deu]
  〈container yard〉

- 기중기 起重機
  [gi-jung-gi] 〈起重機〉

- 세관 海關
  [se-gwan] 〈稅關〉

- 어시장 魚市場
  [eo-si-jang] 〈魚市場〉

- 지게차 堆高機
  [ji-ge-cha] 〈- 車〉

- 등대 燈塔
  [deung-dae] 〈燈臺〉

- 트레일러 拖車
  [teu-re-il-leo] 〈trailer〉

- 창고 倉庫
  [chang-go] 〈倉庫〉

種類

화물부두
貨運碼頭

여객 부두
客運碼頭

| C | **Who**
在碼頭有誰？

- 기중기 운전기사
  [gi-jung-gi un-jeon-gi-sa]
  起重機駕駛〈起重機運轉技士〉

- 어부 漁夫
  [eo-bu]〈漁夫〉

- 부두 노동자 碼頭工人
  [bu-du no-dong-ja]
  〈埠頭勞動者〉

- 승객 乘客
  [seung-gaek]〈乘客〉

- 선원 船員
  [seo-nwon]〈船員〉

- 창고관리원 倉庫管理員
  [chang-go-gual-li-won]
  〈倉庫管理員〉

| D | **Something**
在碼頭有什麼？

- 낚시 도구 漁具
  [nak-ssi do-gu]〈- 道具〉

- 낚싯대 漁杆
  [nak-ssit-ttae]

- 어망 漁網
  [eo-mang]〈漁網〉

- 해산물 海產
  [hae-san-mul]〈海產物〉

- 갈매기 海鷗
  [gal-mae-kki]

- 밀물과 썰물 潮汐
  [mil-mul-gwa sseol-mul]

- 파도 海浪
  [pa-do]〈波濤〉

活用關鍵字 可用表格中的部分字彙替換

1. 기중기를 가동시키다
   操作起重機 → A
2. 창고에서 상자를 쌓다
   在倉庫裡堆積箱子 → B
3. 바쁜 부두 노동자
   忙碌的碼頭工人 → C
4. 낚시 도구를 준비하다
   準備漁具 → D

71

單複數

한 유람 여객선
一艘郵輪

두 유람 여객선
兩艘郵輪

| A | **What**
在郵輪上做什麼？

- 햇볕을 쬐다 曬太陽
  [haet-ppyeo-teul jjoe-da]

- 타다 [ta-da] 登船

- 춤추다 跳舞
  [chum-chu-da]

- 마시다 喝
  [ma-si-da]

- 먹다 [meok-tta] 吃

- 즐겁다 享受
  [jeul-kkeop-tta]

- 운동하다 運動
  [un-dong-ha-da] 〈運動 -〉

- 체험하다 體驗
  [che-heom-ha-da] 〈體驗 -〉

- 도박하다 賭博
  [do-ba-ka-da] 〈賭博 -〉

- 조깅하다 慢跑
  [jo-ging-ha-da] 〈jogging-〉

- 공연하다 表演
  [gong-yeon-ha-da] 〈公演 -〉

- 놀다 [nol-da] 玩

- 노래하다 唱歌
  [no-rae-ha-da]

- 수영하다 游泳
  [su-yeong-ha-da] 〈水泳 -〉

| B | **Where**
在郵輪的哪裡？

- 연회장 宴會廳
  [yeon-hoe-jang] 〈宴會場〉

- 바 酒吧
  [ba] 〈bar〉

- 미용실 美容中心
  [mi-yong-sil] 〈美容室〉

- 객실 客艙
  [gaek-ssil] 〈客室〉

- 카지노 賭場
  [ka-ji-no] 〈casino〉

- 미장원 美髮沙龍
  [mi-jang-won] 〈美粧院〉

- 의료 센터 醫療中心
  [ui-ryo sen-teo] 〈醫療 center〉

- 오페라 극장 歌劇院
  [o-pe-ra geuk-jjang]
  〈opera 劇場〉

- 접수처 接待處
  [jeop-ssu-cheo] 〈接受處〉

- 헬스 클럽 健身中心
  [hel-seu keul-leop]
  〈health club〉

- 상갑판 觀景甲板
  [sang-gap-pan] 〈上甲板〉

- 유아 휴게실 嬰兒休息室
  [yu-a hyu-ge-sil] 〈乳兒休息室〉

種類

원양 정기선	호화로운 정기선
遠洋郵輪	豪華郵輪

C | How
如何形容郵輪的人或物？

- 편하다 舒服的
  [pyeon-ha-da] 〈便 -〉
- 맛있다 美味的
  [ma-sit-tta]
- 비싸다 昂貴的
  [bi-ssa-da]
- 화려하다 華麗的
  [hwa-ryeo-ha-da] 〈華麗 -〉
- 호화롭다 豪華的
  [ho-hwa-rop-tta] 〈豪華 -〉
- 시끄럽다 喧鬧的
  [si-kkeu-reop-tta]
- 즐겁다 愉悅的
  [jeul-kkeop-tta]

D | Something
在郵輪上有什麼？

- 술 [sul] 酒
- 칩 [chip] 籌碼 〈chip〉
- 승선권 郵輪登船卡
  [seung-seon-gwon] 〈乘船卷〉
- 요리 , 음식 佳餚
  [yo-ri, eum-sik] 〈料理〉
- 구명정 救生艇
  [gu-myeong-jeong] 〈救命艇〉
- 구명복 救生衣
  [gu-myeong-bok] 〈救命服〉
- 포커 撲克牌
  [po-keo] 〈poker〉
- 바다 경치 海景
  [ba-da gyeong-chi] 〈- 景致〉

活用關鍵字 可用表格中的部分字彙替換

1. 갑판에서 햇볕을 쬐다
   在甲板上曬太陽 → A
2. 호화로운 연회장
   豪華的宴會廳 → B
3. 편한 여행예정
   放鬆的旅遊行程 → C
4. 즐겁게 음식을 드세요.
   請好好享受佳餚 → D

73

5 항구 港口 | ❸ 小船

單複數

한 배
一艘小船

두 배
兩艘小船

| A | **What** 在小船上做什麼？

- 던지다 投；擲
  [deon-ji-da]

- 매다 [mae-da] 綁住（船）

- 당기다 拉，提
  [dang-gi-da]

- 들어 올리다 升起
  [deu-reo ol-li-da]

- 들어 내리다 降下
  [deu-reo nae-ri-da]

- 딩굴다 搖晃
  [ding-gul-da]

- 출항하다 啟航
  [chul-hang-ha-da]〈出航 -〉

- 속도를 늦추다 減速
  [sok-tto-reul neut-chu-da]
  〈速度 -〉

- 속도를 올리다 加速
  [sok-tto-reul ol-li-da]〈速度 -〉

- 조종하다 駕駛
  [jo-jong-ha-da]〈操縱 -〉

- 경사지다 傾斜
  [gyeong-sa-ji-da]〈傾斜 -〉

- 뱃멀미 （船）傾覆；不舒服
  [baen-meol-mi]

- 토하다 嘔吐
  [to-ha-da]〈吐 -〉

| B | **Where** 在小船的哪裡？

- 닻 [dat] 錨

- 뱃머리 船首
  [baen-meo-ri]

- 갑판 甲板
  [gap-pan]〈甲板〉

- 선체 船身，船殼
  [seon-che]〈船體〉

- 화물창 貨艙
  [hwa-mul-chang]〈貨物艙〉

- 용골 龍骨
  [yong-gol]〈龍骨〉

- 돛대 桅杆
  [dot-ttae]

- 좌현 左舷
  [jwa-hyeon]〈左舷〉

- 둥근 창 舷窗
  [dung-geun chang]〈- 窗〉

- 프로펠러 推進器
  [peu-ro-pel-leo]〈propeller〉

- 키 [ki] 舵

- 우현 右舷
  [u-hyeon]〈右舷〉

- 선미 船尾
  [seon-mi]〈船尾〉

- 조타실 駕駛艙
  [jo-ta-sil]〈操舵室〉

相關字

어선　　　　　　　　　순시선
漁船　　　　　　　　　巡邏船

| C | *Who* 在小船上有誰？ | D | *Something* 在小船上有什麼？ |

- 선장 船長
  [seon-jang]〈船長〉

- 전원 全體船員
  [jeo-nwon]〈船員〉

- 어부 漁夫
  [eo-bu]〈漁夫〉

- 뱃사람 水手
  [baet-ssa-ram]

- 승객 乘客
  [seung-gaek]〈乘客〉

- 선원 船員
  [seo-nwon]〈船員〉

- 선주 船主
  [seon-ju]〈船主〉

- 망원경 望遠鏡
  [mang-won-gyeong]〈望遠視〉

- 나침반 羅盤
  [na-chim-ban]〈羅針盤〉

- 손전등 手電筒
  [son-jeon-deung]〈手電筒〉

- 구명복 救生衣
  [gu-myeong-bok]〈救命服〉

- 구명환 救生圈
  [gu-myeong-hwan]〈救命環〉

- 구급 상자 緊急醫藥箱
  [gu-geup sang-ja]〈救急箱子〉

- 스위스 아미 나이프 瑞士刀
  [seu-wi-seu a-mi na-i-peu]
  〈Swiss army knife〉

活用關鍵字 可用表格中的部分字彙替換

1. 배가 흔들리다
   船在搖晃 → A
2. 조타실에 있다
   待在駕駛艙 → B
3. 경험이 있는 선장
   有經驗的船長 → C
4. 구명복을 입다
   穿救生衣 → D

裝貨櫃

◆ 스터핑
  裝**櫃**
◆ 데배닝
  拆**櫃**

啟航

◆ 닻을 내리다
  下**錨**
◆ 발묘하다
  起**錨**

舞會

◆ 파티**하다**
  舉辦舞會
◆ 파티에 가다
  參加舞會

1 我們住在…。
我們住在豪華海景套房。
우리는 디럭스 오션 뷰 스위트 룸에 묵습니다.

디럭스 오션 뷰 객실	인사이드 객실	현창을 있는 오션뷰 객실
豪華海景客艙	內側的客艙	附舷窗的海景客艙

2 我整個下午都在…。
我整個下午都在游泳。
오후 한나절을 수영하고 있었습니다.

골프를 치다	테니스 치다	농구하다
打高爾夫	打網球	打籃球
책을 읽다	조깅하다	쇼핑하다
看書	慢跑	購物

3 我找不到我的…。
我找不到我的鑰匙卡。
키카드를 찾을 수 없습니다.

승선권	구명복	짐
郵輪登船卡	救生衣	行李

6 도로 馬路

單複數

한 찻길
一條汽車車道

두 찻길
兩條汽車車道

| A | **What**
在汽車車道做什麼？

- 차를 후진시키다 倒車
  [cha-reul hu-jin-si-ki-da]
  〈車 - 後進 -〉

- 뒤쫓다 追逐
  [dwi-jjot-tta]

- 방향을 바꾸다 改道而行
  [bang-hyang-eul ppa-kku-da]
  〈方向 -〉

- 운전하다 駕駛
  [un-jeon-ha-da]〈運轉 -〉

- 추월하다 超車
  [chu-wol-ha-da]〈追越 -〉

- 진행하다 行進
  [jin-haeng-ha-da]〈進行 -〉

- 한쪽으로 대게 하다
  [han-jjo-geu-ro ttae-ge ha-da]
  把（車）開到路邊

- 속도 위반하다 超速行駛
  [sok-tto wi-ban-ha-da]
  〈速度違反 -〉

- 바짝 따라 달리다
  [ba-jjak tta-ra dal-li-da]
  緊跟著前車行駛

- 돌리다 轉彎
  [dol-li-da]

- 부딪치다 撞到
  [bu-dit-chi-da]

| B | **Something**
在汽車車道有什麼？

- 자동차 汽車
  [ja-dong-cha]〈自動車〉

- 컨버터블 敞篷車
  [keon-beo-teo-beul]
  〈convertible〉

- 소방차 消防車
  [so-bang-cha]〈消防車〉

- 순찰차 警察巡邏車
  [sun-chal-cha]〈巡察車〉

- 레저 차량 休旅車
  [re-jeo cha-ryang]
  〈leisure 車輛〉

- 스프레이 灑水車
  [seu-peu-re-i]〈sprayer〉

- 견인차 拖吊車
  [gyeo-nin-cha]〈牽引車〉

- 고장표지판 汽車故障牌
  [go-jang-pyo-ji-pan]
  〈故障標識板〉

- 분기점 分岔道
  [bun-gi-jeom]〈分岐點〉

- 교통 위반 딱지 交通罰單
  [gyo-tong wi-ban ttak-jji]
  〈交通違反 - 紙〉

- 속도 위반 딱지 超速罰單
  [sok-tto wi-ban ttak-jji]
  〈速度違反 - 紙〉

種類

추월 차선
內側車道（快車道）

서행 차선
外側車道（慢車道）

| C | **Who**
在汽車車道有誰？

- 운전자 開汽車的人
  [un-jeon-ja]〈運轉者〉

- 속도 위반자 超速行車者
  [sok-tto wi-ban-ja]
  〈速度違反者〉

- 택시 운전사 計程車司機
  [taek-ssi un-jeon-sa]
  〈taxi 運轉士〉

- 교통 순경 交通警察
  [gyo-tong sun-gyeong]
  〈交通巡警〉

- 트럭 운전사 卡車司機
  [teu-reok un-jeon-sa]
  〈truck 運轉士〉

- 부주의한 운전자
  [bu-ju-ui-han un-jeon-ja]
  粗心的駕駛〈不注意-運轉者〉

| D | **Where**
在汽車車道的哪裡？

- 중심선 中線
  [jung-sim-seon]〈中心線〉

- 마일표 里程標誌
  [ma-il-pyo]〈mile 標〉

- 일방 통행로 單行道
  [il-bang tong-haeng-no]
  〈一方通行路〉

- 속도제한표 速限標誌
  [sok-tto-je-han-pyo]
  〈速度制限標〉

- 도로 표지 路標
  [do-ro pyo-ji]〈道路標誌〉

- 속도 감시 카메라
  [sok-tto gam-si ka-me-ra]
  測速照相機
  〈速度監視 camera〉

活用關鍵字 可用表格中的部分字彙替換

1. 앞에 그 차를 추월하다
   超過你前面那台車 → A

2. 주차 위반 딱지를 받다
   收到違規停車罰單 → B

3. 교통 순경을 주의해야 하다.
   要注意交通警察 → C

4. 일방 통행로에서 운전하다
   行駛在單行道上 → D

6 도로 馬路 | ❷ 機慢車車道

單複數

한 오토바이 차선
一條機慢車車道

두 오토바이 차선
兩條機慢車車道

A | What
在機慢車車道做什麼？

- 건설하다 建築，建造
  [geon-seol-ha-da] 〈建設 ->

- 실어 나르다 運載，運送
  [si-reo na-reu-da]

- 빵빵 鳴（車喇叭）
  [ppang-ppang]

- 수보하다 修補
  [su-bo-ha-da] 〈修補 ->

- 페달 踩…的踏板
  [pe-dal] 〈pedal〉

- 태우다 接送
  [tae-u-da]

- 수리하다 修理
  [su-ri-ha-da] 〈修理 ->

- 수선하다 整修，修繕
  [su-seon-ha-da] 〈修繕 ->

- 노면 새롭게 포장하다
  [no-myeon sae-rop-kke po-jang-ha-da]
  鋪設新路面〈路面 - 包裝 ->

- 중단하다 吊銷
  [jung-dan-ha-da] 〈中斷 ->

- 강제 견인 拖走
  [gang-je gyeo-nin]
  〈強制牽引〉

- 불법 주차 違規停車
  [bul-beop ju-cha] 〈不法駐車〉

B | Something
在機慢車車道有什麼？

- 자전거 自行車
  [ja-jeon-geo] 〈自轉 ->

- 헬멧 安全帽
  [hel-met] 〈helmet〉

- 스쿠터 輕型機車
  [seu-ku-teo] 〈scooter〉

- 발판 踏板平台
  [bal-pan] 〈- 板〉

- 핸들 把手
  [haen-deul] 〈handle〉

- 핸들 토시 機車把手手套
  [haen-deul to-si] 〈handle->

- 전조등 車前燈
  [jeon-jo-deung] 〈前照燈〉

- 사이드 미러 後視鏡
  [sa-i-deu mi-reo]
  〈side mirror〉

- 안장 車座
  [an-jang] 〈鞍裝〉

- 미등 車尾燈
  [mi-deung] 〈尾燈〉

- 심압대 박스 車尾置物箱
  [si-map-ttae bak-sseu]
  〈心押臺 box〉

- 방향 지시등 方向燈
  [bang-hyang ji-si-deung]
  〈方向指示燈〉

80

相關字

자전거 전용 도로 自行車專用道	서행 차선 寬外車道（慢車用）

C | Who
在機慢車車道有誰？

- 자전거를 타는 통근자
  [ja-jeon-geo-reul ta-neun]
  騎腳踏車的通勤族
  〈自轉車 - 通勤者〉

- 자전거를 타는 사람
  [ja-jeon-geo-reul ta-neun sa-ram]
  騎腳踏車的人〈自轉車 -〉

- 오토바이를 타는 사람
  [o-to-ba-i-reul ta-neun sa-ram]
  騎摩托車的人〈auto bicycle-〉

- 오토바이를 타는 통근자
  [o-to-ba-i-reul ta-neun]
  騎機車的通勤族
  〈auto bicycle - 通勤者〉

- 시각이 날카로운 경찰
  [si-ga-gi nal-ka-ro-un gyeong-chal] 眼尖的警察
  〈視覺 - 警察〉

D | Where
在機慢車車道的哪裡？

- 배수로 路旁排水溝
  [bae-su-ro]〈排水路〉

- 횡단보도 人行穿越道
  [hoeng-dan-bo-do]
  〈橫斷步道〉

- 택시 정류장 計程車排隊區
  [taek-ssi jeong-nyu-jang]
  〈taxi 停留場〉

- 하수관 下水道
  [ha-su-gwan]〈下水管〉

- 적하，양하 전용 구역
  [jeo-ka/yang-ha jeo-nyong gu-yeok] 裝卸貨專用區
  〈積荷，揚荷專用區域〉

- 중앙분리대 安全島
  [jung-ang-bul-li-dae]
  〈中央分離帶〉

活用關鍵字 可用表格中的部分字彙替換

1. 한 도로를 수선하다
   整修一條馬路 → A

2. 스쿠터를 타다
   騎輕型機車 → B

3. 오토바이를 타는 가사가 헬멧을 써야 하다
   摩托車騎士必須戴安全帽 → C

4. 적하 전용 구역에서 오토바이를 세우다
   在裝貨區停下機車 → D

6 도로 馬路 | ❸ 腳踏車道

單複數

한 자전거 전용 도로
一條腳踏車車道

두 자전거 전용 도로
兩條腳踏車車道

| A | **What**
在腳踏車車道做什麼？

| B | **Something**
在腳踏車車道有什麼？

- 실어 나르다 運載・運送
  [si-reo na-reu-da]

- 자전거를 타다 騎腳踏車
  [ja-jeon-geo-reul ta-da]
  〈自轉車 -〉

- 수리하다 修理
  [su-ri-ha-da] 〈修理 -〉

- 요동치다 顛簸
  [yo-dong-chi-da] 〈搖動 -〉

- 잠그다 鎖上
  [jam-geu-da]

- 페달 踏板
  [pe-dal] 〈pedal〉

- 타다 [ta-da] 騎

- 누르다 按（鈴）
  [nu-reu-da]

- 밟다 踏・踩
  [bak-tta]

- 돌리다 轉彎
  [dol-li-da]

- 열다 把鎖解開
  [yeol-da]

- 걷다 牽著⋯走
  [geot-tta]

- 양보하다 讓路
  [yang-bo-ha-da] 〈讓步 -〉

- 자전거 腳踏車
  [ja-jeon-geo] 〈自轉車〉

- 바구니 籃子
  [ba-gu-ni]

- 벨 車鈴
  [bel] 〈bell〉

- 브레이크 剎車
  [beu-re-i-keu] 〈brake〉

- 변속기 變速器
  [byeon-sok-kki] 〈變速機〉

- 구동 체인 鍊條
  [gu-dong che-in]
  〈驅動 chain〉

- 푸트페달 腳踏板
  [pu-teu-pe-dal] 〈foot pedal〉

- 기어 齒輪
  [gi-eo] 〈gear〉

- 핸들 手把
  [haen-deul] 〈handle〉

- 받침다리 腳架
  [bat-chim-da-ri]

- 안장 車座
  [an-jang] 〈鞍裝〉

- 보조바퀴 輔助車輪
  [bo-jo-ba-kwi] 〈補助 -〉

- 바퀴 [ba-kwi] 車輪

種類

자전거 전용 도로
腳踏車專用道

바다에 있는 자전거 전용 도로
海濱腳踏車專用道

| C | **What Kind**
有哪些種類的腳踏車？

- 접을 수 있는 자전거
  [jeo-beul ssu in-neun ja-jeon-geo] 摺疊腳踏車

- 소형 자전거 小徑車
  [so-hyeong ja-jeon-geo]
  〈小型自轉車〉

- 누워 있는 자전거
  [nu-wo in-neun ja-jeon-geo]
  斜躺式腳踏車〈- 自轉 -〉

- 로드 바이크 公路車
  [ro-deu ba-i-keu]
  〈road bike〉

- 여행용 자전거
  [yeo-haeng-yong ja-jeon-geo] 旅行腳踏車
  〈旅行用自轉車〉

| D | **What Kind**
有哪些腳踏車配備？

- 아기용 좌석 嬰兒座椅
  [a-gi-yong jwa-seok]
  〈- 用座席〉

- 병받이 飲料架
  [byeong-ba-ji]〈瓶 -〉

- 헬멧 頭盔
  [hel-met]〈helmet〉

- 램프 걸이 燈架
  [raem-peu geo-ri]〈lamp-〉

- 자물쇠 鎖
  [ja-mul-soe]

- 주행기록계 里程表
  [ju-haeng-gi-rok-kkye]
  〈走行記錄計〉

- 짐바구니 側袋
  [jim-ba-gu-ni]

活用關鍵字 可用表格中的部分字彙替換

1. 자전거를 잠그다
   鎖上腳踏車 → A
2. 받침다리를 사용해서 자전거를 꼿꼿이 유지하다
   用腳架讓你的腳踏車保持直立 → B
3. 가볍고 접을 수 있는 자전거
   小巧的摺疊腳踏車 → C
4. 음료수를 병받이에 놓다
   將飲料放在飲料架上 → D

83

6 도로 馬路 | ❹ 汽車

單複數

한 자동차
一輛汽車

두 자동차
兩輛汽車

| A | **What**
在汽車裡做什麼？

- 조정하다 調整
  [jo-jeong-ha-da] 〈調整 -〉
- 매다 繫上（安全帶）
  [mae-da]
- 바스대다 坐不住
  [ba-seu-dae-da]
- 타다, 내리다 上，下車
  [ta-da, nae-ri-da]
- 함부로 버리다 亂丟(垃圾)
  [ham-bu-ro beo-ri-da]
- 뒤바꾸다 倒車
  [dwi-ba-kku-da]
- 올리다, 내리다
  [ol-li-da/nae-ri-da]
  搖上，下（車窗）
- 코를 골다 打鼾
  [ko-reul kkol-da]
- 밀치고 들어가다 擠進
  [mil-chi-go deu-reo-ga-da]
- 올리다, 낮추다
  [ol-li-da, nat-chu-da]
  轉大（強），轉小（弱）
- 켜다, 끊다 啟動, 熄火
  [kyeo-da/kkeun-ta]
- 풀다 解開（安全帶）
  [pul-da]

| B | **Where**
在汽車的哪裡？

- 뒷자리 後座
  [dwit-jja-ri]
- 앞자리 前座
  [ap-jja-ri]
- 계기판 儀表板
  [gye-gi-pan] 〈計器板〉
- 기어 시프트 排檔桿
  [gi-eo si-peu-teu] 〈gearshift〉
- 수동식브레이크 手煞車
  [su-dong-sik beu-re-i-keu]
  〈手動式 brake〉
- 경적 喇叭
  [gyeong-jeok] 〈警笛〉
- 백미러 後視鏡
  [baeng-mi-reo] 〈back mirror〉
- 안전벨트 安全帶
  [an-jeon-bel-teu] 〈安全 belt〉
- 핸들 方向盤
  [haen-deul] 〈handle〉
- 페달 踏板
  [pe-dal] 〈pedal〉
- 자동변속장치 自動排檔
  [ja-dong-byeon-sok-jjang-chi]
  〈自動變速裝置〉
- 수동 변속장치 手排檔
  [su-dong byeon-sok-jjang-chi]
  〈手動變速裝置〉

同義字

차량
車輛

자동차
汽車

| C | Who
在汽車裡有誰?

- 택시 기사 計程車司機
  [taek-ssi gi-sa] 〈taxi 技士〉

- 기사 司機
  [gi-sa] 〈技士〉

- 타는 사람 乘車的人
  [ta-neun sa-ram]

- 트럭 운전사 卡車司機
  [teu-reok un-jeon-sa]
  〈truck 運轉士〉

- 합승자 共乘者
  [hap-sseung-ja] 〈合乘者〉

- 졸음운전자 疲勞駕駛
  [jo-reum-un-jeon-ja]
  〈- 運轉者〉

- 음주운전자 酒醉駕駛
  [eum-ju-un-jeon-ja]
  〈飲酒運轉者〉

| D | Something
在汽車裡有什麼?

- 에어백 安全氣囊
  [e-eo-baek] 〈air bag〉

- 아기 자동차 좌석
  [a-gi ja-dong-cha jwa-seok]
  兒童用座椅 〈- 自動車座席〉

- 운행 기록계 行車記錄器
  [un-haeng gi-rok-kkye]
  〈運行紀錄計〉

- GPS 내비게이션
  [GPS nae-bi-ge-i-syeon]
  全球衛星導航器
  〈GPS navigation〉

- 속도 카메라 감지기
  測速照相偵測器
  [sok-tto ka-me-ra gam-ji-gi]
  〈速度 Camera 感知器〉

活用關鍵字 可用表格中的部分字彙替換

1. 안전 벨트를 고정하다
   繫上你的安全帶 → A
2. 리어 뷰 미러를 조정하다
   調整後視鏡 → B
3. 인내심이 없는 택시 운전사
   沒耐心的計程車司機 → C
4. 속도 카메라 감지기가 삐삐 소리로 올리고 있다
   測速照相偵測器正嗶嗶作響 → D

單複數

한 사거리
一個十字路口

두 사거리
兩個十字路口

| A | **What**
在十字路口做什麼?

- 막히다 堵塞
  [ma-ki-da]

- 차량 소통 疏導交通
  [cha-ryang so-tong]
  〈車輛疏通〉

- 가로 지르다 飛奔穿越
  [ga-ro-ji-reu-da]

- 황급히 달려가다 急奔
  [hwang-geu-pi dal-lyeo-ga-da]
  〈遑急 -〉

- 지휘하다 指揮(交通)
  [ji-hwi-ha-da] 〈指揮 -〉

- 교통체증 交通大阻塞
  [gyo-tong-che-jeung]
  〈交通滯症〉

- 무단 횡단하다
  [mu-dan hoeng-dan-ha-da]
  不守交通規則穿越馬路
  〈無斷橫斷 -〉

- 통과하다 穿過
  [tong-gwa-ha-da] 〈通過 -〉

- 거쳐가다 闖(紅燈)
  [geo-cheo-ga-da]

- 속도를 늦추다 減速
  [sok-tto-reul neut-chu-da]
  〈速度 -〉

- 주의하다 注意,當心
  [ju-ui-ha-da] 〈注意 -〉

| B | **Where**
在十字路口的哪裡?

- 횡단 보도 표지등
  [hoeng-dan bo-do pyo-ji-deung]
  人行道指示燈
  〈橫斷步道標示燈〉

- 박스 교차점 〈box 交叉點〉
  [bak-sseu gyo-cha-jeom]
  黃色網狀禁停區

- 횡단보도 班馬線
  [hoeng-dan-bo-do]
  〈橫斷步道〉

- 교차로 회전지역
  [gyo-cha-ro hoe-jeon-ji-yeok]
  機慢車待轉區
  〈交叉路迴轉地域〉

- 횡단보도 신호등
  [hoeng-dan-bo-do sin-ho-deung]
  行人用紅綠燈
  〈橫斷步道信號燈〉

- 안전 지대 安全島
  [an-jeon ji-dae] 〈安全址臺〉

- 신호등 信號燈
  [sin-ho-deung] 〈信號燈〉

- 지하도 行人地下道
  [ji-ha-do] 〈地下道〉

- 교차점 交叉路口
  [gyo-cha-jeom] 〈交叉點〉

- 삼거리 三叉路
  [sam-geo-ri] 〈三 -〉

種類

삼지 교차
三方向交叉路口

원형 교차로
圓環

| C | **Who**
在十字路口有誰？

| D | **Something**
在十字路口有什麼？

- 건널목 가드 十字路口指揮
  [geon-neol-mok ga-deu]
  〈-guard〉

- 목격자 目擊者
  [mok-kkyeok-jja] 〈目擊者〉

- 교통 위반하는 사람
  [gyo-tong wi-ban-ha-neun sa-ram] 〈交通違反 -〉
  不遵守交通規則的人

- 아동 교통 감시원
  [a-dong gyo-tong gam-si-won]
  護送學童過馬路的人
  〈兒童交通監視員〉

- 보행자 行人
  [bo-haeng-ja] 〈步行者〉

- 교통 순경 交通警察
  [gyo-tong sun-gyeong]
  〈交通巡警〉

- 응급차 救護車
  [eung-geup-cha] 〈應急車〉

- 자전거 腳踏車
  [ja-jeon-geo] 〈自轉車〉

- 버스 公車
  [beo-seu] 〈bus〉

- 자동차 汽車
  [ja-dong-cha] 〈自動車〉

- 소방차 消防車
  [so-bang-cha] 〈消防車〉

- 순찰차 警用巡邏車
  [sun-chal-cha] 〈巡察車〉

- 택시 計程車
  [taek-ssi] 〈taxi〉

- 트럭 卡車
  [teu-reok] 〈truck〉

活用關鍵字 可用表格中的部分字彙替換

1. 무단 횡단은 엄격히 금지되다
   嚴格禁止不守規則穿越馬路 → A
2. 신호등이 깜박거리다
   信號燈正在閃爍 → B
3. 그 교통사고의 목격자
   那場車禍的目擊者 → C
4. 응급차를 먼저 지나가게 하다
   讓救護車先通過 → D

87

過馬路

◆ 차를 조심하다
　小心來車
◆ 속도를 줄이다
　減速慢行

塞車

◆ 차가 밀리다
　塞在車陣中
◆ 교통 혼잡을 줄이다
　減少交通阻塞

交通規則

◆ 교통법칙을 위반하다
　違反交通法規
◆ 교통법칙을 지키다
　遵守交通規則

1 …！不然你會被開罰單。

開慢一點！不然你會被開罰單。

속도를 줄이세요. 아니면 딱지를 얻을 겁니다.

여기서 추월하면 안 되다	안전벨트를 매다	여기에서 주차를 금지하다
這裡不可以超車	繫上安全帶	這裡不能停車

2 我的車…，所以我們哪裡都沒辦法去。

我的車塞在車陣當中，所以我們哪裡都沒辦法去。

차가 밀리고 있으니까 어디나 다 갈 수 없습니다.

도랑에 빠지다	세차기에 있다	비바람을 맞다
摔進水溝	在自動洗車裝置裡	遇到暴風雨
눈으로 막히다	구멍에 빠지다	진흙탕에 빠지다
被雪堵住	被凹洞卡住	卡在泥濘裡

3 請載我到…。

請載我到大安森林公園。

대안삼림 공원에 테워 주세요.

시내	근처에 있는 지하철역	이 주소
市區	附近的捷運站	這個地址

單複數

한 다리
一座橋樑

두 다리
兩座橋樑

| A | **What**
在橋樑上做什麼?

- 방애하다 阻擋，妨礙
  [bang-ae-ha-da] 〈妨礙 -〉

- 무너지다 倒塌
  [mu-neo-ji-da]

- 건설하다 建造
  [geon-seol-ha-da] 〈建設 -〉

- 허물어지다 摧毀，破壞
  [heo-mu-reo-ji-da]

- 떠나다 (開車)離開
  [tteo-na-da]

- 통과하다 開車通過
  [tong-gwa-ha-da] 〈通過 -〉

- 침식시키다 侵蝕，磨損
  [chim-sik-ssi-ki-da] 〈侵蝕 -〉

- 떨어지다 跌落
  [tteo-reo-ji-da]

- 낚시하다 釣魚
  [nak-ssi-ha-da]

- 덜거덕거리며 가다
  [deol-geo-deok-kkeo-ri-myeo
  ga-da] (車子) 轆轆行駛

- 멈추다 停止，阻擋
  [meom-chu-da]

- 통행료를 받다 收通行費
  [tong-haeng-nyo-reul ppat-tta]
  〈通行料 -〉

| B | **Something**
在橋樑上有什麼?

- 교대 橋墩
  [byeok-ttol] 〈橋臺〉

- 벽돌 磚頭
  [byeok-ttol] 〈甓 -〉

- 시멘트 水泥
  [si-men-teu] 〈cement〉

- 콘크리트 混凝土
  [kon-keu-ri-teu] 〈concrete〉

- 방호 울타리 防撞護欄
  [bang-ho ul-ta-ri] 〈防護 -〉

- 대들보 橫樑
  [dae-deul-ppo] 〈大 -〉

- 지하 배수로 涵洞
  [ji-ha bae-su-ro] 〈地下排水路〉

- 교면 橋面
  [gyo-myeon] 〈橋面〉

- 도로 표지 路標
  [do-ro pyo-ji] 〈道路標識〉

- 강철 鋼
  [gang-cheol] 〈鋼鐵〉

- 통행료 징수소 收費處
  [tong-haeng-nyo jing-su-so]
  〈通行料徵收所〉

- 교통 표지 交通標誌
  [gyo-tong pyo-ji] 〈交通標識〉

種類

고가교
高架橋

가동교
活動橋樑

| C | **Who**
在橋樑上有誰？ |

| D | **What Kind**
在橋樑上有哪些交通工具？ |

- 뺑소니 운전사
  [ppaeng-so-ni un-jeon-sa]
  肇事逃逸的駕駛〈- 運轉士〉

- 집이 없는 사람
  [ji-bi eom-neun sa-ram]
  無家可歸的人

- 쓰레기를 함부로 버리는
  사람 亂丟垃圾的人
  [sseu-re-gi-reul ham-bu-ro
  beo-ri-neun sa-ram]

- 경찰 警察
  [gyeong-chal]〈警察〉

- 통행 요금 징수원 收費員
  [tong-haeng yo-geum jing-su-
  won]〈通行料金徵收員〉

- 떠돌이 流浪漢
  [tteo-do-ri]

- 버스 公車
  [beo-seu]〈bus〉

- 차 [cha] 車子〈車〉

- 여객 버스 客運
  [yeo-gaek beo-seu]〈旅客 bus〉

- 굴착기 挖土機
  [gul-chak-kki]〈掘鑿機〉

- 오토바이 摩托車
  [o-to-ba-i]〈auto bicycle〉

- 택시 計程車
  [taek-ssi]〈taxi〉

- 관광 코치 遊覽車
  [gwan-gwang ko-chi]
  〈觀光 coach〉

- 트럭 卡車
  [teu-reok]〈truck〉

活用關鍵字 可用表格中的部分字彙替換

1. 다리를 무너지다
   橋樑倒塌了 → A
2. 콘크리트로 만들다
   由混凝土建成的 → B
3. 뺑소니를 친 운전자를 찾다
   搜索肇事逃逸的駕駛 → C
4. 관광 코치를 임차하다
   租遊覽車 → D

單複數

한 육교
一座天橋

두 육교
兩座天橋

| A | **What**
在天橋做什麼？

- 기다 [gi-da] 爬

- 건너다 穿過
  [geon-neo-da]

- 황급히 달려가다 急奔
  [hwang-geu-pi dal-lyeo-ga-da]

- 행상을 다니다 叫賣，兜售
  [haeng-sang-eul tta-ni-da]
  〈行商 -〉

- 기대다 靠在…上
  [gi-dae-da]

- 내려다보다 往下看
  [nae-ryeo-da-bo-da]

- 찍다 拍攝
  [jjik-tta]

- 서다 [seo-da] 站立

- 산책하다 散步
  [san-chae-ka-da] 〈散策 -〉

- 사진을 찍다 照 (相)
  [sa-ji-neul jjik-tta] 〈寫真 -〉

- 걸어서 건너다 走過
  [geo-reo-seo geon-neo-da]

- 올라가다, 내려가다
  走上，下 (樓)
  [ol-la-ga-da, nae-ryeo-ga-da]

- 돌아다니다 遊蕩
  [do-ra-da-ni-da]

| B | **Something**
在天橋附近有什麼？

- 건물 建築物
  [geon-mul] 〈建物〉

- 찻길 車道
  [chat-kkil] 〈車 -〉

- 에스컬레이터 電動手扶梯
  [e-seu-keol-le-i-teo]
  〈escalator〉

- 낙서 塗鴉
  [nak-sseo] 〈落書〉

- 난간 安全欄杆
  [nan-gan] 〈欄杆〉

- 손잡이 扶手
  [son-ja-bi]

- 철도 鐵路
  [cheol-do] 〈鐵道〉

- 도로 표지 路標
  [do-ro pyo-ji] 〈道路標識〉

- 도로 馬路
  [do-ro] 〈道路〉

- 고무 촉각 타일 導盲磚
  [go-mu chok-kkak ta-il]
  〈- 觸覺 tile〉

- 대피처 遮蔽處
  [dae-pi-cheo] 〈待避處〉

- 계단 樓梯
  [gye-dan] 〈階段〉

種類

아치형 다리
拱橋

| C | **Who**
在天橋上有誰？

- 거지 [geo-ji] 乞丐

- 사기꾼 騙子
  [sa-gi-kkun]

- 행상인 叫賣小販
  [haeng-sang-in] 〈行商人〉

- 보행자 行人
  [bo-haeng-ja] 〈步行者〉

- 길거리 예술가 街頭藝人
  [gil-geo-ri ye-sul-ga]
  〈 - 藝術家〉

- 가두 판매소 路邊攤販
  [ga-du pan-mae-so]
  〈街頭販賣所〉

- 부랑자 流浪漢
  [bu-rang-ja] 〈浮浪者〉

| D | **Something**
在天橋上有什麼？

- 광고전단 廣告傳單
  [gwang-go-jeon-dan]
  〈廣告傳單〉

- 가두행상 攤子
  [ga-du-haeng-sang]
  〈街頭行商〉

- 접의자 折疊椅
  [jeo-bui-ja] 〈 - 椅子〉

- 폴딩테이블 折疊桌
  [pol-ding-te-i-beul]
  〈folding table〉

- 발전기 發電機
  [bal-jjeon-gi] 〈發電機〉

- 여행 가방 手提皮箱
  [yeo-haeng ga-bang] 〈旅行 -〉

活用關鍵字 可用表格中的部分字彙替換

1. 충계를 올라가다
   爬樓梯 → A

2. 난간에 기대다
   靠在安全欄杆上 → B

3. 부랑자가 거리에서 눕다
   流浪漢躺在街道上 → C

4. 접의자를 들다
   拿著折疊椅 → D

單複數

한 지하도
一個地下道

두 지하도
兩個地下道

A | What
在地下道做什麼？

- 구걸하다 乞討
  [gu-geol-ha-da] 〈求乞 -〉
- 불다 [bul-da] 吹奏
- 막히다 阻塞
  [ma-ki-da]
- 싸우다 打架，鬥毆
  [ssa-u-da]
- 새다 [sae-da] 滲漏
- 눕다 [nup-tta] 躺下
- 공연하다 表演
  [gong-yeon-ha-da] 〈公演 -〉
- 까다롭게 고르다 挑挑揀揀
  [kka-da-rop-kke go-reu-da]
- 행상을 다니다 叫賣
  [haeng-sang-eul tta-ni-da]
  〈行商 -〉
- 연주하다 演奏
  [yeon-ju-ha-da] 〈演奏 -〉
- 거닐다 閒逛
  [geo-nil-da]
- ~에서 나오다 從…走出來
  [~e-seo na-o-da]
- ~에 통해서 걷다 走在
  [~e tong-hae-seo geot-tta]
  〈- 通 -〉
- 통과하다 通過
  [tong-gwa-ha-da] 〈通過 -〉

B | Where
在地下道的哪裡？

- 게시판 佈告欄
  [ge-si-pan] 〈揭示板〉
- 포스터 海報
  [po-seu-teo] 〈poster〉
- 방향표지판 方向指示牌
  [bang-hyang-pyo-ji-pan]
  〈方向標識板〉
- 배수구 排水溝
  [bae-su-gu] 〈排水溝 -〉
- 배수구 커버 排水溝蓋
  [bae-su-gu keo-beo]
  〈排水溝 cover〉
- 전등 電燈
  [jeon-deung] 〈電燈〉
- 입구 入口
  [ip-kku] 〈入口〉
- 출구 出口
  [chul-gu] 〈出口〉
- 네온 광고 燈箱廣告
  [ne-on gwang-go] 〈neon 廣告〉
- 도로 표지 路標
  [do-ro pyo-ji] 〈道路標識〉
- 하수도 下水道
  [ha-su-do] 〈下水道〉
- 거미줄 蜘蛛網
  [geo-mi-jul]
- 계단 樓梯
  [gye-dan] 〈階段〉

種類

지하보도	보행자용 터널
人行地下道	人行地下隧道

| C | *Who*
在地下道有誰？

- **점쟁이** 算命師
  [jeom-jaeng-i]

- **면상** 面相
  [myeon-sang]〈面相〉

- **수상술** 手相
  [su-sang-sul]〈手相術〉

- **통행인** 路人
  [tong-haeng-in]〈通行人〉

- **보행자** 行人
  [bo-haeng-ja]〈步行者〉

- **길거리 예술가** 街頭藝人
  [gil-geo-ri ye-sul-ga]
  〈- 藝術家〉

- **행상인** 攤販
  [haeng-sang-in]〈行商人〉

| D | *Something*
在地下道有什麼？

- **바퀴벌레** 蟑螂
  [ba-kwi-beol-le]

- **쓰레기통** 垃圾桶
  [sseu-re-gi-tong]〈- 桶〉

- **광고용 전단** 廣告傳單
  [gwang-go-yong jeon-dan]
  〈廣告用傳單〉

- **쥐** [jwi] 老鼠

- **거미** 蜘蛛
  [geo-mi]

- **가두 판매소** 路邊攤販
  [ga-du pan-mae-so]
  〈街頭販賣所〉

- **쓰레기** 垃圾
  [sseu-re-gi]

活用關鍵字 可用表格中的部分字彙替換

1. 악기를 연주하다
   演奏樂器 → A
2. 지하도 입구
   地下道入口 → B
3. 그 거리 행상인이 추방되다
   那個小販被驅離了 → C
4. 그 큰 바퀴벌레가 나를 무서워하다
   那隻大蟑螂嚇壞我了 → D

單複數

한 통행요금 징수소
一個收費站

두 통행 요금 징수소
兩個收費站

A | What
在收費站做什麼？

- 다가가다 靠近
  [da-ga-ga-da]

- 요금을 징수하다 收費
  [yo-geu-meul jjing-su-ha-da]
  〈料金 - 徵收 -〉

- 떠나다 離開
  [tteo-na-da]

- 넘겨주다 交給…
  [neom-gyeo-ju-da]

- 막다 [mak-tta] 攔住

- 내다 [nae-da] 付費

- 줄 서서 기다리다
  [jul seo-seo kki-da-ri-da]
  排隊等候

- 손을 뻗다 伸手去拿
  [so-neul ppeot-tta]

- 내밀다 伸出
  [nae-mil-da]

- 돌려서 내리다 搖下車窗
  [ttol-lyeo-seo nae-ri-da]

- 퍼지다 闖過
  [peo-ji-da]

- 세우다 停車
  [se-u-da]

- 통행료를 받다 收過路費
  [tong-haeng-nyo-reul ppat-tta]
  〈通行料 -〉

B | Something
在收費站有什麼？

- 고속도로 요금소 收費亭
  [go-sok-tto-ro yo-geum-so]
  〈高速道路料金所〉

- 현금 現金
  [hyeon-geum] 〈現金〉

- 금전 등록기 收銀機
  [geum-jeon deung-nok-kki]
  〈金錢登錄器〉

- 통행료 자동 지불 시스템
  [tong-haeng-nyo ja-dong ji-
  bul si-seu-tem]
  電子收費系統 (ETC)
  〈通行料自動支拂 system〉

- 순찰차 警察巡邏車
  [sun-chal-cha] 〈巡察車〉

- 선불 티켓 回數票
  [seon-bul ti-ket] 〈先拂 ticket〉

- 영수증 收據
  [yeong-su-jeung] 〈領收證〉

- 요금소의 감시장치
  [yo-geum-so-ui gam-si-jang-
  chi] 收費站監視器
  〈料金所 - 監視裝置〉

- 교통섬 中央分隔島
  [gyo-tong-seom] 〈交通 -〉

- 차선 車道
  [cha-seon] 〈車線〉

- 추돌 連環追撞
  [chu-dol] 〈追突〉

種類

현금 징수 레인
現金收費道

선불 티켓 징수 레인
回數票收費道

<table>
<tr><td>

| C | Who
在收費站有誰？

● 징수원 收費員
[jing-su-won] 〈徵收員〉

● 자동차 편승자 搭便車的人
[ja-dong-cha pyeon-seung-ja]
〈自動車便乘者〉

● 순찰 경찰 巡邏警察
[sun-chal kkyeong-chal]
〈巡察警察〉

● 도로사용자 用路人
[do-ro-sa-yong-ja]
〈道路使用者〉

● 징수원 收票員
[jing-su-won] 〈徵收員〉

● 통행료 징수원 收費員
[tong-haeng-nyo jing-su-won]
〈通行料徵收員〉

</td><td>

| D | What Kind
在收費站有哪些標誌？

● 방향지시표지
[bang-hyang-ji-si-pyo-ji]
方向指示標誌
〈方向指示標誌〉

● 출구표지 出口標誌
[chul-gu-pyo-ji] 〈出口標誌〉

● 국도 번호 표시
[guk-tto beon-ho pyo-si]
國道號碼標誌
〈國道番號標示〉

● 표시판 標誌牌
[pyo-si-pan] 〈標示板〉

● 속도 제한 표지
[sok-tto je-han pyo-ji]
速度限制標誌
〈速度限制標識〉

</td></tr>
</table>

活用關鍵字　可用表格中的部分字彙替換

1. 고속도로 요금소에 다가가다
　靠近收費站 → A
2. 요금소의 장벽에 피뜩 지나가다
　闖過收費站閘門 → B
3. 자동차 편승 여행자의 몸짓
　搭便車者的手勢 → C
4. 표시판을 보다
　標誌牌 → D

單複數

한 휴계소
一個休息站

두 휴계소
兩個休息站

A | *What*
在休息站做什麼？

- 전화하다 打電話
  [jeon-hwa-ha-da] 〈電話 -〉

- 마시다 喝
  [ma-si-da]

- 몰고 떠나다 駛離
  [mol-go tteo-na-da]

- 몰아넣다 駛進
  [mo-ra-neo-ta]

- 먹다 [meok-tta] 吃

- 주유하다 加油
  [ju-yu-ha-da] 〈注油 -〉

- 게걸스럽게 먹다
  [ge-geol-seu-reop-kke meo-da]
  狼吞虎嚥地吃

- 피워 물다 點燃
  [pi-wo mul-da]

- 주차하다 停車
  [ju-cha-ha-da] 〈駐車 -〉

- 휴식을 취하다 放鬆
  [hyu-si-geul chwi-ha-da]
  〈休息 - 取 -〉

- 쉬다 [swi-da] 休息

- 담배를 피우다 抽煙
  [dam-bae-reul pi-u-da]

- 펴다 伸懶腰
  [pyeo-da]

B | *Where*
在休息站的哪裡？

- 편의점 便利商店
  [pyeo-nui-jeom] 〈便宜店〉

- 주유소 加油站
  [ju-yu-so] 〈注油所〉

- 평면 스크린 티브이
  [pyeong-myeon seu-keu-rin
  ti-beu-i] 〈平面 screen TV〉
  平面電視牆

- LED 안내판 LED 訊息板
  [LEDan-nae-pan]
  〈LED 案內板〉

- 유료 전화 付費電話
  [yu-ryo jeon-hwa] 〈有料電話〉

- 카운터 服務櫃檯
  [ka-un-teo] 〈counter〉

- 판매기 販賣機
  [pan-mae-gi] 〈販賣機〉

- 수유실 育嬰室
  [su-yu-sil] 〈授乳室〉

- 주차장 停車區
  [ju-cha-jang] 〈駐車場〉

- 식당 餐廳
  [sik-ttang] 〈食堂〉

- 레스토랑 高級餐廳
  [re-seu-to-rang] 〈restaurant〉

- 화장실 洗手間
  [hwa-jang-sil] 〈化妝室〉

相關字

도로변 휴계소
路邊的休息區

휴대용 변기
流動廁所

| C | **Who**
在休息站有誰？

| D | **Something**
在休息站有什麼？

- 출장자 商務旅客
  [chul-jang-ja]〈出場者〉
- 출납원 收銀員
  [chul-la-bwon]〈出納員〉
- 운전기사 駕駛人
  [un-jeon-gi-sa]〈運轉技士〉
- 청소부원 清潔人員
  [cheong-so-bu-won]
  〈清掃部員〉
- 행상인 擺攤的人
  [haeng-sang-in]〈行商人〉
- 관광객 遊客
  [gwan-gwang-gaek]〈觀光客〉
- 상인 叫賣人，小販
  [sang-in]〈商人〉

- 생수 礦泉水
  [saeng-su]〈生水 -〉
- 식품점 熟食
  [sik-pum-jeom]〈食品店〉
- 뜨거운음료 熱飲
  [tteu-geo-u-neum-nyo]〈- 飲料〉
- 커피 咖啡
  [keo-pi]〈coffee〉
- 도시락통 餐盒
  [do-si-rak-tong]〈- 桶〉
- 즉석식 푸드 即食食物
  [jeuk-sseok-ssik pu-deu]
  〈即食式 food〉
- 명산 名產
  [myeong-san]〈名產〉

活用關鍵字 可用表格中的部分字彙替換

1. 담배에 불을 붙이다
   點燃香煙 → A
2. 식당에 들어가다
   走進餐廳 → B
3. 청소인원을 모집하다
   招募清潔人員 → C
4. 채식도시락
   素食餐盒 → D

單複數
한 주차장
一個停車場

두 주차장
兩個停車場

| A | **What**
在停車場做什麼？

- 후진하여 들어가다
  [hu-jin-ha-yeo deu-reo-ga-da] 倒車進入〈- 後進 -〉

- 후진시켜서 나오다
  [hu-jin-si-kyeo-seo na-o-da]
  倒車出去〈後進 -〉

- 후진시키다 倒車
  [hu-jin-si-ki-da]〈後進 -〉

- 내리다 下車
  [nae-ri-da]

- 잠그다 鎖
  [jam-geu-da]

- 차지하다 佔用
  [cha-ji-ha-da]

- 몰다 [mol-da] 駛入

- 다시 확인하다 再檢查
  [da-si hwa-gin-ha-da]
  〈- 確認 -〉

- 치우다 移開
  [chi-u-da]

- 주차 위반 딱지 罰單
  [ju-cha wi-ban ttak-jji]
  〈駐車違反 -〉

- 무단 침입하다 擅自進入
  [mu-dan chi-mi-pa-da]
  〈無端侵入 -〉

- 열다 解…的鎖
  [yeol-da]

| B | **Something**
在停車場有什麼？

- 자동차 汽車
  [ja-dong-cha]〈自動車〉

- 차주 車主
  [cha-ju]〈車主〉

- 범퍼 保險桿
  [beom-peo]〈bumper〉

- 자동차 리모콘 키
  [ja-dong-cha ri-mo-kon ki]
  汽車遙控式鑰匙
  〈自動車 remote key〉

- 펜더 汽車擋泥板
  [pen-deo]〈fender〉

- 연료 탱크 캡 油箱蓋
  [yeol-lyo taeng-keu kaep]
  〈燃料 tank cap〉

- 자동차 등록 번호
  [ja-dong-cha deung-nok beon-ho]
  汽車車牌〈自動車登錄番號〉

- 사이드 미러 側視鏡
  [sa-i-deu mi-reo]〈side mirror〉

- 페어타이어 備胎
  [pe-eo-ta-i-eo]〈spare tire〉

- 앞 유리 擋風玻璃
  [ap yu-ri]〈- 琉璃〉

- 주차증 停車許可證
  [ju-cha-jeung]〈駐車證〉

- 주차권 停車券
  [ju-cha-gwon]〈駐車券〉

種類

입체주차장
立體停車場

지하주차장
地下停車場

| C | **Who** 在停車場有誰？

- 주차 요금 기록원
  [ju-cha yo-geum gi-ro-gwon]
  抄表收費員
  〈駐車料金紀錄員〉

- 주차장관리원
  [ju-cha-jang-gwal-li-won]
  停車場管理員
  〈駐車場管理員〉

- 대리 주차 泊車小弟
  [dae-ri ju-cha] 〈代理駐車〉

- 무단출입자
  [mu-dan-chu-rip-jja]
  未經許可停車的人
  〈無端出入者〉

- 당직자 看守人員
  [dang-jik-jja] 〈當直者〉

| D | **Where** 在停車場的哪裡？

- 주차비 요금소
  [ju-cha-bi yo-geum-so]
  （停車）收費亭
  〈駐車費料金所〉

- 주차 티켓 기계 停車券機
  [ju-cha ti-ket gi-gye]
  〈駐車 ticket 機械〉

- 주차 자리 停車位
  [ju-cha ja-ri] 〈駐車 -〉

- 높이 제한 표지
  [no-pi je-han pyo-ji]
  高度限制標誌 〈- 限制標識〉

- 속도 제한 표지
  [sok-tto je-han pyo-ji]
  速度限制標誌
  〈速度限制標識〉

活用關鍵字 可用表格中的部分字彙替換

1. 차를 주차장으로 몰다
   駛入停車位 → A
2. 주차 허가증을 보여 주다
   出示停車許可證 → B
3. 주차 요금 기록원이 주차장에 돌아다니다
   抄表收費員巡邏停車區 → C
4. 속도 제한 표지를 알아보지 못하다
   無法辨識速度限制標誌 → D

單複數

한 주유소
一座加油站

두 주유소
兩座加油站

A | What
在加油站做什麼？

- 주유하다 加（油）
  [ju-yu-ha-da] 〈注油 -〉

- 가득 채우다 加滿
  [kka-deuk chae-u-da]

- 다루다 操作
  [da-ru-da]

- 부풀리다 充氣膨脹
  [bu-pul-li-da]

- 들어 올리다 提起
  [deu-reo ol-li-da]

- 빠져나가다 抽出
  [ppa-jeo-na-ga-da]

- 펌프 打氣，充氣
  [peom-peu] 〈pump〉

- 들어가다 放入
  [deu-reo-ga-da]

- 넘치다 溢出
  [neom-chi-da]

- 톡톡 두드리다 輕輕地敲
  [tok-tok du-deu-ri-da]

- 씻다 洗刷（車子）
  [ssit-tta]

- 닦다 擦拭（玻璃）
  [dak-tta]

- 줄을 서다 排隊
  [ju-reul sseo-da]

B | Where
在加油站的哪裡？

- 부스 （加油）亭
  [bu-seu] 〈booth〉

- 공기 펌프 充氣筒
  [gong-gi peom-peu]
  〈空氣 pump〉

- 세차장 洗車（服務）
  [se-cha-jang] 〈洗車場〉

- 고무 롤러 橡膠刮刀
  [go-mu rol-leo] 〈-roller〉

- 편의점 便利商店
  [pyeo-nui-jeom] 〈便利店〉

- 주유기 加油機
  [ju-yu-gi] 〈注油器〉

- 호스 輸油軟管
  [ho-seu] 〈hose〉

- 노즐 油槍噴口
  [no-jeul] 〈nozzle〉

- 주유 펌프 油泵
  [ju-yu peom-peu]
  〈注油 pump〉

- 공중화장실 公共廁所
  [gong-jung-hwa-jang-sil]
  〈公眾化粧室〉

- 셀프서비스 自助服務
  [sel-peu-seo-bi-seu]
  〈self service〉

種類

셀프서비스 주유소
自助式加油站

기름을 넣어주는 주유소
服務式加油站

| C | Who
在加油站有誰？

- 카 워셔 洗車工
  [ka wo-syeo] 〈car washer〉

- 고객 顧客
  [go-gaek] 〈顧客〉

- 주유원 加油員
  [ju-yu-won] 〈加油員〉

- 주유소 직원 加油站員工
  [ju-yu-so ji-gwon]
  〈注油所職員〉

- 정비공 機械技工
  [jeong-bi-gong] 〈整備工〉

- 파트타임 스태프 計時人員
  [pa-teu-ta-im seu-tae-peu]
  〈part-time staff〉

| D | Something
在加油站有什麼？

- 연료 燃料
  [yeol-lyo] 〈燃料〉

- 바이오디젤 生質柴油
  [ba-i-o-di-jel] 〈biodiesel〉

- 디젤 柴油
  [di-jel] 〈diesel〉

- 휘발유 汽油
  [hwi-bal-lyu] 〈揮發油〉

- 윤활유 潤滑油
  [yun-hwa-ryu] 〈潤滑油〉

- 모우터 오일 機油
  [mo-u-teo o-il] 〈motor oil〉

- 탱커트럭 載油車
  [taeng-keo-teu-reok]
  〈tanker truck〉

活用關鍵字　可用表格中的部分字彙替換

1. 주유 펌프를 가볍게 톡톡 두드리다
   輕輕地敲油泵 → A
2. 세차 서비스를 제공하다
   提供洗車服務 → B
3. 주유소 직원에게 팁을 주다
   給加油員小費 → C
4. 높은 휘발유 가격
   高油價 → D

收費站

◆ 줄을 서서 **통행료를 내다**
排隊等待付通行費
◆ **통행요금 징수소에** 지나가다
通過收費站

違規停車

◆ 길가에 **차를 세우다**
沿著路邊停車
◆ 위반하면 **견인되다**
違者拖吊

油錶

◆ **기름이** 떨어지다
汽油用光了
◆ 가득 채우다
把油箱加滿油

1 你應該開進標示著「…」的收費車道。
你應該開進標示著「小型車回數票」的收費車道。
**당신은 소형 차량 선불 티켓이란 유료 차선으로
몰어야합니다.**

ETC 카드만	특대형 차량	현금만 가능
僅限 ETC 卡	大型車	只收現金

2 我只是在那裡稍微…。
我只是在那裡稍微休息一下。
거기서 잠깐 쉴 뿐입니다.

| 방향을
확인하다 | 전화하다 | 차에서
졸리다 |
|---|---|---|
| 確認一下方向 | 打一下電話 | 在車上打盹 |

3 （這個停車位）只限…使用。
（這個停車位）只限載貨卡車使用。
이 주차 자리는 배달용 트럭만 사용할 수 있습니다.

장애인	고객	인정받은 차량
身障人士	顧客	有授權的車輛
지역민	직원	공식 버스
當地居民	員工	公務巴士

8 집 家 | ❶ 客廳

單複數

한 거실
一間客廳

두 거실
兩間客廳

| A | **What** 在客廳做什麼？

- 기대다 倚靠
  [gi-dae-da]
- 눕다 [nup-tta] 躺著
- 불타다 點燃
  [bul-ta-da]
- 듣다 [deut-tta] 收聽
- 켜다 [kyeo-da] 打開
- 전하다 傳遞
  [jeon-ha-da] 〈傳 -〉
- 플레이 玩樂，播放
  [peul-le-i] 〈play〉
- 들여놓다 放進
  [deu-ryeo-no-ta]
- 읽다 [ik-tta] 閱讀
- 보다 [bo-da] 看
- 앉다 [an-da] 坐
- 정리하다 整理
  [jeong-ni-ha-da] 〈整理 -〉
- 켜다，끄다 開，關
  [kyeo-da/kkeu-da]
- 보다 看（電視）
  [bo-da]
- 쉬다 [swi-da] 休息
- 전화하다 打電話
  [jeon-hwa-ha-da] 〈電話 -〉

| B | **Where** 在客廳的哪裡？

- 탁자 桌子
  [tak-jja] 〈- 卓子〉
- 잡지 雜誌
  [jap-jji] 〈雜誌〉
- 신문 報紙
  [sin-mun] 〈新聞〉
- 리모콘 遙控器
  [ri-mo-kon] 〈remocon〉
- 소파 沙發
  [so-pa] 〈sofa〉
- 작은 탁자 小茶几
  [jja-geun tak-jja] 〈- 卓子〉
- 플로어 스탠드 落地燈
  [peul-lo-eo seu-taen-deu]
  〈floor lamp〉
- 전화 電話
  [jeon-hwa] 〈電話〉
- 벽난로 壁爐
  [byeong-nal-lo] 〈壁煖爐〉
- 디브이디 플레이어
  [di-beu-i-di peul-le-i-eo]
  光碟播放器 〈DVD player〉
- 액정 텔레비전 液晶電視
  [aek-jjeong tel-le-bi-jeon]
  〈液晶 Television〉
- 입체 음향 立體音響
  [ip-che eum-hyang]
  〈立體音響〉

同義字

응접실	거실
起居廳	臥室

C | Who
在客廳有誰？

- 형제 兄弟
  [hyeong-je] 〈兄弟〉
- 아버지 父親
  [a-beo-ji]
- 할아버지 爺爺
  [ha-ra-beo-ji]
- 할머니 奶奶
  [hal-meo-ni]
- 손님 [son-nim] 客人
- 어머니 母親
  [eo-meo-ni]
- 자매 姊妹
  [ja-mae] 〈姊妹〉
- 가족 家人
  [ga-jok] 〈家族〉
- 아이 [a-i] 小孩子

D | Something
在客廳有什麼？

- 카펫 地毯
  [ka-pet] 〈carpet〉
- 시계 時鐘
  [si-gye] 〈時計〉
- 커튼 窗簾
  [keo-teun] 〈curtain〉
- 쿠션 靠墊
  [ku-syeon] 〈cushion〉
- 진열 케이스 展示櫃
  [ji-nyeol ke-i-seu]
  〈陳列 case〉
- 헤드 라이트 頂燈
  [he-deu ra-i-teu] 〈Headlights〉
- 깔개 小地毯
  [kkal-kkae]
- 베개 抱枕
  [be-gae]

活用關鍵字　可用表格中的部分字彙替換

1. 소파에 눕다
   躺在沙發上 → A
2. 잡지를 정리하다
   整理雜誌 → B
3. 사랑하는 어머니
   親愛的母親 → C
4. 헤드 라이트를 켜다
   打開頂燈 → D

單複數

한 텔레비전
一台電視機

두 텔레비전
兩台電視機

A | What Kind
有哪些電視節目？

B | Something
在電視機裡外有什麼？

- 카툰 卡通
  [ka-tun] 〈cartoon〉

- 시청자 전화 참가 프로
  [si-cheong-ja jeon-hwa cham-ga peu-ro] 電話叩應節目
  〈視聽者電話參加 program〉

- 다큐멘터리 紀錄片
  [da-kyu-men-teo-ri]
  〈documentary〉

- 버라이어티 쇼 綜藝節目
  [beo-ra-i-eo-ti syo]
  〈variety show〉

- 패러디 模仿秀
  [pae-reo-di] 〈Parody〉

- 영화 電影
  [yeong-hwa] 〈映畫〉

- 음악 音樂
  [eu-mak] 〈音樂〉

- 뉴스 新聞台
  [nyu-seu] 〈news〉

- 리얼리티 쇼 實境節目
  [ri-eol-li-ti syo] 〈reality show〉

- 시트콤 情境喜劇
  [si-teu-kom] 〈sitcom〉

- 연속극 肥皂劇
  [yeon-sok-kkeuk] 〈連續劇〉

- 홈쇼핑 電視購物
  [hom-syo-ping]
  〈home shopping〉

- 안테나 天線
  [an-te-na] 〈antenna〉

- 시청률 收視率
  [si-cheong-nyul] 〈視聽率〉

- 광고 廣告
  [gwang-go] 〈廣告〉

- 횟수 集數
  [hoet-ssu] 〈回數〉

- 마지막 회 完結篇
  [ma-ji-mak hoe] 〈- 回〉

- 자막 뉴스 新聞跑馬燈
  [ja-mak nyu-seu] 〈字幕 news〉

- 콘센트 插座
  [kon-sen-teu] 〈socket〉

- 화질 畫質
  [hwa-jil] 〈畫質〉

- 첫방송 首播
  [cheot-ppang-song] 〈- 放送〉

- 황금 시간대 黃金時段
  [hwang-geum si-gan-dae]
  〈黃金時間臺〉

- 수신 收訊
  [su-sin] 〈受信〉

- 재방송하다 重播
  [jae-bang-song-ha-da]
  〈再放送 -〉

- 자막 字幕
  [ja-mak] 〈字幕〉

種類

유선 방송
有線電視

디지털 텔레비전
數位電視

| C | **Who**
在電視機裡有誰？

- 종합 사회자 主播
  [jong-hap sa-hoe-ja]
  〈綜合司會者〉

- 분석가 分析師
  [bun-seok-kka]〈分析家〉

- 코미디언 諧星
  [ko-mi-di-eon]〈comedian〉

- 평론가 評論家
  [pyeong-non-ga]〈評論家〉

- 참가자 參賽者
  [cham-ga-ja]〈參加者〉

- 진행자 主持人
  [jin-haeng-ja]〈進行者〉

- 기자 記者
  [gi-ja]〈記者〉

| D | **What**
在電視機前做什麼？

- 방송하다 播放
  [bang-song-ha-da]〈放送 -〉

- 돌리다 轉台
  [dol-li-da]

- 플러그를 꽂다 插入插座
  [peul-leo-geu-reul kkot-tta]
  〈plug-〉

- 녹화하다 錄影
  [no-kwa-ha-da]〈錄畫 -〉

- 켜다 , 끄다 開 , 關
  [kyeo-da/kkeu-da]

- 소리를 크게 하다 轉大聲
  [so-ri-reul keu-ge ha-da]

- 소리를 낮추다 轉小聲
  [so-ri-reul nat-chu-da]

活用關鍵字 可用表格中的部分字彙替換

1. 모방 연기에서 일부로 연예인을 풍자하다
   模仿秀在嘲諷某些名人 → A

2. 첫 방송을 주요한 시간에 하다
   首播在黃金時段 → B

3. 분석가들은 최근의 문제에 대한 의견을 내다
   分析師對近來議題作出評論 → C

4. 이 프로그램을 녹화하다
   錄這個節目 → D

單複數

한 식당
一間餐廳

두 식당
兩間餐廳

| A | **What**
在餐廳做什麼？

- 넣다 加入
  [neo-ta]

- 소스에 찍어 먹다
  [so-seu-e jji-geo meok-tta]
  沾調味料吃〈source-〉

- 먹다 [meok-tta] 吃

- 엎지르다 打翻
  [eop-jji-reu-da]

- 줍다 [jup-tta] 夾起來

- 쏟아져 나오다 倒出
  [sso-da-jeo na-o-da]

- 밥상을 차리다 擺好餐桌
  [bap-ssang-eul cha-ri-da]

- 흔들다 搖出
  [heun-deul-tta]

- 엎 지름 濺出
  [eop ji-reum]

- 뜨다 [tteu-da] 舀起

- 바르다 塗抹
  [ba-reu-da]

- 뿌리다 灑（鹽巴）
  [ppu-ri-da]

- 짜내다 擠出
  [jja-nae-da]

- 닦다 [dak-tta] 擦拭

- 주문하다 點餐
  [ju-mun-ha-da]〈注文 -〉

| B | **What Kind**
有哪些種類的餐具？

- 그릇 碗
  [geu-reut]

- 젓가락 筷子
  [jeot-kka-rak]

- 젓가락 홀더 筷子座
  [jeot-kka-rak hol-deo]
  〈chopsticks holder〉

- 겁 杯子
  [geop]〈cup〉

- 포크 叉子
  [po-keu]〈fork〉

- 겁 馬克杯
  [geop]〈cup〉

- 냅킨 餐巾紙
  [naep-kin]〈napkin〉

- 접시 盤子
  [jeop-ssi]

- 받침 접시 茶碟
  [bat-chim jeop-ssi]

- 숟가락 湯匙
  [sut-kka-rak]

- 스테이크용 나이프
  [seu-te-i-keu-yong na-i-peu]
  牛排刀〈steak 用 knife〉

- 찻주전자 茶壺
  [chat-jju-jeon-ja]〈茶酒煎子〉

- 술잔 酒杯
  [sul-jjan]〈- 盞〉

類義字

다이너	식당
小餐廳	食堂

C | Something
在餐廳有什麼？

- 병따개 開瓶器
  [byeong-tta-gae] 〈瓶 -〉
- 컵받침 杯墊
  [keop-ppat-chim] 〈cup-〉
- 핫패드 隔熱墊
  [hat-pae-deu] 〈hot pad〉
- 부엌 찬장 碗櫥
  [bu-eok chan-jang] 〈- 饌橱〉
- 플레이스 매트 餐具墊
  [peul-le-i-seu mae-teu]
  〈place mat〉
- 테이블보 桌巾
  [te-i-beul-ppo] 〈table 布〉
- 휴지 衛生紙
  [hyu-ji] 〈休紙〉

D | What Kind
有哪些調味用品？

- 입자상치즈 起司粉
  [ip-jja-sang-chi-jeu]
  〈粒子狀 cheese〉
- 케첩 番茄醬
  [ke-cheop] 〈ketchup〉
- 겨자 黃芥末
  [gyeo-ja]
- 페퍼 밀 胡椒罐
  [pe-peo mil] 〈pepper mill〉
- 소금 셰이커 鹽罐
  [so-geum sye-i-keo]
  〈-shaker〉
- 간장 醬油
  [gan-jang] 〈- 醬〉
- 드레싱 佐醬
  [deu-re-sing] 〈dressing〉

活用關鍵字 可用表格中的部分字彙替換

1. 국물을 엎지르다
   打翻了湯 → A
2. 전자 레인지를 적용하는 그릇
   適用微波爐的碗 → B
3. 병따개를 전하다
   遞出開瓶器 → C
4. 케첩을 조금 짜다
   擠出一些番茄醬 → D

單複數

한 부엌
一間廚房

두 부엌
兩間廚房

| A | **What**
    在廚房做什麼？

- 베이크 烘焙
  [be-i-keu] 〈bake〉

- 데치다 川燙
  [de-chi-da]

- 끓다 煮沸，燒開
  [kkeul-ta]

- 썰다 [sseol-da] 剁

- 튀기다 油炸
  [twi-gi-da]

- 벗기다 削皮
  [beot-kki-da]

- 굽다 [gup-tta] 烤，烘

- 부글부글 끓이다 小火慢煮
  [bu-geul-ppu-geul kkeu-ri-da]

- 조각 [jo-gak] 切片

- 짜내다 榨（果汁）
  [jja-nae-da]

- 찌다 [jji-da] 蒸

- 뭉근히 끓이다 燉
  [mung-geun-hi kkeu-ri-da]

- 볶다 [bok-tta] 炒

- 까다 [kka-da] 剝皮

- 썰다 [sseol-da] 切

- 으깨다 搗碎
  [eu-kkae-da]

| B | **How**
    在廚房用什麼處理食物？

- 시트러스 주서 榨汁器
  [si-teu-reo-seu ju-seo]
  〈citrus juicer〉

- 식칼 菜刀
  [sik-kal] 〈食 -〉

- 도마 砧板
  [do-ma]

- 프라이팬 平底鍋
  [peu-ra-i-paen] 〈frying pan〉

- 강판 刨絲器
  [gang-pan] 〈薑板〉

- 국자 勺子
  [guk-jja]

- 필러 削皮刀
  [pil-leo] 〈peeler〉

- 압력솥 壓力鍋
  [am-nyeok-ssot] 〈壓力 -〉

- 주걱 鍋鏟
  [ju-geok]

- 찜통 蒸籠
  [jjim-tong] 〈- 桶〉

- 웍 炒菜鍋
  [wok] 〈wok〉

- 밥솥 飯鍋
  [bap-ssot]

- 냄비 鍋子
  [naem-bi]

相關字

카운터 톱
流理台

찬장
食物櫃

| C | Something
在廚房有什麼？

- 알루미늄박 鋁箔紙
  [al-lu-mi-nyum-bak]
  〈aluminum foil〉

- 앞치마 圍裙
  [ap-chi-ma]

- 행주 [haeng-ju] 抹布

- 식기 선반 置盤架
  [sik-kki seon-ban] 〈食器 -〉

- 세정제 洗碗精
  [se-jeong-je] 〈洗淨劑〉

- 오븐용 장갑 隔熱手套
  [o-beu-nyong jang-gap]
  〈oven 用掌匣〉

- 비닐랩 保鮮膜
  [bi-nil-laep] 〈vinyl wrap〉

- 수세미 [su-se-mi] 菜瓜布

| D | What Kind
有哪些種類的家電？

- 분쇄기 蔬果調理機
  [bun-swae-gi] 〈粉碎機〉

- 커피 메이커 咖啡機
  [keo-pi me-i-keo]
  〈coffee maker〉

- 식기 세척기 洗碗機
  [sik-kki se-cheok-kki]
  〈食器洗滌機〉

- 전자 레인지 微波爐
  [jeon-ja re-in-ji]
  〈電子 range〉

- 믹서기 攪拌器
  [mik-sseo-gi]

- 오븐 烤箱
  [o-beun] 〈oven〉

- 토스터 烤土司機
  [to-seu-teo] 〈toaster〉

活用關鍵字　可用表格中的部分字彙替換

1. 찜냄비로 요리해서 끓이다
   小火慢煮一鍋燉菜 → A

2. 강판을 쓰는 것이 조심하다
   小心使用刨絲器 → B

3. 수세미를 사용하는 것은 바람직하지 않다
   不建議使用菜瓜布→ C

4. 시간을 절약하는 믹서기
   節省時間的蔬果調理機 → D

單複數

한 냉장고
一個冰箱

두 냉장고
兩個冰箱

| A | *What*
用冰箱做什麼？

- 조정하다 調節，調整
  [jo-jeong-ha-da] 〈調整 -〉
- 해동하다 解凍
  [hae-dong-ha-da] 〈解凍 -〉
- 만료되다 過期
  [mal-lyo-doe-da] 〈滿了 -〉
- 얼다 [eol-da] 冷凍
- 유지하다 維持
  [yu-ji-ha-da] 〈維持 -〉
- 곰팡이가 생기다 發霉
  [gom-pang-i-ga saeng-gi-da]
- 썩다 [sseok-tta] 腐爛
- 냄새가 나다 散發怪味
  [naem-sae-ga na-da]
- 시큼하다 變酸，發酵
  [si-keum-ha-da]
- 썩히다 食物腐壞
  [sseo-ki-da]
- 살균하다 殺菌
  [sal-kkyun-ha-da] 〈殺菌 -〉
- 저장하다 貯藏
  [jeo-jang-ha-da] 〈貯藏 -〉
- 보존하다 保存
  [bo-jon-ha-da] 〈保存 -〉
- 얼음을 만들다 做冰塊
  [eo-reu-meul man-deul-tta]

| B | *Where*
在冰箱的哪裡？

- 냉동실 冷凍庫
  [naeng-dong-sil] 〈冷凍室〉
- 얼음틀 製冰盒
  [eo-reum-teul]
- 냉장실 冷藏室
  [naeng-jang-sil] 〈冷藏室〉
- 야채 보관실 保鮮儲藏格
  [ya-chae bo-gwan-sil]
  〈野菜保管室〉
- 육류보관실 儲肉層
  [yung-nyu-bo-gwan-sil]
  〈肉類保管室〉
- 온도조절기 溫度控制器
  [on-do-jo-jeol-gi]
  〈溫度調節器〉
- 냉장고 문 冰箱門
  [naeng-jang-go mun]
  〈冷藏庫門〉
- 달걀꽂이 蛋架
  [dal-kkyal-kko-ji]
- 난간 防止東西掉落的護欄
  [nan-gan] 〈欄杆〉
- 냉장고 손잡이 冰箱門把
  [naeng-jang-go son-ja-bi]
  〈冷藏庫 -〉
- 각빙 디스펜서 製冰機
  [gak-pping di-seu-pen-seo]
  〈角冰 dispenser〉

類義字

냉동고
冷凍庫

| C | **Something**
在冰箱裡外有什麼？

- 냉각기 冷凝器
  [naeng-gak-kki] 〈冷却器〉

- 압축기 壓縮機
  [ap-chuk-kki] 〈壓縮機〉

- 냉장고 자석 冰箱磁鐵
  [naeng-jang-go ja-seok]
  〈冷藏庫磁石〉

- 절연체 絕緣體
  [jeo-ryeon-che] 〈絕緣體〉

- 플러그 插頭
  [peul-leo-geu] 〈plug〉

- 칸 冰箱夾層、隔間
  [kan]

| D | **What Kind**
有哪些種類的冰箱？

- 냉동 장치가 밑에 있는
  냉동고 冷凍櫃在下的冰箱
  [naeng-dong jang-chi-ga mi-te in-neun naeng-dong-go]
  〈冷凍裝置 - 冷凍庫〉

- 프렌치 도어 냉장고
  [peu-ren-chi do-eo naeng-jang-go] 三門冰箱
  〈French door 冷藏庫〉

- 대형 냉장고 大型冰箱
  [dae-hyeong naeng-jang-go]
  〈大型冷藏庫〉

- 김치냉장고 泡菜冰箱
  [gim-chi-naeng-jang-go]
  〈- 冷藏庫〉

活用關鍵字 可用表格中的部分字彙替換

1. 우유를 상하게 하기 시작하다
   牛奶開始發酸了 → A

2. 온도를 조정하는 컨트롤
   調整溫度控制器 → B

3. 주문형 냉장고 자석
   客製化的冰箱磁鐵 → C

4. 새로운 두 세로 문짝의 대형 냉장고
   全新的雙門大冰箱 → D

單複數

한 침방
一間臥室

두 침방
兩間臥室

A | What
在臥房做什麼？

- 접다 [jeop-tta] 摺（被）
- 일어나다 起床
  [i-reo-na-da]
- 이를 갈다 磨牙
  [i-reul kkal-tta]
- 걸다 [geol-da] 懸掛
- 차다 [cha-da] 踢開
- 늦잠을 자다 睡過頭
  [neut-jja-meul jja-da]
- 설정하다 設定（鬧鐘）
  [seol-jeong-ha-da] 〈設定 -〉
- 자다 [ja-da] 睡覺
- 코를 골다 打鼾
  [ko-reul kkol-da]
- 늘어지다 伸懶腰
  [neu-reo-ji-da]
- 켜다, 끄다 開，關
  [kyeo-da/kkeu-da]
- 깨우다 醒來
  [kkae-u-da]
- 하품하다 打哈欠
  [ha-pum-ha-da]
- 잠들다 入睡
  [jam-deul-tta]
- 늦잠을 자다 賴床
  [neut-jja-meul jja-da]

B | Where
在臥房的哪裡？

- 침대 床
  [chim-dae] 〈寢臺〉
- 침구 寢具
  [chim-gu] 〈寢具〉
- 침대시트 床單
  [chim-dae-si-teu] 〈寢臺 sheet〉
- 담요 毛毯
  [dam-nyo] 〈毯 -〉
- 매트리스 床墊
  [mae-teu-ri-seu] 〈mattress〉
- 배게 [bae-ge] 枕頭
- 이불 [i-bul] 棉被
- 옷장 [ot-jjang] 衣櫥
- 침실용 스탠드 床頭櫃
  [chim-si-ryong seu-taen-deu]
  〈寢室用 stand〉
- 자명종 鬧鐘
  [ja-myeong-jong] 〈自鳴鐘〉
- 야간등 夜燈
  [ya-gan-deung] 〈夜間燈〉
- 화장대 梳妝台
  [hwa-jang-dae] 〈化粧臺〉
- 거울 [geo-ul] 鏡子
- 옷걸이 掛衣架
  [ot-kkeo-ri]

類義字

주침실
主臥房

객실
客房

| C | What Kind
在臥房有哪些種類的床？

- 아기 침대 嬰兒搖籃
  [a-gi chim-dae] 〈- 寢臺〉

- 캠프 베드 行軍床
  [kaem-peu be-deu] 〈camp bed〉

- 캐노피 침대 四柱掛簾床
  [kae-no-pi chim-dae]
  〈canopy 寢臺〉

- 더블 베드 雙人床
  [deo-beul ppe-deu]
  〈double bed〉

- 방석 床墊
  [bang-seok] 〈方席〉

- 해먹 吊床
  [hae-meok] 〈hammock〉

- 물침대 水床
  [mul-chim-dae] 〈- 寢臺〉

| D | Something
在臥房有什麼？

- 에어컨 冷氣機
  [e-eo-keon] 〈air-conditioner〉

- 블라인드 百葉窗
  [beul-la-in-deu] 〈blind〉

- 서랍장 五斗櫃
  [seo-rap-jjang] 〈- 欌〉

- 커튼 窗簾
  [keo-teun] 〈curtain〉

- 선풍기 電扇
  [seon-pung-gi] 〈扇風機〉

- 깔개 小地毯
  [kkal-kkae]

- 슬리퍼 拖鞋
  [seul-li-peo] 〈slippers〉

- 난로 暖爐
  [nal-lo] 〈暖爐〉

活用關鍵字 可用表格中的部分字彙替換

1. 이불을 걷어차다
   踢開棉被 → A
2. 침대 시트를 세척하다
   洗床單 → B
3. 물침대에서 잠을 자다
   睡在水床上 → C
4. 블라인드를 닫다
   關上百葉窗 → D

單複數

한 화장대
一個梳妝台

두 화장대
兩個梳妝台

| A | **What**
在梳妝台前做什麼？

- 바르다 塗抹
  [ba-reu-da]
- 땋다 編（辮子）
  [tta-ta]
- 빗다 梳（頭髮）
  [bit-tta]
- 자르다 剪
  [ja-reu-da]
- 보다 [bo-da] 照鏡子
- 헤어 라인을 나누다
  [he-eo ra-i-neul na-nu-da]
  分髮線〈hair line-〉
- 톡톡 가볍게 치다 輕拍
  [tok-tok ga-byeop-kke chi-da]
- 흘러 나가다 倒出
  [heul-leo na-ga-da]
- 화장하다 上妝
  [hwa-jang-ha-da]〈化妝 -〉
- 화장을 치우다 卸（妝）
  [hwa-jang-eul chi-u-da]
  〈化妝 -〉
- 뿌리다 噴灑
  [ppu-ri-da]
- 묶다 [muk-tta] 綁緊
- 세트 整理
  [se-teu]〈set〉
- 제모 除毛
  [je-mo]〈除毛〉

| B | **What Kind**
梳妝台上有哪些化妝品？

- 연지 腮紅
  [yeon-ji]〈臙脂〉
- 콤팩트 粉餅盒
  [kom-paek-teu]〈compact〉
- 컨실러 遮瑕膏
  [keon-sil-leo]〈concealer〉
- 아이 라이너 眼線筆
  [a-i ra-i-neo]〈eyeliner〉
- 아이섀도 眼影
  [a-i-syae-do]〈eye shadow〉
- 오일 종이 吸油面紙
  [o-il jong-i]〈oil-〉
- 파운데이션 粉底液
  [pa-un-de-i-syeon]
  〈foundation〉
- 립밤 護唇膏
  [rip-ppam]〈lip balm〉
- 립글로스 唇蜜
  [rip-kkeul-lo-seu]〈lip gloss〉
- 립스틱 口紅
  [rip-sseu-tik]〈lipstrick〉
- 마스카라 睫毛膏
  [ma-seu-ka-ra]〈mascara〉
- 루스 파우더 蜜粉
  [ru-seu pa-u-deo]
  〈loose powder〉
- 선 블럭 크림 隔離霜
  [seon beul-leok keu-rim]
  〈sun block cream〉

同義字

경대
梳妝台

| C | **What Kind**
有哪些美髮產品？

- 바비 핀 細髮夾
  [ba-bi pin] 〈bobby pin〉

- 헤어 아이론 捲髮器
  [he-eo a-i-ron] 〈curling iron〉

- 머리핀 造型髮夾
  [meo-ri-pin] 〈-pin〉

- 헤어 스프레이 定型液
  [he-eo seu-peu-re-i]
  〈hair spray〉

- 무스 慕絲
  [mu-seu] 〈mousse〉

- 헤어밴드 髮帶（束）
  [he-eo-baen-deu] 〈hair-band〉

- 젤 造型髮膠
  [jel] 〈gel〉

| D | **Something**
在梳妝台有什麼？

- 팩 面膜
  [paek] 〈pack〉

- 거울 [geo-ul] 鏡子

- 보습크림 保濕霜
  [bo-seup-keu-rim]
  〈保濕 cream〉

- 손톱깎이 指甲剪
  [son-top-kka-kki]

- 향수 香水
  [hyang-su] 〈香水〉

- 토너 化妝水
  [to-neo] 〈toner〉

- 아이래시 컬러 睫毛夾
  [a-i-rae-si keol-leo]
  〈eyelash curler〉

活用關鍵字 可用表格中的部分字彙替換

1. 머리를 땋다
   編頭髮 → A
2. 얼굴에 리퀴드 파운데이션을 조금 바르다
   上一些粉底液在臉上 → B
3. 헤어밴드로 머리를 묶다
   用髮束綁頭髮 → C
4. 향수를 뿌리다
   噴香水 → D

打掃

- 상을 닦다
  擦亮**桌子**
- 청소기로 방을 청소하다
  用吸塵器打掃**房間**

用餐準備

- 밥상을 차리다
  擺碗筷
- 냅킨을 접다
  折**餐巾紙**

床鋪

- 침대를 정리하다
  整理床鋪
- 시트를 갈다
  更換床單

1 **거실에서 시간을 어떻게 보냅니까?**
在客廳你都怎麼打發時間？
내가 항상 잡지를 읽습니다.
我通常都在看雜誌。

가족하고 화투를 치다	소파에 누워서 TV 를 보다	의자에서 잠깐 낮잠을 차다
和家人玩紙牌	躺在沙發上看電視	在躺椅上小睡片刻

2 **오늘 저녁에 무엇을 먹을까요?**
今天晚餐我們要吃什麼？
이따가 볶음밥을 요리하겠습니다.
待會我會做炒飯。

피자를 배달시키다	라면을 끓이다	생각해 보다
叫外送披薩	煮一些泡麵	想想看

3 **어떤 냉장고를 사고 싶습니까?**
你想買哪一台冰箱？
제빙기가 있는 것으로 하겠습니다.
我想要有製冰機的那台。

정교한 색깔	많이 넓은 구획	내 예산에 맞추다
色澤成熟	有很多寬敞隔層	在我預算之內

8 집 家 | ❽ 嬰兒房

單複數

한 아기방
一間嬰兒房

두 아기방
兩間嬰兒房

| A | **What**
在嬰兒房做什麼？

- 보모가 되다 當保姆
  [bo-mo-ga doe-da] 〈保姆 -〉
- 씻다 給…洗澡
  [ssit-tta]
- 젖을 먹이다 餵母乳
  [jeo-jeul meo-gi-da]
- 쓰다듬다 哄
  [sseu-da-deum-da]
- 기다 [gi-da] 爬行
- 울다 [ul-da] 哭
- 안다 [an-da] 抱，托住
- 가벼이 치다 輕拍
  [ga-byeo-i chi-da]
- 놀다 [nol-da] 玩耍
- 가루를 뿌리다 灑上粉
  [ga-ru-reul ppu-ri-da]
- 빨다 吸吮（奶嘴）
  [ppal-tta]
- 걸음마다다 嬰兒蹣跚行走
  [geo-reum-ma-ta-da]
- 이유를 시작하다
  [i-yu-reul ssi-ja-ka-da]
  使斷奶〈離乳始作 -〉
- 젖다 尿濕，沾濕
  [jeot-tta]
- 갈다 更換
  [gal-tta]

| B | **Something**
在嬰兒房有什麼？

- 베이비 백팩 背帶
  [be-i-bi baek-paek]
  〈baby backpack〉
- 젖병 奶瓶
  [jeot-ppyeong] 〈- 瓶〉
- 유아용 보디로션 嬰兒乳液
  [yu-a-yong bo-di-ro-syeon]
  〈幼兒用 body lotion〉
- 물수건 濕紙巾
  [mul-su-geon] 〈- 手巾〉
- 벨 旋轉搖鈴
  [bel] 〈bell〉
- 턱받이 嬰兒小圍兜
  [teok-ppa-ji]
- 귀저기 尿布
  [gwi-jeo-gi]
- 인형 娃娃
  [in-hyeong] 〈人形〉
- 분유 配方奶粉
  [bu-nyu] 〈粉乳〉
- 야간등 夜燈
  [ya-gan-deung] 〈夜間燈〉
- 젖꼭지 奶嘴
  [jeot-kkok-jji]
- 롬퍼 슈트 連身褲
  [rom-peo syu-teu]
  〈romper suit〉
- 래틀 撥浪鼓
  [rae-teul] 〈rattle〉

相關字

수유실
육아실

C	Where 在嬰兒房的哪裡？

- 아기요람 嬰兒搖籃
  [a-gi-yo-ram]〈嬰兒搖籃〉

- 어린이용 보조 의자 墊高椅
  [eo-ri-ni-yong bo-jo ui-ja]
  〈- 用補助椅子〉

- 아기 침대 嬰兒床
  [a-gi chim-dae]〈- 寢臺〉

- 아기 놀이울 遊戲圍欄
  [a-gi no-ri-ul]

- 유아용 변기 幼兒馬桶
  [yu-a-yong byeon-gi]
  〈幼兒用便器〉

- 유모차 嬰兒推車
  [yu-mo-cha]〈乳母車〉

- 보행기 學步車
  [bo-haeng-gi]〈步行器〉

D	What Kind 有哪些嬰兒常見疾病？

- 천식 氣喘
  [cheon-sik]〈喘息〉

- 아기 복통 嬰兒哭鬧
  [a-gi bok-tong]〈- 腹痛〉

- 수두 水痘
  [su-du]〈水痘〉

- 기저귀 발진 尿布疹
  [gi-jeo-gwi bal-jjin]〈- 發疹〉

- 설사 腹瀉
  [seol-sa]〈泄瀉〉

- 황달 黃疸
  [hwang-dal]〈黃疸〉

- 마진 麻疹
  [ma-jin]〈麻疹〉

- 알레르기 過敏
  [al-le-reu-gi]〈Allergie〉

活用關鍵字 可用表格中的部分字彙替換

1. 어린 아이가 걸음마타다
   嬰兒東倒西歪地走 → A
2. 기저귀를 바꾸다
   換尿布 → B
3. 아기 침대에서 자다
   在嬰兒床裡睡覺 → C
4. 기저귀 발진은 매우 일반적이다
   尿布疹很普遍 → D

單複數

한 문방
一間書房

두 문방
兩間書房

| A | **What**
在書房做什麼？

- 예비 복사하다 備份
  [ye-bi bok-ssa-ha-da]
  〈豫備複寫 -〉

- 연결하다 連線
  [yeon-gyeol-ha-da] 〈連接 -〉

- 다운로드하다 下載
  [da-ul-lo-deu-ha-da]
  〈download-〉

- 지우다 [ji-u-da] 擦掉

- 적다 [jeok-tta] 記下

- 읽다 [ik-tta] 讀書

- 재설치하다 重灌（電腦）
  [jae-seol-chi-ha-da]
  〈再設置 -〉

- 다시 시작하다 重新開機
  [da-si si-ja-ka-da] 〈- 始作 -〉

- 스캔하다 掃描
  [seu-kaen-ha-da] 〈scan-〉

- 저장하다 儲存
  [jeo-jang-ha-da] 〈貯藏 -〉

- 인터넷을 서핑하다 上網
  [in-teo-ne-seul sseo-ping-ha-da] 〈internet surffing〉

- 타자 치기 打字
  [ta-ja chi-gi] 〈打字 -〉

- 줄을 긋다 劃線
  [ju-reul kkeut-tta]

| B | **Where**
在書房的哪裡？

- 책상 書桌
  [chaek-ssang] 〈冊床〉

- 서랍 [seo-rap] 抽屜

- 책꽂이 書架
  [chaek-kko-ji] 〈冊 -〉

- 플 [peul] 膠水

- 공책 筆記本
  [gong-chaek] 〈空冊〉

- 클립 迴紋針
  [keul-lip] 〈clip〉

- 연필깎이 削鉛筆機
  [yeon-pil-kka-kki] 〈鉛筆 -〉

- 포스트잇 便利貼
  [po-seu-teu-it] 〈Post-it〉

- 가위 [ga-wi] 剪刀

- 스테이플러 釘書機
  [seu-te-i-peul-leo] 〈stapler〉

- 칼 [kal] 美工刀

- 책장 書櫃
  [chaek-jjang] 〈冊欌 -〉

- 사전 字典
  [sa-jeon] 〈字典〉

- 잡지 雜誌
  [jap-jji] 〈雜誌〉

- 서적 書籍
  [seo-jeok] 〈書籍〉

類義字

스튜디오
工作室，畫室

작업실
工作室，作坊

| C | Something
在書房裡有什麼？

- 탁상용 컴퓨터 桌上型電腦
  [tak-ssang-yong keom-pyu-teo]
  〈卓上用 computer〉

- 시디롬드라이브 光碟機
  [si-di-rom-deu-ra-i-beu]
  〈CD-ROM drive〉

- 외장 하드 드라이브 케이
  스 外接式硬碟
  [oe-jang ha-deu deu-ra-i-beu
  ke-i-seu]
  〈外裝 hard drive case〉

- 키보드 鍵盤
  [ki-bo-deu] 〈keyboard〉

- 마우스 滑鼠
  [ma-u-seu] 〈mouse〉

- 램프 檯燈
  [raem-peu] 〈lamp〉

| D | What Kind
在書房有哪些文具？

- 달력 日曆
  [dal-lyeok] 〈曆〉

- 필통 筆筒
  [pil-tong] 〈筆筒〉

- 볼펜 原子筆
  [bol-pen] 〈ball pen〉

- 치우개 橡皮擦
  [chi-u-gae]

- 현광펜 螢光筆
  [hyeon-gwang-pen]
  〈螢光 pen〉

- 마커 펜 麥克筆
  [ma-keo pen] 〈marker pen〉

- 차 [cha] 尺 〈尺〉

- 수정액 修正液
  [su-jeong-aek] 〈修正液〉

活用關鍵字　可用表格中的部分字彙替換

1. 컴퓨터를 다시 켜다
   將電腦重新開機 → A
2. 날카로운 가위이 조심하다
   小心鋒利的剪刀 → B
3. 광마우스
   光學滑鼠 → C
4. 새게 하는 볼펜
   一支漏水的原子筆 → D

單複數

한 탈의실
一個穿衣間

두 탈의실
兩個穿衣間

| A | **What**
在穿衣間做什麼？

- 선택하다 選擇
  [seon-tae-ka-da] 〈選擇 -〉

- 옷차림하다 打扮
  [ot-cha-rim-ha-da]

- 어울리다 搭配
  [eo-ul-li-da]

- 걸다 [geol-da] 掛起

- 다리미 熨燙
  [da-ri-mi]

- 고르다 挑選
  [go-reu-da]

- 닦기 [dak-kki] 擦亮

- 입다 [ip-tta] 穿上

- 벗다 [beot-tta] 脫掉

- 걸치다 穿上
  [geol-chi-da]

- 주름이 지다 衣服起皺
  [ju-reu-mi ji-da]

- 지퍼를 올리다
  [ji-peo-ga dal-li-da]
  拉上拉鍊 〈zipper〉

- 단추를 달다 扣鈕扣
  [dan-chu-reul ttal-tta]

- 갈아입다 換 (衣服)
  [ga-ra-ip-tta]

| B | **What Kind**
有哪些衣服樣式？

- 블라우스 女性襯衫
  [beul-la-u-seu] 〈blouse〉

- 재킷 夾克
  [jae-kit] 〈jacket〉

- 로라이즈진 低腰牛仔褲
  [ro-ra-i-jeu-jin]
  〈low-rise jeans〉

- 미니 스커트 迷你裙
  [mi-ni seu-keo-teu]
  〈mini skirt〉

- 외투 大衣
  [oe-tu] 〈外套〉

- 바지 [ba-ji] 長褲

- 셔츠 襯衫
  [syeo-cheu] 〈shirt〉

- 반바지 短褲
  [ban-ba-ji] 〈半 -〉

- 정장 西裝
  [jeong-jang] 〈正裝〉

- 스웨터 毛衣
  [seu-we-teo] 〈sweater〉

- 탱크톱 無袖背心
  [taeng-keu-top] 〈tank top〉

- 티셔츠 T 恤
  [ti-syeo-cheu] 〈T-shirt〉

- 조끼 [jo-kki] 背心

同義字

옷장
衣櫥

C	What Kind 有哪些配件？	D	Something 在穿衣間有什麼？

C | What Kind 有哪些配件？

- 팔지 手鐲
  [pal-jji]

- 귀고리 耳環
  [gwi-go-ri]

- 장갑 手套
  [jang-gap] 〈掌匣〉

- 목걸이 項鍊
  [mok-kkeo-ri]

- 반지 戒指
  [ban-ji]

- 목도리 圍巾
  [mok-tto-ri]

- 선글라스 太陽眼鏡
  [seon-geul-la-seu]
  〈sunglasses〉

- 넥타이 領帶
  [nek-ta-i] 〈necktie〉

D | Something 在穿衣間有什麼？

- 허리띠 皮帶
  [heo-ri-tti]

- 사각 팬티 四角褲
  [sa-gak paen-ti] 〈四角 panties〉

- 내복 內衣
  [nae-bok] 〈內服〉

- 서랍 抽屜
  [seo-rap]

- 옷걸이 衣架
  [ot-kkeo-ri]

- 제충정제 樟腦丸
  [je-chung-jeong-je]
  〈除蟲錠劑〉

- 팬티 短內褲
  [paen-ti] 〈panties〉

- 양말 襪子
  [yang-mal] 〈洋襪〉

活用關鍵字 可用表格中的部分字彙替換

1. 다림질하다
   燙衣服 → A

2. 로우 라이즈 청바지가 유행하고 있다
   低腰牛仔褲正流行 → B

3. 한 귀고리
   一對耳環 → C

4. 옷장에 방충제를 놓다
   把樟腦丸放在衣櫥裡 → D

嬰兒成長

◆ 이유
斷奶
◆ 졸졸 흐르는 소리
牙牙學語

用功中

◆ 밤을 꼴딱 새우다
整晚熬夜
◆ 머리를 짜내다
絞盡腦汁

洗衣服

◆ 옷을 접다
折衣服
◆ 세탁물 바구니에 옷을 넣다
把衣服放進洗衣籃

1 **애에게 어떻게 먹여 줍니까?**
你打算怎麼餵孩子呢？
아기에게 젖을 먹여 주려고 합니다.
我打算親自餵她母乳。

병으로 먹이를 주다	분유를 먹여 주다	고형 식품을 먹이기 시작하다
用奶瓶餵養她	餵她配方奶	開始餵食固態食物

2 **방에서 무엇을 합니까?**
你在書房裡做什麼？
연구하고 있습니다.
我忙著做研究。

서류를 정리하다	숙제하다	구글로 정보를 검색하다
整理文件	寫功課	用 google 搜尋資料

3 **옷을 어떻게 정리합니까?**
你都怎麼整理衣服的？
나는 옷을 진공 봉투에 넣습니다.
我把他們放進真空袋。

순서대로 접다	침대에 임의로 놓다	옷걸이에 걸다
照順序折好	亂丟在床上	掛在衣架上

單複數

한 베란다
一座陽台

두 베란다
兩座陽台

| A | What 在陽台做什麼？

- 빨래를 헹구다 洗衣服
  [ppal-lae-reul heng-gu-da]
- 빨래를 말리다 晾衣服
  [ppal-lae-reul mal-li-da]
- 표백하다 漂白
  [pyo-bae-ka-da] 〈漂白 -〉
- 들다 扛（瓦斯）
  [deul-tta]
- 클립 夾住
  [keul-lip] 〈clip〉
- 희석시키다 稀釋
  [hi-seok-ssi-ki-da] 〈稀釋 -〉
- 걸다 掛起（衣服）
  [geol-da]
- 설치하다 安裝
  [seol-chi-ha-da] 〈設置 -〉
- 켜다 點燃（熱水器）
  [kyeo-da]
- 씻다 [ssit-tta] 沖洗
- 조이다 [jo-i-da] 旋緊
- 담그다 浸泡
  [dam-geu-da]
- 돌리다 旋轉（脫水）
  [dol-li-da]
- 물을 주다 澆水
  [mu-reul jju-da]
- 짜다 [jja-da] 擰乾

| B | What Kind 有哪些洗衣用具？

- 대막대기 竹竿
  [dae-mak-ttae-gi]
- 표백제 漂白劑
  [pyo-baek-jje] 〈漂白劑〉
- 빨래 걸이 曬衣架
  [ppal-lae geo-ri]
- 빨랫줄 曬衣繩
  [ppal-lae geo-ri]
- 빨래 집게 曬衣夾
  [ppal-lae jip-kke]
- 세제 洗衣粉
  [se-je] 〈洗劑〉
- 섬유 유연제 衣物柔軟精
  [seo-myu yu-yeon-je]
  〈纖維柔軟劑〉
- 세탁물 바구니 洗衣籃
  [se-tang-mul ba-gu-ni]
  〈洗濯物 -〉
- 세탁망 洗衣網
  [se-tang-mang] 〈洗濯網〉
- 비누 [bi-nu] 肥皂
- 빨래판 洗衣板
  [ppal-lae-pan] 〈- 板〉
- 세탁 대야 洗衣盆
  [se-tak dae-ya] 〈洗濯 -〉
- 다리미 熨斗
  [da-ri-mi]
- 대야 [dae-ya] 盆子

類義字

테라스
露天平台

파티오
露台

| C | **What Kind**
陽台有哪些機器？

- 건조기 烘衣機
  [geon-jo-gi] 〈乾燥機〉

- 세탁기 洗衣機
  [se-tak-kki] 〈洗濯機〉

- 조작반 控制板
  [jo-jak-ppan] 〈操作盤〉

- 덮다 （洗衣機）蓋
  [deop-tta]

- 온도조절기 溫度控制器
  [on-do-jo-jeol-gi]
  〈溫度調節器〉

- 가스 온수기 熱水器
  [ga-seu on-su-gi]
  〈gas 溫水器〉

- 가스통 瓦斯桶
  [ga-seu-tong] 〈gas 桶〉

| D | **Something**
在陽台有什麼？

- 난간 欄杆
  [nan-gan] 〈欄杆〉

- 침대의자 躺椅
  [chim-dae-ui-ja] 〈寢臺椅子〉

- 프랑스식유리창
  [peu-rang-seusikyu-ri-chang]
  落地窗〈French 式玻璃窗〉

- 철 난간 鐵欄杆
  [cheol nan-gan] 〈鐵欄杆〉

- 분재 盆栽
  [bun-jae] 〈盆栽〉

- 삽 [sap] 小鏟子

- 물뿌리개 澆花器
  [mul-ppu-ri-gae]

- 풍경 風鈴
  [pung-gyeong] 〈風磬〉

活用關鍵字 可用表格中的部分字彙替換

1. 세탁물을 널다
   曬衣服 → A

2. 세탁물 바구니로 더러운 옷을 수집하다
   使用洗衣籃收集髒衣服 → B

3. 세탁기의 용량
   洗衣機的容量 → C

4. 침대의자를 놓다
   擺放一張躺椅 → D

8 집 家 ⑫ 玄關

單複數

한 현관
一個玄關

두 현관
兩個玄關

A | *What*
在玄關做什麼？

- 닫다 [dat-tta] 關上
- 걸다 [geol-da] 懸掛
- 끼우다 插入（鑰匙孔）
  [kki-u-da]
- 노크하다 敲（門）
  [no-keu-ha-da]〈knock-〉
- 잠그다 鎖住
  [jam-geu-da]
- 열다 [yeol-da] 打開
- 당기다 拉
  [dang-gi-da]
- 밀다 [mil-da] 推
- 가로막다 把⋯關在外面
  [ga-ro-mak-tta]
- 깔다 鋪（地毯）
  [kkal-tta]
- 짓밟다 用腳踩踏
  [jit-ppap-tta]
- 빼다 拔出（鑰匙）
  [ppae-da]
- 매다 繫（鞋帶）
  [mae-da]
- 돌리다 轉動（鑰匙）
  [dol-li-da]
- 켜다 打開（燈）
  [kyeo-da]

B | *Something*
在玄關附近有什麼？

- 버저 電鈴
  [beo-jeo]〈buzzer〉
- 옷걸이 衣帽架
  [ot-kkeo-ri]
- 방취제 除臭劑
  [bang-chwi-je]〈防臭劑〉
- 화재경보기 火災警報器
  [hwa-jae-gyeong-bo-gi]
  〈火災警報器〉
- 어항 玻璃魚缸
  [eo-hang]〈魚缸〉
- 벽걸이 掛軸
  [byeok-kkeo-ri]〈壁 -〉
- 인터컴 對講機
  [in-teo-keom]〈intercom〉
- 보안 콘솔 保全控制台
  [bo-an kon-sol]
  〈保安 console〉
- 연기 탐지기 煙霧探測器
  [yeon-gi tam-ji-gi]
  〈煙氣探知機〉
- 춘련 春聯
  [chul-lyeon]〈春聯〉
- 우산꽂이 傘桶
  [u-san-kko-ji]〈雨傘 -〉
- 꽃병 花瓶
  [kkot-ppyeong]〈瓶〉

類義字

입구의 통로	현관
入口	玄關

C | What Kind
有哪些鞋用品?

- 문 매트 門墊
  [mun mae-teu] 〈門 mat〉
- 구둣솔 鞋刷
  [gu-dut-ssol]
- 신발장 鞋櫃
  [sin-bal-jjang] 〈- 欌〉
- 운동화 運動鞋
  [un-dong-hwa] 〈運動靴〉
- 슈 혼 鞋拔
  [syu hon] 〈shoe horn〉
- 구두약 鞋油
  [gu-du-yak] 〈- 藥〉
- 실내화 선반 拖鞋架
  [sil-lae-hwa seon-ban]
  〈室內靴 -〉

D | What Kind
門有哪些裝置?

- 문 [mun] 門 〈門〉
- 걸쇠 [geol-soe] 內栓鎖
- 도어 체인 門鏈
  [do-eo che-in] 〈door chain〉
- 손잡이 門把
  [son-ja-bi]
- 문소란 擋門器
  [mun-so-ran] 〈門小欄〉
- 틈구멍 窺視孔
  [teum-gu-meong]
- 로크 門鎖
  [ro-keu] 〈lock〉
- 초인종 門鈴
  [cho-in-jong] 〈招人鐘〉

活用關鍵字　可用表格中的部分字彙替換

1. 열쇠가 삽입되다
   插入鑰匙 → A
2. 옷걸이를 옮기다
   把衣帽架移位 → B
3. 신발장에 운동화를 넣다
   將球鞋放入鞋櫃中 → C
4. 걸쇠가 있는 문
   附有內栓鎖的門 → D

單複數

한 욕실
一間浴室

두 욕실
兩間浴室

A | What
在浴廁做什麼？

- 담그다 浸泡
  [dam-geu-da]

- 이를 닦다 刷（牙）
  [i-reul ttak-tta]

- 얼굴을 씻다 洗臉
  [eol-gu-reul ssit-tta]

- 막다 馬桶堵塞
  [mak-tta]

- 말리다 弄乾
  [mal-li-da]

- 치실질을 하다
  [chi-sil-ji-reul ha-da]
  用牙線潔牙〈齒 -〉

- 쏟아지다 沖馬桶
  [sso-da-ji-da]

- 새다 [sae-da] 漏水

- 씻다 [sae-da] 沖洗

- 면도하다 刮鬍子
  [myeon-do-ha-da]〈面刀 -〉

- 샤워하다 淋浴
  [sya-wo-ha-da]〈shower-〉

- 뱉다 [baet-tta] 吐出

- 짜다 [jja-da] 擠出

- 씻다 [ssit-tta] 洗

- 빨다 [ppal-tta] 洗衣服

- 청소하다 清掃
  [cheong-so-ha-da]〈清掃 -〉

B | Where
在浴廁的哪裡？

- 욕실용 매트 腳踏墊
  [yok-ssi-ryong mae-teu]
  〈浴室用 mat〉

- 욕조 浴缸
  [yok-jjo]〈浴槽〉

- 미끄럼방지 매트 防滑墊
  [mi-kkeu-reom-bang-ji mae-teu]〈- 防止 map〉

- 스킨바디워시 沐浴乳
  [seu-kin-ba-di-wo-si]
  〈skin body wash〉

- 린스 潤髮乳
  [rin-seu]〈rinse〉

- 배수공 排水孔
  [bae-su-gong]〈排水孔〉

- 샴푸 洗髮精
  [syam-pu]〈spampoo〉

- 샤워 커튼 浴簾
  [sya-wo keo-teun]
  〈shower curtain〉

- 샤워헤드 蓮蓬頭
  [sya-wo-he-deu]
  〈showerhead〉

- 싱크대 洗手台
  [sing-keu-dae]〈sink 臺〉

- 꼭지 [kkok-jji] 水龍頭

- 구세액 漱口水
  [gu-se-aek]〈口洗液〉

- 비누 [bi-nu] 肥皂

類義字

샤워실
淋浴間

화장실
洗手間

| | C | Something
在洗手台有什麼？

- 수건걸이 毛巾架
  [su-geon-geo-ri] 〈手巾 -〉

- 세면대 洗手台
  [se-myeon-dae] 〈洗面臺〉

- 전기면도기 電動刮鬍刀
  [jeon-gi-myeon-do-gi]
  〈電氣面刀器〉

- 거울 [geo-ul] 鏡子

- 면도용 크림 刮鬍膏
  [myeon-do-yong keu-rim]
  〈面刀用 cream〉

- 칫솔 [chit-ssol] 牙刷〈齒 -〉

- 치약 牙膏
  [chi-yak] 〈齒藥〉

- 휴지 衛生紙
  [hyu-ji] 〈休紙〉

| | D | What Kind
有哪些廁所配備？

- 플런저 吸盤
  [peul-leon-jeo] 〈plunger〉

- 변기 馬桶
  [byeon-gi] 〈便器〉

- 변기손잡이 沖水把手
  [byeon-gi-son-ja-bi] 〈便器 -〉

- 변좌덮개 馬桶蓋
  [byeon-jwa-deop-kkae]
  〈便座 -〉

- 탱크 水箱
  [taeng-keu] 〈tank〉

- 변기수조뚜껑 水箱蓋
  [byeon-gi-su-jo-ttu-kkeong]
  〈便器水槽 -〉

- 변기 馬桶缸
  [byeon-gi] 〈便器〉

活用關鍵字　可用表格中的部分字彙替換

1. 수도관에서 누수하고 있다
   水管正在漏水 → A

2. 머리에 약간 샴푸를 바르다
   倒些洗髮精在頭皮上 → B

3. 치약이 거의 떨어지다
   牙膏快用完了 → C

4. 변기를 청소하다
   清洗馬桶 → D

單複數

한 공구실
一個工具間

두 공구실
兩個工具間

| A | **What**
在工具間做什麼？

- 조립하다 組裝
  [jo-rip-pa-da] 〈組立 -〉

- 굽히다 折彎
  [gu-pi-da]

- 측정하다 測量
  [cheuk-jjeong-ha-da] 〈測定 -〉

- 윤활유를 치다 上油
  [yun-hwa-ryu-reul chi-da]
  〈潤滑油 -〉

- 해치우다 擦亮
  [hae-chi-u-da]

- 수리하다 維修
  [su-ri-ha-da] 〈修理 -〉

- 바꾸다 更換
  [ba-kku-da]

- 톱질하다 來回鋸
  [top-jjil-ha-da]

- 날카롭게 갈다 磨利
  [nal-ka-rop-kke gal-tta]

- 살균하다 殺菌
  [sal-kkyun-ha-da] 〈殺菌 -〉

- 해체하다 拆解
  [hae-che-ha-da] 〈解體 -〉

- 단단히 조여지다 栓緊
  [dan-dan-hi jo-yeo-ji-da]

- 풀다 鬆開 (螺絲)
  [pul-da]

| B | **Something**
在工具間有什麼？

- 볼트 螺栓
  [bol-teu] 〈bolt〉

- 너트 螺帽
  [neo-teu] 〈nut〉

- 빗자루 掃把
  [bit-jja-ru]

- 쓰레받기 畚箕
  [sseu-re-bat-kki]

- 전기 드릴 電鑽
  [jeon-gi deu-ril] 〈電器 drill〉

- 먼지떨이 雞毛撢子
  [meon-ji-tteo-ri]

- 망치 [mang-chi] 鐵鎚

- 못 [mot] 鐵釘

- 페인트 롤러 油漆滾筒
  [pe-in-teu rol-leo]
  〈paint roller〉

- 펜치 老虎鉗
  [pen-chi] 〈pincers〉

- 톱 [top] 鋸子

- 나사못 螺絲釘
  [na-sa-mot] 〈螺絲 -〉

- 드라이버 螺絲起子
  [deu-ra-i-beo] 〈driver〉

- 렌치 扳手
  [ren-chi] 〈wrench〉

相關字

공구 상자
工具箱

청소용구
清潔用具

| C | **Who**
在工具間有誰？

- 전기 기사 電工
  [jeon-gi gi-sa] 〈電氣技士〉

- 보수노동자 修補工人
  [bo-su-no-dong-ja]
  〈補修勞動者〉

- 자물쇠 장수 鎖匠
  [ja-mul-soe jang-su]

- 정비공 機械工
  [jeong-bi-gong] 〈整備工〉

- 칠장이 油漆工
  [chil-jang-i] 〈漆 -〉

- 배관공 水管工
  [bae-gwan-gong] 〈配管工〉

- 수리공 修理工
  [su-ri-gong] 〈修理工〉

| D | **What Kind**
有哪些清潔用品？

- 공기 정화제 芳香劑
  [gong-gi jeong-hwa-je]
  〈空氣淨化劑〉

- 암모니아 氨水
  [am-mo-ni-a] 〈ammonia〉

- 소독약 消毒劑
  [so-do-gyak] 〈消毒藥〉

- 바닥 왁스 地板蠟
  [ba-dak wak-sseu] 〈-wax〉

- 마스크 口罩
  [ma-seu-keu] 〈mask〉

- 창문 세제 窗戶清潔劑
  [chang-mun se-je] 〈窗門洗劑〉

- 작업용 장갑 手套
  [ja-geo-byong jang-gap]
  〈作業用掌匣〉

活用關鍵字 可用表格中的部分字彙替換

1. 나사를 조이다
   栓緊**螺絲釘** → A
2. 녹슨 못
   生鏽的**鐵釘** → B
3. 배관공에게 전화하다
   打電話給**水管工** → C
4. 소독제를 뿌리다
   噴灑一些**消毒劑** → D

門禁安全

◆ 틈구멍을 검사하다
　檢視窺視孔
◆ 도어 체인으로 안전한 집을 확보하다
　用門鏈確保家庭安全

個人清潔

◆ 이를 닦다
　刷牙
◆ 귀지를 파내다
　挖出耳垢

打掃

◆ 털 먼지를 떨어지다
　撢掉灰塵
◆ 대걸레를 짜다
　把拖把擰乾

1 우리의 발코니가 단조롭다고 생각하지 않습니까?
你不覺得我們的陽台很單調嗎？
네 , 우리가 장식해야 합니다 .
對啊，我們應該裝飾一下。

분재를 약간 놓다	필요없는 가구를 옮기다	조금 새로 꾸미다
放一些盆栽	移走不必要的傢俱	重新翻修一下

2 변기가 막히면 어떻게 합니까?
馬桶阻塞怎麼辦？
배관공에게 전화 해 봅니다 .
打給水電工試試吧。

플런저를 사용하다	다시 쏟아지다	누군가 찾고 오라고 하다
用吸盤	再沖一次	找個人來

3 클렌저의 판매 강조점은 무엇입니까?
這瓶清潔劑的賣點在哪？
그것은 어떤 소재에 적용할 수 있습니다 .
它清潔範圍無所不包。

즉시 얼룩을 용해하다	마법 효과를 가지고 있다	재활용 할 수 있다
迅速分解髒污	擁有神奇功效	可以回收使用

單複數

한 로비
一間大廳

두 로비
兩間大廳

| A | **What**
在大廳做什麼？

- 허락하다 允許
  [heo-ra-ka-da] 〈許諾 -〉

- 침입하다 闖入
  [chi-mi-pa-da] 〈侵入 -〉

- 불타다 燒（香）
  [bul-ta-da]

- 움직이다 搬運
  [um-ji-gi-da]

- 배달하다 送貨
  [bae-dal-ha-tta] 〈配達 -〉

- 모이다 集合
  [mo-i-da]

- 인사하다 打招呼
  [in-sa-ha-da] 〈人事 -〉

- 경비하다 守衛
  [gyeong-bi-ha-da]
  〈警備 -〉

- 투입하다 投入（信箱）
  [tu-i-pa-da] 〈投入 -〉

- 순찰을 돌다 巡邏
  [sun-cha-reul ttol-da] 〈巡察 -〉

- 내다 [nae-da] 繳納

- 밀다 [mil-da] 推門

- 수리하다 修理
  [su-ri-ha-da] 〈修理 -〉

- 서명하다 簽名
  [su-ri-ha-da] 〈署名 -〉

| B | **Something**
在大廳有什麼？

- 버저 門鈴
  [beo-jeo] 〈buzzer〉

- 카펫 地毯
  [ka-pet] 〈carpet〉

- 샹들리에 吊燈
  [syang-deul-li-e] 〈chandelier〉

- 엘리베이터 電梯
  [el-li-be-i-teo] 〈elevator〉

- 비상구 逃生口
  [bi-sang-gu] 〈非常口〉

- 비상등 緊急照明燈
  [bi-sang-deung] 〈非常燈〉

- 인터컴 對講機
  [in-teo-keom] 〈intercom〉

- 소파 沙發
  [so-pa] 〈sofa〉

- 편지함 信箱
  [pyeon-ji-ham] 〈便紙函〉

- 관리비 管理費
  [gwal-li-bi] 〈管理費〉

- 회전문 旋轉門
  [hoe-jeon-mun] 〈回轉門〉

- 비밀 카메라 監視器
  [bi-mil ka-me-ra]
  〈秘密 camera〉

- 정수기 飲水機
  [jeong-su-gi]

相關字

입구
入口

커뮤니티 라운지
社區交誼廳

| C | **How**
如何形容大廳？

- 파손하다 破損的
  [pa-son-ha-da] 〈破損 -〉

- 교육적이다 教育的
  [gyo-yuk-jjeo-gi-da]
  〈教育的 -〉

- 불충분하다 不足的
  [bul-chung-bun-ha-da]
  〈不充分 -〉

- 붐벼 시끄럽다 熱鬧的
  [bum-byeo si-kkeu-reop-tta]

- 레크리에이션의 娛樂的
  [re-keu-ri-e-i-syeo-nui]
  〈recreational〉

- 사회적이다 交誼的
  [sa-hoe-jeo-gi-da]
  〈社會的 -〉

| D | **Who**
在大廳有誰？

- 베이비시터 保姆
  [be-i-bi-si-teo] 〈babysitter〉

- 배달원 送貨人
  [bae-da-rwon] 〈配達員〉

- 홈 케어 居家看護
  [hom ke-eo] 〈Home Care〉

- 무버 搬家工人
  [mu-beo] 〈mover〉

- 접수 담당자 接待人員
  [jeop-ssu dam-dang-ja]
  〈接受擔當者〉

- 경비원 警衛
  [gyeong-bi-won] 〈警備員〉

- 판매원 銷售員
  [pan-mae-won] 〈販賣員〉

活用關鍵字　可用表格中的部分字彙替換

1. 철문을 수리하다
   修理鐵門 → A
2. 인터컴이 고장나다
   對講機壞了 → B
3. 더 많은 교육 시설이 있으면 좋겠습니다.
   希望有更多教育設施 → C
4. 잡지 판매원
   雜誌銷售員 → D

單複數

한 엘리베이터
一座電梯

두 엘리베이터
兩座電梯

| A | **What**
在電梯做什麼？

- 수용하다 容納
  [su-yong-ha-da] 〈受容 -〉

- 올라가다 上升
  [ol-la-ga-da]

- 탑승하다 乘坐
  [tap-sseung-ha-da] 〈搭乘 -〉

- 내려가다 下降
  [nae-ryeo-ga-da]

- 벗어나다 逃離
  [beo-seo-na-da]

- 나가다 離開
  [na-ga-da]

- 싣다 [sit-tta] 裝載

- 고장나다 發生故障
  [go-jang-na-da] 〈故障 -〉

- 열다 [yeol-da] 打開

- 누르다 按（按鈕）
  [nu-reu-da]

- 타다 [ta-da] 搭乘

- 들여놓다 跨進
  [deu-ryeo-no-ta]

- 숨이 막히다 窒息
  [su-mi ma-ki-da]

- 붙잡혀 있다 困住
  [but-jja-pyeo it-tta]

- 통화하다 通話
  [tong-hwa-ha-da] 〈通話 -〉

| B | **Something**
在電梯有什麼？

- 공기 조절 장치 空調系統
  [gong-gi jo-jeol jang-chi]
  〈空氣調節裝置〉

- 방향 랜턴 樓層指示燈
  [bang-hyang raen-teon]
  〈方向 lantern〉

- 엘리베이터의 칸 電梯車廂
  [el-li-be-i-teo-ui kan]
  〈elevator-〉

- 평면도 樓層簡介表
  [pyeong-myeon-do]
  〈平面圖〉

- 거울 [geo-ul] 鏡子

- 금연표시 禁菸標誌
  [geu-myeon-pyo-si]
  〈禁煙標示〉

- 조작판 按鈕盤
  [jo-jak-pan] 〈操作板〉

- 비상 단추 緊急按鈕
  [bi-sang dan-chu] 〈非常 -〉

- 비상정지스위치
  [bi-sang-jeong-ji-seu-wi-chi]
  緊急停止鈕
  〈非常停止 switch〉

- 감시 카메라 監視攝影機
  [gam-si ka-me-ra]
  〈監視 camera〉

- 통기 구멍 通風口
  [tong-gi gu-meong] 〈通氣 -〉

同義字

승강기
電梯

類義字

에스컬레이터
手扶梯

| C | Where
搭電梯去哪裡？

- 헬스클럽 健身房
  [hel-seu-keul-leop]
  〈health club〉

- 에어로빅 有氧運動
  [e-eo-ro-bik]〈aerobics〉

- 트레드밀 跑步機
  [teu-re-deu-mil]〈treadmill〉

- 도서관 圖書館
  [do-seo-gwan]〈圖書館〉

- 놀이방 遊戲室
  [no-ri-bang]〈- 房〉

- 노인센터 老人中心
  [no-in-sen-teo]〈老人 center〉

- 수영장 游泳池
  [su-yeong-jang]〈水泳場〉

| D | Who
在電梯有誰？

- 빌딩 관리원 大廈管理員
  [bil-ding gwal-li-won]
  〈building 管理員〉

- 청소부 清潔工
  [cheong-so-bu]〈清掃夫〉

- 엘리베이터 수리공
  [el-li-be-i-teo su-rigong] 電梯
  維修工人〈elevator 修理工〉

- 주민 住戶
  [ju-min]〈住民〉

- 건물 유지 인원
  [geon-mul yu-ji i-nwon]
  大樓維修人員
  〈建物維持人員〉

- 장애인 身障人士
  [jang-ae-in]〈障礙者〉

活用關鍵字 可用表格中的部分字彙替換

1. 한 번 사람 20명 탈 수 있다
   一次可 20 人搭乘 → A
2. 금연 표시를 주의하다
   留意禁菸標誌 → B
3. 헬스 클럽에 가다
   上健身房 → C
4. 많은 요청을 하는 주민
   要求很多的住戶 → D

9 맨션 大廈 | ❸ 樓梯間

單複數

한 계단실
一層樓梯間

두 계단실
兩層樓梯間

| A | **What**
在樓梯間做什麼？

- 틀어막다 堵住
  [teu-reo-mak-tta]
- 고장하다 故障
  [go-jang-ha-da] 〈故障 -〉
- 장식하다 裝飾
  [jang-si-ka-da] 〈裝飾 -〉
- 떨어지다 跌落
  [tteo-reo-ji-da]
- 수리하다 修理
  [su-ri-ha-da] 〈修理 -〉
- 새다 [sae-da] 漏水
- 쓰레기를 버리다 丟垃圾
  [sseu-re-gi-reul ppeo-ri-da]
- 점령하다 佔據
  [jeom-nyeong-ha-da] 〈佔領 -〉
- 붙이다 張貼（公告）
  [bu-chi-da]
- 공고하다 公告
  [gong-go-ha-da] 〈公告 -〉
- 박멸하다 撲滅
  [bang-myeol-ha-da] 〈撲滅 -〉
- 미끄러져 내려가다 滑下
  [mi-kkeu-reo-jeo nae-ryeo-ga-da]
- 쌓이다 堆放
  [ssa-i-da]
- 걸어 내려가다 走下樓梯
  [geo-reo nae-ryeo-ga-da]

| B | **Where**
在樓梯間的哪裡？

- 게시판 佈告欄
  [ge-si-pan] 〈揭示板〉
- 전시계 電表
  [jeon-si-gye] 〈電時計〉
- 비상구 逃生門
  [bi-sang-gu] 〈非常口〉
- 소화기 滅火器
  [so-hwa-gi] 〈消火器〉
- 소화전 消防栓
  [so-hwa-jeon] 〈消化栓〉
- 손잡이 扶手
  [son-ja-bi]
- 불 [bul] 電燈
- 메일 박스 信箱
  [me-il bak-sseu] 〈mailbox〉
- 계단 樓梯
  [gye-dan] 〈階段〉
- 자전거 腳踏車
  [ja-jeon-geo] 〈自轉 -〉
- 계단 안전망 樓梯安全網
  [gye-dan an-jeon-mang]
  〈階段安全網〉
- 난간 欄桿
  [nan-gan] 〈欄桿〉
- 벽 牆壁
  [byeok] 〈壁〉
- 계단참 平臺
  [gye-dan-cham] 〈階段站〉

相關字

계단통
樓梯井

계단
樓梯

| C | How
如何形容樓梯間？

- 밝다 [bak-tta] 明亮的

- 깨끗하다 乾淨的
  [kkae-kkeu-ta-da]

- 어둡다 陰暗的
  [eo-dup-tta]

- 징그럽다 噁心的
  [jing-geu-reop-tta]

- 지저분하다 髒亂的
  [ji-jeo-bun-ha-da]

- 넓다 [neop-da] 寬敞的

- 나선형의 螺旋狀的
  [na-seon-hyeong-ui]
  〈螺旋型 -〉

- 깔끔하다 整齊的
  [kkal-kkeum-ha-da]

| D | Who
在樓梯間有誰？

- 집주인 房東
  [jip-jju-in] 〈- 主人〉

- 보수 요원 維修人員
  [bo-su yo-won] 〈補修要員〉

- 이웃 [i-ut] 鄰居

- 낯선 사람 陌生人
  [nat-sseon sa-ram]

- 야생 개 流浪狗
  [ya-saeng gae] 〈野生 -〉

- 세입자 房客
  [se-ip-jja] 〈賃入者〉

- 방문객 訪客
  [bang-mun-gaek] 〈訪問客〉

- 아는 사람 認識的人
  [a-neun sa-ram]

活用關鍵字 可用表格中的部分字彙替換

1. 난간에서 미끄러져 내려가다
   從扶手上滑下來 → A

2. 소화기를 바꾸다
   更換滅火器 → B

3. 지저분한 코너
   凌亂的角落 → C

4. 집주인을 만나다
   遇見房東 → D

單複數

한 지하실
一座地下室

두 지하실
兩座地下室

| A | **What**
在地下室做什麼？

- 짐짝을 만들다
[jim-jja-geul man-deul-tta]
將…捆成一大包

- 처리하다 處理掉
[cheo-ri-ha-da] 〈處理 -〉

- 비다 [bi-da] 清空

- 끌어가다 拖走
[kkeu-reo-ga-da]

- 주차하다 停車
[ju-cha-ha-da] 〈駐車 -〉

- 순찰을 돌다 巡邏
[sun-cha-reul ttol-da] 〈巡察 -〉

- 몰아넣다 駛入
[mo-ra-neo-ta]

- 재활용하다 回收
[jae-hwa-ryong-ha-da]
〈再活用 -〉

- 줄이다 減量
[ju-ri-da]

- 분류하다 分類
[bul-lyu-ha-da] 〈分類 -〉

- 구린내가 나다 發臭
[gu-rin-nae-ga na-da]

- 운송하다 運送
[un-song-ha-da] 〈運送 -〉

- 버리다 丟掉
[beo-ri-da]

| B | **Something**
在地下室有什麼？

- 공유 쓰레기장 公共垃圾場
[gong-yu sseu-re-gi-jang]
〈公有 - 場〉

- 쓰레기 집중구 垃圾集中區
[sseu-re-gi jip-jjung-gu]
〈- 集中區〉

- 가연성 물질 可燃垃圾
[ga-yeon-seong mul-jil]
〈可燃性物質〉

- 쓰레기통 垃圾箱
[sseu-re-gi-tong] 〈- 桶〉

- 쓰레기 활송장치 垃圾滑槽
[sseu-re-gi hwal-song-jang-chi] 〈- 滑送裝置〉

- 불가연성 물질 不可燃垃圾
[bul-ga-yeon-seong mul-jil]
〈不可燃性物質〉

- 악취 惡臭
[ak-chwi] 〈惡臭〉

- 재활용 트럭 資源回收車
[jae-hwa-ryong teu-reok]
〈再活用 truck〉

- 기생충 寄生蟲
[gi-saeng-chung] 〈寄生蟲〉

- 주차장 停車場
[ju-cha-jang] 〈駐車場〉

- 곳간 儲藏室
[got-kkan] 〈庫間〉

類義字

지하의 포도주 저장실
酒窖

지하 저장실
地下儲藏室

| C | What Kind
有哪些垃圾分類？

- 알루미늄제품 鋁製品
  [al-lu-mi-nyumje-pum]
  〈aluminum 製品〉

- 배터리 電池
  [bae-teo-ri] 〈battery〉

- 유리 玻璃
  [yu-ri] 〈琉璃〉

- 부엌의 찌꺼기 廚餘
  [bu-eo-kui jji-kkeo-gi]

- 금속 金屬
  [geum-sok] 〈金屬〉

- 종이 [jong-i] 紙

- 플라스틱 塑膠
  [peul-la-seu-tik] 〈plastic〉

- 옷감 織物
  [ot-kkam]

| D | Who
在地下室有誰？

- 차주 車主
  [cha-ju] 〈車主〉

- 청소부 清潔女工
  [cheong-so-bu] 〈清掃婦〉

- 운전자 駕駛人
  [un-jeon-ja] 〈運轉者〉

- 쓰레기 수거인 垃圾清潔員
  [sseu-re-gi su-geo-in]
  〈- 收去人〉

- 주차장 관리원
  [ju-cha-jang gwal-li-won]
  停車場管理人員
  〈駐車廠管理員〉

- 경비원 警衛
  [gyeong-bi-won] 〈警備員〉

- 집주인 房東
  [jip-jju-in] 〈- 主人〉

活用關鍵字　可用表格中的部分字彙替換

1. 쓰레기를 버리다
   把垃圾丟掉 → A
2. 악취를 나다
   發出一些惡臭 → B
3. 배터리를 재활용하다
   回收一些電池 → C
4. 한 무모한 운전자
   一位魯莽的駕駛人 → D

相關字

옥상
屋頂

루프 덱
頂樓平台

| A | **What**
在頂樓做什麼？

- 조정하다 調整
  [jo-jeong-ha-da] 〈調整 -〉

- 단속하다 取締
  [dan-so-ka-da] 〈團束 -〉

- 무너지다 倒塌
  [mu-neo-ji-da]

- 연결되다 接通 (線路)
  [yeon-gyeol-doe-da]
  〈連接 -〉

- 해체하다 拆除
  [hae-che-ha-da] 〈解體 -〉

- 수리하다 修理
  [su-ri-ha-da] 〈修理 -〉

- 빨래를 거두다 收衣服
  [ppal-lae-reul kkeo-du-da]

- 옷을 말리다 曬衣服
  [o-seul mal-li-da]

- 바라보다 眺望
  [ba-ra-bo-da]

- 받다 [bat-tta] 接收

- 개조하다 翻修
  [gae-jo-ha-da] 〈改造 -〉

- 동록이 슬다 生鏽
  [dong-no-gi seul-tta] 〈銅綠 -〉

- 세우다 搭建
  [se-u-da]

- 전송하다 傳輸
  [jeon-song-ha-da] 〈傳送 -〉

| B | **Something**
在頂樓有什麼？

- 안테나 天線
  [an-te-na] 〈antenna〉

- 기지국 基地台
  [gi-ji-guk] 〈基地局〉

- 광고게시판 廣告看板
  [gwang-goge-sipan]
  〈廣告揭示板〉

- 철망 鐵絲網
  [cheol-mang] 〈鐵網〉

- 빨랫줄 曬衣繩
  [ppal-laet-jjul]

- 골판 금속 집 鐵皮屋
  [gol-pan geum-sok jip]
  〈骨板金屬 -〉

- 난간 安全欄杆
  [nan-gan] 〈欄杆〉

- 피뢰침 避雷針
  [pi-roe-chim] 〈避雷針〉

- 불법 건축 違章建築
  [bul-beop geon-chuk]
  〈不法建築〉

- 위성 안테나 衛星接受器
  [wi-seong an-te-na]
  〈衛星 antenna〉

- 수도의 계량기 水錶
  [su-do-ui gye-ryang-gi]
  〈水道 - 計量機〉

- 물탱크 水塔
  [mul-taeng-keu] 〈-tank〉

꼭대기층
最高樓層

| C | **How**
如何形容頂樓？

- **불법적이다** 違法的
  [bul-beop-jjeo-gi-da]
  〈- 不法的〉

- **지저분하다** 雜亂的
  [ji-jeo-bun-ha-da]

- **시끄럽다** 嘈雜的
  [si-kkeu-reop-tta]

- **깨끗하다** 乾淨的
  [kkae-kkeu-ta-da]

- **환기하다** 通風的
  [hwan-gi-ha-da]〈換氣 -〉

- **방수하다** 防水的
  [bang-su-ha-da]〈防水 -〉

- **바람이 세다** 風大的
  [ba-ra-mi se-da]

| D | **Who**
在頂樓有誰？

- **공사현장 인부** 建築工人
  [gong-sa-hyeon-jang in-bu]
  〈工事現場人夫〉

- **전기 기사** 電工
  [jeon-gi gi-sa]〈電氣技士〉

- **주부** 主婦
  [ju-bu]〈主婦〉

- **주민** 住戶
  [ju-min]〈住民〉

- **배관공** 水管工
  [bae-gwan-gong]〈配管工〉

- **TV 수리자** 電視維修人員
  [TVsu-ri-ja]〈TV 修理者〉

- **수리공** 修理工人
  [su-ri-gong]〈修理工〉

活用關鍵字 可用表格中的部分字彙替換

1. 안테나를 조정하다
   調整天線 → A

2. 난간에 기대다
   靠在欄杆上 → B

3. 거기에 바람이 세게 불다
   那裡風挺大的 → C

4. 숙련된 전기 기사
   熟練的電工 → D

社區

◆ 문을 열다
　打開大門鎖
◆ 버저를 누르다
　按電鈴

搭乘電梯

◆ 위로 버튼을 누르다
　按上樓鍵
◆ 아래로 버튼을 누르다
　按下樓鍵

垃圾場

◆ 절약 · 재사용 · 재활용
　減量，重複使用，回收
◆ 목요일마다 재활용을 하다
　每週四資源回收

1 관리비가 언제까지 내야 합니까?

管理費何時到期？

이번 달에 월말입니다.

這個月月底。

급하지 않다	매우 탄성이 있다	이미 기한이 지나다
不急	很有彈性	已經逾期了

2 몇 층에 갑니까?

你要去哪一樓呢？

사 층에 눌러 주세요.

請幫我按四樓。

삼 층입니다. 감사합니다	저도 마찬가 지입니다	최상층입니다
三樓，謝謝	跟你一樣	請按頂樓

3 그 냄새가 어디서 나옵니까?

那怪味從哪冒出來的？

반드시 쓰레기통에서 나옵니다.

一定是從垃圾桶。

그 쓰레기	배수구	쓰레기장
那堆垃圾	水溝	垃圾場

10 주택 房子 | ❶ 庭院

單複數

한 마당
一間庭院

두 마당
兩間庭院

| A | *What*
在庭院做什麼？

- 꽃이 피다 花朵盛開
  [kko-chi pi-da]

- 수집하다 收集（垃圾）
  [su-ji-pa-da] 〈收集 -〉

- 꾸미다 裝飾
  [kku-mi-da]

- 먹이다 餵食
  [meo-gi-da]

- 비료를 주다 施肥
  [bi-ryo-reul jju-da] 〈肥料 -〉

- 시간을 보내다 打發時間
  [si-ga-neul ppo-nae-da]
  〈時間 -〉

- 베다 割草
  [be-da]

- 심다 [sim-da] 種植

- 전지하다 修剪
  [jeon-ji-ha-da] 〈剪枝 -〉

- 긁어모으다 耙鬆（土壤）
  [geul-geo-mo-eu-da]

- 올리다 拉上（鐵捲門）
  [ol-li-da]

- 다듬다 修剪
  [da-deum-da]

- 물을 주다 澆水
  [mu-reul jju-da]

- 김매기 除雜草
  [gim-mae-gi]

| B | *Something*
在庭院有什麼？

- 바비큐용 그릴 烤肉架
  [ba-bi-kyu-yong geu-ril]
  〈barbecue grill〉

- 개집 [gae-jip] 狗屋

- 꼭지 [kkok-jji] 水龍頭

- 화단 花圃
  [hwa-dan] 〈花壇〉

- 해먹 吊床
  [hae-meok] 〈hammock〉

- 생울타리 樹籬
  [saeng-ul-ta-ri] 〈生 -〉

- 호스 水管
  [ho-seu] 〈hose〉

- 빨래건조대 晾衣架
  [ppal-lae-geon-jo-dae]
  〈- 乾燥臺〉

- 울타리 圍欄
  [ul-ta-ri]

- 피크닉용 테이블 野餐桌
  [pi-keu-ni-gyong te-i-beul]
  〈picnic 用 table〉

- 전지 가위 樹籬剪
  [jeon-ji ga-wi] 〈剪枝 -〉

- 살수 장치 灑水器
  [sal-ssu jang-chi]
  〈灑水裝置〉

- 물뿌리개 灑水壺
  [mul-ppu-ri-gae]

種類

앞마당	뒷마당
前院	後院

C	Where 在庭院的哪裡？	D	Who 在庭院有誰？

● 노천 옥상 마당 露天平台
[no-cheon ok-ssang ma-dang]
〈露天屋上 -〉

● 사유 차도 私人車道
[sa-yu cha-do]〈私有車道〉

● 프런트 포치 前廊
[peu-reon-teu po-chi]
〈front porch〉

● 계단 台階
[gye-dan]〈階段〉

● 잔디밭 草坪
[jan-di-bat]

● 파티오 陽台
[pa-ti-o]〈patio〉

● 수영장 游泳池
[su-yeong-jang]〈水泳場〉

● 배달부 快遞員
[bae-dal-ppu]〈配達夫〉

● 해충 구제원 滅蟲人員
[hae-chung gu-je-won]
〈害蟲驅除員〉

● 원예사 園丁
[wo-nye-sa]〈園藝師〉

● 손재주꾼 打雜工
[son-jjae-ju-kkun]

● 조경 건축가 景觀設計師
[jo-gyeong geon-chuk-kka]
〈造景建築家〉

● 우체부 郵差
[u-che-bu]〈郵差夫〉

● 수리공 修理工
[su-ri-gong]〈修理工〉

活用關鍵字 可用表格中的部分字彙替換

1. 나무를 조금 심다
   種一些樹 → A
2. 단단히 꼭지를 닫다
   關緊水龍頭 → B
3. 개인 차도에 주차하지 마세요.
   禁止在私人車道停車。→ C
4. 손재주꾼을 조금 고용하다
   雇用一些打雜工 → D

153

單複數

한 지붕
一個屋頂

두 지붕
兩個屋頂

A | What
在屋頂上做什麼？

- 조정하다 調整
  [jo-jeong-ha-da] 〈調整 -〉

- 올라가다 爬上
  [ol-la-ga-da]

- 금이 가다 龜裂
  [geu-mi ga-da]

- 떨어지다 跌落
  [tteo-reo-ji-da]

- 새다 [sae-da] 漏水

- 유지하다 保持，保養
  [yu-ji-ha-da] 〈維持 -〉

- 수보하다 修補
  [su-bo-ha-da] 〈修補 -〉

- 포장하다 鋪設
  [po-jang-ha-da] 〈鋪裝 -〉

- 벗기다 剝落
  [beot-kki-da]

- 다시 세우다 重建
  [da-si se-u-da]

- 수리하다 維修
  [su-ri-ha-da] 〈修理 -〉

- 지붕을 짓다 蓋屋頂
  [ji-bung-eul jjit-tta]

- 지지하다 支撐
  [ji-ji-ha-da] 〈支持 -〉

- 내다 [nae-da] 排放

B | Something
在屋頂上有什麼？

- 안테나 天線
  [an-te-na] 〈antenna〉

- 배수관 排水管
  [bae-su-gwan] 〈排水管〉

- 벽난로 壁爐
  [byeong-nal-lo] 〈壁煖爐〉

- 비 막이 장치 防雨裝置
  [bi ma-gi jang-chi] 〈- 裝置〉

- 홈통 簷溝
  [hom-tong] 〈- 桶〉

- 피뢰침 避雷針
  [pi-roe-chim] 〈避雷針〉

- 마루 [ma-ru] 屋脊

- 천창 天窗
  [cheon-chang] 〈天窗〉

- 태양 전지판 太陽能板
  [tae-yang jeon-ji-pan]
  〈太陽電池板〉

- 지붕종류 屋頂類型
  [ji-bung-jong-nyu] 〈- 種類〉

- 원형지붕 拱頂
  [won-hyeong-ji-bung]
  〈圓形 -〉

- 평평한 지붕 平頂
  [pyeong-pyeong-han ji-bung]

- 창턱 窗台
  [chang-teok.] 〈窗 -〉

相關字

옥상 정원
屋頂花園

다락
閣樓

| C | *What Kind*
有哪些屋頂建材？

- 벽돌 紅磚
  [byeok-ttol] 〈甓 -〉

- 콘크리트 混凝土
  [kon-keu-ri-teu] 〈concrete〉

- 철피 鐵皮
  [cheol-pi] 〈鐵皮〉

- 금속 박판 金屬板
  [geum-sok bak-pan]
  〈金屬薄板〉

- 테라코타 陶瓦
  [te-ra-ko-ta] 〈terracotta〉

- 짚 [jip] 茅草

- 목재 木材
  [mok-jjae] 〈木材〉

- 나무 木頭
  [na-mu]

| D | *Who*
在屋頂上有誰？

- 건축가 建築師
  [geon-chuk-kka] 〈建築家〉

- 굴뚝 청소부 煙囪清潔工
  [gul-ttuk cheong-so-bu]
  〈- 清掃夫〉

- 건설노동자 建築工人
  [geon-seol-lo-dong-ja]
  〈建設勞動者〉

- 전기 기사 電工
  [jeon-gi gi-sa] 〈電氣技士〉

- 배관공 水管工
  [bae-gwan-gong] 〈配管工〉

- 수리공 維修人員
  [su-ri-gong] 〈維修工〉

- 지붕을 이는 자 蓋屋頂工
  [ji-bung-eul i-neun-ja] 〈- 者〉

活用關鍵字 可用表格中的部分字彙替換

1. 벽의 균열을 수리하다
   維修牆壁的裂痕 → A

2. 벽돌 벽난로
   磚造的壁爐 → B

3. 콘크리트 로 만든다
   用混凝土建成 → C

4. 굴뚝 청소부는 일년에 두 번에 오다
   煙囪清潔工一年來兩次 → D

11 별장 別墅

單複數

한 별장
一幢別墅

두 별장
兩幢別墅

| A | **What** 在別墅做什麼? | B | **Something** 在別墅有什麼?

- 자랑하다 而自豪
  [ja-rang-ha-da]

- 꾸미다 裝飾
  [kku-mi-da]

- 정장을 차려 입다 盛裝
  [jeong-jang-eul cha-ryeo ip-tta]
  〈正裝 -〉

- 비치하다 配置,裝備
  [bi-chi-ha-da] 〈備置 -〉

- 모이다 [mo-i-da] 聚集

- 요청하다 邀請
  [yo-cheong-ha-da] 〈邀請 -〉

- 유지하다 保養
  [yu-ji-ha-da] 〈維持 -〉

- 관리하다 管理
  [gwal-li-ha-da] 〈管理 -〉

- 제공하다 供應(飯菜)
  [je-gong-ha-da] 〈提供 -〉

- 보관하다 收藏
  [bo-gwan-ha-da] 〈保管 -〉

- 파티를 하다 舉行宴會
  [pa-ti-reul ha-da] 〈party-〉

- 목욕하다 沐浴
  [mo-gyo-ka-da] 〈沐浴 -〉

- 묵다 [muk-tta] 投宿

- 골동품 古董
  [gol-dong-pum] 〈古董品〉

- 무도회장 舞會廳
  [mu-do-hoe-jang] 〈舞蹈會場〉

- 샹들리에 吊燈
  [syang-deul-li-e] 〈chandelier〉

- 벽난로 壁爐
  [byeong-nal-lo] 〈壁暖爐〉

- 분수대 噴水池
  [bun-su-dae] 〈噴水臺〉

- 프레스코화 壁畫
  [peu-re-seu-ko-hwa]
  〈fresco 畫〉

- 골프장 高爾夫球場
  [gol-peu-jang] 〈golf 場〉

- 인피니티 풀 無邊泳池
  [in-pi-ni-ti pul] 〈infinity pool〉

- 자쿠지 按摩浴缸
  [ja-ku-ji] 〈jacuzzi〉

- 응접실 會客室
  [eung-jeop-ssil] 〈應接室〉

- 태피스트리 壁毯
  [tae-pi-seu-teu-ri] 〈tapestry〉

- 포도주 저장실 酒窖
  [po-do-ju jeo-jang-sil]
  〈葡萄酒貯藏室〉

類義字

시골 저택　　　　　장원 저택
鄉村宅邸　　　　　莊園宅邸

|C| What Kind
在別墅有哪些活動？

- 댄스파티 舞會
  [daen-seu-pa-ti]
  〈dance party〉

- 연회 宴會
  [yeon-hoe]〈宴會〉

- 흥청거리다 狂歡
  [heung-cheong-geo-ri-da]

- 잔치 [jan-chi] 饗宴

- 파티 派對
  [pa-ti]〈party〉

- 변장 파티 化妝舞會
  [byeon-jang pa-ti]
  〈變裝 party〉

- 축하연 喜宴
  [chu-ka-yeon]〈祝賀宴〉

|D| Who
在別墅有誰？

- 집사 管家
  [jip-ssa]〈執事〉

- 요리사 廚師
  [yo-ri-sa]〈料理師〉

- 유명 인사 名流〈有名人事〉
  [vyu-myeong in-sa]

- 원예사 園丁
  [wo-nye-sa]〈園藝師〉

- 하우스 키퍼 女管家
  [ha-u-seu ki-peo]
  〈housekeeper〉

- 하인 僕人
  [ha-in]〈下人〉

- 거물 大亨
  [geo-mul]〈巨物〉

活用關鍵字 可用表格中的部分字彙替換

1. 별장을 유지하다
   保養別墅 → A
2. 오후에 골프 코스에서 시간을 보내다
   在高爾夫球場消磨下午時光 → B
3. 파티를 하다
   舉辦派對 → C
4. 요리사를 고용하다
   聘請廚師 → D

車庫

- 강철 롤러 셔터를 올리다
  拉起鐵捲門
- 후진해서 주차장에 들어가다
  倒車入車庫

材質

- 실키 커튼
  絲製窗簾
- 새틴 쿠션
  緞製抱枕

品酒

- 병을 따서 와인 호흡
  開瓶後醒酒
- 술을 품상하다
  品酒

158

1 새 지붕 재료가 어떤 재질로 하겠습니까?
你的新屋頂打算用什麼建材？
대리석으로 하겠습니다.
我想用大理石。

벽돌	유리	골함석
紅磚	玻璃	波浪狀鐵皮

2 그 빅토리아 빌라는 판매됐습니까?
那間維多利亞式別墅賣掉了嗎？
예 , 새로운 주인은 벼락 부자입니다 .
是啊，新主人是個暴發戶。

함께 하기 어려운 것 같은 분	매일 밤에 파티를 하는 분	괜찮은 분
看似難以相處的人	每天開派對的人	挺不錯的人

3 당신은 당신의 아버지로부터 이 별장을 상속했습니까?
你是從令尊那繼承這間別墅嗎？
아니요 , 처음부터 시작하고 그것을 샀습니다 .
不，我白手起家賺來的。

네 , 하지만 그것을 수복된 적 있습니다	네 , 가족의 상징입니다
是的，但有修復過	是的，這是家族的象徵

單複數

한 건축물
一棟建築物

두 건축물
兩棟建築物

| A | **What**
在建築物做什麼?

- 수용하다 收容
  [su-yong-ha-da] 〈收容 -〉

- 건설하다 建造
  [geon-seol-ha-da] 〈建設 -〉

- 철거하다 拆毀
  [cheol-geo-ha-da] 〈撤去 -〉

- 디자인하다 設計
  [di-ja-in-ha-da] 〈design-〉

- 개발하다 開發
  [gae-bal-ha-tta] 〈開發 -〉

- 건립하다 樹立
  [geol-li-pa-da] 〈建立 -〉

- ~ 에 두다 座落於…
  [~e du-da]

- 옮기다 遷移
  [om-gi-da]

- 다시 조립하다 重建
  [da-si jo-ri-pa-da] 〈- 組立 -〉

- 개조하다 翻新
  [gae-jo-ha-da] 〈改造 -〉

- 살다 [sal-tta] 居住

- 은거하다 隱居
  [eun-geo-ha-da] 〈隱居 -〉

- 교외화하다 郊區化
  [gyo-oehwa-ha-da] 〈郊外化 -〉

- 도시화하다 都市化
  [do-si-hwa-ha-da] 〈都市化 -〉

| B | **What Kind**
建築物有哪些用途?

- 미술관 美術館
  [mi-sul-gwan] 〈美術館〉

- 은행 銀行
  [eun-haeng] 〈銀行〉

- 시청 市政廳
  [si-cheong] 〈市廳〉

- 법원 청사 法院大樓
  [beo-bwon cheong-sa]
  〈法院廳舍〉

- 돔 巨蛋
  [dom] 〈dome〉

- 소방서 消防局
  [so-bang-seo] 〈消防署〉

- 병원 醫院
  [byeong-won] 〈病院〉

- 도서관 圖書館
  [do-seo-gwan] 〈圖書館〉

- 박물관 博物館
  [bang-mul-gwan] 〈博物館〉

- 플라네타륨 天文館
  [peul-la-ne-ta-ryum]
  〈planetarium〉

- 경찰서 警察局
  [gyeong-chal-sseo] 〈警察署〉

- 우체국 郵局
  [u-che-guk] 〈郵遞局〉

- 학교 學校
  [hak-kkyo] 〈學校〉

相關字

아파트
公寓大樓

고층 건물
摩天大樓

| C | *Where*
建築物在哪個區域？

- 시내 市中心
  [si-nae] 〈市內〉

- 산업 지역 工業區
  [sa-neop ji-yeok] 〈工業地域〉

- 주요 도시 都會區
  [ju-yo do-si] 〈主要都市〉

- 복합구역 住商混合區
  [bo-kap-kku-yeok]
  〈複合區域〉

- 주택가 住宅區
  [ju-taek-kka] 〈住宅街〉

- 교외 郊區
  [gyo-oe] 〈郊外〉

- 상권 商圈
  [sang-gwon] 〈商圈〉

| D | *How*
如何形容建築物？

- 비대칭적인 不對稱的
  [bi-dae-ching-jeo-gin]
  〈不對稱的 -〉

- 기하학적인 幾何的
  [gi-ha-hak-jjeo-gin]
  〈幾何學的 -〉

- 고층 건물의 多層樓的
  [go-cheung geon-mu-rui]
  〈高層建物 -〉

- 호화롭다 豪華的
  [ho-hwa-rop-tta] 〈豪華 -〉

- 대칭적인 對稱的
  [dae-ching-jeo-gin] 〈對稱的 -〉

- 투시하다 透視
  [tu-si-ha-da] 〈透視 -〉

活用關鍵字　可用表格中的部分字彙替換

1. 교외로 이동하다
   遷往郊區 → A
2. 아주 그랜드 돔
   好壯觀的巨蛋！→ B
3. 북미에 있는 큰 도시
   北美的大都市 → C
4. 특색이 형상으로 설계하다
   以幾何設計為特色 → D

單複數

한 가게
一間商店

두 가게
兩間商店

| A | **What**
在商店做什麼？

| B | **Where**
在哪一間商店？

- 호소하다 吸引
  [ho-so-ha-da] 〈號召 -〉

- 값을 흥정하다 討價還價
  [gap-sseul heung-jeong-ha-da]

- 둘러보다 瀏覽
  [dul-leo-bo-da]

- 사다 [sa-da] 購買

- 돈을 바꾸다 換錢
  [do-neul ppa-kku-da]

- 문의하다 諮詢
  [mu-nui-ha-da] 〈問議 -〉

- 소비하다 消費
  [so-bi-ha-da] 〈消費 -〉

- 지나가다 經過
  [ji-na-ga-da]

- 홍보하다 宣傳
  [hong-bo-ha-da] 〈弘報 -〉

- 선택하다 挑選
  [seon-tae-ka-da] 〈選擇 -〉

- 쇼핑하다 購物
  [syo-ping-ha-da] 〈shopping-〉

- 밀치다 推擠
  [mil-chi-da]

- 쓰다 [sseu-da] 花費

- 환영하다 歡迎
  [hwa-nyeong-ha-da] 〈歡迎 -〉

- 전기상 電器行
  [jeon-gi-sang] 〈電氣商〉

- 편의점 便利商店
  [pyeo-nui-jeom] 〈便利店〉

- PC 방 網咖
  [PCbang] 〈PC 房〉

- 꽃집 [kkot-jjip] 花店

- 가구점 傢俱店
  [ga-gu-jeom] 〈傢俱店〉

- 잡화점 雜貨店
  [ja-pwa-jeom] 〈雜貨店〉

- 철물점 五金行
  [cheol-mul-jeom] 〈鐵物店〉

- 보석점 銀樓
  [bo-seok-jjeom] 〈寶石店〉

- 셀프 세탁소 自助洗衣店
  [sel-peu se-tak-sso]
  〈self 洗濯所〉

- 음반 가게 唱片行
  [eum-ban ga-ge] 〈音盤 -〉

- 직판점 暢貨中心
  [jik-pan-jeom] 〈直販店〉

- 약국 藥局
  [yak-kkuk] 〈藥局〉

- 비디오 가게 影片出租店
  [bi-di-o ga-ge] 〈video-〉

類義字

점포
店鋪

백화점
百貨公司

| C | **What Kind**
商店類型與促銷手法？

- 주년 판매 週年慶
  [ju-nyeon pan-mae]〈週年販賣〉

- 창고정리 清倉
  [chang-go-jeong-ni]〈倉庫整理〉

- 공동구매 團購
  [gong-dong-gu-mae]
  〈共同購買〉

- 대형 슈퍼마켓 量販店
  [dae-hyeong syu-peo-ma-ket]
  〈大型 supermarket〉

- 온라인 매장 網路商店
  [ol-la-in mae-jang]
  〈online 賣場〉

- 소매점 零售店
  [so-mae-jeom]〈小賣店〉

| D | **Who**
在商店有誰？

- 다루기 어려운 손님 奧客
  [da-ru-gi eo-ryeo-un son-nim]

- 이웃 [i-ut] 鄰居

- 소매치기 扒手
  [so-mae-chi-gi]

- 구매자 購買者
  [gu-mae-ja]〈購買者〉

- 점원 店員
  [jeo-mwon]〈店員〉

- 창고 관리인 倉庫管理員
  [chang-go gwal-li-in]
  〈倉庫管理人〉

- 임시 직원 臨時雇員
  [im-si ji-gwon]〈臨時職員〉

活用關鍵字 可用表格中的部分字彙替換

1. 점원하고 값을 흥정하다
   和店員討價還價 → A
2. 새로 여는 PC방
   新開幕的網咖 → B
3. 온라인 그룹 구매
   線上團購 → C
4. 부주의한 점원
   粗心的店員 → D

單複數

한 스퀘어
一個廣場

두 스퀘어
兩個廣場

| A | What
在廣場做什麼？

- 흔상하다 欣賞
  [heun-sang-ha-da] 〈欣賞 -〉

- 축하하다 慶祝
  [chu-ka-ha-da] 〈祝賀 -〉

- 데모하다 示威
  [de-mo-ha-da] 〈demo-〉

- 쫓아내다 驅逐，趕出
  [jjo-cha-nae-da]

- 먹이다 餵食
  [meo-gi-da]

- 모이다 群聚
  [mo-i-da]

- 사색하다 沉思
  [sa-sae-ka-da] 〈思索 -〉

- 행상을 다니다 兜售
  [haeng-sang-eul tta-ni-da]
  〈行商 -〉

- 공연하다 表演
  [gong-yeon-ha-da] 〈公演 -〉

- 항의하다 抗議
  [hang-ui-ha-da] 〈抗議 -〉

- 흩어지다 （人群）散開
  [heu-teo-ji-da]

- 관광하다 觀光
  [gwan-gwang-ha-da] 〈觀光 -〉

- 둘러싸다 圍繞
  [dul-leo-ssa-da]

| B | Something
在廣場有什麼？

- 벤치 長凳
  [ben-chi] 〈bench〉

- 시계탑 鐘塔
  [si-gye-tap] 〈時計塔〉

- 소화전 消防栓
  [so-hwa-jeon] 〈消火栓〉

- 깃발 [git-ppal] 旗幟 〈旗 -〉

- 포장 마차 小吃攤
  [po-jang ma-cha] 〈布帳馬車〉

- 분수 噴泉
  [bun-su] 〈噴水〉

- 가로등주 街燈柱
  [ga-ro-deung-ju] 〈街路燈柱〉

- 잔디밭 草坪
  [jan-di-bat]

- 기념물 紀念碑
  [gi-nyeom-mul] 〈紀念物〉

- 주차 공간 停車位
  [ju-cha gong-gan] 〈駐車空間〉

- 공중전화 電話亭
  [gong-jung-jeon-hwa]
  〈公眾電話〉

- 피크닉용 테이블 野餐桌
  [pi-keu-ni-gyong te-i-beul]
  〈picnic 用 table〉

- 조각상 雕像
  [jo-gak-ssang] 〈彫刻像〉

相關字

광장
露天廣場

공공광장
公共廣場

| C | **What Kind**
在廣場有哪些活動？

- 연말 파티 跨年晚會
  [yeon-mal pa-ti]〈年末 party〉

- 시위 示威運動
  [si-wi]〈示威〉

- 축제 節慶
  [chuk-jje]〈祝祭〉

- 벼룩시장 跳蚤市場
  [byeo-ruk-ssi-jang]〈- 市場〉

- 단식투쟁 絕食抗議
  [dan-sik-tu-jaeng]〈斷食鬪爭〉

- 가두행진 遊行
  [ga-du-haeng-jin]〈街頭行進〉

- 연좌 농성 靜坐抗議
  [yeon-jwa nong-seong]
  〈連坐籠城〉

| D | **Who**
在廣場有誰？

- 청중 觀眾
  [cheong-jung]〈聽眾〉

- 시위자 示威者
  [si-wi-ja]〈示威者〉

- 연기자 表演人
  [yeon-gi-ja]〈演技者〉

- 가수 歌手
  [ga-su]〈歌手〉

- 길거리 예술가 街頭藝人
  [gil-geo-ri ye-sul-ga]
  〈- 藝術家〉

- 시민 市民
  [si-min]〈市民〉

- 행상인 小販
  [haeng-sang-in]〈行商人〉

活用關鍵字 可用表格中的部分字彙替換

1. 광장에서 사색하다
   在廣場上沉思 → A
2. 웅장한 기념비
   宏偉的紀念碑 → B
3. 데모에 참여하다
   參加示威運動 → C
4. 재능있는 가수
   很有天賦的歌手 → D

單複數

한 아케이드
一座騎樓

두 아케이드
兩座騎樓

| A | **What**
在騎樓做什麼?

- 귀찮게 하다 打擾
  [gwi-chan-ke ha-da]
- 방울방울 흐르다 滴水
  [bang-ul-bang-ul heu-reu-da]
- 행상을 다니다 叫賣
  [haeng-sang-eul tta-ni-da]
  〈行商 -〉
- 장사하다 做生意
  [jang-sa-ha-da]
- 부딪치다 撞到
  [bu-dit-chi-da]
- 점령하다 佔用，佔據
  [jeom-nyeong-ha-da]
  〈占領 -〉
- 주차하다 停車
  [ju-cha-ha-da] 〈駐車 -〉
- 쌓이다 堆積
  [ssa-i-da]
- 수보하다 修補
  [su-bo-ha-da] 〈修補 -〉
- 신고하다 檢舉
  [sin-go-ha-da] 〈申告 -〉
- 딱지를 떼다 開單
  [ttak-jji-reul tte-da]
- 걸려 넘어지다 絆倒
  [geol-lyeo neo-meo-ji-da]
- 위반하다 違法
  [wi-ban-ha-da] 〈違反 -〉

| B | **Something**
在騎樓有什麼?

- 현금 자동 입출금기
  [hyeon-geum ja-dong ip-chul-geum-gi] 自動提款機
  〈現金自動入出金機〉
- 자전거 腳踏車
  [ja-jeon-geo] 〈自轉 -〉
- 자전거 고정대 腳踏車架
  [ja-jeon-geo go-jeong-dae]
  〈自轉車固定臺〉
- 낙서 塗鴉
  [nak-sseo] 〈落書〉
- 집 번지 門牌號碼
  [jip beon-ji] 〈- 番地〉
- 메일 박스 信箱
  [me-il bak-sseu] 〈mailbox〉
- 편지함 郵桶
  [pyeon-ji-ham] 〈便紙函〉
- 오토바이 摩托車
  [me-il bak-sseu] 〈auto bicycle〉
- 공중 전화 公共電話
  [gong-jung jeon-hwa]
  〈公眾電話〉
- 롤러 鐵捲門
  [rol-leo] 〈roller〉
- 야생개 流浪狗
  [ya-saeng-gae] 〈野生 -〉
- 자동판매기 自動販賣機
  [ja-dong-pan-mae-gi]
  〈自動販賣機〉

類義字

회랑
回廊

복도
走廊

| C | **What Kind**
騎樓外有哪些東西？

- 벤치 長凳
  [ben-chi] 〈bench〉

- 붉은 벽돌 길 紅磚道
  [bul-geun byeok-ttol gil]

- 고무 촉각 타일 導盲磚
  [go-mu chok-kkak ta-il]
  〈- 觸覺 tile〉

- 간판 招牌
  [gan-pan] 〈看板〉

- 가로수 行道樹
  [ga-ro-su] 〈街路樹〉

- 양산 遮陽傘
  [yang-san] 〈陽傘〉

- 타일 瓷磚
  [ta-il] 〈tile〉

| D | **Who**
在騎樓有誰？

- 거지 [geo-ji] 乞丐

- 구두 수선공 修鞋匠
  [gu-du su-seon-gong]
  〈- 修繕工〉

- 점쟁이 算命師
  [jeom-jaeng-i] 〈占 -〉

- 오토바이기사 摩托車騎士
  [o-to-ba-i-gi-sa]
  〈motorcycl 騎士〉

- 순찰 경찰관 巡警
  [sun-chal kkyeong-chal-kkwan]
  〈巡察警察官〉

- 보행자 行人
  [bo-haeng-ja] 〈步行者〉

- 길거리 예술가 街頭藝人
  [gil-geo-ri ye-sul-ga] 〈藝術家〉

活用關鍵字 可用表格中的部分字彙替換

1. 사유지를 차지하다
   佔用私有地 → A
2. 자동 판매기를 찾아다니다
   尋找自動販賣機 → B
3. 초라한 벤치
   破爛的長凳 → C
4. 게으른 순찰
   懶惰的巡警 → D

黨派

◆ 여당
執政黨
◆ 야당
在野黨

投票

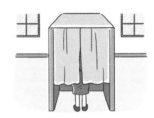

◆ 예비 선거
初選
◆ 무기명 투표
不記名投票

行政提案

◆ 예산 법안을 통과하다
通過預算案
◆ 제안을 보이콧하다
杯葛提案

168

1 **당신은 올해 정기 세일 축제에 가겠니까?**
你要去今年的週年慶嗎？
네, 오래 기다리고 있었습니다.
當然，我等好久了。

리스트를 만들다	아주 신	준비됐다
列好清單	真讓人興奮	我準備好了

2 **왜 데모가 결국 혼란이 됐습니까?**
為何示威最後以混亂收場？
어떤 사람이 부당한 행동을 했습니다.
有些人舉止失當。

행동이 너무하다	명령을 안 지키다	사실은 억울하다
行為過火	不遵守命令	其實被冤枉

3 **어젯밤에 스퀘어에서 연말 파티가 어땠습니까?**
昨晚廣場的跨年晚會如何？
형편없습니다.
爛透了。

비 때문에 모든 일을 망치다	유사는 최고이다
雨毀了一切	有史以來最棒的

13 공중화장실 公共廁所

單複數

한 공중화장실
一間公共廁所

두 공중화장실
兩間公共廁所

| A | **What**
在公共廁所做什麼？

- 제취하다 除臭
  [je-chwi-ha-da] 〈除臭 -〉
- 나누다 分配，分發
  [na-nu-da]
- 드라이하다 烘乾
  [deu-ra-i-ha-da] 〈dry-〉
- 물이 쏟아지다 沖水
  [mu-ri sso-da-ji-da]
- 괴롭히다 騷擾
  [goe-ro-pi-da]
- 유지하다 保養
  [yu-ji-ha-da] 〈維持 -〉
- 누르다 按壓
  [nu-reu-da]
- 추출하다 抽取
  [chu-chul-ha-da] 〈抽出 -〉
- 놓다 [no-ta] 放下
- 수리하다 修理
  [su-ri-ha-da] 〈修理 -〉
- 떨어져 있다 隔開
  [tteo-reo-jeo it-tta]
- 담배를 피우다 抽菸
  [dam-bae-reul pi-u-da]
- 닦다 擦拭
  [dak-tta]
- 양치질하다 刷牙
  [yang-chi-jil-ha-da] 〈養齒 -〉

| B | **Something**
在公共廁所有什麼？

- 기저귀 교환대 換尿布台
  [gi-jeo-gwi gyo-hwan-dae]
  〈- 交換臺〉
- 낙서하다 塗鴉
  [nak-sseo-ha-da] 〈落書 -〉
- 핸드드라이어 烘手機
  [haen-deu-deu-ra-i-eo]
  〈hand dryer〉
- 걸이 [geo-ri] 掛鉤
- 쓰레기 垃圾
  [sseu-re-gi]
- 거울 [geo-ul] 鏡子
- 종이 수건 케이스 紙巾匣
  [jong-i su-geon ke-i-seu]
  〈-case 手巾〉
- 세면대 洗手台
  [se-myeon-dae] 〈洗面臺〉
- 화장지걸이 衛生紙架
  [hwa-jang-ji-geo-ri]
  〈化粧紙 -〉
- 휴지 衛生紙
  [hyu-ji] 〈休紙〉
- 위생 용품판매기
  衛生用品販賣機
  [wi-saeng yong-pum-pan-mae-
  gi] 〈衛生用品販賣機〉
- 배설물 排泄物
  [bae-seol-mul] 〈排泄物〉

類義字

화장실
化妝室

| C | What Kind
公共廁所有哪些種類？

- 장애인용화장실 殘障間
  [jang-ae-i-nyong-hwa-jang-sil]
  〈障礙人用化妝室〉

- 비데 坐浴盆
  [bi-de] 〈bidet〉

- 패밀리 토일릿 親子廁所
  [pae-mil-li to-il-lit]
  〈family toilet〉

- 휴대용 변기 流動廁所
  [hyu-dae-yong byeon-gi]
  〈攜帶用便器〉

- 재래식 화장실 蹲式馬桶
  [jae-rae-sik hwa-jang-sil]
  〈- 式化粧室〉

- 소변기 小便斗
  [so-byeon-gi] 〈小便器〉

| D | Who
在公共廁所有誰？

- 청소부 清潔工
  [cheong-so-bu] 〈清掃夫〉

- 마약 중독자 吸毒者
  [ma-yak jung-dok-jja]
  〈痲藥中毒者〉

- 마약 밀매자 藥頭
  [ma-yak mil-mae-ja]
  〈痲藥密賣者〉

- 노출증 환자 暴露狂
  [no-chul-jeung hwan-ja]
  〈露出症患者〉

- 배관공 水管工人
  [bae-gwan-gong] 〈配管工〉

- 관광객 觀光客
  [gwan-gwang-gaek]
  〈觀光客〉

活用關鍵字　可用表格中的部分字彙替換

1. 손을 닦다
   擦手 → A

2. 벽에서 낙서를 제거하다
   去除牆上的塗鴉 → B

3. 휴대용 변기를 설치하다
   設置流動廁所 → C

4. 메스꺼운 노출증 환자
   令人厭惡的暴露狂 → D

171

單複數

한 농장
一座農場

두 농장
兩座農場

| A | **What**
在農場做什麼？

| B | **Something**
在農場有什麼？

- 퇴비 堆肥
  [toe-bi] 〈堆肥〉

- 재배하다 栽培
  [jae-bae-ha-da] 〈栽培 -〉

- 확장되다 擴大，擴充
  [hwak-jjang-doe-da] 〈擴張 -〉

- 비료를 주다 施肥
  [bi-ryo-reul jju-da] 〈肥料 -〉

- 수확하다 收割
  [su-hwa-ka-da] 〈收穫 -〉

- 관개하다 灌溉
  [gwan-gae-ha-da] 〈灌溉 -〉

- 부드럽게 고르다 鬆土
  [ppu-deu-reop-kke go-reu-da]

- 심다 種植
  [sim-da]

- 생산하다 生產
  [saeng-san-ha-da] 〈生產 -〉

- 씨를 뿌리다 播種
  [ssi-reul ppu-ri-da]

- 저장하다 貯存
  [jeo-jang-ha-da] 〈貯藏 -〉

- 풀을 베다 割草
  [pu-reul ppe-da]

- 나무를 베다 砍樹
  [na-mu-reul ppe-da]

- 곡창 穀倉
  [gok-chang] 〈穀倉〉

- 퇴비통 堆肥箱
  [toe-bi-tong] 〈堆肥桶〉

- 비료 肥料
  [bi-ryo] 〈肥料〉

- 살충제 農藥
  [sal-chung-jje] 〈殺蟲劑〉

- 소형 오픈 트럭 小貨車
  [so-hyeong o-peun teu-reok]
  〈小型 open truck〉

- 농산품 農產品
  [nong-san-pum] 〈農產品〉

- 공구 창고 工具房
  [gong-gu chang-go]
  〈工具倉庫〉

- 괭이 鋤頭
  [gwaeng-i]

- 수확기 收割機
  [su-hwak-kki] 〈收穫機〉

- 파종기 播種機
  [pa-jong-gi] 〈播種機〉

- 견인차 拖拉機
  [gyeo-nin-cha] 〈牽引車〉

- 물방아잠자리 磨坊水車
  [mul-bang-a-jam-ja-ri]

- 우물 [u-mul] 水井

類義字

논
水稻田

테라스
梯田

| C | **What Kind**
有哪些種類的農作物？

- 보리 大麥
  [bo-ri]

- 옥수수 玉米
  [ok-ssu-su] 〈玉蜀黍〉

- 고랭지 보리 青稞
  [go-raeng-ji bo-ri] 〈高冷地 -〉

- 수수 小米，粟
  [su-su]

- 오트 燕麥
  [o-teu] 〈oat〉

- 벼 稻米
  [byeo]

- 호밀 黑麥
  [ho-mil] 〈胡〉

- 밀 小麥
  [mil]

| D | **Who**
在農場有誰？

- 경작자 耕種者
  [gyeong-jak-jja] 〈耕作者〉

- 농부 農夫
  [nong-bu] 〈農夫〉

- 농장 노동자 農場工人
  [nong-jang no-dong-ja]
  〈農場勞動者〉

- 토지징수원 土地徵收員
  [to-ji-jing-su-won]
  〈土地徵收員〉

- 토지 소유자 地主
  [to-ji so-yu-ja] 〈土地所有者〉

- 소작인 佃農
  [so-ja-gin] 〈小作人〉

- 마을 사람 村民
  [ma-eul ssa-ram]

活用關鍵字 可用表格中的部分字彙替換

1. 농지를 확장하다
   擴大農場 → A
2. 농약을 너무 많이 살포하다
   噴灑太多農藥 → B
3. 홈메이드 호밀빵
   自製的黑麥麵包 → C
4. 오만한 지주
   自大的地主 → D

單複數

한 과목밭
一座果園

두 과목밭
兩座果園

| A | **What** 在果園做什麼？

- 양조하다 釀造
  [yang-jo-ha-da] 〈釀造 -〉

- 재배하다 栽培
  [jae-bae-ha-da] 〈栽培 -〉

- 떨어지다 （果實）落下
  [tteo-reo-ji-da]

- 비료를 주다 施肥
  [bi-ryo-reul jju-da] 〈肥料 -〉

- 채수하다 採收
  [chae-su-ha-da] 〈採收 -〉

- 자라다 生長
  [ja-ra-da]

- 수확하다 收成
  [su-hwa-ka-da] 〈收穫 -〉

- 뜨거워지다 升溫
  [tteu-geo-wo-ji-da]

- 심다 種植
  [sim-da]

- 생산하다 生產
  [saeng-san-ha-da] 〈生產 -〉

- 잘라 내다 修剪
  [jal-la nae-da]

- 숙성시키다 使…成熟
  [suk-sseong-si-ki-da] 〈熟成 -〉

- 환기하다 使…通風
  [hwan-gi-ha-da] 〈換氣 -〉

- 물을 주다 澆水
  [mu-reul jju-da]

| B | **Something** 在果園有什麼？

- 상자 條板箱
  [sang-ja] 〈箱子〉

- 비료 肥料
  [bi-ryo] 〈肥料〉

- 온실 溫室
  [on-sil] 〈溫室〉

- 작업용 장갑 工作手套
  [ja-geo-byong jang-gap]
  〈作業用掌匣〉

- 사다리 [sa-da-ri] 梯子

- 농약 農藥
  [nong-yak] 〈農藥〉

- 삽 [sap] 鏟子

- 관목 灌木叢
  [gwan-mok] 〈灌木〉

- 포도원 葡萄園
  [po-do-won] 〈葡萄園〉

- 참나무 술통 橡木桶
  [cham-na-mu sul-tong] 〈- 桶〉

- 포도나무 葡萄藤
  [po-do-na-mu] 〈葡萄 -〉

- 포도재배술 葡萄栽培術
  [po-do-jae-bae-sul]
  〈葡萄栽培術〉

- 양조업 釀酒業
  [yang-jo-eop] 〈釀造業〉

- 양조장 釀酒莊
  [yang-jo-jang] 〈釀造場〉

類義字

과수원	열대 식목원
果園	熱帶種植園

| C | What Kind
有哪些種類的果園作物？

- 밭 [bat] 田地
- 수박밭 西瓜田
  [su-bak-ppat]
- 과수 果樹
  [gwa-su] 〈果樹〉
- 대추나무 棗樹
  [dae-chu-na-mu]
- 무화과나무 無花果樹
  [mu-hwa-gwa-na-mu]
  〈無花果 -〉
- 라임 나무 萊姆樹
  [ra-im na-mu] 〈lime-〉
- 올리브 나무 橄欖樹
  [ol-li-beu na-mu] 〈olive-〉
- 귤나무 橘子樹
  [gyul-la-mu] 〈橘 -〉

| D | Who
在果園有誰？

- 경작자 栽培者
  [gyeong-jak-jja] 〈耕作者〉
- 농부 農夫
  [nong-bu] 〈農夫〉
- 과일 도둑 偷果賊
  [gwa-il do-duk] 〈果 -〉
- 원예사 園丁
  [wo-nye-sa] 〈園藝師〉
- 과수원 주인 果園經營者
  [gwa-su-won ju-in]
  〈果樹園主人〉
- 관광객 觀光客
  [gwan-gwang-gaek] 〈觀光客〉
- 포도주 제조자 釀酒師
  [po-do-ju je-jo-ja]
  〈葡萄酒製造師〉

活用關鍵字 可用表格中的部分字彙替換

1. 열매를 따다
   採收一些果實 → A
2. 유기 비료를 첨가하다
   添加有機肥料 → B
3. 여문 무화과
   成熟的無花果樹 → C
4. 부지런한 원예사
   勤奮的園丁 → D

14 시골 鄉下 | ❸ 牧場

單複數

한 축산장
一座牧場

두 축산장
兩座牧場

| A | **What**
在牧場做什麼？

- 곤포로 포장하다
  [gon-po-ro po-jang-ha-da]
  將…捆成一包〈梱包包裝 -〉

- 사육하다 飼養
  [sa-yu-ka-da]〈飼育 -〉

- 먹이다 餵食
  [meo-gi-da]

- 풀을 뜯다 吃草，放牧
  [pu-reul tteut-tta]

- 자라다 成長
  [ja-ra-da]

- 망을 보다 張望
  [mang-eul ppo-da]

- 이동하다 遷移
  [i-dong-ha-da]〈移動 -〉

- 착유하다 擠奶
  [cha-gyu-ha-da]〈搾乳 -〉

- 경영하다 經營〈經營 -〉
  [gyeong-yeong-ha-da]

- 세우다 搭建（棚子）
  [se-u-da]

- 분리하다 隔開
  [bul-li-ha-da]〈分離 -〉

- 정착하다 定居
  [jeong-cha-ka-da]〈定着 -〉

- 털을 깎다 剪羊毛
  [teo-reul kkak-tta]

| B | **Something**
在牧場有什麼？

- 물통 水桶
  [mul-tong]〈- 桶〉

- 닭장 [dak-jjang] 雞舍

- 먹이 [meo-gi] 飼料

- 울타리 籬笆
  [ul-ta-ri]

- 풀 [pul] 青草

- 건초 더미 乾草堆
  [geon-cho deo-mi]〈乾燥 -〉

- 편자 馬蹄鐵
  [pyeon-ja]

- 착유기 擠奶器
  [cha-gyu-gi]〈搾乳機〉

- 유목천막 游牧帳篷
  [yu-mok-cheon-mak]
  〈游牧天幕〉

- 목장주 주택 牧場宅邸
  [mok-jjang-ju ju-taek]
  〈牧場主住宅〉

- 전모기 剪毛器
  [jeon-mo-gi]〈剪毛機〉

- 마구간 馬廄
  [ma-gu-gan]〈馬廄間〉

- 여물통 飼料槽
  [yeo-mul-tong]〈- 桶〉

- 외바퀴 손수레 推車
  [oe-ba-kwi son-su-re]

類義字

목초지　　　　　　　　대초원
放牧地　　　　　　　　大牧場

| C | What Kind
在牧場飼養哪些動物？

- 가축 家畜
  [ga-chuk]〈家畜〉

- 젖소 乳牛
  [jeot-sso]

- 양 綿羊
  [yang]〈羊〉

- 야크 犛牛
  [ya-keu]〈yak〉

- 가금 家禽
  [ga-geum]〈家禽〉

- 닭 雞
  [dak]

- 오리 鴨
  [o-ri]

- 거위 鵝
  [geo-wi]

| D | Who
在牧場有誰？

- 카우보이 牛仔
  [ka-u-bo-i]〈cowboy〉

- 목인 牧牛人
  [mo-gin]〈牧人〉

- 방목자 放牧者
  [bang-mok-jja]〈放牧者〉

- 목축업자 畜牧業者
  [mok-chu-geop-jja]
  〈牧畜業者〉

- 목축민 牧民
  [mok-chung-min]〈牧畜民〉

- 목장 주인 大牧場主
  [mok-jjang ju-in]〈牧場主人〉

- 양치기 牧羊人
  [yang-chi-gi]〈羊 -〉

活用關鍵字　可用表格中的部分字彙替換

1. 마을에 정착하다
   在村莊定居下來 → A

2. 장비를 완비하게 갖춘 닭장
   設備齊全的雞舍 → B

3. 한 무리의 소
   一群乳牛 → C

4. 모험을 즐기는 카우보이
   勇於冒險的牛仔 → D

177

洗手設施

- 자동핸드건조기
  自動烘手機
- 적외선 센서 수도꼭지
  裝有紅外線感應器的水龍頭

農業類型

- 조방 농업
  粗放式農業
- 집약 농업
  集約式農業

酒莊

- 포도를 수확하다
  收成葡萄
- 발효시킨 포토 주스
  使葡萄汁發酵（成酒）

1 **왜 그렇게 서두릅니까?**
你幹嘛這麼著急？
화장실에 가고 싶습니다.
我得上廁所！

대변을 누어야 하다	설사할 것 같다	대답할 시간이 없다
必須上大號	好像要拉肚子了	沒空回答你

2 **농경방식이 무엇입니까?**
你的農田耕作方式是什麼？
우리가 수직농작으로 채용합니다.
我們採用垂直耕作。

친환경 농법	기계화 농업	화전식
環保的方式耕作	機械化耕作	火耕法

3 **포도주양조의 성공한 비결이 무엇입니까?**
葡萄酒釀造的成功祕訣是什麼？
테루아르가 모든 일을 결정합니다.
風土條件決定一切。

포토의 품질	발효 시키는 정도	와인 메이커의 전문 지식
葡萄的品質	發酵的程度	釀酒師的專業度

單複數

한 교실
一間教室

두 교실
兩間教室

| A | *What* 在教室做什麼？

- 대답 回答
  [dae-dap] 〈對答〉

- 시험을 망치다 考砸
  [si-heo-meul mang-chi-da]
  〈試驗 -〉

- 커닝하다 作弊
  [keo-ning-ha-da] 〈cunning-〉

- 수업이 끝나다 下課
  [su-eo-bi kkeun-na-da]
  〈授業 -〉

- 지우다 擦拭
  [ji-u-da]

- 에프를 맞다 當掉
  [e-peu-reul mat-tta] 〈F-〉

- 준비하다 準備
  [jun-bi-ha-da] 〈準備 -〉

- 조용하다 安靜下來
  [jo-yong-ha-da]

- 땡땡이치다 翹課
  [ttaeng-ttaeng-i-chi-da]

- 말을 더듬다 結巴
  [ma-reul tteo-deum-da]

- 서다 [seo-da] 起立

- 앉다 [an-da] 坐下

- 들다 [deul-tta] 舉手

- 묻다 [mut-tta] 提問

| B | *Something* 在教室有什麼東西？

- 칠판 黑板
  [seo-da] 〈漆板〉

- 칠판지우개 板擦
  [chil-pan-ji-u-gae] 〈漆板 -〉

- 분필 粉筆
  [bun-pil] 〈粉筆〉

- 자철 磁鐵
  [ja-cheol] 〈磁鐵〉

- 게시판 公佈欄
  [ge-si-pan] 〈揭示板〉

- 천장 선풍기 吊扇
  [cheon-jang seon-pung-gi]
  〈天障扇風機〉

- 강의대 講台
  [gang-ui-dae] 〈講義臺〉

- 교사용 책상 講桌
  [gyo-sa-yong chaek-ssang]
  〈教師用冊床〉

- 페넌트 錦旗
  [pe-neon-teu] 〈pennant〉

- 교과서 教科書
  [gyo-gwa-seo] 〈教科書〉

- 화이트보드 白板
  [hwa-i-teu-bo-deu]
  〈whiteboard〉

- 마커 펜 白板筆
  [ma-keo pen] 〈marker pen〉

類義字

컴퓨터교실　　　　　　실험실
電腦教室　　　　　　　實驗室

| C | **What Kind**
有哪些教室例行事項？

- 시험 大考
  [si-heom] 〈試驗〉

- 기말시험 期末考
  [jung-gan-si-heom]〈期末試驗〉

- 중간시험 期中考
  [jung-gan-si-heom]〈中間試驗〉

- 숙제 家庭作業
  [suk-jje] 〈宿題〉

- 퀴즈 小考
  [kwi-jeu] 〈quiz〉

- 출석 조사 點名
  [chul-seok jo-sa]〈出席調查〉

- 결석하다 缺席
  [gyeol-seo-ka-da]〈缺席 -〉

- 출석하다 出席
  [chul-seo-ka-da]〈出席 -〉

| D | **Who**
在教室有誰？

- 반장 班長
  [ban-jang] 〈班長〉

- 담당 교사 導師
  [dam-dang gyo-sa]〈擔當教師〉

- 인턴강사 實習老師
  [in-teon-gang-sa]
  〈intern 講師〉

- 전문교과 교사 科任老師
  [jeon-mun-gyo-gwa gyo-sa]
  〈專門教科教師〉

- 대리 교사 代課老師
  [dae-ri gyo-sa] 〈代理教師〉

- 당직자 值日生
  [dang-jik-jja] 〈當職者〉

- 편입생 轉學生
  [pyeo-nip-ssaeng] 〈編入生〉

活用關鍵字　可用表格中的部分字彙替換

1. 내일의 시험을 준비하다
   準備明天的測驗 → A
2. 천장 선풍기를 켜다
   把吊扇打開 → B
3. 숙제를 마치다
   做完家庭作業 → C
4. 반장으로 선출되다
   被選為班長 → D

單複數

한 수학 수업
一堂數學課

두 수학 수업
兩堂數學課

| A | **What Kind** 數學課有哪些圖形？

| B | **How** 用什麼方法算數學？

- 원형 圓形
  [won-hyeong] 〈圓形〉

- 원뿔형 圓錐
  [won-ppul-hyeong] 〈圓 -〉

- 입방체 立方體
  [ip-ppang-che] 〈立方體〉

- 원통형 圓柱體
  [won-tong-hyeong] 〈圓筒型〉

- 능형 菱形
  [neung-hyeong] 〈菱形〉

- 타원형 橢圓形
  [ta-won-hyeong] 〈橢圓形〉

- 평행 사변형 平行四邊形
  [pyeong-haeng sa-byeon-hyeong]
  〈平行四邊形〉

- 직사각형 長方形
  [jik-ssa-ga-kyeong] 〈直四角形〉

- 선형 扇形
  [seon-hyeong] 〈扇形〉

- 정사각형 正方形
  [jeong-sa-ga-kyeong]
  〈正四角形〉

- 제형 梯形
  [je-hyeong] 〈梯形〉

- 삼각형 三角形
  [sam-ga-kyeong] 〈三角形〉

- 덧셈 加法
  [deot-ssem]

- 산술 算術
  [san-sul] 〈算術〉

- 미적분학 微積分
  [mi-jeok-ppun-hak] 〈微積分學〉

- 좌표 座標
  [jwa-pyo] 〈座標〉

- 나눗셈 除法
  [na-nut-ssem]

- 분수 分數
  [bun-su] 〈分數〉

- 기하학 幾何
  [gi-ha-hak] 〈幾何學〉

- 곱셈 乘法
  [gop-ssem]

- 구구표 九九乘法表
  [gu-gu-pyo] 〈九九表〉

- 퍼센트 百分比
  [peo-sen-teu] 〈percent〉

- 사사오입 四捨五入
  [sa-sa-o-ip] 〈四捨五入〉

- 뺄셈 減法
  [ppael-sem]

- 삼각함수 三角函數
  [sam-ga-kam-su] 〈三角函數〉

相關字

사칙계산
四則運算

C | Something
在數學課有什麼？

- 주판 算盤
  [ju-pan] 〈珠板〉

- 계산기 計算機
  [gye-san-gi] 〈計算機〉

- 그래프용지 方格紙
  [geu-rae-peu-yong-ji]
  〈graph 用紙〉

- 각도기 量角器
  [gak-tto-gi] 〈角度器〉

- 자 [ja] 直尺 〈尺〉

- 센티미터 公分
  [sen-ti-mi-teo] 〈centimeter〉

- 인치 英吋
  [in-chi] 〈inch〉

- 밀리미터 公釐
  [mil-li-mi-teo] 〈millimeter〉

D | What
在數學課做什麼？

- 계산하다 計算
  [gye-san-ha-da] 〈計算 -〉

- 나누기 除 [na-nu-gi]

- 그리다 畫 [geu-ri-da]

- 등호 等於
  [deung-ho] 〈等號〉

- 측정하다 測量
  [cheuk-jjeong-ha-da] 〈測定 -〉

- 빼기 減 [ppae-gi]

- 곱하기 乘 [go-pa-gi]

- 더하기 加 [deo-ha-gi]

- 지름 直徑 [ji-reum]

- 반지름 半徑
  [ban-ji-reum] 〈半 -〉

活用關鍵字　可用表格中的部分字彙替換

1. 정방형 면적
   正方形面積 → A
2. 구구단을 암기
   背九九乘法表 → B
3. 태양열 계산기
   太陽能發電的計算機 → C
4. 동그라미를 그리다
   畫一個圓 → D

183

15 학교 學校 | ❸ 作文課

單複數

한 쓰기 수업
一堂作文課

두 쓰기 수업
兩堂作文課

| A | **What** 在作文課做什麼？ | B | **Something** 有什麼組織文章的方法？

- 논술하다 論述
  [non-sul-ha-da] 〈論術 -〉

- 찾아내다 想出
  [cha-ja-nae-da]

- 고치다 訂正
  [go-chi-da]

- 서술하다 敘述
  [seo-sul-ha-da] 〈敘述 -〉

- 논하다 討論
  [non-ha-da] 〈論 -〉

- 원고 起草
  [won-go] 〈原稿〉

- 조직하다 組織
  [jo-ji-ka-da] 〈組織 -〉

- 표절하다 剽竊
  [pyo-jeol-ha-da] 〈剽竊 -〉

- 구두점을 찍다 加標點符號
  [gu-du-jeo-meul jjik-tta]
  〈句讀點 -〉

- 인용하다 引用
  [i-nyong-ha-da] 〈引用 -〉

- 개정하다 修改
  [gae-jeong-ha-da] 〈改正 -〉

- 다시 쓰다 重寫
  [da-si sseu-da]

- 갈겨쓰다 亂塗，瞎寫
  [gal-kkyeo-sseu-da]

- 작성하다 寫作
  [jak-sseong-ha-da] 〈作成 -〉

- 여담 離題
  [yeo-dam] 〈餘談〉

- 강조 強調
  [gang-jo] 〈強調〉

- 은유 隱喻
  [eu-nyu] 〈隱喻〉

- 개요 大綱
  [gae-yo] 〈概要〉

- 단락 段落
  [dal-lak] 〈段落〉

- 시작 開頭（起）
  [si-jak] 〈始作〉

- 점층법 高點（轉）
  [jeom-cheung-beop] 〈漸層法〉

- 결론 結論（合）
  [gyeol-lon] 〈結論〉

- 중간 中間（承）
  [jung-gan] 〈中間〉

- 참조 參考資料
  [cham-jo] 〈參照〉

- 직유 明喻
  [ji-gyu] 〈直喻〉

- 주장 主張
  [ju-jang] 〈主張〉

- 요약 摘要
  [yo-yak] 〈要約〉

- 주제 主旨
  [ju-je] 〈主題〉

相關字

작문　　　　　　　　　수사
作文　　　　　　　　　修辭

| C | What Kind
寫作文有哪些形式？

- 단문 短文
  [dan-mun]〈短文〉

- 시 [si] 詩〈詩〉

- 산문 散文
  [san-mun]〈散文〉

- 문장 句子
  [mun-jang]〈文章〉

- 형용사 形容詞
  [hyeong-yong-sa]〈形容詞〉

- 부사 副詞
  [bu-sa]〈副詞〉

- 명사 名詞
  [myeong-sa]〈名詞〉

- 논문 論文
  [non-mun]〈論文〉

| D | What Kind
有哪些標點符號？

- 쌍점 冒號
  [ssang-jeom]〈雙點〉

- 쉼표 [swim-pyo] 逗號

- 대시 破折號
  [dae-si]〈dash〉

- 하이픈 連字號
  [ha-i-peun]〈hyphen〉

- 괄호 括弧
  [gwal-ho]〈括弧〉

- 마침표 句號
  [ma-chim-pyo]〈-標〉

- 물음표 問號
  [mu-reum-pyo]〈-標〉

- 인용 부호 引號
  [i-nyong bu-ho]〈引號符號〉

活用關鍵字　可用表格中的部分字彙替換

1. 문장을 수정하다
   修改文章 → A
2. 은유법은 많이 가지다
   充滿隱喻 → B
3. 논문을 쓰다
   寫論文 → C
4. 대화에서 콜론을 사용하다
   在對話中使用冒號 → D

185

單複數

한 미술수업
一堂美術課

두 미술수업
兩堂美術課

| A | What
在美術課做什麼？

- 붓질 （用畫筆）畫
  [but-jjil]

- 자르다 剪
  [ja-reu-da]

- 희석하다 稀釋
  [hi-seo-ka-da] 〈稀釋 -〉

- 끼적거리다 亂畫
  [kki-jeok-kkeo-ri-da]

- 그리다 畫
  [geu-ri-da]

- 섞이다 混合
  [seo-kki-da]

- 소조하다 塑造
  [so-jo-ha-da] 〈塑造 -〉

- 페인트를 칠하다 繪畫
  [pe-in-teu-reul chil-ha-da]
  〈paint 漆 -〉

- 소묘하다 素描
  [so-myo-ha-da] 〈素描 -〉

- 조각하다 雕刻
  [jo-ga-ka-da] 〈雕刻 -〉

- 짜내다 擠出
  [jja-nae-da]

- 색깔을 넣다 給…上色
  [saek-kka-reul neo-ta]

- 비틀어 열다 旋開
  [bi-teu-reo yeol-da]

- 비틀어 닫다 旋緊
  [bi-teu-reo dat-tta]

| B | What Kind
有哪些美術種類與元素？

- 구성하다 構圖
  [gu-seong-ha-da] 〈構成 -〉

- 컴퓨터 그래픽스 電腦繪圖
  [keom-pyu-teo geu-rae-pik-sseu]
  〈computer graphics〉

- 낙서 塗鴉
  [nak-sseo] 〈落書〉

- 색조 色調
  [saek-jjo] 〈色調〉

- 유화 油畫
  [yu-hwa] 〈油畫〉

- 윤곽 輪廓
  [yun-gwak] 〈輪廓〉

- 전지 剪紙
  [jeon-ji] 〈剪紙〉

- 석고상 石膏像
  [seok-kko-sang] 〈石膏像〉

- 초상화 肖像畫
  [cho-sang-hwa] 〈肖像畫〉

- 소묘화 素描畫
  [so-myo-hwa] 〈素描畫〉

- 정물화 靜物畫
  [jeong-mul-hwa] 〈靜物畫〉

- 기법 技巧
  [gi-beop] 〈技法〉

- 필촉 筆觸
  [pil-chok] 〈筆觸〉

- 수채화 水彩畫
  [su-chae-hwa] 〈水彩畫〉

相關字

미학
美學

원색
原色

| C | **Something**
在美術課有什麼？

- 앞치마 圍裙
  [ap-chi-ma]

- 화필 畫筆
  [hwa-pil] 〈畫筆〉

- 화폭 畫布
  [hwa-pok] 〈畫布〉

- 탄필 炭筆
  [tan-pil] 〈炭筆〉

- 점토 黏土
  [jeom-to] 〈黏土〉

- 도화지 圖畫紙
  [do-hwa-ji] 〈圖畫紙〉

- 화가 畫架
  [hwa-ga] 〈畫架〉

- 팔레트 調色盤
  [pal-le-teu] 〈palette〉

| D | **What Kind**
美術課會用到哪些顏色？

- 밝은 녹색 亮綠色
  [bal-geun nok-ssaek] 〈- 綠色〉

- 갈색 棕色
  [gal-ssaek] 〈褐色〉

- 붉은 산호색 珊瑚紅
  [bul-geun san-ho-ssaek]
  〈- 珊瑚 -〉

- 짙은 파란색 深藍色
  [ji-teun pa-ran-saek]

- 회색 灰色
  [hoe-saek] 〈灰色〉

- 주황색 橙色
  [ju-hwang-saek] 〈朱黃色〉

- 옅은 보라색 淡紫色
  [yeo-teun bo-ra-saek]

- 은색 銀色
  [eun-saek] 〈銀色〉

活用關鍵字　可用表格中的部分字彙替換

1. 공책에서 낙서하다
   在筆記本上亂畫 → A

2. 전지에 대해 관심이 있다
   對剪紙很感興趣 → B

3. 스테인레스 스틸 팔레트
   不鏽鋼的調色盤 → C

4. 하늘이 회색으로 변하다
   天色變灰了 → D

單複數

한 음악수업
一堂音樂課

두 음악수업
兩堂音樂課

| A | What
在音樂課做什麼？

- 편곡하다 改編
  [pyeon-go-ka-da] 〈編曲 -〉

- 깨지는 소리이다 破音
  [kkae-ji-neun so-ri-i-da]

- 작곡하다 作曲
  [jak-kko-ka-da] 〈作曲 -〉

- 지휘하다 指揮
  [ji-hwi-ha-da] 〈指揮 -〉

- 안다 抱著（吉他）
  [an-da]

- 로센 鬆開（小提琴弦）
  [ro-sen] 〈lossen〉

- 치다 撥動（吉他弦）
  [chi-da]

- 연주하다 彈奏
  [yeon-ju-ha-da] 〈演奏 -〉

- 뜯다 [tteut-tta] 撥弦

- 치다 按壓（鋼琴鍵）
  [chi-da]

- 반복하다 重複
  [ban-bo-ka-da] 〈反覆 -〉

- 노래하다 唱歌
  [no-rae-ha-da]

- 조여지다 調緊（小提琴弦）
  [jo-yeo-ji-da]

- 조율하다 調音
  [jo-yul-ha-da] 〈調律 -〉

| B | Something
在音樂課有什麼？

- 박자 拍子
  [bak-jja] 〈拍子〉

- 키 音準
  [ki] 〈key〉

- 멜로디 旋律
  [mel-lo-di] 〈melody〉

- 음표 音符
  [eum-pyo] 〈音標〉

- 악보 樂譜
  [eum-pyo] 〈樂譜〉

- 오선보표 五線譜
  [o-seon-bo-pyo] 〈五線譜表〉

- 액시덴틀 升降記號
  [aek-ssi-den-teul] 〈accidental〉

- 바 小節
  [ba] 〈bar〉

- 낮은 음자리표 低音譜號
  [na-jeun eum-ja-ri-pyo]

- 휴지부 休止符
  [hyu-ji-bu] 〈休止符〉

- 높은 음자리표 高音譜號
  [no-peun eum-ja-ri-pyo]

- 간략하게 한 표기법 簡譜
  [gal-lya-ka-ge han pyo-gi-beop]
  〈簡略 - 標記法〉

- 템포 節奏
  [tem-po] 〈tempo〉

相關字

합창단
合唱團

오케스트라 , 관현악단
管絃樂團

| C | How
如何形容歌聲或樂聲？

- 둔하다 低沉的
  [dun-ha-da] 〈鈍 -〉

- 우아하다 優雅的
  [u-a-ha-da] 〈優雅 -〉

- 단조롭다 單調的
  [dan-jo-rop-tta] 〈單調 -〉

- 날카롭다 尖銳的
  [nal-ka-rop-tta]

- 부드럽다 柔和的
  [bu-deu-reop-tta]

- 달콤하다 甜美的
  [dal-kom-ha-da]

- 높은 소리 高亢的聲音
  [no-peun so-ri]

| D | What Kind
在音樂課有哪些樂器？

- 플루트 長笛
  [peul-lu-teu] 〈flute〉

- 하모니카 口琴
  [ha-mo-ni-ka] 〈harmonica〉

- 피아노 鋼琴
  [pi-a-no] 〈piano〉

- 리코더 直笛
  [ri-ko-deo] 〈recorder〉

- 탬버린 鈴鼓
  [taem-beo-rin] 〈tambourine〉

- 트라이앵글 三角鐵
  [teu-ra-i-aeng-geul] 〈triangle〉

- 목금 木琴
  [mok-kkeum] 〈木琴〉

活用關鍵字 可用表格中的部分字彙替換

1. 작곡하다
   作曲 → A

2. 음표를 알아보게 하다
   讀懂音符 → B

3. 사랑스럽고 달콤한 목소리
   討人喜歡的甜美聲音 → C

4. 플루트를 불다
   吹奏長笛 → D

單複數

한 과학 수업
一堂自然課

두 과학 수업
兩堂自然課

| A | **What**
在自然課做什麼？

| B | **Something**
在自然課有什麼？

- 조정하다 調整
  [jo-jeong-ha-da] 〈調整 -〉

- 분석하다 分析
  [bun-seo-ka-da] 〈分析 -〉

- 결론을 내리다 結論
  [gyeol-lo-neul nae-ri-da]
  〈結論 -〉

- 실험을 하다 實驗
  [sil-heo-meul ha-da] 〈實驗 -〉

- 추출하다 萃取，蒸餾
  [chu-chul-ha-da] 〈抽出 -〉

- 가열하다 把…加熱
  [ga-yeol-ha-da] 〈加熱 -〉

- 유도하다 引起，導致
  [yu-do-ha-da] 〈誘導 -〉

- 통하다 透過（顯微鏡）
  [tong-ha-da] 〈通 -〉

- 측정하다 測量
  [cheuk-jjeong-ha-da] 〈測定 -〉

- 관찰하다 觀察
  [gwan-chal-ha-tta] 〈觀察 -〉

- 침전되다 沉澱
  [chim-jeon-doe-da] 〈沉澱 -〉

- 기록하다 記錄
  [gi-ro-ka-da] 〈記錄 -〉

- 녹다 溶解
  [nok-tta]

- 천체 망원경 天文望遠鏡
  [cheon-che mang-won-gyeong]
  〈天體望遠鏡〉

- 천칭 天秤
  [cheon-ching] 〈天秤〉

- 비커 燒杯
  [bi-keo] 〈beaker〉

- 화합물 化合物
  [hwa-ham-mul] 〈化合物〉

- 화학식 化學式
  [hwa-hak-ssik] 〈化學式〉

- 점적기 滴管
  [jeom-jeok-kki] 〈點滴器〉

- 깔때기 漏斗
  [kkal-ttae-kki]

- 자석 磁鐵
  [ja-seok] 〈磁石〉

- 돋보기 放大鏡
  [dot-ppo-gi]

- 현미경 顯微鏡
  [hyeon-mi-gyeong] 〈顯微鏡〉

- 깔유리 載玻片
  [kka-ryu-ri] 〈琉璃〉

- 시험관 試管
  [si-heom-gwan] 〈試驗管〉

- 집게 鑷子
  [jip-kke]

類義字

물리 수업	화학수업
物理課	化學課

C | What Kind
有哪些科學知識？

- **천문학** 天文學
  [cheon-mun-hak] 〈天文學〉
- **생물학** 生物學
  [saeng-mul-hak] 〈生物學〉
- **식물학** 植物學
  [sing-mul-hak] 〈植物學〉
- **지구 과학** 地球科學
  [ji-gu gwa-hak] 〈地球科學〉
- **생태학** 生態學
  [saeng-tae-hak] 〈生態學〉
- **유전학** 遺傳學
  [yu-jeon-hak] 〈遺傳學〉
- **우주 과학** 太空科學
  [u-ju gwa-hak] 〈太空科學〉
- **동물학** 動物學
  [dong-mul-hak] 〈動物學〉

D | What Kind
有哪些學術名詞？

- **양극** 正極
  [yang-geuk] 〈陽極〉
- **음극** 負極
  [eum-geuk] 〈陰極〉
- **질량 보존 법칙**
  [jil-lyang bo-jon beop-chik]
  質量守恆定律〈質量保存法則〉
- **온실 효과** 溫室效應
  [on-sil hyo-gwa] 〈溫室效果〉
- **자기장** 磁場
  [ja-gi-jang] 〈磁氣場〉
- **광합성** 光合作用
  [gwang-hap-sseong]〈光合性〉
- **상대성 이론** 相對論
  [sang-dae-seong i-ron]
  〈相對性理論〉

活用關鍵字 可用表格中的部分字彙替換

1. 실험을 기록하다
   記錄**實驗** → A
2. 현미경에 통해서 관찰하다
   透過**顯微鏡觀察** → B
3. 천문학은 전공이다
   主修**天文學** → C
4. 질량 보존 법칙을 지키다
   遵守**質量守恆定律** → D

191

單複數

한 동아리
一個社團

두 동아리
兩個社團

| A | **What** 在社團教室做什麼？

- 받아들이다 接受（申請）
  [ba-da-deu-ri-da]
- 논하다 討論
  [non-ha-da] 〈論 -〉
- 모이다 集合
  [mo-i-da]
- 개최하다 舉辦
  [gae-choe-ha-da] 〈開催 -〉
- 상호 작용을 하다 互動
  [sang-ho ja-gyong-eul ha-da]
  〈相互作用 -〉
- 가입하다 加入
  [ga-i-pa-da] 〈加入 -〉
- 공연하다 表演
  [gong-yeon-ha-da] 〈公演 -〉
- 연습하다 練習
  [yeon-seu-pa-da] 〈練習 -〉
- 준비하다 準備，籌備
  [jun-bi-ha-da] 〈準備 -〉
- 발표하다 發表
  [bal-pyo-ha-da] 〈發表 -〉
- 홍보하다 宣傳
  [hong-bo-ha-da] 〈弘報 -〉
- 모집하다 招募
  [mo-ji-pa-da] 〈募集 -〉
- 퇴출하다 退出
  [toe-chul-ha-da] 〈退出 -〉

| B | **What Kind** 有哪些種類的社團？

- 동창회 校友會
  [dong-chang-hoe] 〈同窓會〉
- 합창단 合唱團
  [hap-chang-dan] 〈合唱團〉
- 토론회 辯論社
  [to-ron-hoe] 〈討論會〉
- 연극 동아리 話劇社
  [yeon-geuk dong-a-ri] 〈演劇 -〉
- 영어 회화 클럽 英語會話社
  [yeong-eo hoe-hwa keul-leop]
  〈英語會話 club〉
- 기타 클럽 吉他社
  [gi-ta keul-leop] 〈guitar club〉
- 마술 클럽 魔術社
  [ma-sul keul-leop] 〈魔術 club〉
- 등산 클럽 登山社
  [deung-san keul-leop]
  〈登山 club〉
- 오케스트라 管樂隊
  [o-ke-seu-teu-ra] 〈orchestra〉
- 사진 동아리 攝影社
  [sa-jin dong-a-ri] 〈寫真 -〉
- 팝 댄스 동아리 熱舞社
  [pap daen-seu dong-a-ri]
  〈pop dance-〉
- 스카우트 클럽 童軍社
  [seu-ka-u-teu keul-leop]
  〈scouts club〉

相關字

라운지
交誼廳

학생 활동 중심
學生活動中心

| C | **Something**
有哪些社團活動？

- 동아리 평가 社團評鑑
  [dong-a-ri pyeong-ga]〈-評價〉

- 송별회 送舊會
  [song-byeol-hoe]〈送別會〉

- 회의 會議
  [hoe-ui]〈會議〉

- 환영파티 歡迎會
  [hwa-nyeong-pa-ti]
  〈歡迎 party〉

- 발표 發表會
  [bal-pyo]〈發表〉

- 홍보 宣傳
  [hong-bo]〈弘報〉

- 신인 모집 招募新血
  [si-nin mo-jip]〈新人募集〉

| D | **Who**
在社團有誰？

- 애호가 愛好者
  [ae-ho-ga]〈愛好家〉

- 회장 社長
  [hoe-jang]〈會長〉

- 신입생 新生
  [si-nip-ssaeng]〈新入生〉

- 지도 교사 指導老師
  [ji-do gyo-sa]〈指導教師〉

- 멤버 （社團）成員
  [mem-beo]〈member〉

- 홍보 담당자 公關
  [hong-bo dam-dang-ja]
  〈弘報擔當者〉

- 신인 모집자 招募人員
  [si-nin mo-jip-jja]〈新人募集者〉

活用關鍵字 可用表格中的部分字彙替換

1. 오래 동안 토론했다
   討論已久 → A

2. 합창단에 참가하다
   參加合唱團 → B

3. 분위기가 긴장된 회의
   氣氛緊張的會議 → C

4. 기타 클럽 멤버
   吉他社成員 → D

單複數

한 대학교
一間大學

두 대학교
兩間大學

| A | **What**
在大學做什麼？

- 신청하다 申請
  [sin-cheong-ha-da] 〈申請 -〉

- 등록하다 註冊
  [deung-no-ka-da] 〈登錄 -〉

- 퇴학하다 退學
  [toe-ha-ka-da] 〈退學 -〉

- 불합격하다 不及格
  [bul-hap-kkyeo-ka-da]
  〈不及格 -〉

- 졸업하다 畢業
  [jo-reo-pa-da] 〈卒業 -〉

- 학위를 주다 授與學位
  [ha-gwi-reul jju-da] 〈學位 -〉

- 나눠 주다 發下去
  [na-nwo ju-da]

- 강의하다 主講
  [na-nwo ju-da] 〈講義 -〉

- 전공하다 主修
  [jeon-gong-ha-da] 〈專攻 -〉

- 부전공하다 輔修
  [ppu-jeon-gong-ha-da]
  〈副專攻 -〉

- 합격하다 合格
  [hap-kkyeo-ka-da] 〈合格 -〉

- 연기되다 延期
  [yeon-gi-doe-da] 〈延期 -〉

- 내다 [nae-da] 繳交

| B | **Something**
在大學有什麼？

- 학점 學分
  [hak-jjeom] 〈學點〉

- 선택과목 選修課程
  [seon-taek-kkwa-mok]
  〈選擇科目〉

- 기말시험 期末考
  [gi-mal-ssi-heom] 〈期末試驗〉

- 실습하다 實習
  [sil-seu-pa-da] 〈實習 -〉

- 전공 主修
  [jeon-gong] 〈專攻〉

- 중간시험 期中考
  [jung-gan-si-heom]
  〈中間試驗〉

- 부전공 과목 輔修科目
  [bu-jeon-gong gwa-mok]
  〈副專攻科目〉

- 도서상 書卷獎
  [do-seo-sang] 〈圖書獎〉

- 필수 과목 必修課程
  [pil-su gwa-mok] 〈必修科目〉

- 교수요목 課程綱要
  [gyo-su-yo-mok] 〈教授要目〉

- 편입시험 轉學考
  [pyeo-nip-ssi-heom]
  〈編入試驗〉

- 수업료 學費
  [su-eom-nyo] 〈授業料〉

類義字

칼리지　　　　　　　대학원
學院　　　　　　　　研究所

| C | Something
大學畢業時有什麼？

- 대학생의 정장 學士服
  [dae-hak-ssaeng-ui jeong-jang]
  〈大學生正裝〉

- 졸업식 畢業典禮
  [jo-reop-ssik]〈卒業式〉

- 졸업장 畢業證書
  [jo-reop-jjang]〈卒業狀〉

- 졸업논문 畢業論文
  [jo-reom-non-mun]〈卒業論文〉

- 졸업작품전 畢業展
  [jo-reop-jjak-pum-jeon]
  〈卒業作品展〉

- 졸업 앨범 畢業紀念冊
  [jo-reop ael-beom]
  〈卒業 album〉

- 졸업 사진 畢業照
  [jo-reop sa-jin]〈卒業寫真〉

| D | Who
在大學有誰？

- 조교수 助理教授
  [jo-gyo-su]〈助教授〉

- 부교수 副教授
  [bu-gyo-su]〈副教授〉

- 신입생 大一生
  [si-nip-ssaeng]〈新入生〉

- 2 학년생 大二生
  [2hang-nyeon-saeng]
  〈2 學年生〉

- 3 학년생 大三生
  [3hang-nyeon-saeng]
  〈3 學年生〉

- 4 학년생 大四生
  [4hang-nyeon-saeng]
  〈4 學年生〉

- 교수 教授
  [gyo-su]〈教授〉

活用關鍵字　可用表格中的部分字彙替換

1. 보고서를 내다
   交報告 → A

2. 기말 시험을 보다
   考期末考 → B

3. 졸업작품전에 참석하다
   參加畢業展 → C

4. 교수님의 추천함
   教授推薦信 → D

195

請假

◆ 개인 휴가
事假
◆ 병가
病假

報名
社團

◆ 동아리을 가입하다
參加社團
◆ 동아리을 퇴출하다
退出社團

選課

◆ 필수 과목
修必修課
◆ 선택 과목
選修課

1 **우리 인턴강사가 어떻습니까?**
你覺得我們的實習老師如何？
그녀는 무대 공포증을 갖고 있는 것 같습니다.
她似乎有上台恐懼症。

아주 엄격한 것 같다	우리하고 잘 지내다	우리에게 너무 관대하게 대하다
很嚴格的樣子	能跟我們打成一片	太放任我們了

2 **수학 시험을 본 것이 어떻습니까?**
數學小考考得如何？
완전히 망쳤습니다.
我完全卡住了。

잘 봤습니다	머리 속에 아무 생각이 없습니다	너무 긴장했습니다
考得不錯	腦筋一片空白	太緊張了

3 **좋은 문장을 쓰는 비결이 무엇입니까?**
寫出一篇好文章的訣竅是什麼？
당신은 지금부터 일기를 쓰기 시작해도 됩니다.
你可以開始每天寫日記。

교수님하고 토론하다	책을 아주 많이 읽다	먼저 개요를 쓰다
和教授討論	博覽群書	先寫出大綱

單複數

한 운동장　　　　　두 운동장
一座操場　　　　　兩座操場

| A | **What** 在操場做什麼？

- 도착하다 抵達
  [do-cha-ka-da] 〈到著 -〉
- 모으다 集合
  [mo-eu-da]
- 힘내다 加油
  [him-nae-da]
- 경쟁하다 較勁
  [gyeong-jaeng-ha-da] 〈競爭 -〉
- 황급히 달려가다 急奔
  [hwang-geu-pi dal-lyeo-ga-da]
  〈遑急 -〉
- 개최하다 舉辦
  [gan-choeha-da] 〈開催 -〉
- 조깅하다 慢跑
  [jo-ging-ha-da] 〈jogging-〉
- 줄을 서다 排隊
  [ju-reul sseo-da]
- 놀다 [nol-da] 玩耍
- 이르다 達到（紀錄）
  [i-reu-da]
- 경례를 하다 敬禮
  [gyeong-nye-reul ha-da]
  〈敬禮 -〉
- 쏘다 [sso-da] 鳴槍
- 훈련하다 鍛鍊
  [hul-lyeon-ha-da] 〈訓練 -〉
- 준비 운동 暖身
  [jun-bi un-dong] 〈準備運動〉

| B | **Where** 在操場的哪裡？

- 농구장 籃球場
  [nong-gu-jang] 〈籃球場〉
- 턱걸이 單槓
  [teok-kkeo-ri]
- 필드 도지 볼 躲避球
  [pil-deu do-ji bol]
  〈Field dodge ball〉
- 정글짐 方格攀爬架
  [jeong-geul-jjim]
  〈jungle gym〉
- 매트리스 安全墊
  [mae-teu-ri-seu] 〈mattress〉
- 평행봉 雙槓 〈平行棒〉
  [pyeong-haeng-bong]
- 모래사장 沙坑
  [mo-rae-sa-jang] 〈- 沙場〉
- 무대 司令台
  [mu-dae] 〈舞台〉
- 국기 國旗
  [guk-kki] 〈國旗〉
- 국기게양식 升旗典禮
  [guk-kki-ge-yang-sik]
  〈國旗揭揚式〉
- 깃대 旗竿
  [git-ttae] 〈旗〉
- 확성기 擴音器
  [hwak-sseong-gi] 〈擴聲器〉
- 트랙 跑道
  [teu-raek] 〈track〉

類義字

놀이터
遊戲場

| C | **What Kind**
在操場有哪些運動項目？

- 뜀틀 [ttwim-teul] 跳箱

- 높이뛰기 跳高
  [no-pi-ttwi-gi]

- 장애물 경주 跨欄比賽
  [jang-ae-mul gyeong-ju]
  〈障礙物競走〉

- 멀리뛰기 跳遠
  [meol-li-ttwi-gi]

- 릴레이 경주 接力賽
  [ril-le-i gyeong-ju]
  〈relay 競走〉

- 단거리 경주 短跑
  [dan-geo-ri gyeong-ju]
  〈短 - 競走〉

- 달리기 塞跑
  [dal-li-gi]

| D | **Who**
在操場有誰？

- 경쟁자 競爭者
  [gyeong-jaeng-ja] 〈競爭者〉

- 체육 선생님 體育老師
  [che-yuk seon-saeng-nim]
  〈體育先生 -〉

- 총장 校長
  [chong-jang] 〈總長〉

- 심판 裁判
  [sim-pan] 〈審判〉

- 육상팀 田徑隊
  [yuk-ssang-tim] 〈陸上 team〉

- 운동선수 運動員
  [un-dong-seon-su]
  〈運動選手〉

- 코치 敎練
  [ko-chi] 〈coach〉

活用關鍵字 可用表格中的部分字彙替換

1. 운동장에서 줄을 서다
   在操場上排好隊 → A
2. 새로 지은 무대
   新建好的司令台 → B
3. 사백 미터 릴레이 경주
   400 公尺接力賽 → C
4. 물 흐르는 듯한 언변을 하는 총장
   滔滔不絕的校長 → D

單複數

한 캠퍼스
一座校園

두 캠퍼스
兩座校園

| A | **What**
在校園做什麼？

| B | **Where**
在校園的哪個單位？

- 알리다 公告
  [al-li-da]

- 모이다 集合
  [mo-i-da]

- 상의하다 諮詢
  [sang-ui-ha-da] 〈商議 -〉

- 소집하다 召開
  [so-ji-pa-da] 〈召集 -〉

- 분배하다 分發
  [bun-bae-ha-da] 〈分配 -〉

- 관리하다 管理
  [gwal-li-ha-da] 〈管理 -〉

- 협상하다 協商
  [hyeop-ssang-ha-da] 〈協商 -〉

- 운용하다 運作
  [u-nyong-ha-da] 〈運用 -〉

- 기획을 세우다 統籌
  [gi-hoe-geul sse-u-da] 〈計畫 -〉

- 통과하다 通過（決議）
  [tong-gwa-ha-da] 〈通過 -〉

- 사회화시키다 交誼
  [sa-hoe-hwa-si-ki-da]
  〈社會化 -〉

- 도장을 찍다 蓋章
  [do-jang-eul jjik-tta] 〈圖章 -〉

- 근무처 處室
  [geun-mu-cheo] 〈勤務處〉

- 상담실 輔導室
  [sang-dam-sil] 〈相談室〉

- 교무실 教務處
  [gyo-mu-sil] 〈教務室〉

- 총무실 總務處
  [chong-mu-sil] 〈總務室〉

- 교장실 校長室
  [gyo-jang-sil] 〈校長室〉

- 조별 組別
  [jo-byeol] 〈組別〉

- 출납과 出納組
  [chul-lap-kkwa] 〈出納科〉

- 훈육과 訓育組
  [hu-nyuk-kkwa] 〈訓育科〉

- 교학과 教學組
  [gyo-hak-kkwa] 〈教學科〉

- 등록과 註冊組
  [deung-nok-kkwa] 〈登錄科〉

- 학생활동과 生輔組
  [hak-ssaeng-hwal-dong-gwa]
  〈學生活動科〉

- 경비실 警衛室
  [gyeong-bi-sil] 〈警備室〉

相關字
행정본부 건물
行政大樓

| C | **Something**
在校園有什麼？

- 강당 禮堂
  [gang-dang] 〈講堂〉

- 학생식당 學生餐廳
  [hak-ssaeng-sik-ttang]
  〈學生食堂〉

- 실험실 實驗室
  [sil-heom-sil] 〈實驗室〉

- 회의실 會議室
  [hoe-ui-sil] 〈會議室〉

- 체육관 體育館
  [che-yuk-kkwan] 〈體育館〉

- 도서관 圖書館
  [do-seo-gwan] 〈圖書館〉

- 화장실 洗手間
  [hwa-jang-sil] 〈化妝室〉

| D | **Who**
在校園有誰？

- 상담 지도원 輔導人員
  [sang-dam ji-do-won]
  〈商談指導員〉

- 강연자 演講人
  [gang-yeon-ja] 〈講演者〉

- 총장 校長
  [chong-jang] 〈總長〉

- 장학관 督學
  [jang-hak-kkwan] 〈獎學官〉

- 경비원 警衛
  [gyeong-bi-won] 〈警備員〉

- 학생 學生
  [hak-ssaeng] 〈學生〉

- 교직원 教職員
  [gyo-ji-gwon] 〈教職員〉

活用關鍵字　可用表格中的部分字彙替換

1. 회의를 소집하다
   召開會議 → A
2. 등록과에 연락하다
   聯絡註冊組 → B
3. 붐비는 학생식당
   爆滿的學生餐廳 → C
4. 강연자를 환영하다
   歡迎主講人 → D

單複數

한 보건 센터
一間保健室

두 보건 센터
兩間保健室

| A | **What** 在保健室做什麼？ | B | **Something** 在保健室有什麼？ |

- 바르다 塗抹
  [ba-reu-da]

- 상처를 검시하다
  [sang-cheo-reul kkeom-si-ha-da] 檢視傷口〈傷處檢視 -〉

- 상처를 장리하다
  [sang-cheo-reul jjang-ni-ha-da]
  清理（傷口）〈傷處整理 -〉

- 감다 [gam-da] 包紮

- 검사하다 檢查
  [geom-sa-ha-da]〈檢查 -〉

- 접다 摺疊，合上
  [jeop-tta]

- 다치다 受傷
  [da-chi-da]

- 목발을 기울다
  [mok-ppa-reul kki-ul-da]
  拄著（拐杖）〈木 -〉

- 들어 올리다 抬起
  [deu-reo ol-li-da]

- 측정하다 測量
  [cheuk-jjeong-ha-da]〈測定 -〉

- 붙이다 貼上（繃帶等）
  [bu-chi-da]

- 살균하다 消毒
  [sal-kkyun-ha-da]〈殺菌 -〉

- 무게를 달다 量體重
  [mu-ge-reul ttal-tta]

- 아스피린 阿斯匹靈
  [a-seu-pi-rin]〈aspirin〉

- 목발 拐杖
  [mok-ppal]〈木 -〉

- 비상약품 상자 急救箱
  [bi-sang-yak-pum sang-ja]
  〈非常藥品箱子〉

- 반창고 繃
  [ban-chang-go]〈絆創膏〉

- 거즈 紗布
  [geo-jeu]〈gauze〉

- 소독약 雙氧水
  [so-do-gyak]〈消毒藥〉

- 요오드 碘酒
  [yo-o-deu]〈jod〉

- 진통제 止痛藥
  [jin-tong-je]〈鎮痛劑〉

- 청진기 聽診器
  [cheong-jin-gi]〈聽診器〉

- 담가 擔架
  [dam-ga]〈擔架〉

- 온도계 溫度計
  [on-do-gye]〈溫度計〉

- 시력검사표 視力檢測表
  [si-ryeok-kkeom-sa-pyo]
  〈視力檢測表〉

- 체중계 體重計
  [che-jung-gye]〈體重計〉

相關字

진료소
診所

병원
醫院

C | What Kind
有哪些病狀？

- 찰과상 破皮
  [chal-kkwa-sang] 〈擦過傷〉

- 피가 나다 流血
  [pi-ga na-da]

- 설사하다 腹瀉
  [seol-sa-ha-da] 〈泄瀉 -〉

- 생리통 經痛
  [saeng-ni-tong] 〈生理痛〉

- 열이 나다 發燒
  [yeo-ri na-da] 〈熱 -〉

- 식중독 食物中毒
  [sik-jjung-dok] 〈食中毒〉

- 열사병 中暑
  [yeol-sa-byeong] 〈熱射病〉

- 삐다 扭傷
  [ppi-da]

D | Who
在保健室有誰？

- 의사 醫生
  [ui-sa] 〈醫師〉

- 치과 의사 牙醫
  [chi-gwa ui-sa] 〈齒科醫師〉

- 안과 의사 眼科醫生
  [an-gwa ui-sa] 〈眼科醫師〉

- 응급 요원 急救人員
  [eung-geup yo-won]
  〈應急要員〉

- 간호사 護士
  [gan-ho-sa] 〈看護師〉

- 환자 病人
  [hwan-ja] 〈患者〉

- 학생 學生
  [hak-ssaeng] 〈學生〉

- 가장 家長
  [ga-jang] 〈家長〉

活用關鍵字　可用表格中的部分字彙替換

1. 상처를 깨끗이 소독하다
   清洗傷口 → A
2. 진통제을 먹다
   服用一些止痛藥 → B
3. 설사의 발생원인이 무엇입니까?
   造成腹瀉的原因是什麼 → C
4. 치과 의사와 상담하다
   諮詢牙醫 → D

單複數

한 기숙사
一間宿舍

두 기숙사
兩間宿舍

| A | **What**
在宿舍做什麼?

| B | **Something**
在宿舍有什麼?

- 귀찮다 打擾
  [gwi-chan-ta]

- 침입하다 闖入
  [chi-mi-pa-da] 〈侵入 -〉

- 청소하다 打掃
  [cheong-so-ha-da] 〈清掃 -〉

- 살다 [sal-tta] 居住

- 지키다 [ji-ki-da] 遵守

- 방지하다 防止
  [bang-ji-ha-da] 〈防止 -〉

- 재활용하다 回收
  [jae-hwa-ryong-ha-da]
  〈再活用 -〉

- 잠입하다 偷溜進
  [ja-mi-pa-da] 〈潛入 -〉

- 밤새다 熬夜
  [bam-sae-da]

- 경비하다 看守
  [gyeong-bi-ha-da] 〈警備 -〉

- 이용하다 使用
  [i-yong-ha-da] 〈利用 -〉

- 위반하다 違反
  [wi-ban-ha-da] 〈違反 -〉

- 방문하다 拜訪
  [bang-mun-ha-da] 〈訪問 -〉

- 퇴숙하다 退宿
  [toe-su-ka-da] 〈退宿 -〉

- 게시판 佈告欄
  [ge-si-pan] 〈揭示版〉

- 매트리스 床墊
  [mae-teu-ri-seu] 〈mattress〉

- 이불 棉被
  [i-bul]

- 휴게실 交誼廳
  [hyu-ge-sil] 〈休息室〉

- 쓰레기장 垃圾場
  [sseu-re-gi-jang] 〈- 場〉

- 엘리베이터 電梯
  [el-li-be-i-teo] 〈elevator〉

- 침실 전화 寢室電話
  [chim-sil jeon-hwa]
  〈寢室電話〉

- 노트북 筆記型電腦
  [no-teu-buk] 〈notebook〉

- 세탁실 洗衣間
  [se-tak-ssil] 〈洗濯室〉

- 책장 書架
  [chaek-jjang] 〈冊欌〉

- 샤워실 淋浴間
  [sya-wo-sil] 〈shower 室〉

- 자습실 自習室
  [ja-seup-ssil] 〈自習室〉

- 옷장 衣櫥
  [ot-jjang] 〈- 欌〉

種類

남자기숙사
男生宿舍

여자기숙사
女生宿舍

| C | **What Kind**
有哪些宿舍文化？

- 예절 禮節
  [ye-jeol] 〈禮節〉

- 야간 통행 금지 宵禁
  [ya-gan tong-haeng geum-ji]
  〈夜間通行禁止〉

- 위생 衛生
  [wi-saeng] 〈衛生〉

- 개인습관 個人習慣
  [gae-in-seup-kkwan]
  〈個人習慣〉

- 개인공간 個人空間
  [gae-in-gong-gan] 〈個人空間〉

- 사생활 隱私
  [sa-saeng-hwal] 〈私生活〉

- 존중하다 尊重
  [jon-jung-ha-da] 〈尊重 -〉

| D | **Who**
在宿舍有誰？

- 밤도둑 翻牆賊
  [bam-do-duk]

- 올빼미 夜貓子
  [ol-ppae-mi]

- 성가신 사람 討厭鬼
  [seong-ga-sin sa-ram]

- 기숙사 관리인 舍監
  [gi-suk-ssa gwal-li-in]
  〈寄宿舍管理人〉

- 치한 色狼
  [chi-han] 〈癡漢〉

- 방문객 訪客
  [bang-mun-gaek] 〈訪問客〉

- 룸메이트 室友
  [rum-me-i-teu] 〈roommate〉

活用關鍵字 可用表格中的部分字彙替換

1. 기숙사 규칙을 지키다
   遵守宿舍法規 → A
2. 자습실에서 시간을 보내다
   在自習室消磨時間 → B
3. 다른 사람의 공간을 존중하다
   尊重他人個人空間 → C
4. 성가신 사람을 더 이상 못 참겠다
   受不了那個討厭鬼 → D

單複數

한 시험장
一間考場

두 시험장
兩間考場

| A | **What**
在考場做什麼？

| B | **Something**
在考場有什麼？

- 대답하다 回答
  [dae-da-pa-da] 〈對答 -〉

- 금지하다 禁止
  [geum-ji-ha-da] 〈禁止 -〉

- 커닝하다 作弊
  [keo-ning-ha-da] 〈cunning-〉

- 선택하다 選擇
  [seon-tae-ka-da] 〈選擇 -〉

- 모으다 收（考卷）
  [mo-eu-da]

- 재확인하다 仔細檢查
  [jae-hwa-gin-ha-da]
  〈再確認 -〉

- 졸리다 打瞌睡
  [jol-li-da]

- 작성하다 填寫
  [jak-sseong-ha-da] 〈作成 -〉

- 맞추다 猜（答案）
  [mat-chu-da]

- 나눠주다 發（考卷）
  [na-nwo-ju-da]

- 훔쳐보다 偷看
  [hum-cheo-bo-da]

- 풀다 [pul-da] 解（題）

- 감고하다 監考
  [gam-go-ha-da] 〈監考 -〉

- 위반하다 違規
  [wi-ban-ha-da] 〈違反 -〉

- 수험표 准考證
  [su-heom-pyo] 〈受驗票〉

- 시험 답안지 答案紙
  [si-heom da-ban-ji]
  〈試驗答案紙〉

- 시계 時鐘
  [si-gye] 〈時計〉

- 시험 책자 試題本
  [si-heom chaek-jja]
  〈試驗冊子〉

- 신분증 身分證
  [sin-bun-jeung] 〈身分証〉

- 좌석 배치도 座位配置圖
  [jwa-seok bae-chi-do]
  〈座席配置圖〉

- 학생증 學生證
  [hak-ssaeng-jeung] 〈學生証〉

- 책상 桌子
  [chaek-ssang] 〈冊床〉

- 커닝 쪽지 小抄
  [keo-ning jjok-jji]
  〈cunning - 紙〉

- 지우개 橡皮擦
  [ji-u-gae]

- 명찰 名字標籤
  [myeong-chal] 〈名札〉

- 시험 문제지 試卷
  [si-heom mun-je-ji]
  〈試驗問題紙〉

相關字

입학시험
入學考試

자격시험
資格考試

| C | **What Kind**
有哪些考試題型？

| D | **Who**
在考場有誰？

- 자유반응적 질문 申論題
  [ja-yu-ba-neung-jeok jil-mun]
  〈自由反應的質問〉

- 선다형 문제 選擇題
  [seon-da-hyeong mun-je]
  〈選多型問題〉

- 증명형 문제 證明題
  [jeung-myeong-hyeong mun-je]
  〈證明型問題〉

- 단답형 문제 簡答題
  [dan-da-pyeong mun-je]
  〈短答型問題〉

- 엑스나 오문제 是非題
  [ek-sseu-na o-mun-je]
  〈X-O 問題〉

- 작문 作文
  [jang-mun]〈作文〉

- 반 친구 班上同學
  [ban chin-gu]〈班親舊〉

- 시험 감독 監考人員
  [si-heom gam-dok]〈試驗監督〉

- 시험 총잡이 考試槍手
  [si-heom chong-ja-bi]
  〈試驗銃 -〉

- 기자 記者
  [gi-ja]〈記者〉

- 모집자 招生人員
  [mo-jip-jja]〈募集者〉

- 수험자 考生
  [su-heom-ja]〈受驗者〉

- 아르바이트 학생 打工學生
  [a-reu-ba-i-teu hak-ssaeng]
  〈Arbeit 學生〉

活用關鍵字 可用表格中的部分字彙替換

1. 다른 사람의 답을 훔쳐보다
   偷看別人答案 → A
2. 수험표을 좀 보여 주세요.
   請出示你的准考證 → B
3. 증명형 문제에 걸리다
   卡在證明題的部分 → C
4. 시험 감독의 직책
   監考人員的職責 → D

保健室

◆ 약을 바르다
  塗上一些藥膏
◆ 상처에 붕대를 감다
  包紮傷口

入住宿舍

◆ 기숙사에 이사가다
  搬進宿舍
◆ 기숙사에 이사하러 나가다
  搬出宿舍

違規

◆ 다른 사람의 답을 훔쳐보다
  偷看別人的答案
◆ 시험 책자에 낙서하다
  在題本上塗鴉

1 **새로운 교장이 엄격하다고 생각하지 않습니까?**
你不覺得新校長很嚴嗎？
맞아요 , 관리가 너무 지나칩니다 .
沒錯，而且他管太多了。

오늘은 그 분께 꾸지람 이 들렸습니다 我今天才被他訓過	그 분이 학생을 존중하 지 않습니다 他不太尊重學生

2 **어제 야간 통행 금지전에 돌아왔습니까?**
你昨天有在宵禁前回來嗎？
아니요 , 외박했습니다 .
沒有，我在校外過夜。

기숙사 관리 인에게 말씀 드리다 跟舍監說	나이트클럽 에 가다 我去夜店	제가 집에 가다 我回家了

3 **핸드폰이 꺼졌습니까?**
你手機關機了嗎？
아니요 , 진동으로 합니다 .
沒有，我開震動。

물론입니다 當然	집에 놓았 습니다 我放在家	아니요 , 말해 줘서 감사합니다 沒有，多謝提醒

16 유치원 幼稚園

單複數

한 유치원
一間幼稚園

두 유치원
兩間幼稚園

A | What
在幼稚園做什麼？

- 명령하다 命令，吩咐
  [myeong-nyeong-ha-da]
  〈命令 -〉

- 의사소통하다 溝通
  [ui-sa-so-tong-ha-da]
  〈意思疏通 -〉

- 발전하다 發展
  [bal-jjeon-ha-da]〈發展 -〉

- 분배하다 分組
  [bun-bae-ha-da]〈分配 -〉

- 보내다 送 (小孩上學)
  [bo-nae-da]

- 태우다 接 (小孩下課)
  [tae-u-da]

- 격려하다 激勵
  [gyeong-nyeo-ha-da]〈激勵 -〉

- 상호 작용을 하다 互動
  [sang-ho ja-gyong-eul ha-da]
  〈相互作用 -〉

- 웃다 [ut-tta] 歡笑

- 인도하다 帶領
  [in-do-ha-da]〈引導 -〉

- 배우다 [bae-u-da] 學習

- 놀다 [nol-da] 玩樂

- 노래를 부르다 唱歌
  [no-rae-reul ppu-reu-da]

- 가르치다 教導
  [ga-reu-chi-da]

B | Something
在幼稚園有什麼？

- 턱받이 圍兜
  [teok-ppa-ji]

- 크레용 蠟筆
  [keu-re-yong]〈crayon〉

- 작은 옷장 小壁櫥
  [ja-geun ot-jjang]〈- 橱〉

- 손수건 手帕
  [son-su-geon]〈- 手巾〉

- 놀이마당 遊戲場
  [no-ri-ma-dang]

- 흔들 목마 搖木馬
  [heun-deul mong-ma]
  〈- 木馬〉

- 안전핀 安全別針
  [an-jeon-pin]〈安全 pin〉

- 스쿨 버스 校車
  [seu-kul beo-seu]
  〈school bus〉

- 시서 翹翹板
  [si-seo]〈seesaw〉

- 선반 [seon-ban] 書架

- 슬라이드 溜滑梯
  [seul-la-i-deu]〈slide〉

- 그네 [geu-ne] 鞦韆

- 장난감 玩具
  [jang-nan-gam]

- 블록 積木
  [beul-lok]〈block〉

類義字

탁아소	유아원
托育中心	托兒所

| C | *What Kind*
在幼稚園有哪些遊戲？

- 숨바꼭질 捉迷藏
  [sum-ba-kkok-jjil]
- 사방치기 놀이 跳房子
  [sa-bang-chi-gi no-ri] 〈四方 -〉
- 통차기 踢罐子
  [tong-cha-gi] 〈桶 -〉
- 의자에 먼저 앉기 놀이
  [ui-ja-e meon-jeo an-gi no-ri]
  大風吹 〈椅子 -〉
- 가위바위포 剪刀石頭布
  [ga-wi-ba-wi-po] 〈- 布〉
- 소꿉놀이 扮家家酒
  [so-kkum-no-ri]
- 아웅놀이 一二三木頭人
  [a-ung-no-ri]

| D | *Who*
在幼稚園有誰？

- 초보자 初學者
  [cho-bo-ja] 〈初步者〉
- 부모 家長
  [bu-mo] 〈父母〉
- 놀이 친구 玩伴
  [no-ri chin-gu] 〈- 親舊〉
- 미취학 아동 學齡前兒童
  [mi-chwi-hak a-dong]
  〈未就學兒童〉
- 유치원 교사 幼教人員
  [yu-chi-won gyo-sa]
  〈幼稚園教師〉
- 원장 園長
  [won-jang] 〈園長〉
- 기사 校車司機
  [gi-sa] 〈機師〉

活用關鍵字　可用表格中的部分字彙替換

1. 반 친구하고 상호 작용을 하다
   和同學互動 → A
2. 안전핀을 하다
   別上安全別針 → B
3. 사방치기 놀이를 같이 하다
   我們來玩跳房子 → C
4. 초보자에 대해서는 인내심을 가지다
   對初學者要有耐心 → D

17 학원 補習班

單複數

한 학원
一間補習班

두 학원
兩間補習班

| A | What
在補習班做什麼？

- 이야기하다 聊天
  [i-ya-gi-ha-da]

- 졸리다 打瞌睡
  [jol-li-da]

- 상술하다 詳盡闡述
  [sang-sul-ha-da] 〈詳述 -〉

- 해설하다 解說
  [hae-seol-ha-da] 〈解說 -〉

- 강의하다 授課
  [gang-ui-ha-da] 〈講義 -〉

- 격려하다 激勵
  [gyeong-nyeo-ha-da] 〈激勵 -〉

- 전하다 傳 (紙條等)
  [jeon-ha-da] 〈傳 -〉

- 훔쳐보다 偷看
  [hum-cheo-bo-da]

- 고혹을 느끼다 感到困惑
  [go-ho-geul neu-kki-da]
  〈蠱惑 -〉

- 퀴즈 小考
  [kwi-jeu] 〈quiz〉

- 손을 들다 舉 (手)
  [so-neul tteul-tta]

- 암송하다 朗誦
  [am-song-ha-da] 〈暗誦 -〉

- 갈겨 쓰다 潦草地寫下
  [gal-kkyeo sseu-da]

| B | Where
在補習班的哪裡？

- 교실 教室
  [gyo-sil] 〈教室〉

- 컴퓨터 電腦
  [geom-pyu-teo] 〈computer〉

- 디지털 기록 펜 數位錄音筆
  [di-ji-teol gi-rok pen]
  〈digital 紀錄 pen〉

- 마이크로폰 麥克風
  [ma-i-keu-ro-pon]
  〈microphone〉

- 녹음기 錄音機
  [no-geum-gi] 〈錄音機〉

- 스피커 喇叭
  [seu-pi-keo] 〈speaker〉

- 엘리베이터 電梯
  [el-li-be-i-teo] 〈elevator〉

- 자리 [ja-ri] 座位

- 최후열 後排
  [choe-hu-yeol] 〈最後列〉

- 앞열 前排
  [a-pyeol] 〈- 列〉

- 직원사무실 職員辦公室
  [ji-gwon-sa-mu-sil]
  〈職員事務室〉

- 교사휴게실 老師休息室
  [gyo-sa-hyu-gye-sil]
  〈教師休息室〉

相關字

어학당
語言中心

유학센터
留學中心

| C | What Kind
在補習班學哪些科目？

- 화학 化學
  [hwa-hak] 〈化學〉
- 영어 英文
  [yeong-eo] 〈英文〉
- 작문 作文
  [jang-mun] 〈作文〉
- 회화 會話
  [hoe-hwa] 〈會話〉
- 문법 文法
  [mun-beop] 〈文法〉
- 발음 發音
  [ba-reum] 〈發音〉
- 수학 數學
  [su-hak] 〈數學〉
- 물리 物理
  [mul-li] 〈物理〉

| D | Who
在補習班有誰？

- 지도원 輔導老師
  [ji-do-won] 〈指導員〉
- 피검자 應試者
  [pi-geom-ja] 〈被檢者〉
- 접수 담당자 櫃檯接待員
  [jeop-ssu dam-dang-ja]
  〈接受擔當者〉
- 재수생 重考生
  [jae-su-saeng] 〈再修生〉
- 우등생 資優生
  [u-deung-saeng] 〈優等生〉
- 교사 教師
  [gyo-sa] 〈教師〉
- 마케팅원 推銷員
  [ma-ke-ting-won]
  〈marketing 員〉

活用關鍵字 可用表格中的部分字彙替換

1. 본문을 설명하다
   講解課文 → A
2. 앞 자리에 앉다
   坐在前排座位 → B
3. 영어 문법이 좋지 않다
   英文文法不好 → C
4. 열심히 공부하는 재수생
   努力不懈的重考生 → D

18 자동차 운전 학원 駕訓班

單複數

한 자동차 운전 학원
一個駕訓班

두 자동차 운전 학원
兩個駕訓班

A | What
在駕訓班做什麼？

- 돕다 [dop-tta] 協助

- 인도하다 引導，帶領
  [in-do-ha-da] 〈引導 -〉

- 지키다 遵守，遵照
  [ji-ki-da]

- 재확인하다 仔細檢查
  [jae-hwa-gin-ha-da]
  〈再確認 -〉

- 좌절감을 주다 感到挫折
  [jwa-jeol-ga-meul jju-da]
  〈挫折感 -〉

- 배우다 [bae-u-da] 學習

- 강의하다 說教
  [gang-ui-ha-da] 〈講義 -〉

- 격려하다 激勵
  [gyeong-nyeo-ha-da] 〈激勵 -〉

- 가동시키다 操作
  [ga-dong-si-ki-da] 〈可動 -〉

- 감독하다 監督
  [gam-do-ka-da] 〈監督 -〉

- 당황하다 使驚慌
  [dang-hwang-ha-da] 〈唐慌 -〉

- 통과하다 通過
  [tong-gwa-ha-da] 〈通過 -〉

- 쾅 닫다 甩上（車門）
  [kwang dat-tta]

B | What Kind
學習哪些駕駛技能？

- 각도 주차 非直線停車
  [gak-tto ju-cha] 〈角度駐車〉

- 후진시키다 倒車
  [hu-jin-si-ki-da] 〈後進 -〉

- 추월하다 超車
  [chu-wol-ha-da] 〈追越 -〉

- 스티어링 휠 제어하다
  [seu-ti-eo-ring hwil je-eo-ha-da]
  方向盤操控 〈steering 制御 -〉

- 기어 전환 장치 換檔
  [gi-eo jeon-hwan jang-chi]
  〈gear 轉換裝置〉

- 차선 변경 變換車道
  [cha-seon byeon-gyeong]
  〈車線變更〉

- 평행 주차 平行路邊停車
  [pyeong-haeng ju-cha]
  〈平行駐車〉

- 갈림길 후련 과정
  [gal-lim-gil hu-ryeon gwa-
  jeong] 轉彎基本訓練
  〈- 訓練課程〉

- 교통규칙 交通法規
  [gyo-tong-gyu-chik]
  〈交通規則〉

- 유턴 U 型迴轉
  [yu-teon] 〈U-turn〉

類義字

오토바이 학원
機車駕訓班

| C | Who
在駕訓班有誰？

- 초보자 新手
  [cho-bo-ja] 〈初步者〉

- 로드 테스트 시험관
  [ro-deu te-seu-teu si-heom-gwan]
  路考主考官
  〈road test 試驗官〉

- 운전 교습 강사
  [un-jeon gyo-seup gang-sa]
  駕駛指導教練
  〈運轉教習講師〉

- 시험 감독자 監考官
  [si-heom gam-dok-jja]
  〈試驗監督者〉

- 운전 교습생 學生駕駛
  [un-jeon gyo-seup-ssaeng]
  〈運轉實習生〉

- 수습자 受訓者
  [su-seup-jja] 〈受習者〉

| D | Something
在駕訓班有什麼？

- 운전면허증 汽車駕照
  [un-jeon-myeon-heo-jeung]
  〈運轉免許証〉

- 드라이빙 시뮬레이터
  [deu-ra-i-bing si-myul-le-i-teo]
  模擬駕駛器
  〈driving simulator〉

- 운전 교습 임시 면허증
  駕駛學習許可證
  [un-jeon gyo-seup im-si
  myeon-heo-jeung]
  〈運轉教習臨時免許證〉

- 오토바이 면허증 機車駕照
  [o-to-ba-i myeon-heo-jeung]
  〈auto bicycle 免許証〉

- 도로 교통 신호 交通號誌
  [do-ro gyo-tong sin-ho]
  〈道路交通信號〉

活用關鍵字　可用表格中的部分字彙替換

1. 지시를 따르다
   遵照指示 → A
2. 교통 규칙을 위반하다
   違反交通法規 → B
3. 운전 강사 면허증을 가지다
   持有駕駛指導教練執照 → C
4. 면허증을 취소하다
   吊銷他的駕照 → D

接送

- 어린이를 학교에 보내다
  送小孩上學
- 아이를 차에 태우다
  接小孩 (下課)

惡作劇

- 여자의 치마를 들어 올리다
  掀女生裙子
- ~ 에게 농간을 부리다
  對某人惡作劇

上課情況

- 필기를 하다
  寫筆記
- 수업 중에 메모를 주다
  上課中傳紙條

1 我…大學入學考試。
我通過大學入學考試。
나는 대학 입학 시험에 합격했습니다.

시험을 망치다	재시험을 치다	참여하지 않다
考砸	重考	不參加

2 …是一種基本的開車技術。
超車是一種基本的開車技術。
앞차를 추월하기가 기본적인 운전 기술입니다.

좌회전하다	차를 후진 시키다	가속화하다
左轉	倒車	加速
속도를 줄이다	기어를 바꾸다	차선를 바꾸다
減速	換檔	轉換車道

3 切勿…。
切勿酒後駕車。
음주운전하지 마세요.

피로 운전하다	운전할 때 핸드폰으로 전화하다	정지신호를 무시하고 달리다
疲勞駕車	開車時講手機	闖紅燈

19 회사 公司 ❶ 辦公室

單複數

한 사무실
一間辦公室

두 사무실
兩間辦公室

| A | **What** 在辦公室做什麼？

- 전화하다 打電話
  [jeon-hwa-ha-da] 〈電話 -〉

- 합작하다 合作
  [hap-jja-ka-da] 〈合作 -〉

- 고용하다 僱用
  [go-yong-ha-da] 〈僱用 -〉

- 서류 정리 把⋯歸檔
  [seo-ryu jeong-ni]
  〈書類整理〉

- 해고하다 解僱
  [hae-go-ha-da] 〈解僱 -〉

- 출근하다 上班
  [chul-geun-ha-da] 〈出勤 -〉

- 퇴근하다 下班
  [toe-geun-ha-da] 〈退勤 -〉

- 핑계를 대다 推托
  [ping-gye-reul ttae-da]

- 그만두다 辭職
  [geu-man-du-da]

- 퇴직하다 退休
  [toe-ji-ka-da] 〈退職 -〉

- 스캔하다 掃描
  [seu-kaen-ha-da] 〈scan-〉

- 대다 刷卡
  [dae-da]

- 야근하다 加班
  [ya-geun-ha-da] 〈夜勤 -〉

| B | **Where** 在辦公室的哪裡？

- 기관실 機房
  [gi-gwan-sil] 〈機關室〉

- 컴퓨터 電腦
  [keom-pyu-teo] 〈computer〉

- 인터컴 室內電話
  [in-teo-keom] 〈intercom〉

- 로커 鎖櫃
  [ro-keo] 〈locker〉

- 칸막이 隔間板
  [kan-ma-gi]

- 전기실 電機室
  [jeon-gi-sil] 〈電機室〉

- 팩스기 傳真機
  [paek-sseu-gi] 〈fax 機〉

- 서류 캐비닛 檔案櫃
  [seo-ryu kae-bi-nit]
  〈書類 cabinet〉

- 키치네트 茶水間
  [ki-chi-ne-teu] 〈kitchenette〉

- 복사기 影印機
  [bok-ssa-gi] 〈複寫機〉

- 회의실 會議室
  [hoe-ui-sil] 〈會議室〉

- 저장실 儲藏室
  [jeo-jang-sil] 〈儲藏室〉

- 화장실 廁所
  [hwa-jang-sil] 〈化妝室〉

種類

본사
總部

지점
分部

| C | **Who**
在辦公室有誰？

- 사장 老闆
  [sa-jang] 〈社長〉

- 고용인 雇員
  [go-yong-in] 〈雇用人〉

- 고용주 雇主
  [go-yong-ju] 〈雇用主〉

- 노동자 勞工
  [no-dong-ja] 〈勞動者〉

- 관리자 管理者
  [gwal-li-ja] 〈管理者〉

- 비서 祕書
  [bi-seo] 〈祕書〉

- 관리자 主管
  [gwal-li-ja] 〈管理者〉

| D | **What Kind**
有哪些種類的辦公室？

- 전통적인 사무소
  [jeon-tong-jeo-gin sa-mu-so]
  傳統式辦公室
  〈傳統的 - 事務所〉

- 백오피스 後勤部門
  [bae-go-pi-seu] 〈back office〉

- 이동사무실 行動辦公室
  [i-dong-sa-mu-sil]
  〈移動事務室〉

- 서비스 사무실 服務辦公室
  [seo-bi-seu sa-mu-sil]
  〈service 事務室〉

- 가상 사무실 虛擬辦公室
  [ga-sang sa-mu-sil]
  〈假想事務室〉

活用關鍵字 可用表格中的部分字彙替換

1. 오늘은 그 사람이 사표를 냈습니다.
   今天他辭職了！→ A
2. 컴퓨터를 고치다
   修理電腦 → B
3. 인색한 사장
   小氣的老闆 → C
4. 비영업 부서에서 일하다
   在後勤部門工作 → D

219

單複數

한 사무용 책상
一張辦公桌

두 사무용 책상
兩張辦公桌

| A | What
在辦公桌前做什麼？

- 클립 夾住，別上
  [keul-lip] 〈clip〉

- 마름질하다 裁剪
  [ma-reum-jil-ha-da]

- 분배하다 分派
  [bun-bae-ha-da] 〈分配 -〉

- 만들다 製作
  [man-deul-tta]

- 붙이다 黏貼
  [bu-chi-da]

- 구멍을 뚫다 穿孔於…
  [gu-meong-eul ttul-ta]

- 준비하다 準備
  [jun-bi-ha-da] 〈準備 -〉

- 내려놓다 放下
  [nae-ryeo-no-ta]

- 재시동하다 重新啟動
  [jae-si-dong-ha-da] 〈再使勁 -〉

- 밀봉하다 密封
  [mil-bong-ha-da] 〈密封 -〉

- 검색하다 搜尋
  [geom-sae-ka-da] 〈檢索 -〉

- 끄다 [kkeu-da] 關機

- 켜다 [kyeo-da] 開啟

- 타이핑하기 打字
  [ta-i-ping-ha-gi] 〈typing-〉

| B | Something
在辦公桌上有什麼？

- 명함 名片
  [myeong-ham] 〈名銜〉

- 계산기 計算機
  [gye-san-gi] 〈計算機〉

- 탁상 달력 桌曆 〈卓上 - 曆〉
  [tak-ssang dal-lyeok]

- 스탠드 桌燈
  [seu-taen] 〈stand〉

- 펜 홀더 筆座
  [pen hol-deo] 〈penholder〉

- 폴더 檔案夾
  [pol-deo] 〈folder〉

- 펀처 打洞器
  [peon-cheo] 〈puncher〉

- 메모 便條紙
  [me-mo] 〈memo〉

- 머그잔 馬克杯
  [meo-geu-jan] 〈mug-〉

- 클립 迴紋針
  [keul-lip] 〈clip〉

- 포스트잇 便利貼
  [po-seu-teu-it] 〈Post-it〉

- 호치키스 訂書機
  [ho-chi-ki-seu] 〈Hotchkiss〉

- 압정 圖釘
  [ap-jjeong] 〈押釘〉

相關字

컴퓨터 데스크
電腦桌

칸막이
辦公室的小隔間

| C | How
如何形容辦公桌？

- 밝다 明亮的
  [bak-tta]

- 고장나다 壞掉的
  [go-jang-na-da] 〈故障 -〉

- 어둡다 陰暗的
  [eo-dup-tta]

- 지저분하다 亂的
  [ji-jeo-bun-ha-da]

- 산뜻하다 整齊的
  [san-tteu-ta-da]

- 질서있다 井然有序的
  [jil-seo-it-tta] 〈秩序 -〉

- 실용적이다 實用的
  [si-ryong-jeo-gi-da] 〈實用的 -〉

- 깔끔하다 整齊的
  [kkal-kkeum-ha-da]

| D | What Kind
有哪些電腦周邊設備？

- 디스플레이 電腦螢幕
  [di-seu-peul-le-i] 〈display〉

- 키보드 鍵盤
  [ki-bo-deu] 〈keyboard〉

- 키보드 선반 鍵盤架
  [ki-bo-deu seon-ban]
  〈keyboard-〉

- 마우스 滑鼠
  [ma-u-seu] 〈mouse〉

- 마우스 패드 滑鼠墊
  [ma-u-seu pae-deu]
  〈mouse pad〉

- 프린터 印表機
  [peu-rin-teo] 〈printer〉

- 스캐너 掃描機
  [seu-kae-neo] 〈scanner〉

活用關鍵字　可用表格中的部分字彙替換

1. 컴퓨터가 꺼지다
   把電腦關機 → A

2. 명함케이스
   名片盒 → B

3. 산뜻한 책상
   整齊的書桌 → C

4. 컬러 레이저 프린터
   彩色雷射印表機 → D

單複數

한 회의실
一間會議室

두 회의실
兩間會議室

| A | **What**
在會議室做什麼？

- 다투다 爭論
[da-tu-da]

- 논평하다 評論
[non-pyeong-ha-da] 〈論評 -〉

- 의사소통을 하다 溝通
[ui-sa-so-tong-eul ha-da]
〈意思疏通 -〉

- 구상하다 構想
[gu-sang-ha-da] 〈構想 -〉

- 결론을 내리다 總結
[gyeol-lo-neul nae-ri-da]
〈結論 -〉

- 설득하다 說服
[seol-deu-ka-da] 〈說得 -〉

- 시범하다 示範
[si-beom-ha-da] 〈示範 -〉

- 지휘하다 主導
[ji-hwi-ha-da] 〈指揮 -〉

- 협상하다 協商
[hyeop-ssang-ha-da] 〈協商 -〉

- 리허설을 하다 排練
[ri-heo-seo-reul ha-da]
〈rehearse-〉

- 보고하다 報告
[bo-go-ha-da] 〈報告 -〉

- 쟁취하다 爭取
[jaeng-chwi-ha-da] 〈爭取 -〉

| B | **Where**
在會議室的哪裡？

- 칠판 黑板
[chil-pan] 〈漆板〉

- 회의실 테이블 會議桌
[hoe-ui-sil te-i-beul]
〈會議室 table〉

- 회의기록 會議紀錄
[hoe-ui-gi-rok] 〈會議紀錄〉

- 소켓 插座
[so-ket] 〈socket〉

- 확성기 擴音機
[hwak-sseong-gi] 〈擴音機〉

- 프로젝터 投影機
[peu-ro-jek-teo] 〈projector〉

- 오버헤드 프로젝터
[o-beo-he-deu peu-ro-jek-teo]
懸掛式投影機
〈overhead projector〉

- 스크린 投影布幕
[seu-keu-rin] 〈screen〉

- 슬라이드 投影片
[seul-la-i-deu] 〈slide〉

- 환등기 幻燈機
[hwan-deung-gi] 〈幻燈機〉

- 방음창 隔音窗
[bang-eum-chang] 〈防音窗〉

- 화이트보드 白板
[hwa-i-teu-bo-deu]
〈whiteboard〉

相關字

응접실
會客室

C | **Who**
在會議室有誰？

- 참석자 出席者
  [cham-seok-jja] 〈參席者〉
- 의장 會議主席
  [ui-jang] 〈議長〉
- 고객 客戶
  [go-gaek] 〈顧客〉
- 제조업체 廠商
  [je-jo-eop-che] 〈製造業體〉
- 참관인 列席者
  [cham-gwa-nin] 〈參觀人〉
- 말을 하는 사람 說話的人
  [ma-reul ha-neun sa-ram]
- 재택 근무자 在家工作者
  [jae-taek geun-mu-ja]
  〈在宅勤務者〉
- 사회자 主持人
  [sa-hoe-ja] 〈司會者〉

D | **What Kind**
有哪些種類的會議？

- 전화 회담 通話會議
  [jeon-hwa hoe-dam]
  〈電話會談〉
- 이미팅 電子會議
  [i-mi-ting] 〈e-meeting〉
- 프로젝트 진행 회의
  計畫進度會議
  [peu-ro-jek-teu jin-haeng hoe-ui]
  〈project 進行會議〉
- 팀 회의 小組會議
  [tim hoe-ui] 〈team 會議〉
- 영상 회의 視訊會議
  [yeong-sang hoe-ui]
  〈映像會議〉
- 입주자대표회의 住戶大會
  [ip-jju-ja-dae-pyo-hoe-ui]
  〈入住者代表會議〉

活用關鍵字 可用表格中的部分字彙替換

1. 진행을 보고하다
   報告進展情況 → A
2. 칠판을 지우다
   擦黑板 → B
3. 참석자 명수
   出席者的數目 → C
4. 팀 회의에 참석하다
   參加小組會議 → D

接電話

◆ 누구세요 ?
請問哪裡找 ?
◆ 잠깐 기다리세요 .
請稍等。

留言

◆ ～ 에게 메시지를 남기다
留言（給某人）
◆ 메시지를 남기다
留言

會議表決

◆ 이 결정을 동의하다
同意這項決議
◆ 제안에 찬성하다
贊同提議

1 국제전화를 어떻게 겁니까?
要怎麼打國際電話？
먼저 0 눌러야 합니다.
你應該先按 0。

시내전화	시외전화	내선전화
市內電話	長途電話	內線電話

2 그 사람의 직위가 무엇입니까?
他的職稱是什麼？
인사 부장 입니다.
人事經理。

재무 부장	마케팅 이사	부사장
財務經理	行銷總監	副總裁

3 다윗씨가 어떻습니까?
你覺得大衛怎樣？
자, 그 사람이 정말로 실패자입니다.
拜託！他真是個失敗者。

신인	고립주의자	일 중독자
菜鳥	獨行俠	工作狂

20 공장 工廠

單複數

한 공장
一間工廠

두 공장
兩間工廠

A | What
在工廠做什麼?

- 조립하다 裝配
  [jo-ri-pa-da] 〈組立 -〉
- 배달하다 運送
  [bae-dal-ha-tta] 〈配達 -〉
- 처리하다 處理
  [cheo-ri-ha-da] 〈處理 -〉
- 내다 [nae-da] 排放
- 제작하다 組裝
  [je-ja-ka-da] 〈製作 -〉
- 장재하다 裝載
  [jang-jae-ha-da] 〈裝載 -〉
- 제조하다 製造
  [je-jo-ha-da] 〈製造 -〉
- 포장하다 包裝
  [po-jang-ha-da] 〈包裝 -〉
- 가공하다 加工
  [ga-gong-ha-da] 〈加工 -〉
- 생산하다 生產
  [saeng-san-ha-da] 〈生產 -〉
- 수송하다 運輸
  [su-song-ha-da] 〈輸送 -〉
- 분류하다 把…分類
  [bul-lyu-ha-da] 〈分類 -〉
- 표준화하다 標準化
  [pyo-jun-hwa-ha-da]
  〈標準化 -〉
- 운송하다 傳送
  [un-song-ha-da] 〈運送 -〉

B | Something
在工廠有什麼?

- 조립 라인 裝配線
  [jo-rip ra-in] 〈組立 line〉
- 컨베이어 벨트 輸送帶
  [keon-be-i-eo bel-teu]
  〈conveyor belt〉
- 소화기 滅火器
  [so-hwa-gi] 〈消火器〉
- 비상약품 상자 急救箱
  [bi-sang-yak-pum sang-ja]
  〈非常藥品箱子〉
- 포크리프트 堆高機
  [po-keu-ri-peu-teu] 〈forklift〉
- 화물 엘리베이터 運貨電梯
  [hwa-mul el-li-be-i-teo]
  〈貨物 elevator〉
- 소형 운반차 手推運貨車
  [so-hyeong un-ban-cha]
  〈小型運搬車〉
- 상하차대 裝貨台
  [sang-ha-cha-dae] 〈上下車臺〉
- 레버 控制桿
  [re-beo] 〈lever〉
- 기계 [gi-gye] 機器 〈機器〉
- 발송부 發貨部
  [bal-ssong-bu] 〈發送部〉
- 공급실 供應室
  [gong-geup-ssil] 〈供給室〉
- 창고 倉庫
  [chang-go] 〈倉庫〉

相關字

생산 공장
工廠

공업단지
科學園區

C | What Kind
有哪些工廠防護用具？

- 헤어네트 髮網
  [he-eo-ne-teu]〈hairnet〉

- 헬멧 安全帽
  [hel-met]〈helmet〉

- 방독면 防毒面具
  [bang-dong-myeon]〈防毒面〉

- 안전화 安全靴
  [an-jeon-hwa]〈安全靴〉

- 안전 보호 안경 護目鏡
  [an-jeon bo-ho an-gyeong]
  〈安全保護眼鏡〉

- 안전조끼 安全背心
  [an-jeon bo-ho an-gyeong]
  〈安全 -〉

- 안전 보호 마스크
  [an-jeon bo-ho ma-seu-keu]
  護目面罩〈安全保護 mask〉

D | Who
在工廠有誰？

- 공장장 廠長
  [gong-jang-jang]〈工場長〉

- 감독 工頭，領班
  [gam-dok]〈監督〉

- 라인 관리자 生產線監工
  [ra-in gwal-li-ja]〈line 管理者〉

- 공급멤버 供貨員
  [gong-geum-mem-beo]
  〈供給 member〉

- 품질 관리자 品管督察員
  [pum-jil gwal-li-ja]
  〈品質管理者〉

- 발송 담당자 出貨員
  [bal-ssong dam-dang-ja]
  〈發送擔當者〉

- 작업원 作業員
  [ja-geo-bwon]〈作業員〉

活用關鍵字 可用表格中的部分字彙替換

1. 화물을 배달하다
   運送貨物 → A

2. 창고를 관리하다
   管理倉庫 → B

3. 보안경을 착용하다
   戴著護目鏡 → C

4. 친절한 공장장
   平易近人的廠長 → D

單複數

한 건설 현장
一處工地

두 건설 현장
兩處工地

| A | **What**
   在工地做什麼？

- 묻다 埋
  [mut-tta]（管線）

- 가리다 覆蓋…的表面
  [ga-ri-da]

- 무너지다 倒塌
  [mu-neo-ji-da]

- 뚫다 鑽孔
  [ttul-ta]

- 만들어 세우다 搭建
  [man-deu-reo se-u-da]

- 치다 錘打
  [chi-da]

- 깔다 鋪（地基）；砌（磚）
  [kkal-tta]

- 측정하다 測量
  [cheuk-jjeong-ha-da]〈測定 -〉

- 칠하다 粉刷
  [chil-ha-da]〈漆 -〉

- 붓다 倒出
  [but-tta]

- 삽질하다 鏟
  [sap-jjil-ha-da]

- 감독하다 監督
  [gam-do-ka-da]〈監督 -〉

- 분해하다 拆卸
  [bun-hae-ha-da]〈分解 -〉

- 용접해 붙이다 焊接
  [yong-jeo-pae bu-chi-da]
  〈鎔接 -〉

| B | **Something**
   在工地有什麼？

- 굴착기 怪手
  [gul-chak-kki]〈掘鑿機〉

- 불도저 推土機
  [bul-do-jeo]〈bulldozer〉

- 시멘트 혼합기 水泥攪拌機
  [si-men-teu hon-hap-kki]
  〈cement 混合機〉

- 크레인 活動升降機
  [keu-re-in]〈crane〉

- 건설 안전 그물
  [geon-seol an-jeon geu-mul]
  施工安全防護網〈建設安全 -〉

- 기중기 吊車
  [gi-jung-gi]〈起重機〉

- 덤프트럭 傾倒卡車
  [deom-peu-teu-reok]
  〈dump truck〉

- 굴삭기 挖土機
  [gul-sak-kki]〈掘削機〉

- 공기 드릴 風鑽
  [gong-gi deu-ril]〈空氣 drill〉

- 장애물 路障
  [jang-ae-mul]〈障礙物〉

- 비계 鷹架
  [bi-gye]〈飛階〉

- 트레일러 活動拖車
  [teu-re-il-leo]〈trailer〉

- 외바퀴 손수레 手推車
  [oe-ba-kwi son-su-re]

相關字

사회 기반 시설　　　토목 공학
公共建設　　　　　　土木工程

| C | **What Kind**
有哪些建築材料？

- 벽돌 磚頭
  [byeok-ttol] 〈甓 -〉

- 시멘트 水泥
  [si-men-teu] 〈cement〉

- 도제타일 瓷磚
  [do-je-ta-il] 〈陶製 tile〉

- 콘크리트 混凝土
  [kon-keu-ri-teu] 〈concrete〉

- 합판 合板
  [hap-pan] 〈合板〉

- 철근 콘크리트 鋼筋混凝土
  [cheol-geun kon-keu-ri-teu]
  〈鐵筋 concrete〉

- 조약돌 木瓦
  [jo-yak-ttol]

| D | **Who**
在工地有誰？

- 건설 업자 建築承包商
  [geon-seol eop-jja] 〈建設業者〉

- 감독 工頭
  [gam-dok] 〈監督〉

- 철공 製鐵工人
  [cheol-gong] 〈鐵工〉

- 미장이 水泥工人
  [mi-jang-i]

- 감독관 監工
  [gam-dok-kkwan] 〈監督官〉

- 임시 직원 臨時工
  [im-si ji-gwon] 〈臨時職員〉

- 시찰원 巡邏人員
  [si-cha-rwon] 〈視察員〉

活用關鍵字　可用表格中的部分字彙替換

1. 바리케이드를 치우다
   拆除路障 → A
2. 헌 불도저
   老舊的推土機 → B
3. 벽에 시멘트를 바르다
   抹水泥在牆上 → C
4. 임시 일꾼을 많이 고용하다
   雇用更多臨時工 → D

同義字

실내 디자인
室內設計

실내 장식
室內裝飾

A | What
室內裝潢需要做什麼？

- 채용하다 採用
  [chae-yong-ha-da] 〈採用 -〉

- 배열하다 擺設
  [bae-yeol-ha-da] 〈排列 -〉

- 균형 平衡
  [gyun-hyeong] 〈均衡〉

- 디자인 設計
  [di-ja-in] 〈design〉

- 드래프트하다 打草稿
  [deu-rae-peu-teu-ha-da]
  〈draft-〉

- 강화시키다 強化
  [gang-hwa-si-ki-da] 〈強化 -〉

- 조직하다 組織
  [jo-ji-ka-da] 〈組織 -〉

- 고치다 翻修
  [go-chi-da]

- 옮기다 移動
  [om-gi-da]

- 페인트를 칠하다 粉刷
  [pe-in-teu-reul chil-ha-da]
  〈paint 漆 -〉

- 칸막이 隔開
  [kan-ma-gi]

- 붙이다 貼上
  [bu-chi-da]

- 정비하다 整修
  [jeong-bi-ha-da] 〈整備 -〉

B | Something
室內裝潢需要什麼？

- 건설재료 建材 〈建設材料〉
  [geon-seol-jae-ryo]

- 인체 공학 人體工學
  [in-che gong-hak] 〈人體工學〉

- 건물평면도 平面配置圖
  [geon-mul-pyeong-myeon-do]
  〈建物平面圖〉

- 바닥재 地板材料
  [ba-dak-jjae] 〈- 材〉

- 빛살 採光
  [bit-ssal]

- 패턴 樣式
  [pae-teon] 〈pattern〉

- 동선 動線
  [dong-seon] 〈動線〉

- 감촉 質地
  [gam-chok] 〈感觸〉

- 색조 色調
  [saek-jjo] 〈色調〉

- 공구 키트 工具組
  [gong-gu ki-teu] 〈工具 kit〉

- 풍격 風格
  [pung-gyeok] 〈風格〉

- 도료 牆面塗料
  [do-ryo] 〈塗料〉

- 벽지 壁紙
  [byeok-jji] 〈壁紙〉

種類

홈 디자인
住家設計

오피스 디자인
辦公室設計

| C | What Kind
室內裝潢有哪些目的？

- 미학적이다 美學的
  [mi-hak-jjeo-gi-da]〈美學的 -〉
- 상업적이다 商業的
  [sang-eop-jjeo-gi-da]
  〈商業的 -〉
- 교육적이다 文教的
  [gyo-yuk-jjeo-gi-da]
  〈教育的 -〉
- 친환경적이다 環保的
  [chin-hwan-gyeong-jeo-gi-da]
  〈親環境的 -〉
- 주택지의 居家的
  [ju-taek-jji-ui]〈住宅地 -〉
- 소매하다 零售的
  [so-mae-ha-da]〈小賣 -〉
- 공작실 工作室
  [gong-jak-ssil]〈工作室〉

| D | Who
室內裝潢的相關人員？

- 벽돌공 砌磚工人
  [byeok-ttol-gong]〈甓 - 工〉
- 목수 木匠
  [mok-ssu]〈木手〉
- 고객 客戶
  [go-gaek]〈顧客〉
- 청부업자 承包商
  [cheong-bu-eop-jja]
  〈請負業者〉
- 유리시공기능사 玻璃工人
  [yu-ri-si-gong-gi-neung-sa]
  〈玻璃施工技能士〉
- 실내 장식가 室內設計師
  [sil-lae jang-sik-kka]
  〈室內裝飾家〉
- 미장이 水泥工人
  [mi-jang-i]

活用關鍵字 可用表格中的部分字彙替換

1. 가구를 옮기다
   移動傢俱 → A
2. 적절하는 색조를 선택하다
   選擇一個適合的色調 → B
3. 교육 목적으로
   作為文教使用 → C
4. 청부업자가 되는 필요 조건
   成為承包商的必要條件 → D

廢棄物

◆ 공업 폐수
工業廢水
◆ 유해폐기물
有害的廢棄物

危險物品

◆ 가연성 물질
易燃物品
◆ 방사성 물질
放射性物質

生產部門

◆ 생산 라인
生產線
◆ 품질관리
品質控管

1 이것은 무슨 뜻을 표시하는지 말해 주세요.
請告訴我這個標示是什麼意思好嗎?
그것은 "독성 물질"을 표시합니다.
表示這是「有毒物品」。

부식성이 강한 물질 腐蝕性物質	위험한 장비 具危險性的設備	생물위험품 生物危害品

2 공정 예산은 어떻게 됩니까?
你的工程預算進度如何?
나는 아직도 더 많은 투자자를 찾고 있습니다.
我還在找更多的投資者。

과다 지출하지 않기 바라다 希望不會超支	지금까지는 좋다 目前還不錯

3 벽은 어떤 스타일을 원하십니까?
你希望牆面風格如何?
너무 화려하지 않으면 좋겠습니다.
不要太花俏。

과장하는 것을 좋아합니다 我喜歡誇張一點	좀 보수하는 색깔로 해 주세요 請用保守一點的顏色

單複數

한 텔레비전 스튜디오
一間電視攝影棚

두 텔레비전 스튜디오
兩間電視攝影棚

| A | **What**
在電視攝影棚做什麼？

- 전시하다 展示
  [jeon-si-ha-da] 〈展示 -〉

- 주최하다 主持
  [ju-choe-ha-da] 〈主催 -〉

- 설치하다 裝設
  [seol-chi-ha-da] 〈設置 -〉

- 인터뷰 訪問
  [in-teo-byu] 〈interview〉

- 초대하다 邀請
  [cho-dae-ha-da] 〈招待 -〉

- 소개하다 介紹
  [so-gae-ha-da] 〈介紹 -〉

- 립싱크를 하다 對嘴唱歌
  [rip-ssing-keu-reul ha-da]
  〈lip-sync-〉

- 공연하다 表演
  [gong-yeon-ha-da] 〈公演 -〉

- 녹화하다 錄影
  [no-kwa-ha-da] 〈錄畫 -〉

- 리허설을 하다 彩排
  [ri-heo-seo-reul ha-da]
  〈rehearse-〉

- 스케줄 排定
  [seu-ke-jul] 〈schedule〉

- 감독하다 監督
  [gam-do-ka-da] 〈監督 -〉

| B | **Something**
在電視攝影棚有什麼？

- 문자 발생기 字幕機
  [mun-ja bal-ssaeng-gi]
  〈文字發生機〉

- 등잔걸이 燈架
  [deung-jan-geo-ri] 〈燈盞 -〉

- 메이크업 룸 化妝間
  [me-i-keu-eop rum]
  〈make-up room〉

- 주 조종실 主控室
  [ju jo-jong-sil] 〈主調縱室〉

- 미니 마이크로폰
  [mi-ni ma-i-keu-ro-pon]
  迷你麥克風
  〈mini microphone〉

- 제작조정실 節目控制室
  [je-jak-jjo-jeong-sil]
  〈製作調整室〉

- 도구 道具
  [do-gu] 〈道具〉

- 런다운 節目腳本
  [reon-da-un] 〈rundown〉

- 텔레프롬프터 電子提詞機
  [tel-le-peu-rom-peu-teo]
  〈teleprompter〉

- 비디오 모니터 벽
  [bi-di-o mo-ni-teo byeok]
  影像監控牆
  〈video monitor 壁〉

相關字

텔레비전 방송국
電視台

생 방송
現場直播

| C | *What Kind*
有哪些電視節目？

- 요리 쇼 烹飪節目
  [yo-ri syo] 〈料理 show〉

- 게임 프로 益智節目
  [ge-im peu-ro] 〈game pro〉

- 리얼리티 쇼 實境節目
  [ri-eol-li-ti syo] 〈reality show〉

- 홈쇼핑 電視購物
  [hom-syo-ping]
  〈home shopping〉

- 연속극 連續劇
  [yeon-sok-kkeuk] 〈連續劇〉

- 토크 쇼 談話性節目
  [to-keu syo] 〈talk show〉

- 버라이어티 쇼 綜藝節目
  [beo-ra-i-eo-ti syo]
  〈variety show〉

| D | *Who*
在電視攝影棚有誰？

- 에이전트 經紀人
  [e-i-jeon-teu] 〈agent〉

- 붐 맨 收音師
  [bum maen] 〈boom man〉

- 촬영사 攝影師
  [chwa-ryeong-sa] 〈攝影師〉

- 제작책임자 執行製作人
  [je-jak-chae-gim-ja]
  〈製作責任者〉

- 스튜디오 감독 現場指導
  [seu-tyu-di-o gam-dok]
  〈studio 監督〉

- 프로그램 책임자
  [peu-ro-geu-raem chae-gim-ja]
  節目導播 〈program 責任者〉

活用關鍵字 可用表格中的部分字彙替換

1. 논란이 많은 유명 인사를 요청하다
   邀請一位話題性人物 → A

2. 에어컨이 있는 마스터 컨트롤 룸
   附空調的主控室 → B

3. 가장 인기있는 연속극
   最受歡迎的連續劇 → C

4. 아주 엄격한 에이전트
   極為嚴厲的經紀人 → D

單複數

한 스튜디오
一間攝影室

두 스튜디오
兩間攝影室

A | *What*
在攝影室做什麼？

- 조정하다 調整
  [jo-jeong-ha-da] 〈調整 -〉
- 지도하다 指導
  [ji-do-ha-da] 〈指導 -〉
- 확대되다 放大
  [hwak-ttae-doe-da] 〈放大 -〉
- 노출하다 曝光
  [no-chul-ha-da] 〈露出 -〉
- 연신하다 延伸（鏡頭）
  [yeon-sin-ha-da] 〈延伸 -〉
- 맞추다 對焦
  [mat-chu-da]
- 필름을 넣다 裝（底片）
  [pil-leu-meul neo-ta] 〈file-〉
- 누르다 按（快門）
  [nu-reu-da]
- 필름을 심사하다 審片
  [pil-leu-meul ssim-sa-ha-da]
  〈film 審查 -〉
- 필름을 감다 回轉（底片）
  [pil-leu-meul kkam-da]
  〈film-〉
- 설치하다 搭景
  [seol-chi-ha-da] 〈設置 -〉
- 다 써버리다 用完
  [da sseo-beo-ri-da]
- 확대，축소하다 拉近，拉遠
  [hwak-ttae/chuk-sso-ha-da]
  〈擴大 -，縮小 -〉

B | *Something*
在攝影室有什麼？

- 카메라 照相機
  [ka-me-ra] 〈camera〉
- 플래시 閃光燈
  [peul-lae-si] 〈flash〉
- 셔터 快門
  [syeo-teo] 〈shutter〉
- 광각 렌즈 廣角鏡頭
  [gwang-gak ren-jeu]
  〈廣角 lens〉
- 산광기 柔光鏡
  [san-gwang-gi] 〈散光機〉
- 노출 曝光度
  [no-chul] 〈露出〉
- 표정 表情
  [pyo-jeong] 〈表情〉
- 감광 속도 感光度
  [gam-gwang sok-tto]
  〈感光速度〉
- 사진용 필터 濾光鏡
  [sa-ji-nyong pil-teo]
  〈寫真用 filter〉
- 레프 판 反射板
  [re-peu pan] 〈reflector 板〉
- 톤 色調
  [ton] 〈tone〉
- 삼각대 三腳架
  [sam-gak-ttae] 〈三腳架〉
- 파인더 取景器
  [pa-in-deo] 〈finder〉

相關字

암실
暗房

C | What Kind
有哪些拍照目的？

- 카탈로그 型錄
  [ka-tal-lo-geu] 〈catalog〉
- 선거 운동 競選
  [seon-geo un-dong]〈選舉運動〉
- 가족사진 全家福
  [ga-jok-ssa-jin]〈家族寫真〉
- 패션 時尚
  [pae-syeon]〈fashion〉
- 졸업 畢業
  [jo-reop]〈卒業〉
- 초상화 肖像
  [cho-sang-hwa]〈肖像畫〉
- 상품프로모션 產品宣傳
  [sang-pum-peu-ro-mo-syeo]
  〈商品 promotion〉

D | Who
在攝影室有誰？

- 연예인 藝人
  [yeo-nye-in]〈演藝人〉
- 입후보자 候選人
  [i-pu-bo-ja]〈立候補者〉
- 인턴사원 實習生
  [in-teon-sa-won]〈intern 社員〉
- 모델 模特兒
  [mo-del]〈model〉
- 사진촬영 조리 攝影助理
  [sa-jin-chwa-ryeong jo-ri]
  〈寫真攝影助理〉
- 사진사 攝影師
  [sa-jin-sa]〈寫真師〉
- 스타일리스트 造型師
  [seu-ta-il-li-seu-teu]〈stylist〉

活用關鍵字　可用表格中的部分字彙替換

1. 모든 필름을 다 쓰다
   用完全部的底片 → A
2. 표정을 부드럽게 하다
   放鬆表情 → B
3. 가족사진을 찍다
   拍攝全家福照 → C
4. 인턴에게 심부름을 시키다
   讓實習生跑腿 → D

單複數

한 녹음실
一間錄音室

두 녹음실
兩間錄音室

A | What
在錄音室做什麼？

- 흡음하다 吸音
  [heu-beum-ha-da] 〈吸音 -〉

- 편곡하다 編排
  [pyeon-go-ka-da] 〈編曲 -〉

- 작곡하다 作曲
  [jak-kko-ka-da] 〈作曲 -〉

- 즉흥적으로 하다 即興演出
  [jeu-keung-jeo-geu-ro ha-da]
  〈即興的 -〉

- 간섭하다 干擾
  [gan-seo-pa-da] 〈干涉 -〉

- 듣다 [deut-tta] 聆聽

- 조종하다 掌控
  [jo-jong-ha-da] 〈操縱 -〉

- 믹스 編曲；混音
  [mik-sseu] 〈mix〉

- 연습하다 練習
  [yeon-seu-pa-da] 〈練習 -〉

- 녹음하다 錄製
  [no-geum-ha-da] 〈錄音 -〉

- 리믹스하다 重新編曲
  [ri-mik-sseu-ha-da] 〈remix-〉

- 반복하다 重複
  [ban-bo-ka-da] 〈反覆 -〉

- 야단치다 責罵
  [ya-dan-chi-da] 〈惹端 -〉

- 테이프 錄音
  [te-i-peu] 〈tape〉

B | Something
在錄音室有什麼？

- 음성증폭기 擴音器
  [eum-seong-jeung-pok-kki]
  〈音聲增幅器〉

- 음향 효과 聲音效果器
  [eum-hyang hyo-gwa]
  〈音響效果〉

- 동점골 等化器
  [dong-jeom-gol] 〈同點 -〉

- 격리 방음실 隔音室
  [gyeong-ni bang-eum-sil]
  〈隔離防音室〉

- 믹싱 콘솔 混音控制台
  [mik-ssing kon-sol]
  〈mixing console〉

- 악보대 樂譜架
  [ak-ppo-dae] 〈樂譜台〉

- 멀티트랙 리코더
  [meol-ti-teu-raek ri-ko-deo]
  多音軌錄音機
  〈multi-track recorder〉

- 참조 모니터 監聽器
  [cham-jo mo-ni-teo]
  〈參照 monitor〉

- 공명판 共鳴板
  [gong-myeong-pan] 〈共鳴板〉

- 확산체 聲音擴散器
  [hwak-ssan-che] 〈擴散體〉

- 방음 장치 隔音設備
  [bang-eum jang-chi]
  〈防音裝置〉

相關字

조정실
控制室

| C | **What Kind**
有哪些錄音術語？

- 절박 節拍
  [jeol-bak] 〈節拍〉

- 화현 和弦
  [hwa-hyeon] 〈和弦〉

- 후렴 副歌
  [hu-ryeom] 〈後斂〉

- 데모 樣本唱片
  [de-mo] 〈demo〉

- 화합 和聲
  [hwa-hap] 〈和合〉

- 음의 높이 音高
  [eu-mui no-pi] 〈音 -〉

- 스코어 樂譜
  [seu-ko-eo] 〈score〉

- 주요 곡 主歌
  [ju-yo gok] 〈主要曲〉

| D | **Who**
在錄音室有誰？

- 작곡가 作曲家
  [jak-kkok-kka] 〈作曲家〉

- 믹싱기사 混音師
  [mik-ssing-gi-sa]
  〈mixing 技師〉

- 음반 제작자 專輯製作人
  [eum-ban je-jak-jja]
  〈音盤製作者〉

- 레코딩 엔지니어 錄音師
  [re-ko-ding en-ji-ni-eo]
  〈recording engineer〉

- 편집자 剪輯師
  [pyeon-jip-jja] 〈編輯者〉

- 가수 歌手
  [ga-su] 〈歌手〉

- 더빙 配音員
  [deo-bing] 〈Dubbing〉

活用關鍵字 可用表格中的部分字彙替換

1. 노래의 후렴을 반복하다
   重複副歌 → A
2. 디지털 믹싱 콘솔
   數位混音控制台 → B
3. 한 소절당 네박자
   每小節四拍 → C
4. 유명한 음반 제작자
   知名專輯製作人 → D

單複數

한 영화 스튜디오
一個電影片場

두 영화 스튜디오
兩個電影片場

A | What
在電影片場做什麼？

- 캐스트 選角
  [kae-seu-teu] 〈cast〉

- 디자인 設計
  [di-ja-in] 〈design〉

- 감독 執導
  [gam-dok] 〈監督〉

- 설립하다 架設（場景）
  [seol-li-pa-da] 〈設立 -〉

- 점점 희미해지다
  [jeom-jeom hi-mi-hae-ji-da]
  （畫面）淡出〈漸漸稀微 -〉

- 즉흥적으로 하다 即興演出
  [jeu-keung-jeo-geu-ro ha-da]
  〈即興的 -〉

- 통합시키다 結合
  [tong-hap-ssi-ki-da] 〈通合 -〉

- 관리 管理
  [gwal-li] 〈管理 -〉

- 암기하다 背（台詞）
  [am-gi-ha-da] 〈暗記 -〉

- 공연하다 表演
  [gong-yeon-ha-da] 〈公演 -〉

- 리허설을 하다 排演
  [ri-heo-seo-reul ha-da]
  〈rehearse-〉

- 촬영하다 拍攝
  [chwa-ryeong-ha-da] 〈攝影 -〉

- 트랙 跟蹤攝影
  [teu-raek] 〈track〉

B | Something
在電影片場有什麼？

- 배우의 움직임 演員走位
  [bae-u-ui um-ji-gim] 〈俳優 -〉

- 클래퍼 보드 場記牌
  [keul-lae-peo bo-deu]
  〈clapper board〉

- 의상 服裝
  [ui-sang] 〈衣裳〉

- 크레인 吊車
  [keu-re-in] 〈crane〉

- 매일 촬영 리스트
  [mae-il chwa-ryeong ri-seu-teu]
  每日拍攝清單〈每日攝影 list〉

- 돌리 移動式攝影車
  [dol-li] 〈dolly〉

- 필름 膠卷
  [pil-leum] 〈film〉

- 조명 燈光
  [jo-myeong] 〈照明〉

- 도구 道具
  [do-gu] 〈道具〉

- 보수 片酬
  [bo-su] 〈報酬〉

- 대본 劇本
  [dae-bon] 〈臺本〉

- 스토리보드 分鏡表
  [seu-to-ri-bo-deu]
  〈storyboard〉

- 스크립트 분석 分鏡
  [seu-keu-rip-teu bun-seok]
  〈script 分析〉

類義字

촬영지
外景實拍地點

옥외 촬영지
露天片場

C | What Kind
有哪些電影拍攝術語？

D | Who
在電影片場有誰？

- 촬영각도 拍攝角度
  [chwa-ryeong-gak-tto]
  〈拍攝角度〉

- 화면 畫面
  [hwa-myeon] 〈畫面〉

- 배후조정 場面調度
  [bae-hu-jo-jeong] 〈背後調整〉

- 몽타주 蒙太奇剪輯
  [mong-ta-ju] 〈montage〉

- 샷 [syat] 鏡頭 〈shot〉

- 사운드 音效
  [sa-un-deu] 〈sound〉

- 특수 효과 特效
  [teuk-ssu hyo-gwa] 〈特殊效果〉

- 테이크 （連續）鏡頭
  [te-i-keu] 〈take〉

- 배우 演員
  [bae-u] 〈俳優〉

- 붐 오퍼레이터 收音師
  [bum o-peo-re-i-teo]
  〈boom operator〉

- 감독 導演
  [gam-dok] 〈監督〉

- 더블 替身
  [deo-beul] 〈double〉

- 엑스트라 臨時演員
  [ek-sseu-teu-ra] 〈extra〉

- 카메라 장비 담당자 燈光師
  [ka-me-ra jang-bi dam-dang-ja]
  〈camera 裝備擔當者〉

- 메이크업 아티스트 化妝師
  [me-i-keu-eop a-ti-seu-teu]
  〈makeup artist〉

活用關鍵字　可用表格中的部分字彙替換

1. 처음으로 감독해 보는 영화
   初次執導影片 → A
2. 한 대충 스토리보드
   一份粗略的分鏡表 → B
3. 놀라운 롱테이크
   令人吃驚的長鏡頭 → C
4. 많은 엑스트라들이 다 다치다
   許多臨時演員都受傷了 → D

模特兒

- 포즈를 취하다
  擺出**姿態**
- 눈빛이 부드러워지다
  放鬆**眼神**

後製

- 사진을 수정하다
  修飾**照片**
- 컬러 필름을 현상하다
  沖洗**彩色軟片**

鏡頭

- 크레인 촬영을 채용하다
  採**升降鏡頭**
- 롱숏을 채용하다
  採**遠景鏡頭**

Q&A 不可不學的問答句
REHEARSAL

1 텔레프롬프터의 속도를 다시 설정할 수 있습니까 ?
可以重設提詞機的速度嗎？

그것은 정상 속도인 것 같습니다 .
恐怕這已是正常速度了。

내 , 지금 다시 설정하겠습니다 好的，我這就重設	죄송합니다 , 이것은 헌모델입니다 抱歉，這台是老舊型號

2 이 노래의 가사를 써도 될까요 ?
你能為這首歌填詞嗎？

도움이 되어서 저도 기쁩니다 .
我很樂意。

죄송합니다 , 미완성의 노래가 남아 있습니다 抱歉，我還有未完成的歌	내가 먼저 데모를 듣겠습니다 我先聽聽試唱帶

3 필름 랩 파티에 참석할 겁니까 ?
你會出席電影殺青酒會嗎？

네 , 내가 옷을 갖춰 입고 참석하겠습니다 .
會，我會盛裝出席。

개봉 首映會	기자 회견 記者招待會	커멘스먼트 의식 開鏡儀式

單複數

한 신문사
一家報社

두 신문사
兩家報社

| A | **What**
在報社做什麼?

| B | **Something**
在報紙上有什麼?

- 발행하다 發行,銷售
  [bal-haeng-ha-da] 〈發行 -〉

- 채방하다 採訪,報導
  [chae-bang-ha-da] 〈採訪 -〉

- 분배하다 分發
  [bun-bae-ha-da] 〈分配 -〉

- 편집하다 編輯
  [pyeon-ji-pa-da] 〈編輯 -〉

- 표현하다 表達,陳述
  [pyo-hyeon-ha-da] 〈表現 -〉

- 접다 摺(報紙)
  [jeop-tta]

- 발행하다 發行
  [bal-haeng-ha-da] 〈發行 -〉

- 싣다 刊登
  [sit-tta]

- 출판하다 出版
  [chul-pan-ha-da] 〈出版 -〉

- 읽다 閱讀
  [ik-tta]

- 신청하다 訂閱
  [sin-cheong-ha-da] 〈申請 -〉

- 내다 繳交
  [nae-da]

- 쓰다 撰寫
  [sseu-da]

- 교정하다 校正
  [gyo-jeong-ha-da] 〈校正 -〉

- 문장 文章
  [mun-jang] 〈文章〉

- 풍자만화 諷刺漫畫
  [pung-ja-man-hwa]
  〈諷刺漫畫〉

- 분류 광고 分類廣告
  [bul-lyu gwang-go]
  〈分類廣告〉

- 칼럼 專欄
  [kal-leom] 〈column〉

- 쿠폰 優惠券
  [ku-pon] 〈coupon〉

- 사설 社論
  [sa-seol] 〈社說〉

- 특집 기사 專題報導
  [teuk-jjip gi-sa] 〈特輯記事〉

- 제 1 면 기사 頭版
  [je1myeon gi-sa] 〈第 1 面記事〉

- 전면 광고 全版廣告
  [jeon-myeon gwang-go]
  〈全面廣告〉

- 별자리운세 星座運勢
  [byeol-ja-ri-un-se] 〈- 運勢〉

- 레이아웃 版面設計
  [re-i-a-ut] 〈layout〉

- 신문 報導
  [sin-mun] 〈新聞〉

- 부고 訃聞
  [bu-go] 〈訃告〉

種類

데일리	석간신문
日報	晚報

|C| What Kind
報紙有哪些版面？

- 오락면 娛樂版
  [o-rang-myeon]〈娛樂面〉

- 표제 頭版頭條
  [pyo-je]〈標題〉

- 건강면 醫藥保健版
  [geon-gang-myeon]〈健康面〉

- 국제면 國際版
  [guk-jje-myeon]〈國際面〉

- 정치면 政治版
  [jeong-chi-myeon]〈政治面〉

- 사회면 社會版
  [sa-hoe-myeon]〈社會面〉

- 체육면 體育版
  [che-yung-myeon]〈體育面〉

- 부록 副刊
  [bu-rok]〈附錄〉

|D| Who
在報社有誰？

- 칼럼니스트 專欄作家
  [kal-leom-ni-seu-teu]
  〈columnist〉

- 창립자 創辦人
  [chang-nip-jja]〈創立者〉

- 인턴 實習生
  [in-teon]〈intern〉

- 기자 記者
  [gi-ja]〈記者〉

- 신문 배달 사람 送報員
  [sin-mun bae-dal ssa-ram]
  〈新聞配達〉

- 파파라치 狗仔隊
  [pa-pa-ra-chi]〈paparazzi〉

- 사진사 攝影師
  [sa-jin-sa]〈寫真師〉

活用關鍵字 可用表格中的部分字彙替換

1. 의견을 발표하다
   發表意見 → A
2. 스포츠 칼럼을 읽다
   閱讀體育專欄 → B
3. 오늘의 표제가 무엇입니까?
   今天的頭版頭條是什麼？ → C
4. 한 패션 기자
   一位時尚記者 → D

單複數

한 잡지
一本雜誌

두 잡지
兩本雜誌

| A | What
在雜誌社做什麼？

- 광고하다 打廣告
  [gwang-go-ha-da] 〈廣告 -〉

- 첨부하다 附贈
  [cheom-bu-ha-da] 〈添附 -〉

- 묶다 裝訂
  [muk-tta]

- 포함하다 包含
  [po-ham-ha-da] 〈包含 -〉

- 기사 報導
  [gi-sa] 〈記事〉

- 뒤따라가다 追蹤；密切注意
  [dwi-tta-ra-ga-da]

- 방문하다 訪問
  [bang-mun-ha-da] 〈訪問 -〉

- 발행하다 發行
  [bal-haeng-ha-da] 〈發行 -〉

- 사진을 찍다 拍照
  [sa-ji-neul jjik-tta] 〈寫真 -〉

- 인쇄하다 印刷
  [in-swae-ha-da] 〈印刷 -〉

- 출판하다 出版
  [chul-pan-ha-da] 〈出版 -〉

- 스폰서 贊助
  [seu-pon-seo] 〈sponsor〉

- 제출하다 提交
  [je-chul-ha-da] 〈提出 -〉

- 편집하다 編輯
  [pyeon-ji-pa-da] 〈編輯 -〉

| B | Something
在雜誌裡有什麼？

- 광고 廣告
  [gwang-go] 〈廣告〉

- 문장 文章
  [mun-jang] 〈文章〉

- 센터폴드 中間折頁
  [sen-teo-pol-deu] 〈centerfold〉

- 편집장의 말씀 總編輯的話
  [pyeon-jip-jjang-ui mal-sseum]
  〈編輯長 -〉

- 칼럼 專欄
  [kal-leom] 〈column〉

- 커버 封面
  [keo-beo] 〈cover〉

- 보도 報導
  [bo-do] 〈報導〉

- 평론 評論
  [pyeong-non] 〈評論〉

- 판 版本；發行數
  [pan] 〈版〉

- 기증품 （隨書）贈品
  [gi-jeung-pum] 〈寄贈品〉

- 색인 索引
  [sae-gin] 〈索引〉

- 독자반응 讀者投書
  [dok-jja-ba-neung]
  〈讀者反應〉

- 두 페이지 크기의 지면
  [du pe-i-ji keu-gi-ui ji-myeon]
  跨頁 〈-page- 紙面〉

種類

월간지
月刊

주간지
週刊

| C | **What Kind**
雜誌有哪些類型？

- 건축 建築
  [geon-chuk] 〈建築〉

- 상업 商業
  [sang-eop] 〈商業〉

- 컴퓨터 電腦
  [keom-pyu-teo] 〈computer〉

- 패션 時尚
  [pae-syeon] 〈fashion〉

- 문학 文學
  [mun-hak] 〈文學〉

- 스포츠 體育
  [seu-po-cheu] 〈sports〉

- 여행 旅遊
  [yeo-haeng] 〈旅行〉

| D | **Who**
在雜誌社有誰？

- 부주필 副編輯
  [bu-ju-pil] 〈副主筆〉

- 칼럼니스트 專欄作家
  [kal-leom-ni-seu-teu]
  〈columnist〉

- 편집기자 特約編輯
  [pyeon-jip-kki-ja] 〈編輯記者〉

- 미술 편집 美術編輯
  [mi-sul pyeon-jip] 〈美術編輯〉

- 편집장 總編輯
  [pyeon-jip-jjang] 〈編輯長〉

- 기자 記者
  [gi-ja] 〈記者〉

- 출판인 發行人
  [chul-pa-nin] 〈出版人〉

活用關鍵字 可用表格中的部分字彙替換

1. 트위터에서 유명한 인사를 추종하다
   在推特上追蹤名人 → A

2. 편집장의 말씀을 거르다
   跳過總編輯的話 → B

3. 문학 잡지 팬
   文學雜誌迷 → C

4. 한 프리랜서로 일하는 미술편집
   一位自由美術編輯 → D

單複數

한 출판사
一間出版社

두 출판사
兩間出版社

A | What 在出版社做什麼？

- 평고하다 評估
  [pyeong-go-ha-da] 〈評估 -〉

- 제작을 맡기다 委託製作
  [je-ja-geul mat-kki-da]
  〈製作 -〉

- 발행하다 發行
  [bal-haeng-ha-da] 〈發行 -〉

- 편집하다 編輯
  [pyeon-ji-pa-da] 〈編輯 -〉

- 개최하다 舉辦
  [gae-choe-ha-da] 〈開催 -〉

- 프로모션 促銷
  [peu-ro-mo-syeon]
  〈promotion〉

- 협상하다 協商
  [hyeop-ssang-ha-da] 〈協商 -〉

- 경영하다 經營
  [gyeong-yeong-ha-da] 〈- 經營〉

- 표절하다 抄襲
  [pyo-jeol-ha-da] 〈剽竊 -〉

- 교정을 보다 校稿
  [gyo-jeong-eul ppo-da] 〈校正 -〉

- 퇴고하다 退稿
  [toe-go-ha-da] 〈退搞 -〉

- 계약하다 簽約
  [gye-ya-ka-da] 〈契約 -〉

- 제출하다 提交
  [je-chul-ha-da] 〈提出 -〉

B | Something 在出版社有什麼？

- 책 사인회 簽書會
  [chaek sa-in-hoe]
  〈冊 signing 會〉

- 계약 合約
  [gye-yak] 〈契約〉

- 선급금 預付稿費
  [seon-geup-kkeum] 〈先給金〉

- 판권 版權
  [pan-gwon] 〈版權〉

- 마감 시간 截稿
  [ma-gam si-gan] 〈- 時間〉

- 인세 版稅
  [in-se] 〈印稅〉

- 인쇄 횟수 印刷次數
  [in-swae hoet-ssu] 〈印刷回數〉

- 그래픽 디자인 美術設計
  [geu-rae-pik di-ja-in]
  〈graphic design〉

- 삽화 插圖
  [sa-pwa] 〈插畫〉

- 레이아웃 版面配置
  [re-i-a-ut] 〈layout〉

- 판형 格式
  [pan-hyeong] 〈版型〉

- 조판 排版
  [jo-pan] 〈組版〉

- 사본 手稿
  [sa-bon] 〈寫本〉

同義字

출판회사
出版公司

| C | What Kind
有哪些出版品種類？

- 오디오 북 有聲書
  [o-di-o buk] 〈audio book〉

- 만화책 漫畫書
  [man-hwa-chaek] 〈漫畫冊〉

- 사전 字典
  [sa-jeon] 〈辭典〉

- 전자책 電子書
  [jeon-ja-chaek] 〈電子書〉

- 소설 小說
  [so-seol] 〈小說〉

- 참고 도서 參考書
  [cham-go do-seo] 〈參考圖書〉

- 교과서 教科書
  [gyo-gwa-seo] 〈教科書〉

- 잡지 雜誌
  [jap-jji] 〈雜誌〉

| D | Who
在出版社有誰？

- 미술편집 美術編輯
  [mi-sul-pyeon-jip] 〈美術編輯〉

- 기고자 撰稿人
  [gi-go-ja] 〈寄稿者〉

- 편집장 主編
  [pyeon-jip-jjang] 〈編輯長〉

- 삽화가 插畫家
  [sa-pwa-ga] 〈插畫家〉

- 인쇄업자 印刷業者
  [in-swae-eop-jja] 〈印刷業者〉

- 교정자 校稿人員
  [gyo-jeong-ja] 〈校正者〉

- 홍보 담당자 宣傳人員
  [hong-bo dam-dang-ja]
  〈弘報擔當者〉

- 작가 作家
  [jak-kka] 〈作家〉

活用關鍵字 可用表格中的部分字彙替換

1. 출판 계획을 평가하다
   評估出版計畫 → A
2. 정교한 그래픽 디자인
   精美的美術設計 → B
3. 올해의 베스트 셀링 소설
   今年最暢銷的小說 → C
4. 논란이 많은 작가
   許多爭議的作家 → D

讀者

◆ 투고하다
　投稿
◆ 신문을 구독하다
　訂閱報紙

稿件

◆ 원고를 제출하다
　繳交手稿
◆ 교정을 보다
　校稿

著作權

◆ 표절하다
　剽竊他人作品
◆ 저작권 위반
　違反著作權

Q&A 不可不學的問答句
REHEARSAL

1 **파파라치가 너무 한 것이 아닙니까?**
你不覺得狗仔隊太過火了嗎?
그래요 , 더 이상 못 참겠습니다 .
對啊,忍無可忍。

제가 아무도 아니라서 다행이다 好險我只是個無名小卒	유명한 인사를 아주 동정하다 我真同情名人

2 **그 잡지의 최신호에 읽었습니까?**
你看那本雜誌的最新一期了嗎?
아니요 , 특별한 것이 있어요?
還沒,有什麼特別的嗎?

책상 위에 놓았습니다 我放在書桌上	가지고 왔습니까? 你有帶來嗎?

3 **이번 주의 원고를 제출 했습니까?**
你這週的稿子交了嗎?
미안해요 . 나는 여전히 노력을 들이고 있습니다 .
抱歉,我還在趕工。

이따가 보내 드리겠습니다 我等會寄給你	다음 주인 줄 알았습니다 我以為是下禮拜	연기를 해도 됩니까? 可以延期嗎?

251

24 편의점 便利商店

單複數

한 편의점
一家便利商店

두 편의점
兩家便利商店

A | What
在便利商店做什麼？

- 정리하다 整理
  [jeong-ni-ha-da] 〈整理 -〉

- 확인되다 清點
  [hwa-gin-doe-da] 〈確認 -〉

- 고르다 挑選
  [go-reu-da]

- 계산하다 計算
  [gye-san-ha-da] 〈計算 -〉

- 바꾸다 更換
  [ba-kku-da]

- 찾다 [chat-tta] 尋找

- 진열하다 陳列
  [ji-nyeol-ha-da] 〈陳列 -〉

- 잘못 세다 數錯
  [jal-mot se-da]

- 포장하다 包裝
  [po-jang-ha-da] 〈包裝 -〉

- 스캔하다 掃描
  [seu-kaen-ha-da] 〈scan-〉

- 보내다 寄
  [bo-nae-da]

- 재고보충 補貨
  [jae-go-bo-chung] 〈在庫補充〉

- 감지기 感應器
  [gam-ji-gi] 〈感知器〉

- 터치스크린 觸碰式螢幕
  [teo-chi-seu-keu-rin]
  〈touch screen〉

B | Where
在便利商店的哪裡？

- 자동문 自動門
  [ja-dong-mun] 〈自動門〉

- 현금 자동 인출기
  [hyeon-geum ja-dong in-chul-gi]
  自動提款機
  〈現金自動引出機〉

- 금전 등록기 收銀機
  [geum-jeon deung-nok-kki]
  〈金錢登錄器〉

- 바코드 商品條碼
  [ba-ko-deu] 〈bar code〉

- 스캐너 條碼掃描器
  [seu-kae-neo] 〈scanner〉

- 커피 자판기 咖啡販售機
  [keo-pi ja-pan-gi]
  〈coffee 自販機〉

- 팩스기 傳真機
  [paek-sseu-gi] 〈fax 機〉

- 전자 레인지 微波爐
  [jeon-ja re-in-ji] 〈電子 range〉

- 모니터 監視器
  [monitor] 〈monitor〉

- 복사기 影印機
  [bok-ssa-gi] 〈複寫機〉

- 선반 產品架
  [seon-ban]

- 콘센트 插座
  [kon-sen-teu] 〈concent〉

相關字

금전 등록기
收銀機

바코드 판독기
條碼讀取機

|C| Who 在便利商店有誰？

- 담는 사람 裝袋工
  [dam-neun sa-ram]

- 출납원 收銀員
  [chul-la-bwon] 〈出納員〉

- 소비자 消費者
  [so-bi-ja] 〈消費者〉

- 배달원 快遞員
  [bae-da-rwon] 〈配達員〉

- 외식족 外食族
  [oe-sik-jok] 〈外食族〉

- 매장 직원 門市人員
  [mae-jang ji-gwon]
  〈賣場職員〉

- 가게 주인 店長
  [ga-ge ju-in] 〈- 主人〉

- 점원 店員
  [jeo-mwon] 〈店員〉

|D| Something 在便利商店有什麼？

- 조제 식품 카운터 熱食櫃
  [jo-je sik-pum ka-un-teo]
  〈調製食品 counter〉

- 핸드백 手提袋
  [haen-deu-baek] 〈handbag〉

- 핫도그 롤러 그릴
  [hat-tto-geu rol-leo geu-ril]
  熱狗加熱滾輪機
  〈hot dag roller grill〉

- 아이스크림 냉동기
  [a-i-seu-keu-rim naeng-dong-gi]
  冰淇淋冷凍櫃
  〈ice cream 冷凍機〉

- 쇼핑 백 購物袋
  [syo-ping baek]
  〈shopping bag〉

- 장바구니 購物籃
  [jang-ba-gu-ni] 〈場 -〉

활용關鍵字 可用表格中的部分字彙替換

1. 음료수 하나 고르다
   挑選一瓶飲料 → A
2. 전자 레인지를 켜다
   啟動微波爐 → B
3. 한 아르바이트 생
   一個工讀店員 → C
4. 장바구니에 있는 물건
   購物籃裡的東西 → D

25 식료품점 雜貨店

單複數

한 식료품점
一間雜貨店

두 식료품점
兩間雜貨店

A | *What*
在雜貨店做什麼？

- 계산서 記…的帳
  [gye-san-seo] 〈計算書〉

- 둘러보다 瀏覽
  [dul-leo-bo-da]

- 사다 [sa-da] 買

- 티끌을 털다 撢灰塵
  [ti-kkeu-reul teol-da]

- 붙잡다 隨手一抓
  [but-jjap-tta]

- 값을 흥정하다 討價還價
  [gap-sseul heung-jeong-ha-da]

- 찾다 [chat-tta] 尋找

- 고르다 挑選
  [go-reu-da]

- 소매하다 零售
  [so-mae-ha-da] 〈小賣 -〉

- 팔다 [pal-tta] 賣

- 쇼핑하다 購物
  [syo-ping-ha-da] 〈shopping-〉

- 재고 庫存
  [jae-go] 〈在庫〉

- 사용하다 使用
  [sa-yong-ha-da] 〈使用 -〉

- 무게를 달다 秤重
  [mu-ge-reul ttal-tta]

- 비교하다 比較
  [bi-gyo-ha-da] 〈比較 -〉

B | *Where*
在雜貨店的哪裡？

- 종이상자 紙箱
  [jong-i-sang-ja] 〈- 箱子〉

- 계산대 收銀台
  [gye-san-dae] 〈計算臺〉

- 금전 등록기 收銀機
  [geum-jeon deung-nok-kki]
  〈金錢登錄機〉

- 서랍 [seo-rap] 抽屜

- 식료품 저장실
  [sing-nyo-pum jeo-jang-sil]
  食品儲藏室
  〈食料品儲藏室〉

- 받침대 架子
  [bat-chim-dae]

- 쌀가마니 米袋
  [ssal-kka-ma-ni]

- 계량 컵 量杯
  [gye-ryang keop] 〈計量 cup〉

- 플라스틱 용기 塑膠容器
  [peul-la-seu-tik yong-gi]
  〈plastic 容器〉

- 국자 [guk-jja] 勺子

- 저울 [jeo-ul] 磅秤

- 선반 [seon-ban] 櫃子

- 냉장고 冰箱
  [naeng-jang-go] 〈冷藏庫〉

- 냉동고 冷凍庫
  [naeng-dong-go] 〈冷凍庫〉

相關字

유기농 식품 매장　　　산매점
有機食物店　　　　　　零售店

| C | **Who**
在雜貨店有誰？

- 출납원 出納員
  [chul-la-bwon] 〈出納員〉

- 잡화점 雜貨商
  [ja-pwa-jeom] 〈雜貨店〉

- 홈메이커 持家的人
  [hom-me-i-keo] 〈homemaker〉

- 가정주부 家庭主婦
  [ga-jeong-ju-bu] 〈家庭主婦〉

- 거주자 居民
  [geo-ju-ja] 〈居住者〉

- 산매점 零售商
  [san-mae-jeom] 〈散賣店〉

- 주당 嗜酒者
  [ju-dang] 〈酒黨〉

| D | **Something**
在雜貨店有什麼？

- 통조림 식품 罐頭食品
  [tong-jo-rim sik-pum] 〈-食品〉

- 비닐 봉지 塑膠袋
  [bi-nil bong-ji] 〈- 封紙〉

- 재활용 종이 봉지
  [jae-hwa-ryong jong-i bong-ji]
  再生紙袋 〈再活用 - 封紙〉

- 플라스틱 로프 塑膠繩
  [peul-la-seu-tik ro-peu]
  〈plastic rope〉

- 화이트보드 白板
  [hwa-i-teu-bo-deu]
  〈whiteboard〉

- 마커 펜 白板筆
  [ma-keo pen] 〈marker pen〉

活用關鍵字　可用表格中的部分字彙替換

1. 밀가루 한 봉지 구입하다
   買一袋麵粉 → A

2. 쌀을 푸는 측정 용기를 사용하다
   用量杯舀米 → B

3. 검소한 주부
   節儉的家庭主婦 → C

4. 튼튼한 비닐 봉투
   耐用的塑膠袋 → D

上架中

- 품절하다
  無現貨的
- 재고보충
  補貨上架

值夜班

- 재고품의 목록을 만들다
  製作存貨清單
- 야간 근무를 하다
  值夜班

熱量標示

- 다이어트를 하다
  減肥
- 칼로리에 신경쓰다
  對熱量很在意

1 무슨 다른 것이 더 필요하십니까?

你還需要其他什麼嗎?

오 , 말보로 라이트 담배 한 갑 주세요 .

喔,我要一包Marlboro淡菸。

청구서를 내다	라떼 한 잔	아이캐시 카드 좀 충전 하다
繳一些帳單	一杯拿鐵	加值我的 i-cash 卡

2 싸 드릴까요?

要包起來嗎?

네 , 모두 싸서 이 봉투에 넣어 주세요 .

好,請將所有東西放進這個袋子裡。

쇼핑 백	종이봉투	비닐 봉투
購物袋	紙袋	塑膠袋

3 보통 편의점에서 무엇을 삽니까?

你通常在便利商店買些什麼?

특히 제가 바쁠 때 조리식품을 좋아합니다 .

我喜歡那裡的調理食品,尤其是當我很忙的時候。

즉석 음식	인스턴트 식품	냉동 식품
即食餐點	速食	冷凍食品

單複數

한 가정용품
一個家庭用品

두 가정용품
兩個家庭用品

| A | What
在生活用品區做什麼？

- 청소하다 清潔
  [cheong-so-ha-da] 〈清掃 -〉

- 추출하다 萃取
  [chu-chul-ha-da.] 〈萃取 -〉

- 양치질하다 漱口
  [yang-chi-jil-ha-da] 〈養齒 -〉

- 예방하다 預防
  [ye-bang-ha-da] 〈預防 -〉

- 보호하다 保護
  [bo-ho-ha-da] 〈保護 -〉

- 치우다 去除
  [chi-u-da]

- 돌아오다 放回
  [do-ra-o-da]

- 다 써버리다 將…用完了
  [da sseo-beo-ri-da]

- 뿌리다 噴
  [ppu-ri-da]

- 깎다 [kkak-tta] 刮；剃

- 맡다 [mat-tta] 聞

- 짜다 [jja-da] 擠

- 씻다 [ssit-tta] 洗

- 닦다 [dak-tta] 擦掉

- 찾다 [chat-tta] 尋找

- 잊어버리다 忘記
  [i-jeo-beo-ri-]

| B | Where
在生活用品區的哪裡？

- 청소 용품 清潔用品
  [cheong-so yong-pum]
  〈清掃用品〉

- 표백제 漂白劑
  [pyo-baek-jje] 〈漂白劑〉

- 주방세제 洗碗精
  [ju-bang-se-je] 〈廚房洗劑〉

- 세탁용 가루비누 洗衣粉
  [se-ta-gyong ga-ru-bi-nu]
  〈洗濯用 -〉

- 액체 세탁 세제 洗衣精
  [aek-che se-tak se-je]
  〈液體洗濯洗劑〉

- 여성 위생 제품
  [yeo-seong wi-saeng je-pum]
  女性衛生用品
  〈女性衛生製品〉

- 패드 護墊
  [pae-deu] 〈pad〉

- 생리대 衛生棉
  [saeng-ni-dae] 〈生理帶〉

- 구강 위생 口腔保健
  [gu-gang wi-saeng.]
  〈口腔衛生〉

- 치실 牙線
  [chi-sil] 〈齒 -〉

- 구세액 漱口水
  [gu-se-aek] 〈口洗液〉

同義字

생활용품
生活用品

매일 필수품
日用品

| C | How
如何形容生活用品？

- **산성** 酸性
  [san-seong] 〈酸性〉

- **알칼리성** 鹼性
  [al-kal-li-seong] 〈alkali 性〉

- 깊다 深層地
  [gip-tta]

- **효과적으로** 有效地
  [hyo-gwa-jeo-geu-ro]
  〈效果的 -〉

- **온화하다** 溫和的
  [on-hwa-ha-da] 〈溫和 -〉

- **천연적이다** 天然的
  [cheo-nyeon-jeo-gi-da]
  〈天然的 -〉

- **중성적이다** 中性的
  [jung-seong-jeo-gi-da]
  〈中性的 -〉

| D | Something
在生活用品區有什麼？

- **개인용위생용품**
  [gae-i-nyong-wi-saeng-yong-pum] 個人衛浴用品
  〈個人用衛生用品〉

- **바디 워시** 沐浴乳
  [ba-di wo-si] 〈body wash〉

- **린스** 潤髮乳
  [rin-seu] 〈rinse〉

- 샴푸 洗髮精
  [syam-pu] 〈shampoo〉

- **면도 크림** 刮鬍膏
  [myeon-do keu-rim]
  〈面刀 cream〉

- **휴지** 衛生紙
  [hyu-ji] 〈休紙〉

- **치약** 牙膏
  [chi-yak] 〈齒藥〉

活用關鍵字 可用表格中的部分字彙替換

1. 유리 세정제를 뿌리다
   噴灑玻璃清潔劑 → A

2. 자연의 세제
   天然的洗衣粉 → B

3. 두피를 깊이 세정하다
   深層地清潔頭皮 → C

4. 항비듬 샴푸 한 병
   一瓶去屑洗髮精 → D

259

單複數

한 식료품류
一種食品

두 식료품류
兩種食品

- 첨가하다 添加
  [cheom-ga-ha-da] 〈添加 -〉

- 요리하다 料理
  [yo-ri-ha-da] 〈料理 -〉

- 싫어하다 不喜歡
  [si-reo-ha-da]

- 가열하다 加熱
  [ga-yeol-ha-da] 〈加熱 -〉

- 보존하다 保存
  [bo-jon-ha-da] 〈保存 -〉

- 놓다 [no-ta] 放置

- 섞이다 混合
  [seo-kki-da]

- 씹다 [ssip-tta] 嚼

- 열다 [yeol-da] 打開

- 찍다 [jjik-tta] 沾

- 줍다 [jup-tta] 把…拿起

- 쏟다 [ssot-tta] 倒出來

- 맡다 [mat-tta] 聞

- 제자리에 갖다 놓다
  [je-ja-ri-e gat-tta no-ta]
  把…放回去

- 주문하다 點餐
  [ju-mun-ha-da] 〈注文 -〉

- 추카하다 加點
  [chu-ka-ha-da] 〈追加 -〉

- 통조림 식품 罐頭食品
  [tong-jo-rim sik-pum]
  〈桶 - 食品〉

- 통조림과실 水果罐頭
  [tong-jo-rim-gwa-sil]
  〈桶 - 果實〉

- 통조림 수프 湯罐頭
  [tong-jo-rim su-peu]
  〈桶 -soup〉

- 파스타 義大利麵（統稱）
  [pa-seu-ta] 〈pasta〉

- 스파게티 義式細麵條
  [seu-pa-ge-ti] 〈spaghetti〉

- 피클 醃菜
  [pi-keul] 〈pickle〉

- 간식 零嘴
  [gan-sik] 〈間食〉

- 캔디 糖果
  [kaen-di] 〈candy〉

- 껌 口香糖
  [kkeom] 〈gum〉

- 과자 餅乾
  [gwa-ja] 〈果子〉

- 포테이토칩 洋芋片
  [po-te-i-to-chip]
  〈potato chips〉

- 라면 泡麵 〈拉麵 -〉
  [ra-myeon] 〈拉麵 -〉

相關字

잡화
雜貨

일반 상품
一般物品

| C | How
如何形容雜貨區的東西?

- 편리하다 方便的
  [pyeol-li-ha-da] 〈便利 -〉
- 바삭바삭하다 脆的
  [ba-sak-ppa-sa-ka-da]
- 빠르다 快速的
  [ppa-reu-da]
- 고칼로리 高熱量的
  [go-kal-lo-ri] 〈高 calorie〉
- 인기있다 受歡迎的
  [in-gi-it-tta] 〈迎氣 -〉
- 가공하다 經過加工的
  [ga-gong-ha-da] 〈加工 -〉
- 짜다 [jja-da] 鹹的
- 달다 [dal-tta] 甜的
- 쓰다 [sseu-da] 苦的
- 맵다 [maep-tta] 辣的

| D | Something
在雜貨區有什麼?

- 조미료 調味料
  [jo-mi-ryo] 〈調味料〉
- 검은 후추 黑胡椒
  [geo-meun hu-chu]
- 드레싱 沙拉醬
  [deu-re-sing] 〈dressing〉
- 케첩 番茄醬
  [ke-cheop] 〈ketchup〉
- 식용유 油
  [si-gyong-nyu] 〈食用油〉
- 간장 醬油
  [gan-jang] 〈- 醬〉
- 식초 醋
  [sik-cho] 〈食醋〉
- 마요네즈 美奶滋
  [ma-yo-ne-jeu] 〈mayoonaise〉

活用關鍵字 可用表格中的部分字彙替換

1. 통조림을 가열하다
   加熱罐頭食品 → A
2. 감자 칩을 많이 먹다
   吃很多洋芋片 → B
3. 고 칼로리 간식
   高熱量的零嘴 → C
4. 식초를 첨가하다
   加一些醋 → D

261

單複數

한 과일
一種水果

두 과일
兩種水果

A | What
在水果區做什麼？

- 배열하다 排列
  [bae-ryeol-ha-da] 〈排列 -〉

- 자르다 [ja-reu-da] 切

- 부패하다 腐敗
  [bu-pae-ha-da] 〈腐敗 -〉

- 나누다 分成
  [na-nu-da]

- 검사하다 檢查
  [geom-sa-ha-da] 〈檢查 -〉

- 뿌라다 朝…噴霧
  [ppu-ra-da]

- 포장하다 包裝
  [po-jang-ha-da] 〈包裝 -〉

- 고르다 挑選出
  [go-reu-da]

- 즙을 내다 把…榨汁
  [jeupeul nae-da]

- 썰다 [sseol-da] 切片

- 냄새를 맡다 聞
  [naem-sae-reul mat-tta]

- 씻다 [ssit-tta] 洗

- 무게를 달다 秤重
  [mu-ge-reul ttal-tta]

- 랩을 씌우다 貼保鮮膜
  [rae-beul ssi-u-da] 〈wrap-〉

- 껍질을 하다 剝皮
  [kkeop-jji-reul ha-da]

B | What Kind
有哪些種類的水果？

- 아보카도 酪梨
  [a-bo-ka-do] 〈avocado〉

- 체리 櫻桃
  [che-ri] 〈cherry〉

- 방울토마토 小蕃茄
  [bang-ul-to-ma-to] 〈-tomato〉

- 크랜베리 蔓越莓
  [keu-raen-be-ri] 〈cranberry〉

- 그레이프프루트 葡萄柚
  [geu-re-i-peu-peu-ru-teu]
  〈grapefruit〉

- 포토 葡萄
  [po-to] 〈葡萄〉

- 키위 奇異果
  [ki-wi] 〈kiwi〉

- 망고 芒果
  [mang-go] 〈mango〉

- 멜론 哈密瓜
  [mel-lon] 〈melon〉

- 파파야 木瓜
  [pa-pa-ya] 〈papaya〉

- 배 [bae] 梨子

- 파인애플 鳳梨
  [pa-i-nae-peul] 〈pineapple〉

- 귤 橘子
  [gyul] 〈橘〉

- 수박 西瓜
  [su-bak]

種類

열대과일	온대과일
熱帶水果	溫帶水果

| C | How
如何形容水果？

- 한 바구니 一籃
  [han ba-gu-ni]

- 한 송이 一串
  [han song-i]

- 한 봉지 一包
  [han bong-ji] 〈- 封紙〉

- 생생하다 新鮮的
  [saeng-saeng-ha-da] 〈生生 -〉

- 당철 當季的
  [dang-cheol] 〈當季〉

- 과숙하다 過熟的
  [gwa-su-ka-da] 〈過熟 -〉

- 익다 [ik-tta] 熟的

- 썩다 爛掉的
  [sseok-tta]

| D | Something
在水果區有什麼？

- 연유 煉乳
  [yeo-nyu] 〈煉乳〉

- 핵과 果核 〈核果〉
  [haek-kkwa]

- 과일완충재 水果泡棉網
  [gwa-i-rwan-chung-jae]
  〈緩衝材〉

- 과일 선물상자 水果禮盒
  [gwa-il seon-mul-sang-ja]
  〈- 膳物箱子〉

- 매실분말 酸梅粉
  [mae-sil-bun-mal] 〈梅實粉末〉

- 샐러드용 드레싱 沙拉醬料
  [sael-leo-deu-yong deu-re-sing]
  〈salad 用 dressing〉

- 저울 [jeo-ul] 磅秤

活用關鍵字 可用表格中的部分字彙替換

1. 과일을 배열하다
   排列水果 → A

2. 수박 한 조각
   一片西瓜 → B

3. 사과 한 바구니
   一籃蘋果 → C

4. 연유를 붓다
   倒煉乳 → D

單複數

한 야채
一種蔬菜

두 야채
兩種蔬菜

| A | **What**
在蔬菜區做什麼？

- 부러뜨리다 折斷
  [bu-reo-tteu-ri-da]

- 들어 있다 含有
  [deu-reo it-tta]

- 붙잡다 抓取
  [but-jjap-tta]

- 딱지 貼標籤於…
  [ttak-jji]

- 뿌리다 朝…噴霧
  [ppu-ri-da]

- 포장하다 包裝
  [po-jang-ha-da] 〈包裝 -〉

- 깎다 削皮，修剪
  [kkak-tta]

- 벗기다 削皮，去殼
  [beot-kki-da]

- 재고보충 補貨
  [jae-go-bo-chung] 〈在庫補充〉

- 부썩다 腐爛
  [bu-sseok-tta]

- 선택하다 選擇
  [seon-tae-ka-da] 〈選擇 -〉

- 덥석 사다 搶購
  [deop-sseok sa-da]

- 공급하다 供應；補充
  [gong-geu-pa-da] 〈供給 -〉

- 물기를 빼다 除水氣
  [mul-gi-reul ppae-da]

| B | **What Kind**
有哪些種類的蔬菜？

- 아스파라거스 蘆筍
  [a-seu-pa-ra-geo-seu]
  〈asparagus〉

- 브로콜리 青花菜
  [beu-ro-kol-li] 〈broccoli〉

- 양배추 高麗菜
  [yang-bae-chu] 〈洋 -〉

- 콜리플라워 花椰菜
  [kol-li-peul-la-wo]
  〈cauliflower〉

- 셀러리 芹菜
  [sel-leo-ri] 〈celery〉

- 오이 [o-i] 小黃瓜

- 가지 [ga-ji] 茄子

- 상추 [sang-chu] 萵苣

- 감자 [gam-ja] 馬鈴薯

- 호박 [ho-bak] 南瓜

- 무 [mu] 白蘿蔔

- 쑥갓 [ssuk-kkat] 茼蒿

- 당근 紅蘿蔔
  [dang-geun] 〈唐根 -〉

- 시금치 菠菜
  [si-geum-chi]

- 껍질 콩 四季豆

- 청경채 青江菜
  [cheong-gyeong-chae]
  〈青梗菜〉

種類

근채류
根莖類蔬菜

잎줄기채소
葉菜類蔬菜

| C | *How*
如何形容蔬菜？

- 한 봉지 一袋
  [han bong-ji] 〈- 封紙〉

- 한 상자 一盒
  [han sang-ja] 〈- 箱子〉

- 한 다발 一把
  [han da-ba-rp]

- 한 개 一顆
  [han gae] 〈- 個〉

- 썩다 腐爛的
  [sseok-tta] 〈腐敗 -〉

- 유기의 有機的
  [yu-gi-ui] 〈有機 -〉

- 무농약 不含農藥的
  [mu-nong-yak] 〈無農藥〉

- 신선하다 新鮮
  [sin-seon-ha-da] 〈新鮮 -〉

| D | *Something*
在蔬菜區有什麼？

- 고추 [go-chu] 辣椒

- 부추 [bu-chu] 韭菜

- 마늘 [ma-neul] 大蒜

- 피망 甜椒
  [pi-mang] 〈piment〉

- 양파 洋蔥
  [yang-pa] 〈洋 -〉

- 페퍼 甜椒
  [pe-peo] 〈pepper〉

- 파 [pa] 青蔥

- 콩나물 黃豆芽
  [kong-na-mul]

- 배추 [bae-chu] 白菜

- 상추 [sang-chu] 生菜

活用關鍵字 可用表格中的部分字彙替換

1. 감자 껍질을 벗기다
   削馬鈴薯皮 → A

2. 브로콜리 한 포기
   一顆青花菜 → B

3. 유기 재배의 채소
   有機栽培的蔬菜 → C

4. 마늘 양념
   大蒜調味料 → D

單複數

고기 한 점
一片肉

고기 두 점
兩片肉

| A | **What**
在肉品區做什麼？

- 요구하다 要求
  [yo-gu-ha-da] 〈要求 -〉
- 썰다 切細；剁
  [sseol-da]
- 정리하다 清理
  [jeong-ni-ha-da] 〈整理 -〉
- 절개하다 切
  [jeol-gae-ha-da] 〈切開 -〉
- 해동하다 解凍
  [hae-dong-ha-da] 〈解凍 -〉
- 얼다 [eol-da] 冷凍
- 갈다 [gal-tta] 絞
- 가동시키다 操作
  [ga-dong-si-ki-da] 〈可動 -〉
- 처리하다 處理
  [cheo-ri-ha-da] 〈處理 -〉
- 얇게 썰다 切片
  [yap-kke sseol-da]
- 끓이다 燉煮
  [kkeu-ri-da]
- 벗다 [beot-tta] 去除
- 무게를 달다 秤重
  [mu-ge-reul ttal-tta]
- 절이다 醃漬
  [jeo-ri-da]
- 묻히다 沾 [mu-chi-da]

| B | **What Kind**
有哪些種類的肉品？

- 소고기 牛肉
  [so-go-gi]
- 갈비뼈 肋排
  [gal-ppi-ppyeo]
- 정강이 牛腱
  [jeong-gang-i]
- 스테이크 牛排
  [seu-te-i-keu] 〈steak〉
- 송아지 고기 小牛肉
  [song-a-ji go-gi]
- 닭고기 雞肉
  [dal-kko-gi]
- 오리 [o-ri] 鴨肉
- 양고기 羊肉
  [yang-go-gi] 〈洋 -〉
- 돼지고기 豬肉
  [dwae-ji-go-gi]
- 등심 里肌
  [deung-sim]
- 삼겹살 五花肉
  [sam-gyeop-ssal] 〈三 -〉
- 돼지 갈비살 排骨肉
  [dwae-ji gal-ppi-sal]
- 돼지 목심 梅花肉
  [dwae-ji mok-ssim]
- 터키고기 火雞肉
  [teo-ki-go-gi] 〈turkey-〉

相關字

신선한 음식
生鮮食品

| C | How 如何形容肉品？ | D | Something 在肉品區有什麼？ |

C | How 如何形容肉品？

- 특상품 特選級
  [teuk-ssang-pum] 〈特上品〉

- 상품 頂級
  [sang-pum] 〈上品〉

- 우등 優級
  [u-deung] 〈優等〉

- 뼈가 없다 去骨的
  [ppyeo-ga eop-tta]

- 두껍다 厚的
  [du-kkeop-tta]

- 얇다 [yap-tta] 薄的

- 딱딱하다 老的；咬不動的
  [ttak-tta-ka-da]

- 연하다 軟，嫩
  [yeon-ha-da] 〈軟 -〉

D | Something 在肉品區有什麼？

- 가슴 [ga-seum] 胸肉

- 다리 [da-ri] 下腿肉

- 넓적다리 大腿肉
  [neop-jeok-tta-ri]

- 날개 [nal-kkae] 翅膀

- 저울 [jeo-ul] 磅秤

- 그램 克
  [geu-raem] 〈gram〉

- 킬로그램 公斤
  [kil-lo-geu-raem] 〈kilogram〉

- 고깃덩어리 肉塊
  [go-git-tteong-eo-ri]

- 다진 고기 肉餡
  [da-jin go-gi]

活用關鍵字 可用表格中的部分字彙替換

1. 고기를 잘게 다지다
   剁肉 → A

2. 훈제 소고기의 향미
   煙燻牛肉的香味 → B

3. 뼈없는 닭 허벅지
   去骨雞腿排 → C

4. 구운 닭가슴살 샌드위치
   烤雞胸肉三明治 → D

單複數

해산물 한 가지
一種海鮮

해산물 두 가지
兩種海鮮

| A | **What**
在海鮮區做什麼？

- 잡다 抓，抓住
  [jap-tta]
- 다지다 剁
  [da-ji-da]
- 치우다 清除（鱗片及內臟）
  [chi-u-da]
- 살코기 去骨切片
  [sal-ko-kki]
- 죽이다 殺
  [ju-gi-da]
- 움직이다 移動
  [um-ji-gi-da]
- 그물 用網子撈
  [geu-mul]
- 제거하다 去除
  [je-geo-ha-da]〈除去 -〉
- 깎아 내다 刮（魚鱗）
  [kka-kka nae-da]
- 고르다 挑選
  [go-reu-da]
- 껍데기 去除…的殼
  [kkeop-tte-gi]
- 묶다 綁，捆，拴
  [muk-tta]
- 무게를 달다 秤重
  [mu-ge-reul ttal-tta]

| B | **Where**
在海鮮區的哪裡？

- 대구 鱈魚
  [dae-gu]〈大口〉
- 장어 鰻魚
  [jang-eo]〈長魚〉
- 정어리 沙丁魚
  [jeong-eo-ri]
- 연어 鮭魚
  [yeo-neo]〈鰱魚〉
- 참치 [cham-chi] 鮪魚
- 조개 [jo-gae] 蛤蜊
- 게 [ge] 蟹
- 바닷가재 龍蝦
  [ba-dat-kka-jae]
- 굴 [gul] 牡蠣
- 새우 [sae-u] 明蝦
- 가리비 干貝
  [ga-ri-bi]
- 새우 小蝦；蝦仁
  [sae-u]
- 광어 比目魚
  [gwang-eo]〈廣魚〉
- 고등어 青花魚
  [go-deung-eo]
- 명태 明太魚
  [myeong-tae]〈明太〉

同義字

해물
海產

| C | **How**
如何形容海鮮？

- 크다 [keu-da] 大的
- 뚱뚱하다 肥的
  [ttung-ttung-ha-da]
- 수상하다 有魚腥味的
  [su-sang-ha-da] 〈殊常 -〉
- 신선하다 新鮮的
  [sin-seon-ha-da] 〈新鮮 -〉
- 값비싸다 高價的
  [gap-ppi-ssa-da]
- 하나의 一片
  [ha-na-ui]
- 한 파운드 一磅
  [han pa-un-deu] 〈pound〉
- 악취가 나다 臭的
  [ak-chwi-ga na-da] 〈惡臭 -〉

| D | **Something**
在海鮮區有什麼？

- 전복 鮑魚
  [jeon-bok] 〈全鰒〉
- 게맛살 蟹棒
  [ge-mat-ssal]
- 미역 海帶
  [mi-yeok]
- 문어 章魚
  [mu-neo] 〈文魚〉
- 연어알 鮭魚卵
  [yeo-neo-al] 〈鰱魚 -〉
- 해삼 海參
  [hae-sam] 〈海參〉
- 오징어 烏賊
  [o-jing-eo]
- 굴 [gul] 牡蠣

活用關鍵字 可用表格中的部分字彙替換

1. 생선 비늘을 긁어내다
   刮去魚鱗 → A
2. 바닷가재 껍질을 제거하다
   去除龍蝦的殼 → B
3. 대구 한 조각
   一片鱈魚 → C
4. 산낙지를 먹다
   生吃小章魚 → D

269

單複數

한 유제품
一項乳製品

두 유제품
兩項乳製品

| A | **What**
在乳製品區做什麼？

- 씹다 [ssip-tta] 咀嚼
- 세다 [se-da] 點算
- 몹시 싫어하다 非常討厭
  [mop-ssi si-reo-ha-da]
- 녹다 [nok-tta] 溶解
- 마시다 [ma-si-da] 喝
- 가열하다 加熱
  [ga-yeol-ha-da] 〈加熱 -〉
- 붓다 [but-tta] 倒
- 타다 沖泡，調製
  [ta-da]
- 보존하다 保存
  [bo-jon-ha-da] 〈保存 -〉
- 셰이크 搖
  [sye-i-keu] 〈shake〉
- 뜨다 （用勺子）舀
  [tteu-da]
- 도말하다 塗抹
  [do-mal-ha-tta] 〈塗抹 -〉
- 젓다 [jeot-tta] 攪拌
- 맛을 보다 品嚐
  [ma-seul ppo-da]
- 시식하다 試吃
  [si-si-ka-da] 〈試食 -〉
- 마음에 들다 中意
  [ma-eu-me deul-tta]

| B | **Where**
在乳製品區的哪裡？

- 진열 선반 展示貨架
  [ji-nyeol seon-ban] 〈陳列 -〉
- 크림 奶油球
  [keu-rim] 〈cream〉
- 마가린 人造奶油
  [ma-ga-rin] 〈margarine〉
- 개방식 생선전시 냉장고
  [gae-bang-sik saeng-seon-
  jeon-si naeng-jang-go]
  開放式生鮮展示櫃
  〈開放式生鮮展示冷藏庫〉
- 버터 奶油，牛油
  [beo-teo] 〈butter〉
- 치즈 乳酪
  [chi-jeu] 〈cheese〉
- 플레이버드밀크 調味乳
  [peul-le-i-beo-deu-mil-keu]
  〈flavored milk〉
- 우유 鮮奶
  [u-yu] 〈牛乳〉
- 두유 豆奶
  [du-yu] 〈豆油〉
- 요구르트 優格
  [yo-gu-reu-teu] 〈yogurt〉
- 유산균 음료 優酪乳
  [yu-san-gyun eum-nyo]
  〈乳酸菌飲料〉
- 저지방 우유 低脂鮮乳
  [jeo-ji-bang u-yu]
  〈低脂肪牛乳〉

類義字

낙제품
酪製品

| C | How
如何形容乳製品？

- 무지방의 脫脂的
  [mu-ji-bang-ui]〈無脂肪 -〉

- 풍미 없다 沒有味道的
  [pung-mi eop-tta]〈風味 -〉

- 신선하다 新鮮的
  [sin-seon-ha-da]〈新鮮 -〉

- 저지방의 低脂的
  [jeo-ji-bang-ui]〈低脂肪 -〉

- 부드럽다 香醇的
  [bu-deu-reop-tta]

- 설탕이 들다 含糖的
  [seol-tang-i deul-tta]〈雪糖 -〉

- 전지캐놀라 全脂的
  〈全脂 canola〉

- 단백질의 蛋白質的
  [dan-baek-jji-rui]〈蛋白質 -〉

| D | Something
在乳製品區有什麼？

- 용량 容量
  [yong-nyang]〈容量〉

- 리터 公升
  [ri-teo]〈liter〉

- 밀리리터 毫升
  [mil-li-ri-teo]〈milliliter〉

- 외부 페케징 外包裝
  [oe-bu pe-ke-jing]
  〈外部 package〉

- 유효 기간 保存期限
  [yu-hyo gi-gan]〈有效期限〉

- 제조성분 製造成分
  [je-jo-seong-bun]〈製造成分〉

- 제조날짜 製造日期
  [je-jo-nal-jja]〈製造 -〉

- 빨대 吸管
  [ppal-ttae]

活用關鍵字 可用表格中的部分字彙替換

1. 우유를 마시기 싫어하다
   非常討厭喝牛奶 → A
2. 컵에 우유를 붓다
   將鮮奶倒入馬克杯 → B
3. 부드럽고 풍부한 밀크 차
   香醇的奶茶 → C
4. 유효 기간을 주의하다
   注意保存期限 → D

單複數

한 조제 식품 판매점
一間熟食店

두 조제 식품 판매점
兩間熟食店

| A | *What*
在熟食區做什麼？

- 바르다 塗抹
  [ba-reu-da]
- 냉각하다 使…冷卻
  [naeng-ga-ka-da] 〈冷卻 -〉
- 덮다 [deop-tta] 覆蓋
- 나누다 分成
  [na-nu-da]
- 방울방울 흐르다 滴下
  [bang-ul-bang-ul heu-reu-da]
- 튀기다 炸
  [twi-gi-da]
- 가지다 拿起
  [ga-ji-da]
- 데우다 加熱
  [de-u-da]
- 굽다 [gup-tta] 烤
- 연기 [yeon-gi] 煙燻
- 사다 [sa-da] 買下
- 다 팔리다 賣光
  [da pal-li-da]
- 맛을 보다 品嚐
  [ma-seul ppo-da]
- 무게를 달다 秤重
  [mu-ge-reul ttal-tta]
- 닦다 [dak-tta] 擦拭
- 삶다 [sam-da] 煮

| B | *Something*
在熟食區有什麼？

- 쇠고기말이 牛肉捲
  [soe-go-gi-ma-ri]
- 크로켓 可樂餅
  [keu-ro-ket] 〈croquette〉
- 튀긴 닭날개 炸雞翅
  [twi-gin dang-nal-kkae]
- 돈까스 炸豬排
  [don-kka-seu]
- 핫도그 熱狗
  [hat-tto-geu] 〈hot dog〉
- 피자 比薩
  [pi-ja] 〈pizza〉
- 족발 豬腳
  [jok-ppal] 〈足 -〉
- 돼지갈비 豬肋排
  [dwae-ji-gal-ppi]
- 불고기 烤肉
  [bul-go-gi]
- 살라미 義大利香腸
  [sal-la-mi] 〈salami〉
- 소시지 香腸
  [so-si-ji] 〈sausage〉
- 초밥 壽司
  [cho-bap] 〈醋 -〉
- 떡볶이 炒年糕
  [tteok-ppo-kki]
- 오뎅 關東煮
  [o-deng]

相關字

즉석식 푸드
即食食品

패스트푸드
速食食品

|C| How
如何形容熟食區？

|D| Where
在熟食區的哪裡？

- 덩어리 一大塊的
  [deong-eo-ri]

- 편리하다 方便的
  [pyeol-li-ha-da] 〈便利 -〉

- 이국적이다 異國的
  [i-guk-jjeo-gi-da] 〈異國的 -〉

- 군침이 돌게 하다
  [gun-chi-mi dol-ge ha-da]
  令人垂涎的

- 느끼하다 油膩的
  [neu-kki-ha-da]

- 맛있다 美味的
  [ma-sit-tta]

- 맛없다 難吃的
  [ma-deop-tta]

- 차게한 음식 冷盤
  [cha-ge-han eum-sik] 〈- 飲食〉

- 감자 샐러드 馬鈴薯沙拉
  [gam-ja sael-leo-deu]
  〈-salad〉

- 부스 攤位
  [bu-seu] 〈booth〉

- 냉각용 선반 冷卻架
  [naeng-ga-gyong seon-ban]
  〈冷卻用 -〉

- 냅킨 餐巾紙
  [naep-kin] 〈napkin〉

- 소스 醬汁
  [so-seu] 〈sauce〉

- 스틱 竹籤
  [seu-tik] 〈stick〉

活用關鍵字 可用表格中的部分字彙替換

1. 치킨 스테이크를 식혀서 차게 하다
   把雞排放涼 → A

2. 크로켓 한 갑
   一盒可樂餅 → B

3. 군침이 도는 로스트 치킨
   令人垂涎的烤雞 → C

4. 냅킨을 더 주다
   要求更多的餐巾紙 → D

單複數

음료수 한 가지
一種飲料

음료수 두 가지
兩種飲料

| A | *What*
在飲料區做什麼？

- 굽히다 彎腰
  [gu-pi-da]

- 들다 [deul-tta] 提；搬

- 따다 打開（酒瓶）
  [tta-da]

- 마시다 喝
  [ma-si-da]

- 서둘러 잡다 匆忙地拿
  [seo-dul-leo jap-tta]

- 놓다 [no-ta] 放置

- 홍보하다 促銷
  [hong-bo-ha-da]〈弘報 -〉

- 당기다 拉
  [dang-gi-da]

- 끓다 戒除，沸騰
  [kkeul-ta]

- 요구하다 要求
  [yo-gu-ha-da]〈要求 -〉

- 조이다 扭緊
  [jo-i-da]

- 재고보충 進貨；補貨
  [jae-go-bo-chung]〈在庫補充〉

- 열다 [yeol-da] 扭開

- 뒤집다 倒過來
  [dwi-jip-tta]

- 누르다 按壓
  [nu-reu-da]

| B | *Where*
在飲料區的哪裡？

- 알코올 酒精飲料
  [al-ko-ol]〈alcohol〉

- 맥주 啤酒
  [maek-jju]〈麥酒〉

- 소주 燒酒
  [so-ju]〈燒酒〉

- 샴페인 香檳
  [syam-pe-in]〈Champagne〉

- 레드 와인 紅酒
  [re-deu wa-in]〈red wine〉

- 무알코올음료 無酒精飲料
  [mu-al-ko-o-reum-nyo]
  〈無 alcoholic 飲料〉

- 홍차 紅茶
  [hong-cha]〈紅茶〉

- 커피 咖啡
  [keo-pi]〈coffee〉

- 콜라 可樂
  [kol-la]〈cola〉

- 녹차 綠茶
  [nok-cha]〈綠茶〉

- 주스 果汁
  [ju-seu]〈juice〉

- 우롱차 烏龍茶
  [u-rong-cha]〈烏龍茶〉

- 탄산음료 汽水
  [tan-sa-neum-nyo]
  〈碳酸飲料〉

同義字

음료

飲料

| C | *How*
如何形容飲料？

- 숙성하다 陳年的
  [suk-sseong-ha-da] 〈熟成 -〉

- 병에 담은 瓶裝的
  [byeong-e da-meun] 〈瓶 -〉

- 통조림하다 罐裝的
  [tong-jo-rim-ha-da] 〈桶 -〉

- 여러 가지 各式各樣的
  [yeo-reo ga-ji]

- 양조하다 釀造的
  [yang-jo-ha-da] 〈釀造 -〉

- 싱겁다 淡的
  [sing-geop-tta]

- 강하다 濃的
  [gang-ha-da] 〈強 -〉

| D | *Something*
在飲料區有什麼？

- 병뚜껑 瓶蓋
  [byeong-ttu-kkeong] 〈瓶 -〉

- 병 [byeong] 瓶 〈瓶〉

- 상자 [sang-ja] 箱 〈箱子〉

- 캔 [kaen] 罐 〈can〉

- 스크루 캡 螺旋蓋
  [seu-keu-ru kaep] 〈screw cap〉

- 당김 고리 拉環
  [dang-gim go-ri]

- 테트라 팩 利樂包；鋁箔包
  [te-teu-ra paek] 〈Tetra Pak〉

- 병마개 酒瓶塞
  [byeong-ma-gae] 〈瓶 -〉

活用關鍵字　可用表格中的部分字彙替換

1. 병뚜껑을 열다
   扭開罐子的蓋子 → A

2. 무설탕 녹차
   無糖綠茶 → B

3. 캔 맥주
   罐裝的啤酒 → C

4. 와인 한 병을 서둘러 잡다
   匆忙地拿了一瓶酒 → D

單複數

냉동식품 한 가지
一種冷凍食品

냉동식품 두 가지
兩種冷凍食品

A | What
在冷凍食品區做什麼？

- 굽다 [gup-tta] 烤
- 삶다 [sam-da] 煮
- 해동하다 解凍
  [hae-dong-ha-da] 〈解凍 -〉
- 없애다 銷毀
  [eop-ssae-da]
- 보존하다 保存
  [bo-jon-ha-da] 〈保存 -〉
- 핥다 [hal-tta] 舔
- 녹다 [nok-tta] 融化
- 전자레인지 微波
  [jeon-ja-re-in-ji] 〈電子 range〉
- 섞다 攪拌
  [seok-tta]
- 저장하다 貯存
  [jeo-jang-ha-da] 〈貯藏 -〉
- 튀기다 炸
  [twi-gi-da]
- 데우다 加熱
  [de-u-da]
- 물타다 稀釋
  [de-u-da]
- 부치다 煎
  [bu-chi-da]

B | Where
在冷凍食品區的哪裡？

- 열대 음식 熱帶食物
  [yeol-dae eum-sik] 〈熱帶飲食〉
- 번 빵 叉燒包
  [beon ppang]
- 물만두 水餃
  [mul-man-du] 〈- 饅頭〉
- 고기만두 鮮肉包
  [go-gi-man-du] 〈- 饅頭〉
- 볶음밥 炒飯
  [bo-kkeum-bap]
- 앙트레 主菜
  [ang-teu-re] 〈entrée〉
- 치킨 너겟 雞塊
  [chi-kin neo-get]
  〈chicken nugget〉
- 피자 披薩
  [pi-ja] 〈pizza〉
- 스파게티 義大利麵
  [seu-pa-ge-ti] 〈spaghetti〉
- 냉동채소 冷凍蔬菜
  [naeng-dong-chae-so]
  〈冷凍菜蔬〉
- 청대콩 毛豆
  [cheong-dae-kong] 〈青 -〉
- 해산물 海產
  [hae-san-mul] 〈海產物〉

相關字

싱싱한 냉동 식품
生鮮冷凍食品

조리 동결 식품
冷凍熟食

| C | How
如何形容冷凍食品？

- 달콤하다 甜膩的
  [dal-kom-ha-da]

- 응축하다 濃縮的
  [eung-chu-ka-da] 〈凝縮 -〉

- 편리하다 方便的
  [pyeol-li-ha-da] 〈便利 -〉

- 익다 [ik-tta] 熟的

- 유혹적이다 誘人的
  [yu-hok-jjeo-gi-da] 〈誘惑的 -〉

- 즉각적이다 即食的
  [jeuk-kkak-jjeo-gi-da]
  〈即刻的 -〉

- 저지방의 低脂的
  [jeo-ji-bang-ui] 〈低脂肪 -〉

- 날것 生的
  [nal-kkeot]

| D | Something
在冷凍食品區有什麼？

- 프렌치 프라이 薯條
  [peu-ren-chi peu-ra-i]
  〈French fries〉

- 아이스크림 冰淇淋
  [a-i-seu-keu-rim] 〈ice cream〉

- 아이스케이크 冰棒
  [a-i-seu-ke-i-keu] 〈ice cake〉

- 소프트크림 霜淇淋
  [so-peu-teu-keu-rim]
  〈soft cream〉

- 선데이 聖代
  [seon-de-i] 〈sundae〉

- 얼음덩이 冰塊
  [eo-reum-deong-i]

- 빙수 刨冰
  [bing-su] 〈冰水〉

活用關鍵字 可用表格中的部分字彙替換

1. 전자 레인지로 고기를 해동하다
   用微波爐解凍肉 → A

2. 만두 여러 팩
   幾包水餃 → B

3. 즉석식품
   即食食物 → C

4. 아이스크림을 한 숟갈
   一球冰淇淋 → D

單複數

철물 한 가지
一種五金

철물 두 가지
兩種五金

A | *What*
在五金區做什麼？

- 연결하다 連接
  [yeon-gyeol-ha-da] 〈連接 -〉

- 구별하다 區別
  [gu-byeol-ha-da] 〈區別 -〉

- 맞다 [mat-tta] 符合

- 갈다 [gal-tta] 磨利

- 들다 [deul-tta] 拿著

- 설치하다 安裝
  [seol-chi-ha-da] 〈設置 -〉

- 두드리다 敲
  [du-deu-ri-da]

- 측정하다 量
  [cheuk-jjeong-ha-da] 〈測定 -〉

- 칠하다 刷油漆
  [chil-ha-da] 〈漆 -〉

- 준비하다 準備
  [jun-bi-ha-da] 〈準備 -〉

- 누르다 壓
  [nu-reu-da]

- 수리하다 修理
  [su-ri-ha-da] 〈修理 -〉

- 톱 [top] 鋸

- 선택하다 選擇
  [seon-tae-ka-da] 〈選擇 -〉

B | *Where*
在五金區的哪裡？

- 소모품 耗材
  [so-mo-pum] 〈消耗品〉

- 호스 軟管
  [ho-seu] 〈hose〉

- 철사 鐵絲
  [cheol-sa] 〈鐵絲〉

- 칠 [chil] 油漆〈漆〉

- 연마지 砂紙
  [yeon-ma-ji] 〈研磨紙〉

- 송수관 水管
  [song-su-gwan] 〈送水管〉

- 공구 工具
  [gong-gu] 〈工具〉

- 끌 [kkeul] 鑿子

- 손톱 다듬기 銼刀
  [son-top da-deum-gi]

- 망치 鐵鎚
  [mang-chi]

- 페인트 붓 油漆刷
  [pe-in-teu but] 〈paint-〉

- 나사돌리개 螺絲起子
  [na-sa-dol-li-gae]

- 렌치 扳手
  [ren-chi] 〈wrench〉

同義字

금물
五金

| C | **Who**
在五金區有誰？

- 케이블 맨 有線電視工人
  [ke-i-beul maen] 〈cable man〉

- 목수 木匠
  [mok-ssu] 〈木手〉

- 전기 기사 電工
  [jeon-gi gi-sa] 〈電氣技士〉

- 자물쇠 수리인 鎖匠
  [ja-mul-soe su-ri-in]
  〈- 修理人〉

- 칠장이 油漆工
  [chil-jang-i] 〈漆匠 -〉

- 배관공 水管工
  [bae-gwan-gong] 〈配管工〉

- 노동자 工人
  [no-dong-ja] 〈勞動者〉

| D | **Something**
在五金區有什麼？

- 부품 零件
  [bu-pum] 〈部品〉

- 볼트 螺栓
  [bol-teu] 〈bolt〉

- 도어 체인 門鍊
  [do-eo che-in] 〈door chain〉

- 문의 손잡이 門把
  [mu-nui son-ja-bi] 〈門 -〉

- 자물쇠 鎖
  [ja-mul-soe]

- 못 [mot] 釘子

- 너트 螺帽
  [neo-teu] 〈nut〉

- 암나사 螺絲
  [am-na-sa] 〈- 螺絲〉

活用關鍵字 可用表格中的部分字彙替換

1. 망치를 들다
   拿著一把鐵鎚 → A
2. 전기 기사용 기구
   電工的工具 → B
3. 노련한 목수
   老練的木匠 → C
4. 도어 체인을 설치하다
   安裝一條門鍊 → D

單複數

한 계산대
一個收銀台

두 계산대
兩個收銀台

| A | **What**
在收銀台做什麼？

- 봉투에 넣다 裝進袋子
  [ppong-tu-e neo-ta] 〈封套 -〉

- 거스름돈 找錢
  [geo-seu-reum-don]

- 모으다 收集
  [mo-eu-da]

- 총계 總計
  [chong-gye] 〈總計〉

- 빼다 [ppae-da] 扣除

- 입력하다 輸入
  [im-nyeo-ka-da] 〈入力 -〉

- 옮기다 移動
  [om-gi-da]

- 열다 [yeol-da] 打開

- 지불하다 付款
  [ji-bul-ha-da] 〈支拂 -〉

- 출력하다 列印出來
  [chul-lyeo-ka-da] 〈出力 -〉

- 스캔하다 掃描
  [seu-kaen-ha-da] 〈scan-〉

- 서명하다 簽名
  [seo-myeong-ha-da] 〈署名 -〉

- 포장하다 包裝
  [po-jang-ha-da] 〈包裝 -〉

- 환전하다 換錢
  [hwan-jeon-ha-da] 〈換錢 -〉

| B | **Where**
在收銀台的哪裡？

- 바코드 스캐너 條碼掃瞄器
  [ba-ko-deu seu-kae-neo]
  〈barcode scanner〉

- 금전 등록기 收銀機
  [geum-jeon deung-nok-kki]
  〈金錢登錄機〉

- 지폐 鈔票
  [ji-pye] 〈紙幣〉

- 현금 現金
  [hyeon-geum] 〈現金〉

- 동전 硬幣
  [dong-jeon] 〈銅錢〉

- 인보이스 發票
  [in-bo-i-seu] 〈invoice〉

- 컨베이어 벨트 輸送帶
  [keon-be-i-eo bel-teu]
  〈conveyor belt〉

- 신용 카드 단말기 刷卡機
  [si-nyong ka-deu dan-mal-kki]
  〈信用 card 端末機〉

- 통화탐지기 驗鈔機
  [tong-hwa-tam-ji-gi]
  〈通貨探知機〉

- 핀 패드 密碼輸入機
  [pin pae-deu] 〈pin pad〉

- 개인 정보 個人資訊
  [gae-in jeong-bo] 〈個人情報〉

種類

빠른 계산대
快速結帳收銀台

현금 계산대
現金結帳收銀台

| C | How
如何形容收銀台的人或物？

- 바쁘다 忙碌的
  [ba-ppeu-da]
- 붐비다 擁擠的
  [bum-bi-da]
- 위조하다 偽造的
  [wi-jo-ha-da] 〈偽造 -〉
- 비다 [bi-da] 空的
- 가득하다 充滿…的
  [ga-deu-ka-da]
- 시끄럽다 嘈雜的
  [si-kkeu-reop-tta]
- 서두르다 匆忙的
  [seo-du-reu-da]
- 틀리다 錯誤的
  [teul-li-da]

| D | Something
在收銀台有什麼？

- 쿠폰 優惠券
  [ku-pon] 〈coupon〉
- 신용 카드 信用卡
  [si-nyong ka-deu] 〈信用 card〉
- 종이 봉지 紙袋
  [jong-i bong-ji] 〈- 封紙〉
- 비닐 봉지 塑膠袋
  [bi-nil bong-ji] 〈- 封紙〉
- 쇼핑 백 購物袋
  [syo-ping baek]
  〈shopping bag〉
- 시장바구니 購物籃
  [si-jang-ba-gu-ni] 〈市場 -〉
- 손수레 購物車
  [son-su-re]

活用關鍵字 可用表格中的部分字彙替換

1. 상품의 가격을 입력하다
   輸入商品的價錢 → A
2. 금전 등록기를 사용하다
   操作收銀機 → B
3. 붐비는 카운터에서 줄을 서다
   在擁擠的櫃檯排隊 → C
4. 쿠폰을 좀 보여 주세요.
   請出示優惠券 → D

超市購物

- 손수레를 밀다
  推購物車
- 시장바구니를 들다
  提購物籃

優惠券

- 무효 쿠폰
  無效的優惠券
- 만료된 쿠폰
  過期的優惠券

紅利點數

- 보너스 포인트를 적립하다
  累積紅利點數
- 보너스 포인트로 선물을 교환하다
  將紅利點數兌換贈品

1 我可以退…，改換其他的東西嗎?
我可以退這瓶漂白水，改換其他的東西嗎?
표백제를 반환하고 다른 것을 바꿔도 될까요?

이 게찹	이 두 커피	이 세제
這瓶番茄醬	這兩罐咖啡	這盒洗衣粉

2 我可以在哪一個走道找到…?
我可以在哪一個走道找到罐裝水果?
어느 보도에서 과일 통조림을 찾을 수 있습니까?

면도날	치킨 너겟	플레이버드밀크
刮鬍刀片	雞塊	調味乳

3 可以麻煩你…嗎?
可以麻煩你給我收據嗎?
영수증을 좀 주실래요?

비닐봉지를 하나 더 주세요	비닐봉지 두 개로 우유를 싸 주세요	따로 보장해 주세요
多給我一個袋子	用兩層塑膠袋裝牛奶	分開裝
종이 상자를 하나 주세요	빨대 두개 주세요	네 개 일회용 숟가락을 주세요
給我一個紙箱	給我兩根吸管	給我四支塑膠湯匙

種類

정육점
肉販

청과물 가게
菜販

A | What
在傳統市場做什麼?

- 값을 흥정하다 討價還價
  [gap-sseul heung-jeong-ha-da]
- 깎다 [kkak-tta] 降價
- 도살하다 屠宰
  [do-sal-ha-tta] 〈盜殺 -〉
- 사다 [sa-da] 買
- 들다 提 (菜籃)
  [deul-tta]
- 마감 세일 出清
  [ma-gam se-il] 〈-sale〉
- 끌다 拖 (菜籃車)
  [kkeul-tta]
- 소문 八卦
  [so-mun] 〈所聞〉
- 갈다 絞
  [gal-tta]
- 둘러보다 隨意看看
  [dul-leo-bo-da]
- 행상하다 兜售
  [haeng-sang-ha-da] 〈行商 -〉
- 팔다 [pal-tta] 賣
- 꺼내다 掏 (錢)
  [kkeo-nae-da]
- 입어 보다 試穿衣服
  [i-beo bo-da]
- 무게를 달다 秤重
  [i-beo-mu-ge-reul ttal-tta]

B | Where
在傳統市場的哪裡?

- 노점 小吃攤
  [no-jeom] 〈露店〉
- 일회용 식기 免洗餐具
  [il-hoe-yong sik-kki]
  〈一回用食器〉
- 폴딩테이블 折疊桌
  [pol-ding-te-i-beul]
  〈folding table〉
- 손으로 쓰는 포스터
  [so-neu-ro sseu-neun po-seu-
  teo] 手寫海報 〈-poster〉
- 거리 행상인 攤位
  [geo-ri haeng-sang-in]
  〈- 行商人〉
- 옷걸이 衣架
  [ot-kkeo-ri]
- 사다리 梯子
  [sa-da-ri]
- 확성기 大聲公
  [hwak-sseong-gi] 〈擴聲器〉
- 마네킹 假人模特兒
  [ma-ne-king] 〈mannequin〉
- 받침대 架子 , 掛物架
  [bat-chim-dae] 〈- 臺〉
- 저울 [jeo-ul] 秤重器
- 탈의실 簡易更衣間
  [ta-rui-sil] 〈脫衣室〉

생선가게
魚販

| C | **Who**
在傳統市場有誰？ | D | **Something**
在傳統市場有什麼？ |

- 정육점 肉販
  [jeong-yuk-jjeom] 〈精肉店〉

- 행상인 小販主人
  [haeng-sang-in] 〈行商人〉

- 가정주부 家庭主婦
  [ga-jeong-ju-bu] 〈家庭主婦〉

- 행상 流動攤販
  [haeng-sang] 〈行商〉

- 보행자 行人
  [bo-haeng-ja] 〈步行者〉

- 폐기물 재활용 관리자
  [pye-gi-mul jae-hwa-ryong
  gwal-li-ja] 資源回收者
  〈廢棄物再活用管理者〉

- 도둑 竊賊
  [do-duk]

- 쇼핑 백 購物袋
  [syo-ping baek]
  〈shopping bag〉

- 건조식품 乾貨
  [geon-jo-sik-pum] 〈乾燥食品〉

- 음식용 종이백 食物紙袋
  [eum-si-gyong jong-i-baek]
  〈飲用用 -bag〉

- 전대 腰包
  [jeon-dae] 〈纏帶〉

- 시장바구니 菜籃
  [si-jang-ba-gu-ni] 〈市場 -〉

- 손수레 購物車
  [son-su-re]

- 앞치마 半身圍裙
  [ap-chi-ma]

活用關鍵字 可用表格中的部分字彙替換

1. 청바지를 입어 보다
   試穿牛仔褲 → A

2. 조정식 옷걸이
   可調整式吊衣架 → B

3. 정육점 주인이 소리치며 팔다
   肉販叫賣著 → C

4. 쇼핑 카트를 당기다
   拉著購物車 → D

單複數

한 안내대
一個服務台

두 안내대
兩個服務台

| A | What
在服務台做什麼？

- 신청하다 申請 〈申請 -〉
  [sin-cheong-ha-da]

- 사과하다 道歉
  [sa-gwa-ha-da] 〈謝過 -〉

- 주장 및 확인하다 認領
  [ju-jang mit hwa-gin-ha-da]
  〈主張 - 確認 -〉

- 불평하다 抱怨
  [bul-pyeong-ha-da] 〈不平 -〉

- 환전 換匯
  [hwan-jeon] 〈換錢〉

- 작성하다 填寫
  [jak-sseong-ha-da] 〈作成 -〉

- 유도하다 引導
  [yu-do-ha-da] 〈誘導 -〉

- 알아보다 認出
  [a-ra-bo-da]

- 찾다 [chat-tta] 尋找

- 태환하다 兌換
  [tae-hwan-ha-da] 〈兌換 -〉

- 환불하다 退款
  [hwan-bul-ha-da] 〈還拂 -〉

- 미소 짓다 微笑
  [mi-so jit-tta]

- 도장를 찍다 蓋章
  [do-jang-neul jjik-tta] 〈圖章〉

| B | Something
在服務台有什麼？

- 공동 브랜딩 카드 聯名卡
  [gong-dong beu-raen-ding ka-deu] 〈共同 branding card〉

- 하자품 瑕疵品
  [ha-ja-pum] 〈瑕疵品〉

- 상품권 禮券
  [sang-pum-gwon] 〈商品券〉

- 잉크대 印泥
  [ing-keu-dae] 〈ink 臺〉

- 분실물 보관서비스
  [bun-sil-mul bo-gwan-seo-bi-seu] 失物招領服務
  〈紛失物保管 service〉

- 분실물 招領的失物
  [bun-sil-mul] 〈紛失物〉

- 주차 쿠폰 停車優惠券
  [ju-cha ku-pon] 〈駐車 coupon〉

- 소인 戳記，圖章
  [so-in] 〈消印〉

- 인보이스 發票
  [in-bo-i-seu] 〈invoice〉

- 여권 護照
  [yeo-gwon] 〈旅券〉

- 세금 반환 신청서
  [se-geum ban-hwan sin-cheong-seo] 退稅表格
  〈稅金返還申請書〉

相關字

안내소
詢問處

| C | Who
在服務台有誰？

- 행정 직원 行政人員
  [haeng-jeong ji-gwon]
  〈行政職員〉

- 종업원 服務人員
  [jong-eo-bwon]〈從業員〉

- 엘리베이터걸 電梯小姐
  [el-li-be-i-teo-geol]
  〈elevator girl〉

- 층 매니저 樓管
  [cheung mae-ni-jeo]
  〈層 manager〉

- 접대원 接待員
  [jeop-ttae-won]〈接待員〉

- 판매원 銷售人員
  [pan-mae-won]〈販賣員〉

- 경비원 保全人員
  [gyeong-bi-won]〈警備員〉

| D | How
如何形容服務台的人？

- 나쁘다 惡劣的
  [na-ppeu-da]

- 자세하다 仔細的
  [ja-se-ha-da]〈仔細 -〉

- 성마르다 壞脾氣的
  [seong-ma-reu-da]〈性 -〉

- 예의 없다 沒禮貌的
  [ye-ui eop-tta]〈禮儀 -〉

- 친절하다 親切的
  [chin-jeol-ha-da]〈親切 -〉

- 형편없다 差勁的〈形便 -〉
  [hyeong-pyeo-neop-tta]

- 인내력 있다 有耐心的
  [in-nae-ryeok it-tta]〈忍耐力 -〉

- 의례적이다 有禮貌的
  [ui-rye-jeo-gi-da]〈禮儀的 -〉

活用關鍵字 可用表格中的部分字彙替換

1. 분실물을 주장 및 확인하다
   認領失物 → A
2. 세금 반환 신청서를 제공하다
   提供退稅表格 → B
3. 점원하고 싸우다
   與銷售人員爭吵 → C
4. 친절한 종업원
   親切的服務人員 → D

287

單複數

한 화장품 판매대
一個化妝品專櫃

두 화장품 판매대
兩個化妝品專櫃

A | What
在化妝品專櫃做什麼？

- 바르다 塗，抹
  [ba-reu-da]

- 섞다 [seok-tta] 混合

- 밝아지다 使…明亮
  [bal-ga-ji-da]

- 감추다 遮蓋
  [gam-chu-da]

- 균등하게 나누다 均分
  [kkyun-deung-ha-ge na-nu-da] 〈均等 -〉

- 손톱 손질하다 修指甲
  [son-top son-jil-ha-da]

- 화장하다 化妝
  [hwa-jang-ha-da] 〈化妝 -〉

- 선명해지다 使…立體
  [seon-myeong-hae-ji-da] 〈鮮明 -〉

- 흡수하다 吸收
  [heup-ssu-ha-da] 〈吸收 -〉

- 치우다 卸妝
  [chi-u-da]

- 조금 고치다 補妝
  [jo-geum go-chi-da]

- 족집게로 뽑다
  [jok-jjip-kke-ro ppop-tta]
  以鑷子拔除

- 메이크업하다 帶妝；上妝
  [me-i-keu-eo-pa-da]
  〈makeup-〉

B | Something
在化妝品專櫃有什麼？

- 블러시 腮紅
  [beul-leo-si] 〈blush〉

- 아이섀도 眼影
  [a-i-syae-do] 〈eye shadow〉

- 파운데이션 粉底
  [pa-un-de-i-syeon]
  〈foundation〉

- 립밤 護唇膏
  [rip-ppam] 〈lip balm〉

- 립글로스 唇蜜
  [rip-kkeul-lo-seu] 〈lip gloss〉

- 립 스틱 唇膏
  [rip seu-tik] 〈lip stick〉

- 리퀴드 파운데이션 粉底液
  [ri-kwi-deu pa-un-de-i-syeon]
  〈lipuid foundation〉

- 루스 파우더 蜜粉
  [ru-seu pa-u-deo]
  〈loose powder〉

- 마스카라 睫毛膏
  [ma-seu-ka-ra] 〈mascara〉

- 매니큐어 指甲油
  [mae-ni-kyu-eo] 〈manicure〉

- 향수 香水
  [hyang-su] 〈香水〉

- 아세톤 去光水
  [a-se-ton] 〈acetone〉

- 파우더 粉餅
  [pa-u-deo] 〈powder〉

相關字

화장품점
化妝品專賣店

드러그 스토어
藥妝店

|C| How
如何形容化妝品？

- 밝다 明亮的，鮮明的
  [bak-tta]

- 차갑다 冷的
  [cha-gap-tta]

- 어둡다 暗的
  [eo-dup-tta]

- 완벽하다 無瑕的
  [wan-byeo-ka-da] 〈完璧 -〉

- 저자극성 低刺激性
  [jeo-ja-geuk-sseong]
  〈低刺激性 -〉

- 지속성이 있다 持久的
  [ji-sok-sseong-i it-tta]
  〈持續性 -〉

- 내수성이 있다 防水的
  [nae-su-seong-iit-tta]
  〈耐水性 -〉

|D| What Kind
有哪些化妝工具？

- 아이 라이너 眼線筆
  [a-i ra-i-neo] 〈eyeliner〉

- 눈썹연필 眉筆
  [nun-sseo-byeon-pil] 〈- 鉛筆〉

- 아이래시 컬러 睫毛夾
  [a-i-rae-si keol-leo]
  〈eyelash curler〉

- 오일 종이 吸油面紙
  [o-il jong-i] 〈oil-〉

- 파우더 솔 蜜粉刷
  [pa-u-deo sol] 〈powder-〉

- 퍼프 粉撲
  [peo-peu] 〈puff〉

- 핀셋 鑷子
  [pin-set] 〈pincette〉

- 입술 브러시 唇刷
  [ip-ssul beu-reo-si] 〈-brush〉

活用關鍵字 可用表格中的部分字彙替換

1. 파운데이션하고 로션을 섞다
   混合粉底液與乳液 → A

2. 뺨에 약간 연지를 바르다
   在臉頰上塗些腮紅 → B

3. 한색
   冷色系 → C

4. 아이 라이너 연필을 깎다
   削眼線筆 → D

種類
카운터 스킨 케어 제품
專櫃保養品

| A | *What*
在保養品專櫃做什麼？

- 흡수하다 吸收
  [heup-ssu-ha-da] 〈吸收 -〉
- 바르다 塗；抹
  [ba-reu-da]
- 밝아지다 使…變亮
  [bal-ga-ji-da]
- 클리닝하다 清潔
  [keul-li-ning-ha-da] 〈cleaning-〉
- 포함하다 包含
  [po-ham-ha-da] 〈包含 -〉
- 제거하다 去除
  [je-geo-ha-da] 〈除去 -〉
- 각질을 제거하다 去角質
  [gak-jji-reul jje-geo-ha-da]
  〈角質 - 除去 -〉
- 개선하다 改善
  [gae-seon-ha-da] 〈改善 -〉
- 보습하다 保溼
  [bo-seu-pa-da] 〈保溼 -〉
- 윤 내게 하다 使…變光滑
  [yun nae-ge ha-da] 〈潤 -〉
- 예방하다 預防
  [ye-bang-ha-da] 〈預防 -〉
- 회복시키다 回復
  [hoe-bok-ssi-ki-da] 〈回復 -〉
- 수축하다 緊縮；收斂
  [su-chu-ka-da] 〈收縮 -〉

| B | *Something*
在保養品專櫃有什麼？

- 보디로션 身體乳液
  [bo-di-ro-syeon] 〈baby lotion〉
- 클렌저 洗面乳
  [keul-len-jeo] 〈cleanser〉
- 데이 크림 日霜
  [de-i keu-rim] 〈day cream〉
- 페이셜 크림 面霜
  [pe-i-syeol keu-rim]
  〈facial cream〉
- 핸드크림 護手霜
  [haen-deu-keu-rim]
  〈hand cream〉
- 마스크 面膜
  [ma-seu-keu] 〈mask〉
- 보습효과로션 保濕乳液
  [bo-seu-pyo-gwa-ro-syeon]
  〈保濕效果 lotion〉
- 보습효과미스트 保濕噴霧
  [bo-seu-pyo-gwa-mi-seu-teu]
  〈保濕效果 mist〉
- 나이트 크림 晚霜
  [na-i-teu keu-rim]
  〈night cream〉
- 시럼 精華液
  [si-reom] 〈serum〉
- 썬 스크린 로션 防曬乳液
  [sseon seu-keu-rin ro-syeon]
  〈sunscreen lotion〉

매스 스킨 케어 제품
開架式保養品

| C | *How*
如何形容保養品？

- 기름투성이다 油膩的
  [gi-reum-tu-seong-i-da]

- 천연적이다 天然的
  [cheo-nyeon-jeo-gi-da]
  〈天然的 -〉

- 피부타입 （適用）膚質
  [pi-bu-ta-ip]〈皮膚 type〉

- 건성 乾性的
  [geon-seong]〈乾性〉

- 중성 中性的
  [jung-seong]〈中性〉

- 지성 油性的
  [ji-seong]〈脂性〉

- 센시티브 敏感性的
  [sen-si-ti-beu]〈sensitive〉

- 반드럽다 光滑的
  [ban-deu-reop-tta]

| D | *What Kind*
在保養品專櫃有哪些用品？

- 화장솜 化妝棉
  [hwa-jang-som]〈化妝 -〉

- 접는 걸상 折凳
  [jeom-neun geol-sang]〈- 床〉

- 선물 세트 禮盒
  [seon-mul se-teu]〈膳物 set〉

- 화장거울 化妝鏡
  [hwa-jang-geo-ul]〈化妝 -〉

- 소책자 小冊子
  [so-chaek-jja]〈小冊子〉

- 종이 봉지 紙袋
  [jong-i bong-ji]〈- 封紙〉

- 샘플 試用品
  [saem-peul]〈sample〉

- 휴지 面紙
  [hyu-ji]〈休紙〉

活用關鍵字 可用表格中的部分字彙替換

1. 피부를 밝게 하다
   讓肌膚變明亮 → A

2. 향수 보디 로션
   香氛身體乳液 → B

3. 민감한 피부에 적합하다
   敏感性肌膚適用 → C

4. 무료 샘플
   免費的試用品 → D

單複數

한 부티크
一家精品店

두 부티크
兩家精品店

| A | *What*
在精品區做什麼？

- 도착하다 到貨
  [do-cha-ka-da] 〈到着 -〉
- 들다 提、背、拿
  [deul-tta]
- 닫다 [dat-tta] 關上
- 끌다 拖；拉扯
  [kkeul-tta]
- 접다 [jeop-tta] 折疊
- 걸리다 懸掛，吊
  [geol-li-da]
- 잡다 拿著，抓著
  [jap-tta]
- 열다 [yeol-da] 打開
- 구매하다 購買
  [gu-mae-ha-da] 〈購買 -〉
- 사인하다 簽名
  [sa-in-ha-da] 〈sign-〉
- 보류하다 保留
  [bo-ryu-ha-da] 〈保留 -〉
- 매진되다 售完
  [mae-jin-doe-da] 〈賣盡 -〉
- 지퍼를 열다 拉開拉鍊
  [ji-peo-reul yeol-da] 〈zipper-〉
- 기다리다 等候
  [gi-da-ri-da]
- 지퍼를 올리다 拉上拉鍊
  [ji-peo-reul ol-li-da] 〈zipper-〉

| B | *Something*
在精品區有什麼？

- 백 팩 後背包
  [baek paek] 〈backpack〉
- 보스턴백 波士頓包
  [bo-seu-teon-baek]
  〈Boston bag〉
- 서류 가방 公事包
  [seo-ryu ga-bang] 〈書類 -〉
- 핸드백 手提包
  [haen-deu-baek] 〈hand bag〉
- 파우치 小型包
  [pa-u-chi] 〈pouch〉
- 동전 지갑 零錢包
  [dong-jeon ji-gap] 〈銅錢紙匣〉
- 화장품 가방 化妝包
  [hwa-jang-pum ga-bang]
  〈化妝品 -〉
- 숄더백 肩包
  [syol-deo-baek]
  〈shoulder bag〉
- 토트백 托特包
  [to-teu-baek] 〈tote bag〉
- 지갑 皮夾
  [ji-gap] 〈紙匣〉
- 손가방 手拿包
  [son-ga-bang]
- 숄더백 掛肩包
  [syol-deo-baek]
  〈shoulder bag〉

目關字

렉트샵

匯集多家流行品牌的精品店

C	*How* 如何形容精品區的東西？	D	*Where* 在精品區的哪裡？

C | *How* 如何形容精品區的東西？

방울방울 맺히다 串珠的
[bang-ul-bang-ul mae-chi-da]

캔버스 帆布製的
[kaen-beo-seu.] 〈canvas〉

정치하다 精緻的
[jeong-chi-ha-da] 〈精緻 -〉

술 流蘇的
[sul] 〈tassel〉

한정되다 限量的
[han-jeong-doe-da] 〈限定 -〉

아웃렛 過季的
[a-ut-ret] 〈outlet〉

새틴 緞面的
[sae-tin] 〈satin〉

줄무늬 有條紋的
[jul-mu-ni]

D | *Where* 在精品區的哪裡？

● 카탈로그 目錄
[ka-tal-lo-geu] 〈catalogue〉

● 계산대 結帳櫃檯
[gye-san-dae] 〈計算臺〉

● 방진백 防塵袋
[bang-jin-baek] 〈防塵 bag〉

● 품질 보증서 保證書
[pum-jil bo-jeung-seo]
〈品質保證書〉

● 전시 선반 展示架
[jeon-si seon-ban] 〈展示 -〉

● 명품 가방 名牌包
[myeong-pum ga-bang]
〈名品 -〉

● 액세서리 首飾
[aek-sse-seo-ri] 〈accessory〉

活用關鍵字　可用表格中的部分字彙替換

1. 가방을 들다
　提著包包 → A
2. 가벼운 백배
　重量輕的背包 → B
3. 빛나는 공단 가방
　閃閃發亮的緞面包 → C
4. 방진백에 넣다
　放進防塵袋 → D

同義字

여성 의류
女裝

부인복
女性服飾

| A | **What**
在女裝區做什麼？

- 전시하다 陳列
  [jeon-si-ha-da] 〈展示 -〉
- 접다 折（褲管）
  [jeop-tta]
- 좋아하다 喜歡
  [jo-a-ha-da]
- ～ 보이다 看起來
  [~bo-i-da]
- 만들다 製造
  [man-deul-tta]
- 입다 [ip-tta] 穿上
- 보여 주다 給…看
  [bo-yeo ju-da]
- 맞추다 適合
  [mat-chu-da]
- 사다 [sa-da] 買下
- 묶다 [muk-tta] 打結繫
- 입어 보다 試穿
  [i-beo bo-da]
- 몸을 돌리다 轉身
  [mo-meul ttol-li-da]
- 딱 맞다 剛剛好
  [ttak mat-tta]
- 안 어울리다 不合適
  [an eo-ul-li-da]

| B | **Where**
在女裝區的哪裡？

- 윗옷 上衣
  [wi-sot]
- 블라우스 罩衫
  [beul-la-u-seu] 〈blouse〉
- 캐미솔 細肩帶上衣
  [kae-mi-sol] 〈camisole〉
- 카디건 羊毛衫
  [ka-di-geon] 〈cardigan〉
- 드레스 洋裝
  [deu-re-seu]
- 니트 針織上衣
  [ni-teu] 〈knit〉
- 탱크톱 小背心
  [taeng-keu-top] 〈tank-top〉
- 치마 [chi-ma] 裙
- 미니스커트 迷你裙
  [mi-ni-seu-keo-teu]
  〈miniskirt〉
- 팬티 褲子
  [paen-ti] 〈pants〉
- 레깅스 內搭褲
  [re-ging-seu] 〈leggings〉
- 반바지 短褲
  [ban-ba-ji]
- 속옷 [so-got] 內衣褲

여성복
女性服裝

| C | *How*
如何形容女裝區?

- 소매 길이 袖長
  [so-mae gi-ri]

- 긴 소매 長袖
  [gin so-mae]

- 반소매 短袖
  [ban-so-mae]

- 민소매 無袖
  [min-so-mae]

- 멋지다 時尚的；別緻的
  [meot-jji-da]

- 귀엽다 可愛的
  [gwi-yeop-tta]

- 우아하다 高雅的
  [u-a-ha-da] 〈優雅 -〉

- 정장 正式服裝
  [jeong-jang] 〈正裝 -〉

| D | *Something*
在女裝區有什麼?

- 액세서리 飾品
  [aek-sse-seo-ri] 〈accessories〉

- 브로치 胸針
  [beu-ro-chi] 〈brooch〉

- 코르사주 胸花
  [ko-reu-sa-ju] 〈corsage〉

- 스카프 圍巾；絲巾
  [seu-ka-peu] 〈scarf〉

- 숄 披肩
  [syol] 〈shawl〉

- 인체 모형 假人模特兒
  [in-che mo-hyeong]
  〈人體模型〉

- 전신 거울 穿衣鏡
  [jeon-sin geo-ul] 〈全身 -〉

- 옷걸이 衣架
  [ot-kkeo-ri]

活用關鍵字　可用表格中的部分字彙替換

1. 긴 치마를 입다
   穿著長裙 → A

2. 바지의 길이를 줄이다
   將褲子的長度改短 → B

3. 긴 소매 가죽 재킷
   長袖皮外套 → C

4. 몇 가지 액세서리를 진열하다
   陳列一些飾品 → D

同義字

남성 의류
男裝

남성복
男性服飾

A | What
在男裝區做什麼？

- 단추를 채우다 扣上扣子
  [dan-chu-reul chae-u-da]
- 할인하다 打折
  [ha-rin-ha-da] 〈割引 -〉
- 입다 [ip-tta] 給…穿
- 맞다 適合；合身
  [mat-tta]
- 접다 折；疊
  [jeop-tta]
- 급히걸치다 匆忙地穿上
  [kkeu-pigeol-chi-da]
- 벗다 脫掉；摘下
  [beot-tta]
- 매다 打（領帶）；打結
  [mae-da]
- 입어 보다 試穿
  [i-beo bo-da]
- 덮어 주다 把…塞進
  [deo-peo ju-da]
- 지퍼를 열다 拉開拉鍊
  [ji-peo-reul yeol-da] 〈zipper-〉
- 지퍼를 올리다 拉上拉鍊
  [ji-peo-reul ol-li-da] 〈zipper-〉
- 치수를 재다 量尺寸
  [chi-su-reul jjae-da]
- 고치다 修補、修改
  [go-chi-da]

B | Where
在男裝區的哪裡？

- 윗옷 [wi-sot] 上衣
- 모자 달린 옷 連帽衫
  [mo-ja dal-lin ot]
- 폴로 셔츠 衫
  [pol-lo syeo-cheu] 〈polo shirt〉
- 셔츠 襯衫
  [syeo-cheu] 〈shirt〉
- 스웨터 毛衣
  [seu-we-teo] 〈seweater〉
- 하반신 옷차림 下半身服裝
  [ha-ban-sin ot-cha-rim]
  〈下半身 -〉
- 크롭트 팬츠 七分褲
  [keu-rop-teu paen-cheu]
  〈cropped pants〉
- 청바지 牛仔褲
  [cheong-ba-ji] 〈青 -〉
- 새깅 垮褲
  [sae-ging] 〈sagging〉
- 신사복 西裝
  [sin-sa-bok] 〈紳士服〉
- 코트 外套；大衣
  [ko-teu] 〈coat〉
- 바지 [ba-ji] 褲子
- 조끼 [jo-kki] 背心
- 양복 西裝
  [yang-bok] 〈洋服〉

신사복
男性服裝

| C | **How**
如何形容男裝區?

- 어둡다 深色的
  [eo-dup-tta]

- 더블인 雙排扣的
  [deo-beu-rin] 〈double-in〉

- 더블 주름을 잡다 兩褶的
  [deo-beul jju-reu-meul jjap-tta]
  〈double-〉

- 엷다 [yeop-tta] 淺色的

- 스탠드칼라 立領
  [seu-taen-deu-kal-la]
  〈stand collar〉

- 최신 유행의 流行的
  [choe-sin yu-haeng-ui]
  〈最新流行 -〉

- 브이넥 V領
  [beu-i-nek] 〈V neck〉

| D | **Something**
在男裝區有什麼?

- 액세서리 配件
  [aek-sse-seo-ri] 〈accessories〉

- 벨트 腰帶
  [bel-teu] 〈belt〉

- 나비넥타이 領結
  [na-bi-nek-ta-i] 〈necktie〉

- 커프스 단추 袖扣
  [keo-peu-seu dan-chu] 〈cuff-〉

- 손수건 手帕
  [son-su-geon] 〈- 手巾〉

- 넥타이 領帶
  [nek-ta-i] 〈necktie〉

- 넥타이 핀 領帶夾
  [nek-ta-i pin] 〈necktie pin〉

- 카운터 디스플레이
  [ka-un-teo di-seu-peul-le-i]
  展示櫃 〈counter display〉

活用關鍵字 可用表格中的部分字彙替換

1. 지퍼를 열다
   拉開夾克的拉鍊 → A

2. 셔츠와 넥타이를 맞추다
   搭配領帶與襯衫 → B

3. 더블 주름을 잡은 바지
   兩褶的褲子 → C

4. 섬세한 소매 단추 한 쌍
   一對精緻的袖扣 → D

297

尋人

- 이종석 님, 지금 친구분께서 정문 입구에서 기다리고 계십니다.

  李鍾碩先生，您的朋友在大門口等您。

手提包

- 떼어낼 수 있는 가죽 스트랩

  可拆式的皮製背帶
- 조정식 핸들

  可調式的提把

穿衣服

- 셔츠를 청바지의 안에 밀어넣다

  把襯衫塞進牛仔褲
- 코트의 단추를 끼우다

  把外套扣子扣起來

TOP 一定要會的常用句
EXPRESSIONS

1 …在哪裡？

女裝區在哪裡？

여성의류가 어디에 있습니까 ?

푸드코트	수유실	수개실
美食廣場	育嬰室	修改室

2 我需要可以有效地…的產品。

我需要可以有效地去除黑頭粉刺的產品。

나는 효과적으로 흑여드름을 제거할 수 있는 제품을 필요합니다.

여드름 치료하다	피부 노화조질을 제거하다	막힌 모공을 깨끗이 없애다
治療青春痘	去除老化角質	清除阻塞毛孔
주름을 방지하다	미세 주름을 감소하다	화이트닝 효과가 있다
防止皺紋	減少細紋	呈現美白效果

3 這項產品適用於…。

這項產品適用於各類膚質。

이 제품은 모든 피부 타입에 적용합니다.

중성 피부	복합성 피부	지성피부
中性肌膚	混合性肌膚	油性肌膚

單複數

한 가정 제품
一項家庭用品

두 가정 제품
兩項家庭用品

A | What
在家庭用品區做什麼？

- 보여주다 示範
  [bo-yeo-ju-da]

- 할인하다 折扣
  [ha-rin-ha-da] 〈割引 -〉

- 설명하다 說明
  [seol-myeong-ha-da] 〈說明 -〉

- 품질 보증서 保證
  [pum-jil bo-jeung-seo]
  〈品質保證書〉

- 다리미질로 펴다 熨 · 燙平
  [da-ri-mi-jil-lo pyeo-da]

- 유지하다 保養
  [yu-ji-ha-da] 〈維持 -〉

- 꽂다 [kkot-tta] 插進

- 누르다 按下
  [nu-reu-da]

- 약속하다 承諾
  [yak-sso-ka-da] 〈約束 -〉

- 수리하다 修理
  [su-ri-ha-da] 〈修理 -〉

- 켜다 , 끄다 開啟 , 關閉電源
  [kyeo-da/kkeu-da]

- 돌리다 轉動
  [dol-li-da]

- 흡진하다 吸塵
  [heup-jjin-ha-da] 〈吸塵 -〉

- 굽다 烤麵包
  [gup-tta]

B | What Kind
有哪些家庭用品？

- 대규모 가전제품 大家電
  [dae-gyu-mo ga-jeon-je-pum]
  〈大規模家電製品〉

- 소규모 가전제품 小家電
  [so-gyu-mo ga-jeon-je-pum]
  〈小規模家電製品〉

- 에어컨 冷氣機
  [e-eo-keon] 〈air conditioner〉

- 레인지 후드 抽油煙機
  [re-in-ji hu-deu] 〈range hood〉

- 냉장고 冰箱
  [naeng-jang-go] 〈冷藏庫〉

- 세탁기 洗衣機
  [se-tak-kki] 〈洗濯機〉

- 믹서기 果汁機
  [mik-sseo-gi]

- 주전자 熱水壺
  [ju-jeon-ja] 〈酒煎子〉

- 전자레인지 微波爐
  [jeon-ja-re-in-ji] 〈電子 range〉

- 오븐 烤箱
  [o-beun] 〈oven〉

- 토스터 烤麵包機
  [to-seu-teo] 〈toaster〉

- 진공청소기 吸塵器
  [jin-gong-cheong-so-gi]
  〈真空清掃機〉

- 정수기 淨水器
  [jeong-su-gi] 〈淨水機〉

相關字

가전 제품
家電產品

| c | How
如何形容家庭用品？

- 친환경적이다 環保的
  [chin-hwan-gyeong-jeo-gi-da]
  〈親環境的 -〉

- 전기에너지 절약 省電的
  [jeon-gi-e-neo-ji jeo-ryak]
  〈電氣 energy saving〉

- 에너지 절약 節能的
  [e-neo-ji jeo-ryak]
  〈energy 節約〉

- 전자동의 全自動的
  [jeon-ja-dong-ui] 〈全自動 -〉

- 저잡음 低噪音的
  [jeo-ja-beum] 〈低雜音〉

- 다기능 多功能的
  [da-gi-neung] 〈多機能〉

- 물 절약 省水的
  [mul jeo-ryak] 〈- 節約〉

| D | Something
在家庭用品區有什麼？

- 디지털 체온계
  [di-ji-teol che-on-gye]
  電子體溫計
  〈digital 體溫計〉

- 연결선 延長插座
  [yeon-gyeol-seon] 〈連結線〉

- 필터 濾心；濾網
  [pil-teo] 〈filter〉

- 백열 전구 燈泡
  [bae-gyeol jeon-gu]
  〈白熱電具〉

- 발광관 燈管
  [bal-kkwang-gwan] 〈發光管〉

- 보온병 保溫瓶
  [bo-on-byeong] 〈保溫瓶〉

- 체중계 體重計
  [che-jung-gye] 〈體重計〉

活用關鍵字 可用表格中的部分字彙替換

1. 셔츠의 칼라는 다리미질이 필요하다
   熨襯衫的領子 → A

2. 오븐을 예열하다
   預熱烤箱 → B

3. 한 저잡음 에어컨
   一台低噪音的冷氣 → C

4. 전구를 바꾸다
   更換燈泡 → D

單複數

한 푸드코트
一個美食廣場

두 푸드코트
兩個美食廣場

| A | **What**
在美食廣場做什麼？

- 끓다 煮熟；燒開
  [kkeul-ta]

- 씹다 [ssip-tta] 咀嚼

- 치우다 [chi-u-da] 清理

- 먹다 , 마시다 吃；喝
  [meok-tta; ma-si-da]

- 데이트하다 與…約會
  [de-i-teu-ha-da] 〈date-〉

- 튀기다 炸 , 煎
  [twi-gi-da]

- 게걸스럽게 먹다
  [ge-geol-seu-reop-kke meok-tta] 狼吞虎嚥

- 가열하다 加熱
  [ga-yeol-ha-da] 〈加熱 -〉

- 차려 주다 端（東西）
  [cha-ryeo ju-da]

- 후루룩 소리를 내다
  [hu-ru-ruk so-ri-reul nae-da]
  吃（喝）出聲音

- 찌다 [jji-da] 蒸

- 끓이다 燉
  [kkeu-ri-da]

- 쿠킹 烹調
  [ku-king] 〈cooking〉

- 삶다 [sam-da] 煮

| B | **What Kind**
有哪些各國美食？

- 일본요리 日本料理
  [il-bo-nyo-ri] 〈日本料理〉

- 회 [hoe] 生魚片 〈膾〉

- 초밥 壽司
  [cho-bap] 〈醋飯〉

- 우동 烏龍麵
  [u-dong] 〈udon〉

- 중국요리 中式料理
  [jung-gu-gyo-ri] 〈中國料理〉

- 쇠고기 국수 牛肉麵
  [soe-go-gi guk-ssu]

- 대창국수 大腸麵線
  [dae-chang-guk-ssu] 〈大腸 -〉

- 물만두 水餃
  [mul-man-du] 〈- 饅頭〉

- 스프링 롤 春捲
  [seu-peu-ring rol]
  〈spring roll〉

- 인도요리 印度料理
  [in-do-yo-ri] 〈印度料理〉

- 카레이라이스 咖哩飯
  [ka-re-i-ra-i-seu] 〈curry rice〉

- 이탈리아 요리 義式料理
  [i-tal-li-a yo-ri] 〈義大利料理〉

- 피자 披薩
  [pi-ja] 〈pizza〉

同義字

미식광장
美食廣場

미식가
美食街

| C | How
如何形容美食廣場的人或物？

- 부르다 飽的
  [bu-reu-da]

- 고프다 飢餓的
  [go-peu-da]

- 맵다 辛辣的
  [maep-tta]

- 달다 [dal-tta] 甜的

- 아주 고프다 飢餓的
  [a-ju go-peu-da]

- 맛있다 很好吃的
  [ma-sit-tta]

- 맛없다 難吃的
  [ma-deop-tta]

- 아주 맛있다 很好吃的
  [a-ju ma-sit-tta]

| D | Where
在美食廣場的哪裡？

- 식사 구역 用餐區
  [sik-ssa gu-yeok] 〈食事區域〉

- 매점 攤位
  [mae-jeom] 〈賣店〉

- 일회용 젓가락 免洗筷
  [il-hoe-yong jeot-kka-rak]
  〈一回用 -〉

- 일회용 숟가락 免洗湯匙
  [il-hoe-yong sut-kka-rak]
  〈一回用 -〉

- 메뉴 菜單
  [me-nyu] 〈menu〉

- 세트 메뉴 套餐
  [se-teu me-nyu] 〈set menu〉

- 쟁반 托盤
  [jaeng-ban] 〈錚盤〉

活用關鍵字 　可用表格中的部分字彙替換

1. 물을 끓다
   燒水 → A
2. 뜨거운 쇠고기 국수 한 그릇
   一碗熱騰騰的牛肉麵 → B
3. 매운 카레 닭고기
   辣味咖哩雞 → C
4. 발렌타인데이 세트
   情人節套餐 → D

單複數

한 수유실
一間育嬰室

두 수유실
兩間育嬰室

| A | What 在育嬰室做什麼？

- 트림하다 使…打嗝
  [teu-rim-ha-da]

- 바꾸다 換
  [ba-kku-da]

- 씻다 [ssit-tta] 清洗

- 문의하다 諮詢
  [mu-nui-ha-da] 〈問議 -〉

- 울다 [ul-da] 哭

- 먹이다 餵
  [meo-gi-da]

- 주다 [ju-da] 給

- 진정시키다 安撫
  [jin-jeong-si-ki-da] 〈鎮定 -〉

- 붓다 [but-tta] 倒入

- 우유를 타다 沖泡牛奶
  [u-yu-reulta-da]

- 빨다 [ppal-tta] 吸

- 소변을 보다 排尿
  [so-byeo-neul ppo-da]

- 지켜보다 看；注意
  [ji-kyeo-bo-da]

- 닦다 [dak-tta] 擦拭

- 쉬다 [swi-da] 休息

- 눕다 [nup-tta] 躺

| B | Something 在育嬰室有什麼？

- 유아용 의자 嬰兒餐椅
  [yu-a-yong ui-ja] 〈幼兒用椅子〉

- 요람 搖籃
  [yo-ram] 〈搖籃〉

- 아기 침대 嬰兒床
  [a-gi chim-dae] 〈- 寢臺〉

- 기저귀교환대 尿布更換台
  [gi-jeo-gwi-gyo-hwan-dae]
  〈- 交換臺〉

- 유아용 물티슈 嬰兒溼紙巾
  [yu-a-yong mul-ti-syu]
  〈幼兒用 -tissue〉

- 기저귀 尿布
  [gi-jeo-gwi]

- 정수기 開飲機
  [jeong-su-gi] 〈淨水器〉

- 유아 가루우유 嬰兒奶粉
  [yu-a ga-ru-u-yu]
  〈幼兒 - 牛乳〉

- 뜨거운 물 熱水
  [tteu-geo-un mul]

- 패밀리 화장실 親子廁所
  [pae-mil-li hwa-jang-sil]
  〈family 化妝室〉

- 유아용변기 兒童用馬桶
  [yu-a-yong-byeon-gi]
  〈幼兒用便器〉

同義字

모유수유실
哺乳室

육아실
育嬰室

| C | **Who**
在育嬰室有誰？

- 아기 [a-gi] 嬰兒
- 아버지 [a-beo-ji] 父親
- 유아 [yu-a] 嬰兒
- 어머니 母親
  [eo-meo-ni]
- 보모 保姆
  [bo-mo] 〈保姆〉
- 신생아 新生兒
  [sin-saeng-a] 〈新生兒〉
- 걸음마를 배우는 아이
  [geo-reum-ma-reul ppae-u-neun a-i]
  剛學會走路的幼兒
- 미숙아 早產兒
  [mi-su-ga] 〈未熟兒〉

| D | **What Kind**
育嬰室有哪些用品？

- 물비누 洗手乳
  [mul-bi-nu]
- 잡지 선반 雜誌架
  [jap-jji seon-ban] 〈雜誌 -〉
- 아동지 兒童雜誌
  [a-dong-ji] 〈兒童誌〉
- 육아 잡지 育兒雜誌
  [yu-ga jap-jji] 〈育兒雜誌〉
- 숟가락 湯匙
  [sut-kka-rak]
- 소파 沙發 〈sofa〉
  [so-pa]
- 베이비 푸드 嬰兒食品
  [be-i-bi pu-deu] 〈baby food〉
- 이유식 副食品
  [i-yu-sik] 〈離乳食〉

活用關鍵字 可用表格中的部分字彙替換

1. 아기를 진정시키다
   安撫她的小孩 → A
2. 요람에 아이를 넣다
   將寶寶安置在搖籃裡 → B
3. 다른 어머니에게 물어 보다
   諮詢其他媽媽 → C
4. 육아 잡지를 읽다
   閱讀育兒雜誌 → D

單複數

한 수선실
一間修改室

두 수선실
兩間修改室

| A | **What**
在修改室做什麼？

- 첨가하다 增加
  [cheom-ga-ha-da] 〈增加 -〉
- 고치다 修改
  [go-chi-da]
- 바꾸다 更換
  [ba-kku-da]
- 자르다 剪
  [ja-reu-da]
- 수를 놓다 繡（花紋）
  [su-reul no-ta]
- 길어지다 使延長
  [gi-reo-ji-da]
- 꿰매다 縫補
  [kkwe-mae-da]
- 바느질하다 縫
  [ba-neu-jil-ha-da]
- 짧아지다 使變短
  [jjal-ba-ji-da]
- 늘어지다 伸縮
  [neu-reo-ji-da]
- 조여지다 使變緊
  [jo-yeo-ji-da]
- 넓어지다 加寬
  [neop-eo-ji-da]
- 치수를 재다 加量尺寸
  [chi-su-reul jjae-da]
- 깁다 [gip-tta] 補綴

| B | **Where**
在修改室的哪裡？

- 재봉틀 縫紉機
  [jae-bong-teul] 〈裁縫 -〉
- 실패 [sil-pae] 線軸；線筒
- 재봉틀 바늘 車針
  [jae-bong-teul ppa-neul]
  〈裁縫 -〉
- 작업대 工作檯
  [ja-geop-ttae] 〈作業檯〉
- 분필 粉筆
  [bun-pil] 〈粉筆〉
- 줄자 布捲尺
  [jul-ja] 〈- 尺〉
- 가위 [ga-wi] 布剪
- 천 [cheon] 布料
- 바늘꽂이 針插
  [ba-neul-kko-ji]
- 바늘 [ba-neul] 針
- 실따개 拆線器
  [sil-tta-gae]
- 바느질상자 針線盒
  [ba-neu-jil-sang-ja] 〈- 箱子〉
- 가위 [ga-wi] 線剪
- 실 [sil] 線
- 파스너 拉鏈
  [pa-seu-neo] 〈fastener〉
- 골무 [gol-mu] 頂針

相關字

재봉점
裁縫店

| C | How
如何形容修改的服飾？

- 깨지다 破損的
  [kkae-ji-da]

- 비스듬하다 歪的
  [bi-seu-deum-ha-da]

- 길다 [gil-da] 長的

- 느슨하다 鬆脫的
  [neu-seun-ha-da]

- 지저분하다 凌亂的
  [ji-jeo-bun-ha-da]

- 짧다 [jjap-tta] 短的

- 멋지다 時髦的
  [meot-jji-da]

- 끼다 [kki-da] 緊的

- 가늘다 窄的
  [ga-neul-tta]

| D | Something
在修改室有什麼？

- 단추 [dan-chu] 鈕扣

- 옷깃 [ot-kkit] 衣領

- 소맷동 袖口
  [so-maet-ttong]

- 안감 [an-gam] 內裡

- 패드 [pae-deu] 墊肩〈pad〉

- 속치마 襯裙
  [sok-chi-ma]

- 주머니 口袋
  [ju-meo-ni]

- 소매 [so-mae] 袖子

- 미싱 縫紉機
  [mi-sing]〈mishin〉

- 옷감 [ot-kkam] 衣料

活用關鍵字 可用表格中的部分字彙替換

1. 바지의 길이를 수선하다
   修改褲子的長度 → A

2. 재봉틀에 실을 꿰다
   為縫紉機穿線 → B

3. 어슨솔기
   歪的縫線 → C

4. 패드를 제거하다
   拆掉墊肩 → D

307

殺價

◆ 가격을 협상할 수 있습니까?
價錢可以商量嗎？

◆ 정찰제판매
定價販售

泡牛奶

◆ 아기 분유를 타다
沖泡嬰兒配方奶

◆ 젖병을 소독하다
將奶瓶消毒

量身

◆ 가슴둘레를 재다
量胸圍

◆ 밑길이를 재다
量褲襠長

1 …的部分有點緊。
腰部的部分有點緊。
허리 부분이 조금 낍니다 .

넓적다리	어깨	엉덩이
大腿	肩部	臀部

2 這位裁縫師擅長…。
這位裁縫師擅長補牛仔褲。
이 재단사가 청바지 수선을 잘합니다.

스웨터를 수선하다	가죽 의류를 유지하다	양복을 수선하다
修改毛衣	保養皮革服飾	修改西裝

3 我應該…嗎？
我應該把袖子改短嗎？
나는 소매를 줄여야 할까요 ?

소매를 길게 하다	엉덩이부분을 넓게 하다	가슴부분을 넓게 하다
把袖子放長	把臀部加寬	把胸圍加寬
단 끝 을 수선하다	바지를 줄이다	바지를 길게 하다
修改下擺	把褲管裁短	把褲管加長

29 구두가게 鞋店

單複數

한 구두가게
一家鞋店

두 구두가게
兩家鞋店

| A | What
在鞋店做什麼？

- 맞다 [mat-tta] 適合
- 보다 [bo-da] 看（鏡子）
- 보이다 [bo-i-da] 看起來
- 광택제 擦拭上蠟
  [gwang-taek-jje] 〈光澤劑〉
- 놓다 [no-ta] 放
- 앉다 [an-da] 坐下
- 서다 [seo-da] 站立
- 벗다 [beot-tta] 脫掉
- 묶다 [muk-tta] 綁鞋帶
- 신어 보다 試穿
  [si-neo bo-da]
- 기다리다 等候
  [gi-da-ri-da]
- 걷다 [geot-tta] 走
- 입다 [ip-tta] 穿
- 물어보다 詢問
  [mu-reo-bo-da]
- 양말을 신다 穿襪子
  [yang-ma-reul ssin-da]
  〈洋襪 -〉
- 양말을 벗다 脫襪子
  [yang-ma-reul ppeot-tta]
  〈洋襪 -〉

| B | What kinds
有哪些種類的鞋？

- 부츠 靴子
  [bu-cheu] 〈boots〉
- 예복용 구두 正式著裝鞋
  [ye-bo-gyong gu-du]
  〈禮服用 -〉
- 플랫 슈즈 平底鞋
  [peul-laet syu-jeu] 〈flat shoes〉
- 플립플롭 夾腳拖鞋
  [peul-lip-peul-lop] 〈flip-flops〉
- 하이힐 高跟鞋
  [ha-i-hil] 〈high heels〉
- 간편화 休閒鞋
  [gan-pyeon-hwa] 〈簡便靴〉
- 레인 부츠 雨靴
  [re-in bu-cheu] 〈rain boots〉
- 샌들 涼鞋
  [saen-deul] 〈sandals〉
- 슬리퍼 拖鞋
  [seul-li-peo] 〈slippers〉
- 운동화 運動鞋
  [un-dong-hwa] 〈運動靴〉
- 하이톱 운동화 高筒運動鞋
  [ha-i-top un-dong-hwa]
  〈high top 運動靴〉
- 하이힐 高根鞋
  [ha-i-hil] 〈high heels〉

同義字

양화점
鞋店

類義字

구두 가게
靴子專賣店

| C | How
如何形容鞋？

- 편하다 舒服的
  [pyeon-ha-da] 〈便 -〉

- 멋지다 酷的
  [meot-jji-da]

- 딱딱하다 硬的
  [ttak-tta-ka-da]

- 한정판 限量發行的
  [han-jeong-pan] 〈限定版〉

- 느슨하다 寬鬆的
  [neu-seun-ha-da]

- 부드럽다 軟的
  [bu-deu-reop-tta]

- 끼다 [kki-da] 緊的

- 못생기다 醜的
  [mot-ssaeng-gi-da]

| D | Something
鞋有哪些配件？

- 신발 밑바닥 鞋底
  [sin-bal mit-ppa-dak]

- 굽 [gup] 鞋跟

- 안창 [an-chang] 鞋墊

- 끈구멍 鞋帶孔
  [kkeun-gu-meong]

- 신발끈 鞋帶
  [sin-bal-kkeun]

- 신코 [sin-ko] 鞋尖

- 구두코 鞋面
  [gu-du-ko]

- 벨크로 魔鬼粘
  [bel-keu-ro] 〈velcro〉

- 구두약 鞋油
  [gu-du-yak] 〈- 藥〉

活用關鍵字 可用表格中的部分字彙替換

1. 이 신발을 신어 보다
   試穿這雙鞋子 → A

2. 운동화끈을 졸라매다
   繫上運動鞋的鞋帶 → B

3. 꽉 끼는 신발을 늘리다
   撐大太緊的鞋子 → C

4. 추가되는 신발끈 한 쌍
   一雙額外的鞋帶 → D

30 온라인 매장 網路商店

單複數

한 온라인 매장
一間網路商店

두 온라인 매장
兩間網路商店

| A | *What*
在網路商店做什麼？

- 값을 부르다 出價
  [gap-sseul ppu-reu-da] 〈價 -〉

- 공동으로 사다 合購
  [gong-dong-eu-ro sa-da]
  〈共同 -〉

- 다운로드하다 下載
  [da-ul-lo-deu-ha-da]
  〈download-〉

- 속이다 詐騙
  [so-gi-da]

- 주문하다 訂購
  [ju-mun-ha-da] 〈注文 -〉

- 지불하다 付款
  [ji-bul-ha-da] 〈支拂 -〉

- 구매하다 購物
  [gu-mae-ha-da] 〈購買 -〉

- 환불하다 退款
  [hwan-bul-ha-da] 〈還拂 -〉

- 등록하다 註冊
  [deung-no-ka-da] 〈登錄 -〉

- 스크롤하다 滑動捲軸
  [seu-keu-rol-ha-da] 〈scroll-〉

- 구독을 신청하다 訂閱
  [gu-do-geul ssin-cheong-ha-da] 〈購讀 - 申請 -〉

- 업로드하다 上傳
  [eom-no-deu-ha-da]
  〈upload-〉

| B | *Where*
在網路商店頁面的哪裡？

- 상세검색 進階搜尋
  [sang-se-geom-saek]
  〈詳細檢索〉

- 베스트셀러 暢銷排行榜
  [be-seu-teu-sel-leo]
  〈best seller〉

- 잘 나오는 질문 常見問題
  [jal na-o-neun jil-mun] 〈- 質問〉

- 개인정보보호정책
  [gae-in-jeong-bo-bo-ho-jeong-chaek] 隱私權政策
  〈個人情報保護政策〉

- 상품 카탈로그 產品型錄
  [sang-pum ka-tal-lo-geu]
  〈商品 catalog〉

- 상품설명 產品說明
  [sang-pum-seol-myeong]
  〈商品說明〉

- 환불한 규정 退貨規定
  [hwan-bul-han gyu-jeong]
  〈換拂 - 規定〉

- 운송 방식 運送方式
  [un-song bang-sik] 〈運送方式〉

- 쇼핑 카트 購物車
  [syo-ping ka-teu]
  〈shopping cart〉

- 사이트 맵 網站地圖
  [sa-i-teu maep] 〈site map〉

同義字

인터넷 점포
線上商店

이몰
電子商城

| C | **Who**
在網路商店有誰？

- 경매인 拍賣商
  [gyeong-mae-in] 〈競賣人〉

- 구매자 買家
  [gu-mae-ja] 〈購買者〉

- 온라인 매장 회원
  [ol-la-in mae-jang hoe-won]
  網路商店會員
  〈online 賣場會員〉

- 판매자 賣家
  [pan-mae-ja] 〈販賣者〉

- 쇼핑 중독자 購物狂
  [syo-ping jung-dok-jja]
  〈shopping 中毒者〉

- 관리자 管理人員
  [gwal-li-ja] 〈管理者〉

| D | **Something**
在網路商店有什麼？

- 신제품 全新產品
  [sin-je-pum] 〈新製品〉

- 가짜 [ga-jja] 假貨 〈假 -〉

- 짜퉁 名牌仿冒品
  [jja-tung]

- 전화 사기 電話詐騙
  [jeon-hwa sa-gi] 〈電話 -〉

- 중고품 二手貨
  [jung-go-pum] 〈中古品〉

- 고객센터 客服中心
  [go-gaek-ssen-teo]
  〈顧客 center〉

- 추천상품 推薦商品
  [chu-cheon-sang-pum]
  〈推薦商品〉

活用關鍵字 可用表格中的部分字彙替換

1. 이 상품에 입찰하다
   對此項商品出價 → A
2. 지금 국제 배송을 해도 됩니다.
   現在開放跨國運送服務 → B
3. 불성실한 판매자
   不誠實的賣家 → C
4. 명품을 위조하는 제조 업체
   名牌仿冒品製造商 → D

試穿

◆ 신발을 신어 보다
  試穿鞋子
◆ 신발 크기를 추정하다
  估算鞋子的尺寸

鞋款

◆ 청키 힐
  粗跟高跟鞋
◆ 스파이크힐
  細跟高跟鞋

線上購物

◆ 온라인 이체로 지불하다
  用電子轉帳付款
◆ 착불하다
  貨到付款

1 可以讓我試穿…嗎？
可以讓我試穿這雙鞋嗎？
이 신발을 신어 봐도 될까요 ?

이 하이힐 這雙高跟鞋	이 신발 치수 의 7 호 這雙鞋子的七號	한 치수 큰 것 大一號的
반으로 좀 더 큰 것 大半號的	한 치수 작은 것 小一號的	반으로 좀 더 작은 것 小半號的

2 我們公司提供…服務。
我們公司提供免運費服務。
저희 회사가 배달 무료 서비스를 제공합니다 .

무 수수료 零手續費	노 리저브 無底價	착불하다 貨到付款

3 這個賣家接受…。
這個賣家接受線上付款。
이 판매자가 온라인 결재방식을 받습니다 .

신용 카드 信用卡	직불 카드 簽帳卡	우편환 匯票

單複數

한 퍼스널 컴퓨터
一台個人電腦

두 퍼스널 컴퓨터
兩台個人電腦

A | What
在個人電腦區做什麼？

- 묻다 [mut-tta] 詢問
- 보다 [bo-da] 看
- 흥정하다 議價
  [heung-jeong-ha-da]
- 바꾸다 更換
  [ba-kku-da]
- 고르다 選擇
  [go-reu-da]
- 비교하다 比較
  [bi-gyo-ha-da] 〈比較 -〉
- 고려하다 考慮
  [go-ryeo-ha-da] 〈考慮 -〉
- 전시하다 展示
  [jeon-si-ha-da] 〈展示 -〉
- 결정하다 決定
  [gyeol-jeong-ha-da] 〈決定 -〉
- 검사하다 檢查
  [geom-sa-ha-da] 〈檢查 -〉
- 확대시키다 擴充
  [hwak-ttae-si-ki-da] 〈擴大 -〉
- 홍보하다 促銷
  [hong-bo-ha-da] 〈弘報 -〉
- 추천하다 推薦
  [chu-cheon-ha-da] 〈推薦 -〉
- 팔다 [pal-tta] 賣出
- 승진시키다 升級
  [seung-jin-si-ki-da] 〈昇進 -〉

B | What kind
電腦有哪些零件？

- 케이스 機殼
  [ke-i-seu] 〈case〉
- 시디 버너 光碟燒錄機
  [si-di beo-neo] 〈CD burner〉
- 냉각팬 散熱風扇
  [naeng-gak-paen] 〈冷却 fan〉
- 중앙 처리 장치
  [jung-ang cheo-ri jang-chi]
  中央處理器
  〈中央處理裝置〉
- 유에스비 隨身碟
  [yu-e-seu-bi] 〈USB〉
- 하드 드라이브 硬碟
  [ha-deu deu-ra-i-beu]
  〈hard drive〉
- 머더보드 主機板
  [meo-deo-bo-deu]
  〈motherboard〉
- 전력 공급 電源供應器
  [jeol-lyeok gong-geup]
  〈電力供給〉
- 램 隨機存取記憶體
  [raem] 〈RAM〉
- 사운드 카드 音效卡
  [sa-un-deu ka-deu]
  〈sound card〉
- 비디오 카드 顯示卡
  [bi-di-o ka-deu]
  〈video card〉

種類

데스크톱
桌上型電腦

휴대용 컴퓨터
筆記型電腦

C | Who
在個人電腦區有誰？

- 컴퓨터 엔지니어
[keom-pyu-teo en-ji-ni-eo]
電腦工程師
〈computer engineer〉

- 컴퓨터 기사
[keom-pyu-teo gi-sa]
電腦維修人員
〈computer 技師〉

- 손님 客人
[son-nim]

- 점원 店員
[jeo-mwon]〈店員〉

- 판매원 銷售員
[pan-mae-won]〈販賣員〉

- 가게 주인 店主
[ga-ge ju-in]〈- 主人〉

D | Something
在個人電腦區有什麼？

- 상자 紙箱
[sang-ja]〈箱子〉

- 카탈로그 目錄
[ka-tal-lo-geu]〈catalogue〉

- 전시품 展示品
[jeon-si-pum]〈展示品〉

- 기증품 贈品
[gi-jeung-pum]〈寄贈品〉

- 노트북 잠금 장치 筆電鎖
[no-teu-buk jam-geum jang-chi]〈notebook - 裝置〉

- 품질 보증서 保證書
[pum-jil bo-jeung-seo]
〈品質保證書〉

- 가격표 價格表
[ga-gyeok-pyo]〈- 表〉

活用關鍵字　可用表格中的部分字彙替換

1. 새 컴퓨터 하나 전시하다
展示一台新電腦 → A
2. 머더보드를 승진시키다
升級主機板 → B
3. 점원한테 값을 흥정하다
跟店員討價還價 → C
4. 카탈로그를 많이 가지다
有很多本目錄 → D

單複數

한 컴퓨터 부품
一個電腦配件

두 컴퓨터 부품
兩個電腦配件

A | What
在電腦配件區做什麼？

- 체크하다 檢查
  [che-keu-ha-da] 〈check-〉

- 클릭하다 點（滑鼠）
  [keul-li-ka-da] 〈click-〉

- 비교하다 比較
  [bi-gyo-ha-da] 〈比較 -〉

- 깎다 [kkak-tta] 殺價

- 연결하다 連接（電路）
  [yeon-gyeol-ha-da] 〈連接 -〉

- 가르키다 將…指向
  [ga-reu-ki-da]

- 묻다 [mut-tta] 詢問

- 읽다 [ik-tta] 讀

- 찾다 找（東西）
  [chat-tta]

- 움직이다 移動；搬動
  [um-ji-gi-da]

- 구입하다 購買
  [gu-i-pa-da] 〈購入 -〉

- 지원하다 支援
  [ji-won-ha-da] 〈支援 -〉

- 검측하다 測試
  [geom-cheu-ka-da] 〈檢測 -〉

- 녹화하다 錄影
  [no-kwa-ha-da] 〈錄畫 -〉

- 녹음하다 錄音
  [no-geum-ha-da] 〈錄音 -〉

B | What Kind
有哪些電腦配件？

- 헤드폰 耳機式麥克風
  [he-deu-pon] 〈headphone〉

- 잉크젯식 프린터
  [ing-keu-jet-ssik peu-rin-teo]
  噴墨印表機 〈ink jet printer〉

- 잉크카트리지 墨水匣
  [ing-keu-ka-teu-ri-ji]
  〈ink cartridge〉

- 키보드 鍵盤
  [ki-bo-deu] 〈keyboard〉

- 레이저 프린터
  [re-i-jeo peu-rin-teo]
  雷射印表機 〈laser printer〉

- 마이크 麥克風
  [ma-i-keu] 〈microphone〉

- 모니터 顯示器
  [mo-ni-teo] 〈monitor〉

- 마우스 滑鼠
  [ma-u-seu] 〈mouse〉

- 다기능 프린터 事務機
  [da-gi-neung peu-rin-teo]
  〈多機能 printer〉

- 토너 카트리지 碳粉匣
  [to-neo ka-teu-ri-ji]
  〈toner cartridge〉

- 스캐너 掃描器
  [seu-kae-neo] 〈scanner〉

- 웹캠 網路攝影機
  [wep-kaem] 〈webcam〉

同義字

컴퓨터 주변 장치
電腦周邊設備

反義字

코어 컴퓨터
（電腦）核心元件

| c | How
如何形容電腦配件？

- 대외적이다 外接式的
  [dae-oe-jeo-gi-ni-da]
  〈對外的 -〉

- 내부의 內部的
  [nae-bu-ui]〈內部 -〉

- 가볍다 輕的
  [ga-byeop-tta]

- 미니 迷你的
  [mi-ni]〈mini〉

- 광학 光學的
  [gwang-hak]〈光學〉

- 휴대용 可攜式的
  [hyu-dae-yong]〈攜帶用〉

- 무선의 無線的
  [mu-seo-nui]〈無線〉

| D | Something
在電腦配件區有什麼？

- 디스크 光碟片
  [di-seu-keu]〈disc〉

- 컴퓨터 케이블 電腦線材
  [keom-pyu-teo ke-i-beul]
  〈computer cable〉

- 연장 코드 延長線
  [yeon-jang ko-deu]〈延長 code〉

- 품질 표시표 商品吊牌
  [pum-jil pyo-si-pyo]
  〈品質標示表〉

- 라벨 標籤
  [ra-bel]〈label〉

- 유에스비 허브 集線器
  [yu-e-seu-bi heo-beu]
  〈USB hub〉

活用關鍵字 可用表格中的部分字彙替換

1. 가격을 비교하다
   比較價錢 → A

2. 잉크를 바꾸다
   更換墨水匣

3. 한 무선 마우스
   一支無線滑鼠 → C

4. 라벨을 붙이다
   貼上標籤 → D

相關字

촬영제품
攝影產品

촬영장비
攝影器材

A | What
在攝影用品區做什麼?

- 조정하다 調整
  [jo-jeong-ha-da] 〈調整 -〉

- 바꾸다 更換
  [ba-kku-da]

- 체크하다 檢查
  [che-keu-ha-da] 〈check-〉

- 청소하다 清潔
  [cheong-so-ha-da] 〈清掃 -〉

- 닫다 [dat-tta] 關上

- 삭제하다 刪除
  [sak-jje-ha-da] 〈削除 -〉

- 들다 [deul-tta] 拿著

- 삽입하다 插入
  [sa-bi-pa-da] 〈插入 -〉

- 누르다 按;壓
  [nu-reu-da]

- 제거하다 移除
  [je-geo-ha-da] 〈除去 -〉

- 닦다 [dak-tta] 擦拭

- 찍다 [jjik-tta] 拍照

- 사용하다 使用
  [sa-yong-ha-da] 〈使用 -〉

- 확대하다 拉近
  [hwak-ttae-ha-da] 〈擴大 -〉

- 축소하다 拉遠
  [chuk-sso-ha-da] 〈縮小 -〉

B | Something
在攝影用品區有什麼?

- 액세서리 配件
  [aek-sse-seo-ri] 〈accessory〉

- 필터 濾鏡
  [pil-teo] 〈fillter〉

- 삼각대 三腳架
  [sam-gak-ttae] 〈三腳臺〉

- 외부 렌즈 外接鏡頭
  [oe-bu ren-jeu] 〈外部 lens〉

- 망원 렌즈 望遠鏡頭
  [mang-won ren-jeu]
  〈望遠 lens〉

- 광각 렌즈 廣角鏡頭
  [gwang-gak ren-jeu]
  〈廣角 lens〉

- 카메라 照像機;攝影機
  [ka-me-ra] 〈camera〉

- 디지털 카메라 數位相機
  [di-ji-teol ka-me-ra]
  〈digital camera〉

- 디지털 비디오 카메라
  [di-ji-teol bi-di-o ka-me-ra]
  數位攝錄影機
  〈digital video camera〉

- 폴라로이드 카메라 拍立得
  [pol-la-ro-i-deu ka-me-ra]
  〈polaroid camera〉

- 일회용 카메라 即可拍
  [il-hoe-yong ka-me-ra]
  〈一回用 camera〉

사진 장비
攝影設備

| C | **Who**
在攝影用品區有誰?

- 촬영 조수 攝影助理
  [chwa-ryeong jo-su]
  〈攝影助手〉

- 초보자 初學者
  [cho-bo-ja] 〈初步者〉

- 고수 高手
  [go-su] 〈高手〉

- 점원 店員
  [jeo-mwon] 〈店員〉

- 고객 顧客
  [go-goek] 〈顧客〉

- 사진사 攝影師
  [sa-jin-sa] 〈寫真師〉

- 아마추어 사진작가
  [a-ma-chu-eo sa-jin-jak-kka]
  業餘的攝影師
  〈amateur 寫真作家〉

| D | **What Kind**
相機有哪些構造?

- 조리개 光圈
  [jo-ri-gae]

- 플래시 閃光燈
  [peul-lae-si] 〈flashlight〉

- 렌즈 鏡頭
  [ren-jeu] 〈lens〉

- 렌즈 덮게 鏡頭蓋
  [ren-jeu deop-kke] 〈lens-〉

- 모니터 螢幕
  [mo-ni-teo] 〈monitor〉

- 셔터 快門
  [syeo-teo] 〈shutter〉

- 파인더 觀景窗
  [pa-in-deo] 〈finder〉

- 줌 버튼 變焦鈕
  [jum beo-teun]
  〈zoom button〉

活用關鍵字 可用表格中的部分字彙替換

1. 전지를 교체하다
   更換電池 → A

2. 광각 렌즈를 설치하다
   裝上廣角鏡頭 → B

3. 촬영 조수 한 명을 고용하다
   僱用一名攝影助理 → C

4. 파인더를 청소하다
   清理觀景窗 → D

單複數

한 에이브이 기기 장비
一件視聽器材設備

두 에이브이 기기 장비
兩件視聽器材設備

| A | **What**
在視聽器材區做什麼？

- 조정하다 調整
  [jo-jeong-ha-da] 〈調整 ->

- 들다 [deul-tta] 提

- 빨리 감기 快轉
  [ppal-li gam-gi]

- 설치하다 安裝
  [seol-chi-ha-da] 〈設置 ->

- 듣다 [deut-tta] 聽

- 소음하다 消音
  [so-eum-ha-da] 〈消音 ->

- 플레이하다 播放
  [peul-le-i-ha-da] 〈play->

- 수리하다 修理
  [su-ri-ha-da] 〈修理 ->

- 되감다 回轉；倒帶
  [doe-gam-da]

- 정지하다 停止
  [jeong-ji-ha-da] 〈停止 ->

- 높이다 調高音量
  [no-pi-da]

- 낮추다 調低音量
  [nat-chu-da]

- 켜다 , 끄다
  [kyeo-da/kkeu-da]
  開啟，關閉電源

| B | **Something**
在視聽器材區有什麼？

- 홈 시어터 家庭劇院
  [hom si-eo-teo]
  〈home theater〉

- 디브이디 플레이어 播放機
  [di-beu-i-di peul-le-i-eo]
  〈DVD player〉

- 프로젝터 스크린
  [peu-ro-jek-teo seu-keu-rin]
  投影布幕 〈projector screen〉

- 엠피 쓰리 플레이어
  [em-pi sseu-ri peul-le-i-eo]
  mp3 播放機 〈mp3 player〉

- 입체 음향 立體音響
  [ip-che eum-hyang] 〈立體音響〉

- 증폭기 擴大機
  [jeung-pok-kki] 〈增幅器〉

- 텔레비전 電視
  [tel-le-bi-jeon] 〈television〉

- 액정 텔레비전 液晶電視
  [aek-jjeong tel-le-bi-jeon]
  〈液晶 television〉

- 비디오 카세트 녹화기
  [bi-di-o ka-se-teu no-kwa-gi]
  錄放影機
  〈video cassette 錄話機〉

- 오디어 音響
  [o-di-eo] 〈audio〉

同義字

오디오 장치
音響器材

| C | How 如何形容視聽器材？ | D | What Kind 耳機有哪些種類？

- 선명하다 清晰的
  [seon-myeong-ha-da] 〈鮮明 -〉

- 평면적이다 平面的
  [pyeong-myeon-jeo-gi-da]
  〈平面的 -〉

- 고품질의 高品質的
  [go-pum-ji-rui] 〈高品質 -〉

- 수입하다 進口的
  [su-i-pa-da] 〈輸入 -〉

- 미니 迷你的
  [mi-ni] 〈mini〉

- 다기능 多功能的
  [da-gi-neung] 〈多機能〉

- 희미하다 模糊的
  [hi-mi-ha-da] 〈稀微 -〉

- 이어폰 耳機
  [i-eo-pon] 〈earphone〉

- 백 히치 이어폰
  [baek hi-chi i-eo-pon]
  後掛式耳機
  〈back-hitch earphone〉

- 귀마개 耳塞式耳機
  [gwi-ma-gae]

- 헤드폰 頭戴式耳機
  [he-deu-pon] 〈headphone〉

- 耳掛式耳機
  [hi-chi i-eo-pon]
  〈hitch earphone〉

- 인이어 귀마개
  [i-ni-eo gwi-ma-gae]
  入耳式耳機 〈in-ear-〉

活用關鍵字　可用表格中的部分字彙替換

1. 음악을 듣다
   聽音樂 → A
2. 홈 시어터를 설치하다
   安裝家庭劇院 → B
3. 고품질의 디브이디 플레이어
   高品質的 DVD 播放機 → C
4. 인라인 리모콘 이어폰
   附線控的耳機 → D

種類

이동식 통신 장치
行動通訊設備

| A | *What*
在通訊設備區做什麼？

- 연결하다 接通；連線
  [yeon-gyeol-ha-da] 〈連結 -〉

- 다이얼 撥號
  [da-i-eol] 〈dial〉

- 끊다 [kkeun-ta] 掛斷

- 히트 上市
  [hi-teu] 〈hit〉

- 전화하다 打（電話）
  [jeon-hwa-ha-da] 〈電話 -〉

- 누르다 按
  [nu-reu-da]

- 받다 接到；接收
  [bat-tta]

- 저장하다 儲存
  [jeo-jang-ha-da] 〈貯藏 -〉

- 발송하다 傳送
  [bal-ssong-ha-da] 〈發送 -〉

- 미끄러지다 滑
  [mi-kkeu-reo-ji-da]

- 지원하다 支援
  [ji-won-ha-da] 〈支援 -〉

- 테스트하다 測試
  [te-seu-teu-ha-da] 〈test-〉

- 문자를 하다 打（簡訊）
  [mun-ja reul ha-da] 〈文字 -〉

- 업데이트하다 更新
  [eop-tte-i-teu-ha-da]
  〈update〉

| B | *Something*
在通訊設備區有什麼？

- 블루 투스 이어폰
  [beul-lu tu-seu i-eo-pon]
  藍芽耳機
  〈bluetooth earphone〉

- 휴대폰 手機
  [hyu-dae-pon] 〈攜帶 phone〉

- 플립 폰 折疊機
  [peul-lip pon] 〈flip phone〉

- 슬라이드폰 滑蓋機
  [seul-la-i-deu-pon]
  〈slide phone〉

- 스마트폰 智慧型手機
  [seu-ma-teu-pon]
  〈smartphone〉

- 터치 스크린 전화
  [teo-chi seu-keu-rin jeon-hwa]
  觸控式手機
  〈touch-screen 電話〉

- 충전기 充電器
  [chung-jeon-gi] 〈充電器〉

- 팩시 송수신기 傳真機
  [paek-ssi song-su-sin-gi]
  〈fax 送受信機〉

- 팩스 용지 傳真紙
  [paek-sseu yong-ji] 〈fax 用紙〉

- 리튬 전지 鋰電池
  [ri-tyum jeon-ji] 〈- 電池〉

- 메모리 카드 記憶卡
  [me-mo-ri ka-deu]
  〈memory card〉

무선통신장치
無線通訊設備

| C | **How**
如何形容通訊設備？

- 붙박이의 內建的
  [but-ppa-gi-ui]

- 사용하기 쉬운 易使用的
  [sa-yong-ha-gi swi-un]
  〈使用 -〉

- 최신의 最新的
  [choe-si-nui]〈最近 -〉

- 경량 輕量的
  [gyeong-nyang]〈輕量〉

- 대중적인 大眾化的
  [dae-jung-jeo-gin]〈大眾的 -〉

- 휴대용의 可攜帶的
  [hyu-dae-yong-ui]〈攜帶用 -〉

- 즉시의 即時的
  [jeuk-ssi-ui]〈即時 -〉

- 얇다 [yap-tta] 薄型的

| D | **What Kind**
手機有哪些構造？

- 배터리 덮개 電池蓋
  [bae-teo-ri deop-kkae]〈battery-〉

- 메모리 카드 투입구
  [me-mo-ri ka-deu tu-ip-kku]
  記憶卡插槽
  〈memory card 投入口〉

- 폰셀 手機殼
  [pon-syel]〈phone shell〉

- 송수화기 聽筒
  [song-su-hwa-gi]〈送受話器〉

- 스크린 螢幕
  [seu-keu-rin]〈screen〉

- 슬롯 (sim 卡的)插槽
  [seul-lot]〈slot〉

- 장식끈 구멍 吊飾孔
  [jang-sik-kkeun gu-meong]
  〈裝飾 -〉

活用關鍵字 可用表格中的部分字彙替換

1. 메시지를 보내다
   傳送簡訊 → A

2. 세련된 스마트 폰
   時髦的智慧型手機 → B

3. 내장된 응용 프로그램
   內建的應用程式 → C

4. 플라스틱 전화 껍데기
   塑膠手機殼 → D

配件

◆ 헤드셋을 착용하다
戴著耳機式麥克風
◆ 마이크 위치를 조정하다
調整麥克風的位置

充電

◆ 전원 케이블을 연결하다
連接電源線
◆ 배터리를 충전하다
將電池充電

使用中

◆ 펌웨어를 업데이트하다
更新**韌體**
◆ 휴대 전화 데이터를 백업하다
備份**手機資料**

1 這個價錢包含⋯嗎。
這個價錢包含顯示器嗎?
모니터가 이 가격에 포함됩니까?

비디오 카드 顯示卡	키보드 鍵盤	운영 체제 作業系統

2 這台⋯有什麼特色?
這台手機有什麼特色?
이 핸드폰의 특성이 뭡니까?

디지털 카메라 數位相機	입체 음향 音響	태블릿 피시 平板電腦

3 我需要一台有⋯功能的手機。
我需要一台有藍芽功能的手機。
블루 투스 기능은 있는 핸드폰이 필요합니다.

뮤직 플레이 音樂播放	영상통화 視訊通話	녹음기능 錄影功能
와이어리스 無線上網	사진촬영 照相	음성 녹음 錄音

單複數

한 책	두 책
一本書	兩本書

A | What
在書籍區做什麼？

- 정리하다 整理
  [jeong-ni-ha-da] 〈整理 -〉
- 청소하다 清潔
  [cheong-so-ha-da] 〈清掃 -〉
- 찾다 [chat-tta] 找
- 플립하다 翻閱；瀏覽
  [peul-li-pa-da] 〈flip-〉
- 금지하다 禁止
  [geum-ji-ha-da] 〈禁止 -〉
- 졸다 [jol-da] 打瞌睡
- 고르다 挑選
  [go-reu-da]
- 쌓이다 堆疊
  [ssa-i-da]
- 읽다 [ik-tta] 閱讀
- 쇼핑하다 購物
  [syo-ping-ha-da] 〈shopping-〉
- 있다 [it-tta] 待在
- 이야기하다 聊天
  [i-ya-gi-ha-da]
- 걸어가다 走去
  [geo-reo-ga-da]
- 적다 寫下，記錄
  [jeok-tta]
- 찍다 拍下（內容）
  [jjik-tta]

B | What kind
有哪些種類的書？

- 전기 傳記
  [jeon-gi] 〈傳記〉
- 상업 商業
  [sang-eop] 〈商業〉
- 베스트셀러 暢銷
  [be-seu-teu-sel-leo]
  〈best-seller〉
- 만화책 漫畫書
  [man-hwa-chaek] 〈漫畫冊〉
- 역사 歷史
  [yeok-ssa] 〈歷史〉
- 언어 語言
  [eo-neo] 〈語言〉
- 문학 文學
  [mun-hak] 〈文學〉
- 소설 小說（類）
  [so-seol] 〈小說〉
- 잡지 雜誌
  [jap-jji] 〈雜誌〉
- 과학 科學
  [gwa-hak] 〈科學〉
- 운동 運動
  [un-dong] 〈運動〉
- 교과서 教科書
  [gyo-gwa-seo] 〈教科書〉
- 여행 旅行
  [yeo-haeng] 〈旅行〉

種類

전자책　　　　　　　外국 도서
電子書　　　　　　　外文書

|C| How
如何形容書？

- 심심하다 無趣的
  [sim-sim-ha-da]
- 할인하다 折扣的
  [ha-rin-ha-da] 〈割引 -〉
- 기막히게 좋다 很棒的
  [gi-ma-ki-ge jo-ta]
- 마음에 들다 特別喜愛的
  [ma-eu-me deul-tta]
- 재미있다 有趣的
  [jae-mi-it-tta]
- 엄청나게 깊다 深奧的
  [eom-cheong-na-ge gip-tta]
- 중고의 二手的
  [jung-go-ui] 〈中古 -〉
- 쓸모 있다 有用的
  [sseul-mo it-tta]

|D| Something
書裡有什麼？

- 부록 附錄
  [bu-rok] 〈附錄〉
- 뒷표지 封底
  [dwit-pyo-ji] 〈- 表紙〉
- 책 표지 封面
  [chaek pyo-ji] 〈冊表紙〉
- 목차 目錄
  [mok-cha] 〈目次〉
- 색인 索引
  [sae-gin] 〈索引〉
- 페이지 번호 頁碼
  [pe-i-ji beon-ho] 〈page 番號〉
- 후기 後記
  [hu-gi] 〈後記〉
- 서문 序言
  [seo-mun] 〈序文〉

活用關鍵字 可用表格中的部分字彙替換

1. 책을 한 권 고르다
   挑選一本書 → A
2. 이 전기는 나에게 많은 영감을 주다
   這本自傳大大地激勵了我 → B
3. 재미있는 책을 추천하다
   推薦一本有趣的書 → C
4. 책의 표지를 디자인하다
   設計書的封面 → D

單複數

한 아동 도서
一本童書

두 아동 도서
兩本童書

| A | **What**
在童書區做什麼？

- 시끄럽게 요구하다
  [ssi-kkeu-reop-kke yo-gu-ha-da] 吵鬧著要求〈- 要求〉
- 올라가다 爬上去
  [ol-la-ga-da]
- 착색하라 著色
  [chak-ssae-ka-ra]〈着色 -〉
- 울다 [ul-da] 哭
- 그리다 畫圖
  [geu-ri-da]
- 펴놓다 翻
  [pyeo-no-ta]
- 웃다 [ut-tta] 笑
- 놀다 [nol-da] 玩
- 달리다 跑
  [dal-li-da]
- 소리치다 尖叫
  [so-ri-chi-da]
- 붙이다 黏貼
  [bu-chi-da]
- 이야기하다 說話
  [i-ya-gi-ha-da]
- 말하다 說，講
  [mal-ha-tta]
- 경고하다 警告
  [gyeong-go-ha-da]〈警告 -〉

| B | **What Kind**
有哪些童書？

- 유아교육 啟蒙教育
  [yu-a-gyo-yuk]〈幼兒教育〉
- 크림책 圖畫繪本
  [geu-rim-chaek]〈- 冊〉
- 이야기 故事
  [i-ya-gi]
- 우화 寓言
  [u-hwa]〈寓話〉
- 동화 童話
  [dong-hwa]〈童話〉
- 신화 神話
  [sin-hwa]〈神話〉
- 토이 북 玩具書
  [to-i buk]〈toy book〉
- 크로스표지의 책 布書
  [keu-ro-seu-pyo-ji-ui chaek]
  〈cloth 表紙 - 冊〉
- 펴놓다 翻翻書
  [pyeo-no-ta]
- 퍼즐 북 拼圖書
  [peo-jeul ppuk]
  〈puzzle book〉
- 입체책 立體書
  [ip-che-chaek]〈立體冊〉
- 스티커 북 貼紙書
  [seu-ti-keo buk]
  〈sticker book〉

種類

토들러북
幼兒讀物

미취학 북
學齡前讀物

C | How
如何形容童書？

- 적절하다 適合的
  [jeok-jjeol-ha-da] 〈適切 -〉

- 다채롭다 鮮豔的；生動的
  [da-chae-rop-tta] 〈多彩 -〉

- 귀엽다 可愛的
  [gwi-yeop-tta]

- 순진하다 純真的
  [sun-jin-ha-da] 〈純真 -〉

- 재미있다 有趣的
  [jae-mi-it-tta]

- 활발하다 活潑的
  [hwal-bal-ha-tta] 〈活潑 -〉

- 지저분하다 凌亂的
  [ji-jeo-bun-ha-da]

- 간단하다 簡單的；單純的
  [gan-dan-ha-da] 〈簡單 -〉

D | Something
在童書區有什麼？

- 빈 백 의자 懶骨頭
  [bin baek ui-ja]
  〈beanbag 椅子〉

- 벽돌 [byeok-ttol] 積木

- 카펫 地毯
  [ka-pet] 〈carpet〉

- 그림책 著色本
  [geu-rim-chaek] 〈- 冊〉

- 크레용 蠟筆
  [keu-re-yong] 〈crayon〉

- 퍼즐 拼圖
  [peo-jeul] 〈puzzle〉

- 테이블 桌子
  [te-i-beul] 〈table〉

- 나무 의자 木椅
  [na-mu ui-ja] 〈- 椅子〉

活用關鍵字 可用表格中的部分字彙替換

1. 이야기를 하다
   說故事 → A
2. 클래식 동화
   經典童話故事 → B
3. 활발한 아기
   活潑的小孩 → C
4. 퍼즐 조각을 짜맞추다
   拼拼圖 → D

331

單複數

한 좌담회
一個座談會

두 좌담회
兩個座談會

A | What
在座談會做什麼？

- 대답하다 回答
  [dae-da-pa-da]〈對答 -〉
- 묻다 [mut-tta] 問
- 화제를 꺼내다 提出話題
  [hwa-je-reul kkeo-nae-da]
  〈話題 -〉
- 박수를 치다 鼓掌
  [bak-ssu-reul chi-da]
- 발표하다 發表
  [bal-pyo-ha-da]〈發表 -〉
- 라이트가 희미하다
  [ra-i-teu-ga hi-mi-ha-da]
  燈光昏暗〈light 稀微 -〉
- 토론하다 討論
  [to-ron-ha-da]〈討論 -〉
- 개최하다 主辦，召開
  [gae-choe-ha-da]〈開催 -〉
- 방문하다 訪問
  [bang-mun-ha-da]〈訪問 -〉
- 요청하다 邀請
  [yo-cheong-ha-da]〈邀請 -〉
- 묻다 [mut-tta] 問
- 들다 [deul-tta] 舉（手）
- 서명하다 簽名
  [seo-myeong-ha-da]〈署名 -〉
- 나누다 分享
  [na-nu-da]

B | Who
在座談會有誰？

- 시청자 觀眾，聽眾
  [si-cheong-ja]〈視聽者〉
- 진행자 主持人
  [jin-haeng-ja]〈進行者〉
- 기자 記者
  [gi-ja]〈記者〉
- 연설자 演講者
  [yeon-seol-ja]〈演說者〉
- 아티스트 藝術家；藝人
  [a-ti-seu-teu]〈artist〉
- 블로거 部落客
  [beul-lo-geo]〈blogger〉
- 요리사 廚師
  [yo-ri-sa]〈料理師〉
- 평론가 評論家
  [pyeong-non-ga]〈評論家〉
- 감독 導演
  [gam-dok]〈監督〉
- 편집장 總編輯
  [pyeon-jip-jjang]〈編輯長〉
- 미식가 美食家
  [mi-sik-kka]〈美食家〉
- 스타일리스트 造型師
  [seu-ta-il-li-seu-teu]〈stylist〉
- 작자 作者
  [jak-jja]〈作者〉
- 번역자 譯者
  [beo-nyeok-jja]〈翻譯者〉

類義字

세미나
研討會

학술 토론회
學術研討會

| C | How
如何形容座談會？

- 유창하다 流暢的
  [yu-chang-ha-da] 〈流暢 -〉

- 유머러스하다 幽默的
  [yu-meo-reo-seu-ha-da]
  〈humorous-〉

- 재미있다 有趣的
  [jae-mi-it-tta]

- 친절하다 親切的
  [chin-jeol-ha-da] 〈親切 -〉

- 온화하다 溫和的；穩健的
  [on-hwa-ha-da] 〈溫和 -〉

- 비웃다 嘲諷的；挖苦的
  [bi-ut-tta]

- 똑똑하다 機智的
  [ttok-tto-ka-da]

| D | Where
在座談會的哪裡？

- 객석 觀眾席
  [gaek-sseok] 〈客席〉

- 영사기 投影機
  [yeong-sa-gi] 〈映寫機〉

- 슬라이드 幻燈片
  [seul-la-i-deu] 〈slide〉

- 무대 講台
  [mu-dae] 〈舞台〉

- 마이크로폰 麥克風
  [ma-i-keu-ro-pon]
  〈microphone〉

- 포스터 海報
  [po-seu-teo] 〈poster〉

- 스크린 螢幕
  [seu-keu-rin] 〈screen〉

活用關鍵字 可用表格中的部分字彙替換

1. 중요한 보고서를 발표하다
   發表一份重要的報告 → A

2. 패션 스타일리스트
   時尚造型師 → B

3. 유머 개회사
   幽默的開幕詞 → C

4. 마이크를 들다
   拿著麥克風 → D

單複數

한 문방구점
一家文具店

두 문방구점
兩家文具店

A | What
在文具店做什麼？

- 닫다 [dat-tta] 關上
- 수집하다 收集
  [su-ji-pa-da] 〈收集 -〉
- 자르다 剪；割
  [ja-reu-da]
- 그리다 畫
  [geu-ri-da]
- 측정하다 量
  [cheuk-jjeong-ha-da] 〈測定 -〉
- 펴다 [pyeo-da] 翻開
- 박이다 固定；釘住
  [ba-gi-da]
- 다 써버리다 用完
  [da sseo-beo-ri-da]
- 낙서하다 亂畫
  [nak-sseo-ha-da] 〈落書 -〉
- 냄새를 맡다 聞
  [naem-sae-reul mat-tta]
- 붙이다 黏貼，張貼
  [bu-chi-da]
- 재고보충 補貨
  [jae-go-bo-chung] 〈在庫補充〉
- 치우다 拿掉
  [chi-u-da]
- 쓰다 [sseu-da] 寫字
- 고르다 挑選
  [go-reu-da]

B | Something
在文具店有什麼？

- 컴퍼스 圓規
  [keom-peo-seu] 〈compass〉
- 수정액 修正液
  [su-jeong-aek] 〈修正液〉
- 지우개 橡皮擦
  [ji-u-gae]
- 플 [peul] 膠水
- 편지지 便條紙
  [pyeon-ji-ji] 〈便紙紙〉
- 클립 迴紋針
  [keul-lip] 〈clip〉
- 포스트잇 便利貼
  [po-seu-teu-it] 〈Post-it〉
- 자 [ja] 尺 〈尺〉
- 가위 [ga-wi] 剪刀
- 스테이플러 釘書機
  [seu-te-i-peul-leo] 〈stapler〉
- 테이프 膠帶
  [te-i-peu] 〈tape〉
- 압정 圖釘
  [ap-jjeong] 〈押釘〉
- 칼 [kal] 美工刀
- 사무용품 辦公用品
  [sa-mu-yong-pum] 〈事務用品〉
- 견출지 標籤紙
  [gyeon-chul-ji] 〈見出紙〉

同義字
문구점
文具店

| C | How
如何形容文具用品？

- **수용성** 水性的
  [su-yong-seong] 〈水溶性〉

- **섬세하다** 精美的
  [seom-se-ha-da] 〈纖細 -〉

- **향기롭다** 芳香的
  [hyang-gi-rop-tta] 〈香氣 -〉

- **유용하다** 好用的
  [yu-yong-ha-da] 〈有用 -〉

- **다채롭다** 多色的
  [da-chae-rop-tta] 〈多彩 -〉

- **유성의** 油性的
  [yu-seong-ui] 〈油性 -〉

- **리필하다** 可更換筆芯的
  [ri-pil-ha-da] 〈refill-〉

| D | What Kind
筆有哪些種類？

- **볼펜** 原子筆
  [bol-pen] 〈ball pen〉

- **만년필** 鋼筆
  [man-nyeon-pil] 〈萬年筆〉

- **현광필** 螢光筆
  [hyeon-gwang-pil] 〈炫光筆〉

- **마커 펜** 奇異筆
  [ma-keo pen] 〈marker pen〉

- **샤프펜슬** 自動鉛筆
  [sya-peu-pen-seul]
  〈sharp pencil〉

- **연필깎이** 削鉛筆機
  [yeon-pil-kka-kki] 〈鉛筆 -〉

- **연필** 鉛筆
  [yeon-pil] 〈鉛筆〉

活用關鍵字 可用表格中的部分字彙替換

1. 공고문을 올리다
   張貼告示 → A

2. 클립으로 영수증을 매다
   用迴紋針夾住收據 → B

3. 리필할 수 있는 볼펜
   可更換筆芯的原子筆 → C

4. 만년필로 서명하다
   用鋼筆簽字 → D

版本

◆ 페이퍼백
　平裝版
◆ 양장본
　精裝版

伸縮筆

◆ 펜 끝을 내밀다
　伸出筆頭
◆ 펜 끝을 집어치우다
　收起筆頭

文件

◆ 문서를 정리하다
　整理文件
◆ 문서를 묶다
　裝訂文件

1 能不能請你推薦…?
能不能請你推薦好看的小說?
재미있는 소설을 좀 추천해 주실래요?

공상 과학 소설 好看的 科幻系列小說	재미있는 이야기 그림책 有趣的 故事繪本	최근의 베스트셀러 最近的 暢銷書
관찮은 여행책 不錯的旅遊書	도움이 되는 여행 안내서 有用的 旅遊指南	의미 깊은 장편 소설 有深度的 長篇小說

2 我的字用…寫看起來比較好看。
我的字用鉛筆寫看起來比較好看。
제 글씨를 연필로 쓰는 게 보기 더 좋습니다.

푸른 잉크 펜 藍色墨水的筆	만년필 自來水筆	심이 가는 펜 極細字筆

3 我都用…的筆記本來做筆記。
我都用螺線型的筆記本來做筆記。
제가 나선형 공책으로 노트를 적습니다.

A4 용지 A4 紙張	루스 리프 活頁式	선을 긋지 않다 沒有格線

相關字

원예 용품점
園藝中心

원예학
園藝學

| A | **What**
  在園藝區做什麼？

- 꽃이 피다 開花
  [kko-chi pi-da]

- 꽃이 지다 花謝
  [kko-chi ji-da]

- 재배하다 種植
  [jae-bae-ha-da] 〈栽培 -〉

- 파다 [pa-da] 挖

- 나다 [na-da] 散發

- 시들다 凋謝
  [si-deul-tta]

- 번창하다 茂盛，繁茂
  [beon-chang-ha-da] 〈繁昌 -〉

- 자라다 種植
  [ja-ra-da]

- 따다 [tta-da] 採；摘

- 심다 [sim-da] 種植

- 갈퀴다 耙
  [gal-kwi-tta]

- 씨를 뿌리다 播種
  [ssi-reul ppu-ri-da]

- 빨아들이다 吸收
  [ppa-ra-deu-ri-da]

- 물을 주다 澆水
  [mu-reul jju-da]

- 시들다 枯萎
  [si-deul-tta]

| B | **What Kind**
  在園藝區有哪些植物？

- 부겐빌레아 九重葛
  [bu-gen-bil-le-a]
  〈bougainvillea〉

- 버터플라이 난초 蝴蝶蘭
  [beo-teo-peul-la-i nan-cho]
  〈butterfly 蘭草〉

- 선인장 仙人掌
  [seo-nin-jang] 〈仙人掌〉

- 동백나무 山茶花
  [dong-baeng-na-mu] 〈冬柏 -〉

- 달리아 大理花
  [dal-li-a] 〈dahlia〉

- 물망초 勿忘我
  [mul-mang-cho] 〈勿忘草〉

- 재스민 茉莉花
  [jae-seu-min] 〈jasmine〉

- 나팔꽃 牽牛花
  [na-pal-kkot] 〈喇叭 -〉

- 수선화 水仙花
  [su-seon-hwa] 〈水仙花〉

- 난초 蘭花
  [nan-cho] 〈蘭草〉

- 삼색제비꽃 三色菫
  [sam-saek-jje-bi-kkot]
  〈三色 -〉

- 모란 牡丹
  [mo-ran] 〈牡丹〉

種類
과일과 야채 정원
果菜園

c	**Who** 在園藝區有誰？	D	**Something** 在園藝區有什麼？

- 나이 드신 분 長者
  [na-i deu-sin bun]

- 플로어리스트 花商；花匠
  [peul-lo-eo-ri-seu-teu]〈florist〉

- 디자이너 設計師
  [di-ja-i-neo]〈designer〉

- 정원사 園丁
  [jeong-won-sa]〈庭園師〉

- 가정주부 家庭主婦
  [ga-jeong-ju-bu]〈家庭主婦〉

- 풍경디자이너 景觀設計師
  [pung-gyeong-di-ja-i-neo]
  〈風景 designer〉

- 동호인 同好者
  [dong-ho-in]〈同好人〉

- 비료 肥料
  [bi-ryo]〈肥料〉

- 화초 클리퍼 花剪
  [hwa-cho keul-li-peo]
  〈花草 clippers〉

- 화분 花盆
  [hwa-bun]〈花盆〉

- 살충제 殺蟲劑
  [sal-chung-jje]〈殺蟲劑〉

- 갈퀴 [gal-kwi] 耙子

- 종자 種子
  [jong-ja]〈種子〉

- 삽 [sap] 鏟子

- 살수 장치 灑水器
  [sal-ssu jang-chi]〈灑水裝置〉

活用關鍵字 可用表格中的部分字彙替換

1. 꽃과 채소를 자라다
   種植鮮花和蔬菜 → A

2. 재스민의 향기
   茉莉花的香氣 → B

3. 전문적인 플로어리스트
   專業的花匠 → C

4. 각각 다른 씨앗
   不同種類的種子 → D

34 꽃가게 花店 | ❷ 花藝區

相關字

화훼디자인
花卉設計

꽃꽂이
插花

| A | **What**
在花藝區做什麼？

| B | **Where**
在花藝區的哪裡？

- 흡수하다 吸收
  [heup-ssu-ha-da] 〈吸收 -〉

- 첨가하다 添加
  [cheom-ga-ha-da] 〈添加 -〉

- 꽃꽂이를 하다 插花
  [kkot-kko-ji-reul ha-da]

- 꽃이 피다 開花
  [kko-chi pi-da]

- 바꾸다 更換
  [ba-kku-da]

- 끼우다 插入
  [kki-u-da]

- 주문하다 訂購
  [ju-mun-ha-da] 〈注文 -〉

- 지키다 維持
  [ji-ki-da]

- 치우다 清除，移除
  [chi-u-da]

- 자르다 剪去
  · [ja-reu-da]

- 뿌리다 噴灑；澆水
  [ppu-ri-da]

- 다듬다 修剪
  [da-deum-da]

- 포장하다 包裝
  [po-jang-ha-da] 〈包裝 -〉

- 아지랑이 꽃 滿天星
  [a-ji-rang-i kkot]

- 캘러 海芋
  [kael-leo] 〈calla〉

- 카네이션 康乃馨
  [ka-ne-i-syeon] 〈carnation〉

- 국화 菊花
  [gu-kwa] 〈菊花〉

- 데이지 꽃 雛菊
  [de-i-ji kkot] 〈daisy〉

- 히아신스 風信子
  [hi-a-sin-seu] 〈hyacinth〉

- 붓꽃 [but-kkot] 鳶尾花

- 재스민 茉莉
  [jae-seu-min] 〈jasmine〉

- 백합 百合
  [bae-kap] 〈百合〉

- 마거리트 瑪格麗特
  [ma-geo-ri-teu] 〈marguerite

- 장미 (꽃) 玫瑰
  [jang-mi(kkot)] 〈薔薇〉

- 해바라기 向日葵
  [hae-ba-ra-gi]

- 튤립 鬱金香
  [tyul-lip] 〈tulip〉

- 제비꽃 紫羅蘭
  [je-bi-kkot]

340

화초 재배법
花卉園藝學

| C | **How**
如何形容花藝區？

- 예쁘다 美麗的
  [ye-ppeu-da]

- 생생하다 新鮮的
  [saeng-saeng-ha-da] 〈生生 -〉

- 냄새가 나다 芬芳的
  [naem-sae-ga na-da]

- 냄새가 없다 無香味的
  [naem-sae-ga eop-tta]

- 계절적이다 季節性的
  [gye-jeol-jeo-gi-da] 〈季節的 -〉

- 현란하다 艷麗的
  [hyeol-lan-ha-da] 〈絢爛 -〉

- 간단하다 簡單的
  [gan-dan-ha-da] 〈簡單 -〉

| D | **Something**
在花藝區有什麼？

- 조화 假花
  [jo-hwa] 〈造花〉

- 바구니 [ba-gu-ni] 花籃

- 꽃다발 花束；捧花
  [kkot-tta-bal]

- 셀로판 玻璃紙
  [sel-lo-pan] 〈cellophane〉

- 주름 종이 皺紋紙
  [ju-reum jong-i]

- 깎다 [kkak-tta] 花剪

- 화환 花環
  [hwa-hwan] 〈花環〉

- 리본 緞帶
  [ri-bon] 〈ribbon〉

活用關鍵字 可用表格中的部分字彙替換

1. 줄기를 자르다
   剪去花莖 → A

2. 장미꽃의 수요량을 폭발적으로 증가하다
   玫瑰的需求量暴增 → B

3. 화려한 꽃
   艷麗的花朵 → C

4. 주름 종이로 선물을 싸다
   用皺紋紙包裝禮物 → D

凋零

◆ 진 꽃
凋謝的花
◆ 시든 꽃
枯萎的花

土壤

◆ 갈퀴질을 하다
耙土
◆ 굳은 땅을 부드럽게 고르다
鬆土

花束

◆ 결혼식 꽃다발
婚禮捧花
◆ 장미 한 다발
一束玫瑰花

1 我想訂…。
我想訂一束紫羅蘭。
제가 바이올렛 꽃다발을 주문하려고 합니다.

장미 한 다발 一束玫瑰	튜울립 한 다발 一束鬱金香	난초 한 화분 一盆蘭花
수국 한 화분 一盆繡球花	꽃 바구니 두 개 兩個花籃	화환 스무 개 二十個花環

2 請幫我用…和一些滿天星配一束花。
請幫我用紅玫瑰和一些滿天星配一束花。
빨간 장미와 안개꽃을 섞어서 꽃다발을 만들어 주세요.

데이지 꽃들 一些雛菊	흰 백합 스무 송이 二十朵白色的百合	파란 장미 스무 송이 二十朵藍玫瑰

3 你們能…送一束紫羅蘭到這個地址嗎?
你們能在今天下午送一束紫羅蘭到這個地址嗎?
오늘 오후까지 이 주소로 자주색 꽃다발을 배달해 주실 수 있습니까?

내일 아침에 在明天早上	삼일 이내에 在三天內	즉시 立刻

單複數

한 침실가구

一件臥室用品

A | What
在臥室用品區做什麼？

- 닫다 [dat-tta] 關上
- 만지다 用觸覺感覺
  [man-ji-da]
- 뒤집다 翻；瀏覽
  [dwi-jip-tta]
- 일어나다 站起來
  [i-reo-na-da]
- 눕다 [nup-tta] 躺
- 측정하다 測量
  [cheuk-jjeong-ha-da] 〈測定 -〉
- 열다 [yeol-da] 打開
- 두드리다 拍
  [du-deu-ri-da]
- 당기다 拉出
  [dang-gi-da]
- 밀다 [mil-da] 推入
- 앉다 [an-da] 坐
- 맡다 [mat-tta] 聞
- 손을 대다 摸
  [so-neul ttae-da]
- 문의하다 詢問
  [mu-nui-ha-da] 〈問議 -〉
- 설명하다 說明
  [seol-myeong-ha-da] 〈說明 -〉
- 주문하다 訂購
  [ju-mun-ha-da] 〈注文 -〉

B | What Kind
有哪些臥室用品？

- 침대 덮개 床單
  [chim-dae deop-kkae] 〈寢臺 -〉
- 담요 毛毯
  [dam-nyo] 〈- 毯〉
- 이불 [i-bul] 棉被
- 더블베드 雙人床
  [deo-beul-ppe-deu]
  〈double bed〉
- 이불보 被套
  [i-bul-bo] 〈- 褓〉
- 침대 아래 시트 床包
  [chim-dae a-rae si-teu]
  〈寢臺 -sheet〉
- 플로어 스탠드 立燈
  [peul-lo-eo seu-taen-deu]
  〈floor lamp〉
- 매트리스 床墊
  [mae-teu-ri-seu] 〈mattress〉
- 베갯잇 枕頭套
  [be-gae-sit]
- 베개 [be-gae] 枕頭
- 일인용침대 單人床
  [i-ri-nyong chim-dae]
  〈1 人用寢臺〉
- 벽등 壁燈
  [byeok-tteung] 〈壁燈〉
- 옷장 衣櫃
  [ot-jjang] 〈- 欌〉

두 침실가구
兩件臥室用品

| C | How
如何形容臥室用品？

- 아름답다 漂亮的
  [a-reum-dap-tta]

- 편하다 舒服的
  [pyeon-ha-da] 〈便 -〉

- 오래가다 耐用的
  [o-rae-ga-da]

- 단단하다 堅固的；硬的
  [dan-dan-ha-da]

- 보송보송하다 鬆軟的
  [bo-song-bo-song-ha-da]

- 간단하다 簡單的
  [gan-dan-ha-da] 〈簡單 -〉

- 부드럽다 柔軟的
  [bu-deu-reop-tta]

- 두껍다 厚的
  [du-kkeop-tta]

| D | Something
在臥室用品區有什麼？

- 알람 시계 鬧鐘
  [al-lam si-gye] 〈alarm 時計〉

- 옷걸이 掛衣架
  [ot-kkeo-ri]

- 걸이 [geo-ri] 掛勾

- 전등갓 燈罩
  [jeon-deung-gat] 〈電燈 -〉

- 거울 鏡子
  [geo-ul]

- 침실용 탁자 床邊桌
  [chim-si-ryong tak-jja]
  〈寢室用卓子〉

- 화장대 梳妝臺
  [hwa-jang-dae] 〈化妝台〉

- 커튼 窗簾
  [keo-teun] 〈curtain〉

活用關鍵字 可用表格中的部分字彙替換

1. 서랍을 당기다
   拉出抽屜 → A

2. 플로어 램프를 켜다
   打開立燈 → B

3. 편한 매트리스
   舒服的床墊 → C

4. 코트를 옷걸이에 걸다
   把外套掛在掛衣架上 → D

相關字

욕실 비품
浴廁用品

욕실 비품
浴廁用品

| A | **What**
在浴廁用品區做什麼？

- 붙이다 固定
  [bu-chi-da]

- 닫다 [dat-tta] 關上

- 고려하다 考慮
  [go-ryeo-ha-da] 〈考慮 -〉

- 설치하다 安裝
  [seol-chi-ha-da] 〈設置 -〉

- 옮기다 搬動；移動
  [om-gi-da]

- 필요하다 需要
  [pi-ryo-ha-da] 〈必要 -〉

- 제공하다 提供
  [je-gong-ha-da] 〈提供 -〉

- 닦기 [dak-kki] 擦亮

- 당기다 拉
  [dang-gi-da]

- 교체하다 替換
  [gyo-che-ha-da] 〈交替 -〉

- 고르다 挑選
  [go-reu-da]

- 밟다 [bap-da] 踩，踏

- 만지다 摸
  [man-ji-da]

- 측정하다 測量
  [cheuk-jjeong-ha-da] 〈測定 -〉

| B | **What Kind**
浴廁有哪些配備？

- 욕실 선반 浴室層架
  [yok-ssil seon-ban] 〈浴室 -〉

- 욕조 浴缸
  [yok-jjo] 〈浴槽〉

- 샤워 헤드 蓮蓬頭
  [sya-wo he-deu]
  〈shower head〉

- 샤워커튼 浴簾
  [sya-wo-keo-teun]
  〈shower curtain〉

- 꼭지 [kkok-jji] 水龍頭

- 세면대 洗臉檯
  [se-myeon-dae] 〈洗面臺〉

- 소형 캐비닛 小型置物架
  [so-hyeong kae-bi-nit]
  〈小型 cabinet〉

- 싱크 洗臉台
  [sing-keu] 〈sink〉

- 화장지 걸이 衛生紙架
  [hwa-jang-ji geo-ri] 〈化粧紙 -〉

- 변기 馬桶
  [byeon-gi] 〈便器〉

- 변기커버 馬桶蓋
  [byeon-gi-keo-beo]
  〈便器 covet〉

- 수건걸이 毛巾架
  [su-geon-geo-ri] 〈手巾 -〉

욕실 장식
浴廁裝飾品

| C | **How**
如何形容浴廁用品？

- 조정식 可調式
  [jo-jeong-sik] 〈調整式〉

- 모서리각식 牆角式
  [mo-seo-ri-gak-ssik] 〈- 角式〉

- 오래가다 耐用的
  [o-rae-ga-da]

- 다기능 多功能
  [da-gi-neung] 〈多機能〉

- 선택적이다 選購的
  [seon-taek-jjeo-gi-da]
  〈選擇的 -〉

- 간단하다 簡單的
  [gan-dan-ha-da] 〈簡單 -〉

- 벽에 고정되다 掛在牆上
  [byeo-ge go-jeong-doe-da]
  〈壁 - 固定〉

| D | **Something**
在浴廁用品區有什麼？

- 화장복 浴袍
  [hwa-jang-bok] 〈化粧服〉

- 욕실 양탄자 地墊
  [yok-ssil yang-tan-ja]
  〈浴室洋 -〉

- 빨래 바구니 洗衣籃
  [ppal-lae ba-gu-ni]

- 비누대 皂盤
  [bi-nu-dae] 〈- 臺〉

- 칫솔통 牙刷架
  [chit-ssol-tong] 〈- 桶〉

- 수건 毛巾；浴巾
  [su-geon] 〈手巾〉

- 양치질컵 漱口杯
  [yang-chi-jil-keop] 〈養齒 -cup〉

活用關鍵字 可用表格中的部分字彙替換

1. 싱크를 장치하다
   安裝洗臉台 → A

2. 자동 센서 수도꼭지
   自動感應式的水龍頭 → B

3. 다기능 샤워 헤드
   多功能的蓮蓬頭 → C

4. 수건으로 그녀의 머리를 감싸다
   用毛巾把她的頭髮包起來 → D

相關字

거실 용품
客廳用品

| A | **What**
在客廳用品區做什麼？

- 체크하다 檢查
  [che-keu-ha-da]〈check-〉

- 확인하다 確認
  [hwa-gin-ha-da]〈確認 -〉

- 고려하다 考量
  [go-ryeo-ha-da]〈考慮 -〉

- 느끼다 感覺
  [neu-kki-da]

- 포함하다 包含
  [po-ham-ha-da]〈包含 -〉

- 묻다 詢問
  [mut-tta]

- 보이다 看；看起來
  [bo-i-da]

- 풀다 鬆開
  [peul-tta]

- 맞다 符合（標準）
  [mat-tta]

- 치우다 移開
  [chi-u-da]

- ～에 앉다 坐在…上面
  [~e an-da]

- 만지다 觸摸
  [man-ji-da]

- 해 보다 試用
  [hae bo-da]

- 흔들리다 搖晃
  [heun-deul-li-da]

| B | **Where**
在客廳用品區的哪裡？

- 안락의자 扶手椅
  [al-la-gui-ja]〈安樂椅子〉

- 책장 書櫃
  [chaek-jjang]〈冊 -〉

- 긴 의자 躺椅，睡椅
  [gin ui-ja]〈- 椅子〉

- 커피 테이블 茶几
  [keo-pi te-i-beul]
  〈coffee table〉

- 발판 腳凳
  [bal-pan]〈- 板〉

- 주류 진열장 酒櫃
  [ju-ryu ji-nyeol-jang]
  〈酒類陳列場〉

- 선반 層架
  [seon-ban]

- 사이드 테이블 邊桌
  [sa-i-deu te-i-beul]
  〈side table〉

- 사이드보드 側邊櫃；矮櫃
  [sa-i-deu-bo-deu]〈sideboard〉

- 소파 沙發
  [so-pa]〈sofa〉

- 텔레비전 캐비닛 電視櫃
  [tel-le-bi-jeon kae-bi-nit]
  〈television cabinet〉

- 음향 音響
  [eum-hyang]〈音響〉

거실진설용품
客廳陳設品

C	**Who** 在客廳用品區有誰？	D	**Something?** 在客廳用品區有什麼？

● 손님 [son-nim] 客人	● 카펫 地毯 [ka-pet] 〈carpet〉
● 부부 夫妻 [bu-bu] 〈夫婦〉	● 시계 鐘 [si-gye] 〈時計〉
● 실내 장식가 室內裝潢師 [sil-lae jang-sik-kka] 〈室內裝飾師〉	● 커튼 窗簾 [keo-teun] 〈curtain〉
● 가구 디자이너 傢俱設計師 [ga-gu di-ja-i-neo] 〈傢俱 designer〉	● 쿠션 坐墊 [ku-syeon] 〈cushion〉
● 실내 디자이너 室內設計師 〈室內 designer〉 [sil-lae di-ja-i-neo]	● 깔개 小地毯 [kkal-kkae]
● 신혼부부 新婚夫妻 [sin-hon-bu-bu] 〈新婚夫婦〉	● 장의자덮개 椅套 [jang-ui-ja-deop-kkae] 〈長椅子 -〉
● 판매원 售貨員 [pan-mae-won] 〈販賣員〉	● 장식용 쿠션 抱枕 [jang-si-gyong ku-syeon] 〈裝飾用 cushion〉

活用關鍵字 可用表格中的部分字彙替換

1. 소파에 앉다
   坐在長沙發上 → A
2. 주류 진열장이 무너져 내리다
   酒櫃倒下來 → B
3. 유명한 인테리어 디자이너
   著名的室內設計師 → C
4. 섬세한 자수의 소파 커버
   有精緻刺繡的沙發套 → D

同義字

주방용품
廚房用品

부엌 세간
廚房用品

| A | **What**
在廚房用品區做什麼？

- 닫다 關上；蓋上
  [dat-tta]

- 떨어지다 掉落
  [tteo-reo-ji-da]

- 설명하다 解釋
  [seol-myeong-ha-da] 〈說明 -〉

- 보증하다 保證
  [bo-jeung-ha-da] 〈保證 -〉

- 유지하다 保養
  [yu-ji-ha-da] 〈維持 -〉

- 열다 [yeol-da] 打開

- 제공하다 提供
  [je-gong-ha-da] 〈提供 -〉

- 만족하다 滿足
  [man-jo-ka-da] 〈滿足 -〉

- 아끼다 節省
  [a-kki-da]

- 닦다 擦洗（餐具）
  [dak-tta]

- 보여 주다 示範
  [bo-yeo ju-da]

- 박살나다 打破
  [bak-ssal-la-da]

- 따로따로 分開；拆開
  [tta-ro-tta-ro]

- 돌리다 翻轉；轉動
  [dol-li-da]

| B | **Where**
在廚房用品區的哪裡？

- 도마 [do-ma] 砧板

- 취사도구 炊具
  [chwi-sa-do-gu] 〈炊事道具〉

- 구이 팬 烤盤
  [gu-i paen] 〈-pan〉

- 프라이팬 平底鍋
  [peu-ra-i-paen] 〈frying pan〉

- 그릴팬 燒烤平底鍋
  [geu-ril-paen] 〈grill pan〉

- 뚜껑 [ttu-kkeong] 鍋蓋

- 주걱 [ju-geok] 鍋鏟

- 카운터 톱 流理台
  [ka-un-teo top] 〈counter top〉

- 음식 운반용 카트 餐車
  [eum-sik un-ba-nyong ka-teu]
  〈飲食運返用 cart〉

- 나이프 刀
  [na-i-peu] 〈knife〉

- 만능 칼 萬用刀
  [man-neung kal] 〈萬能 -〉

- 과도 蔬果刀
  [gwa-do] 〈果刀〉

- 사이드보드 餐具櫃
  [sa-i-deu-bo-deu]
  〈sideboard〉

- 믹서 攪拌器
  [mik-sseo] 〈mixer〉

부엌용 가구
廚房傢俱

| C | *How*
如何形容廚房用品？

- 뭉툭하다 鈍的
  [mung-tu-ka-da]

- 내구하다 耐用的
  [nae-gu-ha-da] 〈耐久 -〉

- 정교하다 精緻的
  [jeong-gyo-ha-da] 〈精巧 -〉

- 테플론 프라이팬
  [te-peul-lon peu-ra-i-paen]
  不沾鍋 〈teflon frying pan〉

- 특허권 專利的
  [teu-keo-gwon] 〈特許權〉

- 날카롭다 銳利的
  [nal-ka-rop-tta]

- 독특하다 獨特的
  [dok-teu-ka-da] 〈獨特 -〉

| D | *Something?*
在廚房用品區有什麼？

- 병따개 開瓶器
  [byeong-tta-gae] 〈瓶〉

- 깡통따개 開罐器
  [kkang-tong-tta-gae] 〈桶 -〉

- 체 [che] 濾水籃

- 강판 磨碎器
  [gang-pan] 〈薑板〉

- 계량 컵 量杯
  [gye-ryang keop] 〈計量 cup〉

- 믹싱 볼 食材攪拌碗
  [mik-ssing bol] 〈mixing bowl〉

- 필러 削皮器
  [pil-leo] 〈peeler〉

- 식기 餐具
  [sik-kki] 〈食器〉

活用關鍵字 可用表格中的部分字彙替換

1. 접시를 깨다
   打破盤子 → A
2. 칼을 갈다
   磨刀 → B
3. 튼튼한 프라이팬
   耐用的平底鍋 → C
4. 벽에 고정돼 있는 병따개
   固定在牆上的開瓶器 → D

351

單複數

한 디아이와이 구역
一個DIY區

두 디아이와이 구역
兩個DIY區

| A | **What**
在 DIY 區做什麼？

- 조립하다 組裝
  [jo-ri-pa-da] 〈組立 -〉

- 포함하다 包含
  [po-ham-ha-da.] 〈包含 -〉

- 드릴하다 鑽孔
  [deu-ril-ha-da] 〈drill-〉

- 망치로 치다 用槌子敲打
  [mang-chi-ro chi-da]

- 치다 [chi-da] 敲打

- 설명하다 說明
  [seol-myeong-ha-da] 〈說明 -〉

- 연결하다 連接
  [yeon-gyeol-ha-da] 〈連接 -〉

- 풀어지다 使…變鬆
  [pu-reo-ji-da]

- 옮기다 移動
  [om-gi-da]

- 못으로 고정하다
  [mo-seu-ro go-jeong-ha-da]
  把…釘牢 〈- 固定 -〉

- 나사를 조이다 旋緊
  [na-sa-reul jjo-i-da] 〈螺絲 -〉

- 치다 [chi-da] 敲擊

- 가지고 가다 拿
  [ga-ji-go ga-da]

- 조여지다 使…變緊
  [jo-yeo-ji-da]

| B | **What Kind**
在 DIY 區有哪些用具？

- 방호장비 防護裝備
  [bang-ho-jang-bi] 〈防護裝備〉

- 장갑 手套
  [jang-gap] 〈掌匣〉

- 마스크 面罩
  [ma-seu-keu] 〈mask〉

- 공구 상자 工具箱
  [gong-gu sang-ja] 〈工具箱子〉

- 앨런 볼트 六角螺絲
  [ael-leon bol-teu]
  〈Allen bolt〉

- 렌치 形扳手
  [ren-chi] 〈wrench〉

- 십자 드라이버
  [sip-jja deu-ra-i-beo]
  十字螺絲起子 〈十字 driver〉

- 일자 드라이버
  [il-ja deu-ra-i-beo]
  一字螺絲起子 〈一字 driver〉

- 망치 鐵鎚
  [mang-chi]

- 톱 [top] 鋸子

- 나사 볼트 螺栓
  [na-sa bol-teu] 〈螺絲 bolt〉

- 나사 너트 螺帽
  [na-sa neo-teu] 〈螺絲 nut〉

- 나사 돌리개 螺旋扳手
  [na-sa dol-li-gae] 〈螺絲 -〉

相關字

셀프조립 구역
自行組裝區

| C | How
如何形容 DIY 區的東西？

- 결함이 있다 有瑕疵的
  [gyeol-ha-mi it-tta] 〈缺陷 -〉

- 방진의 防塵的
  [bang-ji-nui] 〈防塵 -〉

- 고정되다 固定式的
  [go-jeong-doe-da] 〈固定 -〉

- 모듈식의 組合式的
  [mo-dyul-si-gui]
  〈modular 式〉

- 움직이다 移動式的
  [um-ji-gi-da]

- 조립식 拆裝式的
  [jo-rip-ssik] 〈組立式〉

- 떼어낼 수 있다 可拆裝的
  [tte-eo-nael su it-tta]

| D | Something
在 DIY 區有什麼？

- 기본 구성 요소 基本元件
  [gi-bon gu-seong yo-so]
  〈基本構成要素〉

- 기부 底座
  [gi-bu] 〈基部〉

- 손잡이 把手；柄
  [son-ja-bi]

- 선반널 層板
  [seon-ban-neol]

- 매뉴얼 使用手冊
  [mae-nyu-eol] 〈manual〉

- 작업대 工作台
  [ja-geop-ttae] 〈作業臺〉

- 드릴 電鑽
  [deu-ril] 〈drill〉

活用關鍵字　可用表格中的部分字彙替換

1. 못을 쳐 박다
   敲打釘子 → A

2. 자신을 보호하기 위해 장갑을 끼다
   戴上手套以保護你自己 → B

3. 모듈식 가구
   組合式的家具 → C

4. 받침대를 제거하다
   移除底座 → D

單複數

한 배달 구역
一個配送區

두 배달 구역
兩個配送區

| A | **What**
在配送區做什麼？

- 마련하다 安排
  [ma-ryeon-ha-da]

- 조립하다 組裝
  [jo-ri-pa-da] 〈組立 -〉

- 깨어지다 弄破；弄壞
  [kkae-eo-ji-da]

- 나르다 提；搬
  [na-reu-da]

- 자르다 切；剪
  [ja-reu-da]

- 운송하다 運送
  [un-song-ha-da] 〈運送 -〉

- 매이다 繫牢
  [mae-i-da]

- 작성하다 填表
  [jak-sseong-ha-da] 〈作成 -〉

- 설치하다 安裝
  [seol-chi-ha-da] 〈設置 -〉

- 포장하다 包裝
  [po-jang-ha-da] 〈包裝 -〉

- 붙이다 貼
  [bu-chi-da]

- 보호하다 保護
  [bo-ho-ha-da] 〈保護 -〉

- 봉하다 封
  [bong-ha-da] 〈封 -〉

- 싸다 包裝
  [ssa-da]

| B | **Where**
在配送區的哪裡？

- 조립운송카운터
  [jo-rip un-song-ka-un-teo]
  運送組裝櫃台
  〈組立運送 counter〉

- 배달 서비스 運送服務
  [bae-dal sseo-bi-seu]
  〈配達 service〉

- 현장 설치 서비스
  [hyeon-jang seol-chi seo-bi-seu]
  〈現場設置 service〉

- 포장 카운터 包裝櫃台
  [po-jang ka-un-teo]
  〈包裝 counter〉

- 테이프 膠帶
  [te-i-peu] 〈tape〉

- 판지 상자 紙箱
  [pan-ji sang-ja] 〈板紙箱子〉

- 칼 [kal] 美工刀

- 풀 [pul] 膠水

- 가위 [ga-wi] 剪刀

- 끈 [kkeun] 細繩

- 테이프커터 膠布切割器
  [te-i-peu-keo-teo]
  〈tape cutter〉

- 포장지 包裝紙
  [po-jang-ji] 〈包裝紙〉

- 포장기 包裝機
  [po-jang-gi] 〈包裝機〉

354

同義字

배송구역
配送區

| C | *How*
如何形容配送區的東西？

- 약속되다 約定的
  [yak-ssok-ttoe-da] 〈約束 -〉
- 붐비다 擁擠的
  [bum-bi-da]
- 쉽게 부서지다 易碎的
  [swip-kke bu-seo-ji-da]
- 길다 [gil-da] 長的
- 헐겁다 鬆開的
  [heol-geop-tta]
- 거대하다 大型的
  [geo-dae-ha-da] 〈巨大 -〉
- 작다 [jak-tta] 小型的
- 끼다 [kki-da] 緊的

| D | *Something?*
在配送區有什麼？

- 상품 商品
  [sang-pum] 〈商品〉
- 배달료 運送費
  [bae-dal-lyo] 〈配達料〉
- 출하인수증 出貨單
  [chul-ha-in-su-jeung]
  〈出荷引受証〉
- 설치료 安裝費
  [seol-chi-ryo] 〈設置料〉
- 오더 訂單
  [o-deo] 〈order〉
- 쇼핑 리스트 採購清單
  [syo-ping ri-seu-teu]
  〈shopping list〉

活用關鍵字 可用表格中的部分字彙替換

1. 책상을 들다
   搬書桌 → A
2. 한 테이프
   一捲膠帶 → B
3. 부서지기 쉬운 물건
   易碎的物品 → C
4. 설치 비용은 포함되지 않다
   不包含安裝費 → D

355

材質

◆ 보푸라기 없는 천
不易起毛球的**布料**

◆ 항 알레르기 침구
抗過敏的**寢具**

包裝方式

◆ 버블 랩으로 유리 컵을 감싸다
用**泡泡袋包裝玻璃杯**

◆ 상자 주위에 끈으로 감싸다
用細繩**纏繞箱子**

電鑽

◆ 드릴을 확고히 잡다
抓穩**電鑽**

◆ 나무에 구멍을 뚫다
在木頭上鑽一個洞

1 可以麻煩你把⋯拿給我嗎?
可以麻煩你把鐵鎚拿給我嗎?
저에게 망치를 좀 주실래요 ?

십자 드라이버	일자 드라이버	L 형 렌치
十字螺絲釘	一字螺絲起子	L 型扳手

테이프커터	칼	가위
膠布切割器	美工刀	剪刀

2 我希望你們將⋯送到我家。
我希望你們將這張床送到我家。
이 침대는 우리 집에 보내면 좋겠어요 .

이 매트리스	이 옷장	이 소파 세트
這張床墊	這個衣櫃	這組沙發

3 你們昨天送來的書櫃⋯,請更換一個。
你們昨天送來的書櫃是壞掉的,請更換一個。
**어제 보낸 책장은 고장난 것고 다른 것을 좀 바꿔
주세요 .**

색깔이 잘못 나오다	좀금 손상되었다	흠집이 많이 있다
顏色不對	有點損傷	有很多刮痕

357

單複數

한 현상소
一家沖印行

두 현상소
兩家沖印行

| A | *What*
在沖印行做什麼？

- 복사 影印；複製
  [bok-ssa] 〈複寫〉

- 주문 제작하다 訂製
  [ju-mun je-ja-ka-da]
  〈注文製作 -〉

- 현상하다 沖印
  [hyeon-sang-ha-da] 〈顯像 -〉

- 확대되다 放大
  [hwak-ttae-doe-da] 〈擴大 -〉

- 라미네이팅 護貝
  [ra-mi-ne-i-ting] 〈laminating〉

- 사진을 찍다 拍照
  [sa-ji-neul jjik-tta] 〈寫真 -〉

- 프린트를 하다 沖印
  [peu-rin-teu-reul ha-da] 〈print-〉

- 수정하다 修圖
  [su-jeong-ha-da] 〈修訂 -〉

- 되감다 回捲
  [doe-gam-da]

- 축소하다 把…縮小
  [chuk-sso-ha-da] 〈縮小 -〉

- 찍다 [jjik-tta] 拍照

- 미소 짓다 微笑
  [mi-so jit-tta] 〈微笑 -〉

- 만들다 製做
  [man-deul-tta]

| B | *Where*
在沖印行的哪裡？

- 카운터 櫃檯
  [ka-un-teo] 〈counter〉

- 일회용 카메라 即可拍
  [il-hoe-yong ka-me-ra]
  〈一回用 camera〉

- 필름 底片
  [pil-leum] 〈film〉

- 종이 재단기 裁刀
  [jong-i jae-dan-gi] 〈- 裁斷機〉

- 폴라로이드 拍立得相機
  [pol-la-ro-i-deu] 〈Polaroid〉

- 암실 暗房
  [am-sil] 〈暗房〉

- 현상액 顯影劑
  [hyeon-sang-aek] 〈顯像液〉

- 사진 원지 相紙
  [sa-jin won-ji] 〈寫真原紙〉

- 복사기 影印機
  [bok-ssa-gi] 〈複寫機〉

- 스튜디오 攝影棚
  [seu-tyu-di-o] 〈stdio〉

- 배경 종이 背景紙
  [bae-gyeong jong-i] 〈背景 -〉

- 촬영 우산 控光傘
  [chwa-ryeong u-san]
  〈攝影雨傘〉

類義字

사지관
照相館

디지털 미니랩
數位沖印行

| C | How
如何形容沖印行的東西？

- 윤이 나다 光面的
  [yu-ni na-da]〈潤 -〉

- 무광의 霧面的
  [mu-gwang-ui]〈無光 -〉

- 중등의 中等的
  [jung-deung-ui]〈中等 -〉

- 노출 과도의 過度曝光的
  [no-chul gwa-do-ui]
  〈露出過度 -〉

- 기준 標準的
  [gi-jun]〈基準〉

- 노출 부족의 曝光不足的
  [no-chul bu-jo-gui]〈露出不足 -〉

- 모호하다 模糊的
  [mo-ho-ha-da]〈模糊 -〉

| D | Something
在沖印行有什麼？

- 배터리 電池
  [bae-teo-ri]〈battery〉

- 주문형 제품 客製化商品
  [ju-mun-hyeong je-pum]
  〈注文型製品〉

- 달력 月曆
  [dal-lyeok]〈- 曆〉

- 머그 馬克杯
  [meo-geu]〈mug〉

- 스티커 貼紙
  [seu-ti-keo]〈sticker〉

- 사진첩 相簿
  [sa-jin-cheop]〈寫真貼〉

- 액자 相框
  [aek-jja]〈額子 -〉

活用關鍵字 可用表格中的部分字彙替換

1. 사진을 현상하다
   沖印照片 → A

2. 한정판 폴라로이드
   限量的拍立得相機 → B

3. 표준의 여권 사진 크기
   標準的護照照片尺寸 → C

4. 달력을 만들다
   訂做月曆 → D

37 세탁소 洗衣店

單複數

한 세탁소
一家洗衣店

두 세탁소
兩家洗衣店

A | What
在洗衣店做什麼？

- 표백하다 漂白
  [pyo-bae-ka-da] 〈漂白 -〉

- 양달건조하다 曬乾
  [yang-dal-kkeon-jo-ha-da]
  〈陽 - 乾燥 -〉

- 색깔이 바래다 褪色
  [saek-kka-riba-rae-da]

- 걸리다 吊；掛
  [geol-li-da]

- 넣다 將衣物放入 (洗衣機)
  [neo-ta]

- 다리다 熨平；燙平
  [da-ri-da]

- 씻어 내다 去掉
  [ssi-seo nae-da]

- 줄어들다 縮水
  [ju-reo-deul-tta]

- 담그다 浸泡
  [dam-geu-da]

- 분류하다 分類
  [bul-ryu-ha-da] 〈分類 -〉

- 풀을 먹이다 上漿
  [pu-reul meo-gi-da]

- 빨래하다 洗
  [ppal-lae-ha-da]

- 줄을 서서 기다리다
  [ju-reul sseo-seo gi-da-ri-da]
  排除等候

B | What Kind
在洗衣店有哪些器具？

- 의류 포장 기계
  [ui-ryu po-jang gi-gye]
  衣物包裝機
  〈衣料包裝機械〉

- 잔돈 교환기 兌幣機
  [jan-don gyo-hwan-gi]
  〈- 交換機〉

- 드라이클리닝 기계 乾洗機
  [deu-ra-i-keul-li-ning gi-gye]
  〈dry cleaning 機械〉

- 건조기 乾衣機
  [geon-jo-gi] 〈乾燥機〉

- 평철 燙衣機
  [pyeong-cheol] 〈平鐵〉

- 아이론 보드 燙馬
  [a-i-ron bo-deu] 〈iron board〉

- 다리미 熨斗
  [da-ri-mi]

- 비누가루 판매기
  [bi-nu-ga-ru pan-mae-gi]
  洗衣粉販賣機 〈- 販賣機〉

- 세제 洗衣粉
  [se-je] 〈洗劑〉

- 탈수기 脫水機
  [tal-ssu-gi] 〈脫水機〉

- 얼룩 제거제 去污劑
  [eol-luk je-geo-je] 〈- 除去劑〉

- 세탁기 洗衣機
  [se-tak-kki] 〈洗濯機〉

種類

드라이클리닝
乾洗店

동전 투입식 전기세탁기
投幣式自助洗衣店

C | How
如何形容洗衣店的東西？

- 화려한 빛깔의 亮色的
  [hwa-ryeo-han bit-kka-rui]
  〈華麗 -〉

- 깨끗하다 乾淨的
  [kkae-kkeu-ta-da]

- 다채롭다 顏色鮮豔的
  [da-chae-rop-tta] 〈多彩 -〉

- 어둡다 深色的；暗色的
  [eo-dup-tta]

- 더럽다 骯髒的
  [deo-reop-tta]

- 얼룩이 묻다 沾有污漬的
  [eol-lu-gi mut-tta]

- 주름이 있다 皺的
  [ju-reu-mi it-tta]

D | Something
在洗衣店有什麼？

- 표백제 漂白劑
  [pyo-baek-jje] 〈漂白劑〉

- 섬유 유연제 衣物柔軟劑
  [seo-myu yu-yeon-je]
  〈纖維柔軟劑〉

- 옷걸이 衣架
  [ot-kkeo-ri]

- 세탁망 洗衣網
  [se-tang-mang] 〈洗濯網〉

- 액체 세제 液體洗衣劑
  [aek-che se-je] 〈液體洗劑〉

- 플라스틱 필름 塑膠膜
  [peul-la-seu-tik pil-leum]
  〈plastic film〉

- 가루세제 粉末洗衣劑
  [ga-ru-se-je] 〈- 洗劑〉

活用關鍵字 可用表格中的部分字彙替換

1. 더러운 옷을 적신다
   浸泡髒衣服 → A

2. 세탁기에 빨래를 넣다
   將衣物放進洗衣機 → B

3. 더러운 옷과 투쟁하다
   與骯髒的衣服對抗 → C

4. 표백제를 좀 더 추가하다
   加一些漂白劑 → D

38 안경점 眼鏡行

單複數

한 안경점
一間眼鏡行

두 안경점
兩間眼鏡行

| A | What
在眼鏡行做什麼？

- 조정하다 調整
  [jo-jeong-ha-da] 〈調整 -〉
- 조립하다 組裝
  [jo-ri-pa-da] 〈組立 -〉
- 깨끗하다 清潔
  [kkae-kkeu-ta-da]
- 발견하다 查出
  [bal-kkyeon-ha-da] 〈發現 -〉
- 진단하다 診斷
  [jin-dan-ha-da] 〈診斷 -〉
- 식별하다 分辨，識別
  [sik-ppyeol-ha-da.] 〈識別 -〉
- 드릴하다 鑽孔
  [deu-ril-ha-da] 〈drill-〉
- 떨어지다 滴（眼藥水）
  [tteo-reo-ji-da]
- 조사하다 細查
  [jo-sa-ha-da] 〈調查 -〉
- 검사하다 檢查
  [geom-sa-ha-da] 〈檢查 -〉
- 측정하다 測量
  [cheuk-jjeong-ha-da] 〈測定 -〉
- 테스트하다 測驗
  [te-seu-teu-ha-da] 〈test-〉
- 써 보다 試戴
  [sseo bo-da]
- 쓰다 戴（眼鏡或隱形眼鏡）
  [sseu-da]

| B | Something
在眼鏡行有什麼？

- 콘택트렌즈 隱形眼鏡
  [kon-taek-teu-ren-jeu]
  〈contact lens〉
- 컬러드 콘택트 렌즈
  [keol-leo-deu kon-taek-teu ren-jeu] 角膜變色片
  〈colored contact lens〉
- 일회용 콘택트 렌즈
  [il-hoe-yong kon-taek-teu ren-jeu] 拋棄式隱形眼鏡
  〈一回用 contact lens〉
- 안경테 鏡框
  [an-gyeong-te] 〈眼鏡 -〉
- 플라스틱 프레임
  [peul-la-seu-tik peu-re-im]
  塑膠鏡框 〈plastic frame〉
- 금속 프레임 金屬鏡框
  [geum-sok peu-re-im]
  〈金屬 frame〉
- 안경 眼鏡
  [an-gyeong] 〈眼鏡〉
- 선글라스 太陽眼鏡
  [seon-geul-la-seu]
  〈sunglasses〉
- 안경 케이스 眼鏡盒
  [an-gyeong ke-i-seu]
  〈眼鏡 case〉
- 렌즈 커버 隱形眼鏡盒
  [ren-jeu keo-beo]
  〈lens cover〉

同義字

안경류 가게
眼鏡店

| C | **Who**
在眼鏡行有誰？

- 출납원 出納員
  [chul-la-bwon] 〈出納員〉

- 원시자 遠視者
  [won-si-ja] 〈遠視者〉

- 근시자 近視者
  [geun-si-ja] 〈近視者〉

- 안과 의사 眼科醫師
  [an-gwa ui-sa] 〈眼科醫師〉

- 안경사 配鏡師
  [an-gyeong-sa] 〈眼鏡士〉

- 검안사 驗光師
  [geo-man-sa] 〈檢眼師〉

- 판매원 銷售員
  [pan-mae-won] 〈販賣員〉

- 점장 店長
  [jeom-jang] 〈店長〉

| D | **Where**
在眼鏡行的哪裡？

- 카운터 디스플레이
  [ka-un-teo di-seu-peul-le-i]
  展示櫃 〈display counter〉

- 렌즈 용액 隱形眼鏡藥水
  [ren-jeu yong-aek] 〈lens 溶液〉

- 식염수 生理食鹽水
  [si-gyeom-su] 〈食鹽水〉

- 거울 [geo-ul] 鏡子

- 시력 검사표 視力檢查表
  [si-ryeok geom-sa-pyo]
  〈視力檢查表〉

- 쇼윈도 櫥窗
  [syo-win-do] 〈show window〉

- 특매품 特價品
  [teung-mae-pum] 〈特賣品〉

活用關鍵字 可用表格中的部分字彙替換

1. 안경을 조립하다
   組裝眼鏡 → A

2. 오랫동안 콘택트렌즈를 끼다
   長時間配戴隱形眼鏡 → B

3. 인증에 통과하는 안경사
   通過認證的配鏡師 → C

4. 거울 좀 보다
   看鏡子 → D

照相

- 상반신 사진을 찍다
  拍張半身照
- 얼굴 사진을 찍다
  拍張大頭照

相機 底片

- 필름을 넣다
  裝底片
- 필름을 꺼내다
  拿出底片

注意 事項

只可用不含氯漂白劑

不可脫水

- 비 염소 표백제만 사용할 수 있다
  只可用不含氯漂白劑
- 탈수하면 안 되다
  不可脫水

1 可以麻煩你幫我…？
可以麻煩你幫我沖洗這張照片嗎？
좀 사진을 현상해 주실 수 있겠습니까 ?

사진을 확대하다 放大照片	사진 디브이디 를 만들다 製作相片光碟	이 사진을 합판하다 護貝這張照片

2 我有些衣服要…。
我有些衣服要洗。
제가 많은 옷을 빨래해야 합니다 .

다리다 燙	드라이클리 닝하다 乾洗	풀을 먹이다 上漿
표백하다 漂洗	효소 세탁하다 酵素洗	화학적인 세탁하다 化學洗

3 你們有哪些…樣式？
你們有哪些流行眼鏡樣式？
어떤 종류의 패션 글라스를 가지고 있습니까 ?

테 없는 안경 無框眼鏡	금속 프레임 안경 金屬框眼鏡	클립온 선글라스 附活動式太陽鏡片 的眼鏡

單複數

한 시계점
一家鐘錶行

두 시계점
兩家鐘錶行

| A | What
在鐘錶行做什麼？

- 조정하다 調整
  [jo-jeong-ha-da] 〈調整 -〉

- 바꾸다 更換
  [ba-kku-da]

- 설명하다 說明
  [seol-myeong-ha-da] 〈說明 -〉

- 수리하다 修理
  [su-ri-ha-da] 〈修理 -〉

- 빠르게 맞추다
  [ppa-reu-ge mat-chu-da]
  （錶）走得太快

- 계속하다 維持
  [gye-so-ka-da] 〈繼續 -〉

- 느리게 맞추다
  [neu-ri-ge mat-chu-da]
  （錶）走得太慢

- 윤이 내다 擦亮
  [yu-ni nae-da] 〈潤 -〉

- 수리하다 修理
  [su-ri-ha-da] 〈修理 -〉

- 설정하다 設定
  [seol-jeong-ha-da] 〈設定 -〉

- 휙 움직이다 擺盪
  [hwik um-ji-gi-da]

- 감다 [gam-da] 上發條

- 포장하다 把…包起來
  [po-jang-ha-da] 〈包裝 -〉

| B | What Kind
有哪些種類的鐘錶？

- 자명종 鬧鐘
  [ja-myeong-jong] 〈自鳴鐘〉

- 천문 시계 天文錶
  [ja-myeong-jong] 〈天文時計〉

- 공예 시계 工藝鐘
  [gong-ye si-gye] 〈工藝時計〉

- 탁상시계 座鐘
  [tak-ssang-si-gye] 〈卓上時計〉

- 디지털 시계 數字錶
  [di-ji-teol si-gye] 〈digital 時計〉

- 잠수 시계 潛水錶
  [jam-su si-gye] 〈潛水時計〉

- 대형 괘종 시계
  [dae-hyeong gwae-jong si-gye]
  落地大擺鐘 〈大型掛鐘時計〉

- 기계식 손목시계 機械錶
  [gi-gye-sik son-mok-ssi-gye]
  〈機械式時計〉

- 회중 시계 懷錶
  [hoe-jung si-gye] 〈懷中時計〉

- 수정 시계 石英錶
  [su-jeong si-gye] 〈水晶時計〉

- 스포츠 시계 運動錶
  [seu-po-cheu si-gye]
  〈sport 時計〉

- 팔목시계 腕錶
  [pal-mok-ssi-gye] 〈- 時計〉

同義字

시계방

鐘錶店

| C | How
如何形容鐘錶？

- 항자성의 防磁的
  [hang-ja-seong-ui] 〈抗磁性 -〉

- 전자의 電子的
  [jeon-ja-ui] 〈電子 -〉

- 고품질의 高品質的
  [go-pum-ji-rui] 〈高品質 -〉

- 신모델의 新款的
  [sin-mo-de-rui] 〈新 model-〉

- 정확하다 準確的
  [jeong-hwa-ka-da] 〈精確 -〉

- 합리적인 價錢合理的
  [ham-ni-jeo-gin] 〈合理的 -〉

- 녹 방지 防鏽的
  [nok bang-ji] 〈- 防止〉

- 방수의 防水的
  [bang-su-ui] 〈防水 -〉

| D | Something
在鐘錶行有什麼？

- 배터리 電池
  [bae-teo-ri] 〈battery〉

- 시계 장치 發條裝置
  [si-gye jang-chi] 〈時計裝置〉

- 문자반 錶面，鐘面
  [mun-ja-ban] 〈文字盤〉

- 눈금 [nun-geum] 刻度

- 시계줄 錶帶
  [si-gye-jul] 〈時計 -〉

- 시계버클 錶扣
  [si-gye-beo-keul] 〈時計 buckle〉

- 시계 케이스 錶殼
  [si-gye ke-i-seu] 〈時計 case〉

- 손목시계 手錶
  [son-mok-ssi-gye] 〈- 時計〉

活用關鍵字 　可用表格中的部分字彙替換

1. 시계를 조정하다
   調整手錶 → A

2. 골동품 포켓 시계를 수집하다
   收集古董懷錶 → B

3. 방수 시계를 차는 것에 익숙해지다
   習慣戴防水的手錶 → C

4. 배터리를 바꾸다
   更換電池 → D

單複數
한 악기점
一家樂器行

| A | **What**
在樂器行做什麼？

| B | **Something**
在樂器行有什麼？

- 치다 [chi-da] 打鼓

- 기울다 傾斜
  [gi-ul-da]

- 유지하다 保養
  [yu-ji-ha-da] 〈維持 -〉

- 연주하다 演奏
  [yeon-ju-ha-da] 〈演奏 -〉

- 연습하다 練習
  [yeon-seu-pa-da] 〈練習 -〉

- 녹음하다 錄音
  [no-geum-ha-da] 〈錄音 -〉

- 리허설을 하다 排演
  [no-geum-ha-da] 〈rehearse-〉

- 렌트하다 出租
  [ren-teu-ha-da] 〈rent-〉

- 수리하다 修理
  [su-ri-ha-da] 〈修理 -〉

- 일정 預定時間
  [il-jeong] 〈日程〉

- 팔리다 銷售
  [pal-li-da]

- 노래하다 唱歌
  [no-rae-ha-da]

- 가르치다 教學
  [ga-reu-chi-da]

- 음을 맞추다 調音；定弦
  [eu-meul mat-chu-da] 〈音 -〉

- 아코디언 手風琴
  [a-ko-di-eon] 〈accordion〉

- 첼로 大提琴
  [chel-lo] 〈cello〉

- 클라리넷 單簧管
  [keul-la-ri-net] 〈clarinet〉

- 플루트 長笛
  [peul-lu-teu] 〈flute〉

- 기타 [gi-ta] 吉他 〈guitar〉

- 하모니카 口琴
  [ha-mo-ni-ka] 〈harmonica〉

- 오보에 雙簧管
  [o-bo-e] 〈oboe〉

- 오르간 管風琴
  [o-reu-gan] 〈organ〉

- 팬파이프 排笛
  [paen-pa-i-peu] 〈panpipe〉

- 피아노 鋼琴
  [pi-a-no] 〈piano〉

- 색소폰 薩克斯風
  [saek-sso-pon] 〈saxophone〉

- 팀파니 定音鼓
  [tim-pa-ni] 〈timpani〉

- 트럼펫 小號
  [teu-reom-pet] 〈trumpet〉

- 바이올린 小提琴
  [ba-i-ol-lin] 〈violin〉

두 악기 가게
兩家樂器行

C | Who
在樂器行有誰?

- 고수 鼓手
  [go-su] 〈鼓手〉

- 기타 연주자 吉他手
  [gi-ta yeon-ju-ja]
  〈guitar 演奏者〉

- 음악교사 音樂老師
  [eu-mak-kkyo-sa] 〈音樂教師〉

- 피아니스트 鋼琴家
  [pi-a-ni-seu-teu] 〈pianist〉

- 트럼펫 연주자 喇叭手
  [teu-reom-pet yeon-ju-ja]
  〈trumpeter 演奏者〉

- 조율사 調音師
  [jo-yul-sa] 〈調律師〉

- 바이올린 연주자 小提琴手
  [ba-i-ol-lin yeon-ju-ja]
  〈violin 演奏者〉

D | Where
在樂器行的哪裡?

- 밴드 리허설 실 練團室
  [baen-deu ri-heo-seol sil]
  〈band rehearse 室〉

- 드럼 세트 爵士鼓
  [deu-reom se-teu] 〈drum set〉

- 전기 기타 電吉他
  [jeon-gi gi-ta] 〈電氣 guitar〉

- 키보드 鍵盤樂器
  [ki-bo-deu] 〈keyboard〉

- 악보대 樂譜架
  [ak-ppo-dae] 〈樂譜臺〉

- 전시장 陳列區
  [jeon-si-jang] 〈展示場〉

- 피아노방 琴室
  [pi-a-no-bang] 〈piano 房〉

活用關鍵字 可用表格中的部分字彙替換

1. 기타를 어떻게 치는지 가르쳐 주다
   教導如何彈吉他 → A
2. 바이올린은 현악기의 한 가지이다
   小提琴是一種弦樂器 → B
3. 음악 선생님에게 문의하다
   請教一位音樂老師 → C
4. 피아노 방에서 연습하다
   在琴室練習 → D

單複數

한 공예품점
一間手工藝品店

두 공예품점
兩間手工藝品店

A What
在手工藝品店做什麼？

- 배렬하다 排列
  [bae-ryeol-ha-da] 〈排列 -〉

- 완성하다 完成
  [wan-seong-ha-da] 〈完成 -〉

- 창조하다 創造
  [chang-jo-ha-da] 〈創造 -〉

- 자르다 剪
  [ja-reu-da]

- 디자인하다 設計
  [di-ja-in-ha-da] 〈design-〉

- 수를 놓다 繡（花紋）
  [su-reul no-ta]

- 꾸미다 裝飾
  [kku-mi-da]

- 붙이다 黏
  [bu-chi-da]

- 뜨다 編織
  [tteu-da]

- 만들다 製作
  [man-deul-tta]

- 바느질하다 縫
  [ba-neu-jil-ha-da]

- 짜다 [jja-da] 織

- 고치다 修補
  [go-chi-da]

- 깁다 補綴（物品）
  [gip-tta]

B Something
在手工藝品店有什麼？

- 재료 材料
  [jae-ryo] 〈材料〉

- 구슬 [gu-seul] 珠子

- 매듭 [mae-deup] 繩結

- 가죽 끈 皮繩
  [ga-juk kkeun]

- 펜던트 墜飾
  [pen-deon-teu] 〈pendant〉

- 라인스톤 水鑽
  [ra-in-seu-ton] 〈rhinestone〉

- 리본 緞帶
  [ri-bon] 〈ribbon〉

- 스팽글 亮片
  [seu-paeng-geul] 〈sequin〉

- 줄 [jul] 細線

- 털실 [teol-sil] 毛線

- 도구 工具
  [do-gu] 〈道具〉

- 코바늘 鉤針
  [ko-ba-neul]

- 뜨개질바늘 棒針
  [ko-ba-neul]

- 펜치 老虎鉗
  [pen-chi] 〈pincers〉

- 소재 素材
  [so-jae] 〈素材〉

- 솜 [som] 棉花

相關字

공예품 전시회
手工藝品市集

| c | How
如何形容手工藝品？

- 귀엽다 可愛的
  [gwi-yeop-tta]

- 투박하다 粗糙的
  [tu-ba-ka-da]

- 정치하다 精緻的
  [jeong-chi-ha-da] 〈精緻 -〉

- 정교하다 精美的
  [jeong-gyo-ha-da] 〈精巧 -〉

- 수제의 手工的
  [su-je-ui] 〈手制〉

- 소박하다 素的
  [so-ba-ka-da] 〈素朴 -〉

- 빛나다 發亮的
  [bin-na-da]

- 특별하다 特別
  [teuk-ppyeol-ha-da] 〈特別 -〉

| D | What Kind
有哪些手工藝品？

- 발찌 [bal-jji] 腳錬

- 장식용 수술 穗帶
  [jang-si-gyong su-sul]
  〈裝飾用繡 -〉

- 팔지 [pal-jji] 手錬；腕帶

- 귀고리 耳環
  [gwi-go-ri]

- 핸드폰용 케이스 手機套
  [haen-deu-po-nyong ke-i-seu]
  〈handphone 用 case〉

- 휴대폰 스트랩 手機吊飾
  [hyu-dae-pon seu-teu-raep]
  〈handphone strap〉

- 목걸리 項錬
  [mok-kkeol-li]

- 목도리 圍巾
  [mok-tto-ri]

活用關鍵字 可用表格中的部分字彙替換

1. 목도리를 뜨다
   織一條圍巾 → A
2. 구슬을 첨가하다
   加上一些珠子 → B
3. 섬세한 작품
   精緻的作品 → C
4. 이 목걸이를 해도 될까요?
   我可以試戴一下這條項錬嗎？ → D

時間

……九點整

◆ 오분 더 빨라요
  快五分鐘
◆ 오분 더 느려요
  慢五分鐘

彈鋼琴

◆ 댐퍼 페달을 밟다
  踩在延音踏板上
◆ 약음 페달을 놓아 주다
  放掉柔音踏板

手工藝

◆ 구슬을 붙이다
  黏上一些珠子
◆ 둥근 금속편을 바느질하다
  縫上一些亮片

1 …要多少錢？
新的電池**要多少錢**？
새로운 배터리가 얼마입니까？

새로운 시계 유리	새로운 시계 밴드	시계를 수리하다
新的錶面玻璃	新的錶帶	修理手錶

2 他正在調整…的琴弦張力。
他正在調整吉他的琴弦張力。
그는 기타의 텐션을 조정하고 있습니다 .

하프	바이올린	베이스
豎琴	小提琴	低音吉他

3 …要花多久時間？
做一個手機套**要花多久時間**？
핸드폰용 케이스를 하나 만들려면 **얼마나 걸려요 ?**

목도리를 뜨다	팔찌를 만들다	발찌 꿰다
織圍巾	做手鍊	串腳鍊

單複數

한 여행사
一家旅行社

두 여행사
兩家旅行社

A | What
在旅行社做什麼？

- 마련하다 安排
  [ma-ryeon-ha-da]

- 신청하다 申請
  [sin-cheong-ha-da] 〈申請 -〉

- 예약하다 預訂
  [ye-ya-ka-da] 〈預約 -〉

- 취소하다 取消
  [chwi-so-ha-da] 〈取消 -〉

- 유료 收費
  [yu-ryo] 〈有料〉

- 제외하다 不含
  [je-oe-ha-da] 〈除外 -〉

- 작성하다 填表
  [jak-sseong-ha-da] 〈作成 -〉

- 포함하다 包含
  [po-ham-ha-da] 〈包含 -〉

- 참여하다 參加
  [cha-myeo-ha-da] 〈參與 -〉

- 계획을 세우다 規劃
  [gye-hoe-geul sse-u-da] 〈計畫 -〉

- 홍보하다 推銷
  [hong-bo-ha-da] 〈弘報 -〉

- 받다 [bat-tta] 收到

- 환불하다 退款
  [hwan-bul-ha-da] 〈還拂 -〉

- 예약하다 預訂
  [ye-ya-ka-da] 〈預約 -〉

B | Something
在旅行社有什麼？

- 신청서 申請書
  [sin-cheong-seo] 〈申請書〉

- 책자 小冊子
  [chaek-jja] 〈冊子〉

- 숙소 住宿
  [suk-sso] 〈宿所〉

- 여행 일정 旅行日程
  [yeo-haeng il-jeong] 〈旅行日程〉

- 노선 路線
  [no-seon] 〈路線〉

- 여행 안내서 旅遊指南
  [yeo-haeng an-nae-seo]
  〈旅行案內書〉

- 패키지여행 套裝行程
  [pae-ki-ji-yeo-haeng]
  〈package 旅行〉

- 국내 여행 國內旅行
  [gung-nae yeo-haeng]
  〈國內旅行〉

- 단체 여행 團體旅遊
  [dan-che yeo-haeng] 〈團體旅遊〉

- 해외 여행 海外旅行
  [hae-oe yeo-haeng] 〈海外旅行〉

- 여권 護照
  [yeo-gwon] 〈旅券〉

- 여행 요금 團費
  [yeo-haeng yo-geum]
  〈旅行料金〉

種類

현지 여행사	다국적 여행사
當地旅行社	跨國旅行社

| c | *Who*
在旅行社有誰?

- 사업가 商務人士
  [sa-eop-kka] 〈事業家〉

- 개별여행객 自由行的遊客
  [gae-byeo-ryeo-haeng-gaek]
  〈個別旅行客〉

- 현지 안내원 地陪
  [hyeon-ji an-nae-won]
  〈現地案內員〉

- 세일즈맨 業務
  [se-il-jeu-maen] 〈saleman〉

- 관광객 觀光客
  [gwan-gwang-gaek] 〈觀光客〉

- 여행 안내원 領隊
  [yeo-haeng an-nae-won]
  〈旅行案內員〉

- 여행 가이드 導遊
  [yeo-haeng ga-i-deu]
  〈旅行 guide〉

| D | *How*
如何形容旅行社的人與物?

- 경험이 있다 有經驗的
  [gyeong-heo-mi it-tta] 〈經驗-〉

- 가외의 額外的;外加的
  [ga-oe-ui] 〈加外-〉

- 고가의 高價的
  [go-ga-ui] 〈高價-〉

- 깊이 [gi-pi] 深度的

- 싸다 [ssa-da] 便宜的

- 저가의 低價的
  [jeo-ga-ui] 〈低價-〉

- 인기있다 熱門的
  [in-gi-it-tta] 〈人氣-〉

- 가치있다 有價值的
  [ga-chi-it-tta] 〈價值-〉

- 친철하다 親切的
  [chin-cheol-ha-da] 〈親切-〉

活用關鍵字 可用表格中的部分字彙替換

1. 패키지관광을 예약하다
   預訂一個套裝行程 → A

2. 숙소를 예약하다
   安排住宿 → B

3. 여행가이드한테 티켓을 받다
   從導遊那裡拿到機票 → C

4. 인기있는 패키지여행
   熱門的的套裝行程 → D

43 장난감 가게 玩具店

單複數

한 장난감 가게
一間玩具店

두 장난감 가게
兩間玩具店

A | What 在玩具店做什麼？

- 조립하다 組裝
  [jo-ri-pa-da] 〈組立 -〉

- 검사하다 檢測
  [geom-sa-ha-da] 〈檢查 -〉

- 망설이다 猶豫
  [mang-seo-ri-da]

- 잡다 [jap-tta] 拿著

- 돌아보다 到處看看
  [do-ra-bo-da]

- 떨어뜨리다 降價
  [tteo-reo-tteu-ri-da]

- 놀다 [nol-da] 玩

- 사다 [sa-da] 買

- 제자리에 갖다 놓다
  [je-ja-ri-e gat-tta no-ta]
  放回原處

- 달래다 哄，安撫
  [dal-lae-da]

- 검사하다 測試
  [geom-sa-ha-da] 〈檢查 -〉

- 열다 [yeol-da] 打開

- 팔다 [pal-tta] 出售

- 포장하다 包裝
  [po-jang-ha-da] 〈包裝 -〉

- 선물하다 送禮
  [seon-mul-ha-da] 〈膳物 -〉

B | Something 在玩具店有什麼？

- 캐릭터 인형 人形玩偶
  [kae-rik-teo in-hyeong]
  〈character 人形〉

- 바비 인형 芭比娃娃
  [ba-bi in-hyeong]
  〈Barbie 人形〉

- 덩어리 積木
  [deong-eo-ri]

- 인형 洋娃娃
  [in-hyeong] 〈人形〉

- 봉제완구 填充玩具
  [bong-je-wan-gu] 〈縫製玩具〉

- 레고 樂高組合玩具
  [re-go] 〈Lego〉

- 한정판 장난감 限量版玩具
  [han-jeong-pan jang-nan-gam]
  〈限量版 -〉

- 모노폴리 大富翁
  [mo-no-pol-li] 〈monopoly〉

- 제어 자동차 遙控車
  [je-eo ja-dong-cha]
  〈制馭自動車〉

- 로봇 機器人
  [ro-bot] 〈robot〉

- 테디 베어 泰迪熊
  [te-di be-eo] 〈teddy bear〉

- 요요 溜溜球
  [yo-yo] 〈yo-yo〉

種類

아기 장난감 가게
嬰兒玩具專賣店

애완동물 장난감 가게
寵物玩具專賣店

| C | How
如何形容到玩具店的人?

- 궁금하다 好奇的
  [gung-geum-ha-da]

- 간절히 바라다 渴望的
  [gan-jeol-hi ba-ra-da] 〈懇切-〉

- 신나다 興奮的
  [sin-na-da]

- 기쁘다 高興的
  [gi-ppeu-da]

- 흥분하다 情緒高昂的
  [heung-bun-ha-da] 〈興奮-〉

- 기쁘다 歡樂的
  [gi-ppeu-da]

- 놀라다 驚奇的
  [nol-la-da]

- 기대하다 期待
  [gi-dae-ha-da] 〈期待-〉

| D | Where
在玩具店的哪裡?

- 계산대 結帳櫃檯
  [gye-san-dae] 〈計算臺〉

- 쇼윈도우 店櫥窗
  [syo-win-do-u] 〈shop window〉

- 장난감 상자 玩具箱
  [jang-nan-gam sang-ja] 〈-箱子〉

- 장난감 전시 선반
  [jang-nan-gam jeon-si seon-ban]
  玩具展示櫃 〈- 展示 -〉

- 플라스틱수납함
  [peul-la-seu-tik-ssu-na-pam]
  塑膠收納箱 〈plastic 收納箱〉

- 프리스쿨 장난감
  [peu-ri-seu-kul jang-nan-gam]
  學齡前玩具 〈preschool-〉

活用關鍵字 │ 可用表格中的部分字彙替換

1. 장난감로봇을 조립하다
   組裝玩具機器人 → A

2. 한정품 장난감을 수집하다
   收藏限量版玩具 → B

3. 새 장난감 갖기를 열망하다
   渴望得到新玩具 → C

4. 유아완구 제조업자
   學齡前玩具的製造商 → D

44 보석점 珠寶店

單複數

한 보석점
一間珠寶店

두 보석점
兩間珠寶店

<table>
<tr><th>A | What
在珠寶店做什麼？</th><th>B | Where
在珠寶店的哪裡？</th></tr>
</table>

- 고치다 修改
  [go-chi-da]

- 디자인하다 設計
  [di-ja-in-ha-da] 〈design-〉

- 반짝반짝 빛나다
  [ban-jjak-ppan-jjak bin-na-da]
  閃耀著光芒

- 응시하다 盯著看
  [sseul eung-si-ha-da] 〈凝視 -〉

- 추천하다 推薦
  [chu-cheon-ha-da] 〈推薦 -〉

- 원위치로 되돌리다 放回
  [wo-nwi-chi-ro doe-dol-li-da]
  〈原位置 -〉

- 뜯어내다 剝削
  [tteu-deo-nae-da]

- 도둑질하다 搶劫
  [do-duk-jjil-ha-da]

- 들치기 偽裝成顧客偷竊
  [deul-chi-kki]

- 껴 보다 試戴
  [kkyeo bo-da]

- 포장하다 包裝
  [po-jang-ha-da] 〈包裝 -〉

- 바가지를 쓰다 被敲竹槓
  [ba-ga-ji-reul sseu-da]

- 보석상자 珠寶盒
  [bo-seok-ssang-ja] 〈寶石箱子〉

- 보석 전시대 珠寶展示台
  [bo-seok jeon-si-dae]
  〈寶石展示台〉

- 할로겐 램프 鹵素燈
  [hal-lo-gen raem-peu]
  〈halogen lamp〉

- 루페 珠寶放大鏡
  [ru-pe] 〈loupe〉

- 쇼우 케이스 照明展示櫃
  [syo-u ke-i-seu] 〈showcase〉

- 보안 장치 防盜系統
  [bo-an jang-chi] 〈保安裝置〉

- 상품 진열창 店櫥窗
  [sang-pum ji-nyeol-chang]
  〈商品陳列窗〉

- 작업대 工作台
  [ja-geop-ttae] 〈作業臺〉

- 황금 검정기
  [hwang-geum geom-jeong-gi]
  黃金檢驗工具 〈黃金檢定器〉

- 견본 樣品
  [gyeon-bon] 〈見本〉

- 자동문 自動門
  [ja-dong-mun] 〈自動門〉

相關字
손으로 만든 보석
手工訂做珠寶

| C | **Who**
在珠寶店有誰？

- 업체 유력 인사 企業大亨
  [eop-che yu-ryeok in-sa]
  〈業體有力人士〉

- 주얼리 디자이너
  [ju-eol-li di-ja-i-neo]
  珠寶設計師
  〈jewelry designer〉

- 연인 情侶
  [yeo-nin]〈戀人〉

- 경비원 保全人員
  [gyeong-bi-won]〈警備員〉

- 점포장 店經理
  [jeom-po-jang]〈店舖長〉

- 사기꾼 騙子
  [sa-gi-kkun]

- 부자 有錢人
  [bu-ja]〈富者〉

| D | **Something**
在珠寶店有什麼？

- 다이아몬드링 鑽石戒指
  [da-i-a-mon-deu-ring]
  〈diamond ring〉

- 귀고리 耳環
  [gwi-go-ri]

- 가공한 보석〈加工 - 寶石〉
  [ga-gong-han bo-seok]
  切割琢磨過的寶石

- 명작 經典作品
  [myeong-jak]〈名作〉

- 구매증명 購買證明
  [gu-mae-jeung-myeong]
  〈購買證明〉

- 유행을 타지 않는
  상품 長年不敗款
  [yu-haeng-eul ta-ji an-neun-
  sang-pum]〈流行 - 商品〉

活用關鍵字 可用表格中的部分字彙替換

1. 스타일을 추천하다
   推薦款式 → A
2. 아름다운 나무 보석 상자
   精美的木製珠寶盒 → B
3. 말을 번드르르하게 하는 사기꾼
   花言巧語的騙子 → C
4. 펜던트를 고르다
   選擇寶石墜飾 → D

機票種類

- 왕복표
  來回**機票**
- 논스톱 티켓
  直飛**機票**

珠寶

- 한 목걸이를 주문 제작하다
  訂做**一條項鍊**
- 다이아몬드 일 캐럿
  一克拉**的鑽石**

預算

- 내 예산내
  在我**預算內**
- 내 예산을 맞추다
  合乎**我的預算**

1 團費有包含…嗎?
團費有包含住宿嗎?
숙박료가 여행 요금에 포함됩니까?

세 끼 三餐	비행기표 機票	사증료 簽證費
여행 상해 보험 旅行平安險	항공이용권 機場服務費	연료 추가 요금 航空燃油附加費

2 那個小男孩最後挑了…。
那個小男孩最後挑了遙控汽車。
그 남자 아이가 마침내 리모콘 자동차를 골랐습니다.

장난감 병정 玩具兵	철도 모형 火車模型	루빅큐브 魔術方塊

3 鑽石的價格取決於…。
鑽石的價格取決於尺寸。
다이아몬드의 가격은 그 크기에 의해 결정됩니다.

컷 切工	품질 品質	투명도 清澈度

45 액세서리 숍 飾品店

單複數

한 액세서리 숍
一間飾品店

두 액세서리 숍
兩間飾品店

A | What 在飾品店做什麼？

- 묶다 紮，綁（髮）
  [muk-tta]

- 땋다 [tta-da] 編（髮）

- 버클로 잠그다 扣住，扣緊
  [beo-keul-lo jam-geu-da]

- 단추를 달다 扣鈕釦
  [dan-chu-reul ttal-tta]

- 끼우다 夾上，別上
  [kki-u-da]

- 전시하다 展示
  [jeon-si-ha-da] 〈展示 -〉

- 매다 [mae-da] 繫上

- 걸다 [geol-da] 掛

- 뚫다 穿（耳洞）
  [ttul-ta]

- 꿰다 串（珠子）
  [kkwe-da]

- 해 보다 試戴
  [hae bo-da]

- 지퍼를 열다 拉開…的拉鍊
  [ji-peo-reul yeol-da] 〈zipper-〉

- 쓰다, 하다 佩帶（飾品等）
  [sseu-da, ha-da]

- 풀다 鬆開（飾品等）
  [pul-da]

- 빼다 拿下（飾品等）
  [ppae-da]

B | Something 在飾品店有什麼？

- 머리핀 髮夾
  [meo-ri-pin] 〈-pin〉

- 허리띠 皮帶
  [heo-ri-tti]

- 나비 넥타이 領結
  [na-bi nek-ta-i] 〈-necktie〉

- 브로치 胸針
  [beu-ro-chi] 〈brooch〉

- 장갑 手套
  [jang-gap] 〈掌匣〉

- 열쇠고리 鑰匙圈
  [yeol-soe-go-ri]

- 작은 장식품 小擺飾
  [ja-geun jang-sik-pum]
  〈- 裝飾品〉

- 핸든폰 액세서리
  [haen-deun-pon aek-sse-seo-ri]
  手機吊飾
  〈hand phone accessory〉

- 타이 핀 領帶夾
  [ta-i pin] 〈tie pin〉

- 시계 手錶
  [si-gye] 〈時計〉

- 귀걸이 耳環
  [gwi-geo-ri]

- 팔찌 [pal-jji] 手環

- 리본 節帶，蝴蝶結
  [ri-bon] 〈ribbon〉

種類

헤어 액세서리
髮飾

여성 액세서리
女用飾品

C | How
如何形容飾品店的東西？

- 사랑스럽다 討喜的
  [sa-rang-seu-reop-tta]

- 화려하다 閃亮華麗的
  [hwa-ryeo-ha-da] 〈華麗 -〉

- 과장하다 誇張的
  [gwa-jang-ha-da] 〈誇張 -〉

- 아주 멋지다 極好看的
  [a-ju meot-jji-da]

- 촌스럽다 俗氣的
  [chon-seu-reop-tta]

- 품위 없다 品味差的
  [pu-mwi eop-tta] 〈品味 -〉

- 품위 있다 有品味的
  [pu-mwi it-tta] 〈品味 -〉

- 고상하다 高雅的
  [go-sang-ha-da] 〈高尚 -〉

D | Where
在飾品店的哪裡？

- 카운터 櫃臺
  [ka-un-teo] 〈conter〉

- 진열 선반 展示櫃
  [ji-nyeol seon-ban] 〈陳列 -〉

- 옷걸이 衣架，掛鉤
  [ot-kkeo-ri]

- 의류 모델 人形模特兒
  〈衣類 model〉

- 거울 （試照）鏡子
  [geo-ul]

- 수입품 進口貨
  [su-ip-pum] 〈輸入品〉

- 국산품 國貨
  [guk-ssan-pum] 〈國產品〉

- 비매품 非賣品
  [bi-mae-pum] 〈非賣品〉

活用關鍵字 可用表格中的部分字彙替換

1. 귀를 뚫다
   穿耳洞 → A

2. 유명브랜드 복제시계
   知名品牌的複製錶 → B

3. 아주 멋진 브로치인데요 !
   多好看的胸針啊 ! → C

4. 옷걸이 위에 저 스카프
   衣架上的那條圍巾 → D

383

46 선물 가게 禮品店

單複數

한 선물 가게
一間禮品店

두 선물 가게
兩間禮品店

| A | **What** 在禮品店做什麼？

- 붙이다 貼上；附上
  [bu-chi-da]

- 유료 收費
  [yu-ryo] 〈有料〉

- 자르다 剪
  [ja-reu-da]

- 꾸미다 裝飾
  [kku-mi-da]

- 두르다 附上
  [du-reu-da]

- 고정시키다 固定
  [go-jeong-si-ki-da] 〈固定 -〉

- 확 뒤집히다 使…翻轉
  [hwaek dwi-ji-pi-da]

- 접다 [jeop-tta] 摺

- 포장하다 包裝
  [po-jang-ha-da] 〈包裝 -〉

- 반납하다 退回
  [ban-na-pa-da] 〈返納 -〉

- 주다 [ju-da] 送

- 테이프로 붙이다
  [te-i-peu-ro bu-chi-da]
  用膠帶把…黏緊 〈tape-〉

- 묶다 用（東西）綁
  [muk-tta]

- 포장하다 包裝
  [po-jang-ha-da] 〈包裝 -〉

| B | **Something** 在禮品店有什麼？

- 재떨이 煙灰缸
  [jae-tteo-ri]

- 커피잔 세트 咖啡杯組
  [keo-pi-jan se-teu]
  〈coffee 盞 set〉

- 디지털액자 數位相框
  [di-ji-teo-raek-jja]
  〈digital 額子〉

- 인형 洋娃娃
  [in-hyeong] 〈人型〉

- 보석 상자 珠寶盒
  [bo-seok sang-ja] 〈寶石箱子〉

- 키지갑 鑰匙包
  [ki-ji-gap] 〈key-〉

- 편지 개봉용 칼 拆信刀
  [pyeon-ji gae-bong-yong kal]
  〈便紙開封用 -〉

- 저금통 存錢筒
  [jeo-geum-tong] 〈存金筒〉

- 머그잔 馬克杯
  [meo-geu-jan] 〈mug-〉

- 뮤직 박스 音樂盒
  [myu-jik bak-sseu]
  〈music box〉

- 장난 토이 惡作劇玩具
  [jang-nan to-i] 〈-toy〉

- 액자 相框
  [aek-jja] 〈額子〉

同義字

선물 가게
禮品店

기념품 판매점
紀念品商店

| C | **How**
如何形容禮品店的東西？

- 적절한 合宜的
  [jeok-jjeol-han] 〈適切 -〉

- 정교하다 精緻的
  [jeong-gyo-ha-da] 〈精巧 -〉

- 귀엽다 可愛的
  [gwi-yeop-tta]

- 완벽하다 理想的；適合的
  [wan-byeo-ka-da] 〈完璧 -〉

- 실용적이다 實用的
  [si-ryong-jeo-gi-da] 〈實用 -〉

- 특별하다 特別的
  [teuk-ppyeol-ha-da] 〈特別 -〉

- 알맞다 合適的
  [al-mat-tta]

- 화려하다 華麗
  [hwa-ryeo-ha-da] 〈華麗 -〉

| D | **What Kind**
有哪些包裝材料？

- 활 [hwal] 蝴蝶結

- 선물백 禮物袋
  [seon-mul-baek] 〈膳物 bag〉

- 선물상자 禮物盒
  [seon-mul-sang-ja] 〈膳物箱子〉

- 종이 테이프 紙膠帶
  [jong-i te-i-peu] 〈-tape〉

- 리본 緞帶
  [ri-bon] 〈ribbon〉

- 포장지 包裝紙
  [po-jang-ji] 〈包裝紙〉

- 금은사 金銀絲
  [geu-meun-sa] 〈金銀絲〉

- 태슬 流蘇
  [tae-seul] 〈tassei〉

活用關鍵字 可用表格中的部分字彙替換

1. 선물을 장식하다
   裝飾禮物 → A

2. 재떨이는 꽤 실용적이다
   煙灰缸相當實用 → B

3. 정교한 목걸이
   精緻的項鍊 → C

4. 선물백에 넣다
   把它放到禮物袋裡 → D

單複數

한 아쿠아리움
一家水族館

두 아쿠아리움
兩家水族館

| A | **What**
　　 在水族館做什麼？

- 감상하다 觀賞
  [gam-sang-ha-da] 〈鑑賞 -〉

- 마련하다 安排
  [ma-ryeon-ha-da]

- 마음을 끌다 吸引
  [ma-eu-meul kkeul-tta]

- 호흡하다 呼吸
  [ho-heu-pa-da] 〈呼吸 -〉

- 기다 [gi-da] 爬

- 죽다 [juk-tta] 死

- 먹이다 餵食
  [meo-gi-da]

- 싸우다 打鬥
  [ssa-u-da]

- 떠가다 飄浮
  [tteo-ga-da]

- 키우다 飼養
  [ki-u-da]

- 놓다 產下（卵）
  [no-ta]

- 고기잡이 撈（魚）

- 응시하다 凝視
  [eung-si-ha-da] 〈凝視 -〉

- 멈추다 停下來
  [meom-chu-da]

| B | **What Kind**
　　 在水族館有哪些魚？

- 엔젤 피시 天使魚
  [en-jel pi-si] 〈angel fish〉

- 투어 鬥魚
  [tu-eo] 〈鬥魚〉

- 클라운피시 小丑魚
  [keul-la-un-pi-si] 〈clown fish〉

- 가재 小龍蝦
  [ga-jae]

- 금붕어 金魚
  [geum-bung-eo] 〈金 - 魚〉

- 대모 玳瑁
  [dae-mo] 〈玳瑁〉

- 미꾸라지 泥鰍
  [mi-kku-ra-ji]

- 쏠배감팽 獅子魚
  [ssol-bae-gam-paeng]

- 극락어 天堂魚
  [geung-na-geo] 〈極樂魚〉

- 구피 孔雀魚
  [gu-pi] 〈guppy〉

- 해마 海馬
  [hae-ma] 〈海馬〉

- 거북 烏龜
  [geo-buk]

- 제브라피시 斑馬魚
  [je-beu-ra-pi-si] 〈zebra fish〉

種類

담수 아쿠아리움
淡水水族館

해양 아쿠아리움
海洋水族館

| c | How
如何形容水族館的東西？

- 예쁘다 漂亮的
  [ye-ppeu-da]

- 깨끗하다 乾淨的
  [kkae-kkeu-ta-da]

- 다채롭다 色彩鮮艷的
  [da-chae-rop-tta]〈多彩 -〉

- 더럽다 骯髒的
  [deo-reop-tta]

- 건강하다 健康的
  [geon-gang-ha-da]〈健康 -〉

- 활발하다 活潑的
  [hwal-bal-ha-tta]〈活潑 -〉

- 드물다 稀有的
  [deu-mul-da]

- 활기차다 充滿活力的
  [hwal-gi-cha-da]〈活氣 -〉

| D | Something
在水族館有什麼？

- 공기 펌프 氣泵
  [gong-gi peom-peu]〈空氣 pump〉

- 공기돌 氣泡石
  [gong-gi-dol]〈空氣 -〉

- 조류 海藻
  [jo-ryu]〈藻類〉

- 필터 過濾器
  [pil-teo]〈filter〉

- 어류용 사료 魚飼料
  [eo-ryu-yong sa-ryo]
  〈魚類用飼料〉

- 유리용 모래 底砂
  [yu-ri-yong mo-rae]〈琉璃用 -〉

- 후드 防護罩
  [hu-deu]〈hood〉

- 이끼 [i-kki] 苔蘚

活用關鍵字 可用表格中的部分字彙替換

1. 물고기에게 먹이다
   餵魚 → A

2. 어항에 베타 한 마리 추가하다
   在魚缸中加一隻鬥魚 → B

3. 드문 물고기 한 마리
   一條稀有的的魚 → C

4. 펠릿형 어류용 사료
   顆粒狀的魚飼料 → D

48 자동차 수리장 汽車保養廠

A | What
在汽車保養廠做什麼？

- 검사하다 檢查
  [geom-sa-ha-da] 〈檢查 -〉

- 묘술하다 描述
  [myo-sol-ha-da] 〈描述 -〉

- 설명하다 說明
  [seol-myeong-ha-da] 〈說明 -〉

- 설치하다 裝上
  [seol-chi-ha-da] 〈設置 -〉

- 유지하다 維修；保養
  [yu-ji-ha-da] 〈維持 -〉

- 주차하다 停車
  [ju-cha-ha-da] 〈駐車 -〉

- 펌프 為…打氣
  [peom-peu] 〈pump〉

- 개조하다 改裝
  [gae-jo-ha-da] 〈改造 -〉

- 치우다 拆除
  [chi-u-da]

- 수리하다 修理
  [su-ri-ha-da] 〈修理 -〉

- 내리다 洗（車）
  [nae-ri-da]

- 왁스칠하다 打蠟
  [wak-sseu-chil-ha-da]
  〈wax 漆 -〉

- 닦다 擦去
  [dak-tta] 〈汚漬 -〉

B | What Kind
汽車有哪些構造？

- 배터리 電瓶
  [bae-teo-ri] 〈battery〉

- 범퍼 保險桿
  [beom-peo] 〈bumper〉

- 카뷰레터 化油器
  [ka-byu-re-teo] 〈carburetor〉

- 엔진 引擎
  [en-jin] 〈engine〉

- 배기관 排氣管
  [bae-gi-gwan] 〈排氣管〉

- 헤드라이트 大燈
  [he-deu-ra-i-teu] 〈headlight〉

- 주차등 停車指示燈
  [ju-cha-deung] 〈駐車燈〉

- 라디에이터 水箱
  [ra-di-e-i-teo] 〈radiator〉

- 백미러 後視鏡
  [baeng-mi-reo] 〈back mirror〉

- 스파크 플러그 火星塞
  [seu-pa-keu peul-leo-geu]
  〈spark plug〉

- 미등 車尾燈
  [mi-deung] 〈尾燈〉

- 트렁크 後車行李箱
  [teu-reong-keu] 〈trunk〉

- 와이퍼 雨刷
  [wa-i-peo] 〈wiper〉

자동차 수리 공장
汽車修配廠

C | **Who**
在汽車保養廠有誰？

- 종업원 服務員
  [jong-eo-bwon] 〈從業員〉

- 차주 車主
  [cha-ju] 〈車主〉

- 카 워셔 洗車工
  [ka wo-syeo] 〈car washer〉

- 운전자 駕駛人
  [un-jeon-ja] 〈運轉者〉

- 수리 고문 維修顧問
  [su-ri go-mun] 〈修理顧問〉

- 매니저 經理
  [mae-ni-jeo] 〈manager〉

- 정비공 修理工
  [jeong-bi-gong] 〈整備工〉

D | **What**
在汽車保養廠有什麼？

- 정비 작업장 維修區
  [jeong-bi ja-geop-jjang]
  〈整備作業場〉

- 공기 펌프 充氣泵
  [gong-gi peom-peu]
  〈空氣 pump〉

- 차량덮개 車罩 〈車輛 -〉
  [cha-ryang-deop-kkae]

- 잭 千斤頂
  [jaek] 〈jack〉

- 전기 드릴 電鑽
  [jeon-gi deu-ril] 〈電氣 drill〉

- 렌치 扳手
  [ren-chi] 〈wrench〉

活用關鍵字 可用表格中的部分字彙替換

1. 자동차를 유지하다
   保養汽車 → A

2. 후미등의 전구를 다 타다
   車尾燈的燈泡燒壞了 → B

3. 요구가 많은 차주
   要求很多的車主 → C

4. 렌치 좀 주세요.
   把扳手拿給我 → D

魚缸換水

◆ 정기적으로 물을 바꾸다
定期換水
◆ 탱크에서 물을 빼내다
排空水槽的水

拋錨

◆ 고장 나다
拋錨
◆ 삼각형 경고표지
三角警示牌

輪胎

◆ 타이어를 빼 내다
拆除輪胎
◆ 타이어를 갈아 끼우다
裝上輪胎

TOP 一定要會的常用句
EXPRESSIONS

1 什麼是最好的…賀禮?
什麼是最好的結婚賀禮?
제일 좋은 결혼 선물은 무엇입니까?

집들이	베이비 샤워	졸업
喬遷	產前派對	畢業

2 請你告訴我如何…好嗎?
請你告訴我如何維持魚缸水質的純淨好嗎?
어항 물을 어떻게 깨끗하게 유지하는지 좀 알려 주실래요?

수족관을 만들다	해조류가 자라는 것을 막다	어항을 깨끗하게 유지하다
裝配水族箱	避免海藻生長	維持魚缸的清潔

3 我把車送去…。
我把車送去做汽車美容。
차를 오토뷰티하려고 보냈습니다.

점검하다	세차하다	수리하다
檢查	洗	修理
수리하다	정기적인 유지하다	왁스칠하다
修理	定期保養	打蠟

49 오토바이 가게 **機車行**

單複數

한 오토바이 가게
一家機車行

두 오토바이 가게
兩家機車行

| A | **What**
在機車行做什麼？

- 채우다 裝填
  [chae-u-da]

- 찾아내다 找出
  [cha-ja-nae-da]

- 수리하다 修理
  [su-ri-ha-da] 〈修理 -〉

- 패치하다 修補
  [pae-chi-ha-da] 〈patch-〉

- 붓다 倒入
  [but-tta]

- 빠져나가다 拔出
  [ppa-jeo-na-ga-da]

- 펌프 充氣
  [peom-peu] 〈pump〉

- 재활용하다 回收
  [jae-hwa-ryong-ha-da]
  〈再活用 -〉

- 바꾸다 更換
  [ba-kku-da]

- 나사를 조이다 旋緊
  [na-sa-reul jjo-i-da] 〈螺絲 -〉

- 발동하다 發動
  [bal-ttong-ha-da] 〈發動 -〉

- 시동을 끄다 熄火
  [si-dong-eul kkeu-da] 〈始動 -〉

- 웜업 熱車
  [wo-meop] 〈warm up〉

| B | **What Kind**
機車有哪些構造？

- 반사 거울 後照鏡
  [ban-sa geo-ul] 〈反射 -〉

- 클러치판 離合器
  [keul-leo-chi-pan] 〈clutch 板〉

- 쿠션 避震器
  [ku-syeon] 〈cushion〉

- 실린더 汽缸
  [sil-lin-deo] 〈cylinder〉

- 배기관 排氣管
  [bae-gi-gwan] 〈排氣管〉

- 탱크 油箱
  [taeng-keu] 〈tank〉

- 핸들 龍頭
  [haen-deul] 〈handle〉

- 헤드라이트 車頭燈
  [he-deu-ra-i-teu] 〈head light〉

- 받침다리 停車支架
  [bat-chim-da-ri]

- 스파크 플러그 火星塞
  [seu-pa-keu peul-leo-geu]
  〈spark plug〉

- 스타터 起動器
  [seu-ta-teo] 〈starter〉

- 조절판 油門
  [jo-jeol-pan] 〈調節瓣〉

- 방향 지시등 方向燈
  [bang-hyang ji-si-deung]
  〈方向指示燈〉

392

種類

모터사이클
重型機車（打檔車）

스쿠터
輕型機車（自動排檔車）

| C | *How*
如何形容機車行的東西？

- 아주 새롭다 全新的
  [a-ju sae-rop-tta]

- 고장 나다 故障的
  [go-jang na-da] 〈故障 -〉

- 먼지 [meon-ji] 佈滿灰塵的

- 평평하다 沒氣的〈平平 -〉
  [pyeong-pyeong-ha-da]

- 뜨거워지다 溫度高的
  [tteu-geo-wo-ji-da]

- 오래되다 舊的
  [o-rae-doe-da]

- 중고의 二手的
  [jung-go-ui] 〈中古 -〉

- 이상하다 異常的
  [i-sang-ha-da] 〈異常 -〉

| D | *Where*
在機車行的哪裡？

- 진열구역 陳列區
  [ji-nyeol-gu-yeok] 〈陳列區域〉

- 엔진 오일 機油
  [en-jin o-il] 〈engine oil〉

- 정비 작업장 維修區
  [jeong-bi ja-geop-jjang]
  〈整備作業場〉

- 전기 토치 電焊槍
  [jeon-gi to-chi] 〈電氣 torch〉

- 펜치 鉗子
  [pen-chi] 〈pincers〉

- 스크루드라이버 螺絲起子
  [seu-keu-ru-deu-ra-i-beo]
  〈screwdriver〉

- 렌치 扳手
  [ren-chi] 〈wrench〉

活用關鍵字 可用表格中的部分字彙替換

1. 한 오토바이를 수리하다
   修理一台機車 → A

2. 스파크 플러그를 바꿔야 되다
   火星塞需要換了 → B

3. 두 타이어는 평평하다
   兩個輪胎都沒氣了 → C

4. 엔진 오일을 채우다
   加機油 → D

50 아기용품 가게 嬰兒用品店

單複數

한 아기용품 가게
一家嬰兒用品店

두 아기용품 가게
兩家嬰兒用品店

| A | **What**
在嬰兒用品店做什麼？

- 들다 [deul-tta] 背；抱
- 듣다 [deut-tta] 聽
- 잡다 [jap-tta] 抱著
- 플레이하다 播放
  [peul-le-i-ha-da] 〈play-〉
- 예방하다 避免
  [ye-bang-ha-da] 〈預防 -〉
- 보호하다 保護
  [bo-ho-ha-da] 〈保護 -〉
- 밀다 推
  [mil-da]
- 넣다 把…放進
  [neo-ta]
- 타다 騎上
  [ta-da]
- 흔들리다 搖動
  [heun-deul-li-da]
- 미끄러지다 滑動
  [mi-kkeu-reo-ji-da]
- 자극하다 刺激
  [ja-geu-ka-da] 〈刺激 -〉
- 끄다 關閉（電源）
  [kkeu-da]
- 켜다 打開（電源）
  [kyeo-da]

| B | **Where**
在嬰兒用品店的哪裡？

- 캐리어 嬰兒背帶
  [kae-ri-eo] 〈carrier〉
- 유아용 보조 의자
  汽車安全座椅
  [yu-a-yong bo-jo ui-ja]
  〈幼兒用補助椅子〉
- 어린이 침대 嬰兒床
  [eo-ri-ni chim-dae] 〈- 寢臺〉
- 침대 범퍼 嬰兒床安全護欄
  [chim-dae beom-peo]
  〈寢臺 bumper〉
- 기저귀 교환대 換尿布墊
  [gi-jeo-gwi gyo-hwan-dae]
  〈- 交換臺〉
- 기저귀 쓰레기통
  [gi-jeo-gwi sseu-re-gi-tong]
  尿布垃圾筒〈- 桶〉
- 유모차 坐式嬰兒推車
  [yu-mo-cha] 〈乳母車〉
- 흔들리는 의자 搖椅
  [heun-deul-li-neun ui-ja]
  〈- 椅子〉
- 장난감 玩具
  [jang-nan-gam]
- 보행기 學步車
  [bo-haeng-gi] 〈步行器〉

類義字

아동복 가게
童裝店

| C | **How**
如何形容店裡的人或物?

- 알레르기 過敏的
  [al-le-reu-gi] 〈allergy〉

- 다채롭다 色彩鮮豔的
  [da-chae-rop-tta] 〈多彩 -〉

- 전기의 電動的
  [jeon-gi-ui] 〈電動 -〉

- 음악의 有音樂的
  [eu-ma-gui] 〈音樂 -〉

- 안전하다 安全的
  [an-jeon-ha-da] 〈安全 -〉

- 튼튼하다 穩固的
  [teun-teun-ha-da]

- 불안정하다 不穩固的
  [bu-ran-jeong-ha-da] 〈不安定 -〉

| D | **Something**
在嬰兒用品店有什麼?

- 젖병 奶瓶
  [jeot-ppyeong] 〈- 瓶〉

- 이유식 嬰兒食品
  [i-yu-sik] 〈離乳食〉

- 물수건 濕紙巾
  [mul-su-geon] 〈- 手巾〉

- 턱받이 圍兜
  [teok-ppa-ji]

- 피딩숄 餵奶披肩
  [pi-ding-syol] 〈feeding shawl〉

- 기저귀 尿布
  [gi-jeo-gwi]

- 고무 젖꼭지 奶嘴
  [go-mu jeot-kkok-jji]

活用關鍵字 可用表格中的部分字彙替換

1. 아기를 안아주다
   抱著**寶寶** → A

2. 안전한 어린이 침대
   安全的嬰兒床 → B

3. 브레스트 펌핑 머신
   電動擠乳器 → C

4. 아기 젖병을 빨다
   吸吮**奶瓶** → D

爆胎

◆ 펑크 나다
爆胎
◆ 타이어를 수리하다
修補輪胎

支架

◆ 받침다리를 올리다
踢起停車支架
◆ 받침다리를 내리다
放下停車支架

哄嬰兒

◆ 울고 있는 아기를 달래다
安撫哭鬧的寶寶入睡
◆ 자장가를 부르다
唱搖籃曲

1 可以麻煩你檢查一下我機車的…嗎？

可以麻煩你檢查一下我機車的引擎嗎？

내 오토바이의 엔진을 좀 검사해 주실래요?

앞바퀴 타이어 前輪	뒷 타이어 後輪	브레이크 剎車

2 請幫我…。

請幫我換前輪輪胎。

앞바퀴 타이어 갈아 끼워 주세요.

뒷 타이어를 갈아 끼우다 換後輪輪胎	타이어 펌프 將輪胎充氣	타이어를 수리하다 修補輪胎
배터리를 갈아 끼우다 更換電瓶	브레이크 패드 를 갈아 끼우다 更換剎車墊片	엔진오일을 넣다 加機油

3 它會幫助刺激寶寶的…。

它會幫助刺激寶寶的智力發展。

**그것은 아기의 지능 발전을 자극시키는 도움이
됩니다.**

신체발달 生理發展	감각 발달 感官發展	촉각 觸覺

51 페트숍 寵物店

單複數

한 페트숍
一間寵物店

두 페트숍
兩間寵物店

| A | **What**
在寵物店做什麼？

- 치료하다 治療
  [chi-ryo-ha-da] 〈治療 -〉

- 조산하다 為…接生
  [jo-san-ha-da] 〈助產 -〉

- 먹이를 주다 餵食
  [meo-gi-reul jju-da]

- 신음하다 呻吟
  [si-neum-ha-da] 〈呻吟 -〉

- 감염시키다 感染
  [ga-myeom-si-ki-da] 〈感染 -〉

- 주사하다 注射，打針
  [ju-sa-ha-da] 〈注射 -〉

- 격리하다 隔離
  [gyeong-ni-ha-da] 〈隔離 -〉

- 훌쩍이다 呻吟，嗚咽
  [hul-jjeo-gi-da]

- 어루만지다 撫摸
  [eo-ru-man-ji-da]

- 웅크리다 蜷縮
  [ung-keu-ri-da]

- 털다 發抖
  [teol-da]

- 깎다 剃毛
  [kkak-tta]

- 쓸다 打掃
  [sseul-tta]

- 놀리다 逗弄
  [nol-li-da]

| B | **Something**
在寵物店有什麼？

- 새장 [sae-jang] 鳥籠

- 그릇 [geu-reut] 飼料碗

- 깔개 [kkal-kkae] 貓砂

- 사료 飼料
  [sa-ryo] 〈飼料〉

- 마이크로칩을 심다
  [ma-i-keu-ro-chi-beul ssim-da]
  晶片植入術 〈mircrochip-〉

- 애완동물 부대용품
  [ae-wan-dong-mul bu-dae-
  yong-pum] 寵物用品
  〈愛玩動物附帶用品〉

- 칼라 項圈
  [kal-la] 〈collar〉

- 애완동물 꼬리표 寵物吊牌
  [ae-wan-dong-mul kko-ri-pyo]
  〈愛玩動物 - 票〉

- 애완동물 장난감 寵物玩具
  [ae-wan-dong-mul jang-nan-
  gam] 〈愛玩動物 -〉

- 애완동물 캐리어 寵物箱
  [ae-wan-dong-mul kae-ri-eo]
  〈愛玩動物 carrier〉

- 애완동물 사진 寵物寫真
  [ae-wan-dong-mul sa-jin]
  〈愛玩動物寫真〉

- 미친개병 왁찐 狂犬病疫苗
  [mi-chin-gae-byeong wak-jjin]

- 저울 [jeo-ul] 磅秤

類義字
애완견 미용실
寵物美容院

相關字
애완동물 수탁관리
寵物暫時寄養

C | How
如何形容寵物？

- 궁금하다 好奇的
  [gung-geum-ha-da]
- 귀엽다 可愛的
  [gwi-yeop-tta]
- 흉포하다 凶猛的
  [hyung-po-ha-da] 〈凶暴 -〉
- 친절하다 友善的
  [chin-jeol-ha-da] 〈親切 -〉
- 사랑스럽다 可愛的
  [sa-rang-seu-reop-tta]
- 시끄럽다 吵鬧的
  [si-kkeu-reop-tta]
- 아주 작다 小隻的
  [a-ju jak-tta]

D | Where
在寵物店的哪裡？

- 미용실 美容院
  [mi-yong-sil] 〈美容室〉
- 싱크대 沖水槽
  [sing-keu-dae] 〈sink 臺〉
- 개집 狗屋
  [gae-jip]
- 진찰실 診療室
  [jin-chal-ssil] 〈診查室〉
- 진찰대 診療桌
  [jin-chal-ttae] 〈診查臺〉
- 대합실 候診區
  [dae-hap-ssil] 〈待合室〉
- 대기실 等待區
  [dae-gi-sil] 〈待機室〉

活用關鍵字 可用表格中的部分字彙替換

1. 애완 동물에게 예방 접종을 주사하다
   注射寵物疫苗 → A
2. 새장을 들다
   提著鳥籠 → B
3. 두 팔로 작은 개를 안아주다
   兩手抱著一隻小狗 → C
4. 나무 개집을 짓다
   打造一間木製狗屋 → D

單複數

한 케이크 전시 진열장
一個蛋糕櫃

두 케이크 전시 진열장
兩個蛋糕櫃

| A | What
在蛋糕店做什麼？

- 묻다 [mut-tta] 詢問
- 들다 [deul-tta] 提著
- 취소하다 取消
  [chwi-so-ha-da] 〈取消 -〉
- 바꾸다 更換
  [ba-kku-da]
- 첨부하다 附上
  [cheom-bu-ha-da] 〈添附 -〉
- 얼리다 冷藏
  [eol-li-da]
- 소개하다 推出；介紹
  [so-gae-ha-da] 〈紹介 -〉
- 열다 [yeol-da] 打開
- 선주문하다 預訂
  [seon-ju-mun-ha-da]
  〈先注文 -〉
- 차려 주다 端上；服務
  [cha-ryeo ju-da]
- 제안하다 建議
  [je-an-ha-da] 〈提案 -〉
- 묶다 打結
  [muk-tta]
- 기다리다 等
  [gi-da-ri-da]
- 두르다 纏繞
  [du-reu-da]

| B | What Kind
有哪些蛋糕種類？

- 블랙 포레스트 케이크
  [beul-laek po-re-seu-teu ke-i-keu] 黑森林蛋糕
  〈black forest cake〉
- 브라우니 布朗尼
  [beu-ra-u-ni] 〈brownie〉
- 치즈 케이크 起司蛋糕
  [chi-jeu ke-i-keu]
  〈cheese cake〉
- 초콜렛 케이크 巧克力蛋糕
  [cho-kol-let ke-i-keu]
  〈chocolate cake〉
- 커피 케이크 咖啡蛋糕
  [keo-pi ke-i-keu]
  〈coffee cake〉
- 컵 케이크 杯子蛋糕
  [keop ke-i-keu] 〈cup cake〉
- 과일 타트 水果塔
  [gwa-il ta-teu] 〈-tart〉
- 녹차 케이크 抹茶蛋糕
  [nok-cha ke-i-keu] 〈綠茶 cake〉
- 벌꿀 케이크 蜂蜜蛋糕
  [beol-kkul ke-i-keu] 〈-cake〉
- 티라미수 提拉米蘇
  [ti-ra-mi-su] 〈tiramisu〉
- 생크림케이크 奶油蛋糕
  [saeng-keu-rim-ke-i-keu]
  〈生 cream cake〉

類義字

케이크 전시 냉장고
蛋糕冰櫃

C | Who
在蛋糕店有誰？

● 도제 學徒
[do-je] 〈徒弟〉

● 빵집 주인 麵包店老闆
[ppang-jip ju-in] 〈- 主人〉

● 점원 服務員
[jeo-mwon] 〈店員〉

● 소비자 消費者
[so-bi-ja] 〈消費者〉

● 고객 客人
[go-gaek] 〈顧客〉

● 페이스트리 셰프 點心師傅
[pe-i-seu-teu-ri sye-peu]
〈pastry chef〉

● 점장 店長
[jeom-jang] 〈店長〉

● 공급업체 供應商
[gong-geu-beop-che] 〈供給業體〉

D | Something
在蛋糕櫃有什麼？

● 양초 蠟燭
[yang-cho] 〈洋 -〉

● 카드 卡片
[ka-deu] 〈card〉

● 일회용 날붙이류 免洗餐具
[il-hoe-yong nal-ppu-chi-ryu]
〈一回用 -〉

● 팸플릿 小冊子
[paem-peul-lit] 〈pamphlet〉

● 종이상자 紙盒
[jong-i-sang-ja] 〈- 箱子〉

● 플라스틱 리본 塑膠緞帶
[peul-la-seu-tik ri-bon]
〈plastic ribbon〉

● 프라이스 라벨 標價牌
[peu-ra-i-seu ra-bel]
〈price label〉

活用關鍵字　可用表格中的部分字彙替換

1. 생일 케이크를 선주문하다
   預訂生日蛋糕 → A
2. 치즈 케이크를 굽다
   烤起司蛋糕 → B
3. 까다로운 손님
   吹毛求疵的客人 → C
4. 숫자 모양의 생일 양초
   數字形狀的生日蠟燭 → D

單複數

한 빵 선반
一個麵包架

두 빵 선반
兩個麵包架

A | What
在麵包架做什麼？

- 묻다 [mut-tta] 詢問
- 구입하다 購買
  [mut-tta-gu-i-pa-da] 〈購入 -〉
- 고르다 挑選
  [go-reu-da]
- 계산하다 算
  [gye-san-ha-da] 〈計算 -〉
- 전시하다 展示
  [jeon-si-ha-da] 〈展示 -〉
- 몹시 싫어하다 討厭
  [mop-ssi si-reo-ha-da]
- 안다 [an-da] 抱著
- 좋아하다 喜歡
  [jo-a-ha-da]
- 가리키다 （用手指）指
  [ga-ri-ki-da]
- 보존하다 保存
  [bo-jon-ha-da] 〈保存 -〉
- 갖다 놓다 放回去
  [gat-tta no-ta]
- 매진되다 賣光
  [mae-jin-doe-da] 〈賣盡 -〉
- 가지다 拿
  [ga-ji-da]
- 포장하다 包；裹
  [po-jang-ha-da] 〈包裝 -〉

B | What Kind
有哪些麵包種類？

- 베이글 貝果
  [be-i-geul] 〈bagel〉
- 바게트 法國麵包
  [ba-ge-teu] 〈baguette〉
- 브리오슈 奶油麵包
  [beu-ri-o-syu] 〈brioche〉
- 크루아상 可頌
  [keu-ru-a-sang] 〈croissant〉
- 커스터드 蛋塔
  [keo-seu-teo-deu] 〈custard〉
- 데니시식빵 丹麥麵包
  [de-ni-si-sik-ppang] 〈danish〉
- 도넛 甜甜圈
  [do-neot] 〈doughnut〉
- 그레인 브레드 雜糧麵包
  [geu-re-in beu-re-deu]
  〈grains bread〉
- 머핀 瑪芬
  [meo-pin] 〈muffin〉
- 롤 瑞士捲
  [rol] 〈roll〉
- 토스트 土司
  [to-seu-teu] 〈toast〉
- 와플 鬆餅
  [wa-peul] 〈waffle〉
- 통밀가루빵 全麥麵包
  [tong-mil-ga-ru-ppang]

相關字

베이커리
烘焙坊

C	How
如何形容麵包？

- 버터를 바르다 塗了奶油的
  [beo-teo-reul ppa-reu-da]
  〈butter-〉

- 마르다 未塗奶油的
  [ma-reu-da]

- 신선하다 新鮮的
  [sin-seon-ha-da] 〈新鮮-〉

- 로 슈거 低糖的
  [ro syu-geo] 〈low-suger〉

- 맛좋다 美味的；開胃的
  [mat-jjo-ta]

- 조각 切片的
  [jo-gak]

- 슈거 프리 無糖的
  [syu-geo peu-ri] 〈suger-free〉

- 달다 甜的
  [dal-tta]

D	Something
在麵包架有什麼？

- 브레드 바스켓 麵包籃
  [beu-re-deu ba-seu-ket]
  〈bread basket〉

- 빵 집게 麵包夾
  [ppang jip-kke]

- 버터 奶油
  [beo-teo] 〈butter〉

- 잼 果醬
  [jaem] 〈jam〉

- 마가린 人造奶油
  [ma-ga-rin] 〈margarine〉

- 종이 봉지 紙袋
  [jong-i bong-ji] 〈-封紙〉

- 땅콩버터 花生醬
  [ttang-kong-beo-teo] 〈-butter〉

- 쟁반 托盤
  [jaeng-ban] 〈錚盤〉

活用關鍵字 可用表格中的部分字彙替換

1. 바게트 한 덩이를 가지다
   拿一些麵包 → A

2. 한 바게트
   一條法國麵包 → B

3. 버터를 바른 토스트 한 조각
   一片塗了奶油的土司 → C

4. 피넛버터를 바르다
   塗抹一些花生醬 → D

403

單複數

한 베이킹 룸
一個烘焙室

두 베이킹 룸
兩個烘焙室

| A | *What*
在烘焙室做什麼?

- 첨가하다 添加
  [cheom-ga-ha-da] 〈添加 -〉

- 굽다 烘焙
  [gup-tta]

- 냉각하다 冷卻
  [naeng-ga-ka-da] 〈冷卻 -〉

- 꾸미다 裝飾
  [kku-mi-da]

- 발효시키다 發酵
  [bal-hyo-ssi-ki-da] 〈發酵 -〉

- 설탕을 입히다 上糖霜
  [seol-tang-eul i-pi-da] 〈雪糖 -〉

- 가열하다 加熱
  [ga-yeol-ha-da] 〈加熱 -〉

- 주무르다 搓揉
  [ju-mu-reu-da]

- 섞이다 混合;攪拌
  [seo-kki-da]

- 예열하다 預熱
  [ye-yeol-ha-da] 〈預熱 -〉

- 형태 塑形
  [hyeong-tae] 〈型態〉

- 무게를 달다 秤重
  [mu-ge-reul ttal-tta]

- 휘젓다 攪打 (蛋等)
  [hwi-jeot-tta]

| B | *What Kind*
在烘焙室有哪些工具?

- 빵 굽는 팬 烤盤 〈-pan〉
  [ppang gum-neun paen]

- 브레드 팬 麵包模具
  [beu-re-deu paen] 〈bread pan〉

- 케이크 장식용 자루 裝飾袋
  [ke-i-keu jang-si-gyong ja-ru]
  〈cake 裝飾用 -〉

- 달걀 브러쉬 蛋刷
  [dal-kkyal beu-reo-swi]
  〈-brush〉

- 소맥분 체 麵粉篩子
  [so-maek-ppun che]
  〈小麥粉篩〉

- 저울 [jeo-ul] 料理秤

- 핸드 믹서 電動攪拌器
  [haen-deu mik-sseo]
  〈hand mixer〉

- 계량 컵 量杯
  [gye-ryang keop] 〈計量 cup〉

- 오븐 烤箱
  [o-beun] 〈oven〉

- 파이 접시 派盤
  [pa-i jeop-ssi] 〈pie-〉

- 온도계 溫度計
  [on-do-gye] 〈溫度計〉

- 타이머 計時器
  [ta-i-meo] 〈timer〉

相關字

베이킹 클래스
烘焙課

C | How
如何形容烘焙室的東西？

- 냉각하다 冷凍的
  [naeng-ga-ka-da] 〈冷卻 -〉

- 정치하다 精緻的
  [jeong-chi-ha-da] 〈精緻 -〉

- 크다 大的
  [keu-da]

- 작다 小的
  [jak-tta]

- 눅눅하다 溼軟的
  [nung-nu-ka-da]

- 두껍다 厚的；濃密的
  [du-geop-tta]

- 얇다 薄的，扁的
  [yap-tta]

- 따뜻하다 暖的
  [tta-tteu-ta-da]

D | Something
在烘焙室有什麼？

- 버터 牛油
  [beo-teo] 〈butter〉

- 밀가루 반죽 麵糰
  [mil-ga-ru ban-juk]

- 계란 蛋
  [gye-ran] 〈鷄卵〉

- 거품 크리임 鮮奶油
  [geo-pum keu-ri-im] 〈-cream〉

- 밀가루 麵粉
  [mil-ga-ru]

- 당의 糖霜
  [dang-ui] 〈糖衣〉

- 우유 牛奶
  [u-yu] 〈牛乳〉

- 효모균 酵母
  [hyo-mo-gyun] 〈酵母菌〉

活用關鍵字 可用表格中的部分字彙替換

1. 오븐을 예열하다
   預熱烤箱 → A

2. 베이킹 팬을 씻다
   清理烤盤 → B

3. 눅눅한 밀가루
   溼軟的麵粉 → C

4. 그릇에 가루를 붓다
   倒一些麵粉到碗裡 → D

單複數

한 카운터
一個櫃檯

두 카운터
兩個櫃檯

A | What
在咖啡廳櫃檯做什麼？

- 첨가하다 加
  [cheom-ga-ha-da] 〈添加 -〉

- 바꾸다 更換
  [ba-kku-da]

- 치우다 收拾
  [chi-u-da]

- 조합하다 搭配
  [jo-ha-pa-da] 〈調合 -〉

- 불평하다 抱怨
  [bul-pyeong-ha-da] 〈不平 -〉

- 만들다 製作
  [man-deul-tta]

- 주문하다 點餐
  [ju-mun-ha-da] 〈注文 -〉

- 내다 [nae-da] 付錢，給

- 낫다 偏好，喜好
  [nat-tta]

- 홍보하다 促銷
  [hong-bo-ha-da] 〈弘報 -〉

- 추천하다 推薦
  [chu-cheon-ha-da] 〈推薦 -〉

- 차려 주다 端上
  [cha-ryeo ju-da]

- 가지고 가다 外帶
  [ga-ji-go ga-da]

- 기다리다 等候
  [gi-da-ri-da]

B | Something
在咖啡廳櫃檯有什麼？

- 플레이버 커피 花式咖啡
  [peul-le-i-beo keo-pi]
  〈flavor coffee〉

- 카페 오 레 咖啡歐蕾
  [ka-pe o re] 〈café au lait〉

- 카푸치노 卡布其諾
  [ka-pu-chi-no] 〈cappuccino〉

- 캐러멜 마끼아또
  [kae-reo-mel ma-kki-a-tto]
  焦糖瑪奇朵
  〈caramel macchiato〉

- 에스프레소 濃縮咖啡
  [e-seu-peu-re-so] 〈espresso〉

- 아이리시 커피 愛爾蘭咖啡
  [a-i-ri-si keo-pi] 〈Irish coffee〉

- 라떼 拿鐵
  [ra-tte] 〈latte〉

- 모카커피 摩卡
  [mo-ka-keo-pi]
  〈mocha coffee〉

- 싱글 에스테이트 單品咖啡
  [sing-geul e-seu-te-i-teu]
  〈single estate〉

- 아메리카노 美式咖啡
  [a-me-ri-ka-no] 〈Americano〉

- 콜롬비아 커피 哥倫比亞咖啡
  [kol-lom-bi-a keo-pi]
  〈Colombia coffee〉

種類

셀프 서비스 카운터
自助櫃檯

주문 카운터
點餐櫃檯

| C | How
如何形容現調咖啡?

- 카페인을 제거하다
  [ka-pe-i-neul jje-geo-ha-da]
  去咖啡因的〈咖啡因除去 -〉

- 추가되다 外加的
  [chu-ga-doe-da]〈追加 -〉

- 뜨겁다 熱的
  [tteu-geop-tta]

- 차갑다 冰的
  [cha-gap-tta]

- 규칙적이다 標準的
  [gyu-chik-jjeo-gi-da]
  〈規則的 -〉

- 우유는 많고 거품은 적다
  [u-yu-neun man-ko geo-pu-meun jeok-tta]
  多牛奶,少奶泡〈牛乳 -〉

| D | Where
在咖啡廳櫃檯的哪裡?

- 주문구역 點餐區
  [ju-mun-gu-yeok]〈注文區域〉

- 금전 등록기 收銀機
  [geum-jeon deung-nok-kki]
  〈金錢登錄機〉

- 메뉴 菜單
  [me-nyu]〈menu〉

- 쟁반 托盤
  [jaeng-ban]〈錚盤〉

- 냉동 냉장고 冷凍櫃
  [naeng-dong naeng-jang-go]
  〈冷凍冷藏庫〉

- 케이크 蛋糕
  [ke-i-keu]〈cake〉

- 샌드위치 三明治
  [saen-deu-wi-chi]〈sandwich〉

活用關鍵字　可用表格中的部分字彙替換

1. 콜롬비아 커피를 추천하다
   推薦哥倫比亞咖啡 → A

2. 더블 샷 라떼
   雙倍濃度的拿鐵 → B

3. 설탕을 더 부탁드리다
   要求多一份糖 → C

4. 샌드위치를 주문하다
   點一個三明治 → D

單複數

한 바
一個吧台

두 바
兩個吧台

| A | **What**
在咖啡廳吧台做什麼？

- 첨가하다 添加
  [cheom-ga-ha-da] 〈添加 -〉

- 끓이다 煮
  [kkeu-ri-da]

- 갖추다 混合
  [gat-chu-da]

- 꾸미다 美化；修飾
  [kku-mi-da]

- 채우다 裝填；加入
  [chae-u-da]

- 거품이 생기다 使起泡
  [geo-pu-mi saeng-gi-da]

- 갈다 磨（豆）
  [gal-tta]

- 가열하다 加熱
  [ga-yeol-ha-da] 〈加熱 -〉

- 만들다 製作
  [man-deul-tta]

- 붓다 倒出
  [but-tta]

- 흔들다 搖動
  [heun-deul-tta]

- 찌다 蒸（牛奶）
  [jji-da]

- 섞다 攪拌
  [seok-tta]

- 젓다 [jeot-tta] 攪打

| B | **What Kind**
有哪些咖啡器具？

- 얼음 분쇄기 碎冰機
  [eo-reum bun-swae-gi]
  〈- 粉碎機〉

- 커피 분쇄기 磨豆機
  [keo-pi bun-swae-gi]
  〈coffee 粉碎機〉

- 커피 메이커 咖啡壺
  [keo-pi me-i-keo]
  〈coffee maker〉

- 드롭식 커피 메이커
  [deu-rop-ssik keo-pi me-i-keo]
  滴漏式咖啡壺
  〈drip 式 coffee maker〉

- 에스프레소 기계
  [e-seu-peu-re-so gi-gye]
  義式咖啡機〈espresso 機械〉

- 여과지 濾紙
  [yeo-gwa-ji]〈濾過紙〉

- 프레스 포트 法式濾壓壺
  [peu-re-seu po-teu]
  〈Press Pot〉

- 우유 거품기 打奶泡機
  [u-yu geo-pum-gi]〈牛乳 -〉

- 우유주전자 拉花杯
  [u-yu-ju-jeon-ja]
  〈牛乳酒煎子〉

- 스팀 원드 蒸汽棒
  [seu-tim won-deu]
  〈steam wand〉

類義字

조리 코너
料理區

부엌
廚房

C | How
如何形容咖啡？

- 쓰다 苦的
  [sseu-da]

- 달콤하다 甜膩的
  [dal-kom-ha-da]

- 부드럽다 香醇的
  [bu-deu-reop-tta]

- 풍부하다 豐富的
  [pung-bu-ha-da] 〈豐富 -〉

- 매끄럽다 順口的
  [mae-kkeu-reop-tta]

- 시다 酸的
  [si-da]

- 강하다 強烈的
  [gang-ha-da] 〈強 -〉

- 달다 甜的
  [dal-tta]

D | Something
在咖啡廳吧台有什麼？

- 커피콩 咖啡豆
  [keo-pi-kong] 〈coffee-〉

- 크림 奶油
  [keu-rim] 〈cream〉

- 얼음덩이 冰塊
  [eo-reum-deong-i]

- 우유 牛奶
  [u-yu] 〈牛乳〉

- 시럽 糖漿
  [si-reop] 〈syrup〉

- 캐러멜 焦糖
  [kae-reo-mel] 〈caramel〉

- 개암 榛果
  [gae-am]

- 바닐라 香草
  [ba-nil-la] 〈vanilla〉

活用關鍵字 可用表格中的部分字彙替換

1. 커피 한 주전자 끓이다
   煮一壺咖啡 → A

2. 우유 거품을 만든 기계
   電動打奶泡機 → B

3. 쓴 커피를 한 모금 마시다
   啜了一小口那杯很苦的咖啡 → C

4. 저지방의 크림을 사용하다
   使用低脂奶油 → D

409

製作麵包

- 밀가루 반죽을 개다
  搓揉**麵糰**
- 반죽을 공모양으로 만들다
  將**麵糰**捏成**球形**

準備材料

- 커피콩을 갈다
  研磨**咖啡豆**
- 휩 크림
  打奶油

奶泡

- 우유 거품을 내다
  打奶泡
- 라떼 아트를 만들다
  拉花（倒奶泡時在咖啡上畫出圖案）

1 您可以用二十元加購⋯。
您可以用二十元加購柳橙汁。
20 원을 추가하면 오렌지 주스를 더 살 수 있습 니다.

메뉴에서 모든 음료수 菜單上的 任何一種飲料	라떼 한 잔 一杯拿鐵	수프 한 그릇 一碗湯

2 他把水果切成⋯。
他把水果切成厚片。
그는 두꺼운 조각으로 과일을 잘라냅니다.

얇은 조각 薄片	절반 兩半	큼직큼직 大塊
산산조각 小塊	긴 스틱 長條	얇은 라운드 圓形薄片

3 請給我一杯⋯。
請給我一杯藍山咖啡。
저에게 블루 마운틴 커피 한 잔 주세요.

두유가 들어 간 카푸치노 卡布奇諾， 用豆奶	우유가 많고 거 품이 없는 라떼 拿鐵，多牛奶， 不要奶泡	설탕 조금 들어간 모카 摩卡，少糖

單複數

한 레스토랑
一間西式餐廳

두 레스토랑
兩間西式餐廳

| A | *What*
在西式餐廳做什麼?

- 마련하다 安排
  [ma-ryeon-ha-da]

- 청소하다 清潔
  [cheong-so-ha-da] 〈清掃 -〉

- 그릴 碳烤
  [geu-ril] 〈grill〉

- 쏟다 淋在⋯上面
  [ssot-tta]

- 준비하다 準備
  [jun-bi-ha-da] 〈準備 -〉

- 다시 채우다 再斟滿
  [da-si chae-u-da]

- 차려 주다 端上
  [cha-ryeo ju-da]

- 정리하다 整理
  [jeong-ni-ha-da] 〈整理 -〉

- 서명하다 簽名
  [seo-myeong-ha-da] 〈署名 -〉

- 쏟아지다 打翻
  [sso-da-ji-da]

- 맛보다 品嚐
  [mat-ppo-da]

- 팁 給小費
  [tip] 〈tip〉

- 닦다 擦
  [dak-tta]

| B | *Where*
在西式餐廳的哪裡?

- 부엌 [bu-eok] 廚房

- 작업대 工作檯
  [ja-geop-ttae] 〈作業檯〉

- 식기 세척기 洗碗機
  [sik-kki se-cheok-kki]
  〈食器洗滌機〉

- 전기 믹서 電動攪拌器
  [jeon-gi mik-sseo]
  〈電器 mixer〉

- 음식 찌꺼기 처리기
  [eum-sik jji-kkeo-gi cheo-ri-gi]
  廚餘處理器 〈飲食 - 處理器〉

- 어린이 카 시트
  [jwa-seok, ja-ri]
  兒童安全座椅 〈-car seat〉

- 식탁 桌子
  [sik-tak] 〈食卓〉

- 컵 杯子
  [keop] 〈cup〉

- 포크 叉子
  [po-keu] 〈fork〉

- 접시 [jeop-ssi] 盤子

- 숟가락 湯匙
  [sut-kka-rak]

- 물 컵 水杯
  [mul keop] 〈-cup〉

種類

테마 레스토랑
主題餐廳

고급 레스토랑
高檔餐廳

| C | **Who**
在西式餐廳有誰？

- 조장 領班
  [jo-jang]〈組長〉

- 단골 손님 老主顧
  [dan-gol son-nim]

- 종업원 服務生
  [jong-eo-bwon]〈從業員〉

- 소믈리에 酒侍
  [so-meul-li-e]

- 채식주의자 素食者
  [chae-sik-jju-ui-ja]
  〈菜食主義者〉

- 웨이터 男服務生
  [we-i-teo]〈waiter〉

- 웨이트리스 女服務生
  [we-i-teu-ri-seu]〈waitress〉

| D | **Something?**
在西式餐廳有什麼？

- 에피타이저 前菜
  [e-pi-ta-i-jeo]〈appetizer〉

- 계산서 帳單
  [gye-san-seo]〈計算書〉

- 서비스료 服務費
  [seo-bi-seu-ryo]〈service 料〉

- 세금 稅金
  [se-geum]〈稅金〉

- 병따개 開瓶器
  [byeong-tta-gae]〈瓶 -〉

- 특별요리 特餐
  [teuk-ppyeo-ryo-ri]
  〈特別料理〉

- 와인 리스트 酒單
  [wa-in ri-seu-teu]〈wine list〉

活用關鍵字　可用表格中的部分字彙替換

1. 고객 테이블을 배치하다
   為顧客安排桌位 → A

2. 식기 건조기에 컵을 넣다
   把杯子放入烘碗機 → B

3. 유제품과 달걀은 먹는 채식주의자
   蛋奶素食者（吃蛋和奶製品的素食者）→ C

4. 와인 리스트를 주십시오.
   請給我酒單 → D

54 레스토랑 餐廳　❷ 中式餐廳

單複數

한 중화요리점
一間中式餐廳

두 중화요리점
兩間中式餐廳

| A | *What*
在中式餐廳做什麼?

- 데치다 川燙
  [de-chi-da]
- 끓다 [kkeul-ta]（水）煮
- 달이다 熬煮
  [da-ri-da]
- 치실질을 하다 用牙線剔牙
  [chi-sil-ji-reul ha-da]
- 튀기다 炸
  [twi-gi-da]
- 피클 醃漬
  [pi-keul]〈pickle〉
- 부글 부글 끓다 用小火煮
  [bu-geul ppu-geul kkeul-ta]
- 따르다 淋
  [tta-reu-da]
- 차려 주다 上菜
  [cha-ryeo ju-da]
- 급속 냉동 急速冷凍
  [geup-ssok naeng-dong]
  〈急速冷凍〉
- 찌다 [jji-da] 蒸
- 뭉근히 끓이다 燉
  [mung-geun-hi kkeu-ri-da]
- 씻다 [ssit-tta] 洗
- 포장하다 包
  [po-jang-ha-da]〈包裝 -〉

| B | *Something*
在中式餐廳有什麼?

- 레인지 후드 抽油煙機
  [re-in-ji hu-deu]
  〈range hood〉
- 도마 砧板
  [do-ma]
- 식기 건조 선반 碗盤架
  [sik-kki geon-jo seon-ban]
  〈食器乾燥 -〉
- 가스 레인지 瓦斯爐
  [ga-seu re-in-ji]〈gas range〉
- 유아용 의자 兒童專用椅
  [yu-a-yong ui-ja]
  〈幼兒用椅子〉
- 진열용 냉장고 冷凍櫃
  [ji-nyeo-ryong naeng-jang-go]
  〈陳列用冷凍櫃〉
- 향신료 수납 선반 調味架
  [hyang-sil-lyo su-nap seon-ban]〈香辛料收納 -〉
- 된장 豆瓣醬
  [doen-jang]〈- 醬〉
- 간장 醬油
  [gan-jang]〈- 醬〉
- 식초 醋
  [sik-cho]〈食醋〉
- 트롤리 有輪子的推車
  [teu-rol-li]〈trolley〉

414

種類

딤섬 레스토랑
港式飲茶餐廳

대만 음식 레스토랑
台菜餐廳

C | Who
在中式餐廳有誰？

- 개별 손님 散客
  [gae-byeol son-nim] 〈個別 -〉

- 단골손님 常客
  [dan-gol-son-nim]

- 단체객 團客
  [dan-che-gaek] 〈團體客〉

- 주방장 主廚
  [ju-bang-jang] 〈廚房長〉

- 요리사 廚師
  [yo-ri-sa] 〈料理師〉

- 십장 領班
  [sip-jjang] 〈什長〉

- 미식가 美食家
  [mi-sik-kka] 〈美食家〉

- 웨이터 服務生
  [we-i-teo] 〈waiter〉

D | What Kind
在中式餐廳有哪些用具？

- 젓가락 筷子
  [jeot-kka-rak]

- 젓가락 받침 筷子枕架
  [jeot-kka-rak bat-chim]

- 전기 밥솥 電鍋
  [jeon-gi bap-ssot] 〈電器 -〉

- 쇠주걱 鍋鏟
  [soe-ju-geok]

- 찜통 蒸籠
  [jjim-tong] 〈桶〉

- 서랍식 찜통
  [seo-rap-ssik jjim-tong]
  抽屜式蒸箱櫃 〈- 桶〉

- 중국냄비 鍋子
  [jung-gung-naem-bi] 〈中國 -〉

活用關鍵字 │可用表格中的部分字彙替換

1. 만두를 어떻게 끓이다
   如何煮水餃 → A

2. 간장을 찍다
   沾一些醬油 → B

3. 십장님이 문을 열어주다
   領班為我們開門 → C

4. 찜통에 있는 것을 보다
   瞧瞧蒸籠裡的東西 → D

415

單複數

한 일식집
一間日式餐廳

두 일식집
兩間日式餐廳

A | What
在日式餐廳做什麼？

- 심혈을 기울이다 伺候
  [sim-hyeo-reul kki-u-ri-da]
  〈心血 -〉

- 바비큐 파티 烤（肉）
  [ba-bi-kyu pa-ti]
  〈barbecue party〉

- 굽다 [gup-tta] 煎烤

- 갈다 [gal-tta] 磨（碎）

- 자르다 切
  [ja-reu-da]

- 홱 뒤집히다 翻面
  [hwaek dwi-ji-pi-da]

- 튀기다 油炸
  [twi-gi-da]

- 그릴 碳烤
  [geu-ril] 〈grill〉

- 양념되다 浸泡在滷汁中
  [yang-nyeom-doe-da]

- 조금씩 먹다 小口地吃
  [jo-geum-ssik meok-tta]

- 음미하다 品味
  [eum-mi-ha-da] 〈吟味 -〉

- 얇게 썬 조각 切成薄片
  [yap-kke sseon jo-gak]

- 맛을 보다 品嚐
  [ma-seul ppo-da]

- 뒤척이다 將…拋起翻身
  [dwi-cheo-gi-da]

B | Something
在日式餐廳有什麼？

- 바비큐용 그릴 烤肉架
  [ba-bi-kyu-yong geu-ril]
  〈barbecue 用 grill〉

- 목탄 木炭
  [mok-tan] 〈木炭〉

- 캐서롤 砂鍋
  [kae-seo-rol] 〈casserole〉

- 젓가락 筷子
  [jeot-kka-rak]

- 핫팟 火鍋
  [hat-pat] 〈hot pot〉

- 회 [hoe] 生魚〈膾〉

- 사케 清酒
  [sa-ke] 〈sake〉

- 사케가온기 清酒溫酒機
  [sa-ke-ga-on-gi]
  〈sake 加溫機〉

- 샤프너 磨刀石
  [sya-peu-neo] 〈sharpener〉

- 스시 카운터 壽司櫃
  [seu-si ka-un-teo]
  〈sushi counter〉

- 스시 롤링 매트 捲壽司簾
  [seu-si rol-ling mae-teu]
  〈sushi rolling mat〉

- 와사비 日式綠芥末
  [wa-sa-bi] 〈wasabi〉

- 꼬치 串燒
  [kko-chi]

種類

일식 바 앤 그릴
日式燒肉店

회전초밥
迴轉壽司

| C | Who
在日式餐廳有誰？

- 견습생 學徒 〈見習生〉
  [gyeon-seup-ssaeng]

- 요리사 廚師
  [yo-ri-sa] 〈料理師〉

- 미식가 美食家
  [mi-sik-kka] 〈美食家〉

- 일본 사람 日本人
  [il-bon sa-ram] 〈日本 -〉

- 단골고객 忠實顧客
  [dan-gol-go-gaek] 〈- 顧客〉

- 종업원 服務生
  [jong-eo-bwon] 〈從業員〉

- 초밥요리사 壽司師傅
  [cho-ba-byo-ri-sa]
  〈醋 - 料理師〉

| D | What kind
在日式餐廳有哪些用具？

- 대발 [dae-bal] 竹簾

- 일식 의자 和式椅
  [il-sik ui-ja] 〈日式椅子〉

- 일본 샌들 木屐
  [il-bon saen-deul]
  〈日本 sandal〉

- 쇼지 스크린 和式紙門
  [syo-ji seu-keu-rin]
  〈shoji screen〉

- 간장통 醬油壺
  [gan-jang-tong] 〈- 醬桶〉

- 다다미 榻榻米
  [da-da-mi] 〈tatami〉

- 타월 디시 毛巾碟
  [ta-wol di-si] 〈towel dish〉

活用關鍵字　可用表格中的部分字彙替換

1. 돈까스의 맛을 보다
   品嚐炸豬排 → A

2. 핫팟을 맛있게 먹다
   享用火鍋 → B

3. 초밥 요리사의 건의를 묻다
   詢問壽司師傅的建議 → C

4. 다다미에 앉다
   坐在榻榻米上 → D

單複數

한 찻집
一間下午茶店

두 찻집
兩間下午茶店

A | What
在下午茶店做什麼？

- 굽다 [gup-tta] 烘焙
- 치다 攪成糊狀
  [chi-da]
- 깨어지다 打破
  [kkae-eo-ji-da]
- 이야기하다 聊天
  [i-ya-gi-ha-da]
- 선택하다 選擇
  [seon-tae-ka-da] 〈選擇 -〉
- 베다 [be-da] 切
- 데이트 하다 約會
  [de-i-teu-ha-da] 〈date〉
- 기름이 묻다 塗上油脂
  [gi-reu-mi mut-tta]
- 주무르다 捏（麵糰）
  [ju-mu-reu-da]
- 섞다 與…混合
  [seok-tta]
- 주문하다 點餐
  [ju-mun-ha-da] 〈注文 -〉
- 붓다 倒，倒出
  [but-tta]
- 홀짝이다 啜飲
  [hol-jja-gi-da]
- 젓다 攪拌
  [jeot-tta]

B | Something
在下午茶店有什麼？

- 커피 잔 咖啡杯
  [keo-pi jan] 〈coffee 盞〉
- 커피 메이커 咖啡機
  [keo-pi me-i-keo]
  〈coffee maker〉
- 커피 포트 咖啡壺
  [keo-pi po-teu] 〈coffee pot〉
- 알교반기 打蛋器
  [al-kkyo-ban-gi] 〈- 攪拌機〉
- 주전자 （燒開水的）水壺
  [ju-jeon-ja] 〈酒煎子〉
- 오븐 烤箱
  [o-beun] 〈oven〉
- 오븐용 장갑 隔熱手套
  [o-beu-nyong jang-gap]
  〈oven 用掌甲〉
- 설탕병 糖罐子
  [seol-tang-byeong] 〈雪糖瓶〉
- 찻잔 茶杯
  [chat-jjan] 〈茶盞〉
- 찻주전자 茶壺
  [chat-jju-jeon-ja] 〈茶酒煎子〉
- 토스터 烤土司機
  [to-seu-teo] 〈toaster〉
- 와플 베이커 鬆餅機
  [wa-peul ppe-i-keo]
  〈waffle baker〉

相關字

다방
茶館

카페
咖啡廳

| C | How
如何形容下午茶店？

| D | What Kind
在下午茶店有哪些餐點？

- 우아하다 高貴的
  [u-a-ha-da]〈優雅 -〉

- 비싸다 昂貴的
  [bi-ssa-da]

- 유명하다 有名的
  [yu-myeong-ha-da]〈有名 -〉

- 고아하다 典雅的
  [go-a-ha-da]〈高雅 -〉

- 귀엽다 可愛的
  [gwi-yeop-tta]

- 정치하다 精緻的
  [jeong-chi-ha-da]〈精緻 -〉

- 로맨틱하다 浪漫的
  [ro-maen-ti-ka-da]〈romantic-〉

- 독특하다 獨特的
  [dok-teu-ka-da]〈獨特 -〉

- 케이크 蛋糕
  [ke-i-keu]〈cake〉

- 초콜릿 폰듀 巧克力鍋
  [cho-kol-lit pon-dyu]
  〈chocolate fondue〉

- 크레이프 薄烤餅
  [keu-re-i-peu]〈crepe〉

- 수제 쿠키 手工餅乾
  [su-je ku-ki]〈手製 cookie〉

- 샐러드 沙拉
  [sael-leo-deu]〈salad〉

- 샌드위치 三明治
  [saen-deu-wi-chi]〈sandwich〉

- 와플 鬆餅
  [wa-peul]〈waffle〉

- 빙수 刨冰
  [bing-su]〈冰水〉

活用關鍵字 可用表格中的部分字彙替換

1. 차를 더 붓다
   再倒一些茶 → A

2. 찻잔이 많다
   很多茶杯 → B

3. 품격 있는 차기 세트
   高貴的茶具組 → C

4. 맛있는 와플
   美味的鬆餅 → D

抱怨

◆ 스테이크가 너무 익히다
  牛排煎太老了
◆ 안에 거의 익히지 않다
  內層幾乎沒有熟

入座

◆ 네 명이 있습니다 .
  我們有四個人
◆ 합석
  和別人併桌

付帳

◆ 각자 부담하다
  各自付帳
◆ 비용을 나눠 내다
  費用均分

1 예약을 해도 되겠습니까?
請問你們接受訂位嗎?
물론입니다 . 몇 분이세요?
當然可以。請問你們幾個人?

담배를 피십니까? 請問您吸不吸菸	성함을 좀 부탁드립니다 請留下您的大名

2 스테이크를 어떻게 해 드릴까요?
你的牛排要幾分熟?
완전히 익힙니다 . 고맙습니다 .
全熟,謝謝。

래어 三分熟	메디움 五分熟	미디엄 웰던 七分熟

3 오서 오세요!
您好,歡迎光臨!
두 명 자리가 있습니까?
你們有兩人的位子嗎?

풍경을 볼 수 있는 可看風景的	흡연 구역 抽煙區的	창쪽 靠窗的

單複數

한 뷔페식당
一間自助餐廳

두 뷔페식당
兩間自助餐廳

| A | **What**
在自助餐廳做什麼？

- 주사위 切丁
  [ju-sa-wi]

- 먹다 吃
  [meok-tta]

- 즐겁게 식사하다
  [jeul-kkeop-kke sik-ssa-ha-da]
  盡情地吃〈- 食事 -〉

- 꿀꺽꿀꺽 삼키다 狼吞虎嚥
  [kkul-kkeok-kkul-kkeok sam-ki-da]

- 마구 먹어 대다 暴食
  [ma-gu meo-geo dae-da]

- 난도질하다 剁碎
  [nan-do-jil-ha-da] 〈亂刀 -〉

- 픽업하다 拿起
  [pi-geo-pa-da] 〈pick up-〉

- 리필하다 續杯
  [ri-pil-ha-da] 〈refill-〉

- 제공하다 供應
  [je-gong-ha-da] 〈提供 -〉

- 썰다 切片
  [sseol-da]

- 사귀다 社交
  [sa-gwi-da]

- 뿌리다 灑
  [ppu-ri-da]

- 삼키다 吞嚥
  [sam-ki-da]

| B | **Where**
在自助餐廳的哪裡？

- 계산대 付帳區
  [gye-san-dae] 〈計算臺〉

- 셀프서비스 구역 自助區
  [sel-peu-seo-bi-seu gu-yeok]
  〈self-service 區域〉

- 브레드 바스켓 麵包藍
  [beu-re-deu ba-seu-ket]
  〈bread basket〉

- 컨베이어식 토스터
  [keon-be-i-eo-sik to-seu-teo]
  輸送帶式烤土司機
  〈conveyer 式 toaster〉

- 플라스틱 트래이 塑膠托盤
  [peul-la-seu-tik teu-rae-i]
  〈plastic tray〉

- 로우스터 팬 烤盤
  [ro-u-seu-teo paen]
  〈roaster pan〉

- 스팀 워머 蒸籠櫃
  [seu-tim wo-meo]
  〈steam warmer〉

- 슬러시 머신 雪泥冰供給機
  [seul-leo-si meo-sin]
  〈slush machine〉

- 보온통 保溫湯壺
  [bo-on-tong] 〈保溫桶〉

- 음료수 기계 飲料機
  [eum-nyo-su gi-gye]
  〈飲料水機械〉

種類

채식 뷔페식당
素食自助餐廳

C How 如何形容自助餐廳？	**D What Kind** 有哪些自助餐廳？
● 여러 가지 各式各樣的 [yeo-reo ga-ji]	● 바비큐 烤肉 [ba-bi-kyu] 〈barbecue〉
● 아주 맛있다 美味的 [a-ju ma-sit-tta]	● 디저트 甜點 [di-jeo-teu] 〈dessert〉
● 비다 [bi-da] 空的	● 퐁뒤 （瑞士）小火鍋 [pong-dwi] 〈fondue〉
● 이국적이다 異國的 [i-guk-jjeo-gi-da] 〈異國的 -〉	● 해산물 海鮮 [hae-san-mul] 〈海產物〉
● 신선하다 新鮮的 [sin-seon-ha-da] 〈新鮮 -〉	● 샤브샤브 涮涮鍋 [sya-beu-sya-beu]
● 뜨겁다 熱呼呼的 [tteu-geop-tta]	● 전골 [jeon-gol] 麻辣鍋
● 즙이 많다 多汁的 [jeu-bi man-ta] 〈汁 -〉	● 스테이크 牛排 [seu-te-i-keu] 〈steak〉
● 다양하다 形形色色的 [da-yang-ha-da] 〈多樣 -〉	● 스키 야키 壽喜燒 [seu-ki ya-ki] 〈sukiyaki〉

活用關鍵字 可用表格中的部分字彙替換

1. 알코올이 없는 음료수 제한이 없이 제공하다
   供應無限量的無酒精飲料 → A

2. 스팀 워머에서 식품을 선택하다
   從蒸籠櫃裡選擇食物 → B

3. 신선한 굴
   新鮮的生蠔 → C

4. 마시멜로를 초콜릿 퐁뒤에 담그다
   把棉花糖浸泡在巧克力小火鍋裡 → D

單複數

한 도시락 가게
一間便當店

두 도시락 가게
兩間便當店

| A | What
在便當店做什麼？

- 사다 [sa-da] 買

- 다 먹어 버리다 吃完
  [da meo-geo beo-ri-da]

- 요리하다 烹煮
  [yo-ri-ha-da] 〈料理 -〉

- 조각조각 자르다
  [jo-gak-jjo-gak ja-reu-da]
  切開，切碎

- 붙잡다 抓起
  [but-jjap-tta]

- 주문하다 訂
  [ju-mun-ha-da] 〈注文 -〉

- 싸다 [ssa-da] 包

- 고르다 挑選
  [go-reu-da]

- 내려놓다 放下
  [nae-ryeo-no-ta]

- 우르르거리는 소리를 내다 飢腸轆轆地叫
  [u-reu-reu-geo-ri-neun so-ri-reul nae-da]

- 푸다 [pu-da] 舀

- 짜다 [jja-da] 榨；擠

- 내젓다 翻動
  [nae-jeot-tta]

- 무게를 달다 秤
  [mu-ge-reul ttal-tta]

| B | Where
在便當店的哪裡？

- 계산대 收銀台
  [gye-san-dae] 〈計算臺〉

- 카운터 櫃檯
  [ka-un-teo] 〈counter〉

- 찬장 碗櫥
  [chan-jang] 〈饌欌〉

- 조제 식품 전시구역
  [jo-je sik-pum jeon-si-gu-yeok]
  熟食陳列區
  〈調製食品展示區域〉

- 전기 밥솥 電鍋
  [jeon-gi bap-ssot] 〈電氣 -〉

- 무료 음료 免費飲料
  [mu-ryo eum-nyo] 〈無料飲料〉

- 냄비 湯鍋
  [naem-bi]

- 식탁 공간 用餐區
  [sik-tak gong-gan] 〈食卓空間〉

- 의자 餐椅
  [ui-ja] 〈椅子〉

- 식탁 餐桌
  [sik-tak] 〈食卓〉

- 텔레비전 電視
  [tel-le-bi-jeon] 〈television〉

- 부엌 [bu-eok] 廚房

- 메뉴판 菜單看板
  [me-nyu-pan] 〈menu 板〉

種類

일식도시락
日式便當

철도 도시락
鐵路便當

C What Kind
有哪些常見的便當？

- 프라이드치킨 炸雞腿
  [peu-ra-i-deu-chi-kin]
  〈fried chicken〉

- 볶음면 炒麵
  [bo-kkeum-myeon] 〈- 麵〉

- 볶음밥 炒飯
  [bo-kkeum-bap]

- 구운 닭 烤雞
  [gu-un dak]

- 구운 오리 고기 燒鴨肉
  [gu-un o-ri go-gi]

- 새우 롤 蝦捲
  [sae-u rol] 〈shrimp roll〉

- 제육볶음 炒豬肉
  [je-yuk-ppo-kkeum]

D Something
在便當店裡有什麼？

- 도시락 갑 便當盒
  [do-si-rak gap] 〈- 匣〉

- 일회용 식기 免洗餐具
  [il-hoe-yong sik-kki]
  〈一回用食器〉

- 대나무 젓가락 竹筷
  [dae-na-mu jeot-kka-rak]

- 페이퍼 보울 紙碗
  [pe-i-peo bo-ul] 〈paper bowl〉

- 종이 컵 紙杯
  [jong-i keop] 〈-cup〉

- 플라스틱 숟가락
  [peul-la-seu-tik sut-kka-rak]
  塑膠湯匙 〈plastic-〉

- 비닐봉투 塑膠袋
  [bi-nil-bong-tu] 〈vinyl 封套〉

活用關鍵字 可用表格中的部分字彙替換

1. 도시락을 싸다
   包一個便當 → A

2. 전기 밥솥의 플러그를 꽂다
   插上電鍋的插頭 → B

3. 계란 돼지고기 볶음밥
   豬肉蛋炒飯 → C

4. 종이 그릇 하나 주세요.
   請多給我一個紙碗 → D

425

單複數

한 블랙퍼스트 숍	두 블랙퍼스트 숍
一間早餐店	兩間早餐店

A | What
在早餐店做什麼？

- 상을 차리다 （擺）盤
  [sang-eul cha-ri-da]
- 끓이다 煮
  [kkeu-ri-da]
- 갈라지다 砸開，打（蛋）
  [gal-la-ji-da]
- 튀기다 炸
  [twi-gi-da]
- 튀어나오다 （土司）彈起來
  [twi-eo-na-o-da]
- 붓다 倒
  [but-tta]
- 준비하다 準備
  [jun-bi-ha-da] 〈準備 -〉
- 가공하다 再加工
  [da-si ga-gong-ha-da] 〈加工 -〉
- 바르다 塗抹在⋯上
  [ba-reu-da]
- 짜내다 擠
  [jja-nae-da]
- 시동을 걸다 啟動
  [si-dong-eul kkeol-da] 〈使動 -〉
- 젓다 攪拌，搖
  [jeot-tta]
- 굽다 烤（麵包）
  [gup-tta]

B | Something
在早餐店有什麼？

- 커피 메이커 咖啡機
  [keo-pi me-i-keo]
  〈coffee maker〉
- 냉동고 冷凍櫃
  [naeng-dong-go] 〈冷凍庫〉
- 냅킨 紙巾
  [naep-kin] 〈napkin〉
- 비닐 장갑 塑膠手套
  [bi-nil jang-gap] 〈vinyl 掌甲〉
- 가격리스트 價目表
  [ga-gyeong-ni-seu-teu]
  〈價格 list〉
- 간판 招牌
  [gan-pan] 〈看板〉
- 냄비 長柄平底鍋
  [naem-bi]
- 토스터 烤土司機
  [to-seu-teo] 〈toaster〉
- 와플 메이커 鬆餅機
  [wa-peul me-i-keo]
  〈waffle maker〉
- 녹즙기 榨汁機
  [nok-jjeup-kki] 〈綠汁機〉
- 오븐 烤箱
  [o-beun] 〈oven〉
- 가스 레인지 瓦斯爐
  [ga-seu re-in-ji] 〈gas range〉

種類

체인 브렉퍼스트 숍
連鎖早餐店

아침 식사 밴
早餐車

| C | **What Kind**
有哪些早餐種類？

| D | **What Kind**
有哪些飲料種類？

- 베이글 貝果
  [be-i-geul] 〈bagel〉

- 햄버거 漢堡
  [haem-beo-geo] 〈hamburger〉

- 샌드위치 三明治
  [saen-deu-wi-chi] 〈sandwich〉

- 와플 鬆餅
  [wa-peul] 〈waffle〉

- 요구르트 優格
  [yo-gu-reu-teu] 〈yogurt〉

- 샐러드 沙拉
  [sael-leo-deu] 〈salad〉

- 김밥 海苔飯捲
  [gim-bap]

- 토스트 吐司
  [to-seu-teu] 〈toast〉

- 홍차 紅茶
  [hong-cha] 〈紅茶〉

- 커피 咖啡
  [keo-pi] 〈coffee〉

- 우유 牛奶
  [u-yu] 〈牛乳〉

- 저지방유 低脂牛奶
  [jeo-ji-bang-yu] 〈低脂肪乳〉

- 탈지 우유 脫脂牛奶
  [tal-jji u-yu] 〈脫脂牛乳〉

- 밀크 티 奶茶
  [mil-keu ti] 〈milk tea〉

- 오렌지 주스 柳橙汁
  [o-ren-ji ju-seu] 〈orange juice〉

- 두유 豆漿
  [du-yu] 〈豆乳〉

活用關鍵字　可用表格中的部分字彙替換

1. 달걀을 깨다
   打一顆蛋 → A
2. 기름기 비닐 장갑
   油膩的塑膠手套 → B
3. 샌드위치를 서둘러 잡다
   隨便抓了一個三明治 → C
4. 탈지 우유를 핫 초콜릿에 넣다
   加脫脂牛奶的熱巧克力 → D

427

單複數

한 패스트푸드 식당
一間速食店

두 패스트푸드 식당
兩間速食店

| A | **What**
在速食店做什麼？

- 물다 [mul-da] 咬
- 씹다 [ssip-tta] 嚼
- 치우다 清除，收拾
  [chi-u-da]
- 튀기다 油炸
  [twi-gi-da]
- 배달하다 外送
  [bae-dal-ha-da] 〈配達 -〉
- 찍다 [jjik-tta] 沾
- 폐기하다 丟棄
  [pye-gi-ha-da] 〈廢棄 -〉
- 마시다 喝
  [ma-si-da]
- 먹다 [meok-tta] 吃
- 바닥을 닦다 拖地
  [ba-da-geul ttak-tta]
- 놀다 [nol-da] 玩
- 리필하다 續杯
  [ri-pil-ha-da] 〈refill-〉
- 짜내다 擠出
  [jja-nae-da]
- 씻다 [ssit-tta] 洗
- 시키다 點餐
  [si-ki-da]
- 기다리다 等待
  [gi-da-ri-da]

| B | **Where**
在速食店的哪裡？

- 계산대 櫃檯
  [gye-san-dae] 〈計算臺〉
- 빨대 상자 吸管盒
  [ppal-ttae sang-ja] 〈- 箱子〉
- 메뉴 판 價目板
  [me-nyu pan] 〈menu 板〉
- 튀김기 油炸機
  [twi-gim-gi] 〈- 機〉
- 필터 콘 濾油紙漏斗
  [pil-teo kon] 〈filter cone〉
- 튀김망 油炸籃
  [twi-gim-mang] 〈- 網〉
- 식탁 餐桌
  [sik-tak] 〈食桌〉
- 드라이브 스루 윈도
  [deu-ra-i-beu seu-ru win-do]
  免下車點餐窗口
  〈drive-through window〉
- 음식 보온 전시장
  [eum-sik bo-on jeon-si-jang]
  食物保溫展示櫃
  〈飲食保溫展示場〉
- 실내의 놀이터 室內遊戲區
  [sil-lae-ui no-ri-teo] 〈室內 -〉
- 계단 樓梯
  [gye-dan] 〈階段〉
- 쓰레기통 垃圾桶
  [sseu-re-gi-tong] 〈- 桶〉

種類

한식 전문점	피자 가게
韓國料理店	披薩店

| C | Something
在速食店有什麼？

- 배달용 가방 外送專用包
  [bae-da-ryong ga-bang]
  〈配達用 -〉

- 일회용 용기
  用完即丟的容器
  [il-hoe-yong yong-gi]
  〈一回用容器〉

- 종이 봉지 紙袋
  [jong-i bong-ji] 〈- 封紙〉

- 타이머 計時器
  [ta-i-meo] 〈timer〉

- 빨대 吸管
  [ppal-ttae]

- 케첩 蕃茄醬
  [ke-cheop] 〈ketchup〉

- 고추가루 辣椒粉
  [go-chu-ga-ru]

| D | What Kind
在速食店有哪些餐點？

- 애플파이 蘋果派
  [ae-peul-pa-i] 〈apple pie〉

- 치킨 너겟 雞塊
  [chi-kin neo-get]
  〈chicken nugget〉

- 치킨 윙 雞翅
  [chi-kin wing] 〈chicken wing〉

- 프렌치 프라이 薯條
  [peu-ren-chi peu-ra-i]
  〈French fries〉

- 프라이드치킨 炸雞
  [peu-ra-i-deu-chi-kin]
  〈fried chicken〉

- 햄버거 漢堡
  [haem-beo-geo] 〈hamburger〉

- 어니언 링 洋蔥圈
  [eo-ni-eon ring] 〈onion ring〉

活用關鍵字 可用表格中的部分字彙替換

1. 대걸레로 바닥을 닦다
   拖地 → A

2. 드라이브스루를 통해 창문에서 기다리다
   在免下車點餐窗口等待 → B

3. 종이 가방에 주문한 것을 넣다
   把訂購的物品放進紙袋 → C

4. 추가 주문하는 애플 파이
   加點的蘋果派 → D

自助式

◆ 자기 하겠습니다 .
請自己來

◆ 이 접시가 가져도 됩니까 ?
我可以拿走這個餐盤嗎？

點餐

◆ 가져 가실 겁니까 , 아니면 안에서 드실 겁니까 ?
內用還是外帶？

◆ 주문한 것을 한 번 더 말하겠습니다 .
讓我重複您的點餐

得來速

◆ 드라이브스루 서비스를 사용하다
利用免下車取餐的服務

◆ 여기서 주문하고 취하세요 .
請在這裡點餐和取餐

TOP 一定要會的常用句
EXPRESSIONS

1 這個…好好吃，我要去多拿一點。

這個牛排好好吃，我要去多拿一點。

이 스테이크는 너무 맛있어요 . 내가 더 가져 올래요 .

새우튀김	쇠고기 구이	구운 햄
炸蝦	烤牛肉	燻火腿

2 我要一個三明治，…要少一點。

我要一個三明治，醃菜要少一點。

샌드위치 하나 하고 더 적은 피클즈 주세요 .

마요네즈	양파	케첩
美乃滋	洋蔥	番茄醬
머스터드	소금	오이
黃芥末	鹽	小黃瓜
샐러드 드레싱	소스	후추
沙拉醬	調味醬	胡椒鹽

3 我非常喜歡吃他們家的…。

我非常喜歡吃他們家的漢堡。

나는 그집의 햄버거를 먹기 아주 좋아합니다 .

핫도그	딸기 선데	옥수수수프
熱狗	草莓聖代	玉米濃湯

55 빙수 가게 冰店

單複數

한 빙수 가게
一間冰店

두 빙수 가게
兩間冰店

| A | What
在冰店做什麼？

- 첨가하다 加
  [cheom-ga-ha-] 〈添加 -〉

- 섞다 混合
  [seok-tta]

- 덜덜 떨다 （牙齒）打顫
  [deol-deol tteol-da]

- 분쇄하다 碾碎
  [bun-swae-ha-da] 〈粉碎 -〉

- 핥다 舔
  [hal-tta]

- 녹다 融化
  [nok-tta]

- 따르다 淋上
  [tta-reu-da]

- 숟갈 用杓子舀
  [sut-kkal]

- 깎다 刨
  [kkak-tta]

- 파다 挖下
  [pa-da]

- 뿌리다 灑
  [ppu-ri-da]

- 젓다 攪動
  [jeot-tta]

- 표면을 덮다 在上面加…料
  [pyo-myeo-neul tteop-tta]
  〈表面 -〉

| B | What Kind
在冰店有哪些器具？

- 믹서기 果汁機
  [mik-sseo-gi] 〈mixer 機〉

- 초콜릿 용해 장치
  [cho-kol-lit yong-hae jang-chi]
  巧克力融化機
  〈chocolate 溶解裝置〉

- 콘 프레임 甜筒架
  [kon peu-re-im] 〈cone frame〉

- 와플 콘 鬆餅杯
  [wa-peul kon] 〈waffle cone〉

- 아이스크림 동결장치
  [a-i-seu-keu-rim dong-gyeol-
  jang-chi] 冰淇淋冷凍櫃
  〈ice-cream 凍結裝置〉

- 아이스 크러쉬 刨冰機
  [a-i-seu keu-reo-swi]
  〈ice crusher〉

- 제빙기 製冰機
  [je-bing-gi] 〈製冰機〉

- 숟갈 冰淇淋勺
  [sut-kkal]

- 삽 [sap] 冰鏟

- 진공 포장기 真空包裝機
  [jin-gong po-jang-gi]
  〈真空包裝機〉

- 아이스크림기계 冰淇淋機
  [a-i-seu-keu-rim-gi-gye]
  〈ice-cream 機械〉

種類

아이스크림 트럭
行動冰淇淋車

아이스크림 가게
刨冰店

| C | **What Kind**
在冰店有哪些冰品？

- 얼린 요구르트 冷凍優格
  [eol-lin yo-gu-reu-teu]
  〈-yogurt〉
- 설고 雪糕
  [seol-go] 〈雪糕〉
- 아이스크림콘 甜筒冰淇淋
  [a-i-seu-keu-rim-kon]
  〈ice-cream cone〉
- 아이스캔디 冰棒
  [a-i-seu-kaen-di] 〈ice-andy〉
- 셔벗 冰糕
  [syeo-beot] 〈sorbet〉
- 선디 聖代
  [seon-di] 〈sundae〉
- 빙수 刨冰
  [bing-su] 〈冰水〉

| D | **Something**
在冰店有什麼？

- 연유 煉乳
  [yeo-nyu] 〈煉乳〉
- 냉동고 온도계
  [naeng-dong-go on-do-gye]
  冷凍櫃溫度計
  〈冷凍櫃溫度計〉
- 종이컵 紙杯
  [jong-i-keop] 〈-cup〉
- 스푼양식 빨대
  [seu-pu-nyang-sik ppal-ttae]
  湯匙式吸管
  〈spoon 樣式 -〉
- 시럽 糖漿
  [si-reop] 〈syrup〉
- 나무 숟가락 小木匙
  [na-mu sut-kka-rak]

活用關鍵字 可用表格中的部分字彙替換

1. 약간의 시럽을 첨가하다
   加一些糖漿 → A
2. 수동 얼음 분쇄기
   手動刨冰機 → B
3. 딸기 선디
   草莓聖代 → C
4. 버터 토스트에 연유를 따르다
   淋上煉乳的奶油土司 → D

56 찻집 飲料店

單複數

한 찻집
一間飲料店

두 찻집
兩間飲料店

A | What
在飲料店做什麼？

- 끓이다 沖泡，調製
  [kkeu-ri-da]

- 씹다 咀嚼
  [ssip-tta]

- 마시다 喝，飲
  [ma-si-da]

- 걸러 내다 過濾
  [geol-leo nae-da]

- 한 입에 꿀꺽 집어삼키다
  [han i-be kkul-kkeok ji-beo-sam-ki-da]
  一口氣喝下

- 섞이다 混和
  [seo-kki-da]

- 삶다 [sam-da] 煮

- 붓다 [but-tta] 倒

- 갈증을 풀다 解渴
  [gal-jjeung-eul pul-da]
  〈渴症 -〉

- 흔들리다 搖
  [heun-deul-li-da]

- 한 모금 마시다 啜飲口
  [han mo-geum ma-si-da]

- 쏟아지다 灑出
  [sso-da-ji-da]

- 으깨다 壓碎
  [eu-kkae-da]

- 비틀어 떼어내다 扭開
  [bi-teu-reo tte-eo-nae-da]

B | What Kind
在飲料店有哪些飲料？

- 홍차 紅茶
  [hong-cha] 〈紅茶〉

- 과실차 水果茶
  [gwa-sil-cha] 〈果實茶〉

- 생강차 薑母茶
  [saeng-gang-cha] 〈生薑茶〉

- 그레이프프루트 주스
  [geu-re-i-peu-peu-ru-teu ju-seu]
  葡萄柚汁 〈grapefruit juice〉

- 녹차 綠茶
  [nok-cha] 〈綠茶〉

- 허니 알로에 차
  [heo-ni al-lo-e cha]
  蜂蜜蘆薈茶 〈honey aloe 茶〉

- 핫 코코아 熱巧克力
  [hat ko-ko-a] 〈-cocoa〉

- 우롱차 烏龍茶
  [u-rong-cha] 〈烏龍茶〉

- 파파야 밀크 木瓜牛奶
  [pa-pa-ya mil-keu]
  〈papaya milk〉

- 스무디 冰沙
  [seu-mu-di] 〈smoothie〉

- 수박 우유 西瓜牛奶
  [su-bak u-yu] 〈- 牛乳〉

- 요구르트 優酪乳，多多
  [yo-gu-reu-teu] 〈yogurt〉

- 유자차 柚子茶
  [yu-ja-cha] 〈柚子茶〉

種類

음료수를 파는 노점
街邊飲料亭

| C | Something
在飲料店有什麼？

- 분쇄기 攪拌機
  [bun-swae-gi] 〈粉碎機〉

- 커피 분쇄기 磨豆機
  [keo-pi bun-swae-gi]
  〈coffee 粉碎機〉

- 제빙기 製冰機
  [je-bing-gi] 〈製冰機〉

- 착즙기 榨果汁器
  [chak-jjeup-kki] 〈榨果機〉

- 레몬즙 짜는 기구
  [re-mon-jeup jja-neun gi-gu]
  搾檸檬汁器〈lemon 汁 - 器具〉

- 빨대 갑 吸管盒
  [ppal-ttae gap] 〈- 匣〉

- 빨대 [ppal-ttae] 吸管

| D | What Kind
飲料裡有哪些配料？

- 버블 珍珠（粉圓）
  [beo-beul] 〈bubble〉

- 캐러멜 시럽 焦糖糖漿
  [kae-reo-mel si-reop]
  〈caramel syrup〉

- 헤이즐릿 시럽 榛果糖漿
  [he-i-jeul-lit si-reop]
  〈hazelnut syrup〉

- 허벌젤리 仙草凍
  [heo-beol-jel-li] 〈herbal jelly〉

- 바닐라 시럽 香草糖漿
  [ba-nil-la si-reop]
  〈vanilla syrup〉

- 거품 크리임 鮮奶油
  [geo-pum keu-ri-im] 〈-cream〉

活用關鍵字 可用表格中的部分字彙替換

1. 한 꺼번에 홍차를 마시다
   一口氣喝下紅茶 → A

2. 더운 과일차
   熱水果茶 → B

3. 분쇄기로 얼음을 찧다
   用攪拌機碎冰 → C

4. 탄성이 있는 허브로 만든 젤리
   有嚼勁的仙草凍 → D

435

57 야시장 夜市

單複數

한 야시장
一個夜市

두 야시장
兩個夜市

| A | *What*
在夜市做什麼？

- 물다 [mul-da] 咬，啃
- 집어삼키다 吞食
  [ji-beo-sam-ki-da]
- 그릴 （在烤架上）烤肉
  [geu-ril] 〈grill〉
- 소리치며 팔다 叫賣
  [so-ri-chi-myeo pal-tta]
- 치다 [chi-da] 擊中
- 미스 沒丟中
  [mi-seu] 〈miss〉
- 던지다 投擲
  [deon-ji-da]
- 쿡 찌르다 戳
  [kuk jji-reu-da]
- 펑 [peong] 射
- 줄을 서다 排隊
  [ju-reul sseo-da]
- 뿌리다 灑（胡椒粉）
  [ppu-ri-da]
- 쏘다 射擊
  [sso-da]
- 던지다 扔
  [deon-ji-da]
- 닦다 擦拭
  [dak-tta]

| B | *Where*
在夜市的哪裡？

- 점포 攤位
  [jeom-po] 〈店鋪〉
- 상가 商店
  [bing-go] 〈商家〉
- 빙고 賓果遊戲
  [bing-go] 〈bingo〉
- 물고기를 떠올리다 撈魚
  [mul-go-gi-reul tteo-ol-li-da]
- 고리 던지기 套圈圈
  [go-ri deon-ji-gi]
- 핀볼 놀이 기계 彈珠台
  [pin-bol no-ri gi-gye]
  〈pinball- 機械〉
- 수구슈팅 射水球
  [su-gu-syu-ting]
  〈水球 shooting〉
- 농구 던지기 기계 籃球機
  [nong-gu deon-ji-gi gi-gye]
  〈籠球 - 機械〉
- 장난감 판매기 扭蛋機
  [jang-nan-gam pan-mae-gi]
  〈- 販賣機〉
- 뽑기기계 夾娃娃機
  [ppop-kki-gi-gye] 〈- 機械〉
- 솜사탕 기계 棉花糖機
  [som-sa-tang gi-gye]
  〈- 砂糖機械〉

相關字

포장마차
小吃攤

푸드 트럭
貨車式路邊攤車

| C | What Kind
在夜市有哪些小吃？

- 삶은 요리 滷味
  [sal-meun yo-ri] 〈- 料理〉

- 콘도그 炸熱狗
  [kon-do-geu] 〈corn dog〉

- 솜사탕 棉花糖
  [som-sa-tang] 〈- 砂糖〉

- 크레이프 可麗餅
  [keu-re-i-peu] 〈crepe〉

- 도넛 甜甜圈
  [do-neot] 〈doughnut〉

- 소시지 香腸
  [so-si-ji] 〈sausage〉

- 고구마 구이 烤地瓜
  [go-gu-ma gu-i]

- 붕어빵 鯛魚燒
  [bung-eo-ppang]

| D | Something
在夜市有什麼？

- 접의자 折疊椅
  [jeo-bui-ja] 〈摺椅子〉

- 푸트 레스트 腳凳
  [pu-teu re-seu-teu] 〈footrest〉

- 발전기 發電機
  [bal-jjeon-gi] 〈發電機〉

- 확성기 大聲公
  [hwak-sseong-gi] 〈擴聲機〉

- 텐트 帳篷
  [ten-teu] 〈tent〉

- 방수에프론 防水圍裙
  [bang-su-e-peu-ron]
  〈防水 apron〉

- 조명기구 照明設備
  [jo-myeong-gi-gu]
  〈照明器具〉

活用關鍵字　可用表格中的部分字彙替換

1. 표적을 놓치다
   沒有擊中靶子 → A

2. 장난감 판매기에 잔돈을 넣다
   在扭蛋機中投入硬幣 → B

3. 햄치즈 크레페
   火腿起司可麗餅 → C

4. 접이의자에 앉다
   坐在摺疊椅上 → D

盛裝物

◆ 컵으로 할까요 아니면 콘으로 할까요 ?
用杯子還是甜筒？
◆ 와플로 만든 그릇
鬆餅製成的碗

容量

◆ 톨/그란데/벤티 사이즈
小/中/大杯

逛夜市

◆ 음식 노점으로 가득찬 골목
充滿小吃攤的街道
◆ 현지 식사와 문화를 체험하다
體驗本土食物與文化

1 請給我⋯口味。
請給我香草口味。
바닐라 **맛을 좀 주세요** .

박하 초콜릿	샴페인 포도	쿠키와 크림
薄荷巧克力	香檳葡萄	餅乾加冰淇淋

2 我要一個香草冰淇淋加⋯。
我要一個香草冰淇淋加很多的巧克力碎片。
초코렛칩이 많이 들어간 **바닐라 아이스크림**
을 주세요 .

메이플 시럽	핫 카라멜 토핑	구운 개암
楓糖漿	熱焦糖淋醬	烤洋榛果子

3 請給我一杯珍珠奶茶，⋯。
請給我一杯珍珠奶茶，少冰。
버블티 하나 , 얼음은 적게 **주세요** .

더 적은 분량의 설탕	얼음 설탕 보통	설탕없이
少糖	正常冰，正常糖	不加糖
얼음 반	설탕 반	얼음없이
半冰	半糖	去冰

單複數

한 우편서비스카운터
一個郵寄櫃檯

두 우편서비스카운터
兩個郵寄櫃檯

| A | **What**
在郵寄櫃檯做什麼？

- 수집하다 收集
  [su-ji-pa-da] 〈收集 -〉

- 배달하다 投遞
  [bae-dal-ha-tta] 〈配達 -〉

- 싸다 [ssa-da] 打包

- 찾다 (件)
  [chat-tta]

- 재활용하다 回收
  [jae-hwa-ryong-ha-da]
  〈再活用 -〉

- 재사용하다 再使用
  [jae-sa-yong-ha-da] 〈再使用 -〉

- 무게를 달다 秤重
  [mu-ge-reul ttal-tta]

- 봉하다 封口
  [bong-ha-da] 〈封 -〉

- 보내다 寄
  [bo-nae-da]

- 찍다 蓋（郵戳）章
  [jjik-tta]

- 붙이다 黏貼
  [bu-chi-da]

- 끈으로 묶다 捆綁
  [kkeu-neu-ro muk-tta]

- 행방조회를 하다 追蹤
  [haeng-bang-jo-hoe-reul ha-da]
  〈行方照會 -〉

| B | **Where**
在郵寄櫃檯的哪裡？

- 접수 카운터 存局候領櫃檯
  [su-jip ka-un-teo]
  〈接收 counter〉

- 불착통지 無法投遞通知
  [bul-chak-tong-ji] 〈不著通知〉

- 우편배달차 郵車
  [u-pyeon-bae-dal-cha]
  〈郵便配達車〉

- 우편함 郵筒
  [u-pyeon-ham] 〈郵便函〉

- 우편물 투입구 投信口
  [u-pyeon-mul tu-ip-kku]
  〈郵便物投入口〉

- 우편사서함 郵政信箱
  [u-pyeon-sa-seo-ham]
  〈郵便私書函〉

- 서비스 카운터 服務窗口
  [seo-bi-seu ka-un-teo]
  〈service counter〉

- 자동판매기 自動販賣機
  [ja-dong-pan-mae-gi]
  〈自動販賣機〉

- 봉투 信封
  [bong-tu] 〈封套〉

- 엽서 明信片
  [yeop-sseo] 〈葉書〉

- 우표 郵票
  [u-pyo] 〈郵票〉

類義字
우편서비스창구
郵寄作業窗口

| C | **Something**
在郵寄櫃檯有什麼？

- 종이 상자 紙箱
  [jong-i sang-ja] 〈-箱子〉

- 부서지기 쉽다 易碎物品
  [bu-seo-ji-gi swip-tta]

- 편지 信
  [pyeon-ji] 〈便紙〉

- 소포 小包裹
  [so-po] 〈小包〉

- 포장재 填充物
  [po-jang-jae] 〈包裝材〉

- 소포 小包（包裹）
  [so-po] 〈小包〉

- 밧줄 繩子
  [bat-jjul]

- 스티커 標籤
  [seu-ti-keo] 〈sticker〉

| D | **What Kind**
有哪些郵寄方式？

- 항공우편 空運郵件
  [hang-gong-u-pyeon]
  〈航空郵便〉

- 이중 등기우편 雙掛號郵件
  [i-jung deung-gi-u-pyeon]
  〈二重登記郵便〉

- 국제특급우편 快捷郵件
  [guk-jje-teuk-kkeu-bu-pyeon]
  〈國際特急郵便〉

- 통상 우편 普通郵件
  [tong-sang u-pyeon]
  〈通常郵便〉

- 등기 우편 掛號郵件
  [deung-gi u-pyeon] 〈登記郵便〉

- 빠른 등기 우편
  [ppa-reun deung-gi u-pyeon]
  限時掛號郵件 〈- 登記郵便〉

活用關鍵字 可用表格中的部分字彙替換

1. 소포를 찾다
   領取包裹 → A

2. 우편사서함을 빌리다
   租用郵政信箱 → B

3. 저울에 소포를 올리다
   把小包放在磅秤上 → C

4. 등기우편을 추적하다
   追蹤掛號郵件 → D

單複數

한 저축과 송금 카운터
一個儲匯櫃檯

두 저축과 송금 카운터
兩個儲匯櫃檯

| A | **What**
在儲匯櫃檯做什麼？

- 붙이다 貼上
  [bu-chi-da]

- 신청하다 申請
  [sin-cheong-ha-da] 〈申請 -〉

- 현금으로 바꾸다 兌現
  [hyeon-geu-meu-ro ba-kku-da]
  〈現金 -〉

- 저금하다 存款
  [jeo-geum-ha-da] 〈貯金 -〉

- 작성하다 填寫
  [jak-sseong-ha-da] 〈作成 -〉

- 통장을 만들다 開（戶）
  [tong-jang-eul man-deul-tta]
  〈通帳 -〉

- 내다 [nae-da] 付

- 저축하다 儲蓄
  [jeo-chu-ka-da] 〈儲蓄 -〉

- 서명하다 簽名
  [seo-myeong-ha-da] 〈署名 -〉

- 찢다 撕破，撕碎
  [jjit-tta]

- 계좌 이체 轉帳
  [gye-jwa i-che] 〈計座移替〉

- 전신환 電匯
  [jeon-sin-hwan] 〈電信換〉

- 예금을 인출하다 提款
  [ye-geu-meul in-chul-ha-da]
  〈預金引出 -〉

| B | **Where**
在儲匯櫃檯的哪裡？

- 인터폰 服務窗口對講機
  [in-teo-pon] 〈interphone〉

- 순번대기표기 抽號碼機
  [sun-beon-dae-gi-pyo-gi]
  〈順番待期票機〉

- 순번대기표 號碼牌
  [sun-beon-dae-gi-pyo]
  〈順番待期票〉

- 접수처 接待櫃檯
  [jeop-ssu-cheo] 〈接受處〉

- 지폐 鈔票
  [ji-pye] 〈紙幣〉

- 지폐계산기 點鈔機
  [ji-pye-gye-san-gi]
  〈紙幣計算機〉

- 도난 경보기 防盜鈴
  [do-nan gyeong-bo-gi]
  〈盜難警報器〉

- 비밀번호 키보드
  [bi-mil-beon-ho ki-bo-deu]
  密碼輸入鍵盤
  〈秘密號碼 keyboard〉

- 인터폰 服務窗口對講機
  [in-teo-pon] 〈interphone〉

- 비밀 카메라 監視器
  [bi-mil ka-me-ra]
  〈秘密 camera〉

- 창구 窗口
  [chang-gu] 〈窗口〉

類義字

저축과 송금 창구
儲匯作業窗口

C	**Who** 在儲匯櫃檯有誰？	D	**Something** 在儲匯櫃檯有什麼？

C | Who 在儲匯櫃檯有誰？

- 고객 客戶
  [go-gaek] 〈顧客〉

- 예금자 存戶
  [ye-geum-ja] 〈預金者〉

- 내근 사원 行政人員
  [nae-geun sa-won] 〈內勤社員〉

- 매니저 經理
  [mae-ni-jeo] 〈manager〉

- 수취인 受款人
  [su-chwi-in] 〈受取人〉

- 금전 출납계 직원
  [geum-jeon chul-lap-kkye ji-gwon] (銀行) 出納員
  〈金錢出納系職員〉

- 상인 商人
  [sang-in] 〈商人〉

D | Something 在儲匯櫃檯有什麼？

- 예금전표 存款單
  [ye-geum-jeon-pyo]
  〈預金傳票〉

- 잉크대 印泥
  [ing-keu-dae] 〈ink 臺〉

- 영수증 收據
  [yeong-su-jeung] 〈領受證〉

- 송금전표 匯款單
  [song-geum-jeon-pyo]
  〈送金傳票〉

- 도장 印章
  [do-jang] 〈圖章〉

- 위반 딱지 罰單
  [wi-ban ttak-jji] 〈違反 - 紙〉

- 예금 청구서 提款單
  [ye-geum cheong-gu-seo]
  〈預金請求書〉

活用關鍵字 可用表格中的部分字彙替換

1. 만원을 저금하다
   存款一萬元 → A

2. 도난에 대비해서 경보기 알람을 맞추다
   設置防盜鈴以免發生搶劫 → B

3. 은행의 예금자
   銀行的存戶 → C

4. 예금 청구서를 작성하다
   填寫提款單 → D

單複數

한 셀프 서비스 구역
一個自助作業區

두 셀프 서비스 구역
兩個自助作業區

A | What
在自助作業區做什麼？

- 포장하다 打包
  [po-jang-ha-da] 〈包裝 -〉

- 받다 領取
  [bat-tta]

- 작성하다 填寫
  [jak-sseong-ha-da] 〈作成 -〉

- 붙이다 糊上
  [bu-chi-da]

- 펴서 읽다 翻閱
  [pyeo-seo ik-tta]

- 싸다 打包
  [ssa-da]

- 내려놓다 放下
  [nae-ryeo-no-ta]

- 봉하다 密封
  [bong-ha-da] 〈封 -〉

- 도자을 찍다 蓋章
  [do-ja-eul jjik-tta] 〈圖章 -〉

- 끈으로 묶다
  [kkeu-neu-ro muk-tta]
  用（繩子）捆綁

- 버리다 丟棄
  [beo-ri-da]

- 풀다 打開包裹
  [pul-da]

B | Something
在自助作業區有什麼？

- 현금 자동 인출기
  [hyeon-geum ja-dong in-chul-gi] 自動提款機
  〈現金自動引出機〉

- 끈 繩子
  [kkeun]

- 풀 膠水
  [pul]

- 통장정리기 存摺補登機
  [tong-jang-jeong-ni-gi]
  〈通帳整理機〉

- 가위 剪刀
  [ga-wi]

- 테이프 膠帶
  [te-i-peu] 〈tape〉

- 대합실 等候區
  [dae-hap-ssil] 〈待合室〉

- 의자 椅子
  [ui-ja] 〈椅子〉

- 잡지 雜誌
  [jap-jji] 〈雜誌〉

- 신문 報紙
  [sin-mun] 〈新聞〉

- 돋보기 老花眼鏡
  [dot-ppo-gi]

同義字

셀프서비스 센터
自助作業中心

| C | **What Kind**
填寫哪些單據?

- 수표 支票
  [su-pyo] 〈手票〉

- 예입 전표 存款單
  [ye-ip jeon-pyo] 〈預入傳票〉

- 봉투 信封
  [bong-tu] 〈封套〉

- 우편환 郵政匯票
  [u-pyeon-hwan] 〈郵便換〉

- 엽서 明信片
  [yeop-sseo] 〈葉書〉

- 송금전표 匯款單
  [song-geum-jeon-pyo]
  〈送金傳票〉

- 예금 청구서 提款單
  [ye-geum cheong-gu-seo]
  〈預金請求書〉

| D | **Which**
填寫哪一個欄位?

- 계좌번호 帳號 〈計座番號〉
  [gye-jwa-beon-ho]

- 계좌종류 帳戶種類
  [gye-jwa-jong-nyu]
  〈計座種類〉

- 주소 地址
  [ju-so] 〈住所〉

- 은행 코드 銀行代號
  [eun-haeng ko-deu]
  〈銀行 code〉

- 은행이름 銀行名稱
  [eun-haeng-i-reum] 〈銀行 -〉

- 수취인 收款人
  [su-chwi-in] 〈受取人〉

- 송금인 匯款人
  [song-geu-min] 〈送金人〉

活用關鍵字 可用表格中的部分字彙替換

1. 소포를 싸다
   打包包裹 → A

2. 풀로 편지를 봉하다
   用膠水密封信件 → B

3. 빈 출금전표
   空白的提款單 → C

4. 계좌번호를 꼭 작성해야 하다
   務必填寫帳號 → D

儲匯業務

◆ 예금전표를 작성하다
填寫存款單
◆ 신청서를 내다
遞交申請表

信封格式

◆ 끝이 열리는 봉투
直式信封
◆ 옆이 열리는 봉투
橫式信封

抽號

◆ 번호표를 뽑다
抽一張號碼牌
◆ 네 차례이다
輪到你了

1 我要寄…。
我要寄平信。
보통 우편으로 보내겠습니다.

항공우편	해운	육운
航空信	海運	陸運

2 你們有提供…的服務嗎？
你們有提供兩天送達的服務嗎？
이일배송 서비스를 합니까?

택배	다음 날 배달
到府收送	隔天送達

3 你忘了在這裡寫上…。
你忘了在這裡寫上地址。
여기서 수소를 쓰는 것을 잊었습니다.

받는 사람	보내는 사람	계좌번호
收件人	寄件人	帳號
우편 번호	보낸 사람의 전화 번호	은행이름
郵遞區號	寄件人電話號碼	銀行名稱

59 은행 銀行 ❶ 櫃檯服務區

單複數

한 서비스카운터 구역
一個櫃檯服務區

두 서비스카운터 구역
兩個櫃檯服務區

A | What
在櫃檯服務區做什麼？

- 신청하다 申請
  [sin-cheong-ha-da]〈申請 -〉

- 현금으로 바꾸다 兌現
  [hyeon-geu-meu-ro ba-kku-da]〈現金 -〉

- 계좌를 폐지하다 結清
  [gye-jwa-reul pye-ji-ha-da]
  〈計座 - 廢止 -〉

- 저금하다 存款
  [jeo-geum-ha-da]〈儲金 -〉

- 수표를 발행하다 開支票
  [su-pyo-reul ppal-haeng-ha-da]〈手票 - 發行 -〉

- 작성하다 填寫
  [jak-sseong-ha-da]〈作成 -〉

- 통장을 만들다 開戶
  [tong-jang-eul man-deul-tta]
  〈通帳 -〉

- 해약하다 解約
  [hae-ya-ka-da]〈解約 -〉

- 송금하다 匯（款）
  [song-geum-ha-da]〈送金 -〉

- 이체하다 轉帳
  [i-che-ha-da]〈移替 -〉

- 출금하다 提（款）
  [chul-geum-ha-da]〈出金 -〉

B | Where
在櫃檯服務區的哪裡？

- 서비스창구 服務櫃檯
  [seo-bi-seu-chang-gu]
  〈service 窗口〉

- 지원서 申請表
  [ji-won-seo]〈志願書〉

- 입금표 存款憑條
  [ip-kkeum-pyo]〈入金票〉

- 출금표 取款憑條
  [chul-geum-pyo]〈出金票〉

- 거래 창구 交易櫃檯
  [geo-rae chang-gu]〈- 窗口〉

- 선일자 수표 遠期支票
  [seo-nil-ja su-pyo]
  〈先日字手票〉

- 수표 即期支票
  [su-pyo]〈手票〉

- 대기실 等候區
  [dae-gi-sil]〈待機室〉

- 전광판 數位電子看板
  [jeon-gwang-pan]〈電光板〉

- 순번대기표기 抽號碼機
  [sun-beon-dae-gi-pyo-gi]
  〈順番待期票機〉

- 환율 匯率
  [hwa-nyul]〈換率〉

- 환어음 匯票
  [hwa-neo-eum]〈換 -〉

相關字

일반 서비스 카운터 구역
一般櫃檯服務區

| C | Who
在櫃檯服務區有誰？

- 은행원 銀行服務人員
  [eun-haeng-won] 〈銀行員〉

- 고객 客戶
  [go-gaek] 〈顧客〉

- 예금자 存戶
  [ye-geum-ja] 〈預金者〉

- 송금 수취인 收款人
  [song-geum su-chwi-in]
  〈送金受取人〉

- 송금인 匯款人
  [song-geu-min] 〈送金人〉

- 금전 출납계 직원
  [geum-jeon chul-lap-kkye ji-gwon] (銀行)出納員
  〈金錢出納系職員〉

| D | Something
在櫃檯服務區有什麼？

- 현금카드 金融卡
  [hyeon-geum-ka-deu]
  〈現金 card〉

- 입금 내역서 銀行存款明細
  [ip-geum nae-yeok-sseo]
  〈入出金內譯書〉

- 통장 存摺
  [tong-jang] 〈通帳〉

- 청구서 帳單
  [cheong-gu-seo] 〈請求書〉

- 신용카드 信用卡
  [si-nyong-ka-deu]
  〈信用 card〉

- 도장 圖章，戳記
  [do-jang] 〈圖章〉

活用關鍵字　可用表格中的部分字彙替換

1. 통장을 만들다
   開立帳戶 → A

2. 수표를 현금으로 바꾸다
   將即期支票兌現 → B

3. 출납원에게 문의하다
   諮詢出納員 → C

4. 통장을 보여 주다
   出示存摺 → D

單複數

한 외환구역
一個外匯區

두 외환구역
兩個外匯區

A | What
在外匯區做什麼？

- 요구하다 要求
  [yo-gu-ha-da] 〈要求 -〉

- 수취하다 收取（費用）
  [su-chwi-ha-da] 〈收取 -〉

- 현금으로 바꾸다 兌換
  [hyeon-geu-meu-ro ba-kku-da]
  〈現金 -〉

- 부서 連署，覆簽
  [bu-seo] 〈副署〉

- 공제하다 扣除
  [gong-je-ha-da] 〈控除 -〉

- 협상하다 議價出賣
  [hyeop-ssang-ha-da] 〈協商 -〉

- 지불하다 支付
  [ji-bul-ha-da] 〈支拂 -〉

- 보여 주다 出示
  [bo-yeo ju-da]

- 견적을 내다 報價
  [gyeon-jeo-geul nae-da]
  〈見積 -〉

- 송금하다 匯款
  [song-geum-ha-da] 〈送金 -〉

- 서명하다 簽名
  [seo-myeong-ha-da] 〈署名 -〉

- 작성하다 填寫（表格）
  [jak-sseong-ha-da] 〈作成 -〉

- 거래하다 交易
  [geo-rae-ha-da] 〈去來 -〉

B | Something
在外匯區有什麼？

- 외화 外幣
  [oe-hwan] 〈外貨〉

- 바트 泰銖
  [ba-teu] 〈baht〉

- 달러 美元
  [dal-leo] 〈dollar〉

- 유로 歐元
  [yu-ro] 〈euro〉

- 파운드 英鎊
  [pa-un-deu] 〈pound〉

- 루블 （俄國）盧布
  [ru-beul] 〈ruble〉

- 원 韓圜
  [won] 〈won〉

- 엔 日圓
  [en] 〈yen〉

- 동전 硬幣
  [dong-jeon] 〈銅錢〉

- 센트 分
  [sen-teu] 〈cent〉

- 다임 10 分
  [da-im] 〈dime〉

- 니켈 5 分
  [ni-kel] 〈nickel〉

- 페니 便士
  [pe-ni] 〈penny〉

- 쿼터 25 分
  [kwo-teo] 〈quarter〉

相關字

브이아이피 서비스 구역
貴賓服務區

| C | **Who**
在外匯區有誰？

- 신청인 申請人
  [sin-cheong-in] 〈申請人〉

- 환율 에이전트
  [hwa-nyul e-i-jeon-teu]
  外幣匯兌人員 〈換率 agent〉

- 외국인 外國人
  [oe-gu-gin] 〈外國人〉

- 이민자 外來移民，僑民
  [i-min-ja] 〈移民者〉

- 여객 遊客
  [yeo-gaek] 〈遊客〉

- 안내원 服務員
  [an-nae-won] 〈案內員〉

| D | **What Kind**
在外匯區有哪些單據？

- 환어음 匯票
  [hwa-neo-eum] 〈換 -〉

- 외국 환전 메모 匯兌表單
  [oe-guk hwan-jeon me-mo]
  〈外國換錢 memo〉

- 여행자 수표 구매동의서
  旅行支票購買同意書
  [yeo-haeng-ja su-pyo gu-mae-
  dong-ui-seo]
  〈旅行者手票購買同意書〉

- 송금통지서 匯款通知
  [song-geum-tong-ji-seo]
  〈送金通知書〉

- 송금환어음 匯款單
  [song-geum-hwa-neo-eum]
  〈送金換 -〉

活用關鍵字　可用表格中的部分字彙替換

1. 환어음을 지불하다
   支付匯票 → A

2. 유로를 좀 사다
   買一些歐元 → B

3. 신청인에게 서식 작성을 청하다
   要求申請人填寫表格 → C

4. 외국 환전 메모를 보여 주세요.
   請出示匯兌表單 → D

單複數

한 금융 센터
一個理財中心

두 금융 센터
兩個理財中心

| A | *What*
在理財中心做什麼？

- 건의하다 建議
  [geo-nui-ha-da.] 〈建議 -〉

- 구입하다 買入
  [gu-i-pa-da] 〈買入 -〉

- 문의하다 諮詢
  [mu-nui-ha-da] 〈問議 -〉

- 감소하다 減少
  [gam-so-ha-da] 〈減少 -〉

- 증가하다 增加
  [jeung-ga-ha-da] 〈增加 -〉

- 투자하다 投資
  [tu-ja-ha-da] 〈投資 -〉

- 빌려주다 借出
  [bil-lyeo-ju-da]

- 분실하다 損失
  [bun-sil-ha-da] 〈紛失 -〉

- 저당 잡히다 抵押
  [jeo-dang ja-pi-da]

- 이익을 얻다 獲益
  [i-i-geul eot-tta] 〈利益 -〉

- 상환하다 贖回
  [sang-hwan-ha-da] 〈相換 -〉

- 돌려주다 還款
  [dol-lyeo-ju-da]

- 팔다 [pal-tta] 賣出

- 청약하다 申購
  [cheong-ya-ka-da] 〈請約 -〉

| B | *Something*
在理財中心有什麼？

- 빚 [bit] 債務

- 뮤추얼 펀드 共同基金
  [myu-chu-eol peon-deu]
  〈mutual fund〉

- 헤지 펀드 避險基金
  [he-ji peon-deu] 〈hedge fund〉

- 글로벌펀드 全球型基金
  [geul-lo-beol-peon-deu]
  〈global fund〉

- 보증기금 保本基金
  [bo-jeung-gi-geum] 〈保證基金〉

- 보험 保險
  [bo-heom] 〈保險〉

- 저축보험 儲蓄型保險
  [jeo-chuk-ppo-heom]
  〈儲蓄保險〉

- 이자 利息
  [i-ja] 〈利子〉

- 대출 貸款
  [dae-chul] 〈貸出〉

- 자동차 구입 자금 대출
  [ja-dong-cha gu-ip ja-geum
  dae-chul]
  車貸〈自動車購入資金貸出〉

- 개인융자 個人信貸
  [gae-i-nyung-ja] 〈個人融資〉

- 저금 儲蓄
  [jeo-geum] 〈貯金〉

相關字

프라이오리티 뱅킹 센터
貴賓理財中心

브이아이피 센터
貴賓理財中心

C | How
如何形容理財中心？

- 적극적이다 積極的
  [jeok-kkeuk-jjeo-gi-da]
  〈積極的 -〉

- 보수적이다 保守的
  [bo-su-jeo-gi-da] 〈保守的 -〉

- 높은 이윤 高獲利
  [no-peun i-yun] 〈- 利潤〉

- 위험도가 높다 高風險
  [wi-heom-do-ga nop-tta]
  〈危險度 -〉

- 장기 長期
  [jang-gi] 〈長期〉

- 낮은 이윤 低獲利
  [jang-na-jeun i-yu] 〈- 利潤〉

- 위험도가 낮다 低風險
  [wi-heom-do-ga nat-tta]
  〈危險度 -〉

D | Who
在理財中心有誰？

- 수익자 受益人
  [su-ik-jja] 〈受益者〉

- 대출자 借款人
  [dae-chul-ja] 〈貸出者〉

- 채무자 債務人
  [chae-mu-ja] 〈債務者〉

- 재무 고문 理財顧問
  [jae-mu go-mun] 〈財務顧問〉

- 보증인 保證人
  [bo-jeung-in] 〈保證人〉

- 투자자 投資人
  [tu-ja-ja] 〈投資者〉

- 소유주 要保人
  [so-yu-ju] 〈所有主〉

- 담보자 擔保人
  [dam-bo-ja] 〈擔保者〉

活用關鍵字　可用表格中的部分字彙替換

1. 많은 돈을 손해보다
   損失很多錢 → A

2. 자동차 구입 자금 대출을 신청하다
   申請車貸 → B

3. 적극적인 투자자
   積極的投資人 → C

4. 수혜자가 되기를 주장하다
   聲稱是受益人 → D

利率

類別		固定利率	機動利率
存款放款利率	活存息	0.12%	
	活儲息	0.25%	
定期存款	一個月	0.66%	0.7%
	三個月	0.75%	0.8%
	六個月	0.9%	0.95%
	一年	1.13%	1.25%

◆ 고정 비율
固定利率
◆ 변동 비율
浮動利率

投資

◆ 포트폴리오를 조정하다
調整投資組合
◆ 주식시장에서 후퇴하다
退出股市

基金

◆ 뮤추얼펀드에 가입하다
申購共同基金
◆ 뮤추얼 펀드를 상환하다
贖回共同基金

1 我想⋯。
我想結清我的帳戶。
통장을 해지하고 싶습니다 .

수표를 현금 으로 바꾸다 把支票兌現	금고를 빌리다 租一個保管箱	송금하다 匯款

2 這裡能繳⋯嗎?
這裡能繳電費嗎?
전기요금을 여기에서 지불할 수 있습니까 ?

가스요금 瓦斯費	하우스 빌 房屋稅	기한경과 어음 逾期帳單

3 ⋯的手續費是多少?
購買旅行支票的手續費是多少?
여행자수표를 사는데 수수료가 얼마입니까 ?

수표를 현금 으로 바꾸다 支票兌現	어음을 예치하다 存入匯票	외국돈을 사다 購買外幣
주택 대출을 신청하다 申請房貸	뮤추얼펀드에 가입하다 申購共同基金	뮤추얼 펀드를 상환하다 贖回共同基金

單複數

한 증권 거래소
一家證券交易所

두 증권 거래소
兩家證券交易所

A | What
在證券交易所做什麼？

- 구매하다 買入
  [gu-mae-ha-da] 〈購買 -〉

- 붕괴되다 崩盤，暴跌
  [bung-goe-doe-da] 〈崩壞 -〉

- 닫다 收盤
  [dat-tta]

- 떨어지다 下跌
  [tteo-reo-ji-da]

- 오르다 上漲
  [o-reu-da]

- 지속하다 持續
  [ji-so-ka-da] 〈持續 -〉

- 열다 開盤
  [yeol-da]

- 이익내다 獲益
  [i-ing-nae-da] 〈利益 -〉

- 반등하다 止跌回升
  [ban-deung-ha-da] 〈反騰 -〉

- 무역 交易
  [mu-yeok] 〈貿易〉

- 거래하다 交易
  [geo-rae-ha-da] 〈去來 -〉

- 계좌이체 過戶
  [gye-jwa-i-che] 〈計座移替〉

- 투자하다 投資
  [tu-ja-ha-da] 〈投資 -〉

B | Something
在證券交易所有什麼？

- 약세장 熊市（經濟收縮）
  [ha-rak-jjang] 〈弱勢場〉

- 블루칩 績優股
  [beul-lu-chip] 〈blue chip〉

- 본드 債券
  [bon-deu] 〈bond〉

- 강세장 牛市（經濟蓬勃）
  [gang-se-jang] 〈強勢場〉

- 자본 資本
  [ja-bon] 〈資本〉

- 국채 公債
  [guk-chae] 〈國債〉

- 명목 이자율 名目利率
  [myeong-mok i-ja-yul]
  〈名目利子率〉

- 주식 股票
  [ju-sik] 〈株式〉

- 결제일 交割日
  [gyeol-je-il] 〈決濟日〉

- 총매출 成交量
  [chong-mae-chul] 〈總賣出〉

- 매점 囤積
  [mae-jeom] 〈買占〉

- 금융 상품 金融商品
  [geu-myung sang-pum]
  〈金融商品〉

種類

선물환
期貨交易所

옵션거래소
選擇權交易所

| C | How
如何形容證券交易所？

- 매년의 年度的
  [mae-nyeo-nui] 〈每年 -〉

- 하락세인 空頭的，看跌的
  [ha-rak-sse-in] 〈下落勢 -〉

- 상승세인 多頭的，看漲的
  [sang-seung-se-in] 〈上升勢 -〉

- 상장된 （股票）上市的
  [sang-jang-doen] 〈上場 -〉

- 약간의 輕微的
  [yak-kka-nui] 〈若干 -〉

- 강한 強勢的
  [gang-han] 〈強 -〉

- 비상장의 未上市的
  [bi-sang-jang-ui] 〈非上場 -〉

| D | Who
在證券交易所有誰？

- 관리자 管理人員
  [gwal-li-ja] 〈管理者〉

- 기관 투자가 機構投資人
  [gi-gwan tu-ja-ga]
  〈機關投資家〉

- 소매 투자자 散戶投資人
  [so-mae tu-ja-ja]
  〈小賣投資者〉

- 증권 영업 사원 證券營業員
  [jeung-gwon yeong-eop sa-won] 〈證券營業社員〉

- 주주 股東
  [ju-ju] 〈株主〉

- 투기자 投機者
  [tu-gi-ja] 〈投機者〉

活用關鍵字　可用表格中的部分字彙替換

1. 주식시장이 붕괴되다
   股市崩盤 → A
2. 블루칩을 사다
   買績優股 → B
3. 하락세인 주식
   下跌的股票 → C
4. 주류의 기관투자가
   主流的機構投資人 → D

解盤

◆ 기본적 분석 의뢰하다
依賴基本面分析
◆ 기술적 분석이 나타내다
技術面分析指出

開盤

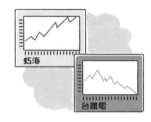

◆ 상승세로 개장하다
開盤上漲
◆ 하락세로 개장하다
開盤下跌

利潤

◆ 이익을 발표하다
宣布獲利
◆ 손실을 발표하다
宣布損失

1 我把大部分的錢投資在…。
我把大部分的錢投資在股票市場。
나는 대부분의 돈을 주식시장에 투자합니다.

주식거래시장	뮤추얼 펀드	채권 시장
集中市場	共同基金	債券市場

2 我看好…。
我看好高科技股。
아이티주식이 전망이 있는 것 같습니다.

식품	생물공학	금융
食品	生技	金融
전통산업	건설 클래스	전자
傳統產業	營建類	電子

3 …高於預期。
獲利高於預期。
이익이 생각보다 높습니다.

주가	제일사분기 이익	거래액
股價	第一季的獲利	成交量

單複數

한 경찰서
一間警察局

두 경찰서
兩間警察局

| A | **What**
在警察局做什麼？

| B | **Something**
在警察局有什麼？

- 고발하다 指控
  [go-bal-ha-tta] 〈告發 -〉

- 체포하다 逮捕
  [che-po-ha-da] 〈逮捕 -〉

- 공고하다 控告
  [gong-go-ha-da] 〈控告 -〉

- 수갑을 채우다 為…上手銬
  [su-ga-beul chae-u-da] 〈手匣 -〉

- 구금하다 拘留
  [gu-geum-ha-da] 〈拘禁 -〉

- 신청을 제출하다 提出申請
  [sin-cheong-eul jje-chul-ha-da]
  〈申請 - 提出 -〉

- 벌금하다 處以罰金
  [beol-geum-ha-da] 〈罰金 -〉

- 심문하다 審問
  [sim-mun-ha-da] 〈審問 -〉

- 조사하다 調查
  [jo-sa-ha-da] 〈調查 -〉

- 신문하다 訊問
  [sin-mun-ha-da] 〈訊問 -〉

- 석방하다 釋放
  [seok-ppang-ha-da] 〈釋放 -〉

- 신고하다 報案
  [sin-go-ha-da] 〈申告 -〉

- 수사하다 搜查
  [su-sa-ha-da] 〈搜查 -〉

- 배지 徽章
  [bae-ji] 〈badge〉

- 지휘봉 警棍
  [ji-hwi-bong] 〈指揮棒〉

- 음주 측정기 酒精測試器
  [eum-ju cheuk-jjeong-gi]
  〈酒精測定機〉

- 방탄조끼 防彈背心
  [bang-tan-jo-kki] 〈防彈 -〉

- 형광색 조끼 螢光背心
  [hyeong-gwang-saek jo-kki]
  〈螢光色 -〉

- 총 [chong] 槍 〈銃〉

- 총알 子彈
  [chong-al] 〈銃 -〉

- 수갑 手銬
  [su-gap] 〈手銬〉

- 헬멧 頭盔
  [hel-met] 〈helmet〉

- 경찰 모자 警帽
  [gyeong-chal mo-ja]
  〈警察帽子〉

- 섀클 腳鐐
  [syae-keul] 〈shackle〉

- 워키토키 無線電對講機
  [wo-ki-to-ki] 〈walkie-talkie〉

- 호루라기 哨子
  [ho-ru-ra-gi]

同義字

경찰국
警察局

類義字

경찰부서
警察部門

C | *Who*
在警察局有誰？

- 범죄자 罪犯
  [beom-joe-ja] 〈罪犯者〉

- 변호사 律師
  [byeon-ho-sa] 〈辯護士〉

- 순찰 경관 巡邏警察
  [sun-chal kkyeong-gwan]
  〈巡察警官〉

- 경찰 警察
  [gyeong-chal] 〈警察〉

- 용의자 嫌犯
  [yong-ui-ja] 〈容疑者〉

- 피해자 受害者
  [pi-hae-ja] 〈被害者〉

- 증인 證人
  [jeung-in] 〈證人〉

D | *Where*
在警察局的哪裡？

- 구류실 拘留室
  [gu-ryu-sil] 〈拘留室〉

- 범죄감식반 鑑識課
  [beom-joe-gam-sik-ppan]
  〈犯罪鑑識班〉

- 증거 證物
  [jeung-in] 〈證據〉

- 지문 指紋
  [ji-mun] 〈指紋〉

- 털 毛髮
  [teol]

- 타액 唾液
  [ta-aek] 〈唾液〉

- 조사실 偵訊室
  [jo-sa-sil] 〈調查室〉

活用關鍵字 可用表格中的部分字彙替換

1. 용의자를 체포하다
   逮捕嫌犯 → A

2. 방탄조끼를 입어 있다
   穿著防彈背心 → B

3. 피해자를 보호하다
   保護受害者 → C

4. 증거를 수집하다
   採集證物 → D

單複數

한 소방국
一個消防局

두 소방국
兩個消防局

| A | What
在消防局做什麼？

- 접수하다 接受
  [jeop-ssu-ha-da] 〈接受 -〉

- 모이다 集合
  [mo-i-da]

- 집행하다 執行
  [ji-paeng-ha-da] 〈執行 -〉

- 대시 猛衝
  [dae-si] 〈dash〉

- 장비를 갖추다 裝備
  [jang-bi-reul kkat-chu-]
  〈裝備 -〉

- 명령을 내다 下（命令）
  [myeong-nyeong-eul nae-da]
  〈命令 -〉

- 복종하는 服從
  [bok-jjong-ha-neun] 〈服從 -〉

- 받다 接受
  [bat-tta]

- 종소리를 울리다 鈴聲響起
  [jong-so-ri-reul ul-li-da] 〈鐘 -〉

- 뛰다 跑
  [ttwi-da]

- 출동하다 出動
  [chul-dong-ha-da] 〈出動 -〉

- 대기하다 待命
  [dae-gi-ha-da] 〈待機 -〉

| B | Where
在消防局的哪裡？

- 소방차 消防車
  [so-bang-cha] 〈消防車〉

- 고가 사다리 雲梯
  [go-ga sa-da-ri] 〈高架 -〉

- 소방호스 消防水管
  [so-bang-ho-seu] 〈消防 hose〉

- 소화 노즐 消防噴頭
  [so-hwa no-jeul] 〈消火 nozzle〉

- 물탱크 水箱
  [mul-taeng-keu] 〈-tank〉

- 조명차 照明車
  [jo-myeong-cha] 〈照明車〉

- 사다리차 雲梯車
  [sa-da-ri-cha] 〈- 車〉

- 탈의실 更衣室
  [ta-rui-sil] 〈脫衣室〉

- 소방헬멧 消防頭盔
  [so-bang-hel-met]
  〈消防 helmet〉

- 소방복 消防衣
  [so-bang-bok] 〈消防服〉

- 가스 마스크 防毒面罩
  [ga-seu ma-seu-keu]
  〈gas mask〉

- 펌프차 抽水車
  [peom-peu-cha] 〈pumper 車〉

類義字

소방서
消防站

소방부
消防署

C | **Who**
在消防局有誰？

- 소방수 消防隊員
  [so-bang-su] 〈消防手〉

- 소방대장 消防隊長
  [so-bang-dae-jang] 〈消防隊長〉

- 소방대원 消防隊員
  [so-bang-dae-won] 〈消防隊員〉

- 긴급 의료원 醫務輔助人員
  [gin-geup ui-ryo-won]
  〈緊急醫料員〉

- 자원봉사 소방대원 義消人員
  [ja-won-bong-sa so-bang-dae-won] 〈自願奉仕消防隊員〉

- 레스큐 부대 營救部隊
  [re-seu-kyu bu-dae]
  〈rescue 部隊〉

D | **Something**
在消防局有什麼？

- 거품 소화기 泡沫滅火器
  [geo-pum so-hwa-gi]
  〈- 消火器〉

- 분말소화기 乾粉滅火器
  [bun-mal-sso-hwa-gi]
  〈粉墨消火器〉

- 에어쿠션 救生氣墊
  [e-eo-ku-syeon] 〈air cushion〉

- 현장블로킹벨트
  [hyeon-jang-beul-lo-king-bel-teu] 火場封鎖帶
  〈現場 blocking belt〉

- 구호물자 救援物資
  [gu-ho-mul-ja] 〈救護物質〉

- 비상식 應急食品
  [bi-sang-sik] 〈非常食〉

活用關鍵字 可用表格中的部分字彙替換

1. 임무를 수행하다
   執行任務 → A
2. 소방차를 운전하다
   開消防車 → B
3. 용감한 소방관들
   勇敢的消防員 → C
4. 거품 소화기를 바꾸다
   更換泡沫滅火器 → D

逮捕

◆ 용의자를 제압하다
制伏嫌犯
◆ 수갑을 채우다
戴上手銬

出勤

◆ 임무를 위해 소집하다
為任務集合
◆ 임무를 착수하다
出任務

滅火器

◆ 핀을 뽑다
拔掉保險插針
◆ 레버를 꽉 쥐다
握下手壓柄

1 他因…被逮捕。
他因酒醉駕車被逮捕。
그는 음주운전으로 체포되었습니다.

강도질 搶劫	빈집털이 闖空門	납치 綁架
가정폭력 家暴	약물 난용 藥物濫用	뺑소니 肇事逃逸

2 他犯了…罪。
他犯了殺人罪。
그는 살인을 저질렀습니다.

밀수 走私	도용 盜用罪	공공 기물 파손죄 毀損公物

3 所有的化學消防車都配備了…。
所有的化學消防車都配備了救援裝備。
모든 소방차에는 구급장비가 장착되어 있습니다 .

이중 사다리 雙節梯	캔버스 호오스 消防水管	화학 방호용 피복 化學防護衣

種類

지방 법원
地方法院

대법원
最高法院

| A | **What**
在法院做什麼？

- 고발하다 指控
  [go-bal-ha-tta] 〈告發 -〉

- 소환하다 傳喚
  [so-hwan-ha-da] 〈召喚 -〉

- 고소하다 控告
  [go-so-ha-da] 〈告訴 -〉

- 주장하다 宣稱
  [ju-jang-ha-da] 〈主張 -〉

- 자백하다 自白
  [ja-bae-ka-da] 〈自白 -〉

- 방어하다 辯護
  [bang-eo-ha-da] 〈防禦 -〉

- 벌금하다 處以罰金
  [beol-geum-ha-da] 〈罰金 -〉

- 심문하다 質問
  [sim-mun-ha-da] 〈審問 -〉

- 기각하다 否決，駁回
  [gi-ga-ka-da] 〈棄却 -〉

- 기소하다 起訴
  [gi-so-ha-da] 〈起訴 -〉

- 입증하다 證明
  [ip-jjeung-ha-da] 〈立證 -〉

- 선고하다 宣判
  [seon-go-ha-da] 〈宣告 -〉

- 증언하다 作證
  [jeung-eon-ha-da] 〈證言 -〉

- 시인하다 認罪
  [si-in-ha-da] 〈是認 -〉

| B | **Something**
在法院有什麼？

- 현장 부재 증명
  [hyeon-jang bu-jae jeung-myeong] 不在場證明
  〈現場不在證明〉

- 증거 證據
  [jeung-geo] 〈證據〉

- 면책특권 豁免權〈免責特權〉
  [myeon-chaek-teuk-kkwon]

- 증언 證詞
  [jeung-eon] 〈證言〉

- 평결 判決
  [pyeong-gyeol] 〈判決〉

- 사형 死刑
  [sa-hyeong] 〈死刑〉

- 공권 박탈 褫奪公權
  [gong-gwon bak-tal]
  〈公權剝奪〉

- 벌금 罰金
  [beol-geum] 〈罰金〉

- 투옥하다 入監服刑
  [tu-o-ka-da] 〈投獄 -〉

- 종신형 無期徒刑
  [jong-sin-hyeong] 〈終身刑〉

- 가석방 假釋
  [ga-seok-ppang] 〈假釋放〉

- 완형 緩刑
  [wan-hyeong] 〈緩刑〉

고등법원
高等法院

C	Who 在法院有誰？	D	How 如何形容法院中的人？

C | Who 在法院有誰？

- 법정경찰 法警〈法庭警察〉
  [beop-jjeong-gyeong-chal]

- 피고 被告人
  [pi-go]〈被告〉

- 판사 法官
  [pan-sa]〈判事〉

- 배심원단 陪審團
  [bae-si-mwon-dan]
  〈陪審員團〉

- 변호사 律師
  [byeon-ho-sa]〈辯護士〉

- 원고 原告
  [won-go]〈原告〉

- 검찰관 檢察官
  [geom-chal-kkwan]〈檢察官〉

D | How 如何形容法院中的人？

- 침착하다 鎮定的
  [chim-cha-ka-da]〈沈着 -〉

- 교활하다 狡猾的
  [gyo-hwal-ha-da]〈狡猾 -〉

- 웅변을 잘하다
  [ung-byeo-neul jjal-ha-tta]
  擅長辯才的〈雄辯 -〉

- 공정하다 公正的
  [gong-jeong-ha-da]〈公正 -〉

- 유죄 有罪的
  [yu-joe]〈有罪〉

- 무죄 清白的
  [mu-joe]〈無罪〉

- 지혜롭다 明智的
  [ji-hye-rop-tta]〈智慧 -〉

活用關鍵字 可用表格中的部分字彙替換

1. 증인을 부르다
   傳喚證人 → A

2. 현장 부재 증명을 입증하다
   證實他的不在場證明 → B

3. 피고를 심문하다
   質問被告人 → C

4. 공정한 판사
   公正的法官 → D

單複數

한 감옥
一間監獄

두 감옥
兩間監獄

| A | **What**
在監獄做什麼？

- 승인하다 批准，核准
  [seung-in-ha-da] 〈承認 -〉

- 불다 吹（哨子）
  [bul-da]

- 위반하다 越（獄）；違反
  [wi-ban-ha-da] 〈違反 -〉

- 도망가다 逃跑
  [do-mang-ga-da] 〈逃亡 -〉

- 복종하다 服從
  [bok-jjong-ha-da] 〈服從 -〉

- 경비하다 看守
  [gyeong-bi-ha-da] 〈警備 -〉

- 감금하다 監禁
  [gam-geum-ha-da] 〈監禁 -〉

- 회견 會見
  [hoe-gyeon] 〈會見〉

- 순종하다 服從
  [sun-jong-ha-da] 〈順從 -〉

- 처벌하다 處罰
  [cheo-beol-ha-da] 〈處罰 -〉

- 석방하다 釋放
  [seok-ppang-ha-da] 〈釋放 -〉

- 복역하다 服（刑）
  [bo-gyeo-ka-da] 〈服役 -〉

- 쪼그리다 蹲下
  [jjo-geu-ri-da]

| B | **Where**
在監獄的哪裡？

- 무장경비탑 武裝警衛塔
  [mu-jang-gyeong-bi-tap]
  〈武裝警備塔〉

- 사형실 死囚行刑室
  [sa-hyeong-sil] 〈死刑室〉

- 사수가 행형하기 전의 감
  옥 死囚行刑前的牢房
  [sa-su-ga haeng-hyeong-ha-gi
  jeo-nui ga-mok]
  〈死囚行刑前 - 監獄〉

- 식당 飯堂
  [sik-ttang] 〈食堂〉

- 운동장 運動場
  [un-dong-jang] 〈運動場〉

- 수위실 守衛室
  [su-wi-sil] 〈守衛室〉

- 감방 牢房
  [gam-bang] 〈監房〉

- 이단 침대 單人床疊架
  [i-dan chim-dae] 〈二段寢臺〉

- 철창 鐵窗
  [cheol-chang] 〈鐵窗〉

- 세수대 洗手檯
  [se-su-dae] 〈洗手臺〉

- 보호감호실
  [bo-ho-gam-ho-sil]
  受保護犯人的拘留室
  〈保護監護室〉

同義字

교도소
監獄

지하 감옥
地牢

| C | **Who**
在監獄裡有誰？

- 사수 死囚
  [sa-su] 〈死囚〉

- 수감자 同獄犯人
  [su-gam-ja] 〈收監者〉

- 가석방 담당관 假釋官
  [ga-seok-ppang dam-dang-gwan] 〈假釋放擔當官〉

- 간수 獄警
  [gan-su] 〈看守〉

- 죄수 囚犯，犯人
  [joe-su] 〈罪囚〉

- 저격수 狙擊手
  [jeo-gyeok-ssu] 〈狙擊手〉

- 교도소장 典獄長
  [gyo-do-so-jang] 〈教導所長〉

| D | **Something**
在監獄有什麼？

- 경찰봉 警棍
  [gyeong-chal-ppong] 〈警察棍〉

- 수갑을 채우다 戴手銬
  [su-ga-beul chae-u-da] 〈手匣-〉

- 수갑 手匣
  [su-gap] 〈手銬〉

- 열쇠 鑰匙
  [yeol-soe] 〈鑰匙〉

- 죄수복 囚服
  [joe-su-bok] 〈罪囚服〉

- 소총 步槍
  [so-chong] 〈小銃〉

- 전격봉 電擊棒
  [jeon-gyeok-ppong] 〈電擊棒〉

活用關鍵字 可用表格中的部分字彙替換

1. 명령은 따다
   服從命令 → A
2. 사형실로 보내다
   被送到死囚行刑室 → B
3. 잔인한 간수
   殘忍的獄警 → C
4. 죄수에게 수갑을 채우다
   替犯人上手銬 → D

469

是否認罪

◆ 유죄를 인정하다
認罪
◆ 범행을 부인하다
否認罪行

休庭

◆ 휴정 십분
休庭十分鐘
◆ 작은 망치를 치다
敲小木槌

假釋

◆ 가석방을 신청하다
申請假釋
◆ 가석방 신청이 거부되다
拒絕假釋申請

1 他被控…。
他被控作偽證。
그는 위증죄로 기소되었습니다.

명예 훼손죄	마약 거래	사기죄
誹謗罪	販毒	詐騙

2 他被判處…。
他被判處死刑。
그는 사형을 선고받았습니다.

오개월 보호관찰	태형 백대	백시간 사회봉사
五個月的緩刑	一百下鞭刑	一百小時的 社區服務

3 獄警使用…制服暴動。
獄警使用胡椒粉噴劑制服暴動。
교도소 경비원은 폭동을 진압하기 위해 후추스프레이를 사용했습니다.

최루 가스	악취탄	전기 충격기
催涙瓦斯	臭氣彈	電擊槍
전격봉	경찰봉	물대포
電擊棒	警棍	強力水柱

單複數

한 등록대
一個掛號處

두 등록대
兩個掛號處

A | What
在掛號處做什麼？

- 문의하다 詢問
  [mu-nui-ha-da] 〈問議 -〉

- 전화하다 打（電話）
  [jeon-hwa-ha-da] 〈電話 -〉

- 선택하다 選擇
  [seon-tae-ka-da] 〈選擇 -〉

- 상의하다 討論
  [sang-ui-ha-da] 〈商議 -〉

- 작성하다 填寫（表格）
  [jak-sseong-ha-da] 〈作成 -〉

- 줄을 서다 排隊
  [ju-reul sseo-da]

- 내다 付錢
  [nae-da]

- 등록 掛號
  [deung-nok] 〈登錄〉

- 보여 주다 出示
  [bo-yeo ju-da]

- 서명하다 簽名
  [seo-myeong-ha-da] 〈署名 -〉

- 말하다 告訴
  [mal-ha-tta]

- 기다리다 等待
  [gi-da-ri-da]

- 입원하다 住院
  [i-bwon-ha-da] 〈入院 -〉

- 퇴원하다 出院
  [doe-won-ha-da] 〈退院 -〉

B | Where
在掛號處的哪裡？

- 계산대 出納櫃檯
  [gye-san-dae] 〈計算臺〉

- 등록대 掛號櫃檯
  [deung-nok-ttae] 〈登錄臺〉

- 컴퓨터 電腦
  [keom-pyu-teo] 〈computer〉

- 번호표시판 號碼顯示器
  [beon-ho-pyo-si-pan]
  〈番號標示板〉

- 번호표 號碼牌
  [beon-ho-pyo] 〈番號票〉

- 공중전화 公共電話
  [gong-jung-jeon-hwa]
  〈公眾電話〉

- 펜 筆
  [pen] 〈pen〉

- 돋보기 老花眼鏡
  [dot-ppo-gi]

- 참가 신청서 登記表格
  [cham-ga sin-cheong-seo]
  〈參加申請書〉

- 휠체어 輪椅
  [hwil-che-eo] 〈wheelchair〉

- 병력실 病歷室
  [byeong-nyeok-ssil] 〈病歷室〉

- 진단서 診斷書
  [jin-dan-seo] 〈診斷書〉

- 차트 病歷表
  [cha-teu] 〈chart〉

同義字

등록실
掛號室

相關字

조제실
領藥處

| C | Who
在掛號處有誰？

- **출납원** 出納員
  [chul-la-bwon] 〈出納員〉

- **청소부** 清潔工
  [cheong-so-bu] 〈清掃夫〉

- **가족** 家屬
  [ga-jok] 〈家族〉

- **간호장** 護理長
  [gan-ho-jang] 〈看護長〉

- **간호사** 護士
  [gan-ho-sa] 〈看護師〉

- **환자** 患者
  [hwan-ja] 〈患者〉

- **자원 봉사자** 志工
  [ja-won bong-sa-ja]
  〈自願奉仕者〉

| D | Something
在掛號處有什麼？

- **전단** 傳單
  [jeon-dan] 〈傳單〉

- **마스크** 口罩
  [ma-seu-keu] 〈mask〉

- **국민건강보험카드** 健保卡
  [gung-min-geon-gang-bo-heom-ka-deu]
  〈國民健康保險 card〉

- **포스터** 海報
  [po-seu-teo] 〈poster〉

- **영수증** 收據
  [yeong-su-jeung] 〈領收證〉

- **자동등록기** 自助掛號機
  [ja-dong-deung-nok-kki]
  〈自動登錄機〉

活用關鍵字 可用表格中的部分字彙替換

1. 여기에 서명해 주세요.
   請在這裡簽名 → A

2. 돋보기를 끼다
   戴老花眼鏡 → B

3. 간호사하고 상의하다
   和護士討論 → C

4. 국민건강보험카드를 보여 주세요.
   請出示健保卡 → D

單複數

한 진료실
一間門診室

두 진료실
兩間門診室

| A | **What**
在門診室做什麼？

- 검사하다 檢查
  [geom-sa-ha-da] 〈檢查 -〉
- 서술하다 描述
  [seo-sul-ha-da] 〈描述 -〉
- 골절이 되다 骨折
  [gol-jeo-ri doe-da] 〈骨折 -〉
- 염증을 일으키다 發炎
  [yeom-jeung-eul i-reu-ki-da]
  〈炎症 -〉
- 숨을 들이마시다 吸氣
  [su-meul tteu-ri-ma-si-da]
- 주사하다 注射
  [ju-sa-ha-da] 〈注射 -〉
- 관찰하다 觀察
  [gwan-chal-ha-tta] 〈觀察 -〉
- 처방을 내리다 開藥方
  [cheo-bang-eul nae-ri-da]
  〈處方 -〉
- 진술하다 陳述
  [jin-sul-ha-da] 〈陳述 -〉
- 붓다 腫脹
  [but-tta]
- 전과하다 轉診
  [jeon-gwa-ha-da] 〈轉科 -〉
- 토하다 嘔吐
  [to-ha-da] 〈吐 -〉
- 기록하다 寫下
  [gi-ro-ka-da] 〈紀錄 -〉

| B | **Where**
在門診室的哪裡？

- 책상 書桌
  [chaek-ssang] 〈冊床〉
- 혈압계 血壓計
  [hyeo-rap-kkye] 〈血壓計〉
- 진단증명서 診斷證明
  [jin-dan-jeung-myeong-seo]
  〈診斷證明書〉
- 일회용 주사기 抛棄式針筒
  [il-hoe-yong ju-sa-gi]
  〈一回用注射器〉
- 환자기록 病歷紀錄
  [hwan-ja-gi-rok] 〈患者記錄〉
- 처방전 處方箋
  [cheo-bang-jeon] 〈處方箋〉
- 청진기 聽診器
  [cheong-jin-gi] 〈聽診器〉
- 온도계 體溫計
  [on-do-gye] 〈溫度計〉
- 압설자 壓舌棒
  [ap-sseol-ja] 〈壓舌子〉
- 진찰대 診療床
  [jin-chal-ttae] 〈診察臺〉
- 대합실 候診室
  [dae-hap-ssil] 〈待合室〉
- 핀셋 鑷子
  [pin-set] 〈pincet〉
- 거즈 紗布
  [geo-seu] 〈gauze〉

相關字

진찰실
診察室

상담실
心理諮詢室

C | What Kind
患者有哪些症狀？

- 알레르기 過敏
  [al-le-reu-gi] 〈allergy〉

- 경련 抽筋
  [gyeong-nyeon] 〈痙攣〉

- 열이 나다 發燒
  [yeo-ri na-da] 〈熱 -〉

- 머리가 아프다 頭痛
  [meo-ri-ga a-peu-da]

- 발진 疹子
  [bal-jjin] 〈發疹〉

- 콧물이 나다 流鼻水
  [kon-mu-ri na-da]

- 위통 胃痛
  [wi-tong] 〈胃痛〉

D | Something
在門診室有什麼？

- 체지방측정기 體脂機
  [che-ji-bang-cheuk-jjeong-gi]
  〈體脂肪測定器〉

- 목발 拐杖
  [mok-ppal] 〈木 -〉

- 전자 저울 電子體重計
  [jeon-ja jeo-ul] 〈電子 -〉

- 드레싱 카트 換藥車
  [deu-re-sing ka-teu]
  〈dressing cart〉

- 슬링 （懸吊手臂的）懸帶
  [seul-ling] 〈sling〉

- 휠체어 輪椅
  [hwil-che-eo] 〈wheelchair〉

活用關鍵字 可用表格中的部分字彙替換

1. 증세를 묘사하다
   描述症狀 → A

2. 진단 증명서를 청하다
   要求診斷證明 → B

3. 고열이 있다
   發高燒 → C

4. 드레싱 카트를 끌어당기다
   拉換藥車過來 → D

單複數

한 수술실
一間手術室

두 수술실
兩間手術室

| A | **What**
在手術室做什麼？

- 붕대로 매다 包紮
  [bung-dae-ro mae-da] 〈繃帶 -〉

- 피를 흘리다 流血
  [pi-reul heul-li-da]

- 상처를 정리하다 清理傷口
  [sang-cheo-reul jeong-ni-ha-da] 〈傷處 - 整理 -〉

- 위안하다 安撫
  [wi-an-ha-da] 〈慰安 -〉

- 자르다 剪
  [ja-reu-da]

- 회복되다 康復
  [hoe-bok-ttoe-da] 〈恢復 -〉

- 꿰매어 붙이다 縫合
  [kkwe-mae-eo bu-chi-da]

- 달래다 安撫
  [dal-lae-da]

- 지혈시키다 止血
  [ji-hyeol-si-ki-da] 〈止血 -〉

- 붙이다 黏
  [bu-chi-da]

- 벗기다 脫掉
  [beot-kki-da]

- 울다 哭泣
  [ul-da]

- 소리 지르다 喊叫
  [so-ri ji-reu-da]

| B | **Where**
在手術室的哪裡？

- 탈의실 更衣室
  [ta-rui-sil] 〈脫衣室〉

- 외과용 모자 手術帽
  [oe-gwa-yong mo-ja]
  〈外科用帽子〉

- 장갑 手套
  [jang-gap] 〈掌匣〉

- 수술복 手術衣
  [su-sul-bok] 〈手術服〉

- 수술실 開刀房
  [su-sul-sil] 〈手術室〉

- 마취 기구 麻醉器
  [ma-chwi gi-gu] 〈麻醉器具〉

- 집게 止血鉗
  [jip-kke]

- 기구 스탠드 器械架
  [gi-gu seu-taen-deu]
  〈器具 stand〉

- 기구 트레이 器械盤
  [gi-gu teu-re-i] 〈器具 tray〉

- 수술 계획 手術單（表）
  [su-sul gye-hoek] 〈手術計畫〉

- 수술대 手術台
  [su-sul-dae] 〈手術台〉

- 메스 解剖刀
  [me-seu] 〈mes〉

- 면봉 綿花棒
  [myeon-bong] 〈綿棒〉

相關字

치료실
治療室

응급실
急診室

| C | Something
在手術室有什麼？

- 심장세동제거기
[sim-jang-se-dong-je-geo-gi]
心臟電擊器
〈心臟細動除去器〉

- 심전도 心電圖
[sim-jeon-do]〈心電圖〉

- 기계환기기
[gi-gye-hwan-gi-gi]
人工呼吸輔助器
〈機器換氣機〉

- 경비위관 鼻胃管
[gyeong-bi-wi-gwan]
〈經鼻胃管〉

- 수술 스크럽 정장 隔離衣
[su-sul seu-keu-reop jeong-
jang]〈手術 scrub 正裝〉

| D | What Kind
有哪些急救用具？

- 붕대 繃帶
[bung-dae]〈繃帶〉

- 탈지면 藥用棉花
[tal-jji-myeon]〈脫脂綿〉

- 겸자 鑷子
[gyeom-ja]〈鉗子〉

- 거즈 紗布
[geo-jeu]〈gauze〉

- 들것 [deul-kkeot] 擔架

- 주사기 針筒
[ju-sa-gi]〈注射器〉

- 지혈대 止血帶
[ji-hyeol-dae]〈止血帶〉

- 외용약 外用藥
[oe-yong-yak]〈外用藥〉

活用關鍵字　可用表格中的部分字彙替換

1. 상처를 싸매다
包紮傷口 → A

2. 일회용의 외과 수술 모자
拋棄式的外科手術帽 → B

3. 심전도 스트립을 읽다
讀心電圖圖表 → C

4. 쓴 붕대를 버리다
丟掉用過的繃帶 → D

單複數

한 입원실
一間病房

두 입원실
兩間病房

A | What
在病房做什麼？

- 위로하다 安慰
  [wi-ro-ha-da] 〈慰勞 -〉

- 퇴원하다 出院
  [toe-won-ha-da] 〈退院 -〉

- 감염시키다 感染
  [ga-myeom-si-ki-da] 〈感染 -〉

- 주사하다 注射
  [ju-sa-ha-da] 〈注射 -〉

- 격리하다 隔離
  [gyeong-ni-ha-da] 〈隔離 -〉

- 눕다 [nup-tta] 躺在

- 오르다 升（病床）
  [o-reu-da]

- 내리다 降（病床）
  [nae-ri-da]

- 받치다 用…撐起
  [bat-chi-da]

- 당기다 拉
  [dang-gi-da]

- 밀다 [mil-da] 推

- 회복되다 復原
  [hoe-bok-ttoe-da] 〈恢復 -〉

- 휴양하다 休養
  [hyu-yang-ha-da] 〈休養 -〉

- 병문안하다 探病
  [byeong-mu-nan-ha-da]
  〈病問安 -〉

B | Where
在病房的哪裡？

- 가동 베드 可調節式病床
  [ga-dong be-deu] 〈可動 bed〉

- 베드 리모콘 病床控制器
  [be-deu ri-mo-kon]
  〈bed remocon〉

- 화장실 廁所
  [hwa-jang-sil] 〈化粧室〉

- 병상 病床
  [byeong-sang] 〈病床〉

- 시트 床單
  [si-teu] 〈sheet〉

- 베드테이블 病床小桌
  [be-deu-te-i-beul]
  〈bed table〉

- 담요 毯子 〈毯 -〉
  [dam-nyo]

- 호출단추 呼叫鈴
  [ho-chul-dan-chu] 〈呼出 -〉

- 난간 欄杆
  [nan-gan] 〈欄杆〉

- 식별카드 床牌
  [sik-ppyeol-ka-deu]
  〈識別 card〉

- 환자복 病人服
  [hwan-ja-bok] 〈患者服〉

- 베개 [be-gae] 枕頭

- 수술복 手術衣
  [su-sul-bok] 〈手術服〉

相關字

집중 치료실
加護病房

격리 병동
隔離病房

| C | **Who**
在病房有誰？

- 입원 환자 住院病人
  [i-bwon hwan-ja]〈入院患者〉

- 간호사 護士
  [gan-ho-sa]〈看護師〉

- 암 전문 의사 腫瘤科醫師
  [am jeon-mun ui-sa]
  〈癌專門醫師〉

- 내과 의사 內科醫師
  [nae-gwa ui-sa]〈內科醫師〉

- 개인 간호사 私人看護
  [gae-in gan-ho-sa]
  〈個人看護師〉

- 전문 의사 專科醫生
  [jeon-mun ui-sa]〈專門醫師〉

- 외과 의사 外科醫師
  [oe-gwa ui-sa]〈外科醫師〉

| D | **Something**
在病房有什麼？

- 요강 [yo-gang] 便盆

- 공급관 餵食器
  [gong-geup-kkwan]〈供給管〉

- 심장감시장치 心臟監測器
  [sim-jang-gam-si-jang-chi]
  〈心臟監視裝置〉

- 정맥내 점적 靜脈點滴
  [jeong-maeng-nae jeom-jeok]
  〈靜脈內點滴〉

- 산소마스크 氧氣罩
  [san-so-ma-seu-keu]
  〈酸素 mask〉

- 소변기 尿壺
  [so-byeon-gi]〈小便器〉

- 바이탈 사인 生命跡象
  [ba-i-tal ssa-in]〈vital sign〉

活用關鍵字 可用表格中的部分字彙替換

1. 병상 위로 들어올리다
   升起病床 → A

2. 침대 시트를 바꾸다
   更換床單 → B

3. 책임감이 있는 암 전문 의사
   負責任的腫瘤科醫師 → C

4. 활력 징후를 확인하다
   確認生命跡象 → D

單複數

한 분만실
一間產房

두 분만실
兩間產房

| A | What
在產房做什麼？

- 유산시키다 墮胎，流產
  [yu-san-si-ki-da] 〈流產 -〉

- 참다 忍受
  [cham-da]

- 진통 （子宮）收縮
  [jin-tong] 〈陣痛〉

- 외치다 大喊
  [oe-chi-da]

- 자르다 剪（臍帶）
  [ja-reu-da]

- 분만하다 分娩
  [bun-man-ha-da] 〈分娩 -〉

- 인내하다 忍耐
  [in-nae-ha-da] 〈忍耐 -〉

- 내쉬다 吐氣
  [nae-swi-da]

- 기절하다 昏厥
  [gi-jeol-ha-da] 〈氣絕 -〉

- 숨을 들이마시다 吸氣
  [su-meul tteu-ri-ma-si-da]

- 의식을 잃다 失去意識
  [ui-si-geul il-ta] 〈意識 -〉

- 밀다 推
  [mil-da]

- 꿰매다 縫合
  [kkwe-mae-da]

| B | Something
在產房有什麼？

- 양수천자 羊膜穿刺
  [yang-su-cheon-ja] 〈羊水穿刺〉

- 제왕절개술 剖腹產
  [je-wang-jeol-gae-sul]
  〈帝王切開術〉

- 난산 難產
  [nan-san] 〈難產〉

- 태동 胎動
  [tae-dong] 〈胎動〉

- 분만통 陣痛
  [bun-man-tong] 〈分娩痛〉

- 라마즈법 無痛分娩法
  [ra-ma-jeu-beop]
  〈Lamaze 法〉

- 국소마취 局部麻醉
  [guk-sso-ma-chwi] 〈局所痲醉〉

- 유산하다 流產
  [yu-san-ha-da] 〈流產 -〉

- 산전 진단 產檢
  [san-jeon jin-dan] 〈產前診斷〉

- 초음파 超音波 〈超音波〉
  [cho-eum-pa]

- 탯줄 臍帶 〈胎 -〉
  [taet-jjul]

- 경질분만 自然產
  [gyeong-jil-bun-man]
  〈經膣分娩〉

同義字

분만실
產房

相關字

산후 관리 센터
產後照護中心

|A| Who
在產房有誰？

- 산욕부 產婦
  [sa-nyok-ppu]〈產褥婦〉

- 조산사 助產士
  [jo-san-sa]〈助產士〉

- 산부인과 의사 產科醫生
  [san-bu-in-gwa ui-sa]
  〈產婦人科醫師〉

- 조산아 早產兒
  [jo-sa-na]〈早產兒〉

- 임신부 孕婦
  [im-sin-bu]〈妊娠婦〉

- 대리모 代理孕母
  [dae-ri-mo]〈代理母〉

- 시험관 아기 試管嬰兒
  [si-heom-gwan a-gi]
  〈試驗管 -〉

|B| Where
在產房的哪裡？

- 분만실 產房
  [bun-man-sil]〈分娩室〉

- 분만준비실 待產室
  [bun-man-jun-bi-sil]
  〈分娩準備室〉

- 분만대 產台
  [bun-man-dae]〈分娩臺〉

- 손잡이 扶手
  [son-ja-bi]

- 난간 欄杆
  [nan-gan]〈欄杆〉

- 레버 控制把手
  [re-beo]〈lever〉

- 산후휴게실 產後休息室
  [san-hu-hyu-ge-sil]
  〈產後休息室〉

活用關鍵字 可用表格中的部分字彙替換

1. 참아 보다
   試著忍耐 → A

2. 양막 천자의 위험
   羊膜穿刺的風險 → B

3. 약한 임신부
   虛弱的孕婦 → C

4. 손잡이를 단단히 잡다
   緊握扶手 → D

481

基礎檢查

- 깊은 숨을 들이쉬다
  深呼吸
- 맥박을 살피다
  檢查脈搏

症狀

- 증세를 자세히 서술하다
  詳細描述症狀
- 의료 기록을 조회하다
  詢問病史

急診

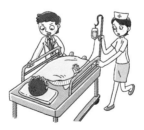

- 당직 의사
  值急診醫生
- 환자에게 응급 처치를 제공하다
  給予病人急救

1 **무슨 알레르기라도 있습니까?**
你有對任何東西過敏嗎?
네 , 우유 제품은 먹으면 설사하게 됩니다 .
有,奶製品會讓我拉肚子。

꽃가루 알레르기가 있다 有花粉症	잠두중독증이 있다 有蠶豆症	해산물 알레르기가 있다 對海鮮過敏

2 **무엇을 찾고 있습니까?**
你在找什麼?
나는 조금 신축성 붕대가 필요합니다 .
我需要一些彈性繃帶。

소독면 棉花球	소독용 알코올 消毒用酒精	체온계 體溫計

3 **또 다른 질문이 있습니까?**
你還有其他的問題嗎?
저는 양수 검사에 대한 자세한 정보를 얻을 싶습니다 .
我想取得更多關於羊膜穿刺術的資訊。

인공임신중절 人工流產	인공 수정 人工受孕	라마즈법 無痛分娩法

相關字

소아과
小兒科

소아 예방 접종
小兒預防注射

| A | **What**
在小兒科做什麼？

- 깨다 [kkae-da] 叫醒
- 껴안다 緊抱，緊握
  [kkyeo-an-da]
- 울다 [ul-da] 哭泣
- 감염시키다 傳染
  [ga-myeom-si-ki-da] 〈感染 -〉
- 주사하다 注射
  [ju-sa-ha-da] 〈注射 -〉
- 돌보다 照顧
  [dol-bo-da]
- 가볍게 치다 輕拍
  [ga-byeop-kke chi-da]
- 예방하다 預防
  [ye-bang-ha-da] 〈預防 -〉
- 저항하다 抵抗
  [jeo-hang-ha-da] 〈抵抗 -〉
- 긁다 搔，抓
  [geuk-tta]
- 소리치다 尖叫
  [so-ri-chi-da]
- 달래다 安撫
  [dal-lae-da]
- 고통을 받다 受…之苦
  [go-tong-eul ppat-tta] 〈苦痛 -〉
- 토하다 嘔吐
  [go-tong-eul ppat-tta] 〈吐 -〉

| B | **What kind**
在小兒科有哪些病症？

- 수두 水痘
  [su-du] 〈水痘〉
- 감기 感冒
  [gam-gi] 〈感氣〉
- 기침하다 咳嗽
  [gi-chim-ha-da]
- 설사 하다 腹瀉
  [seol-sa ha-da] 〈泄瀉 -〉
- 열이 나다 發燒
  [yeo-ri na-da] 〈熱 -〉
- 머리가 아프다 頭痛
  [meo-ri-ga a-peu-da]
- 코막힘 鼻塞
  [ko-ma-kim]
- 메스껍다 噁心
  [me-seu-kkeop-tta]
- 재채기하다 噴嚏
  [jae-chae-gi-ha-da]
- 인후염 喉嚨痛
  [in-hu-yeom] 〈咽喉炎〉
- 장내 바이러스 腸病毒
  [jang-nae ba-i-reo-seu]
  〈腸內 virus〉
- 요충 蟯蟲
  [yo-chung] 〈蟯蟲〉
- 소아마비 小兒麻痺症
  [so-a-ma-bi] 〈小兒麻痺〉

신생아 아이시유
新生兒科加護病房

| C | **Which**
施打哪一種小兒疫苗？

- 콜레라 霍亂
  [kol-le-ra] 〈cholera〉
- 뇌염 日本腦炎
  [noe-yeom] 〈腦炎〉
- 홍역 麻疹
  [hong-yeok] 〈紅疫〉
- 소아마비 小兒麻痺症
  [so-a-ma-bi] 〈小兒麻痺症〉
- 풍진 德國麻疹
  [pung-jin] 〈風疹〉
- 파상풍 破傷風
  [pa-sang-pung] 〈破傷風〉
- 백일해 百日咳
  [bae-gil-hae] 〈百日咳〉

| D | **Where**
在小兒科的哪裡？

- 진료침상 診療床
  [jil-lyo-chim-sang] 〈診療寢床〉
- 게이밍 룸 遊戲間
  [ge-i-ming rum]
  〈gaming room〉
- 공 [gong] 球
- 인형 洋娃娃
  [in-hyeong] 〈人型〉
- 바닥 퍼즐 巧拼板
  [ba-dak peo-jeul] 〈-puzzle〉
- 동화책 故事書
  [dong-hwa-chaek] 〈童話冊〉
- 블랙스 積木
  [beul-laek-sseu] 〈blacks〉

活用關鍵字　可用表格中的部分字彙替換

1. 아이가 깨다
   叫醒孩子 → A
2. 경미한 설사
   有輕微腹瀉 → B
3. 경구소아마비 백신
   服用口服小兒麻痺疫苗 → C
4. 다채로운 바닥 퍼즐
   色彩繽紛的巧拼板 → D

種類

성인 정신과
成人精神科

청소년 정신과
青少年精神科

A | What
在精神科做什麼？

- 진정시키다 冷靜下來
  [jjin-jeong-si-ki-da] 〈鎮定 -〉

- 의사소통을 하다 溝通
  [ui-sa-so-tong-eul ha-da]
  〈意思疏通 -〉

- 우울하게 만들다 使沮喪
  [u-ul-ha-ge man-deul-tta]
  〈憂鬱 -〉

- 벗어나다 逃避
  [beo-seo-na-da]

- 격려하다 鼓勵
  [gyeong-nyeo-ha-da] 〈激勵 -〉

- 고무하다 激勵
  [go-mu-ha-da] 〈鼓舞 -〉

- 짜증나게 하다 使惱怒
  [jja-jeung-na-ge ha-da]

- 안내하다 引導
  [an-nae-ha-da] 〈案內 -〉

- 가볍게 치다 輕拍
  [ga-byeop-kke chi-da]

- 억지하다 壓制，平息
  [eok-jji-ha-da] 〈抑止 -〉

- 달래다 安撫
  [dal-lae-da]

- 자극하다 刺激，激勵
  [ja-geu-ka-da] 〈刺激 -〉

- 자살 自殺
  [ja-sal] 〈自殺〉

B | How
如何形容精神狀況？

- 거만하다 狂妄自大的
  [geo-man-ha-da] 〈倨慢 -〉

- 미치다 瘋狂的
  [mi-chi-da]

- 암담하다 鬱鬱寡歡的
  [am-dam-ha-da] 〈暗澹 -〉

- 어색하다 難為情的
  [eo-sae-ka-da] 〈語塞 -〉

- 공허하다 空虛的
  [gong-heo-ha-da] 〈空虛 -〉

- 어둑어둑하다 陰沉的
  [eo-du-geo-du-ka-da]

- 무력하다 無力的
  [mu-ryeo-ka-da] 〈無力 -〉

- 히스테리 歇斯底里的
  [hi-seu-te-ri] 〈hysterical〉

- 유치하다 幼稚的
  [yu-chi-ha-da] 〈幼稚 -〉

- 짜증을 잘 내다 暴躁易怒的
  [jja-jeung-eul jjal nae-da]

- 외롭다 孤獨的
  [oe-rop-tta]

- 쉽게 망각하다 健忘的
  [swip-kke mang-ga-ka-da]
  〈- 忘却 -〉

- 의심스럽다 多疑的
  [ui-sim-seu-reop-tta] 〈疑心 -〉

아동 정신과
兒童精神科

c	Who 在精神科有誰？	D	Something 有哪些情緒或症狀？

c | Who 在精神科有誰？

- 행동 심리학자
  [haeng-dong sim-ni-hak-jja]
  行為心理學家
  〈行動心理學者〉

- 임상 심리학자 臨床心理師
  [im-sang sim-ni-hak-jja]
  〈臨床心理學者〉

- 정신과 의사 精神科醫生
  [jeong-sin-gwa ui-sa]
  〈精神科醫師〉

- 정신병 환자 精神病患者
  [jeong-sin-byeong hwan-ja]
  〈精神病患者〉

- 상담 심리학자 心理諮詢師
  [sang-dam sim-ni-hak-jja]
  〈相談心理學者〉

D | Something 有哪些情緒或症狀？

- 분노하다 憤怒
  [bun-no-ha-da] 〈憤怒 -〉

- 불안하다 焦慮
  [bu-ran-ha-da] 〈不安 -〉

- 자폐증 自閉症
  [ja-pye-jeung] 〈自閉症〉

- 강박병 強迫症
  [gang-bak-ppyeong] 〈強迫病〉

- 무력감 無力感
  [mu-ryeok-kkam] 〈無力感〉

- 스트레스 壓力
  [seu-teu-re-seu] 〈stress〉

- 좌절감 挫折
  [jwa-jeol-gam] 〈挫折感〉

活用關鍵字 可用表格中的部分字彙替換

1. 우울한 환자를 격려하다
   鼓勵沮喪的病患 → A

2. 암담하기 쉽게 느끼다
   容易感到鬱鬱寡歡 → B

3. 행동 심리학자의 의견이 필요하다
   詢問行為心理學家的意見 → C

4. 내 분노를 표현하다
   表達我的憤怒 → D

❸ 整形美容中心

單複數

한 성형 수술 센터
一間整形美容中心

두 성형 수술 센터
兩間整形美容中心

| A | **What**
在整形美容中心做什麼？

- 자신을 낮추다 自我貶低
  [ja-si-neul nat-chu-da]〈自身 -〉

- 기대하다 期待
  [gi-dae-ha-da]〈期待 -〉

- 주사하다 注射
  [ju-sa-ha-da]〈注射 -〉

- 모발이식수술을 받다
  [mo-ba-ri-sik(su-su-reul)bat-tta]
  移植毛髮〈毛髮移植手術 -〉

- 개선하다 改善
  [gae-seon-ha-da]〈改善 -〉

- 유지하다 維持
  [yu-ji-ha-da]〈維持 -〉

- 치우다 移除
  [chi-u-da]

- 수복하다 修復
  [su-bo-ka-da]〈修復 -〉

- 모양을 고치다 重新塑形
  [mo-yang-eul kko-chi-da]
  〈模樣 -〉

- 제거하다 去除
  [je-geo-ha-da]〈除去 -〉

- 만족시키다 滿意
  [man-jok-ssi-ki-da]〈滿足 -〉

- 갈다 磨平
  [sel-peu in-keul-lo-jeo]

| B | **What Kind**
有哪些整形美容項目？

- 뼈 삭감 削骨
  [ppyeo sak-kkam]〈- 削減〉

- 유방 확대술 隆乳
  [ppyeo sak-kkam]
  〈乳房擴大術〉

- 풍협 豐頰
  [pung-hyeop]〈豐頰〉

- 턱 임플란트 墊下巴
  [teok im-peul-lan-teu]〈-implant〉

- 피부 찰상 磨皮
  [pi-bu chal-ssang]〈皮膚擦傷〉

- 쌍꺼풀 수술 雙眼皮手術
  [ssang-kkeo-pul su-sul]〈- 手術〉

- 입술 엔핸스먼트 豐唇
  [ip-ssul en-haen-seu-meon-teu]
  〈-enhancement〉

- 지방 흡입술 抽脂
  [ji-bang heu-bip-ssul]
  〈脂肪吸入術〉

- 점을 제거하다 點痣
  [jeo-meul jje-geo-ha-da]
  〈點 - 除去 -〉

- 융비술 隆鼻
  [yung-bi-sul]〈隆鼻術〉

- 흉터를 제거하다 除疤
  [hyung-teo-reul jje-geo-ha-da]
  〈- 除去〉

相關字

성형 (외과) 수술
整形手術

마이크로 성형 수술
微整形手術

| C | *Who*
在整形美容中心有誰？

- 마취 전문 의사 麻醉師
  [ma-chwi jeon-mun ui-sa]
  〈麻醉專門醫師〉

- 미용사 美容師
  [mi-yong-sa] 〈美容師〉

- 마취전문간호사
  [ma-chwi-jeon-mun-gan-ho-sa]
  麻醉護理人員
  〈麻醉專門看護師〉

- 수술실 간호사
  [su-sul-sil gan-ho-sa]
  手術室護理人員
  〈手術室看護師〉

- 성형외과 의사
  [seong-hyeong-oe-gwa ui-sa]
  整形外科醫生
  〈成形外科醫師〉

| D | *Something*
在整形美容中心有什麼？

- 보툴리누스독소 肉毒桿菌
  [bo-tul-li-nu-seu-dok-sso]
  〈botulinus 毒素〉

- 콜라겐 膠原蛋白
  [kol-la-gen] 〈collagen〉

- 히알루론산 玻尿酸
  [hi-al-lu-ron-san]
  〈hyaluronic 酸〉

- 광선 치료법 脈衝光
  [gwang-seon chi-ryo-beop]
  〈光線治療法〉

- 레이저 雷射
  [re-i-jeo] 〈laser〉

- 부작용 副作用
  [bu-ja-gyong] 〈副作用〉

- 실리카 겔 矽膠
  [sil-li-ka gel] 〈silica gel〉

活用關鍵字 可用表格中的部分字彙替換

1. 자신을 낮추다
   貶低自己 → A
2. 지방 흡입술의 위험
   抽脂的危險性 → B
3. 초보 미용사
   新手美容師 → C
4. 보툴리누스 독소의 효과
   肉毒桿菌的效果 → D

感冒

◆ 마른기침을 하다
  劇烈咳嗽
◆ 목이 아프다
  喉嚨痛

標準體重

◆ 기준 이상
  超出標準值
◆ 기준 이하
  低於標準值

整形手術

◆ 융비술
  隆鼻
◆ 턱 임플란트
  墊下巴

1 這些是…最典型的症狀。
這些是失眠最典型的症狀。
이들은 가장 대표적인 불면증 증상입니다.

조울증 躁鬱症	식이 장애 厭食症	폭식증 暴食症
정신 신경증 精神官能症	우울증 憂鬱症	정신 분열병 精神分裂症

2 你應該多注意你的…。
你應該多注意你的血壓。
당신의 혈압을 더 알고 있어야 합니다.

혈당 血糖	체질량 지수 身體質量指數	콜레스테롤 膽固醇

3 我現在有在吃…。
我現在有在吃降血壓的藥。
저는 지금 혈압을 낮추는 약을 먹고 있습니다.

피임약 避孕藥	항생물 抗生素	수면제 安眠藥

63 진료소 診所 | ❶眼科

單複數

한 안과 진료소
一家眼科診所

두 안과 진료소
兩家眼科診所

- 실명하다 失明
  [sil-myeong-ha-da] 〈失明 -〉

- 눈을 깜박이다
  [nu-neul kkam-ba-gi-da]
  （無意識）眨眼

- 감다 閉起
  [gam-da]

- 커버 遮住
  [keo-beo] 〈cover〉

- 검사하다 檢查
  [geom-sa-ha-da] 〈檢查 -〉

- 풀어지다 （視網膜）剝離
  [pu-reo-ji-da]

- 뜨다 [tteu-da] 睜開

- 풀리다 （睫狀肌）放鬆
  [pul-li-da]

- 흘리다 流出（眼淚）
  [heul-li-da]

- 윙크하다 （有意識）眨眼
  [wing-keu-ha-da] 〈wink-〉

- 동공 확대 （瞳孔）放大
  [dong-gong hwak-ttae]
  〈瞳孔擴大〉

- 둔통 隱隱做痛
  [dun-tong] 〈鈍痛〉

- 격통 劇痛
  [gyeok-tong] 〈激痛〉

- 통증 疼痛
  [tong-jeung] 〈痛症〉

- 모호하다 模糊的
  [mo-ho-ha-da] 〈模糊 -〉

- 충혈되다 充血的
  [chung-hyeol-doe-da]〈充血 -〉

- 화끈거리다 灼熱的
  [hwa-kkeun-geo-ri-da]

- 마르다 乾澀的
  [ma-reu-da]

- 가렵다 癢的
  [ga-ryeop-tta]

- 염증이 생기다 發炎紅腫的
  [yeom-jeung-i saeng-gi-da]
  〈炎症 -〉

- 찌르다 刺痛的
  [jji-reu-da]

- 아프다 疼痛的
  [a-peu-da]

- 시큼하다 酸澀的
  [si-keum-ha-da]

- 붓다 腫脹的
  [but-tta]

- 피곤하다 疲倦的
  [pi-gon-ha-da] 〈疲睏 -〉

- 약하다 衰弱的
  [ya-ka-da] 〈弱 -〉

- 근시 近視
  [geun-si] 〈近視 -〉

- 원시 遠視
  [won-si] 〈遠視 -〉

相關字

레이저 시력 교정 수술
雷射近視手術

| C | *Where*
眼睛的哪個部份？

- 각막 角膜
  [gang-mak] 〈角膜〉

- 눈구멍 眼窩
  [nun-gu-meong]

- 눈알 眼球
  [nu-nal]

- 속눈썹 眼睫毛
  [song-nun-sseop]

- 눈꺼풀 眼皮
  [nun-kkeo-pul]

- 시신경 視神經
  [si-sin-gyeong] 〈視神經〉

- 눈동자 瞳孔
  [nun-ttong-ja] 〈- 瞳子〉

- 망막 視網膜
  [mang-mak] 〈網膜〉

| D | *Something*
在眼科有什麼？

- 콘택트 렌즈 隱形眼鏡
  [kon-taek-teu ren-jeu]
  〈contact lenses〉

- 시력 검사표 視力檢查表
  [si-ryeok geom-sa-pyo]
  〈視力檢查表〉

- 안약 眼藥水
  [a-nyak] 〈眼藥〉

- 눈 모델 眼球模型
  [nun mo-del] 〈-model〉

- 안경 眼鏡
  [an-gyeong] 〈眼鏡〉

- 시력 테스트 입체경 視力箱
  [si-ryeok te-seu-teu ip-che-gyeong] 〈視力 test 立體鏡〉

- 거즈 紗布
  [geo-seu] 〈gauze〉

活用關鍵字　可用表格中的部分字彙替換

1. 눈을 감다
   閉起眼睛 → A

2. 눈이 부었다
   雙眼腫脹 → B

3. 눈꺼풀이 가렵다
   眼皮很癢 → C

4. 콘택트 렌즈 한 쌍 맞추다
   配一副隱形眼鏡 → D

單複數

한 치과 진료소
一間牙科診所

두 치과 진료소
兩間牙科診所

| A | *What*
在牙科做什麼？

- 깨어지다 弄斷
  [kkae-eo-ji-da]

- 닦다 [dak-tta] 刷

- 클린 하다 洗（牙）
  [keul-lin ha-da] 〈clean-〉

- 떨어지다 脫落
  [tteo-reo-ji-da]

- 교정하다 矯正
  [gyo-jeong-ha-da] 〈矯正-〉

- 부식하다 蛀
  [bu-si-ka-da] 〈腐蝕-〉

- 드릴 在…鑽孔
  [deu-ril] 〈drill〉

- 뽑다 拔（牙）
  [ppop-tta]

- 때우다 補（牙）
  [ttae-u-da]

- 양치질하다 漱口
  [yang-chi-jil-ha-da] 〈養齒-〉

- 심다 植（牙）
  [sim-da]

- 의치를 맞추다 訂做假牙
  [ui-chi-reul mat-chu-da]
  〈義齒-〉

- 제거하다 拆（牙套）
  [je-geo-ha-da] 〈除去-〉

- 끼다 戴（牙套）
  [kki-da]

| B | *Something*
在牙科有什麼？

- 충치 蛀牙
  [chung-chi] 〈蟲齒〉

- 치아 교정기 牙套
  [chi-a gyo-jeong-gi]
  〈齒牙矯正機〉

- 의치 假牙
  [ui-chi] 〈義齒〉

- 치실 牙線
  [chi-sil] 〈齒-〉

- 치간칫솔 牙間刷
  [chi-gan-chit-ssol] 〈齒-齒-〉

- 모형 模型
  [mo-hyeong] 〈模型〉

- 견치 犬齒
  [gyeon-chi] 〈犬齒〉

- 앞니 門牙
  [am-ni]

- 젖니 乳牙
  [jeon-ni]

- 어금니 臼齒
  [eo-geum-ni]

- 영구치 恆齒
  [yeong-gu-chi] 〈永久齒〉

- 구강 청결제 漱口水
  [gu-gang cheong-gyeol-je]
  〈口腔清潔劑〉

- 치주병 牙周病
  [chi-ju-byeong] 〈齒周病〉

相關字

구강 외과
口腔外科

치열교정과
齒顎矯正科

| C | *Which*
在口腔的哪個部份？

- 금속관 牙冠
  [geum-sok-kkwan] 〈金屬管〉

- 상아질 象牙質
  [sang-a-jil] 〈象牙質〉

- 치열 齒列
  [chi-yeol] 〈齒列〉

- 법랑질 琺瑯質
  [beom-nang-jil] 〈琺瑯質〉

- 치은 牙齦，牙床
  [chi-eun] 〈齒齦〉

- 근관 치료 牙根管
  [geun-gwan chi-ryo]
  〈根管治療〉

- 혀 [hyeo] 舌頭

- 입천장 上顎
  [ip-cheon-jang] 〈- 天障〉

| D | *Where*
在牙科的哪裡？

- 진료실 診療間
  [jil-lyo-sil] 〈診療室〉

- 치과용진료장치
  [chi-gwa-yong-jil-lyo-jang-chi]
  牙醫診療設備
  〈齒科用診療裝置〉

- 치과용 치료대 牙科躺椅
  [chi-gwa-yong chi-ryo-dae]
  〈齒科用治療臺〉

- 드릴 牙鑽
  [deu-ril] 〈drill〉

- 등록소 掛號處
  [deung-nok-sso] 〈登錄所〉

- X- 레이 실 X 光室
  [X-re-i sil] 〈X-ray 室〉

- 엑스레이 X 光片
  [ek-sseu-re-i] 〈X-ray〉

活用關鍵字 可用表格中的部分字彙替換

1. 이빨을 부서지다
   弄斷牙齒 → A
2. 의치를 살 비용을 감당할 수 없다
   無法負擔購買假牙的費用 → B
3. 법랑질을 심하게 침식하다
   受嚴重侵蝕的琺瑯質 → C
4. 치과용진료장치에 대한 호기심이 있다
   對牙醫診療設備感到好奇 → D

495

64 약국 藥局

單複數

한 약국
一間藥局

두 약국
兩間藥局

|A| *What*
在藥局做什麼？

- 묻다 詢問
  [mut-tta]

- 고르다 挑選
  [go-reu-da]

- 비교하다 比較
  [bi-gyo-ha-da] 〈比較 -〉

- 주다 給予
  [ju-da]

- 망설이다 猶豫
  [mang-seo-ri-da]

- 찾다 尋找
  [chat-tta]

- 알려 주다 告知
  [al-lyeo ju-da]

- 허용하다 允許
  [heo-yong-ha-da] 〈許容 -〉

- 약을 조제하다 配（藥）
  [ya-geul jjo-je-ha-da]
  〈藥 - 調製 -〉

- 금하다 禁止
  [geum-ha-da] 〈禁 -〉

- 추천하다 推薦
  [chu-jeon-ha-da] 〈推薦 -〉

- 보여 주다 出示
  [bo-yeo ju-da]

- 제안하다 建議
  [je-an-ha-da] 〈提案 -〉

|B| *Something*
在藥局有什麼？

- 밴드 OK 繃
  [baen-deu] 〈band〉

- 붕대 繃帶
  [bung-dae] 〈繃帶〉

- 캡슐 膠囊
  [kaep-ssyul] 〈capsule〉

- 콘돔 保險套
  [kon-dom] 〈condom〉

- 처방전 處方箋
  [cheo-bang-jeon] 〈處方箋〉

- 비상약품 상자 急救箱
  [bi-sang-yak-pum sang-ja]
  〈非常藥品箱子〉

- 양모제 生髮水
  [yang-mo-je] 〈養毛劑〉

- 연고 藥膏
  [yeon-go] 〈軟膏〉

- 고무반창고 酸痛貼布
  [go-mu-ban-chang-go]
  〈- 絆瘡膏〉

- 임신 테스트 驗孕棒
  [im-sin te-seu-teu] 〈姙娠 test〉

- 생리대 衛生棉
  [saeng-ni-dae] 〈生理帶〉

- 태블릿 藥片
  [tae-beul-lit] 〈tablet〉

- 외용약 外用藥
  [oe-yong-yak] 〈外用藥〉

相關字

약방
藥房

| C | **What Kind**
在藥局有哪些成藥？

- 항생제 抗生素
  [hang-saeng-je] 〈抗生素〉

- 아스피린 阿斯匹靈
  [a-seu-pi-rin] 〈aspirin〉

- 피임약 避孕藥
  [pi-i-myak] 〈避孕藥〉

- 진해정 止咳藥
  [jin-hae-jeong] 〈鎮咳錠〉

- 위약 胃藥
  [wi-yak] 〈胃藥〉

- 완하제 瀉藥
  [wan-ha-je] 〈緩下劑〉

- 진통제 止痛藥
  [jin-tong-je] 〈止痛藥〉

- 수면제 安眠藥
  [su-myeon-je] 〈睡眠劑〉

| D | **What Kind**
在藥局有哪些保健食品？

- 봉랍 蜂膠
  [bong-nap] 〈蜂蠟〉

- 칼슘 鈣片
  [kal-ssyum] 〈calcium〉

- 키토산 甲殼素
  [ki-to-san] 〈chitosan〉

- 콜라겐 膠原蛋白
  [kol-la-gen] 〈collagen〉

- 어유 魚油
  [eo-yu] 〈魚油〉

- 포도씨 葡萄籽
  [po-do-ssi] 〈葡萄 -〉

- 비타민 維他命
  [bi-ta-min] 〈vitamin〉

- 영양제 營養劑
  [yeong-yang-je] 〈營養劑〉

活用關鍵字　可用表格中的部分字彙替換

1. 유명한 브랜드를 고르다
   挑選一個知名品牌 → A
2. 잘 팔리는 양모제
   最熱賣的生髮水 → B
3. 항생제의 남용
   過量使用抗生素 → C
4. 콜라겐이 피부에 좋다
   膠原蛋白對皮膚很好 → D

眼科

◆ 콘택트 렌즈를 빼지 못하다
  隱形眼鏡拿不出來
◆ 눈동자를 돌리다
  轉動眼珠子

牙科

◆ 비뚤어진 치아가 하나 있다
  有一顆長歪了的牙齒
◆ 치열이 불규칙하다
  齒列不整

領藥

◆ 약을 조제하다
  配藥
◆ 약물의 부작용
  藥物的副作用

1 我的⋯有一顆蛀掉了。
我的後排牙齒有一顆蛀掉了。
내 뒤에 있는 한 치아는 충치가 되게 합니다 .

앞니	앞어금니	사랑니
門牙	前臼齒	智齒

2 這是⋯嗎？
這是青光眼嗎？
이것이 녹내장입니까？

다래끼	비문증	트라코마
針眼	飛蚊症	砂眼

3 你能給我⋯的藥嗎？
你能給我治頭痛的藥嗎？
멀미약 좀 주시겠습니까？

복통	생리통	변비
胃痛	生理痛	便祕

설사	숙취	불면증
腹瀉	宿醉	失眠

單複數

한 미용실
一家美髮院

두 미용실
兩家美髮院

A | What
在美髮院做什麼？

- 선임하다 指定
  [seo-nim-ha-da] 〈選任 -〉

- 휘감다 盤（頭髮）
  [hwi-gam-da]

- 빗질 [bit-jjil] 梳

- 곱슬곱슬하다 頭髮捲曲
  [gop-sseul-kkop-sseul-ha-tta]

- 자르다 剪
  [ja-reu-da]

- 디자인하다 設計
  [di-ja-in-ha-da] 〈design-〉

- 염색하다 染
  [yeom-sae-ka-da] 〈染色 -〉

- 나누다 分邊
  [na-nu-da]

- 파마하다 燙髮
  [pa-ma-ha-da] 〈pemanent-〉

- 면도하다 刮（鬍子等）
  [myeon-do-ha-da] 〈面刀 -〉

- 똑바르게 되다 使變直
  [ttok-ppa-reu-ge doe-da]

- 헤어 케어 護髮
  [he-eo ke-eo] 〈hair care〉

- 다듬다 修剪
  [da-deum-da]

- 머리감다 洗
  [meo-ri-gam-da]

B | Something
在美髮院有什麼？

- 보닛 烘罩
  [bo-nit] 〈bonnet〉

- 헤어드라이어 吹風機
  [he-eo-deu-ra-i-eo] 〈hairdryer〉

- 이발기 髮剪
  [i-bal-kki] 〈理髮器〉

- 옷걸이 衣帽架
  [ot-kkeo-ri]

- 빗 [bit] 梳子

- 전기 컬링아이론 電捲棒
  [jeon-gi keol-ling-a-i-ron]
  〈電氣 curling iron〉

- 비듬 頭皮屑
  [bi-deum]

- 염모제 染髮劑
  [yeom-mo-je] 〈染毛劑〉

- 전기 가열코일 電熱捲
  [jeon-gi ga-yeol-ko-il]
  〈電器加熱 coil〉

- 이온성의 헤어드라이어
  [i-on-seong-ui he-eo-deu-ra-i-
  eo] 負離子吹風機
  〈ion 性 -hairdryer〉

- 롤러 捲子
  [rol-leo] 〈roller〉

- 이온 클립 平板夾
  [i-on keul-lip] 〈ion clip〉

- 가위 [ga-wi] 剪刀

類義字

이발소
理髮廳

| C | **Who** 在美髮院有誰？

- 이발사 理髮師
  [i-bal-ssa]〈理髮師〉

- 여자 이발사 女理髮師
  [yeo-ja i-bal-ssa]〈女子理髮師〉

- 고객 顧客
  [go-gaek]〈顧客〉

- 미용사 美髮師
  [mi-yong-sa]〈美容師〉

- 헤어 스타일리스트 髮型師
  [he-eo seu-ta-il-li-seu-teu]
  〈hair stylist〉

- 실습생 實習生
  [sil-seup-ssaeng]〈實習生〉

- 점장 店長
  [jeom-jang]〈店長〉

| D | **What Kind** 有哪些美髮用品？

- 린스 潤髮乳
  [rin-seu]〈rinse〉

- 머리 클레이 髮泥
  [meo-ri keul-le-i]〈-clay〉

- 헤어 젤 髮膠
  [he-eo jel]〈hair gel〉

- 헤어스프레이 噴霧髮膠
  [he-eo-seu-peu-re-i]
  〈hairspray〉

- 헤어 트리트먼트 護髮用品
  [he-eo teu-ri-teu-meon-teu]
  〈hair treatment〉

- 헤어왁스 髮蠟
  [he-eo-wak-sseu]〈hair wax〉

- 샴푸 洗髮精
  [syam-pu]〈shampoo〉

活用關鍵字　可用表格中的部分字彙替換

1. 머리를 자르다
   修剪頭髮 → A

2. 롤러로 머리를 곱슬거리게 하다
   上捲子讓頭髮變捲 → B

3. 전문 이발사
   專業的理髮師 → C

4. 머리 두피 청결의 샴푸
   深層清潔頭皮的洗髮精 → D

單複數

한 미장원
一家美容院

두 미장원
兩家美容院

A | What
在美容院做什麼？

- 바르다 擦，塗抹
  [ba-reu-da]
- 깎다 [kkak-tta] 剪（指甲）
- 발산하다 （香味）擴散
  [bal-ssan-ha-da] 〈發散 -〉
- 벗겨지다 去角質
  [beot-kkyeo-ji-da]
- 화장하다 化妝
  [hwa-jang ha-da] 〈化粧 -〉
- 매니큐어 做指甲
  [mae-ni-kyu-eo] 〈manicure-〉
- 마사지를 하다 按摩
  [ma-sa-ji-reul ha-da]
  〈massage-〉
- 가볍게 치다 輕拍
  [ga-byeop-kke chi-da]
- 윤 내다 磨亮（指甲）
  [yun nae-da] 〈潤 -〉
- 누르다 按壓
  [nu-reu-da]
- 제거하다 移除，去除
  [je-geo-ha-da] 〈除去 -〉
- 부드러워지다 軟化
  [bu-deu-reo-wo-ji-da]
- 김이 서리다 蒸，熱敷
  [gi-mi seo-ri-da]
- 붙이다 黏（假睫毛）
  [bu-chi-da]

B | Something
在美容院有什麼？

- 화장품 化妝品
  [hwa-jang-pum] 〈化粧品〉
- 크리스털 네일 水晶指甲
  [keu-ri-seu-teol ne-il]
  〈crystal nail〉
- 아세톤 去光水
  [a-se-ton] 〈acetone〉
- 정유 精油
  [jeong-yu] 〈精油〉
- 가짜 속눈썹 假睫毛
  [ga-jja song-nun-sseop] 〈假 -〉
- 발 목욕통 泡腳盆
  [bal mo-gyok-tong] 〈- 沐浴桶〉
- 머리핀 髮夾
  [meo-ri-pin] 〈-pin〉
- 손톱깎이 指甲刀
  [son-top-kka-kki]
- 네일 에나멜 指甲油
  [ne-il e-na-mel] 〈nail enamel〉
- 굳은살 死皮，繭
  [gu-deun-sal]
- 향내 양초 薰香蠟燭
  [hyang-nae yang-cho]
  〈香 - 洋 -〉
- 증기선 蒸氣機
  [jeung-gi-seon] 〈蒸氣船〉
- 가발 假髮
  [ga-bal] 〈假髮〉

相關字

스파
水療中心

네일 살롱
美甲中心

| C | **Who**
在美容院有誰？

- 방향 요법사 芳療師
  [bang-hyang yo-beop-ssa]
  〈芳香療法師〉

- 미용사 美容師
  [mi-yong-sa] 〈美容師〉

- 고객 [go-gaek] 客人

- 메이크업 아티스트 彩妝師
  [me-i-keu-eop a-ti-seu-teu]
  〈make-up artist〉

- 매니저 經理
  [mae-ni-jeo] 〈manager〉

- 손 관리사 美甲師
  [son gwal-li-sa] 〈- 管理師〉

- 스타일리스트 造型師
  [seu-ta-il-li-seu-teu] 〈stylist〉

| D | **What kind**
在美容院有哪些服務？

- 방향 요법 芳香療法
  [bang-hyang yo-beop]
  〈芳香療法〉

- 벗겨지다 去角質
  [beot-kkyeo-ji-da]

- 얼굴 마사지 做臉
  [eol-gul ma-sa-ji] 〈-massage〉

- 발마사지 腳底按摩
  [bal-ma-ssa-ji] 〈-massage〉

- 손톱 손질을 하다 修指甲
  [son-top son-ji-reul ha-da]

- 발 관리 修腳趾甲
  [bal kkwal-li] 〈- 管理〉

- 제모 除毛
  [je-mo] 〈除毛〉

活用關鍵字 可用表格中的部分字彙替換

1. 손톱을 자르다
   剪指甲 → A

2. 향내 양초를 연소하다
   燃燒薰香蠟燭 → B

3. 방향 요법사를 고르다
   選擇芳療師 → C

4. 얼굴 마사지를 하러 가다
   去做臉 → D

剪髮

- 앞머리를 다듬다
  修剪瀏海
- 조심스럽게 머리를 빗다
  小心地梳頭髮

薰香
精油

- 눈을 찜질하다
  敷眼睛
- 냄새를 흡입하다
  吸入氣味

手部
護理

- 매니큐어를 하다
  塗指甲油
- 피부의 죽은 세포를 벗겨 내다
  去除死皮組織

1 我用…來保持我的髮型。
我用噴霧髮膠來保持我的髮型。
내가 헤어 스프레이를 사용해서 헤어 스타일을 유지합니다.

무스	헤어 젤	헤어왁스
慕絲	髮膠	髮臘

2 我想試試看…。
我想試試看水療。
나는 스파해 보고 싶습니다.

발 마사지	지압 요법	크리스털 네일
腳底按摩	指壓療法	水晶指甲
짧은 헤어 스타일	AHA 스킨 케어 치료	방향 요법
短髮的髮型	果酸換膚	芳香療法

3 …的主要功效是什麼？
檜木的主要功效是什麼？
사이프러스의 주요 효능은 무엇입니까？

계피	제라늄	레몬그라스
肉桂	天竺葵	香茅

505

單複數

한 표 파는 곳
一個售票口

두 표 파는 곳
兩個售票口

| A | What
在售票口做什麼？

- 사다 [sa-da] 買
- 취소하다 取消
  [chwi-so-ha-da] 〈取消 -〉
- 선택하다 選擇
  [seon-tae-ka-da] 〈選擇 -〉
- 결정짓다 決定
  [gyeol-jeong-jit-tta] 〈決定 -〉
- 상의하다 討論
  [sang-ui-ha-da] 〈商議 -〉
- 받다 取得（票券）
  [bat-tta]
- 망설이다 猶豫
  [mang-seo-ri-da]
- 묻다 [mut-tta] 詢問
- 줄을 서다 排隊
  [ju-reul sseo-da]
- 지불하다 付費
  [ji-bul-ha-da] 〈支拂 -〉
- 구매하다 買
  [gu-mae-ha-da] 〈購買 -〉
- 예약하다 預約，劃位
  [ye-ya-ka-da] 〈預約 -〉
- 팔다 [pal-tta] 賣
- 기다리다 等待
  [gi-da-ri-da]

| B | How
如何形容電影？

- 지루하다 無聊的
  [ji-ru-ha-da]
- 자극하다 刺激的
  [ja-geu-ka-da] 〈刺激 -〉
- 웃기다 好笑的
  [ut-kki-da]
- 공포하다 恐怖的
  [gong-po-ha-da] 〈恐怖 -〉
- 무시무시하다 驚悚的
  [mu-si-mu-si-ha-da]
- 인상 깊다 令人印象深刻的
  [in-sang gip-tta] 〈印象 -〉
- 재미있다 有趣的
  [jae-mi-it-tta]
- 격려하다 鼓舞人心的
  [gyeong-nyeo-ha-da] 〈鼓勵 -〉
- 로맨틱하다 浪漫的
  [ro-maen-ti-ka-da]
  〈romantic-〉
- 달콤하다 溫馨的
  [dal-kom-ha-da]
- 감동적이다 感人的
  [gam-dong-jeo-gi-da]
  〈感動的 -〉
- 특별하다 特別的
  [teuk-ppyeol-ha-da] 〈特別 -〉

相關字

온라인 예약 티켓을 취하는 창구
網路訂位取票口

| C | **What Kind**
有哪些電影種類？

- 액션 영화 動作片
  [aek-ssyeon yeong-hwa]
  〈action 映畫〉

- 애정영화 愛情文藝片
  [ae-jeong-yeong-hwa]
  〈愛情映畫〉

- 코미디 喜劇
  [ko-mi-di] 〈comedy〉

- 다큐멘터리 紀錄片
  [da-kyu-men-teo-ri]
  〈documentary〉

- 공포 영화 恐怖片
  [gong-po yeong-hwa]
  〈恐怖映畫〉

- 공상 과학 영화 科幻電影
  [gong-sang gwa-hak yeong-hwa]
  〈空想科學映畫〉

| D | **Something**
在售票口有什麼？

- 쿠폰 折價券
  [ku-pon] 〈coupon〉

- 영화티켓 電影票
  [yeong-hwa-ti-ket]
  〈映畫 ticket〉

- 성인 티켓 全票
  [seong-in ti-ket] 〈成人 ticket〉

- 할인표 特價票
  [ha-rin-pyo] 〈割引票〉

- 팸플릿 小冊子
  [paem-peul-lit] 〈pamphlet〉

- 영화시간표 電影時刻表
  [yeong-hwa-si-gan-pyo]
  〈映畫時間表〉

- 증표 票根
  [jeung-pyo] 〈證票〉

活用關鍵字 可用表格中的部分字彙替換

1. 영화 티켓을 사다
   買電影票 → A

2. 감동적인 사랑 이야기
   感人的愛情故事 → B

3. 자극적인 액션 영화
   刺激的動作片 → C

4. 쿠폰으로 하나 사면 하나 무료로 드리다
   持折價券可買一送一 → D

66 영화관 電影院 | ❷ 放映廳

單複數

한 스크리닝 룸
一個放映廳

두 스크리닝 룸
兩個放映廳

| A | **What**
在放映廳做什麼?

- 시작하다 開演
  [si-ja-ka-da] 〈始作 -〉

- 잠이 들다 打瞌睡
  [ja-mi deul-tta]

- 끝나다 結束
  [kkeun-na-da]

- 들어가다 進入
  [deu-reo-ga-da]

- 즐기다 享受
  [jeul-kki-da]

- 인상적이다 使印象深刻
  [in-sang-jeo-gi-da] 〈印象的 -〉

- 웃다 [ut-tta] 笑

- 떠나다 離開
  [tteo-na-da]

- 기대다 倚靠
  [gi-dae-da]

- 소리치다 尖叫
  [so-ri-chi-da]

- 보다 [bo-da] 看

- 쏟아지다 弄翻
  [sso-da-ji-da]

- 하품하다 打呵欠
  [ha-pum-ha-da]

- 찾다 尋找（座位）
  [chat-tta]

| B | **Who**
有哪些電影工作者?

- 액션 디렉터 武術指導
  [aek-ssyeon di-rek-teo]
  〈action director〉

- 객연 臨時演員
  [gae-gyeon] 〈客演〉

- 촬영기사 攝影師 〈攝影技師〉
  [chwa-ryeong-gi-sa]

- 감독 導演
  [gam-dok] 〈監督〉

- 남자 주인공 男主角
  [nam-ja ju-in-gong]
  〈男子主人公〉

- 여자 주인공 女主角
  [yeo-ja ju-in-gong]
  〈女子主人公〉

- 조명기술자 燈光師
  [jo-myeong-gi-sul-ja]
  〈照明技術者〉

- 영화제작자 電影製作人
  [yeong-hwa-je-jak-jja]
  〈映畫製作者〉

- 영화 배우 電影明星
  [yeong-hwa bae-u] 〈映畫俳優〉

- 대역 替身
  [dae-yeok] 〈代役〉

- 조연 배우 配角
  [jo-yeon bae-u] 〈助演俳優〉

508

哪一個

일 번 스크리닝 룸
第一放映廳

이 번 스크리닝 룸
第二放映廳

| C | Something
在放映廳有什麼？

- 3D 안경 3D 眼鏡
  [3D an-gyeong] 〈3D 眼鏡〉

- 통로 走道
  [tong-no] 〈通路〉

- 종영 자막 片尾字幕
  [jong-yeong ja-mak]
  〈終映字幕〉

- 비상구 緊急出口
  [bi-sang-gu] 〈非常口〉

- 피난로 逃生路線
  [pi-nal-lo] 〈避難路〉

- 상영 시간 放映時間
  [sang-yeong si-gan]
  〈上映時間〉

- 스크린 銀幕
  [seu-keu-rin] 〈screen〉

| D | What Kind
有哪些電影等級？

- 모든연령 관람가
  [mo-deu-nyeol-lyeong gwal-lam-ga] 一般大眾皆可觀賞
  （普遍級）〈- 年齡觀覽可〉

- 부모 동반 관람가
  [bu-mo dong-ban gwal-lam-ga]
  建議父母陪同觀賞（保護級）
  〈父母同伴觀覽可〉

- 부모의 지도
  [bu-mo-ui ji-do] 〈父母 - 指導〉
  父母需陪同觀賞（輔導級）

- 십팔 세이상 관람가
  [sip-pal sse-i-sang gwal-lam-ga] 〈18 歲以上觀覽可〉
  限制級（18 歲以上可觀賞）

- 제한 상영가 限制播放
  [je-han sang-yeong-ga]
  〈限制上映可〉

活用關鍵字 可用表格中的部分字彙替換

1. 하품을 길게 하다
   打呵欠 → A

2. 상을 받은 감독
   獲獎的導演 → B

3. 통로를 따라
   沿著走道 → C

4. 너무 어려서 R 등급 영화를 볼 수 있다
   年紀太小而不能看限制級電影 → D

509

67 전시회장 展覽館　❶ 博物館

單複數

한 박물관
一間博物館

두 박물관
兩間博物館

| A | *Where*
在博物館的哪裡？

- 전시회장 展覽廳
  [jeon-si-hoe-jang]〈展示會場〉

- 선물가게 紀念品店
  [seon-mul-ga-ge]〈膳物 -〉

- 안내소 服務台
  [an-nae-so]〈案內所〉

- 오디오 투어 語音導覽
  [o-di-o tu-eo]〈audio tour〉

- 로커 寄物櫃
  [ro-keo]〈locker〉

- 빌딩평면도 樓層平面圖
  [bil-ding-pyeong-myeon-do]
  〈building 平面圖〉

- 분실물 보관소 失物招領處
  [bun-sil-mul bo-gwan-so]
  〈紛失物保管所〉

- 멀티미디어실
  [meol-ti-mi-di-eo-sil]
  多媒體展覽室
  〈multimedia 室〉

- 상설 전시회 常設展
  [sang-seol jeon-si-hoe]
  〈常設展示會〉

- 특별 전시회 特展
  [teuk-ppyeol jeon-si-hoe]
  〈特別展示會〉

- 매표소 售票處
  [mae-pyo-so]〈賣票所〉

| B | *Something*
在博物館有什麼？

- 골동품 古董
  [gol-dong-pum]〈骨董品〉

- 장식품 裝飾品；古董
  [jang-sik-pum]〈裝飾品〉

- 청동 青銅器
  [cheong-dong]〈青銅〉

- 거상 巨大雕像
  [geo-sang]〈巨像〉

- 해설패 解說牌
  [hae-seol-pae]〈解說牌〉

- 프레스코화 壁畫
  [peu-re-seu-ko-hwa]
  〈fresco 畫〉

- 미라 木乃伊
  [mi-ra]〈mirra〉

- 그림 繪畫作品
  [geu-rim]

- 석고상 石膏像
  [seok-kko-sang]〈石膏像〉

- 조각품 雕塑作品
  [jo-gak-pum]〈雕塑品〉

- 표본 標本
  [pyo-bon]〈標本〉

- 꽃병 花瓶
  [kkot-ppyeong]〈- 瓶〉

- 밀랍 인형 蠟像
  [mil-lap in-hyeong]
  〈密蠟人形〉

種類

역사박물관
歷史博物館

과학박물관
科學博物館

C | Who
在博物館有誰？

- 골동품 전문가 古董收藏家
  [gol-dong-pum jeon-mun-ga]
  〈骨董品專門家〉

- 박물관 책임자 博物館館長
  [bang-mul-gwan chae-gim-ja]
  〈博物館責任者〉

- 박물관 직원 博物館員
  [bang-mul-gwan ji-gwon]
  〈博物館職員〉

- 여행 가이드 導覽員
  [yeo-haeng ga-i-deu]
  〈旅行 guide〉

- 관광객 遊客 〈觀光客〉
  [gwan-gwang-gaek]

- 고고학자 考古學家
  [go-go-hak-jja] 〈考古學者〉

D | What
在博物館做什麼？

- 흥분시키다 興奮
  [heung-bun-si-ki-da] 〈興奮 -〉

- 금지하다 禁止
  [geumji-ha-da] 〈禁止 -〉

- 안내하다 引導
  [an-nae-ha-da] 〈案內 -〉

- 배우다 學習
  [bae-u-da]

- 보존하다 保存
  [bo-jon-ha-da] 〈保存 -〉

- 읽다 [ik-tta] 閱讀

- 적어놓다 寫下
  [jeo-geo-no-ta]

- 경고하다 警告
  [gyeong-go-ha-da] 〈警告 -〉

活用關鍵字 可用表格中的部分字彙替換

1. 거대한 전시장
   非常大的展覽廳 → A

2. 고대 이집트 미라
   古埃及的木乃伊 → B

3. 박물관장를 따라 가십시오.
   請跟著博物館館長走 → C

4. 설명을 읽다
   閱讀解說 → D

單複數

한 미술관
一家美術館

두 미술관
兩家美術館

| A | **What**
在美術館做什麼？

| B | **Something**
在美術館有什麼？

- 칭찬하다 稱讚
  [ching-chan-ha-da] 〈稱讚 -〉

- 감상을 즐기다 欣賞
  [gam-sang-eul jjeul-kki-da]
  〈鑑賞 -〉

- 비판하다 批評
  [bi-pan-ha-da] 〈批判 -〉

- 전시하다 展示
  [jeon-si-ha-da] 〈展示 -〉

- 그리다 畫
  [geu-ri-da]

- 들어가다 進入
  [deu-reo-ga-da]

- 표현하다 傳達，表達
  [pyo-hyeon-ha-da] 〈表現 -〉

- 자금원조를 하다 資助
  [ja-geu-mwon-jo-reul ha-da]
  〈資金援助 -〉

- 평론하다 評論
  [pyeong-non-ha-da] 〈評論 -〉

- 떠나다 離開
  [tteo-na-da]

- 보수하다 修復
  [bo-su-ha-da] 〈補修 -〉

- 생략하다 略過，跳過
  [saeng-nya-ka-da] 〈省略 -〉

- 후원자 贊助
  [hu-won-ja] 〈後援者〉

- 콜라주 拼貼畫
  [kol-la-ju] 〈collage〉

- 풍경화 風景畫
  [pung-gyeong-hwa] 〈風景畫〉

- 유화 油畫
  [yu-hwa] 〈油畫〉

- 자기 瓷器
  [ja-gi] 〈磁器〉

- 인물화 肖像畫
  [in-mul-hwa] 〈人物畫〉

- 도자기 陶器
  [do-ja-gi] 〈陶瓷器〉

- 복제품 複製畫
  [bok-jje-pum] 〈複製品〉

- 조각품 雕刻品
  [jo-gak-pum] 〈雕刻品〉

- 조각상 雕像
  [jo-gak-ssang] 〈雕刻像〉

- 석제조각 石雕
  [seok-jje-jo-gak] 〈石製雕刻〉

- 목각 木雕
  [mok-kkak] 〈木刻〉

- 목판화 木刻版畫
  [mok-pan-hwa] 〈木版畫〉

- 수채화 水彩畫
  [su-chae-hwa] 〈水彩畫〉

- 수묵화 水墨畫
  [su-mu-kwa] 〈水墨畫〉

類義字

화랑
畫廊

갤러리
藝廊

| C | What Kind
有哪些畫派？

- 입체파 立體主義
  [ip-che-pa] 〈立體派〉

- 다다이즘 達達主義
  [da-da-i-jeum] 〈Dadaism〉

- 야수파 野獸派
  [ya-su-pa] 〈野獸派〉

- 인상파 印象派
  [in-sang-pa] 〈印象派〉

- 팝 아트 普普藝術
  [pap a-teu] 〈Pop art〉

- 현실주의 現實主義
  [hyeon-sil-ju-ui] 〈現實主義〉

- 초현실주의 超現實主義
  [cho-hyeon-sil-ju-ui]
  〈超現實主義〉

| D | How
如何形容美術作品？

- 숨이 막히다 令人屏息的
  [su-mi ma-ki-da]

- 거대하다 巨大的
  [geo-dae-ha-da] 〈巨大 -〉

- 창조적이다 有創意的
  [chang-jo-jeo-gi-da]
  〈創造的 -〉

- 정치하다 精緻的
  [jeong-chi-ha-da] 〈精緻 -〉

- 부서지기 쉽다 易碎的
  [bu-seo-ji-gi swip-tta]

- 화려하다 華麗的
  [hwa-ryeo-ha-da] 〈華麗 -〉

- 생생하다 栩栩如生的
  [saeng-saeng-ha-da] 〈生生 -〉

活用關鍵字 可用表格中的部分字彙替換

1. 피카소의 그림을 감상하다
   欣賞畢卡索的畫作 → A

2. 깨지기 쉬운 도자기
   易碎的瓷器 → B

3. 입체파의 전형적인 작품
   立體主義的代表作 → C

4. 생생한 그림
   栩栩如生的畫 → D

會員

◆ 회원 카드를 보여 주세요 .
請出示會員卡

◆ 10 프로 할인
享有 10% 的折扣

放映中

◆ 트레일러를 보다
觀賞預告片

◆ 끔찍한 속편
糟糕的續集電影

賞畫

◆ 오디오 가이드를 듣다
聆聽語音導覽

◆ 생생한 그림 하나
一幅栩栩如生的畫

1 這部電影的…超棒的。
這部電影的情節超棒的。
영화 줄거리가 재미있습니다.

남자 주인공	영화 대본	특수 효과
男主角	劇本	特效

2 我想要買一些…。
我想要買一些當地手工藝品。
나는 조금 지역 수공예품을 사고 싶습니다.

엽서	복제품	목판화
明信片	複製畫	版畫

3 不好意思，請問我該怎麼去…？
不好意思，請問我該怎麼去洗手間？
실례하지만, 화장실에 어떻게 갑니까?

전시회장	특별 전시회	3D 극장
展覽廳	特展	3D劇場
안내소	상설 전시회	멀티미디어실
服務台	常設展	多媒體展覽室

68 과학박물관 科學博物館

單複數
한 과학박물관
一間科學博物館

두 과학박물관
兩間科學博物館

| A | **What**
在科學博物館做什麼？

- 받아들이다 吸收
  [ba-da-deu-ri-da]

- 습득하다 獲取（知識）
  [seup-tteu-ka-da]〈習得 -〉

- 지배하다 控制（流量）
  [ji-bae-ha-da]〈支配 -〉

- 검측되다 檢測〈檢測 -〉
  [geom-cheuk-ttoe-da]

- 발견하다 發現
  [bal-kkyeon-ha-da]〈發現 -〉

- 교육하다 教育
  [gyo-yu-ka-da]〈教育 -〉

- 탐구하다 探索
  [tam-gu-ha-da]〈探求 -〉

- 초점을 맞추다 著眼於…
  [cho-jeo-meul mat-chu-da]
  〈焦点 -〉

- 관찰하다 觀察
  [gwan-chal-ha-tta]〈觀察 -〉

- 가동시키다 操作
  [ga-dong-si-ki-da]〈可動 -〉

- 굴절시키다 折射
  [gul-jeol-si-ki-da]〈屈折 -〉

- 연구하다 研究
  [yeon-gu-ha-da]〈研究 -〉

- 풀다 解開（疑惑）
  [pul-da]

| B | **What Kind**
有哪些自然學科？

- 음성학 聲學
  [eum-seong-hak]〈音聲學〉

- 천문학 天文學
  [cheon-mun-hak]〈天文學〉

- 대기과학 大氣科學
  [dae-gi-gwa-hak]〈大氣科學〉

- 생물학 生物學
  [saeng-mul-hak]〈生物學〉

- 식물학 植物學
  [sing-mul-hak]〈植物學〉

- 화학 化學
  [hwa-hak]〈化學〉

- 전자 공학 電子學
  [jeon-ja gong-hak]〈電子工學〉

- 지질학 地質學
  [ji-jil-hak]〈地質學〉

- 역학 力學
  [yeo-kak]〈力學〉

- 미생물학 微生物學
  [mi-saeng-mul-hak]
  〈微生物學〉

- 광학 光學
  [gwang-hak]〈光學〉

- 물리학 物理學
  [mul-li-hak]〈物理學〉

- 열학 熱學
  [yeol-hak]〈熱學〉

相關字

천문대
天文台

|C| *Where*
在科學博物館的哪裡？

- 반구형 지붕 圓頂
  [ban-gu-hyeong ji-bung]
  〈半球形 -〉

- 플라네타륨 星象儀
  [peul-la-ne-ta-ryum]
  〈planetarium〉

- 옥상 屋頂
  [ok-ssang] 〈屋上〉

- 광학 망원경 光學望遠鏡
  [gwang-hak mang-won-gyeong]
  〈光學望遠鏡〉

- 전파 망원경 無線電望遠鏡
  [jeon-pa mang-won-gyeong]
  〈電波望遠鏡〉

- 망원경가대 望遠鏡架台
  [mang-won-gyeong-ga-dae]
  〈望遠鏡架台〉

|D| *Something*
在科學博物館有什麼？

- 화석 化石
  [hwa-seok] 〈化石〉

- 지구의 地球儀
  [ji-gu-ui] 〈地球儀〉

- 상아 象牙
  [sang-a] 〈象牙〉

- 돋보기 放大鏡
  [dot-ppo-gi]

- 현미경 顯微鏡
  [hyeon-mi-gyeong] 〈顯微鏡〉

- 광물 礦物
  [gwang-mul] 〈礦物〉

- 모형 模型
  [mo-hyeong] 〈模型〉

- 표본 標本
  [pyo-bon] 〈標本〉

活用關鍵字 可用表格中的部分字彙替換

1. 이상한 현상을 발견하다
   發現異常現象 → A

2. 노벨 화학상
   諾貝爾化學獎 → B

3. 광학 망원경을 조작하다
   操作光學望遠鏡 → C

4. 거대한 화석으로 놀라게 되다
   被巨大的化石所震懾 → D

517

單複數

한 열람실
一間閱覽室

두 열람실
兩間閱覽室

| A | **What**
在閱覽室做什麼？

- 정리하다 排列，整理
  [jeong-ni-ha-da] 〈整理 -〉
- 잡아끌다 吸引
  [ja-ba-kkeul-tta]
- 집중하다 專注
  [jjung-ha-da] 〈集中 -〉
- 잠이 들다 打瞌睡
  [ja-mi deul-tta]
- 즐기다 享受
  [jeul-kki-da]
- 찾다 找到，尋找
  [chat-tta]
- 기억하다 記住，記憶
  [gi-eo-ka-da] 〈記憶 -〉
- 점령하다 佔據
  [jeom-nyeong-ha-da] 〈占領 -〉
- 놓다 擺放，放置
  [no-ta]
- 추천하다 推薦
  [chu-cheon-ha-da] 〈推薦 -〉
- 앉다 [an-da] 坐
- 읽다 [ik-tta] 閱讀
- 공부하다 研讀
  [gong-bu-ha-da] 〈工夫 -〉
- 하품하다 打呵欠
  [ha-pum-ha-da]

| B | **Where**
在閱覽室的哪裡？

- 가족 열람실 親子閱覽室
  [ga-jok yeol-lam-sil]
  〈家族閱覽室〉
- 대출대 借還書櫃檯
  [dae-chul-dae] 〈貸出檯〉
- 복사실 影印室
  [bok-ssa-sil] 〈複寫室〉
- 복사 카드 影印卡
  [bok-ssa ka-deu] 〈複寫 card〉
- 복사기 影印機
  [bok-ssa-gi] 〈複寫機〉
- 갤러리 藝廊
  [gael-leo-ri] 〈gallery〉
- 멀티미디어 열람실
  [meol-ti-mi-di-eo yeol-lam-sil]
  多媒體閱覽室
  〈multimedia 閱覽室〉
- 정기 간행물 열람실
  [jeong-gi gan-haeng-mul yeol-lam-sil]
  期刊室 〈定期刊行物閱覽室〉
- 검색구 檢索區
  [geom-saek-kku] 〈檢索區〉
- 문의카운터 詢問櫃檯
  [mu-nui-ka-un-teo]
  〈問議 counter〉
- 스캔실 掃描室
  [seu-kaen-sil] 〈scan 室〉

種類

공립 도서관　　　　사설도서관
公共圖書館　　　　私人圖書館

| C | How
如何形容圖書資料？

- 지루하다 無聊的
  [ji-ru-ha-da]
- 화려하다 精美的
  [hwa-ryeo-ha-da] 〈華麗 -〉
- 무겁다 厚重的
  [mu-geop-tta]
- 역사적이다 具歷史性的
  [yeok-ssa-jeo-gi-da] 〈歷史的 -〉
- 재미있다 有趣的
  [jae-mi-it-tta]
- 새 [sae] 新的
- 헌 [heon] 老舊的
- 중고 二手的
  [jung-go] 〈中古〉

| D | What Kind
有哪些種類的圖書？

- 전기 傳記
  [jeon-gi] 〈傳記〉
- 사전 字典
  [sa-jeon] 〈辭典〉
- 백과사전 百科全書
  [baek-kkwa-sa-jeon]
  〈百科事典〉
- 잡지 雜誌
  [jap-jji] 〈雜誌〉
- 신문 報紙
  [sin-mun] 〈新聞〉
- 소설 小說
  [so-seol] 〈小說〉
- 교과서 教科書，課本
  [gyo-gwa-seo] 〈教科書〉

活用關鍵字　可用表格中的部分字彙替換

1. 선반에 있는 책을 정리하다
   整理在書架上的書本 → A
2. 갤러리에서 하루 종일 보내다
   在藝廊花上一整天 → B
3. 지루하지만 도움이 되다
   很無聊但很有幫助 → C
4. 사전을 찾다
   查閱字典 → D

單複數

한 데스크
一個借閱櫃檯

두 데스크
兩個借閱櫃檯

A | What
在借閱櫃檯做什麼？

- 신청하다 申請
  [sin-cheong-ha-da] 〈申請 -〉

- 빌리다 借
  [bil-li-da]

- 취소하다 取消
  [chwi-so-ha-da] 〈取消 -〉

- 벌금 罰款
  [beol-geum] 〈罰金〉

- 문의하다 詢問
  [mu-nui-ha-da] 〈問議 -〉

- 분실하다 遺失
  [bun-sil-ha-da] 〈紛失 -〉

- 연장하다 延長
  [yeon-jang-ha-da] 〈延長 -〉

- 발급하다 補發
  [bal-kkeu-pa-da] 〈發給 -〉

- 예약하다 預約
  [ye-ya-ka-da] 〈預約 -〉

- 돌려주다 歸還
  [dol-lyeo-ju-da]

- 찾다 搜尋，找
  [chat-tta]

- 분류하다 分類，整理
  [bul-lyu-ha-da] 〈分類 -〉

- 도장을 찍다 蓋印章
  [do-jang-eul jjik-tta] 〈圖章 -〉

B | Something
在借閱櫃檯有什麼？

- 바코드 스캐너 條碼讀取器
  [ba-ko-deu seu-kae-neo]
  〈bar-code scanner〉

- 책 드롭 상자 還書箱
  [chaek deu-rop sang-ja]
  〈冊 drop 箱子〉

- 손수레 （書）推車
  [son-su-re]

- 날짜 인자기 日期章
  [nal-jja in-ja-gi] 〈- 印字器〉

- 마감 시간 到期日
  [ma-gam si-gan] 〈- 時間〉

- 탈자기 消磁機
  [tal-jja-gi] 〈脫磁氣〉

- 잉크대 印泥
  [ing-keu-dae] 〈ink 臺〉

- 대출 카드 借閱證
  [dae-chul ka-deu] 〈貸出 card〉

- 자동대출기계 自動借書機
  [ja-dong-dae-chul-gi-gye]
  〈自動貸出機械〉

- 책장 書櫃
  [chaek-jjang] 〈冊欌〉

- 투서함 意見箱
  [tu-seo-ham] 〈投書函〉

- 서평 書評
  [seo-pyeong] 〈書評〉

相關字

독서유통 데스크
圖書流通櫃檯

프런트
服務台

C | **Who**
在借閱櫃檯有誰？

D | **Where**
在借閱櫃檯的哪裡？

- 도서관 보조 圖書館助理
  [do-seo-gwan bo-jo]
  〈圖書館補助〉

- 도서관원 圖書管理員
  [do-seo-gwa-nwon]〈圖書館員〉

- 부모 家長
  [bu-mo]〈父母〉

- 독자 讀者
  [dok-jja]〈讀者〉

- 경비원 警衛
  [gyeong-bi-won]〈警備員〉

- 학생 學生
  [hak-ssaeng]〈學生〉

- 자원 봉사자 志工
  [ja-won bong-sa-ja]
  〈自願奉仕者〉

- 검색구 檢索區
  [geom-saek-kku]〈探索區〉

- 웹 OPAC 정보
  [wep OPAC jeong-bo]
  館內資料查詢區
  〈web OPAC 情報〉

- 도서목록 館藏目錄
  [do-seo-mong-nok]
  〈圖書目錄〉

- 펜 [pen] 筆〈pen〉

- 포스트잇 便利貼
  [po-seu-teu-it]〈Post-it〉

- 전단 傳單
  [jeon-dan]〈傳單〉

- 광고 廣告
  [gwang-go]〈廣告〉

活用關鍵字 可用表格中的部分字彙替換

1. 책을 빌리다
   借書 → A
2. 책 드롭 상자에 책을 넣다
   把書放進還書箱 → B
3. 도서관원이 책을 분류하고 있다
   圖書管理員正在分類書籍 → C
4. 도서관의 도서 목록을 체크하다
   查詢館藏目錄 → D

521

勘查

◆ 망원경을 조정하다
調整望遠鏡
◆ 천문을 관측하다
星象觀測

衛星

◆ 우주로 위성을 발사하다
發射衛星到外太空
◆ 지구 궤도를 돌다
繞地球運行

借書規定

◆ 도서과에서만 사용할 수 있다
只限館內使用
◆ 연체 벌금
逾期罰款

1 關於…，我想要再多了解一點。
關於聲學，我想要再多了解一點。
음향학에 관해서 더 알고 싶습니다.

뉴턴의 운동 법칙 牛頓運動定律	지질학 地質學	천문학 天文學

2 這…真驚人啊！
這化石真驚人啊！
이 화석은 너무 신기하네요.

운석 隕石	모형 模型	곤충 昆蟲
행성 行星	표본 標本	진화 演化

3 你無法借這些書，因為…。
你無法借這些書，因為電腦讀不到條碼。
컴퓨터가 바코드를 읽는 데 실패하기 때문에 당신
은이 책을 빌릴 수 없습니다.

대출 기간을 어긴 책이 두 권 이 있다 有兩本書逾期	대출양은 한계가 되다 借閱量 已達上退	그 책들은 예약되다 這些書被預約了

523

單複數

한 피시방
一家網咖

두 피시방
兩家網咖

A | What
在網咖做什麼？

- 갑작스런 고장 當機
  [gap-jjak-sseu-reon go-jang]
  〈- 故障〉

- 다운로드하다 下載
  [da-ul-lo-deu-ha-da]
  〈download-〉

- 만료되다 到期
  [mal-lyo-doe-da] 〈滿了 -〉

- 빈둥거리며 놀고 있다
  [bin-dung-geo-ri-myeo nol-go
  it-tta] 混時間

- 빠지다 沉迷於
  [ppa-ji-da]

- 래그하다 (連線速度)延遲
  [rae-geu-ha-da] 〈lag-〉

- 찾아보다 查詢
  [cha-ja-bo-da]

- 다시 시작하다 重新開機
  [da-si si-ja-ka-da] 〈- 始作 -〉

- 돌려주다 歸還
  [dol-lyeo-ju-da]

- 하다 跑 (程式，軟體)
  [ha-da]

- 서핑하다 瀏覽
  [seo-ping-ha-da] 〈surfing-〉

- 업로드하다 上傳
  [eom-no-deu-ha-da] 〈upload-〉

B | Something
在網咖有什麼？

- 음료수 飲料
  [eum-nyo-su] 〈飲料水〉

- 컴퓨터 電腦
  [keom-pyu-teo] 〈computer〉

- 이어폰 耳機
  [i-eo-pon] 〈earphone〉

- 키보드 鍵盤
  [ki-bo-deu] 〈keyboard〉

- 마이크 麥克風
  [ma-i-keu] 〈mike〉

- 모니터 螢幕
  [mo-ni-teo] 〈monitor〉

- 마우스 滑鼠
  [ma-u-seu] 〈mouse〉

- 본체 主機
  [bon-che] 〈本體〉

- 스피커 喇叭
  [seu-pi-keo] 〈speaker〉

- 온라인 게임 線上遊戲
  [ol-la-in ge-im] 〈on-line game〉

- 가격표 價目表
  [ga-gyeok-pyo] 〈價格表〉

- 프린터 印表機
  [peu-rin-teo] 〈printer〉

- 유에스비 隨身碟
  [yu-e-seu-bi] 〈USB〉

相關字

인터넷 키오스크
網路亭

C | Who
在網咖有誰？

- 컴퓨터 전문가 電腦專家
  [keom-pyu-teo jeon-mun-ga]
  〈computer 專門家〉

- 중퇴생 中輟生
  [jung-toe-saeng]〈中退生〉

- 노숙자 無家可歸者
  [no-suk-jja]〈露宿者〉

- 인터넷 중독자 網路迷
  [in-teo-net jung-dok-jja]
  〈Internet 中毒者〉

- 미성년자 未成年者
  [mi-seong-nyeon-ja]
  〈未成年者〉

- 참가자 玩家
  [cham-ga-ja]〈參加者〉

D | What Kind
有哪些線上遊戲？

- 멀티 플레이어 온
  라인 게임 多人線上遊戲
  [meol-ti peul-le-i-eo ol-la-in
  ge-im]
  〈multiplayer online game〉

- 실시간 전략 게임
  [sil-si-gan jeol-lyak ge-im]
  即時戰略遊戲
  〈實時間戰略 game〉

- 롤 플레잉 게임
  [rol peul-le-ing ge-im]
  角色扮演遊戲
  〈role-playing game〉

- 모바일게임 手機遊戲
  [mo-ba-il-ge-im]
  〈mobile game〉

活用關鍵字 可用表格中的部分字彙替換

1. 소프트웨어를 다운로드하다
   下載軟體 → A

2. USB 슬롯에 마우스가 연결되다
   連接滑鼠到 USB 孔 → B

3. 다른 인터넷 중독자와 채팅하다
   和其他網路迷聊天 → C

4. 롤 플레잉 게임을 즐기다
   享受角色扮演遊戲 → D

單複數

한 웹사이트
一個網站

두 웹사이트
兩個網站

| A | **What**
在網站做什麼？

- 서핑하다 瀏覽
  [seo-ping-ha-da] 〈surfing-〉

- 채팅하다 聊天
  [chae-ting-ha-da] 〈chatting-〉

- 클릭하다 按，點選
  [keul-li-ka-da] 〈click-〉

- 연락하다 連絡
  [yeol-la-ka-da] 〈連絡 -〉

- 다운로드하다 下載
  [da-ul-lo-deu-ha-da]
  〈download-〉

- 업로드하다 上傳
  [eom-no-deu-ha-da]
  〈upload-〉

- 개설하다 架設（網站）
  [gae-seol-ha-da] 〈開設 -〉

- 떠나다 離開
  [tteo-na-da]

- 지불하다 付費
  [ji-bul-ha-da] 〈支拂 -〉

- 발포하다 刊登，發布
  [bal-po-ha-da] 〈發表 -〉

- 나누다 分享
  [na-nu-da]

- 연결하다 連結
  [yeon-gyeol-ha-da] 〈連結 -〉

| B | **What Kind**
有哪些網站？

- 성인 사이트 色情網站
  [seong-in sa-i-teu] 〈成人 site〉

- 채팅 룸 聊天室
  [chae-ting rum] 〈chatting room〉

- 커뮤니티 웹사이트
  [keo-myu-ni-ti wep-ssa-i-teu]
  社群網站
  〈community website〉

- 포럼 論壇
  [po-reom] 〈forum〉

- 공식 웹사이트 官方網站
  [gong-sik wep-ssa-i-teu]
  〈公式 website〉

- 페이 웹사이트 付費網站
  [pe-i wep-ssa-i-teu]
  〈pay website〉

- 개인 웹사이트 個人網站
  [gae-in wep-ssa-i-teu]
  〈個人 website〉

- 검색 엔진 搜尋引擎
  [geom-saek en-jin]
  〈檢票 engin〉

- 포털 사이트 入口網站
  [po-teol sa-i-teu] 〈portal site〉

- 정부 웹사이트 政府網站
  [jeong-bu wep-ssa-i-teua]
  〈政府 website-〉

相關字

사이버 공간
網路空間

웹 페이지
網頁

| C | **Who** 在網站有誰？ | D | **Something** 有什麼網路相關用語？ |

C | Who — 在網站有誰？

- 관리자 （網站）管理員
  [gwal-li-ja] 〈管理者〉

- 블로그 部落客
  [beul-lo-geu] 〈blog〉

- 해커 駭客
  [hae-keo] 〈hacker〉

- 인터넷 접속 서비스
  [in-teo-net jeop-ssok seo-bi-seu]
  網路服務提供者
  〈Internet 接續 service〉

- 회비납입필 회원 付費會員
  [hoe-bi-na-bip-pil hoe-won]
  〈會費納入必會員〉

- 웹마스터 網站管理員
  [wem-ma-seu-teo]
  〈webmaster〉

D | Something — 有什麼網路相關用語？

- 쿠키 網頁瀏覽記錄
  [ku-ki] 〈cookie〉

- 도메인 이름 網域名稱
  [do-me-in i-reum] 〈domain-〉

- 홈페이지 首頁
  [hom-pe-i-ji] 〈homepage〉

- 하이퍼링크 超連結
  [ha-i-peo-ring-keu] 〈hyperlink〉

- 아이피 주소 IP 位址
  [a-i-pi ju-so] 〈IP 住所〉

- 포털 入口網站
  [po-teol] 〈portal〉

- 서버 伺服器
  [seo-beo] 〈server〉

- 웹 브라우저 瀏覽器
  [wep beu-ra-u-jeo]
  〈web browser〉

活用關鍵字 可用表格中的部分字彙替換

1. 블로그를 서핑하다
   瀏覽部落格 → A

2. 포럼에서 문서를 검색하다
   在論壇內搜尋一篇文章 → B

3. 관리자에게 메시지를 남기다
   留言給管理員 → C

4. 웹 브라우저를 닫다
   關閉瀏覽器 → D

71 인터넷 網路 ❷ 部落格

單複數

한 블로그
一個部落格

두 블로그
兩個部落格

A | What
在部落格做什麼？

- 창작하다 創作
  [chang-ja-ka-da] 〈創作 -〉

- 삭제하다 刪除
  [sak-jje-ha-da] 〈削除 -〉

- 편집하다 編輯
  [pyeon-ji-pa-da] 〈編輯 -〉

- 박다 嵌入
  [bak-tta]

- 피드백 回應
  [pi-deu-baek] 〈feedback〉

- 가두다 鎖住
  [ga-du-da]

- 관리하다 管理
  [gwal-li-ha-da] 〈管理 -〉

- 발표하다 發表
  [bal-pyo-ha-da] 〈發表 -〉

- 인용하다 引用
  [i-nyong-ha-da] 〈引用 -〉

- 대답하다 回覆
  [dae-da-pa-da] 〈對答 -〉

- 공유하다 分享
  [gong-yu-ha-da] 〈共有 -〉

- 타이핑하기 打字
  [ta-i-ping-ha-gi] 〈typing-〉

- 업데이트하다 更新
  [eop-tte-i-teu-ha-da]
  〈update-〉

B | Something
部落格的組成元素？

- 파일 檔案，文件
  [pa-il] 〈file〉

- 배경 背景
  [bae-gyeong] 〈背景〉

- 배경색 背景顏色
  [bae-gyeong-saek] 〈背景色〉

- 배경음 背景音樂
  [bae-gyeong-eum] 〈背景音〉

- 내용 內文，正文
  [nae-yong] 〈內容〉

- 클릭률 點閱率
  [keul-ling-nyul] 〈click 率〉

- 글꼴 크기 文字大小
  [geul-kkol keu-gi]

- 높이 （欄位）高度
  [no-pi]

- 히트 카운터 計數器
  [hi-teu ka-un-teo] 〈hit counter〉

- 블로그 패널 部落格面板
  [beul-lo-geu pae-neol]
  〈blog panel〉

- 표제 標題
  [pyo-je] 〈標題〉

- 너비 （欄位）寬度
  [neo-bi]

- 검색어 搜尋字
  [geom-sae-geo] 〈檢索語〉

528

相關字

마이크로 블로그
微網誌

c	**How** 如何形容部落格？	D	**Where** 在部落格的哪裡？

c	**How** 如何形容部落格？

- 밝다 明亮的
  [bak-tta]

- 분명하다 清楚的
  [bun-myeong-ha-da] 〈分明 -〉

- 한색 冷調的
  [han-saek] 〈寒色〉

- 암색 黑暗的
  [am-saek] 〈暗色〉

- 화려하다 花俏的
  [hwa-ryeo-ha-da] 〈華麗 -〉

- 간단하다 簡明的
  [gan-dan-ha-da] 〈簡單 -〉

- 평범하다 平庸的
  [pyeong-beom-ha-da] 〈平凡 -〉

- 따뜻하다 暖調的
  [tta-tteu-ta-da]

D	**Where** 在部落格的哪裡？

- 앨범 相簿
  [ael-beom] 〈album〉

- 게시판 留言板
  [ge-si-pan] 〈揭示板〉

- 피드백하다 回應
  [pi-deu-bae-ka-da]
  〈feedback-〉

- 메시지 留言
  [me-si-ji] 〈message〉

- 코드 검증 驗證碼
  [ko-deu geom-jeung]
  〈code 檢證〉

- 개인 프로파일 個人檔案
  [gae-in peu-ro-pa-il]
  〈個人 profile〉

- 별명 暱稱，綽號
  [byeol-myeong] 〈別名〉

活用關鍵字 可用表格中的部分字彙替換

1. 문장을 발표하다
   發表文章 → A

2. 글꼴 크기를 조정하다
   調整文字大小 → B

3. 밝은 색을 사용하다
   使用明亮的色彩 → C

4. 앨범을 잠그다
   鎖住相簿 → D

單複數

한 이메일
一封電子郵件

두 이메일
兩封電子郵件

A | What
用電子郵件做什麼？

- 첨부하다 附加（檔案）
  [cheom-bu-ha-da] 〈添附 -〉

- 백업하다 備份
  [bae-geo-pa-da] 〈backup-〉

- 분류하다 分類
  [bul-lyu-ha-da] 〈分類 -〉

- 작성하다 建立（文章）
  [jak-sseong-ha-da] 〈作成 -〉

- 복사하다 複製
  [bok-ssa-ha-da] 〈複寫 -〉

- 삭제하다 刪除
  [sak-jje-ha-da] 〈削除 -〉

- 전달하다 轉寄
  [jeon-dal-ha-tta] 〈傳達 -〉

- 표시하다 標記
  [pyo-si-ha-da] 〈標示 -〉

- 등록하다 註冊
  [deung-no-ka-da] 〈登錄 -〉

- 답장을 보내다 回覆
  [dap-jjang-eul ppo-nae-da]
  〈答狀 -〉

- 보내다 發送，寄送
  [bo-nae-da]

- 로그인하다 登入
  [ro-geu-in-ha-da] 〈log in-〉

- 로그아웃하다 登出
  [ro-geu-a-u-ta-da] 〈log out-〉

B | Something
電子郵件有什麼？

- 계좌 帳戶
  [gye-jwa] 〈計座〉

- 파일을 첨부하다 附加檔案
  [pa-i-reul cheom-bu-ha-da]
  〈file- 添附 -〉

- 내용 內文
  [nae-yong] 〈內容〉

- 블랙 리스트 黑名單
  [beul-laek ri-seu-teu]
  〈black list〉

- 카본 카피 副本
  [ka-bon ka-pi] 〈carbon copy〉

- 날짜 日期
  [nal-jja]

- 아이디비밀번호 帳號密碼
  [ro-geu-in-han a-i-di-bi-mil-
  beon-ho] 〈ID 秘密番號〉

- 비밀번호 密碼
  [bi-mil-beon-ho] 〈秘密番號〉

- 사용자 이름 使用者帳號
  [sa-yong-ja i-reum] 〈使用者 -〉

- 수신 확인 讀取回條
  [su-sin hwa-gin] 〈受信確認〉

- 글 크기 （字體）大小
  [geul keu-gi]

- 주제 主旨
  [ju-je] 〈主題〉

相關字

웹 메일
（網頁）電子郵件

외부 메일 주소
外部電子信箱

| C | **Who**
寄電子郵件給誰？

- 반 친구 同學
  [ban chin-gu] 〈班親舊〉

- 동료 同事
  [dong-nyo] 〈同僚〉

- 고객 客戶
  [go-gaek] 〈顧客〉

- 가족 家人
  [ga-jok] 〈家族〉

- 친구 朋友
  [chin-gu] 〈親舊〉

- 그룹 群組
  [geu-rup] 〈group〉

- 받는 사람 收件人
  [ban-neun sa-ram]

- 보내는 사람 寄件人
  [bo-nae-neun sa-ram]

| D | **Where**
在電子郵件的哪裡？

- 연락처 목록 通訊錄
  [yeol-lak-cheo mong-nok]
  〈連絡處目錄〉

- 임시보관함 草稿匣
  [im-si-bo-gwan-ham]
  〈臨時保管函〉

- 받은 편지함 收件匣
  [ba-deun pyeon-ji-ham]
  〈- 便紙函〉

- 보낸 편지함 寄件備份匣
  [bo-naen pyeon-ji-ham]
  〈- 便紙函〉

- 스팸메일함 垃圾信件匣
  [seu-paem-me-il-ham]
  〈spam mail 函〉

- 휴지통 垃圾桶
  [hyu-ji-tong] 〈休紙桶〉

活用關鍵字 可用表格中的部分字彙替換

1. 메일쓰기
   寫一封電子郵件 → A

2. 로그인한 아이디비밀번호를 잊다
   忘記登入的帳號密碼—B

3. 모든 통창에게 공고를 전달하다
   轉寄公告給所有同學 → C

4. 임시보관함에 저장하다
   移至草稿匣 → D

軟體

◆ 시험 버전을 다운로드하다
下載試用版
◆ 설치 계단으로 따라 하다
跟著安裝步驟

網站

◆ 웹사이트 방문하다
造訪網站
◆ 웹 페이지 다시 정리하다
重新整理網頁

垃圾郵件

◆ 스팸에 진저리가 나다
受夠了垃圾郵件
◆ 원하지 않은 상업 이메일
未經收信人許可的商業郵件

1 항상 인터넷에서 무엇을 합니까?
你通常在網路上做什麼?
나는 보통 물건을 온라인으로 구입합니다.
我通常在線上購物。

게임을 하다	비즈니스를 홍보하다	뉴스를 보다
玩遊戲	拓展業務	收看新聞

2 왜 블로그가 필요해요?
為什麼你要有一個部落格?
내 인생을 기록할 수 있기 때문입니다.
因為我可以記錄我的生活。

아는 대로 나누다	의견을 말하다
分享我所知	發表意見

3 왜 답장을 안 했습니까?
你為什麼沒有回覆我的信?
죄송합니다, 내 편지함이 꽉 찼습니다.
抱歉,我的信箱爆了。

컴퓨터가 바이러스에 감염되다	네트워크를 깨어지다	일정이 꽉 잡혀 있다
電腦中毒	網路斷線	行程太滿

單複數

한 콘서트 홀
一座音樂廳

두 콘서트 홀
兩座音樂廳

| A | **What** 在音樂廳做什麼？

- 갈채를 보내다 鼓掌，喝采
  [gal-chae-reul ppo-nae-da]
  〈喝彩 -〉
- 방송으로 알리다
  [bang-song-eu-ro al-li-da]
  預告，播報 〈放送 -〉
- 박수를 치다 拍手，鼓掌
  [bak-ssu-reul chi-da] 〈拍手 -〉
- 토론하다 討論
  [to-ron-ha-da] 〈討論 -〉
- 즐기다 享受
  [jeul-kki-da]
- 들어가다 進入
  [deu-reo-ga-da]
- 빠지다 墜入
  [ppa-ji-da]
- 떠나다 離開
  [tteo-na-da]
- 듣다 [deut-tta] 聽
- 앉다 [an-da] 坐
- 치다 [chi-da] 彈奏
- 공연하다 表演
  [gong-yeon-ha-da] 〈公演 -〉
- 추천하다 推薦
  [chu-cheon-ha-da] 〈推薦 -〉
- 노래하다 唱歌
  [no-rae-ha-da]

| B | **Something** 在音樂廳有什麼？

- 커튼 布幕
  [keo-teun] 〈curtain〉
- 악기 樂器
  [ak-kki] 〈樂器〉
- 첼로 大提琴
  [chel-lo] 〈cello〉
- 플루트 長笛
  [peul-lu-teu] 〈flute〉
- 하프 豎琴
  [ha-peu] 〈harp〉
- 오르간 管風琴
  [o-reu-gan] 〈organ〉
- 바이올린 小提琴
  [ba-i-ol-lin] 〈violin〉
- 비올라 中提琴
  [bi-ol-la] 〈viola〉
- 마이크 麥克風
  [ma-i-keu] 〈mico〉
- 악보 樂譜
  [ak-ppo] 〈樂譜〉
- 악보대 樂譜架
  [ak-ppo-dae] 〈樂譜臺〉
- 방음 장치 隔音設備
  [bang-eum jang-chi]
  〈防音裝置〉
- 무대 조명 燈光設備
  [mu-dae jo-myeong]
  〈舞台照明〉

相關字

리사이털 홀
演奏廳

| C | **Who**
在音樂廳有誰？

- **청중** 觀眾，聽眾
  [cheong-jung]〈聽眾〉

- **합창단** 合唱團
  [hap-chang-dan]〈合唱團〉

- **알토** 女低音
  [al-to]〈alto〉

- **베이스** 男低音
  [be-i-seu]〈bass〉

- **소프라노** 女高音
  [so-peu-ra-no]〈soprano〉

- **테너** 男高音
  [te-neo]〈tenor〉

- **지휘자** 指揮家
  [ji-hwi-ja]〈指揮者〉

- **음악가** 音樂家
  [eu-mak-kka]〈音樂家〉

| D | **Where**
在音樂廳的哪裡？

- **객석** 觀眾席
  [gaek-sseok]〈客席〉

- **특별석** 包廂
  [teuk-ppyeol-seok]〈特別席〉

- **이층 앞부분 좌석** 中層樓
  [i-cheung ap-ppu-bun jwa-seok]
  〈2層-部分座席〉

- **오케스트라석** 頭等座
  [o-ke-seu-teu-ra-seok]
  〈orchestra席〉

- **무대** 舞台
  [mu-dae]〈舞台〉

- **메인 스테이지** 主舞台
  [me-in seu-te-i-ji]〈main stage〉

- **조명실** 照明室
  [jo-myeong-sil]〈照明室〉

活用關鍵字 可用表格中的部分字彙替換

1. **플레이를 즐기다**
   享受表演 → A

2. **수석바이올린 연주자**
   首席小提琴手 → B

3. **세계적인 지휘가**
   世界級的指揮家 → C

4. **무대 옆에**
   在舞台旁 → D

72 무대 舞台 ❷ 劇場

單複數

한 연극장
一個劇場

두 연극장
兩個劇場

| A | **What**
在劇場做什麼？

- 깡충깡충 뛰다 蹦蹦跳跳
[kkang-chung-kkang-chung ttwi-da]
- 안무를 하다 編舞
[an-mu-reul ha-da] 〈按舞 -〉
- 조정하다 使（動作）協調
[jo-jeong-ha-da] 〈調整 -〉
- 즐기다 享受
[jeul-kki-da]
- 미끄러지듯 가다 滑行
[mi-kkeu-reo-ji-deut ga-da]
- 잡다 抓住，握住
[jap-tta]
- 서로 교감하다 互動
[seo-ro gyo-gam-ha-da]
〈- 交感 -〉
- 웃다 [ut-tta] 大笑
- 들다 舉起物品
[deul-tta]
- 공연하다 表演
[gong-yeon-ha-da] 〈公演 -〉
- 자랑하다 炫耀，賣弄
[ja-rang-ha-da]
- 지지하다 支撐，扶持
[ji-ji-ha-da] 〈支持 -〉
- 감상하다 欣賞
[gam-sang-ha-da] 〈支持 -〉

| B | **Who**
在劇場有誰？

- 배우 男演員
[bae-u] 〈俳優〉
- 여배우 女演員
[yeo-bae-u] 〈女俳優〉
- 청중 觀眾
[cheong-jung] 〈聽眾〉
- 무대 담당자 工作人員
[mu-dae dam-dang-ja]
〈舞台擔當者〉
- 의상 디자이너 服裝設計師
[ui-sang di-ja-i-neo]
〈衣裳 designer〉
- 댄서 舞者
[daen-seo] 〈dancer〉
- 감독 導演
[gam-dok] 〈監督〉
- 조명 기사 燈光師
[jo-myeong gi-sa] 〈照明技師〉
- 메이크업 아티스트
[me-i-keu-eop a-ti-seu-teu]
化妝師 〈makeup artist〉
- 내레이터 旁白
[nae-re-i-teo] 〈narrator〉
- 단역 配角
[da-nyeok] 〈端役〉
- 좌석 안내원 帶位員
[jwa-seok an-nae-won]
〈座席案內員〉

種類

루대극
舞台劇

음악극
音樂劇

C	Something 在劇場有什麼？	D	How 如何形容戲劇？

C | **Something**
在劇場有什麼？

● 밴드 樂隊
[baen-deu] 〈band〉

● 의상 劇服
[ui-sang] 〈衣裳〉

● 이벤트 프로그램 節目單
[i-ben-teu peu-ro-geu-raem]
〈event program〉

● 마이크로폰 麥克風
[ma-i-keu-ro-pon]
〈microphone〉

● 설치하다 舞台布景
[seol-chi-ha-da] 〈設置 -〉

● 스포트라이트 聚光燈
[seu-po-teu-ra-i-teu]
〈spotlight〉

● 무대 도구 道具
[mu-dae do-gu] 〈舞台道具〉

D | **How**
如何形容戲劇？

● 경탄하다 驚嘆的
[mu-dae do-gu] 〈驚嘆 -〉

● 신기하다 驚人的
[sin-gi-ha-da] 〈神奇 -〉

● 실망시키다 令人失望的
[sil-mang-si-ki-da] 〈失望 -〉

● 굉장하다 極好的
[goeng-jang-ha-da] 〈宏壯 -〉

● 아주 우습다 極好笑的
[a-ju u-seup-tta]

● 믿어지지 않다 不可置信的
[mi-deo-ji-ji an-ta]

● 슬프다 悲傷的
[seul-peu-tta]

● 장려하다 壯觀的
[jang-nyeo-ha-da] 〈壯麗 -〉

活用關鍵字　可用表格中的部分字彙替換

1. 오른쪽 다리를 들어 올리다
   舉起右腳 → A

2. 그 배우가 자신의 대사를 잊었다
   那個演員忘詞了 → B

3. 화려한 세트
   華麗的佈景 → C

4. 그의 연기는 대단히 놀라게 하다
   他的表演真驚人！→ D

單複數

한 콘서트
一場演唱會

두 콘서트
兩場演唱會

| A | **What**
在演唱會做什麼？

- 환호 歡呼，喝采
  [hwan-ho] 〈歡呼〉

- 즐기다 享受
  [jeul-kki-da]

- 앙코르하다 要求…加演
  [ang-ko-reu-ha-da] 〈encore-〉

- 흥분하다 興奮
  [heung-bun-ha-da] 〈興奮 -〉

- 춤을 추다 跳舞
  [chu-meul chu-da]

- 듣다 [deut-tta] 聽

- 공연하다 表演
  [gong-yeon-ha-da] 〈公演 -〉

- 연주하다 彈奏
  [yeon-ju-ha-da] 〈演奏 -〉

- 흔들리다 搖擺
  [heun-deul-li-da]

- 노래하다 唱歌
  [no-rae-ha-da]

- 앉다 [an-da] 坐

- 외치다 喊叫
  [oe-chi-da]

- 흔들어 움직이다 揮舞，擺盪
  [heun-deu-reo um-ji-gi-da]

- 웨이빙 揮手示意
  [we-i-bing] 〈waving〉

| B | **Who**
在演唱會有誰？

- 청중 觀眾
  [cheong-jung] 〈聽眾〉

- 밴드 樂隊
  [baen-deu] 〈band〉

- 베이스 연주자 貝斯手
  [be-i-seu yeon-ju-ja]
  〈bass 演奏者〉

- 드럼 연주자 鼓手
  [deu-reom yeon-ju-ja]
  〈drum 演奏者〉

- 기타 연주자 吉他手
  [gi-ta yeon-ju-ja]
  〈guitar 演奏者〉

- 피아니스트 鋼琴家
  [pi-a-ni-seu-teu] 〈pianist〉

- 보컬리스트 主唱
  [bo-keol-li-seu-teu] 〈vocalist〉

- 댄서 舞者
  [daen-seo] 〈dancer〉

- 팬 歌迷
  [paen] 〈fan〉

- 가수 歌手
  [ga-su] 〈歌手〉

- 특별한 손님 特別嘉賓
  [teuk-ppyeol-han son-nim]
  〈特別 -〉

- 직원 工作人員
  [ji-gwon] 〈職員〉

種類

순회 공연
巡迴演唱會

자선 콘서트
慈善演唱會

C | Something
在演唱會有什麼？

- 풍선 氣球
  [pung-seon] 〈風船〉

- 음료수 飲料
  [eum-nyo-su] 〈飲料水〉

- 드라이아이스 乾冰
  [deu-ra-i-a-i-seu] 〈dry ice〉

- 야광막대 螢光棒
  [ya-gwang-mak-ttae] 〈夜光 -〉

- 응원봉 加油棒
  [eung-won-bong] 〈應援棒〉

- 포스터 海報
  [po-seu-teo] 〈poster〉

- 기념품 紀念品
  [gi-nyeom-pum] 〈紀念品〉

- 입장권 入場券
  [ip-jjang-gwon] 〈入場券〉

D | Where
在演唱會的哪裡？

- 객석 觀眾席
  [gaek-sseok] 〈客席〉

- 귀빈석 貴賓席
  [gwi-bin-seok] 〈貴賓席〉

- 뒷무대 (在) 後台
  [dwin-mu-dae] 〈- 舞台〉

- 분장실 化妝室
  [bun-jang-sil] 〈扮裝室〉

- 대기실 休息室
  [dae-gi-sil] 〈待機室〉

- 무대 舞台
  [mu-dae] 〈舞台〉

- 스크린 螢幕
  [seu-keu-rin] 〈screen〉

- 계단 階梯
  [gye-dan] 〈階段〉

活用關鍵字 可用表格中的部分字彙替換

1. 몸을 흔들다
   擺盪你的身體 → A

2. 인기 있는 드럼 연주자
   受歡迎的鼓手 → B

3. 한정판 기념품
   限量的紀念品 → C

4. 뒤무대에서 옷을 갈아입다
   在後台換衣服 → D

音樂

◆ 현악 삼중주
  弦樂三重奏
◆ 현악 사중주
  弦樂四重奏

演唱活動

◆ 콘서트에 가다
  參加演唱會
◆ 콘서트 라이브를 하다
  舉辦現場演唱會

歌迷

◆ 손으로 만든 포스터
  手工海報
◆ 불빛막대를 들어올리다
  舉起螢光棒

1 **표를 몇 장 구매하려고 합니까?**
你打算買幾張票？
한 장 사겠습니다.
我要買一張。

아직 생각중입니다 我還在考慮	먼저 친구에게 물어 보겠습니다 我要先問問我朋友	한계가 있습니까? 有限制嗎？

2 **무엇을 가져야 하러 콘서트에 갑니까?**
我該帶什麼東西去演唱會？
물을 충분히 가져 가는 것을 건의합니다.
我建議你帶足夠的水。

일회용 비옷 輕便雨衣	미니 망원경 迷你望遠鏡	불빛막대 螢光棒

3 **라이브 콘서트가 얼마나 걸립니까?**
演唱會時間多長？
한 시간만입니다.
只有一小時。

한 시간 반 一個半小時	오십분 五十分鐘	두 시간쯤 大約兩小時

73 카지노 賭場

單複數

한 카지노
一個賭場

두 카지노
兩個賭場

| A | *What*
在賭場做什麼？

- 비트 打敗
  [bi-teu] 〈beat〉

- 내기하다 打賭
  [nae-gi-ha-da]

- 돌리다 發 (牌)
  [dol-li-da]

- 탐지하다 偵測
  [tam-ji-ha-da] 〈探知 -〉

- 도박을 하다 賭博
  [do-ba-geul ha-da] 〈賭博 -〉

- 경비원 巡邏守衛
  [gyeong-bi-won] 〈警備員〉

- 뒤쫓아 나가다 趕出去
  [dwi-jjo-cha na-ga-da]

- 놀다 玩 (牌)
  [nol-da]

- 흔들리다 搖 (骰子)
  [heun-deul-li-da]

- 섞다 洗 (牌)
  [seok-tta]

- 던지다 擲 (骰子)
  [deon-ji-da]

- 걸다 作賭注
  [kkeol-da]

- 돈을 걸다 押 (賭注)
  [do-neul kkeol-da]

- 구경하다 觀看
  [gu-gyeong-ha-da]

| B | *What Kind*
有哪些賭博遊戲？

- 바카라 百家樂
  [ba-ka-ra] 〈baccarat〉

- 빙고 賓果遊戲
  [bing-go] 〈bingo〉

- 블랙잭 二十一點
  [beul-laek-jjaek] 〈blackjack〉

- 크랩스 擲骰子
  [keu-raep-sseu] 〈craps〉

- 주사위 骰子
  [ju-sa-wi]

- 포커 토너먼트 橋牌比賽
  [po-keo to-neo-meon-teu]
  〈poker tournament〉

- 룰렛 輪盤
  [rul-let] 〈roulette〉

- 쇼 表演
  [syo] 〈show〉

- 콘서트 演唱會
  [kon-seo-teu] 〈concert〉

- 코미디 喜劇
  [ko-mi-di] 〈comedy〉

- 쇼핸드 梭哈
  [syo-haen-deu] 〈show hand〉

- 슬롯머신 吃角子老虎
  [seul-lon-meo-sin]
  〈slot machine〉

- 거액의 상금 巨額獎金
  [geo-ae-gui sang-geum]
  〈巨額 - 賞金〉

相關字

경마장
賽馬場

복권 가판대
彩券下注站

C | Something
在賭場有什麼？

- 경보벨 警鈴
  [gyeong-bo-bel] 〈警報 bell〉

- 칩 籌碼
  [chip] 〈chip〉

- 도박대 賭桌
  [do-bak-ttae] 〈賭博臺〉

- 네온 등 霓虹燈
  [ne-on deung] 〈neon 燈〉

- 보안 카메라 監視攝影機
  [bo-an ka-me-ra]
  〈保安 camera〉

- 팁 [tip] 小費 〈tip〉

- 토큰 代幣
  [to-keun] 〈token〉

- 비상구 緊急出口
  [bi-sang-gu] 〈非常口〉

D | Who
在賭場有誰？

- 뱅커 莊家
  [baeng-keo] 〈banker〉

- 사기꾼 老千
  [sa-gi-kkun]

- 딜러 發牌員
  [dil-leo] 〈dealer〉

- 노름꾼 賭徒
  [no-reum-kkun]

- 하이 롤러 豪賭客
  [ha-i rol-leo] 〈high roller〉

- 루저 輸家
  [ru-jeo] 〈loser〉

- 플레이어 玩家
  [peul-le-i-eo] 〈player〉

- 위너 贏家
  [wi-neo] 〈winner〉

活用關鍵字　可用表格中的部分字彙替換

1. 카드놀이를 하다
   玩牌 → A
2. 할인 쇼 티켓을 사다
   買到折扣的表演票券 → B
3. 칩을 조금 교환하다
   換一些籌碼 → C
4. 내 일은 카지노 딜러입니다.
   我的工作是賭場發牌員 → D

74 노래방 KTV

類義字

창가교실
唱歌室

노래방
K 歌房

A | What
在 KTV 做什麼？

- 동반하다 陪伴
  [dong-ban-ha-da] 〈同伴 -〉

- 박수를 치다 鼓掌
  [bak-ssu-reul chi-da] 〈拍手 -〉

- 깨지는 목소리 破音
  [kkae-ji-neun mok-sso-ri]

- 이야기하다 閒聊
  [i-ya-gi-ha-da]

- 커트 卡（歌）
  [keo-teu] 〈cut〉

- 다 망치다 弄亂
  [da mang-chi-da]

- 먹다 [meok-tta] 吃

- 걸다 [geol-da] 掛掉

- 듣다 [deut-tta] 聽

- 줍다 [jup-tta] 拿起

- 뽑다 [ppop-tta] 點（歌）

- 보다 [bo-da] 看

- 노래하다 唱歌
  [no-rae-ha-da]

- 외치다 鬼吼
  [oe-chi-da]

- 고속감기 快轉
  [go-sok-kkam-gi] 〈高速 -〉

- 되감기 倒帶
  [doe-gam-gi]

B | Where
在 KTV 的哪裡？

- 방 包廂
  [bang] 〈房〉

- 비상출구 火災逃生門
  [bi-sang-chul-gu] 〈非常出口〉

- 컨디먼트 바 屋內吧檯
  [keon-di-meon-teu ba]
  〈condiment bar〉

- 화재경보기 火災警報器
  [hwa-jae-gyeong-bo-gi]
  〈火災警報器〉

- 화장실 廁所
  [hwa-jang-sil] 〈化妝室〉

- 터치스크린 觸控式螢幕
  [teo-chi-seu-keu-rin]
  〈touch screen〉

- 뷔페 自助吧
  [bwi-pe] 〈buffet〉

- 카펫 地毯
  [ka-pet] 〈carpet〉

- 현관 門廳
  [hyeon-gwan] 〈玄關〉

- 로비 大廳
  [ro-bi] 〈lobby〉

- 서비스 카운터 服務櫃檯
  [seo-bi-seu ka-un-teo]
  〈service counter〉

- 소파 沙發
  [so-pa] 〈sofa〉

相關字

주크박스
點唱機

카라 OK기계
卡拉 OK 伴唱機

| C | Who
在 KTV 有誰？

- 좋은 친구 兄弟，好朋友
  [jo-eun chin-gu] 〈- 親舊〉

- 동료 同事
  [dong-nyo] 〈同僚〉

- 동반자 同伴
  [dong-ban-ja] 〈同伴者〉

- 주취자 醉酒的人
  [ju-chwi-ja] 〈酒醉者〉

- 공통의 친구 共同的朋友
  [gong-tong-ui chin-gu]
  〈共同 - 親舊〉

- 웨이터 服務生
  [we-i-teo] 〈waiter〉

- 미성년자 未成年少年
  [mi-seong-nyeon-ja]
  〈未成年者〉

| D | Something
在 KTV 有什麼？

- 맥주 啤酒
  [maek-jju] 〈麥酒〉

- 디스코 공 빛 迪斯可球燈
  [di-seu-ko gong bit] 〈disco-〉

- 얼음통 冰桶
  [eo-reum-tong] 〈- 桶〉

- 마이크로폰 麥克風
  [ma-i-keu-ro-pon]
  〈microphone〉

- 뮤직 비디오 音樂錄影帶
  [myu-jik bi-di-o]
  〈music video〉

- 노래 목록 點歌本
  [no-rae mong-nok] 〈- 目錄〉

- 메뉴 選單
  [me-nyu] 〈menu〉

活用關鍵字 可用表格中的部分字彙替換

1. 수화기를 들다
   拿起電話 → A
2. 화재경보기가 삐 소리를 내다
   火災警報器嗶嗶作響 → B
3. 술에 취한 남자
   醉漢 → C
4. 맥주 한 통
   一桶啤酒 → D

75 나이트 클럽 夜店

單複數

한 나이트 클럽
一間夜店

두 나이트 클럽
兩間夜店

A | What
在夜店做什麼？

- 말을 걸다 搭訕
  [ma-reul kkeol-da]

- 폭음하다 狂飲
  [po-geum-ha-da] 〈暴飲 -〉

- 긴장을 풀다 休閒放鬆
  [gin-jang-eul pul-da] 〈緊張 -〉

- 술을 마시다 喝酒
  [su-reul ma-si-da]

- 한껏 즐기다 盡情享受
  [han-kkeot jeul-kki-da]

- 함께 얘기하다 相聚閒聊
  [ham-kke yae-gi-ha-da]

- 연주하다 彈奏
  [yeon-ju-ha-da] 〈彈奏 -〉

- 매혹하다 引誘
  [mae-ho-ka-da] 〈魅惑 -〉

- 흔들리다 調(酒)
  [heun-deul-li-da]

- 술이 깨다 醒酒
  [su-ri kkae-da]

- 비틀거리다 蹣跚
  [bi-teul-kkeo-ri-da]

- 마개를 뽑다 拔掉塞子
  [ma-gae-reul ppop-tta]

- 토하다 吐
  [to-ha-da] 〈吐 -〉

B | Where
在夜店的哪裡？

- 바 카운터 吧台
  [ba ka-un-teo] 〈bar counter〉

- 바 스툴 吧台高腳椅
  [ba seu-tul] 〈bar stool〉

- 셰이커 搖杯（雪克杯）
  [sye-i-keo] 〈shaker〉

- 온스 컵 盎司杯
  [on-seu keop] 〈ounce cup〉

- 큰 맥주잔 啤酒杯
  [keun maek-jju-jan]
  〈- 麥酒盞〉

- 댄스 플로어 舞池
  [daen-seu peul-lo-eo]
  〈dance floor〉

- 디제이부스 DJ 台
  [di-je-i-bu-seu] 〈DJ booth〉

- 드라이 아이스 기계
  [deu-ra-i a-i-seu gi-gye]
  乾冰機〈dry ice 機械〉

- 라운지 包廂
  [ra-un-ji] 〈lounge〉

- 카우치 長沙發
  [ka-u-chi] 〈couch〉

- 당구대 撞球台
  [dang-gu-dae] 〈撞球臺〉

- 연기 기계 煙霧機
  [yeon-gi gi-gye] 〈煙氣機械〉

種類

라운지 바
沙發酒吧

디스코
迪斯可舞廳

C | Who
在夜店有誰？

- 술꾼 [sul-kkun] 酒鬼

- 바텐더 調酒師
  [ba-ten-deo] 〈bartender〉

- 댄서 舞者 [daen-seo] 〈dancer〉

- 디제이 播放唱片師
  [daen-seo] 〈DJ〉

- 마약 밀매자 毒販
  [ma-yak mil-mae-ja]
  〈麻藥密賣者〉

- 스파이스 걸 辣妹
  [seu-pa-i-seu geol]
  〈Spice Girl〉

- 웨이터 服務生
  [we-i-teo] 〈waiter〉

D | Something
在夜店有什麼？

- 음료수 飲料
  [eum-nyo-su] 〈飲料水〉

- 맥주 啤酒
  [maek-jju] 〈麥酒〉

- 샴페인 香檳
  [syam-pe-in] 〈champagne〉

- 칵테일 雞尾酒
  [kak-te-il] 〈cocktail〉

- 청량 음료 無酒精飲料
  [cheong-nyang eum-nyo]
  〈清涼飲料〉

- 독주 烈酒
  [dok-jju] 〈毒酒〉

- 포도주 葡萄酒
  [po-do-ju] 〈葡萄酒〉

活用關鍵字 可用表格中的部分字彙替換

1. 술을 많이 마시다
   喝太多酒 → A

2. 댄스 바닥에 넘어지다
   在舞池上跌倒 → B

3. 악명 높은 마약 딜러
   惡名昭彰的毒販 → C

4. 포도주 한 병
   一瓶葡萄酒 → D

547

76 비디오 방 影音出租店

單複數

한 비디오 방
一間影音出租店

두 비디오 방
兩間影音出租店

A | What
在影音出租店做什麼？

- 신청하다 申請
  [sin-cheong-ha-da] 〈申請 -〉
- 패스트 포워드 快轉
  [pae-seu-teu po-wo-deu]
  〈fast forward〉
- 작서하다 填寫
  [jak-sseo-ha-da] 〈作成 -〉
- 찾다 [chat-tta] 尋找
- 내다 [nae-da] 付帳
- 긁다 [geuk-tta] 刮傷
- 쓰다 [sseu-da] 花費
- 방영하다 播放
  [bang-yeong-ha-da] 〈放映 -〉
- 추천하다 推薦
  [chu-cheon-ha-da] 〈推薦 -〉
- 발행하다 發行
  [bal-haeng-ha-da] 〈發行 -〉
- 렌트하다 租
  [ren-teu-ha-da] 〈rent-〉
- 돌려주다 歸還
  [dol-lyeo-ju-da]
- 되감다 倒帶
  [doe-gam-da]
- 관상하다 觀賞
  [gwan-sang-ha-da] 〈觀賞 -〉
- 가입하다 加入（會員）
  [ga-i-pa-da] 〈加入 -〉

B | What Kind
有哪些類型的電影？

- 액션 영화 動作片
  [aek-ssyeon yeong-hwa]
  〈action 映畫〉
- 만화 영화 動畫
  [man-hwa yeong-hwa]
  〈漫畫映畫〉
- 코미디 영화 喜劇
  [ko-mi-di yeong-hwa]
  〈comedy 映畫〉
- 드라마 영화 劇情片
  [deu-ra-ma yeong-hwa]
  〈drama 映畫〉
- 공포 영화 恐怖片
  [gong-po yeong-hwa]
  〈恐怖映畫〉
- 추리 영화 懸疑片
  [chu-ri yeong-hwa]
  〈推理映畫〉
- 멜로 영화 文藝片
  [mel-lo yeong-hwa]
  〈melo 映畫〉
- 공상 과학 영화 科幻片
  [gong-sang gwa-hak yeong-hwa] 〈空想科學映畫〉
- 스릴러물 영화 驚悚片
  [seu-ril-leo-mul yeong-hwa]
  〈thriller 映畫〉
- 연속극 肥皂劇
  [yeon-sok-kkeuk] 〈連續劇〉

同義字

비디오 대여점
影音出租店

| C | How
如何形容影片？

- 상을 따다 得獎的
  [sang-eul tta-da] 〈獎 -〉

- 고전적이다 經典的
  [go-jeon-jeo-gi-da] 〈古典的 -〉

- 상투적이다 老套的
  [sang-tu-jeo-gi-da] 〈常套的 -〉

- 엉망이다 糟糕的
  [eong-mang-i-da]

- 최근의 最新的
  [choe-geu-nui] 〈最近 -〉

- 새로운 개봉 新發行的
  [sae-ro-un gae-bong] 〈開封 -〉

- 인기있다 受歡迎的
  [in-gi-it-tta] 〈人氣 -〉

| D | Something
影音出租店有什麼？

- 도난 방지 장치 防盜設備
  [do-nan bang-ji jang-chi]
  〈盜難防止裝置〉

- 카운터 櫃檯
  [ka-un-teo] 〈counter〉

- 드롭 박스 （光碟）回收箱
  [deu-rop bak-sseu]〈drop-box〉

- 디브이디 플레이어
  [di-beu-i-di peul-le-i-eo]
  DVD 播放器〈DVD player〉

- 사다리 [sa-da-ri] 小梯子

- 선반 [seon-ban] 架子

- 창고 倉庫
  [chang-go] 〈倉庫〉

活用關鍵字 可用表格中的部分字彙替換

1. 영화를 추천하다
   推薦電影 → A

2. 인기있는 연속극
   熱門的肥皂劇 → B

3. 상을 딴 우수한 작품
   得獎的傑出作品 → C

4. 고장난 디브이디 플레이어
   壞掉的 DVD 播放器 → D

77 음판 가게 唱片行

單複數

한 음판 가게
一間唱片行

두 음판 가게
兩間唱片行

A | **What**
在唱片行做什麼？

- 즐기다 享受
  [jeul-kki-da]

- 모이다 聚集
  [mo-i-da]

- 개최하다 舉辦
  [gae-choe-ha-da] 〈開催 -〉

- 수입하다 進口
  [su-i-pa-da] 〈輸入 -〉

- 듣다 [deut-tta] 聽

- 연주하다 彈奏，玩
  [yeon-ju-ha-da] 〈演奏 -〉

- 홍보하다 宣傳
  [hong-bo-ha-da] 〈弘報 -〉

- 추천하다 推薦
  [chu-cheon-ha-da] 〈推薦 -〉

- 발행하다 發行
  [bal-haeng-ha-da] 〈發行 -〉

- 환불하다 退錢
  [hwan-bul-ha-da] 〈還拂 -〉

- 서명하다 簽名
  [seo-myeong-ha-da] 〈署名 -〉

- 노래를 부르다 唱歌
  [no-rae-reul ppu-reu-da]

- 악수를 나누다 握（手）
  [ak-ssu-reul na-nu-da] 〈握手 -〉

- 관상하다 觀賞
  [gwan-sang-ha-da] 〈觀賞 -〉

B | **What Kind**
有哪些音樂類型？

- 올터너티브 록 另類搖滾
  [ol-teo-neo-ti-beu rok]
  〈alternative rock〉

- 발라드 抒情歌曲
  [bal-la-deu] 〈ballad〉

- 블루스 藍調
  [beul-lu-seu] 〈blues〉

- 고전 음악 古典音樂
  [go-jeon eu-mak] 〈古典音樂〉

- 컨트리 뮤직 鄉村音樂
  [keon-teu-ri myu-jik]
  〈country music〉

- 민요 民謠
  [mi-nyo] 〈民謠〉

- 헤비메탈 重金屬音樂
  [he-bi-me-tal] 〈heavy metal〉

- 힙합 嘻哈
  [hi-pap] 〈hip hop〉

- 재즈 爵士
  [jae-jeu] 〈jazz〉

- 팝 流行音樂
  [pap] 〈pop〉

- 랩 饒舌音樂
  [raep] 〈rap〉

- 로큰롤 搖滾樂
  [ro-keul-lol] 〈rock-and-roll〉

- 솔뮤직 靈魂樂
  [sol-myu-jik] 〈soul music〉

種類

퓨전 음반 가게
複合式唱片行

체인 음반 가게
連鎖唱片行

| C | **Who**
在唱片行有誰？

| D | **Something**
在唱片行有什麼？

- 점원 店員
  [jeo-mwon]〈店員〉

- 고객 顧客
  [go-gaek]〈顧客〉

- 딜러 經銷商
  [dil-leo]〈dealer〉

- 팬 歌迷
  [paen]〈fan〉

- 매니저 唱片公司經紀人
  [mae-ni-jeo]〈manager〉

- 스카우트 星探
  [seu-ka-u-teu]〈scout〉

- 가수 歌星
  [ga-su]〈歌手〉

- 회원 會員
  [hoe-won]〈會員〉

- 앨범 專輯
  [ael-beom]〈album〉

- 순위 차트 排行榜
  [su-nwi cha-teu]〈順位 chart〉

- 계산대 收銀台
  [gye-san-dae]〈計算臺〉

- 축음기 음반 黑膠唱片
  [chu-geum-gi eum-ban]
  〈蓄音機音盤〉

- 포스터 海報
  [po-seu-teo]〈poster〉

- 게이트 센서 防盜感應門
  [ge-i-teu sen-seo]
  〈gate sensor〉

- 전시판 展示區
  [jeon-si-pan]〈展示板〉

活用關鍵字 可用表格中的部分字彙替換

1. 새 앨범을 듣다
   聽一張新專輯 → A

2. 팝송을 좋아하다
   喜歡流行音樂 → B

3. 팬들은 줄을 서다
   歌迷們在排隊 → C

4. 계산대에 아무도 없다
   收銀台沒人 → D

賭局

◆ 통과
我不跟（跳過）
◆ 내기 돈을 끌어당기다
退注

請客

◆ 제가 낼게요.
我請客
◆ 제가 한 잔 사 드릴게요.
我請你喝一杯

CD
版本

◆ 디럭스 버전
豪華版
◆ 한정판
限量版

552

1 我拿到…啦！
我拿到一對啦！
원 페어를 얻었습니다 .

풀하우스	플러시	스트레이트
葫蘆	同花	順子

2 注意你的…。
注意你的節奏。
리듬에 주의하세요 .

피치	선율	템포
音準	旋律	拍子

3 請問包含…嗎？
請問包含入場費嗎？
그것은 입장료에 포함되어 있습니까？

테이블 차지	세금	서비스료
桌位費	稅金	服務費
코키지 차지	주차요금	식사
開瓶費	停車費	餐費

單複數

한 로비
一間大廳

두 로비
兩間大廳

| A | *What*
在飯店大廳做什麼？

- 방을 예약하다 訂房
  [bang-eul ye-ya-ka-da]
  〈房 - 預約 -〉

- 취소하다 取消
  [chwi-so-ha-da] 〈取消 -〉

- 들다 [deul-tta] 搬；提

- 내다 [nae-da] 付款

- 바꾸다 更換
  [ba-kku-da]

- 불평하다 抱怨
  [bul-pyeong-ha-da] 〈不平 -〉

- 맡기다 寄放
  [mat-kki-da]

- 들어가다 進入
  [deu-reo-ga-da]

- 연장하다 延長
  [yeon-jang-ha-da] 〈延長 -〉

- 작성하다 填寫
  [jak-sseong-ha-da] 〈作成 -〉

- 보여 주다 出示
  [bo-yeo ju-da]

- 팁을 주다 [tip] 給小費
  [ti-beul jju-da] 〈tip-〉

- 체크인하다 登記入住
  [che-keu-in-ha-da]
  〈check in-〉

- 체크아웃하다 辦理退房
  [che-keu-a-u-ta-da]
  〈check out-〉

| B | *Where*
在飯店大廳的哪裡？

- 자동문 自動門
  [ja-dong-mun] 〈自動門〉

- 하물 보관실 行李保管中心
  [ha-mul bo-gwan-sil]
  〈荷物保管室〉

- 연회장 宴會廳
  [yeon-hoe-jang] 〈宴會場〉

- 여관 프런트 旅館服務台
  [yeo-gwan peu-reon-teu]
  〈旅館 front〉

- 회의실 會議室
  [hoe-ui-sil] 〈會議室〉

- 엘리베이터 電梯
  [el-li-be-i-teo] 〈elevator〉

- 선물 가게 禮品店
  [seon-mul ga-ge] 〈膳物 -〉

- 세탁실 洗衣房
  [se-tak-ssil] 〈洗濯室〉

- 휴게실 會客廳
  [hyu-ge-sil] 〈休息室〉

- 신문 랙 書報架
  [sin-mun raek] 〈新聞 rack〉

- 소파 沙發
  [so-pa] 〈sofa〉

- 접수처 接待櫃檯
  [jeop-ssu-cheo] 〈接受處〉

- 국제전화 國際電話
  [guk-jje-jeon-hwa]
  〈國際電話〉

相關字

입구	시설
入口	（飯店）設施

C Who
在飯店大廳有誰？

- 사환 行李服務員
  [sa-hwan] 〈使喚〉

- 문지기 門房
  [mun-ji-gi] 〈門 -〉

- 안내원 大門接待人員
  [an-nae-won] 〈案內員〉

- 호텔 매니저 飯店經理
  [ho-tel mae-ni-jeo]
  〈hotel manager〉

- 접수 담당자 接待員
  [jeop-ssu dam-dang-ja]
  〈接受擔當者〉

- 경비원 保全人員
  [gyeong-bi-won] 〈警備員〉

- 관광객 觀光客
  [gwan-gwang-gaek] 〈觀光客〉

D Something
在飯店大廳有什麼？

- 수하물 行李
  [su-ha-mul] 〈手荷物〉

- 청구서 帳單
  [cheong-gu-seo] 〈請求書〉

- 수하물 카트 行李推車
  [su-ha-mul ka-teu]
  〈手荷物 cart〉

- 영수증 收據
  [yeong-su-jeung] 〈領收證〉

- 신청서 住宿登記表
  [sin-cheong-seo] 〈申請書〉

- 와이파이 無線網路
  [wa-i-pa-i] 〈wifi〉

- 부티크 精品店
  [bu-ti-keu] 〈boutique〉

活用關鍵字 可用表格中的部分字彙替換

1. 방을 예약하다
   預訂**房間** → A

2. 연회 홀을 임대하다
   租用**宴會廳** → B

3. 접수 담당자의 협조를 청구하다
   尋求**接待人員**協助 → C

4. 영수증을 꺼내다
   遞出**收據** → D

78 호텔 飯店 ❷房間

單複數

한 방
一間房間

두 방
兩間房間

A | What
在房間做什麼？

- 이를 닦다 刷（牙）
  [i-reul ttak-tta]

- 전화하다 打電話
  [jeon-hwa-ha-da]〈電話 -〉

- 축하하다 慶祝
  [chu-ka-ha-da]〈祝賀 -〉

- 이야기를 하다 聊天
  [i-ya-gi-reul ha-da]

- 주문하다 點（餐）
  [ju-mun-ha-da]〈注文 -〉

- 자다 [ja-da] 睡覺

- 담배를 피우다 抽煙
  [dam-bae-reul pi-u-da]

- 코를 골다 打呼
  [ko-reul kkol-da]

- 샤워를 하다 淋浴
  [sya-wo-reul ha-da]
  〈shower-〉

- 파티하다 舉辦（派對）
  [pa-ti-ha-da]〈party-〉

- 정신을 차리다 醒來
  [jeong-si-neul cha-ri-da]
  〈精神 -〉

- 세수하다 洗（臉）
  [se-su-ha-da]〈洗手 -〉

- 보다 看（電視）
  [bo-da]

B | Where
在房間的哪裡？

- 발코니 陽台
  [bal-ko-ni]〈balcony〉

- 욕실 浴室
  [yok-ssil]〈浴室〉

- 침대 床
  [chim-dae]〈寢臺〉

- 시트 床單
  [si-teu]〈sheet〉

- 쿠션 抱枕
  [ku-syeon]〈cushion〉

- 이불 [i-bul] 棉被

- 베개 [be-gae] 枕頭

- 부엌 [bu-eok] 廚房

- 거실 [geo-sil] 客廳

- 화장대 梳妝台
  [hwa-jang-dae]〈化妝台〉

- 헤어 드라이어 吹風機
  [he-eo deu-ra-i-eo]
  〈hair dryer〉

- 안전 금고 保險箱
  [an-jeon geum-go]
  〈安全金庫〉

- 옷장 衣櫃
  [ot-jjang]〈- 欌〉

- 목욕용 가운 浴袍
  [mo-gyo-gyong ga-un]
  〈沐浴用 gown〉

種類

일반실
標準房

슈페리어 룸
高級房

| C | How
如何形容房間？

- 깨끗하다 乾淨的
  [kkae-kkeu-ta-da]

- 편안하다 舒服的
  [pyeo-nan-ha-da] 〈便安 -〉

- 우아하다 高雅的
  [u-a-ha-da] 〈優雅 -〉

- 하이테크의 高科技的
  [ha-i-te-keu-ui] 〈high-tech〉

- 현대적이다
  [hyeon-dae-jeo-gi-da]
  現代化 〈現代的 -〉

- 시끄럽다 吵雜的
  [si-kkeu-reop-tta]

- 간단하다 簡單的
  [gan-dan-ha-da] 〈簡單 -〉

- 넓다 [neop-da] 寬廣的

| D | What Kind
有哪些種類的房間？

- 비즈니스 룸 商務房
  [bi-jeu-ni-seu rum]
  〈business room〉

- 디럭스 스위트 룸
  [di-reok-sseu seu-wi-teu rum]
  豪華套房 〈deluxe suite〉

- 더블 룸 雙人房
  [deo beul-lum]
  〈double room〉

- 패밀리 룸 家庭房
  [pae-mil-li rum] 〈family room〉

- 싱글 룸 單人房
  [sing-geul rum] 〈single room〉

- 트리플 룸 三人房
  [teu-ri-peul rum] 〈triple room〉

- 트윈 룸 雙床房
  [teu-win rum] 〈twin room〉

活用關鍵字　可用表格中的部分字彙替換

1. 일을 닦다
   刷牙 → A

2. 더러운 목욕 가운
   有污漬的浴袍 → B

3. 편한 소파
   舒服的沙發 → C

4. 디럭스 스위트 룸을 주세요.
   請給我豪華套房 → D

相關字

짐
行李

수화물
行李

A	**What** 對行李箱做什麼？

- 정리하다 整理
  [jeong-ni-ha-da] 〈整理 -〉
- 들다 提，拿
  [deul-tta]
- 끌다 拖，拉
  [kkeul-tta]
- 접다 摺（衣服）
  [jeop-tta]
- 잡다 握住，抓住
  [jap-tta]
- 잠그다 鎖上
  [jam-geu-da]
- 분실하다 遺失
  [bun-sil-ha-da] 〈紛失 -〉
- 싸다 裝箱，打包
  [ssa-da]
- 찾다 [chat-tta] 尋找
- 놓다 [no-ta] 放
- 돌다 [dol-da] 旋轉
- 밀어 넣다 把…塞進
  [mi-reo neo-ta]
- 열다 打開行李
  [yeol-da]
- 무게를 달다 秤重
  [mu-ge-reul ttal-tta]

B	**Something** 在行李箱裝什麼？

- 카메라 照相機
  [ka-me-ra] 〈camera〉
- 충전기 充電器
  [chung-jeon-gi] 〈充電器〉
- 필름 底片
  [pil-leum] 〈film〉
- 메모리 카드 記憶卡
  [me-mo-ri ka-deu]
  〈memory card〉
- 빨래 換洗衣物
  [ppal-lae]
- 코트 外套
  [ko-teu] 〈coat〉
- 바지 [ba-ji] 褲子
- 잠옷 [ja-mot] 睡衣
- 치마 [chi-ma] 裙子
- 속옷 [so-got] 內衣
- 셔츠 襯衫
  [syeo-cheu] 〈shirt〉
- 화장품 化妝品
  [hwa-jang-pum] 〈化妝品〉
- 약물 藥物
  [yang-mul] 〈藥物〉
- 세면도구 盥洗用具
  [se-myeon-do-gu] 〈洗面道具〉

種類

탁송화물 托運行李	핸드캐리 짐 隨身行李

C	What Kind	D	What Kind
行李箱有哪些構造？		**有哪些行李箱種類？**	

C | What Kind
行李箱有哪些構造？

- 버클 帶扣
  [beo-keul] 〈buckle〉

- 코드 락 密碼鎖
  [ko-deu rak] 〈code lock〉

- 양복 커버 西裝袋
  [yang-bok keo-beo]
  〈洋服 cover〉

- 손잡이 把手
  [son-ja-bi]

- 안쪽 주머니 暗袋
  [an-jjok ju-meo-ni]

- 지퍼 拉鍊
  [ji-peo] 〈zipper〉

- 심 [sim] 夾層

- 바퀴 [ba-kwi] 輪子

D | What Kind
有哪些行李箱種類？

- 백 팩 背包
  [baek paek] 〈backpack〉

- 바퀴 더플 가방 附輪行李袋
  [ba-kwi deo-peul kka-bang]
  〈-duffel-〉

- 확장 휴대 여행 가방
  [hwak-jjang hyu-dae yeo-haeng
  ga-bang] 加大式旅行箱
  〈擴張携帶旅行 -〉

- 노트북 가방 電腦包
  [no-teu-buk ga-bang]
  〈note book-〉

- 여행 가방 手提行李箱
  [yeo-haeng ga-bang] 〈旅行 -〉

- 트렁크 大皮箱
  [teu-reong-keu] 〈trunk〉

活用關鍵字 可用表格中的部分字彙替換

1. 침을 들고 탑승하다
   提著行李上機 → A

2. 코트를 가지다
   隨身帶著外套 → B

3. 숨겨진 주머니에서 전자 티켓을 넣다
   把電子機票放進暗袋 → C

4. 가방을 가지고 선실에 가다
   把背包帶進去機艙 → D

559

單複數

한 유스호스텔
一家青年旅館

두 유스호스텔
兩家青年旅館

| A | **What**
在青年旅館做什麼？

- 참석하다 參加
  [cham-seo-ka-da] 〈參席 -〉

- 상담하다 請教，諮詢
  [sang-dam-ha-da] 〈相談 -〉

- 요리하다 做菜
  [yo-ri-ha-da] 〈料理 -〉

- 식사하다 用餐
  [sik-ssa-ha-da] 〈食事 -〉

- 경험하다 體驗
  [gyeong-heom-ha-da]
  〈經驗 -〉

- 안내인을 담당하다
  [an-nae-i-neul ttam-dang-ha-
  da] 擔任嚮導〈案內人擔當 -〉

- 만나다 認識，遇見
  [man-na-da]

- 점용하다 佔用
  [jeo-myong-ha-da] 〈佔用 -〉

- 제공하다 給予，提供
  [je-gong-ha-da] 〈提供 -〉

- 참가하다 參加
  [cham-ga-ha-da] 〈參加 -〉

- 머무르다 暫住
  [meo-mu-reu-da]

- 대접하다 款待；接待
  [dae-jeo-pa-da] 〈待接 -〉

- 휴식하다 休息
  [hyu-si-ka-da] 〈休息 -〉

| B | **Where**
在青年旅館的哪裡？

- 기숙사 宿舍型房間
  [gi-suk-ssa] 〈寄宿舍〉

- 이단 침대 單人床疊架
  [i-dan chim-dae] 〈2 段寢臺〉

- 여자방 女生房
  [yeo-ja-bang] 〈女子房〉

- 리넨 床單
  [ri-nen] 〈linen〉

- 로커 衣物櫃
  [ro-keo] 〈locker〉

- 남자방 男生房
  [nam-ja-bang] 〈男子房〉

- 남녀 공용방 男女共用房
  [nam-nyeo gong-yong-bang]
  〈男女共用房〉

- 부엌 [bu-eok] 廚房

- 세탁실 洗衣間
  [se-tak-ssil] 〈洗濯室〉

- 휴게실 交誼廳
  [hyu-ge-sil] 〈休憩室〉

- 프런트 櫃檯
  [peu-reon-teu] 〈front〉

- 공용 화장실 共用浴室
  [gong-yong hwa-jang-sil]
  〈共用化妝室〉

- 여행안내소 旅遊諮詢台
  [yeo-haeng-an-nae-so]
  〈旅行案內所〉

類義字

백패커스
背包客棧

민박
民宿

|C| Something
在青年旅館有誰？

- 백패커 背包客
  [baek-pae-keo] 〈backpacker〉

- 낮은 예산 여행자
  [na-jeun ye-san yeo-haeng-ja]
  低預算的旅客〈-預算旅行者〉

- 하우스 키핑 직원 清潔人員
  [ha-u-seu ki-ping ji-gwon]
  〈housekeeping 職員〉

- 장기 거주자 長住者
  [jang-gi geo-ju-ja]
  〈長期居住者〉

- 직원 工作人員
  [ji-gwon] 〈職員〉

- 여행안내원 旅遊諮詢員
  [yeo-haeng-an-nae-won]
  〈旅行案內員〉

|D| What Kind
青年旅館提供哪些服務？

- 공항 셔틀 버스
  [gong-hang syeo-teul ppeo-seu]
  機場接駁車
  〈空港 shuttle bus〉

- 자전거 대여 租腳踏車
  [ja-jeon-geo dae-yeo]
  〈自轉車貸與〉

- 구인란 工作佈告欄
  [gu-il-lan] 〈求人欄〉

- 지도 地圖
  [ji-do] 〈地圖〉

- 여행단 旅行團
  [yeo-haeng-dan] 〈旅行團〉

- 교통 交通
  [gyo-tong] 〈交通〉

活用關鍵字 可用表格中的部分字彙替換

1. 여행단을 참석하다
   參加旅行團 → A
2. 여자 기숙사 침대를 원하다
   想要一個女生房的床位 → B
3. 호스텔 직원에 대해 불평하다
   抱怨工作人員 → C
4. 공항 셔틀의 시간표
   機場接駁車的時刻表 → D

行李員

- ◆ 짐을 들다
  提行李
- ◆ 사환에게 팁을 주다
  給行李服務員小費

飯店服務

- ◆ 인터넷요금을 따로 지불하다
  網路有額外收費
- ◆ 아침 식사를 무료로 제공하다
  免費供應的早餐

青年旅館

- ◆ 공동 식사 공간
  公共用餐區
- ◆ 자취 부엌
  自炊廚房

TOP 一定要會的常用句
EXPRESSIONS

1 你好，這是401號房。我想要…。

你好，這是401號房。我想要一瓶葡萄酒。

안녕하세요 , 여기 객실 사공일호인데요 . 포도주 한 병 좀 주시기 바랍니다 .

블랭킷 하나	헤어드라이어 한 대	베개 한 개
一條毛毯	一台吹風機	一個枕頭
뜨거운 물 한 병	얼음 조금	접이침대 한 개
一壺熱開水	一些冰塊	一張摺疊床

2 我房裡的…故障了。

我房裡的有線電視故障了。

내 방에 케이블 TV 가 작동하지 않습니다 .

샤워 헤드	에어컨	무선 인터넷
蓮蓬頭	冷氣	無線網路

3 如果你…的話，你就可以得到折扣。

如果你有會員卡的話，你就可以得到折扣。

당신은 회원 카드가 있으면 할인을 받을 수 있습니다 .

일주일 이상에 있다	봉사 프로젝트 에 참여하다	우리의 웹 사 이트에 서핑하 고 등록하다
待超過一週	參加義工計畫	瀏覽我們的網站 並登錄

單複數

한 야외전시구
一個戶外展示區

두 야외전시구
兩個戶外展示區

| A | **What Kind**
有哪些草食性動物？

| B | **What Kind**
有哪些肉食性動物？

- 초식 동물 草食性動物
  [cho-sik dong-mul]
  〈草食動物〉

- 낙타 駱駝
  [nak-ta] 〈駱駝〉

- 사슴 鹿
  [sa-seum]

- 코끼리 大象
  [ko-kki-ri]

- 기린 長頸鹿
  [gi-rin]

- 염소 山羊
  [yeom-so]

- 하마 河馬
  [ha-ma] 〈河馬〉

- 캥거루 袋鼠
  [kaeng-geo-ru] 〈kangaroo〉

- 코알라 無尾熊
  [ko-al-la] 〈koala〉

- 판다 熊貓
  [pan-da] 〈panda〉

- 토기 兔子
  [to-gi]

- 코뿔소 犀牛
  [ko-ppul-so]

- 양 綿羊
  [yang] 〈羊〉

- 얼룩말 斑馬
  [eol-lung-mal] 〈- 馬〉

- 육식 동물 肉食動物
  [yuk-ssik dong-mul]
  〈肉食動物〉

- 곰 [gom] 熊

- 치타 花豹
  [chi-ta] 〈cheetah〉

- 코요테 土狼
  [ko-yo-te] 〈cogote〉

- 여우 狐狸
  [yeo-u]

- 재규어 美洲豹
  [jae-gyu-eo] 〈jaguar〉

- 표범 豹
  [pyo-beom] 〈豹 -〉

- 사자 獅子
  [sa-ja] 〈獅子 -〉

- 북극곰 北極熊
  [buk-kkeuk-kkom] 〈北極 -〉

- 너구리 浣熊
  [neo-gu-ri]

- 스컹크 臭鼬
  [seu-keong-keu] 〈skunk〉

- 호랑이 老虎
  [ho-rang-i]

- 족제비 黃鼠狼
  [jok-jje-bi]

- 늑대 狼
  [neuk-ttae]

類義字

오픈레인지 동물원
開放式動物園

사파리 공원
野生動物園

| C | **Who**
在戶外展示區有誰？

- 동물전문의 動物看護員
  [dong-mul-jeon-mu-nui]
  〈動物專門醫〉

- 조련사 馴獸員
  [jo-ryeon-sa] 〈調錬師〉

- 어린이 小朋友
  [eo-ri-ni]

- 해설원 解說員
  [hae-seo-rwon] 〈解說員〉

- 관광객 遊客
  [gwan-gwang-gaek] 〈觀光客〉

- 수의사 獸醫
  [su-ui-sa] 〈獸醫師〉

- 동물원 사육사 動物管理員
  [dong-mu-rwon sa-yuk-ssa]
  〈動物園飼育師〉

| D | **Where**
在戶外展示區的哪裡？

- 입구 入口
  [ip-kku] 〈入口〉

- 출구 出口
  [chul-gu] 〈出口〉

- 기념품가게 紀念品店
  [gi-nyeom-pum-ga-ge]
  〈紀念品 -〉

- 매표소 售票亭
  [mae-pyo-so] 〈賣票所〉

- 관광안내소 遊客中心
  [gwan-gwang-an-nae-so]
  〈觀光案內所〉

- 버스 투어 導覽遊園車
  [ku-syeon] 〈bus tour〉

- 공원안내도 園區地圖
  [gong-wo-nan-nae-do]
  〈公園案內圖〉

活用關鍵字 可用表格中的部分字彙替換

1. 양의 털을 깎다
   剃綿羊毛 → A

2. 치타는 빨리 달리다
   花豹跑得很快 → B

3. 동물원 사육사가 동물을 돌보다
   動物園管理員照顧動物們 → C

4. 티켓 부스에서 만나다
   在售票亭見面 → D

單複數

한 실내전시구
一個室內展示區

두 실내전시구
兩個室內展示區

| A | **What Kind**
有哪些種類的動物？

| B | **What Kind**
有哪些昆蟲與鳥類？

- 양서류 兩棲動物
  [yang-seo-ryu] 〈兩棲類〉

- 바다사자 海獅
  [ba-da-sa-ja] 〈- 獅子〉

- 물개 海豹
  [mul-gae]

- 해달 海獺
  [hae-dal] 〈海獺〉

- 야행 동물 夜行動物
  [ya-haeng dong-mul]
  〈夜行動物〉

- 올빼미 貓頭鷹
  [ol-ppae-mi]

- 펭귄 企鵝
  [peng-gwin] 〈penguin〉

- 파충류 爬蟲動物
  [pa-chung-nyu] 〈爬蟲類〉

- 코브 眼鏡蛇
  [ko-beu] 〈cobra〉

- 카멜레온 變色龍
  [ka-mel-le-on] 〈chameleon〉

- 크로커다일 鱷魚
  [keu-ro-keo-da-il] 〈crocodile〉

- 도마뱀 蜥蜴
  [do-ma-baem]

- 뱀 [baem] 蛇

- 방울뱀 響尾蛇
  [bang-ul-baem]

- 새 [sae] 鳥

- 타조 鴕鳥
  [ta-jo] 〈鴕鳥〉

- 공작 孔雀
  [gong-jak] 〈孔雀〉

- 곤충 昆蟲
  [gon-chung] 〈昆蟲〉

- 딱정벌레 甲蟲
  [ttak-jjeong-beol-le]

- 나비 蝴蝶
  [na-bi]

- 매미 蟬
  [mae-mi]

- 귀뚜라미 蟋蟀
  [gwi-ttu-ra-mi]

- 잠자리 蜻蜓
  [jam-ja-ri]

- 무당벌레 瓢蟲
  [mu-dang-beol-le]

- 하늘 天牛
  [ha-neul]

- 사마귀 螳螂
  [sa-ma-gwi]

- 전갈 蠍子
  [jeon-gal] 〈天蠍〉

- 사슴벌레 鍬形蟲
  [sa-seum-beol-le]

相關字

수족관
水族館

곤충 사육장
昆蟲館

|C| *What*
在室內展示區做什麼？

- 공격하다 攻擊
  [gong-gyeo-ka-da]〈攻擊 -〉

- 물다 [mul-da] 咬

- 기다 [gi-da] 爬

- 날다 [nal-tta] 飛

- 뛰어넘다 跳
  [ttwi-eo-neom-da]

- 울다 （鳥，蟲等）鳴叫
  [ul-da]

- 미끄러지다 滑行
  [mi-kkeu-reo-ji-da]

- 찌르다 螫
  [jji-reu-da]

|D| *How*
如何形容室內展示區？

- 냉혈의 冷血的
  [naeng-hyeo-rui]〈冷血 -〉

- 위험하다 危險的
  [wi-heom-ha-da]〈危險 -〉

- 흉포하다 兇猛的
  [hyung-po-ha-da]〈兇暴 -〉

- 드물다 稀有的
  [deu-mul-da]

- 매끈하다 光滑的
  [mae-kkeun-ha-da]

- 길들여지다 溫馴的
  [gil-deu-ryeo-ji-da]

- 유독성의 有毒的
  [yu-dok-sseong-ui]〈有毒性 -〉

活用關鍵字　可用表格中的部分字彙替換

1. 뿔뱀의 독액은 치명적이다
   響尾蛇的毒液是致命的 → A

2. 다채로운 나비
   色彩鮮豔的蝴蝶 → B

3. 벌레가 쏘이다
   被蟲螫了 → C

4. 위험한 동물들을 주의하다
   注意那些危險的動物 → D

81 식물원 植物園

單複數

한 식물원
一間植物園

두 식물원
兩間植物園

A | What
在植物園做什麼？

- 정리하다 整理；佈置
  [jeong-ni-ha-da] 〈整理 -〉
- 재배하다 種植
  [jae-bae-ha-da] 〈栽培 -〉
- 자르다 剪；砍除
  [ja-reu-da]
- 시들다 凋謝
  [si-deul-tta]
- 자라다 種植
  [ja-ra-da]
- 심다 [sim-da] 種植
- 갈퀴 [gal-kwi] 耙
- 조절하다 調節
  [jo-jeol-ha-da] 〈調節 -〉
- 치우다 清除，移除
  [chi-u-da]
- 씨를 뿌리다 播種
  [ssi-reul ppu-ri-da]
- 뿌리다 噴灑
  [ppu-ri-da]
- 이식하다 移植
  [i-si-ka-da] 〈移植 -〉
- 다듬다 修剪
  [da-deum-da]
- 물을 주다 澆水
  [mu-reul jju-da]

B | Something
在植物園有什麼？

- 벌 [boel] 蜜蜂
- 배 [beol] 小船
- 풀 [pul] 草
- 나비 [na-bi] 蝴蝶
- 애벌레 毛毛蟲
  [ae-beol-le]
- 지렁이 蚯蚓
  [ji-reong-i]
- 꽃밭 花田
  [ji-reong-i]
- 생울타리 樹籬
  [saeng-ul-ta-ri] 〈生 -〉
- 호수 湖
  [ho-su] 〈湖水〉
- 연못 池塘
  [yeon-mot] 〈蓮 -〉
- 연꽃 蓮花
  [yeon-kkot] 〈蓮 -〉
- 달팽이 蝸牛
  [dal-paeng-i]
- 나무 樹木
  [na-mu]
- 새 둥지 鳥巢
  [sae dung-ji]
- 잔디 草坪
  [jan-di]

類義字

꽃 정원
花園

허브 정원
藥草園

| C | Something
植物會產生什麼？

- 향기 芬芳
  [hyang-gi] 〈香氣〉

- 유기물 有機物
  [yu-gi-mul] 〈有機物〉

- 광합성 작용 光合作用
  [gwang-hap-sseong ja-gyong]
  〈光合性作用〉

- 파이톤사이드 芬多精
  [pa-i-ton-sa-i-deu]
  〈phytoncide〉

- 호흡작용 呼吸作用
  [ho-heup-jja-gyong] 〈呼吸作用〉

- 냄새 氣味
  [naem-sae]

- 씨 [ssi] 種子

| D | What Kind
在植物園有哪些工具？

- 쇠스랑 草叉
  [soe-seu-rang]

- 잔디 깎는 기계 割草機
  [jan-di kkang-neun gi-gye]
  〈- 機械〉

- 갈퀴 耙子
  [gal-kwi]

- 삽 [sap] 鏟子

- 살수 장치 灑水器
  [sal-ssu jang-chi] 〈灑水裝置〉

- 온도 조절기 溫度調節器
  [on-do jo-jeol-gi]
  〈溫度調節器〉

- 외바퀴 손수레 手推車
  [oe-ba-kwi son-su-re]

活用關鍵字　可用表格中的部分字彙替換

1. 썩은 부분을 도려내다
   移除腐爛的部分 → A

2. 애벌레를 두려워하다
   害怕毛毛蟲 → B

3. 향기가 산발되다
   散發芬芳 → B

4. 잔디 깎는 기계를 조심스럽게 가동시키다
   小心操作割草機 → C

稀有動物

- ◆ 멸종위기
  瀕臨絕種
- ◆ 중국의 국보
  中國的國寶

植物種類

- ◆ 열대 식물
  熱帶植物
- ◆ 고산 식물
  高山植物

花季

- ◆ 벚꽃 축제
  櫻花祭
- ◆ 단풍철
  楓葉季

1 請問…多少錢？
請問成人票多少錢？
어른 표가 얼마입니까?

어린이표	어르표	학생표
孩童票	老人票	學生票

단체표	캄보 티켓	년도통행증
團體票	套票	年度通行證

2 這是我第一次…。
這是我第一次看到企鵝遊行。
펭귄 퍼레이드를 처음 봅니다.

말에 여물을 주다	코알라를 껴안다	우유를 짜다
餵馬	抱一隻無尾熊	擠牛奶

3 快一點！否則我們趕不上…。
快一點！否則我們趕不上海豚秀。
빨리！아니면 우리는 돌고래 쇼를 잡을 수 없습니다.

피드 라이브 쇼	할인 시간	포디 해저 극장
餵食秀	優惠時段	4D海底劇場

82 놀이공원 遊樂園

單複數

한 놀이공원
一個遊樂園

두 놀이공원
兩個遊樂園

A | What
在遊樂園做什麼？

- 구입하다 購買
  [gu-i-pa-da] 〈購入 -〉

- 떨어지다 掉落
  [tteo-reo-ji-da]

- 내리다 落下
  [nae-ri-da]

- 매다 繫上（安全帶）
  [mae-da]

- 휙 젖히다 急促地翻轉
  [hwik jeo-chi-da]

- 타다 搭上（雲霄飛車）
  [ta-da]

- 잡다 抓住（扶手）
  [jap-tta]

- 토하다 嘔吐
  [to-ha-da] 〈吐 -〉

- 줄을 서다 排隊
  [ju-reul sseo-da]

- 소리치다 尖叫
  [so-ri-chi-da]

- 흔들다 搖擺，擺動
  [heun-deul-tta]

- 흥분하다 興奮
  [heung-bun-ha-da] 〈興奮 -〉

- 돌리다 旋轉
  [dol-li-da]

B | Something
在遊樂園有什麼？

- 인기 오락 시설
  [in-gi o-rak si-seol]
  熱門遊樂設施
  〈人氣娛樂設施〉

- 회전목마 旋轉木馬
  [hoe-jeon-mong-ma]
  〈回轉木馬〉

- 관람차 摩天輪
  [gwal-lam-cha] 〈觀覽車〉

- 자유 낙하 自由落體
  [ja-yu na-ka] 〈自由落下〉

- 하운티드 하우스 鬼屋
  [ha-un-ti-deu ha-u-seu]
  〈haunted house〉

- 해적선 海盜船
  [hae-jeok-sseon] 〈海賊船〉

- 롤러코스터 雲霄飛車
  [rol-leo-ko-seu-teo]
  〈roller coaster〉

- 회전 찻잔 咖啡杯
  [hoe-jeon chat-jjan]
  〈迴轉 - 茶盞〉

- 패스 快速通行證
  [pae-seu] 〈pass〉

- 안내 지도 導覽地圖
  [an-nae ji-do] 〈案內地圖〉

- 놀이기구 遊樂器材
  [no-ri-gi-gu] 〈- 機構〉

同義字

놀이터
遊樂園

| C | How
如何形容在遊樂園的人?

- 불안하다 焦慮的
  [bu-ran-ha-da] 〈不安 -〉

- 궁금한 好奇的
  [gung-geum-han]

- 신이 나다 興奮的
  [si-ni na-da]

- 무섭다 害怕的
  [mu-seop-tta]

- 흥분하다 情緒高昂的
  [heung-bun-ha-da] 〈興奮 -〉

- 긴장하다 緊張的
  [gin-jang-ha-da] 〈緊張 -〉

- 괴로움 痛苦的
  [goe-ro-um]

- 겁이 나다 恐懼的
  [geo-bi na-da]

| D | Where
在遊樂園的哪裡?

- 스탠드 오 푸드 小吃攤
  [seu-taen-deu o pu-deu]
  〈Stand O'Food〉

- 기념품 가게 紀念品商店
  [gi-nyeom-pum ga-ge]
  〈紀念品 -〉

- 휴게구역 休息區
  [hyu-ge-gu-yeok] 〈休息區域〉

- 매표소 售票亭
  [mae-pyo-so] 〈賣票所〉

- 통행증패스 年度通行證
  [tong-haeng-jeung-pae-seu]
  〈通行證 pass〉

- 관광 안내소 遊客中心
  [gwan-gwang an-nae-so]
  〈觀光案內所〉

活用關鍵字 可用表格中的部分字彙替換

1. 롤러 코스터가 세계 비틀리다
   雲霄飛車猛烈地旋轉 → A
2. 해적선 앞뒤로 스윙하다
   海盜船前後搖擺 → B
3. 인기 오락 시설을 타기 전에 긴장되다
   玩遊樂設施前感到緊張 → C
4. 스탠드 푸드에서 물건을 사다
   在小吃攤買些東西 → D

573

83 곡예단 馬戲團

單複數

한 곡예단
一個馬戲團

두 곡예단
兩個馬戲團

| A | **What**
在馬戲團做什麼？

- 공연하다 表演
  [gong-yeon-ha-da] 〈公演 -〉

- 밸런스를 유지하다
  [bael-leon-seu-reul yu-ji-ha-da]
  保持平衡 〈balance 維持 -〉

- 펄쩍 뛰다 往上跳
  [peol-jjeok ttwi-da]

- 붙잡다 接住
  [but-jjap-tta]

- 저글링하다 玩雜耍
  [jeo-geul-ling-ha-da]
  〈jugglin-〉

- 못 쥐다 抓空
  [mot jwi-da]

- 공연하다 表演
  [gong-yeon-ha-da] 〈公演 -〉

- 연습하다 練習
  [yeon-seu-pa-da] 〈練習 -〉

- 삼키다 吞嚥
  [sam-ki-da]

- 흔들리다 擺動
  [heun-deul-li-da]

- 던지다 丟
  [deon-ji-da]

- 훈련하다 訓練
  [hul-lyeon-ha-da] 〈訓練 -〉

- ～ 위에 걷다 走在…上
  [~wi-e geot-tta]

| B | **Something**
在馬戲團有什麼？

- 동물 動物
  [dong-mul] 〈動物〉

- 케이지 籠子
  [ke-i-ji] 〈cage〉

- 서커스 텐트 馬戲團帳篷
  [seo-keo-seu ten-teu]
  〈circus tent〉

- 의상 戲服
  [ui-sang] 〈衣裳〉

- 도구 道具
  [do-gu] 〈道具〉

- 화권 火圈
  [hwa-gwon] 〈火圈〉

- 롤링 볼 大球
  [rol-ling bol] 〈rolling ball〉

- 안전망 安全網
  [an-jeon-mang] 〈安全網〉

- 줄 [jul] 鋼索

- 트램펄린 彈簧墊
  [teu-raem-peol-lin]
  〈trampoline〉

- 공중 그네 高空鞦韆
  [gong-jung geu-ne] 〈空中 -〉

- 손잡이 （鞦韆的）握把
  [son-ja-bi]

- 외바퀴 자전거 單輪車
  [oe-ba-kwi ja-jeon-geo]
  〈- 自轉車〉

相關字

서커스 텐트
馬戲團大帳篷

서커스 캐러밴
馬戲團有篷卡車

| C | Who
在馬戲團有誰？

- 곡예사 特技演員
  [go-gye-sa] 〈曲藝師〉

- 광대 小丑
  [gwang-dae]

- 마술사 魔術師
  [ma-sul-sa] 〈魔術師〉

- 무대 감독 馬戲團領班
  [mu-dae gam-dok]
  〈舞臺監督〉

- 줄타기 곡예사 走鋼索的人
  [jul-ta-gi go-gye-sa]
  〈- 曲藝師〉

- 공중 곡예사 空中飛人
  [gong-jung go-gye-sa]
  〈空中曲藝師〉

| D | What Kind
在馬戲團有哪些表演？

- 곡예비행 特技飛行
  [go-gye-bi-haeng] 〈曲藝飛行〉

- 수리검을 던지기 丟飛刀
  [su-ri-geo-meul tteon-ji-gi]
  〈手裏劍 -〉

- 접시 돌리기 轉盤子
  [jeop-ssi dol-li-gi]

- 인형극 木偶戲
  [in-hyeong-geuk] 〈人形劇〉

- 다이빙대 跳板
  [da-i-bing-dae] 〈diving 臺〉

- 죽마 踩高蹺
  [jung-ma] 〈竹馬〉

- 마술 魔術
  [ma-sul] 〈魔術〉

活用關鍵字　可用表格中的部分字彙替換

1. 불을 삼키다
   吞火 → A
2. 타이트로프 위에 걷다
   走在鋼索上 → B
3. 웃기는 광대
   一個有趣的小丑 → C
4. 곡예비행은 뛰어난 평형 감각이 필요하다
   特技飛行需要絕佳的平衡感 → D

84 공원 公園

單複數

한 공원
一個公園

두 공원
兩個公園

A | Something
在公園有什麼？

- 벤치 長椅
  [ben-chi] 〈bench〉

- 다리 [da-ri] 橋

- 관목 灌木叢
  [gwan-mok] 〈灌木〉

- 양어지 魚池
  [yang-eo-ji] 〈養魚池〉

- 분수 噴泉
  [bun-su] 〈噴水〉

- 잔디 草地
  [jan-di]

- 가로등 路燈
  [ga-ro-deung] 〈街路燈〉

- 잔디밭 草坪
  [jan-di-bat]

- 보도 步道
  [bo-do] 〈步道〉

- 정자 涼亭
  [jeong-ja] 〈亭子〉

- 피크닉 바스켓 野餐籃
  [pi-keu-nik ba-seu-ket]
  〈picnic basket〉

- 샌드위치 三明治
  [saen-deu-wi-chi] 〈sandwich〉

- 행상 小攤販
  [haeng-sang] 〈行商〉

- 조각상 雕像
  [jo-gak-ssang] 〈彫刻像〉

B | What Kind
在公園有哪些設施？

- 자전거 腳踏車
  [ja-jeon-geo] 〈自轉車〉

- 턱걸이 單槓
  [teok-kkeo-ri]

- 프리스비 飛盤
  [peu-ri-seu-bi] 〈Frisbee〉

- 연 [yeon] 風箏

- 사다리 梯子
  [sa-da-ri]

- 정글짐 單槓
  [jeong-geul jjim] 〈jungal gym〉

- 피크닉용 테이블 野餐桌
  [pi-keu-ni-gyong te-i-beul]
  〈picnic 用 table〉

- 모래사장 沙坑
  [mo-rae-sa-jang] 〈- 沙場〉

- 시소 蹺蹺板
  [si-so] 〈seesaw〉

- 스케이트장 溜冰場
  [seu-ke-i-teu-jang]
  〈skating 場〉

- 슬라이드 溜滑梯
  [seul-la-i-deu] 〈slide〉

- 스프링 목마 彈簧木馬
  [seu-peu-ring mong-ma]
  〈spring 木馬〉

- 흔들리다 鞦韆
  [heun-deul-li-da]

類義字

국립공원
國家公園

삼림 공원
森林公園

C | What
在公園做什麼？

- 이야기를 하다 聊天
  [i-ya-gi-reul ha-da]

- 소풍가다 去野餐
  [so-pung-ga-da] 〈消風 -〉

- 조깅하다 慢跑
  [jo-ging-ha-da] 〈jogging-〉

- 타다 [ta-da] 盪（鞦韆）

- 눕다 [nup-tta] 躺下

- 밀다 [mil-da] 推（鞦韆）

- 산책하다 散步
  [san-chae-ka-da] 〈散策 -〉

- 산책시키다 蹓（狗等）
  [ssan-chaek-ssi-ki-da]
  〈散策 -〉

D | Who
在公園有誰？

- 애보개 保母
  [ae-bo-gae]

- 거지 [geo-ji] 乞丐

- 어린이 小孩
  [eo-ri-ni]

- 청소부 清潔工
  [cheong-so-bu] 〈清掃夫〉

- 외국인노동자 外籍勞工
  [oe-gu-gin-no-dong-ja]
  〈外國人勞動者〉

- 조깅하는 사람 慢跑者
  [jo-ging-ha-neun sa-ram]
  〈jogging-〉

- 떠돌이 流浪漢
  [tteo-do-ri]

活用關鍵字 可用表格中的部分字彙替換

1. 잔디에 앉다
   坐在草地上 → A

2. 그네를 뛰다
   盪鞦韆 → B

3. 개를 산책시키다
   蹓狗 → C

4. 그 어두운 모퉁이에 있는 거지
   那個黑暗角落的乞丐 → D

單複數

한 야영지
一個露營區

두 야영지
兩個露營區

| A | **What**
在露營區做什麼？

| B | **Something**
在露營區有什麼？

- 불을 붙이다 生（火）
  [bu-reul ppu-chi-da]

- 들다 背，扛，搬
  [deul-tta]

- 등반하다 攀爬
  [deung-ban-ha-da] 〈登攀 -〉

- 요리하다 做菜
  [yo-ri-ha-da] 〈料理 -〉

- 모험하다 探險
  [mo-heom-ha-da] 〈冒險 -〉

- 낚시하다 釣魚
  [nak-ssi-ha-da]

- 하이킹을 가다 健行
  [ha-i-king-eul kka-da]
  〈hiking-〉

- 벌목하다 伐木
  [beol-mo-ka-da] 〈伐木 -〉

- 물장난을 치다 涉水；玩水
  [mul-jang-na-neul chi-da]

- 설치하다 搭（帳篷）
  [seol-chi-ha-da] 〈設置 -〉

- 정찰하다 偵察，搜索
  [jeong-chal-ha-tta] 〈偵察 -〉

- 수영하다 游泳
  [su-yeong-ha-da] 〈水泳 -〉

- 트레킹하다 跋涉，探險
  [teu-re-king-ha-da]
  〈tracking-〉

- 담요 毛毯
  [dam-nyo] 〈毯 -〉

- 나침반 指南針
  [na-chim-ban] 〈羅針盤〉

- 쿨러 冰桶
  [kul-leo] 〈cooler〉

- 비상약품 상자 急救箱
  [bi-sang-yak-pum sang-ja]
  〈非常藥品箱子〉

- 플래시 手電筒
  [peul-lae-si] 〈flash〉

- 구충제 防蟲液
  [gu-chung-je] 〈驅蟲劑〉

- 불쏘시개 火種
  [bul-sso-si-gae]

- 잭나이프 可摺疊的小刀
  [jaeng-na-i-peu] 〈jackknife〉

- 지도 地圖
  [ji-do] 〈地圖〉

- 식량 糧食
  [sing-nyang] 〈食糧〉

- 라디오 收音機
  [ra-di-o] 〈radio〉

- 물병 水壺
  [mul-byeong] 〈- 瓶〉

- 방수 성냥 防潮火柴
  [bang-su seong-nyang]
  〈防水 -〉

相關字

캠프 지정지
營地

이동주택 캠프장
休旅車用露營區

C | What kind
在露營區有哪些設施？

- 바비큐용 그릴 烤肉架
  [ba-bi-kyu-yong geu-ril]
  〈barbecue 用 grill〉

- 침낭 睡墊
  [chim-nang] 〈寢囊〉

- 캠프파이어 營火
  [kaem-peu-pa-i-eo] 〈campfire〉

- 접의자 折疊椅
  [jeo-bui-ja] 〈- 椅子〉

- 모기장 蚊帳
  [mo-gi-jang] 〈- 帳〉

- 슬리핑백 睡袋
  [seul-li-ping-baek]
  〈sleeping bag〉

- 텐트 帳篷
  [ten-teu] 〈tent〉

D | Where
在露營區的哪裡？

- 동굴 山洞，岩洞
  [dong-gul] 〈洞窟〉

- 숲 [sup] 森林

- 호수 湖泊
  [ho-su] 〈湖水〉

- 보트 小船
  [bo-teu] 〈boat〉

- 카약 獨木舟
  [ka-yak] 〈kayak〉

- 계곡 溪谷
  [gye-gok] 〈溪谷〉

- 소경 小徑
  [so-gyeong] 〈小徑〉

- 협곡 峽谷
  [hyeop-kkok] 〈峽谷〉

活用關鍵字 可用表格中的部分字彙替換

1. 숲에서 정찰하다
   在森林裡偵察 → A

2. 새로운 라디오
   全新的收音機 → B

3. 텐트를 임대하다
   租一頂帳篷 → C

4. 카약을 젓다
   划獨木舟 → D

單複數

한 스키장
一座滑雪場

두 스키장
兩座滑雪場

A | Something
在滑雪場有什麼？

- 눈사태 雪崩
  [nun-sa-tae] 〈- 沙汰〉

- 눈보라 大風雪
  [nun-bo-ra]

- 리프트 纜椅
  [ri-peu-teu] 〈lift〉

- 가랑눈 剛下的新雪，細雪
  [ga-rang-nun]

- 오두막집 渡假小屋
  [o-du-mak-jjip]

- 스키활강 滑雪道
  [seu-ki-hwal-gang] 〈ski 滑降〉

- 스키장비임대센터
  [seu-ki-jang-bi-im-dae-sen-teo]
  雪具租賃中心
  〈ski 裝備賃貸 center〉

- 슬로프 斜坡
  [seul-lo-peu] 〈slope〉

- 융설 融雪
  [yung-seol] 〈融雪〉

- 스노 체인 防滑鏈
  [seu-no che-in] 〈snow chain〉

- 스노모바일 雪上摩托車
  [seu-no-mo-ba-il]
  〈snowmobile〉

- 제설기 除雪機
  [je-seol-gi] 〈除雪機〉

B | What Kind
有哪些滑雪裝備？

- 귓집 耳罩
  [gwit-jjip]

- 헬멧 安全帽
  [hel-met] 〈helmet〉

- 스키 부츠 滑雪鞋
  [seu-ki bu-cheu] 〈ski boots〉

- 스키 글러브 滑雪手套
  [seu-ki geul-leo-beu]
  〈ski glove〉

- 스키 고글 護目鏡
  [seu-ki go-geul] 〈ski goggles〉

- 스키 모자 雪帽
  [seu-ki mo-ja] 〈ski 帽子〉

- 스키 바지 滑雪褲
  [seu-ki ba-ji] 〈ski-〉

- 스키 폴 滑雪杖
  [seu-ki pol] 〈ski pole〉

- 썰매 雪橇
  [sseol-mae]

- 스노보드 滑雪板
  [seu-no-bo-deu] 〈showboard〉

- 스노 재킷 雪衣
  [seu-no jae-kit]
  〈snoe jacket〉

- 버클 扣環
  [beo-keul] 〈buckle〉

同義字

스키 행락지
滑雪度假區

스키장
滑雪場

C | What
在滑雪場做什麼？

- 착륙 著陸
  [chang-nyuk] 〈著陸〉

- 잠그다 閂上
  [jam-geu-da]

- 회전하다 旋轉
  [hoe-jeon-ha-da] 〈回轉 -〉

- 스키를 타다 滑雪
  [seu-ki-reul ta-da] 〈ski-〉

- 썰매를 타다 乘雪橇
  [sseol-mae-reul ta-da]

- 미끄러지다 滑動；下降
  [mi-kkeu-reo-ji-da]

- 뛰어오르다 起跳
  [ttwi-eo-o-reu-da]

- 돌다 轉彎
  [dol-da]

D | What Kind
有哪些滑雪運動？

- 에어리얼 스키
  [e-eo-ri-eol seu-ki]
  空中花式滑雪 〈aerial skiing〉

- 자유형 스키 自由式滑雪
  [ja-yu-hyeong seu-ki]
  〈自由型 ski〉

- 몽골형 스키 蒙古式滑雪
  [mong-gol-hyeong seu-ki]
  〈蒙古型 ski〉

- 스키 점프 跳躍滑雪
  [seu-ki jeom-peu] 〈ski jump〉

- 활강 경기 障礙滑雪賽
  [hwal-gang gyeong-gi]
  〈滑降競技〉

- 스피드 스키 競速滑雪
  [seu-pi-deu seu-ki]
  〈speed ski〉

活用關鍵字 可用表格中的部分字彙替換

1. 큰 눈보라를 당하다
   遭遇一場大風雪 → A
2. 헬멧에 쓰다
   戴上你的安全帽 → B
3. 뒤로 밀다
   往後滑 → C
4. 전문 레이싱 스키어
   職業競速滑雪選手 → D

581

86 바닷가 沙灘

單複數

한 바닷가
一個沙灘

두 바닷가
兩個沙灘

A | What 在沙灘做什麼？

- 바르다 塗（防曬乳）
  [ba-reu-da]

- 깡충깡충 뛰다 跳躍
  [kkang-chung-kkang-chung ttwi-da]

- 짓다 堆（沙子）
  [jit-tta]

- 숨기다 埋起來
  [sum-gi-da]

- 식다 消暑，降溫
  [sik-tta]

- 파다 挖（沙，土）
  [pa-da]

- 치다 擊（球）
  [chi-da]

- 부풀리다 充氣
  [bu-pul-li-da]

- 눕다 [nup-tta] 躺

- 읽다 [ik-tta] 讀書

- 굽다 [gup-tta] 烤

- 자다 [ja-da] 睡覺

- 햇볕에 타다 曬黑
  [haet-ppyeo-te ta-da]

- 산책하다 散步
  [san-chae-ka-da] 〈散策 -〉

B | Something 在沙灘有什麼？

- 해변용 수건 海灘巾
  [hae-byeo-nyong su-geon]
  〈海邊用手巾〉

- 비키니 比基尼泳裝
  [bi-ki-ni] 〈bikini〉

- 플립플롭 夾腳拖鞋
  [peul-lip-peul-lop] 〈flip-flops〉

- 소라게 寄居蟹
  [so-ra-ge]

- 안락의자 海灘椅
  [al-la-gui-ja] 〈安樂椅子〉

- 야자나무 棕櫚樹
  [ya-ja-na-mu] 〈椰子 -〉

- 라디오 收音機
  [ra-di-o] 〈radio〉

- 모래 沙子
  [mo-rae]

- 조가비 貝殼
  [jo-ga-bi]

- 선해트 海灘帽
  [seon-hae-teu] 〈sun hat〉

- 선글라스 太陽眼鏡
  [seon-geul-la-seu]
  〈sunglasses〉

- 자외선 차단제 防曬用品
  [ja-oe-seon cha-dan-je]
  〈紫外線遮斷劑〉

種類

인공 해빈
人工沙灘

미개발 해변
未開發的沙灘

C | What Kind
有哪些沙灘活動？

- 비치발리볼 沙灘排球
  [bi-chi-bal-li-bol]
  〈beach volleyball〉

- 제트 스키 水上摩托車
  [je-teu seu-ki] 〈Jet Ski〉

- 파라세일링 水上拖曳傘
  [pa-ra-se-il-ling] 〈parasailing〉

- 모래 예술 沙雕藝術
  [mo-rae ye-sul] 〈- 藝術〉

- 모래조각 沙雕
  [mo-rae-jo-gak] 〈- 彫刻〉

- 모래성 沙堡
  [mo-rae-seong] 〈- 城〉

- 서핑 보드 衝浪板
  [seo-ping bo-deu] 〈surfboard〉

D | Who
在沙灘有誰？

- 밴드 樂團
  [baen-deu] 〈band〉

- 비치 아가씨 海灘辣妹
  [bi-chi a-ga-ssi] 〈beach-〉

- 팬 粉絲
  [paen] 〈fan〉

- 인명 구조원 救生員
  [in-myeong gu-jo-won]
  〈人命救助員〉

- 가수 歌手
  [ga-su] 〈歌手〉

- 서퍼 衝浪的人
  [seo-peo] 〈surfer〉

- 유객 遊客
  [yu-gaek] 〈遊客〉

活用關鍵字 可用表格中的部分字彙替換

1. 파라솔 아래서 자다
   在陽傘下睡覺 → A

2. 선글라스를 쓰다
   戴上太陽眼鏡 → B

3. 수상 모터 바이크가 아주 흥미롭다
   水上摩托車很刺激 → C

4. 유명한 가수
   有名的歌手 → D

馬戲團

◆ 외바퀴 자전거를 타다
  騎單輪車
◆ 죽마를 타는 광대
  踩高蹺的小丑

露營

◆ 텐트를 치다
  搭帳篷
◆ 캠프파이어를 붙이다
  堆營火

潛水

◆ 스쿠버 다이빙을 하러 가다
  去深潛（水肺潛水）
◆ 스노클링을 하러 가다
  去浮潛

1 請排隊等待乘坐⋯。
請排隊等待乘坐雲霄飛車。
줄을 서서 롤러코스터를 타는 것을 기다리세요.

회전목마	해적선	자유 낙하
旋轉木馬	海盜船	自由落體
관람차	범퍼 보트	티컵
摩天輪	碰碰船	咖啡杯

2 我會準備⋯去野餐。
我會準備一些手工蛋糕去野餐。
**수제 케이크를 조금 준비해서 소풍을 하러
가겠습니다.**

| 일회용의
날붙이류 | 접이의자 몇 개 | 양산이 있는 테
라스용 테이블 |
| 拋棄式餐具組 | 幾張摺疊椅 | 附陽傘的庭院桌 |

3 我想租用⋯。
我想租用滑雪板。
저는 스노우 보드를 대여하고 싶습니다.

| 작은 헬멧 | 보호 장치 | 스키 부츠 |
| 小一點的
安全帽 | 護具 | 滑雪鞋 |

種類

여름 올림픽 게임
夏季奧運會

겨울 올림픽 게임
冬季奧運會

| A | *What*
在奧運會做什麼？

- 수여하다 授予，給予
  [su-yeo-ha-da] 〈授予 -〉

- 방송하다 播送
  [bang-song-ha-da] 〈放送 -〉

- 축하하다 慶祝
  [chu-ka-ha-da] 〈祝賀 -〉

- 정복하다 征服，勝利
  [jeong-bo-ka-da] 〈征服 -〉

- 끄다 [kkeu-da] 熄滅

- 투쟁하다 作戰，奮鬥
  [tu-jaeng-ha-da] 〈鬥爭 -〉

- 찬양하다 使…光榮
  [cha-nyang-ha-da] 〈讚揚 -〉

- 불이 붙다 點燃
  [bu-ri but-tta]

- 공연하다 表演
  [gong-yeon-ha-da] 〈公演 -〉

- 소리 지르다 吶喊
  [so-ri ji-reu-da]

- 공개로 행사하다 公開亮相
  [gong-gae-ro haeng-sa-ha-da]
  〈公開 - 行事 -〉

- 경쟁하다 競爭；奮鬥
  [gyeong-jaeng-ha-da] 〈競爭 -〉

- 들다 [deul-tta] 高舉

- 응원하다 加油
  [eung-won-ha-da] 〈應援 -〉

| B | *What Kind*
有哪些主要比賽項目？

- 다이빙하기 跳水
  [da-i-bing-ha-gi] 〈diving-〉

- 활쏘기 射箭
  [hwal-sso-gi]

- 육상 경기 田徑
  [yuk-ssang gyeong-gi]
  〈陸上競技〉

- 배드민턴 羽球
  [bae-deu-min-teon]
  〈badminton〉

- 승마스포츠 馬術
  [seung-ma-seu-po-cheu]
  〈乘馬 sports〉

- 펜싱하기 擊劍
  [pen-sing-ha-gi] 〈fencing-〉

- 체조하기 體操
  [che-jo-ha-gi] 〈體操 -〉

- 탁구 桌球
  [tak-kku] 〈卓球〉

- 테니스 網球
  [te-ni-seu] 〈tennis〉

- 사격하기 射擊
  [sa-gyeo-ka-gi] 〈射擊 -〉

- 역도하기 舉重
  [yeok-tto-ha-gi] 〈力道 -〉

- 레슬링하기 摔跤
  [re-seul-ling-ha-gi]
  〈wrestling-〉

세계 장애인 올림픽
殘障奧運會

청년 올림픽 게임
青年奧運會

| C | **Something**
奧運會有什麼？

| D | **Who**
在奧運會有誰？

● 폐막식 閉幕式
[pye-mak-ssik] 〈閉幕式〉

● 마스코트 吉祥物
[ma-seu-ko-teu] 〈mascot〉

● 상패 수여식 頒發獎牌儀式
[sang-pae su-yeo-sik]
〈賞牌受與式〉

● 동메달 銅牌
[dong-me-dal] 〈銅 -〉

● 금메달 金牌
[geum-me-dal] 〈金 -〉

● 은메달 銀牌
[eun-me-dal] 〈銀 -〉

● 개막식 開幕式
[gae-mak-ssik] 〈開幕式〉

● 선수 運動員
[seon-su] 〈選手〉

● 기수 掌旗者
[gi-su] 〈旗手〉

● 재판 裁判
[jae-pan] 〈裁判〉

● 관원 官員
[gwa-nwon] 〈官員〉

● 전임자 前任（主辦國）
[jeo-nim-ja] 〈前任者〉

● 스폰서 贊助商
[seu-pon-seo] 〈sponsor〉

● 토치 캐리어 聖火傳遞者
[to-chi kae-ri-eo]
〈torch carrier〉

活用關鍵字　可用表格中的部分字彙替換

1. 횃불을 켜다
   點燃聖火 → A
2. 남자 테니스 단식 결과를 확인하다
   看看男子網球單打的結果 → B
3. 금메달 수상자
   金牌得主 → C
4. 관원이 연설중이다
   官員演講中 → D

單複數

한 자동차 경주
一場賽車比賽

두 자동차 경주
兩場賽車比賽

A | What
在賽車比賽做什麼？

- 가속화되다 加速
  [ga-so-kwa-doe-da]〈加速化 -〉

- 경고하다 警告
  [gyeong-go-ha-da]〈警告 -〉

- 자격을 박탈하다
  [ja-gyeo-geul ppak-tal-ha-tta]
  取消資格〈資格 - 剝奪 -〉

- 비키다 讓開
  [bi-ki-da]

- 멈추다 終止
  [meom-chu-da]

- 추월하다 追上，趕過
  [chu-wol-ha-da]〈追越 -〉

- 뒤집다 翻轉，傾覆
  [dwi-jip-tta]

- 통과하다 通過
  [tong-gwa-ha-da]〈通過 -〉

- 처벌하다 處罰
  [cheo-beol-ha-da]〈處罰 -〉

- 돌아오다 返回
  [do-ra-o-da]

- 속도를 늦추다 減速
  [sok-tto-reul neut-chu-da]
  〈速度 -〉

- 돌리다 轉彎
  [dol-li-da]

- 휘두르다 揮旗
  [hwi-du-reu-da]

B | Where
在賽車比賽的哪裡？

- 방호책 護欄
  [bang-ho-chaek]〈防護柵〉

- 차고 車庫
  [cha-go]〈車庫〉

- 피트 스톱 維修站
  [pi-teu seu-top]〈pit stop〉

- 경주로 賽車道
  [gyeong-ju-ro]〈競走路〉

- 시케인 減速彎道
  [si-ke-in]〈chicane〉

- 한 바퀴 一圈
  [han ba-kwi]

- 노견 路肩
  [no-gyeon]〈路肩〉

- 커브 彎道
  [keo-beu]〈curve〉

- 결승선 終點
  [gyeol-seung-seon]〈決勝線〉

- 자형 커브 髮夾彎道
  [ja-hyeong keo-beu]
  〈字型 curve〉

- 결과 스크린 成績顯示器
  [gyeol-gwa seu-keu-rin]
  〈結果 screen〉

- 레이스 기 賽車旗
  [re-i-seu gi]〈racing 旗〉

- 스타팅 그리드 起跑位置
  [seu-ta-ting geu-ri-deu]
  〈starting grid〉

種類

비포장 도로
越野賽車比賽

오토바이 경주
摩托車賽車比賽

C | How
如何形容賽車比賽？

- 숨이 막히다 驚人的
  [su-mi ma-ki-da]
- 위험하다 危險的
  [wi-heom-ha-da] 〈危險 -〉
- 신나다 刺激的
  [sin-na-da]
- 유명하다 有名的
  [yu-myeong-ha-da] 〈有名 -〉
- 모험하다 冒險的
  [mo-heom-ha-da] 〈冒險 -〉
- 인기있다 受歡迎的
  [in-gi-it-tta] 〈人氣 -〉
- 성공하다 成功的
  [seong-gong-ha-da] 〈成功 -〉
- 흥분되다 令人興奮的
  [heung-bun-doe-da] 〈興奮 -〉

D | Who
在賽車比賽有誰？

- 시청자 觀眾
  [si-cheong-ja] 〈視聽者〉
- 경쟁자 競爭者
  [gyeong-jaeng-ja] 〈競爭者〉
- 재판 裁判
  [jae-pan] 〈裁判〉
- 의료팀 醫療小組
  [ui-ryo-tim] 〈醫療 team〉
- 레이스 드라이버 賽車手
  [re-i-seu deu-ra-i-beo]
  〈race driver〉
- 레이스 퀸 賽車女郎
  [re-i-seu kwin] 〈race queen〉
- 팀의 감독 車隊經理
  [ti-mui gam-dok] 〈team- 監督〉
- 팀 소유주 車隊擁有人
  [tim so-yu-ju] 〈team 所有主〉

活用關鍵字 可用表格中的部分字彙替換

1. 그 선수는 실격이 되다
   那位選手被取消資格 → A
2. 결승선을 통과하다
   通過終點 → B
3. 유명한 레이스 드라이버
   有名的賽車手 → C
4. 꿈은 레이스 드라이버가 되다
   夢想成為賽車手 → D

589

❶ 高爾夫球場

單複數

한 골프장
一個高爾夫球場

두 골프장
兩個高爾夫球場

| A | **What**
在高爾夫球場做什麼？

- 깨다 打破（紀錄）
  [kkae-da]

- 들다 提；背
  [deul-tta]

- 드라이브 샷 發球
  [deu-ra-i-beu syat]
  〈drive shot〉

- 치다 擊（球）
  [chi-da]

- 실수하다 失誤
  [sil-su-ha-da] 〈失手 -〉

- 연마하다 磨練
  [yeon-ma-ha-da] 〈練磨 -〉

- 연습하다 練習
  [yeon-seu-pa-da] 〈練習 -〉

- 퍼트하다 推球入洞
  [peo-teu-ha-da] 〈putt-〉

- 렌터 租用
  [ren-teo] 〈rent〉

- 싱크 擊（球）入洞
  [sing-keu] 〈sink〉

- 슬라이스 擊出曲球
  [seul-la-i-seu] 〈slice〉

- 티에서 공을 치다 開球
  [ti-e-seo gong-eul chi-da]

- 걷다 走路
  [geot-tta]

| B | **Something**
在高爾夫球場有什麼？

- 에이스 一桿進洞
  [e-i-seu] 〈ace〉

- 점수카드 計分卡
  [jeom-su-ka-deu] 〈點數 card〉

- 골프채 高爾夫球桿
  [gol-peu-chae] 〈golf-〉

- 18 홀짜리 十八洞
  [18hol-jja-ri] 〈18 hole-〉

- 더블 이글 低於標準桿三桿
  [deo-beul i-geul]
  〈double eagle〉

- 이글 低於標準桿兩桿
  [i-geul] 〈eagle〉

- 버디 低於標準桿
  [beo-di] 〈birdie〉

- 기준 타수 平標準桿
  [gi-jun ta-su] 〈基準打數〉

- 보기 高於標準桿
  [bo-gi] 〈bogey〉

- 더블보기 高於標準桿兩桿
  [deo-beul-ppo-gi]
  〈double bogey〉

- 샷 [syat] 一擊 〈shot〉

- 스트로크 一擊；一桿
  [seu-teu-ro-keu] 〈stroke〉

- 야디지 碼距
  [ya-di-ji] 〈yardage〉

類義字

골프 링크
（尤指海邊的）高爾夫球場

골프 연습장
高爾夫球練習場

C | Where
在高爾夫球場的哪裡？

- 벙커 沙坑
  [beong-keo] 〈bunker〉

- 페어웨이 平坦球道
  [pe-eo-we-i] 〈fairway〉

- 플래그 스틱 旗桿
  [peul-lae-geu seu-tik]
  〈flagstick〉

- 구멍 球洞
  [gu-meong]

- 러프 深草區
  [reo-peu] 〈rough〉

- 티잉 그라운드 發球處
  [ti-ing geu-ra-un-deu]
  〈teeing ground〉

- 그린 果嶺
  [geu-rin] 〈green〉

D | What Kind
有哪些高爾夫活動？

- PGA 투어 巡迴賽
  [PGA-tu-eo] 〈PGA Tour〉

- 골프 클럽 高爾夫俱樂部
  [gol-peu keul-leop]
  〈golf club〉

- 골프 대회 高爾夫錦標賽
  [gol-peu dae-hoe] 〈golf 大會〉

- 오픈 선수권 대회 公開賽
  [o-peun seon-su-gwon dae-hoe]
  〈open 選手權大會〉

- 클로즈 챔피언십 非公開賽
  [keul-lo-jeu chaem-pi-eon-sip]
  〈close championship〉

- 콜프 클럽 高爾夫俱樂部
  [kol-peu keul-leop]
  〈golf culb〉

活用關鍵字 可用表格中的部分字彙替換

1. 티오프를 치는 시간이다
   開球的時間 → A

2. 버디를 얻다
   打了個博蒂（低於標準桿）→ B

3. 아! 내 볼이 러프에 떨어졌습니다
   喔！我的球掉進深草區了 → C

4. 골프 대회에 참가하다
   參加高爾夫錦標賽 → D

591

單複數

한 테니스 코트
一個網球場

두 테니스 코트
兩個網球場

A | Something
在網球場有什麼？

- 볼 기계 發球器
  [bol gi-gye] 〈ball 機械〉

- 장비 裝備
  [jang-bi] 〈裝備〉

- 머리띠 頭飾帶
  [meo-ri-tti]

- 테니스 가방 網球袋
  [te-ni-seu ga-bang] 〈tennis-〉

- 테니스의류 網球衣
  [te-ni-seu-ui-ryu]
  〈tennis 衣類〉

- 손목 밴드 護腕
  [son-mok baen-deu] 〈-band〉

- 그립 握拍法
  [geu-rip] 〈grip〉

- 백핸드 그립 反手拍
  [bae-kaen-deu geu-rip]
  〈backhand grip〉

- 이스턴 그립 正手拍
  [i-seu-teon geu-rip]
  〈eastern grip〉

- 라켓 網球拍
  [ra-ket] 〈racket〉

- 프레임 拍框
  [peu-re-im] 〈frame〉

- 손잡이 握把
  [son-ja-bi]

- 서브 發球
  [seo-beu] 〈serve〉

B | What Kind
有哪些網球術語？

- 에이스 發球得分
  [e-i-seu] 〈ace〉

- 앨터네이트 서브 換發球
  [ael-teo-ne-i-teu seo-beu]
  〈alternate serve〉

- 브레이크 포인트 破發點
  [beu-re-i-keu po-in-teu]
  〈break point〉

- 듀스 平分
  [dyu-seu] 〈deuce〉

- 폴트 發球錯誤
  [pol-teu] 〈fault〉

- 그랜드 슬램 大滿貫
  [geu-raen-deu seul-laem]
  〈grand slam〉

- 레트 發球觸網
  [re-teu] 〈let〉

- 매치 一場
  [mae-chi] 〈match〉

- 매치 포인트 賽末點
  [mae-chi po-in-teu]
  〈match point〉

- 게임 局數
  [ge-im] 〈game〉

- 세트 盤數
  [se-teu] 〈set〉

- 타이브레이크
  [ta-i-beu-re-i-keu]
  平局決勝制（搶七）
  〈tie-break〉

種類

클레이 코트
紅土球場

그래스 코트
草地球場

| C | **Where**
在網球場的哪裡？

- 백코트 後場
  [baek-ko-teu] 〈back court〉

- 베이스 라인 底線
  [be-i-seu ra-in] 〈base line〉

- 선수 휴게실 球員休息室
  [seon-su hyu-ge-sil]
  〈選手休息室〉

- 네트 球網
  [ne-teu] 〈net〉

- 서브 코트 發球區
  [seo-beu ko-teu]
  〈serve court〉

- 사이드라인 邊線
  [sa-i-deu-ra-in] 〈sideline〉

- 스탠드 觀眾看台
  [seu-taen-deu] 〈stand〉

| D | **Who**
網球場有誰？

- 볼 보이 拾球員
  [bol bo-i] 〈ball boy〉

- 체어엄파이어 主審
  [che-eo-eom-pa-i-eo]
  〈chair umpire〉

- 풋 폴트 저지 腳誤裁判
  [put pol-teu jeo-ji]
  〈foot fault judge〉

- 선심 邊線裁判
  [seon-sim] 〈線審〉

- 네트 심판 網前裁判
  [ne-teu sim-pan] 〈net 審判〉

- 트레이너 訓練員
  [teu-re-i-neo] 〈trainer〉

- 선수 選手
  [seon-su] 〈選手〉

活用關鍵字 可用表格中的部分字彙替換

1. 이스턴 그립을 잘하다
   擅長正手拍 → A
2. 용서할 수 없는 폴트
   不可原諒的發球錯誤 → B
3. 공은 스탠드로 날다
   球飛向觀眾看台 → C
4. 의자 심판과 논쟁하지 마십시오.
   別跟主審爭論 → D

單複數

한 농구 코트
一個籃球場

두 농구 코트
兩個籃球場

| A | **What kind** 有哪些籃球動作？

- 어시스트 助攻
  [eo-si-seu-teu] 〈assist〉

- 블록 샷 蓋火鍋
  [beul-lok syat] 〈block shot〉

- 블록 [beul-lok] 阻攻

- 크로스 오버 胯下運球
  [keu-ro-seu o-beo]
  〈cross-over〉

- 드리블 運球
  [deu-ri-beul] 〈dribble〉

- 페인트 假動作
  [pe-in-teu] 〈feint〉

- 자유투 罰球
  [ja-yu-tu] 〈自由投〉

- 점프 슛 跳投
  [jeom-peu syut] 〈jump shot〉

- 레이업 슛 上籃
  [re-i-eop syut] 〈lay up shoot〉

- 리바운드 籃板球
  [ri-ba-un-deu] 〈rebound〉

- 슬램덩크 灌籃
  [seul-laem-deong-keu]
  〈slam dunk〉

- 3 포인터 三分球
  [3 po-in-teo] 〈pointer〉

- 턴오버 失誤
  [teo-no-beo] 〈turnover〉

- 2 포인터 兩分球
  [2 po-in-teo] 〈pointer〉

| B | **Who** 在籃球場有誰？

- 백코트 控球員
  [baek-ko-teu] 〈backcourt〉

- 벤치 선수 板凳球員
  [ben-chi seon-su]
  〈bench 選手〉

- 대장 隊長
  [dae-jang] 〈隊長〉

- 센터 中鋒
  [sen-teo] 〈center〉

- 코치 教練
  [ko-chi] 〈coach〉

- 심판 裁判
  [sim-pan] 〈審判〉

- 최우수 선수 最有價值球員
  [choe-u-su seon-su]
  〈最優秀選手〉

- 포인트 가드 控球後衛
  [po-in-teu ga-deu]
  〈point guard〉

- 파워 포워드 大前鋒
  [pa-wo po-wo-deu]
  〈power forward〉

- 슈팅가드 得分後衛
  [syu-ting-ga-deu]
  〈shooting guard〉

- 스몰 포워드 小前鋒
  [seu-mol po-wo-deu]
  〈small forward〉

- 선발 先發球員
  [seon-bal] 〈先發〉

種類

실내농구장
室內籃球場

야외 농구장
室外籃球場

| C | *What kind*
有哪些籃球戰術？

- 박스 아웃 卡位
  [bak-sseu a-ut] 〈box-out〉

- 긴 패스 長傳
  [gin pae-seu] 〈-pass〉

- 빠른 공격진 快打戰術
  [ppa-reun gong-gyeok-jjin]
  〈- 攻擊陣〉

- 속공 快攻
  [sok-kkong] 〈速攻〉

- 파울 책략 犯規戰術
  [pa-ul chaeng-nyak]
  〈Foul 策略〉

- 1 대 1 로 一對一防守
  [1dae 1ro] 〈1 對 1〉

- 지역 방어 區域聯防
  [ji-yeok bang-eo] 〈地域防禦〉

| D | *Where*
在籃球場的哪裡？

- 백 코트 後場
  [baek ko-teu] 〈back court〉

- 프리 스로 라인 罰球線
  [peu-ri seu-ro ra-in]
  〈free throw line〉

- 프런트 코트 前場
  [peu-reon-teu ko-teu]
  〈front court〉

- 하프코트 中場
  [ha-peu-ko-teu] 〈half court〉

- 백보드 籃板
  [baek-ppo-deu] 〈backboard〉

- 바스켓 球籃
  [ba-seu-ket] 〈basket〉

- 금지구역 禁區
  [geum-ji-gu-yeok] 〈禁止區域〉

活用關鍵字 可用表格中的部分字彙替換

1. 점프 샷 을 연습하는 것이 필요하다
   需要練習跳投 → A

2. 센터는 신인 선수이다
   中鋒是一個菜鳥球員 → B

3. 효과적인 지역 방어 전략
   有效的區域聯防策略 → C

4. 공이 바스켓에서 튀어 나오다
   球彈出球籃外 → D

單複數

한 야구장
一個棒球場

두 야구장
兩個棒球場

| A | **What Kind** 有哪些棒球術語？ | B | **Something** 在棒球場有什麼？ |

- 볼 [bol] 壞球 〈ball〉
- 더블 플레이 雙殺
  [deo-beul peul-le-i]
  〈doubie play〉
- 파울 界外球
  [pa-ul] 〈foul〉
- 히트 安打
  [hi-teu] 〈hit〉
- 더블 二壘安打
  [deo-beul] 〈double〉
- 싱글 一壘安打
  [sing-geul] 〈sinqle〉
- 트리플 三壘安打
  [teu-ri-peul] 〈triple〉
- 홈런 全壘打
  [hom-neon] 〈homerun〉
- 아웃 出局
  [a-ut] 〈out〉
- 세이프 安全上壘
  [se-i-peu] 〈safe〉
- 샤우트 아웃 完封
  [sya-u-teu a-ut] 〈-out〉
- 삼진 三振
  [sam-ji] 〈三振〉
- 스트라이크 好球
  [seu-teu-ra-i-keu] 〈stike〉
- 폭투 暴投
  [pok-tu] 〈暴投〉

- 야구공 棒球
  [ya-gu-gong] 〈野球 -〉
- 배트 球棒
  [bae-teu] 〈bat〉
- 야구 모자 棒球帽
  [ya-gu mo-ja] 〈野球帽子〉
- 포수 가드 捕手護具
  [po-su ga-deu] 〈捕手 guard〉
- 실수 失誤
  [sil-su] 〈失誤〉
- 글러브 手套
  [geul-leo-beu] 〈glove〉
- 미트 棒球手套
  [mi-teu] 〈mitt〉
- 회 局
  [hoe] 〈回〉
- 후반전 下半局
  [hu-ban-jeon] 〈後半戰〉
- 전반전 上半局
  [jeon-ban-jeon] 〈前半戰〉
- 로테이션 先發投手輪替序
  [ro-te-i-syeon] 〈rotation〉
- 득점수 得分
  [deuk-jjeom-su] 〈得點數〉
- 득점판 計分板
  [deuk-jjeom-pan] 〈得點板〉
- 내빈석 來賓席
  [nae-bin-seok] 〈來賓席〉

同義字

야구 경기장
棒球場

| C | **Where**
在棒球場的哪裡？

- 불펜 牛棚（投手練投區）
  [bul-pen] 〈bullpen〉

- 선수 대기석 選手休息處
  [seon-su dae-gi-seok]
  （選手待機席）

- 파울 라인 界外線
  [pa-ul ra-in] 〈foul line〉

- 본루 本壘
  [bol-lu] 〈本壘〉

- 내야 內野
  [nae-ya] 〈內野〉

- 마운드 投手丘
  [ma-un-deu] 〈mound〉

- 외야 벽 全壘打牆
  [oe-ya byeok] 〈外野 -〉

- 외야 外野
  [oe-ya] 〈外野〉

| D | **Who**
在棒球場有誰？

- 루수 壘手
  [ru-su] 〈壘手〉

- 포수 捕手
  [po-su] 〈捕手〉

- 타자 打者
  [ta-ja] 〈打者〉

- 내야수 內野手
  [nae-ya-su] 〈內野手〉

- 좌익수 左外野手
  [jwa-ik-ssu] 〈左翼手〉

- 투수 投手
  [tu-su] 〈投手〉

- 우익수 右外野手
  [u-ik-ssu] 〈右翼手〉

- 유격수 游擊手
  [yu-gyeok-ssu] 〈游擊手〉

活用關鍵字 可用表格中的部分字彙替換

1. 홈런 하나 더 기대하다
   期待再來一個全壘打 → A
2. 서명 야구
   棒球 → B
3. 불펜에서 준비운동을 하다
   在牛棚暖身 → C
4. 투수는 이 팀에 떠나려고 하다
   投手計畫離開這一隊 → D

頒獎

- 상패 수여식
  頒發獎牌儀式
- 수상대에 오르다
  在頒獎台階上

開球

- 열린구
  開球
- 드라이브 잘하세요
  開球加油

上壘

- 미끄러져 가다
  滑壘
- 기지를 함락시키다
  安全上壘

1 那位賽車手在終點線前…。

那位賽車手在終點線前被超越了。

레이스 드라이버는 결승선의 앞에서 추월당했습니다.

급브레이크를 밟다	속도를 더 내다	환호를 받다
緊急煞車	加速	接受歡呼

2 我總是會在我的網球袋內準備…。

我總是會在我的網球袋內準備一支備用網球拍。

나는 항상 내 테니스 가방에 예비용 라켓을 준비합니다.

운동화	얼음 주머니	선글라스
運動鞋	冰袋	太陽眼鏡

3 那個王牌投手可能會投出…。

那個王牌投手可能會投出下墜球。

그 에이스 투수가 싱커를 던질 겁니다.

스크루 볼	커브	너클 볼
旋轉球	曲球	指節變化球

單複數

한 축구 필드
一個足球場

두 축구 필드
兩個足球場

| A | **What kind**
有哪些足球術語？

- 12 야드 十二碼罰球
  [12ya-deu] 〈十二 yard〉

- 연장전 加時賽
  [yeon-jang-jeon] 〈延長戰〉

- 축구 경기 足球賽
  [chuk-kku gyeong-gi]
  〈足球競技〉

- 최종 경기 決賽
  [choe-jong gyeong-gi]
  〈最終競技〉

- 그룹 라운드 로빈
  [geu-rup ra-un-deu ro-bin]
  小組循環賽
  〈group round robin〉

- 준결승전 準決賽
  [jun-gyeol-seung-jeon]
  〈準決勝戰〉

- 파울 犯規
  [pa-ul] 〈foul〉

- 레드카드 紅牌
  [re-deu-ka-deu] 〈red card〉

- 퇴장 判罰出場
  [toe-jang] 〈退場〉

- 옐로카드 黃牌
  [yel-lo-ka-deu] 〈yellow card〉

- 골든 골 黃金進球制
  [gol-deun gol] 〈golden goal〉

| B | **What kind**
有哪些足球動作？

- 코너볼 角球
  [ko-neo-bol] 〈corner ball〉

- 로브잡기 （守門員）接高球
  [ro-beu-jap-kki] 〈lob-〉

- 프리킥 自由球
  [peu-ri-kik] 〈free kick〉

- 골킥 球門球
  [gol-kik] 〈goal kick〉

- 헤더 頭槌
  [he-deo] 〈header〉

- 킥오프 開球
  [ki-go-peu] 〈kickoff〉

- 오프사이드 越位
  [o-peu-sa-i-deu] 〈offside〉

- 오버헤드 킥 倒掛金勾
  [o-beo-he-deu kik]
  〈overhead kick〉

- 슛 [syut] 射門 〈shoot〉

- 근거리 슈팅 近射
  [geun-geo-ri syu-ting]
  〈近距離 shooting〉

- 롱 슛 遠射
  [rong syut] 〈long shoot〉

- 슬라이딩태클 鏟球
  [seul-la-i-ding-tae-keul]
  〈slide tackle〉

同義字
경기장
足球場

相關字
축구 도박
足球賭博

| C | **Where**
在足球場的哪裡？

- 12 야드 라인 十二碼線
  [12ya-deu ra-in] 〈12 yard line〉

- 엔드 라인 底線
  [en-deu ra-in] 〈end line〉

- 골라인 球門線
  [gol-la-in] 〈goal line〉

- 중앙선 中線
  [jung-ang-seon] 〈中央線〉

- 페널티 에어리어 禁區
  [pe-neol-ti e-eo-ri-eo]
  〈penalty area〉

- 페널티 마크 罰球點
  [pe-neol-ti ma-keu]
  〈penalty mark〉

- 스로인 界外
  [seu-ro-in] 〈throw-in〉

- 터치라인 邊線
  [teo-chi-ra-in] 〈touchline〉

| D | **Who**
在足球場有誰？

- 코치 教練
  [ko-chi] 〈coach〉

- 축구선수 足球員
  [chuk-kku-seon-su]
  〈足球選手〉

- 센터 포워드 中鋒
  [sen-teo po-wo-deu]
  〈center forward〉

- 풀백 後衛
  [pul-baek] 〈full back〉

- 골키퍼 守門員
  [gol-ki-peo] 〈goalkeeper〉

- 미드필드 前衛
  [mi-deu-pil-deu] 〈midfielder〉

- 스트라이커 前鋒
  [seu-teu-ra-i-keo] 〈striker〉

- 심판 裁判
  [sim-pan] 〈審判〉

活用關鍵字 可用表格中的部分字彙替換

1. 게임은 연장전으로 되다
   比賽進入延長賽 → A
2. 멋진 슛
   精彩的射門 → B
3. 공은 골라인에 딱 터치하다
   球剛好碰到球門線 → C
4. 시니어 코치
   資深教練 → D

601

單複數

한 배구 코트
一個排球場

두 배구 코트
兩個排球場

A What
在排球場做什麼？

- 어택 進攻
  [eo-taek] 〈attack〉

- 배트 拍；擊
  [bae-teu] 〈bat〉

- 블록 攔網
  [beul-lok] 〈block〉

- 디그 救球
  [di-geu] 〈dig〉

- 리프 跳躍
  [ri-peu] 〈leap〉

- 리프트 舉球
  [ri-peu-teu] 〈lift〉

- 푸시 推球
  [pu-si] 〈push〉

- 세트 舉球
  [se-teu] 〈set〉

- 서브 發球
  [seo-beu] 〈serve〉

- 밀치다 推球
  [mil-chi-da]

- 셧 아웃 攔網成功
  [syeot a-ut] 〈shut out〉

- 강타 扣球
  [gang-ta] 〈強打〉

- 스파이크 進攻
  [seu-pa-i-keu] 〈spike〉

- 테이크오프 起跳
  [te-i-keu-o-peu] 〈take off〉

B What kind
有哪些排球術語？

- 블록 포인트 攔網得分
  [beul-lok po-in-teu] 〈block point〉

- 체인지 코트 交換場區
  [che-in-ji ko-teu]
  〈change court〉

- 서브를 바꾸다 換發球
  [seo-beu-reul ppa-kku-da]
  〈serve-〉

- 집체 블록 集體攔網
  [jip-che beul-lok] 〈集體 block〉

- 풋 폴트 腳步犯規
  [put pol-teu] 〈foot fault〉

- 제스처경고 手勢警告
  [je-seu-cheo-gyeong-go]
  〈gesture 警告〉

- 네트볼 擦網球
  [ne-teu-bol] 〈net ball〉

- 네트 인 入網球
  [ne-teu in] 〈net in〉

- 온라인 壓線球
  [ol-la-in] 〈on line〉

- 개인의 경고 個人警告
  [gae-i-nui gyeong-go]
  〈個人 - 警告〉

- 듀스 賽末平局
  [dyu-seu] 〈deuce〉

- 서비스 에이스 發球得分
  [seo-bi-seu e-i-seu]
  〈serivice ace〉

競賽種類

오픈 토너먼트
公開賽

프렌드십 초청경기 토너먼트
友好邀請賽

| C | *Where*
在排球場的哪裡？

- 플레잉 코트 比賽場區
  [peul-le-ing ko-teu]
  〈playing court〉

- 어택 라인 攻擊線
  [eo-taek ra-in] 〈attack line〉

- 백 로 後區
  [baek ro] 〈back row〉

- 프런트 로 前區
  [peu-reon-teu ro] 〈front row〉

- 네트 球網
  [ne-teu] 〈net〉

- 서브구 發球區
  [seo-beu-gu] 〈serve 區〉

- 심판 플랫폼 裁判台
  [sim-pan peul-laet-pom]
  〈審判 platform〉

| D | *Who*
在排球場有誰？

- 네트 심판 網前裁判
  [ne-teu sim-pan] 〈net 審判〉

- 스코러 計分員
  [seu-ko-reo] 〈scorer〉

- 엄파이어 主審
  [eom-pa-i-eo] 〈umpire〉

- 발리볼 플레이어 排球球員
  [bal-li-bol peul-le-i-eo]
  〈volleyball player〉

- 중간 타자 副攻手
  [jung-gan ta-ja] 〈中間打者〉

- 서버 發球員
  [seo-beo] 〈server〉

- 세터 舉球員
  [se-teo] 〈setter〉

活用關鍵字 可用表格中的部分字彙替換

1. 공을 받기 위해서 리프하다
   為了接球跳起來 → A

2. 제스처 경고를 하다
   做出手勢警告 → B

3. 백로로 겨냥하다
   瞄準後區 → C

4. 팀에서 최상 세터
   隊裡的最佳舉球員 → D

單複數

한 미식 축구 필드
一個美式足球場

두 미식 축구 필드
兩個美式足球場

| A | **What**
在美式足球場做什麼？

- 블록 阻擋
  [beul-lok] 〈block〉

- 캐리 抱（球）
  [kae-ri] 〈carry〉

- 부딪치다 碰撞
  [bu-dit-chi-da]

- 차다 [cha-da] 踢

- 녹다운 擊潰
  [nok-tta-un] 〈knock down〉

- 래터럴 패스 橫向傳球
  [rae-teo-reol pae-seu]
  〈lateral pass〉

- 줄을 서다 列隊
  [ju-reul sseo-da]

- 머프 漏接球
  [meo-peu] 〈muff〉

- 패스 傳球
  [pae-seu] 〈pass〉

- 펀치 用拳猛擊
  [peon-chi] 〈punch〉

- 펀트 棄踢
  [peon-teu] 〈punt〉

- 스냅 發球
  [seu-naep] 〈snap〉

- 태클 擒抱；阻絕
  [tae-keul] 〈tackle〉

- 터치다운 達陣
  [teo-chi-da-un] 〈touchdown〉

| B | **Who**
在美式足球場有誰？

- 디펜스 防守組
  [di-pen-seu] 〈defense〉

- 코너백 角衛
  [ko-neo-baek] 〈cornerback〉

- 디펜시브 엔드 防守邊鋒
  [di-pen-si-beu en-deu]
  〈defensive end〉

- 프리 세이프티 游衛
  [peu-ri se-i-peu-ti]
  〈free safety〉

- 라인 배커 線衛
  [ra-in bae-keo] 〈linebacker〉

- 스트롱 세이프티 強衛
  [seu-teu-rong se-i-peu-ti]
  〈strong safety〉

- 오펜스 進攻組
  [o-pen-seu] 〈offense〉

- 센터 中鋒
  [sen-teo] 〈center〉

- 가드 哨鋒
  [ga-deu] 〈guard〉

- 쿼터 백 四分衛
  [kwo-teo baek]
  〈quarterback〉

- 러닝 백 跑衛
  [reo-ning baek]
  〈running back〉

- 심판 主審
  [sim-pan] 〈審判〉

類義字

미식축구
美式足球

럭비
英式橄欖球

| C | **Where**
在美式足球場的哪裡？

- 엔드 존 達陣區
  [en-deu jon] ⟨end zone⟩

- 골라인 得分線
  [gol-la-in] ⟨goal line⟩

- 골포스트 球門
  [gol-po-seu-teu] ⟨goalpost⟩

- 해시 마르크 碼標
  [hae-si ma-reu-keu]
  ⟨hash mark⟩

- 뉴트럴 존 中立區
  [nyu-teu-reol jon]
  ⟨neutral zone⟩

- 스크리미지 선 攻防線
  [seu-keu-ri-mi-ji seon]
  ⟨scrimmage line⟩

- 야드 라인 分碼線
  [ya-deu ra-in] ⟨yard line⟩

| D | **What Kind**
有哪些犯規動作？

- 딜레이 오브 게임 拖延比賽
  [dil-le-i o-beu ge-im]
  ⟨delay of game⟩

- 부정서브 非法發球
  [bu-jeong-seo-beu]
  ⟨否定 serve⟩

- 홀딩 非法阻擋
  [hol-ding] ⟨holding⟩

- 일리걸 시프트 非法移位
  [il-li-geol si-peu-teu]
  ⟨illegal shift⟩

- 오프사이드 越位
  [o-peu-sa-i-deu] ⟨offside⟩

- 패스 인터피어런스
  [pae-seu in-teo-pi-eo-reon-seu]
  干擾傳球
  ⟨pass interference⟩

活用關鍵字 可用表格中的部分字彙替換

1. 주자를 가로막다
   阻擋跑者 → A
2. 쿼터백이 부상하다
   四分衛受傷了 → B
3. 공을 가지고 엔드 존에 도달하다
   抱著球到達陣區 → C
4. 서브때문에 페널티를 얻다
   因為非法發球遭受處罰 → D

相關字

육상 경기
田徑比賽

육상 팀
田徑隊

| A | **What kind**
在田徑場有哪些運動？

- 활쏘기 射箭
  [hwal-sso-gi]
- 야구 棒球
  [ya-gu] 〈野球〉
- 투원반 擲鐵餅
  [tu-won-ban] 〈投圓盤〉
- 핸드볼 手球
  [haen-deu-bol] 〈handball〉
- 높이뛰기 跳高
  [no-pi-ttwi-gi]
- 재블린 스로 擲標槍
  [jae-beul-lin seu-ro]
  〈javelin throw〉
- 마라톤 馬拉松
  [ma-ra-ton] 〈marathon〉
- 장대높이뛰기 撐竿跳
  [jang-dae-no-pi-ttwi-gi]
- 릴레이경기 接力賽
  [ril-le-i-gyeong-gi]
  〈relay 競技〉
- 포환던지기 推鉛球
  [po-hwan-deon-ji-gi] 〈砲丸 -〉
- 소프트볼 壘球
  [so-peu-teu-bol] 〈softball〉
- 철인 3 종 경기 鐵人三項
  [cheo-rin 3jong gyeong-gi]
  〈鐵人 3 種競技〉
- 배구 排球
  [bae-gu] 〈排球〉

| B | **Something**
在田徑場有什麼？

- 뜀틀 넘기 跳箱
  [ttwim-teul neom-gi]
- 철봉 單槓
  [cheol-bong] 〈鐵棒〉
- 허들 跨欄
  [heo-deul] 〈hurdle〉
- 모래판 沙坑
  [mo-rae-pan]
- 매트리스 安全墊
  [mae-teu-ri-seu] 〈mattress〉
- 평행봉 雙槓 〈平行棒〉
  [pyeong-haeng-bong]
- 트랙 跑道
  [teu-raek] 〈track〉
- 커브 彎道
  [keo-beu] 〈curve〉
- 결승선 終點線
  [gyeol-seung-seon] 〈決勝線〉
- 배턴 接力棒
  [bae-teon] 〈baton〉
- 스파이크스 釘鞋
  [seu-pa-i-keu-seu] 〈spikes〉
- 출발대 起跑器
  [chul-bal-ttae] 〈出發臺〉
- 스타팅총 起跑槍
  [seu-ta-ting-chong]
  〈starting 銃〉
- 출발선 起跑線
  [chul-bal-sseon] 〈出發線〉

육상 제경기
田徑運動會

| C | **What**
在田徑場做什麼？

- 조깅하다 慢跑
  [jo-ging-ha-da] 〈jogging-〉
- 점프하다 跳
  [jeom-peu-ha-da] 〈jump-〉
- 랜드 落地
  [raen-deu] 〈land〉
- 달리다 跑步
  [dal-li-da]
- 땀이 나다 流汗
  [tta-mi na-da]
- 던지다 丟
  [deon-ji-da]
- 장대높이뛰기 撐竿跳
  [jang-dae-no-pi-ttwi-gi]
  〈長 -〉

| D | **Who**
在田徑場有誰？

- 운동선수 運動選手
  [un-dong-seon-su] 〈運動選手〉
- 코치 教練
  [ko-chi] 〈coach〉
- 경쟁자 競爭對手
  [gyeong-jaeng-ja] 〈競爭者〉
- 재판 裁判
  [jae-pan] 〈裁判〉
- 체육 선생님 體育老師
  [che-yuk seon-saeng-nim]
  〈體育先生 -〉
- 육상팀 田徑隊
  [yuk-ssang-tim] 〈陸上 team〉
- 보결 候補
  [bo-gyeol] 〈補缺〉

活用關鍵字　可用表格中的部分字彙替換

1. 배구를 하자
   來打排球吧！→ A
2. 허들을 뛰어넘다
   越過跨欄 → B
3. 같이 달리는 동반자
   一起跑步的夥伴 → C
4. 존경할 만하는 경쟁자
   一位可敬的對手 → D

607

防守

- 담을 쌓다
  築人牆
- 대인방어
  盯人防守

比賽暫停

- 일시 중단 요청
  要求暫停
- 교체 선수가 출장하다
  換上替補球員

運動傷害

- 발목을 삐다
  腳踝扭傷
- 탈골
  脫臼

1 왜 이 번 배구 경기에서 졌습니까？

他們為什麼輸了這場排球賽？

주전 선수가 스파이크 미스 때문입니다 .

因為那個主力球員的扣球失誤。

손가락을 삐다	정신적인 상태가 좋지 않다	연속 공을 잡기 실수
手指扭傷	心理素質差	連續接球失誤

2 왜 요즘 날마다 달리기합니까？

你最近為什麼每天跑步？

왜냐하면 살을 많이 졌습니다 .

因為我胖了很多。

경기가 다음 달에 있다	체력 훈련을 하고 있다
下個月有個比賽	在訓練體力

3 미식 축구에 대해 어떻게 생각합니까?

你認為美式足球如何？

글쎄, 나는 그것이 가장 흥미로운 게임 중의 하나 라고 생각합니다.

嗯，我覺得它是最刺激的運動之一。

정말 폭력적이고 위험하다	아주 재미있다	이해하기 어렵다
真的很暴力又危險	相當有趣	很難看懂

單複數

한 볼링장
一間保齡球館

두 볼링장
兩間保齡球館

| A | Something
在保齡球場有什麼？

- 볼 랙 置球球架
  [bol raek] 〈ball rack〉

- 볼 리턴 保齡球回送機
  [bol ri-teon] 〈ball returner〉

- 볼링 공 保齡球
  [bol-ling gong] 〈bowling-〉

- 볼링 장갑 保齡球手套
  [bol-ling jang-gap]
  〈bowling 掌匣〉

- 볼링 신발 保齡球鞋
  [bol-ling sin-bal] 〈bowling-〉

- 전자 채점 시스템
  [jeon-ja chae-jeom si-seu-tem]
  電子計分系統
  〈電子採點 system〉

- 채점판 計分格
  [chae-jeom-pan] 〈採點板〉

- 회 [hoe] 一局 〈回〉

- 경기수 比賽場次
  [gyeong-gi-su] 〈競技數〉

- 핀세터 排球瓶機
  [pin-se-teo] 〈pinsetter〉

- 핀 볼링 球瓶
  [pin bol-ling] 〈pin bowling〉

- 스위퍼 掃瓶機
  [seu-wi-peo] 〈sweeper〉

| B | What Kind
有哪些保齡球術語？

- 스플리트 任兩瓶相連的殘局
  [seu-peul-li-teu] 〈split〉

- 클리어 게임 〈clear game〉
  [keul-li-eo ge-im]
  最後一格洗溝的球局

- 정지구 無效球
  [jeong-ji-gu] 〈停止球〉

- 거터 볼 洗溝
  [geo-teo bol] 〈gutter ball〉

- 하이 게임 此球道的最高分
  [ha-i ge-im] 〈high game〉

- 퍼펙트 連續十二次全倒
  [peo-pek-teu] 〈perfect〉

- 스페어 第二次補全倒
  [seu-pe-eo] 〈spare〉

- 스플리트 很難打中的殘局
  [seu-peul-li-teu] 〈split〉

- 스트라이크 第一次全倒
  [seu-teu-ra-i-keu] 〈strike〉

- 터키 連續三次全倒
  [teo-ki] 〈Turkey〉

- 스플릿 技術球
  [seu-peul-lit] 〈split〉

- 퍼펙트 게임 完美比賽
  [peo-pek-teu ge-im]
  〈perfect game〉

類義字

론 볼즈
草地滾球

크리켓
板球

|C| *What*
在保齡球場做什麼？

- 가누다 保持平衡
  [ga-nu-da]

- 붙잡다 握牢
  [but-jjap-tta]

- 끼우다 插入（球洞）
  [kki-u-da]

- 실수하다 失誤
  [sil-su-ha-da] 〈失守 -〉

- 줍다 拾起
  [jup-tta]

- 대여하다 租
  [dae-yeo-ha-da] 〈貸與 -〉

- 펴다 伸長，延展
  [pyeo-da]

- 던지다 丟
  [deon-ji-da]

|D| *Where*
在保齡球場的哪裡？

- 볼링 레인 保齡球道
  [bol-ling re-in] 〈bowling lane〉

- 어프로치 助走道
  [eo-peu-ro-chi] 〈approach〉

- 파울 라인 犯規線
  [pa-ul ra-in] 〈foul line〉

- 거터 球溝
  [geo-teo] 〈gutter〉

- 표시라인 標識線
  [pyo-si-ra-in] 〈標識 line〉

- 활주로 投球區
  [hwal-ju-ro] 〈滑走路〉

- 핀 덱 球瓶區
  [pin dek] 〈pin deck〉

- 보호 장벽 保護柵欄
  [bo-ho jang-byeok]
  〈保護障壁〉

活用關鍵字 可用表格中的部分字彙替換

1. 볼링 공을 임대하다
   租用保齡球 → A
2. 스트라이크！쿨！
   全倒！酷！ → B
3. 볼링 공을 꽉 붙잡다
   握牢一個保齡球 → C
4. 어프로치를 짓밟다
   踏上助走道 → D

611

單複數

한 무술
一種武術

두 무술
兩種武術

| A | **What**
執行武術會發生什麼？

| B | **What kind**
有哪些武術？

- 공격하다 進攻，襲擊
  [gong-gyeo-ka-da] 〈攻擊 -〉

- 숨이 막히다 窒息
  [su-mi ma-ki-da]

- 전투하다 戰鬥
  [jeon-tu-ha-da] 〈戰鬥 -〉

- 떨어졌다 摔下
  [tteo-reo-jeot-tta]

- 싸우다 搏鬥
  [ssa-u-da]

- 박치기를 하다 用頭撞
  [bak-chi-gi-reul ha-da]

- 부상을 입다 受傷
  [bu-sang-eul ip-tta] 〈負傷 -〉

- 넘어뜨리다 擊倒
  [neo-meo-tteu-ri-da]

- 찌르다 刺穿
  [jji-reu-da]

- 주먹으로 치다 用拳猛擊
  [ju-meo-geu-ro chi-da]

- 밀다 [mil-da] 推

- 사이드 킥 側踢
  [sa-i-deu kik] 〈sidekick〉

- 던지다 丟；拋
  [deon-ji-da]

- 넘어지다 絆倒
  [neo-meo-ji-da]

- 권투 拳擊
  [gwon-tu] 〈拳鬪〉

- 레프트 훅 左鉤拳
  [re-peu-teu huk] 〈left hook〉

- 라이트 훅 右鉤拳
  [ra-i-teu huk] 〈right hook〉

- 스트레이트 直拳
  [seu-teu-re-i-teu] 〈straight〉

- 어퍼컷 上鉤拳
  [eo-peo-keot] 〈uppercut〉

- 펜싱 擊劍
  [pen-sing] 〈fencing〉

- 유도 柔道
  [yu-do] 〈柔道〉

- 공수도 空手道
  [gong-su-do] 〈空手道〉

- 자위 防身術
  [ja-wi] 〈自衛〉

- 태권도 跆拳道
  [tae-gwon-do] 〈跆拳道〉

- 태극권 太極拳
  [tae-geuk-kkwon] 〈太極拳〉

- 푸싱 핸드 推手
  [pu-sing haen-deu]
  〈pushing hand〉

- 레슬링 摔角
  [re-seul-ling] 〈wrestling〉

相關字

중국 무술
中國武術

일본 무술
日本武術

| c | How
如何形容武術？

- 문화의 文化的
  [mun-hwa-ui] 〈文化 -〉

- 위험하다 危險的
  [wi-heom-ha-da] 〈危險 -〉

- 방어하다 防禦的
  [bang-eo-ha-da] 〈防禦 -〉

- 험악하다 兇狠的
  [heo-ma-ka-da] 〈險惡 -〉

- 온화하다 溫和的
  [on-hwa-ha-da] 〈溫和 -〉

- 깊다 [gip-tta] 深奧的

- 기술적이다 技巧性的
  [gi-sul-jeo-gi-da] 〈技術的 -〉

- 폭력적이다 暴力的
  [pong-nyeok-jjeo-gi-da]
  〈暴力的 -〉

| D | Something
有哪些武術相關用具？

- 갑옷 （擊劍的）盔甲
  [ga-bot] 〈甲 -〉

- 권투 글러브 拳擊手套
  [gwon-tu geul-leo-beu]
  〈拳鬥 glove〉

- 플뢰레 西洋劍
  [peul-loe-re] 〈foil〉

- 쌍절곤 雙節棍
  [ssang-jeol-gon] 〈雙折棍〉

- 보호 장치 護具
  [bo-ho jang-chi] 〈保護裝置〉

- 샌드백 沙包
  [saen-deu-baek] 〈sandbag〉

- 검 [geom] 刀，劍 〈劍〉

- 호구 護具
  [ho-gu] 〈護具〉

活用關鍵字 可用表格中的部分字彙替換

1. 세계 떨어지다
   猛烈地摔下 → A

2. 올림픽대회의 유도 선수
   奧林匹克柔道選手 → B

3. 태극은 심오하다
   太極是深奧的 → C

4. 회갑을 착용하다
   穿著盔甲 → D

單複數

한 스케이트장
一個溜冰場

두 스케이트장
兩個溜冰場

| A | **What**
在溜冰場做什麼？

- 피가 나다 流血
  [pi-ga na-da]

- 부딪치다 碰撞
  [bu-dit-chi-da]

- 넘어지다 跌倒
  [neo-meo-ji-da]

- 플립 急促地轉動
  [peul-lip] 〈flip〉

- 따라가다 跟隨
  [tta-ra-ga-da]

- 전진하다 前進
  [jeon-jin-ha-da] 〈前進 -〉

- 꽉 붙잡다 握牢
  [kkwak but-jjap-tta]

- 뛰다 [ttwi-da] 跳

- 기대다 依靠著
  [gi-dae-da]

- 뒤로 후퇴하다 退後
  [dwi-ro hu-toe-ha-da]
  〈- 後退 -〉

- 활주하다 滑行
  [hwal-ju-ha-da] 〈滑走 -〉

- 회전하다 旋轉
  [hoe-jeon-ha-da] 〈回轉 -〉

- 지탱하다 撐扶
  [ji-taeng-ha-da] 〈支撐 -〉

- 선회하기 旋轉，迴旋
  [seon-hoe-ha-gi] 〈旋回 -〉

| B | **What kind**
有哪些溜冰種類？

- 피겨 스케이팅 花式溜冰
  [pi-gyeo seu-ke-i-ting]
  〈figure skating〉

- 슬랄롬 스케이팅 障礙溜冰
  [seul-lal-lom seu-ke-i-ting]
  〈slalom skating〉

- 원뿔 錐形路標
  [won-ppul] 〈圓 -〉

- 장애물 障礙物
  [jang-ae-mul] 〈障礙物〉

- 손잡이 （樓梯的）扶手
  [son-ja-bi]

- 램프 坡道
  [raem-peu] 〈ramp〉

- 특기 特技，戲法
  [teuk-kki] 〈特技〉

- 아이스하키 冰上曲棍球
  [a-i-seu-ha-ki] 〈ice hockey〉

- 빙상 스케이트 冰刀溜冰
  [bing-sang seu-ke-i-teu]
  〈冰上 skating〉

- 인라인스케이팅
  [il-la-in-seu-ke-i-ting]
  直排輪溜冰 〈inline skating〉

- 롤러스케이트 輪式溜冰
  [rol-leo-seu-ke-i-teu]
  〈roller skate〉

- 스케이트보드 溜滑板
  [seu-ke-i-teu-bo-deu]
  〈skateboard〉

同義字

스케이트장
溜冰場

아이슬란드
冰宮

| C | Something
在溜冰場有什麼?

- 팔꿈치보호대 護肘
  [pal-kkum-chi-bo-ho-dae]
  〈- 保護臺〉

- 무릎 패드 護膝
  [mu-reup pae-deu] 〈-pad〉

- 롤러블레이드
  [rol-leo-beul-le-i-deu]
  單排輪溜冰鞋 〈roller blades〉

- 베어링 軸承
  [be-eo-ring] 〈bearing〉

- 브레이크 煞車
  [beu-re-i-keu] 〈brake〉

- 버클 帶扣
  [beo-keul] 〈buckle〉

- 바퀴 輪子
  [ba-kwi]

| D | Where
在溜冰場的哪裡?

- 탈의실 更衣室
  [ta-rui-sil] 〈脫衣室〉

- 푸드코트 餐飲區
  [pu-deu-ko-teu] 〈food court〉

- 로커 置物櫃
  [ro-keo] 〈locker〉

- 스케이트를 대여하는 곳
  [seu-ke-i-teu-reul ttae-yeo-ha-neun got] 〈skate- 貸與 -〉
  溜冰器具租借處

- 매표구 售票櫃檯
  [mae-pyo-gu] 〈賣票區〉

- 영업 시간 營業時間
  [yeong-eop si-gan] 〈營業時間〉

- 요금 入場費
  [yo-geum] 〈料金〉

活用關鍵字 · 可用表格中的部分字彙替換

1. 지속적으로 회전
   連續地旋轉 → A

2. 원뿔 모양의 도표를 뛰어넘다
   跳躍過錐形路標 → B

3. 팔꿈치보호대를 긁혀미다
   護肘被磨損 → C

4. 개인 물품 보관함을 임대하다
   租用一個置物櫃 → D

615

單複數

한 헬스 클럽
一家健身房

두 헬스 클럽
兩家健身房

A | What
在健身房做什麼？

- 근육을 성장시키다
  [geu-nyu-geul sseong-jang-si-ki-da] 〈筋肉 - 成長 ->
  增長肌肉

- 연소하다 燃燒（脂肪）
  [yeon-so-ha-da] 〈燃燒 ->

- 상담하다 諮詢
  [sang-dam-ha-da] 〈相談 ->

- 뛰어오르다 跳躍
  [ttwi-eo-o-reu-da]

- 리프트 업 舉起
  [ri-peu-teu eop] 〈lift up〉

- 유지하다 保持
  [yu-ji-ha-da] 〈維持 ->

- 감시 장치 監測
  [gam-si jang-chi] 〈監視裝置〉

- 페달 踩踏板
  [pe-dal] 〈pedal〉

- 내려놓다 放下
  [nae-ryeo-no-ta]

- 달리다 跑步
  [dal-li-da]

- 강화하다 加強
  [gang-hwa-ha-da] 〈強化 ->

- 땀을 흘리다 流汗
  [tta-meul heul-li-da]

- 워밍업 暖身
  [wo-ming-eop] 〈warm up〉

B | Something
在健身房有什麼？

- 운동 장비 健身設備
  [un-dong jang-bi] 〈運動裝備〉

- 일립티컬 트레이너 踏步機
  [il-lip-ti-keol teu-re-i-neo]
  〈elliptical trainer〉

- 리컴번트 자전거
  [ri-keom-beon-teu ja-jeon-geo]
  臥式腳踏車
  〈recumbent 自轉車〉

- 회전식 자전거 飛輪腳踏車
  [hoe-jeon-sik ja-jeon-geo]
  〈迴轉式自轉車〉

- 스테어 마스터 登山機
  [seu-te-eo ma-seu-teo]
  〈stair master〉

- 운동용 자전거 健身腳踏車
  [un-dong-yong ja-jeon-geo]
  〈運動用自轉車〉

- 트레드밀 跑步機
  [teu-re-deu-mil] 〈treadmill〉

- 로커 置物櫃
  [ro-keo] 〈locker〉

- 체력 단련실 重量訓練室
  [che-ryeok dal-lyeon-sil]
  〈體力鍛鍊室〉

- 아령 啞鈴
  [a-ryeong] 〈啞鈴〉

- 파워 트랙 舉重架
  [pa-wo teu-raek] 〈power track〉

同義字

헬스클럽
健身俱樂部

헬스 클럽
健身中心

C | What Kind
在健身房有哪些課程？

- 에어로빅 有氧舞蹈
  [e-eo-ro-bik] ⟨aerobics⟩

- 펌프 몸통 槓鈴有氧
  [peom-peu mom-tong]
  ⟨pump-⟩

- 킥복싱 拳擊有氧
  [kik-ppok-ssing] ⟨kickboxing⟩

- 스피닝 飛輪有氧
  [seu-pi-ning] ⟨spinning⟩

- 스텝 에어로빅스 階梯有氧
  [seu-tep e-eo-ro-bik-sseu]
  ⟨step aerobics⟩

- 필라테스 皮拉提斯
  [pil-la-te-jeu] ⟨Pilates⟩

- 요가 瑜珈
  [yo-ga] ⟨yoga⟩

D | Who
在健身房有誰？

- 보디빌딩을 하는 사람
  [bo-di-bil-ding-eul ha-neun sa-ram] ⟨body-building-⟩
  鍛鍊肌肉者

- 고문 顧問
  [go-mun] ⟨顧問⟩

- 영양사 營養師
  [yeong-yang-sa] ⟨營養師⟩

- 코치 健身教練
  [ko-chi] ⟨coach⟩

- 회원 會員
  [hoe-won] ⟨會員⟩

- 개인 코치 私人教練
  [gae-in ko-chi] ⟨個人 coach⟩

- 트레이너 訓練員
  [teu-re-i-neo] ⟨trainer⟩

活用關鍵字　可用表格中的部分字彙替換

1. 아령를 리프트업하다
   舉起啞鈴 → A

2. 새 트레드밀을 설정하다
   設定新的跑步機 → B

3. 요가를 하는 것은 마음을 이완하게 되다
   做瑜珈讓心靈放鬆 → C

4. 개인의 코치를 찾아보다
   尋找私人教練 → D

單複數

한 수영장
一個游泳池

두 수영장
兩個游泳池

A | Something
在游泳池有什麼？

- 물받이 판자 浮板
  [mul-ba-ji pan-ja] 〈- 板子〉

- 고글 蛙鏡
  [go-geul] 〈goggles〉

- 킥보드 浮板
  [kik-ppo-deu] 〈kickboard〉

- 확성기 大聲公
  [hwak-sseong-gi] 〈擴聲器〉

- 젓기 游泳的划法
  [jeot-kki]

- 배영 仰式
  [bae-yeong] 〈背泳〉

- 평영 蛙式
  [pyeong-yeong] 〈平泳〉

- 접영 蝶式
  [jeo-byeong] 〈蝶泳〉

- 자유형 自由式
  [ja-yu-hyeong] 〈自由型〉

- 개헤엄 狗爬式
  [gae-he-eom]

- 고무 튜브 救生圈
  [go-mu tyu-beu] 〈-tube〉

- 수영복 泳衣
  [su-yeong-bok] 〈水泳服〉

- 수영 모자 泳帽
  [su-yeong mo-ja] 〈水泳帽子〉

- 수영 팬츠 泳褲
  [su-yeong paen-cheu]
  〈水泳 pants〉

B | What Kind
在游泳池有哪些設施？

- 탈의실 更衣室
  [ta-rui-sil] 〈脫衣室〉

- 찬물 수영장 冷水池
  [chan-mul su-yeong-jang]
  〈- 水泳場〉

- 더운물 수영장 熱水池
  [deo-un-mul su-yeong-jang]
  〈- 水泳場〉

- 수치료법 水療
  [su chi-ryo-beop] 〈水治療法〉

- 사다리 梯子
  [sa-da-ri]

- 레인 泳道
  [re-in] 〈lane〉

- 로커 置物櫃
  [ro-keo] 〈locker〉

- 라운지 의자 躺椅
  [ra-un-ji ui-ja] 〈lounge 椅子〉

- 마사지 제트 按摩水柱
  [ma-sa-ji je-teu]
  〈massage jet〉

- 얕은 수영장 淺水池
  [ya-teun su-yeong-jang]
  〈- 水泳場〉

- 증기 욕실 蒸氣室
  [jeung-gi yok-ssil]
  〈蒸汽浴室〉

- 다이빙 플랫폼 跳水台
  [da-i-bing peul-laet-pom]
  〈diving platform〉

種類

실내 수영장
室內游泳池

옥외 수영장
室外游泳池

| C | *What*
在游泳池做什麼?

- 호흡 정지 憋氣,閉氣
  [ho-heup jeong-ji]〈呼吸停止〉

- 부딪치다 碰撞
  [bu-dit-chi-da]

- 초크 嗆水
  [cho-keu]〈choke〉

- 근육 경련 抽筋
  [geu-nyuk gyeong-nyeon]
  〈筋肉痙攣〉

- 다이빙하다 跳水
  [da-i-bing-ha-da]〈diving-〉

- 물장구질 打水
  [mul-jang-gu-jil]

- 점프하다 跳
  [jeom-peu-ha-da]〈jump-〉

| D | *Who*
在游泳池有誰?

- 초보자 初學者
  [cho-bo-ja]〈初步者〉

- 비키니 걸 比基尼辣妹
  [bikini girl]〈bikini girl〉

- 어린이 [eo-ri-ni] 小孩

- 랜드 러버 旱鴨子
  [raen-deu reo-beo]
  〈landlubber〉

- 인명 구조원 救生員
  [in-myeong gu-jo-won]
  〈人命救助員〉

- 수영선수 游泳選手
  [su-yeong-seon-su]〈水泳選手〉

- 코치 游泳教練
  [ko-chi]〈coach〉

活用關鍵字　可用表格中的部分字彙替換

1. 킥보드를 사용하다
   使用浮板 → A

2. 더운물 수영장에 있다
   待在熱水池裡 → B

3. 얕은 수영장에서 다이빙하지 말다
   勿在淺水處跳水 → C

4. 인명 구조원이 되기 어렵다
   當個救生員很困難 → D

拳擊

◆ 마지막 권투 시합
　拳擊賽**決戰**
◆ 복싱 링에 올라가다
　上拳擊台

使用禮節

◆ 장비 사용을 조심하다
　小心使用**器材**
◆ 장비를 독차지하지 말다
　不要霸佔**器材**

競賽裝備

◆ 귀마개에 넣다
　戴上耳塞
◆ 코 클립에 넣다
　戴上鼻夾

1 這是我最後一個贏得比賽的機會，…。

這是我最後一個贏得比賽的機會，但我卻丟了個洗溝球。

이 것은 이길 수 있는 마지막 기회인데 제가 거터 볼을 던졌다 .

나는 스트라 이크를 얻었다	너무 긴장합니다	집중해야 합니다
果然我一次全倒！	但我好緊張	我一定要 全神貫注

2 太極不但是一種武術，也是一項…的運動。

太極不但是一種武術，也是一項健康的運動。

태극권이 무술의 한 가지일뿐만 아니라 건강한 스 포츠입니다 .

도전적이다	복잡하다	온화하다
具有挑戰性的	複雜的	溫和的

3 這項運動能…。

這項運動能讓你的肩膀變寬。

이 운동은 어깨를 넓어질 수 있습니다 .

복근을 훈련하다	스포츠 부상을 줄이다	살을 빼다
訓練腹肌	減少運動傷害	減輕體重

單複數

한 사막
一個沙漠

두 사막
兩個沙漠

| A | **What**
在沙漠做什麼？

- 불다 （風）吹
  [bul-da]

- 짓다 搭建
  [jit-tta]

- 물을 끌어대다 引（水）
  [mu-reul kkeu-reo-dae-da]

- 탈수가 되다 脫水
  [tal-ssu-ga doe-da] 〈脫水 -〉

- 사라지다 消失
  [sa-ra-ji-da]

- 물을 길다 汲（水）
  [mu-reul kkil-da]

- 마르다 乾涸
  [ma-reu-da]

- 광물을 캐다 開採（礦產）
  [gwang-mu-reul kae-da]
  〈礦產 -〉

- 관개하다 灌溉
  [gwan-gae-ha-da] 〈灌溉 -〉

- 통과하다 通過；經過
  [tong-gwa-ha-da] 〈通過 -〉

- 풀밭에 내어놓다 放牧
  [pul-ba-te nae-eo-no-ta]

- 타다 騎乘
  [ta-da]

- 갈증이 나다 口渴
  [gal-jjeung-i na-da] 〈渴症 -〉

| B | **Where**
在沙漠的哪裡？

- 오아시스 綠洲
  [o-a-si-seu] 〈oasis〉

- 호수 湖泊
  [ho-su] 〈湖水〉

- 생수 泉水
  [saeng-su] 〈生水〉

- 텐트 帳篷
  [ten-teu] 〈tent〉

- 우물 水井
  [u-mul]

- 사구 沙丘
  [sa-gu] 〈砂丘〉

- 선인장 仙人掌
  [seo-nin-jang] 〈仙人掌〉

- 낙타 駱駝
  [nak-ta] 〈駱駝〉

- 코브라 眼鏡蛇
  [ko-beu-ra] 〈cobra〉

- 자칼 胡狼
  [ja-kal] 〈jackal〉

- 방울뱀 響尾蛇
  [bang-ul-baem]

- 모래 沙子
  [mo-rae]

- 전갈 蠍子
  [jeon-gal] 〈全蠍〉

- 뱀 [baem] 蛇

種類

열대사막
熱帶沙漠

아열대사막
亞熱帶沙漠

| C | How
如何形容沙漠的東西？

- 냉혈의 冷血的
  [naeng-hyeo-rui] 〈冷血 -〉

- 위험하다 危險的
  [wi-heom-ha-da] 〈危險 -〉

- 건조하다 乾燥的；乾旱的
  [geon-jo-ha-da] 〈乾燥 -〉

- 먼지투성이다 佈滿灰塵的
  [meon-ji-tu-seong-i-da]

- 치명적인 致命的
  [chi-myeong-jeo-gin] 〈致命 -〉

- 덥다 熱的；高溫的
  [deop-tta]

- 부족하다 稀少的；不足的
  [bu-jo-ka-da] 〈不足 -〉

| D | Something
在沙漠有什麼？

- 캐러밴 旅行隊；車隊
  [kae-reo-baen] 〈caravan〉

- 사막화 沙漠化
  [sa-ma-kwa] 〈沙漠化〉

- 지프차 吉普車
  [ji-peu-cha] 〈jeep 車〉

- 신기루 海市蜃樓
  [sin-gi-ru] 〈蜃氣樓〉

- 천연 가스 天然氣
  [sin-gi-ru] 〈天然 gas〉

- 석유 石油
  [seo-gyu] 〈石油〉

- 모래 폭풍 沙塵暴
  [mo-rae pok-pung] 〈- 暴風〉

活用關鍵字 ：可用表格中的部分字彙替換

1. 텐트를 치다
   搭帳篷 → A

2. 유독성의 전갈
   有毒的蠍子 → B

3. 건조공기
   乾燥的空氣 → C

4. 큰 유전
   廣大的油田 → D

種類

아시아열대우림
亞洲熱帶雨林

아프리카열대우림
非洲熱帶雨林

| A | What
在熱帶雨林做什麼？

- 베어 버리다 砍倒
  [be-eo beo-ri-da]

- 베다 砍・割
  [be-da]

- 사라지다 消失
  [sa-ra-ji-da]

- 호위하다 護送
  [ho-wi-ha-da]〈護衛 -〉

- 모으다 採集
  [mo-eu-da]

- 사냥하다 捕獵
  [sa-nyang-ha-da]

- 안내하다 領路
  [an-nae-ha-da]〈案內 -〉

- 벌목하다 伐（木）
  [beol-mo-ka-da]〈伐木 -〉

- 밀렵하다 盜獵
  [mil-lyeo-pa-da]〈密獵 -〉

- 금지하다 禁止
  [geum-ji-ha-da]〈禁止 -〉

- 보호하다 保護
  [bo-ho-ha-da]〈保護 -〉

- 비가 오다 下雨
  [bi-ga o-da]

- 젓다 划船
  [jeot-tta]

- 구하다 拯救
  [gu-ha-da]〈救 -〉

| B | Something
在熱帶雨林有什麼？

- 대류비 對流雨
  [dae-ryu-bi]〈對流 -〉

- 크로커다일 鱷魚
  [keu-ro-keo-da-il]〈crocodile〉

- 전기톱 電鋸
  [jeon-gi-top]〈電器 -〉

- 상록수 常綠樹
  [sang-nok-ssu]〈常綠樹〉

- 양치식물 蕨類植物
  [yang-chi-sing-mul]
  〈羊齒植物〉

- 정글 叢林
  [jeong-geul]〈jungle〉

- 이끼 [i-kki] 苔蘚

- 피라냐 食人魚
  [pi-ra-nya]〈piranha〉

- 비단뱀 蟒蛇
  [bi-dan-baem]

- 엽총 獵槍
  [yeop-chong]〈獵銃〉

- 관목 灌木
  [gwan-mok]〈灌木〉

- 청개구리 樹蛙
  [cheong-gae-gu-ri]〈青 -〉

- 부족 部落
  [bu-jok]〈部族〉

- 바인 藤蔓
  [ba-in]〈vine〉

아마존열대우림
亞馬遜熱帶雨林

| C | How
如何形容雨林的東西？

- **다양하다** 多樣化的
  [da-yang-ha-da]〈多樣 -〉

- **멸종 위기** 瀕臨絕種的
  [myeol-jong wi-gi]〈滅種危機〉

- **욕심 많다** 貪婪的
  [yok-ssim man-ta]〈慾心 -〉

- **덥다** [deop-tta] 炎熱的

- **습하다** 濕熱的
  [seu-pa-da]〈濕 -〉

- **진흙투성이다** 泥濘的
  [jin-heuk-tu-seong-i-da]

- **비가 많이 오다** 多雨的
  [bi-ga ma-ni o-da]

- **드물다** 稀有的
  [deu-mul-da]

| D | Who
在熱帶雨林有誰？

- **토착 인종** 土著；原住民
  [to-chak in-jong]
  〈土著人種〉

- **모험가** 探險家
  [mo-heom-ga]〈冒險家〉

- **생물학자** 生物學家
  [saeng-mul-hak-jja]
  〈生物學者〉

- **식물학자** 植物學家
  [sing-mul-hak-jja]
  〈植物學者〉

- **미생물학자** 微生物學家
  [mi-saeng-mul-hak-jja]
  〈微生物學者〉

- **밀렵꾼** 盜獵者
  [mil-lyeop-kkun]〈密獵 -〉

活用關鍵字 可用表格中的部分字彙替換

1. **나무를** 베다
   砍樹 → A
2. **피라냐를** 잡다
   抓到一隻食人魚 → B
3. **멸종 위기에 처한** 물종
   瀕臨絕種的物種 → C
4. **박학한** 생물학자
   博學的生物學家 → D

625

92 극지 極地

種類

남극
南極

북극
北極

| A | **What**
在極地做什麼？

- 잡다 捕；捉
  [jap-tta]

- 실시하다 實施；進行
  [sil-si-ha-da] 〈實施 -〉

- 끌다 拖曳
  [kkeul-tta]

- 탐구하다 探索
  [tam-gu-ha-da] 〈探求 -〉

- 떨어지다 落下
  [tteo-reo-ji-da]

- 얼다 [eol-da] 結冰

- 사냥하다 打獵
  [sa-nyang-ha-da]

- 서식하다 棲息
  [seo-si-ka-da] 〈棲息〉

- 녹다 融冰；融化
  [nok-tta]

- 사라지다 融掉
  [sa-ra-ji-da]

- 관찰하다 觀測
  [gwan-chal-ha-tta] 〈觀察 -〉

- 미끄러뜨리다 滑動；崩塌
  [mi-kkeu-reo-tteu-ri-da]

- 스키 滑雪
  [seu-ki] 〈ski〉

- 눈이 오다 下雪
  [nu-ni o-da]

| B | **Something**
在極地有什麼？

- 북극 곤들매기 紅點鮭
  [buk-kkeuk gon-deul-mae-kki]

- 극광 極光
  [geuk-kkwang] 〈極光〉

- 빙하 冰河
  [bing-ha] 〈冰河〉

- 아이스산 冰山
  [a-i-seu-san] 〈ice 山〉

- 빙원 冰帽
  [bing-won] 〈冰原〉

- 대륙빙하 冰原
  [dae-ryuk-pping-ha]
  〈大陸冰河〉

- 무스 麋鹿
  [mu-seu] 〈moose〉

- 관측소 觀測站
  [gwan-cheuk-sso] 〈觀測所〉

- 펭귄 企鵝
  [peng-gwin] 〈penguin〉

- 북극곰 北極熊
  [buk-kkeuk-kkom] 〈北極 -〉

- 썰매개 雪橇犬
  [sseol-mae-gae]

- 썰매 雪橇
  [sseol-mae]

- 눈보라 暴風雪
  [nun-bo-ra]

同義字

극권
極圈

C | Who 在極地有誰?	**D | How** 如何形容極地的人或物?

C \| Who 在極地有誰?

- 생물학자 生物學家
  [saeng-mul-hak-jja]〈生物學者〉

- 생태학자 生態學家
  [saeng-tae-hak-jja]〈生態學者〉

- 에스키모인 愛斯基摩人
  [e-seu-ki-mo-in]
  〈愛斯基摩人〉

- 탐험가 探險家
  [tam-heom-ga]〈探險家〉

- 기상학자 氣象學家
  [gi-sang-hak-jja]〈氣象學者〉

- 과학가 科學家
  [gwa-hak-kka]〈科學家〉

- 동물학자 動物學家
  [dong-mul-hak-jja]
  〈動物學者〉

D \| How 如何形容極地的人或物?

- 이상하다 異常的
  [i-sang ha-da]〈異常 -〉

- 춥다 寒冷的
  [chup-tta]

- 캠프를 만들다 駐紮的
  [kaem-peu-reul man-deul-tta]
  〈camp-〉

- 경험이 있다 有經驗的
  [gyeong-heo-mi it-tta]〈經驗 -〉

- 맹렬하다 兇猛的;猛烈的
  [maeng-nyeol-ha-da]〈猛烈 -〉

- 내한성의 耐寒的
  [nae-han-seong-ui]〈耐寒性 -〉

- 야생의 野生的
  [ya-saeng-ui]〈野生 -〉

活用關鍵字 可用表格中的部分字彙替換

1. 눈이 녹고 있다
   雪正在融化 → A
2. 북극곰은 멸종 위기에 처해있다
   北極熊正瀕臨絕種 → B
3. 야영한 생태학자
   駐紮的生態學家 → C
4. 야생동물
   野生的動物 → D

627

沙漠化

- 호수는 바싹 마르다
  湖泊乾涸
- 오아시스를 줄어들다
  綠洲縮小

蛇的動作

- 나뭇가지에 도르르 감기다
  纏繞在一根樹枝上
- 혀를 불쑥 내밀다
  吐信

凍傷

- 동상을 일으키다
  被凍傷
- 동상을 치료하다
  治療凍傷

1 …可能導致沙漠化。

氣候變遷可能導致沙漠化。

기후 변화에 인해서 사막화를 발생할 수 있습니다 .

오랜 가뭄	과도방목	지나친 경작
長期乾旱	過度放牧	過度耕作

2 嚮導帶領我們…。

嚮導帶領我們橫越沙漠。

가이드는 우리를 데리고 사막을 건너했습니다 .

열대 우림에 깊이 이동가다	원주민 부족을 방문하다
深入熱帶雨林	拜訪原住民部落

3 我需要…來保持身體暖和。

我需要喝點熱湯來保持身體暖和。

내 몸을 따뜻하게 유지하기 위해 뜨거운 국물을 마실 필요가 있습니다 .

운동을 좀 하다	뜨거운 목욕을 하다	매운 음식을 좀 먹다
做點運動	洗個熱水澡	吃一些辣的食物

93 태양계 太陽系

種類

내태양계
內太陽系

외태양계
外太陽系

| A | **What**
在太陽系做什麼？

- 중지하다 中止
  [jung-ji-ha-da] 〈中止 -〉

- 고장 나다 壞掉
  [go-jang na-da] 〈故障 -〉

- 추락하다 墜毀
  [chu-ra-ka-da] 〈墜落 -〉

- 터지다 爆炸
  [teo-ji-da]

- 탐구하다 探索
  [tam-gu-ha-da] 〈探求 -〉

- 떠가다 飄浮
  [tteo-ga-da]

- 비행하다 航行
  [bi-haeng-ha-da] 〈飛行 -〉

- 등륙하다 登陸
  [deung-nyu-ka-da] 〈登陸 -〉

- 움직이다 移動；運行
  [um-ji-gi-da]

- 관측하다 觀測
  [gwan-cheu-ka-da] 〈觀測 -〉

- 궤도를 돌다 沿軌道運行
  [gwe-do-reul ttol-da] 〈軌道 -〉

- 돌아오다 返回
  [do-ra-o-da]

- 달이 이지러지다 （月）缺
  [da-ri i-ji-reo-ji-da]

- 달이 차다 （月）圓；漸滿
  [da-ri cha-da]

| B | **Something**
在太陽系有什麼？

- 인공위성 人造衛星
  [in-gong-wi-seong]
  〈人工衛星〉

- 애트머스피어 大氣層
  [ae-teu-meo-seu-pi-eo]
  〈atmosphere〉

- 블랙홀 黑洞
  [beul-lae-kol] 〈black hole〉

- 혜성 彗星
  [hye-seong] 〈彗星〉

- 별자리 星座
  [byeol-ja-ri]

- 왜소행성 矮行星
  [wae-so-haeng-seong]
  〈矮小行星〉

- 중력 重力
  [jung-nyeok] 〈重力〉

- 운성체 隕石
  [un-seong-che] 〈隕星體〉

- 궤도 軌道
  [gwe-do] 〈軌道〉

- 행성 行星
  [haeng-seong] 〈行星〉

- 우주 왕복선 太空梭
  [u-ju wang-bok-sseon]
  〈宇宙往復船〉

- 우주선 太空船
  [u-ju-seon] 〈宇宙船〉

相關字

우주
宇宙

은하계
銀河系

| C | Who
在太陽系有誰?

- 천체 물리학자
  [cheon-che mul-li-hak-jja]
  天體物理學家
  〈天體物理學家〉

- 우주 비행사 太空人
  [u-ju bi-haeng-sa]
  〈宇宙飛行士〉

- 물리학자 物理學家
  [mul-li-hak-jja] 〈物理學者〉

- 과학자 科學家
  [gwa-hak-jja] 〈科學者〉

- 우주 항공 기술자
  [u-ju hang-gong gi-sul-ja]
  航太工程師〈宇宙航空技術者〉

- 이론 물리학자
  [i-ron mul-li-hak-jja]
  理論物理學家〈理論物理學者〉

| D | Where
在太陽系的哪裡?

- 소행성대 小行星帶
  [so-haeng-seong-dae]
  〈小行星帶〉

- 황도면 黃道面
  [hwang-do-myeon] 〈黃道面〉

- 지구 地球
  [ji-gu] 〈地球〉

- 수성 水星
  [su-seong] 〈水星〉

- 달 [dal] 月亮;月球

- 해왕성 海王星
  [hae-wang-seong] 〈海王星〉

- 태양 太陽
  [tae-yang] 〈太陽〉

- 천왕성 天王星 〈天王星〉
  [cheo-nwang-seong]

活用關鍵字) 可用表格中的部分字彙替換

1. 우주에서 비행하다
   在太空中航行 → A
2. 우주선을 수리하다
   修理太空船 → B
3. 천재 과학자
   天才科學家 → C
4. 수성을 탐구하다
   探索水星 → D

94 하늘 天空

類義字

천당
天堂

창공
蒼穹

A	**What** 在天空做什麼？	B	**Something** 在天空有什麼？

A | What 在天空做什麼？

- 생기다 出現
  [saeng-gi-da]

- 불다 吹
  [bul-da]

- 사라지다 消失
  [sa-ra-ji-da]

- 떨어지다 落下（雨滴）
  [tteo-reo-ji-da]

- 떠가다 飄
  [tteo-ga-da]

- 파닥이다 拍動（翅膀）
  [pa-da-gi-da]

- 날다 [nal-tta] 飛

- 내리다 下冰雹
  [nae-ri-da]

- 진정시키다 平息
  [jin-jeong-si-ki-da] 〈鎮定-〉

- 비가 오다 下雨
  [bi-ga o-da]

- 받다 接收
  [bat-tta]

- 뜨다 升起
  [tteu-da]

- 치다 （閃電）擊中
  [chi-da]

- 눈이 오다 下雪
  [nu-ni o-da]

B | Something 在天空有什麼？

- 비행기 飛機
  [bi-haeng-gi] 〈飛行機〉

- 풍선 氣球
  [pung-seon] 〈風船〉

- 새 [sae] 鳥

- 비둘기 鴿子
  [bi-dul-gi]

- 참새 麻雀
  [cham-sae]

- 제비 燕子
  [je-bi]

- 글라이더 滑翔翼
  [geul-la-i-deo] 〈glider〉

- 열기구 熱汽球
  [yeol-gi-gu] 〈熱汽球〉

- 헬리콥터 直昇機
  [hel-li-kop-teo] 〈helicopter〉

- 번개 閃電
  [beon-gae]

- 미사일 飛彈
  [mi-sa-il] 〈missile〉

- 낙하산 降落傘
  [na-ka-san] 〈落下傘〉

- 유성 流星
  [yu-seong] 〈流星〉

- 천둥 雷
  [cheon-dung]

대기
大氣

C	**How** 如何形容天空?	D	**Where** 在天空的哪裡?

C | How 如何形容天空?

- 변덕스럽다 善變的〈變德-〉
  [byeon-deok-sseu-reop-tta]

- 맑다 晴朗的
  [mak-tta]

- 간헐적이다 間歇的
  [gan-heol-jeo-gi-da]〈間歇的-〉

- 비가 많이 오다
  [bi-ga ma-ni o-da]
  陰雨的,多雨的

- 작다 小的,少的
  [jak-tta]

- 튼튼하다 強烈的
  [teun-teun-ha-da]

- 끊임없다 持續不斷的
  [kkeu-ni-meop-tta]

- 흐림 [heu-rim] 陰

D | Where 在天空的哪裡?

- 구름 雲
  [gu-reum]

- 달 [dal] 月亮

- 오존층 臭氧層
  [o-jon-cheung]〈ozone 層〉

- 무지개 彩虹
  [mu-ji-gae]

- 별 [byeol] 星星

- 성층권 平流層〈成層圈〉
  [seong-cheung-gwon]

- 태양 太陽
  [tae-yang]〈太陽〉

- 대류권 對流層
  [dae-ryu-gwon]〈對流圈〉

- 기압골 氣壓槽
  [gi-ap-kkol]〈氣壓-〉

活用關鍵字 可用表格中的部分字彙替換

1. 비가 많이 오다
   雨下得很大 → A

2. 새이 그들의 날개를 파닥이다
   鳥兒拍動他們的翅膀 → B

3. 일 주일 동안 끊임없이 계속 비가 오다
   一週持續不斷的降雨 → C

4. 성층권에서 비행하다
   航行在平流層 → D

太空梭

◆ 우주복을 착용
穿著太空衣
◆ 무중력 상태에서 뜨다
漂浮在無重力狀態

太空任務

◆ 임무 중단
中止任務
◆ 임무 완성
完成任務

降落傘

◆ 낙하산을 투하하다
打開降落傘
◆ 착륙하고 있는 낙하산
正在著陸的降落傘

1 …繞著太陽轉動。
行星繞著太陽轉動。
행성들이 태양을 선회합니다 .

우주 먼지	위성	소행성
宇宙塵埃	衛星	小行星

2 透過我們的肉眼可以看到…。
透過我們的肉眼可以看到許多天體。
우리의 육안으로 많은 천체를 볼 수 있습니다 .

북두칠성	유성우	일식
北斗七星	流星雨	日蝕

3 我看到…上空。
我看到一架飛機飛過上空。
나는 한 비행기가 하늘을 가로질러 나는 것을
봤습니다 .

한 슈팅 스타가 가로질러 날다	풍선이 떠오르다	한 떼의 철새 가 날아가다
一顆流星飛過	一顆氣球飄過	一群候鳥飛過

單複數

한 성관
一個城堡

두 성관
兩個城堡

| A | **What**
在城堡做什麼？

- **점유하다** 俘虜；攻占
  [jeo-myu-ha-da] 〈佔有 -〉

- **오르다‧내리다**
  爬上/下（梯子）
  [o-reu-da/nae-ri-da]

- **꾸미다** 裝飾
  [kku-mi-da]

- **들다** 進入
  [deul-tta]

- **떠나다** 離開
  [tteo-na-da]

- **눕다** 躺
  [nup-tta]

- **어정거리다** 閒逛
  [eo-jeong-geo-ri-da]

- **관리하다** 管理
  [gwal-li-ha-da] 〈管理 -〉

- **바라보다** 俯視；眺望
  [ba-ra-bo-da]

- **당기다** 拉起
  [dang-gi-da]

- **내려놓다** 放下
  [nae-ryeo-no-ta]

- **개조하다** 修復；翻新
  [gae-jo-ha-da] 〈改造 -〉

- **우뚝 솟아있다** 高聳‧屹立
  [u-ttuk so-sa-it-tta]

| B | **Where**
在城堡的哪裡？

- **베일리** 城堡外牆
  [be-il-li] 〈bailey〉

- **회랑** 迴廊
  [hoe-rang] 〈迴廊〉

- **도개교** 活動式吊橋
  [do-gae-gyo] 〈跳開橋〉

- **분수** 噴水池
  [bun-su] 〈噴水〉

- **본관** 主樓
  [bon-gwan] 〈本館〉

- **연회장** 宴會廳
  [yeon-hoe-jang] 〈宴會場〉

- **벽난로** 壁爐
  [byeong-nal-lo] 〈壁暖爐〉

- **해자** 護城河
  [hae-ja] 〈垓字〉

- **주택지의 탑** 住宅塔樓
  [ju-taek-jji-ui tap]
  〈住宅地 - 塔〉

- **방** [bang] 房間 〈房〉

- **나선형 계단** 旋轉梯
  [na-seon-hyeong gye-dan]
  〈螺旋型階段〉

- **비밀 통로** 祕密地道
  [bi-mil tong-no] 〈祕密通路〉

- **감시탑** 瞭望塔
  [gam-si-tap] 〈監視塔〉

種類

고딕식의 성
哥德式城堡

르네상스식의 성
文藝復興式城堡

| C | **How**
如何形容城堡？

- 고대의 古老的
  [go-dae-ui] 〈古代 -〉
- 장관의 壯觀的
  [jang-gwa-nui] 〈壯觀 -〉
- 내부의 內部的
  [nae-bu-ui] 〈內部 -〉
- 웅대하다 雄偉的
  [ung-dae-ha-da] 〈雄大 -〉
- 외부의 外部的
  [oe-bu-ui] 〈外部 -〉
- 폐허가 되다 成為廢墟的
  [pye-heo-ga doe-da] 〈廢墟 -〉
- 튼튼하다 堅固的
  [teun-teun-ha-da]
- 전통적이다 傳統的
  [jeon-tong-jeo-gi-da] 〈傳統的 -〉

| D | **Something**
在城堡有誰？

- 성관 키퍼 城堡管理員
  [seong-gwan ki-peo]
  〈城館 keeper〉
- 장군 將軍
  [jang-gun] 〈將軍〉
- 경비원 侍衛
  [gyeong-bi-won] 〈警備員〉
- 하우스키퍼 管家
  [ha-u-seu-ki-peo]
  〈housekeeper〉
- 기사 騎士
  [gi-sa] 〈騎士〉
- 귀족 貴族
  [gwi-jok] 〈貴族〉
- 병사 士兵
  [byeong-sa] 〈兵士〉

活用關鍵字 可用表格中的部分字彙替換

1. 성을 수복하다
   修復**城堡** → A
2. 연회 홀을 구경하다
   參觀宴會廳 → B
3. 심하게 망친 건물
   嚴重受損的建築物 → C
4. 용감한 장군
   英勇的將軍 → D

637

單複數

한 궁전
一個宮殿

두 궁전
兩個宮殿

| A | **What** 在宮殿做什麼？

- 절하다 鞠躬
  [jeol-ha-da]

- 수여하다 授予
  [su-yeo-ha-da] 〈授予 -〉

- 지배하다 控制
  [ji-bae-ha-da] 〈支配 -〉

- 대관하다 加冕
  [dae-gwan-ha-da] 〈戴冠 -〉

- 선포하다 宣布
  [seon-po-ha-da] 〈宣布 -〉

- 퇴위시키다 罷黜
  [toe-wi-si-ki-da] 〈退位 -〉

- 진열하다 陳列
  [ji-nyeol-ha-da] 〈陳列 -〉

- 쥐다 [jwi-da] 掌握

- 치리하다 治理
  [chi-ri-ha-da] 〈治理 -〉

- 경례를 하다 向…行禮
  [gyeong-nye-reul ha-da]
  〈敬禮 -〉

- 서명하다 簽署
  [seo-myeong-ha-da] 〈署名 -〉

- 사직하다 辭職；下野
  [sa-ji-ka-da] 〈辭職 -〉

- 계위하다 繼位
  [gye-wi-ha-da] 〈繼位 -〉

| B | **Something** 在宮殿有什麼？

- 에술작품진열실
  [e-sul-jak-pum-ji-nyeol-sil]
  藝術作品陳列室
  〈藝術作品陳列室〉

- 골동품 古董
  [gol-dong-pum] 〈骨董品〉

- 벽화 壁畫
  [byeo-kwa] 〈壁畫〉

- 초상화 肖像畫
  [cho-sang-hwa] 〈肖像畫〉

- 조각상 雕像
  [jo-gak-ssang] 〈- 像〉

- 정원 花園
  [jeong-won] 〈庭院〉

- 대청 大廳
  [dae-cheong] 〈大廳〉

- 샹들리에 吊燈
  [syang-deul-li-e] 〈chandelier〉

- 왕관 王冠
  [wang-gwan] 〈王冠〉

- 왕의 망토 皇袍
  [wang-ui mang-to] 〈王 -〉

- 권장 權杖
  [gwon-jang] 〈權杖〉

- 왕좌 王座
  [wang-jwa] 〈王座〉

類義字

궁궐
皇宮

성
城堡

| C | **Who**
在宮殿有誰？

- 귀족 貴族
  [gwi-jok]〈貴族〉

- 비빈 妃嬪
  [bi-bin]〈妃嬪〉

- 황태자 王儲
  [hwang-tae-ja]〈皇太子〉

- 농신 弄臣
  [nong-sin]〈弄臣〉

- 국왕 國王
  [gu-gwang]〈國王〉

- 왕자 王子
  [wang-ja]〈王子〉

- 공주 公主
  [gong-ju]〈公主〉

- 왕후 皇后
  [wang-hu]〈皇后〉

| D | **How**
如何形容宮殿的人或物？

- 오만하다 傲慢的
  [o-man-ha-da]〈傲慢 -〉

- 인자하다 仁慈的
  [in-ja-ha-da]〈仁慈 -〉

- 매력적이다 迷人的
  [mae-ryeok-jjeo-gi-da]〈魅力的 -〉

- 잔인하다 殘酷的
  [ja-nin-ha-da]〈殘酷 -〉

- 교활하다 狡猾的
  [gyo-hwal-ha-da]〈狡猾 -〉

- 장려하다 富麗堂皇的
  [jang-nyeo-ha-da]〈壯麗 -〉

- 사화하다 奢華的
  [sa-hwa-ha-da]〈奢華 -〉

- 상냥하다 和藹的
  [sang-nyang-ha-da]

活用關鍵字 可用表格中的部分字彙替換

1. 왕위에 오르다
   登上王位 → A

2. 조금 골동품을 진열하다
   陳列一些古董 → B

3. 멋진 왕자
   英俊的王子 → C

4. 오만한 여왕
   傲慢的皇后 → D

單複數

한 유적지
一個遺跡

두 유적지
兩個遺跡

A | What
在遺跡做什麼？

- 감정하다 鑑定
  [gam-jeong-ha-da] 〈鑑定 -〉

- 브러시하다 刷掉
  [beu-reo-si-ha-da] 〈brush-〉

- 묻다 [mut-tta] 埋

- 파괴하다 破壞
  [pa-goe-ha-da] 〈破壞 -〉

- 시대를 확인하다 確定年代
  [si-dae-reul hwa-gin-ha-da]
  〈時代確認 -〉

- 부란하다 腐爛；破敗
  [bu-ran-ha-da] 〈腐爛 -〉

- 캐내다 （從土中）挖出
  [kae-nae-da]

- 파다 [pa-da] 挖掘，開鑿

- 탐사하다 探勘
  [tam-sa-ha-da] 〈探查 -〉

- 고치다 [go-chi-da] 修復

- 기록 記錄
  [gi-rok] 〈記錄〉

- 도취하다 盜取
  [do-chwi-ha-da] 〈盜取 -〉

- 촬영하다 拍攝
  [chwa-ryeong-ha-da] 〈攝影 -〉

- 추측하다 推測，推斷
  [chu-cheu-ka-da] 〈推測 -〉

B | Something
在遺跡有什麼？

- 고대건축 古建築
  [go-dae-geon-chuk] 〈古代建築〉

- 신전 神殿
  [sin-jeon] 〈神殿〉

- 피라미드 金字塔
  [pi-ra-mi-deu] 〈pyramid〉

- 묘실 墓室
  [myo-sil] 〈墓室〉

- 관 棺材
  [gwan] 〈棺〉

- 미라 木乃伊
  [mi-ra] 〈Mira〉

- 저주받다 詛咒
  [jeo-ju-bat-tta] 〈詛咒 -〉

- 화석 化石
  [hwa-seok] 〈化石〉

- 배장품 陪葬品
  [bae-jang-pum] 〈陪葬品〉

- 벽화 壁畫
  [byeo-kwa] 〈壁畫〉

- 석제조각 石雕
  [seok-jje-jo-gak] 〈石梯雕刻〉

- 석비 石柱；石碑
  [seok-ppi] 〈石碑〉

- 비문 碑文
  [bi-mun] 〈碑文〉

種類

역사적 유적
歷史遺跡

선사 시대의 유적
史前遺跡

| C | **Who**
在遺跡有誰?

- 고고학자 考古學家
  [go-go-hak-jja] 〈考古學者〉

- 안내원 導覽人員
  [an-nae-won] 〈案內員〉

- 사학자 歷史學家
  [sa-hak-jja] 〈史學者〉

- 현지 안내원 地陪
  [hyeon-ji an-nae-won]
  〈現地案內員〉

- 고생물학자 古生物學家
  [go-saeng-mul-hak-jja]
  〈古生物學者〉

- 침입자 入侵者；搶劫者
  [chi-mip-jja] 〈侵入者〉

- 학자 （人文）學者
  [hak-jja] 〈學者〉

| D | **How**
如何形容遺跡的人或物?

- 조심스럽다 謹慎地
  [jo-sim-seu-reop-tta] 〈小心-〉

- 손괴하다 損壞的
  [son-goe-ha-da] 〈損壞-〉

- 탐욕스럽다 貪婪的〈貪慾-〉
  [ta-myok-sseu-reop-tta]

- 늙다 [neuk-tta] 古老的

- 진귀하다 珍貴的
  [jin-gwi-ha-da] 〈珍貴-〉

- 전문적이다 專業地
  [jeon-mun-jeo-gi-da]
  〈專門的-〉

- 드물다 稀有的
  [deu-mul-da]

- 느리다 緩慢地
  [neu-ri-da]

活用關鍵字　可用表格中的部分字彙替換

1. 지하 궁전을 탐험하다
   探勘地底宮殿 → A
2. 새 성전을 발견하다
   發現一個新的神殿 → B
3. 가이드를 고용하다
   雇用一個導覽人員 → C
4. 조심스럽게 화석을 처리하다
   謹慎地處理化石 → D

戰事

- 전쟁을 선포하다
  宣戰
- 휴전을 선언하다
  宣佈停火

作戰

- 성이 공격을 받고 있다
  城堡被圍攻
- 적과 싸우다
  與敵軍對抗

加冕

- 왕의 자리에 오르다
  加冕為王
- 왕에게 절하다
  向國王鞠躬

1 …有開放參觀嗎？

這座城堡的教堂有開放參觀嗎？

이 성의 예배당 구경을 개방합니까?

성의 병기실	성의 본관	가족 묘지
城堡的兵器室	城堡主樓	家族墓園

2 國王在皇宮接見…。

國王在皇宮接見外賓。

국왕은 궁전에서 외국 손님을 접견하고 있습니다.

상원 의원	무역 사절단	외국 사신
參議員	貿易訪問團	外國使節

3 考古學家挖出了…。

考古學家挖出了恐龍化石。

고고학자가 공룡 화석을 발굴했습니다.

새로 발견 한 물종	테라코타	지하에 파묻힌 도시
一種新發現的物種	兵馬俑	埋在 地下的城市

單複數

한 결혼식
一場婚禮

두 결혼식
兩場婚禮

A | What
在婚宴上做什麼？

- 절하다 鞠躬
  [jeol-ha-da]

- 음식을 공급하다 設宴款待
  [eum-si-geul kkong-geu-pa-da] 〈飲食供給 ->

- 이혼하다 離婚
  [i-hon-ha-da] 〈離婚 ->

- 달아나다 私奔
  [da-ra-na-da]

- 약혼하다 訂婚
  [ya-kon-ha-da] 〈訂婚 ->

- 교환하다 交換
  [gyo-hwan-ha-da] 〈交換 ->

- 녹화하다 錄影
  [no-kwa-ha-da] 〈錄畫 ->

- 환영하다 迎賓
  [hwa-nyeong-ha-da] 〈歡迎 ->

- 초대하다 邀請
  [cho-dae-ha-da] 〈招待 ->

- 키스 親吻
  [ki-seu] 〈kiss〉

- 들어 올리다 掀
  [deu-reo ol-li-da]

- 결혼하다 結婚
  [gyeol-hon-ha-da] 〈結婚 ->

- 주재하다 主持
  [ju-jae-ha-da] 〈主宰 ->

- 던지다 [deon-ji-da] 丟

B | Something
在婚宴上有什麼？

- 부토니에르 男性禮花
  [bu-to-ni-e-reu]
  〈boutonniere〉

- 축하금 禮金
  [chu-ka-geum] 〈祝賀金〉

- 샴페인 香檳
  [syam-pe-in] 〈champagne〉

- 코르사주 女性胸花
  [ko-reu-sa-ju] 〈corsage〉

- 꽃바구니 花籃
  [kkot-ppa-gu-ni]

- 고블릿 高腳杯
  [go-beul-lit] 〈goblet〉

- 오케스트라 管弦樂隊
  [o-ke-seu-teu-ra] 〈orchestra〉

- 펀치용 사발 調酒缸
  [peon-chi-yong sa-bal]
  〈punch 用沙鉢〉

- 칵테일 雞尾酒
  [kak-te-il] 〈cocktail〉

- 턱시도 燕尾服
  [teok-ssi-do] 〈tuxedo〉

- 혼례용 예복 結婚禮服
  [hol-lye-yong ye-bok]
  〈結婚用禮服〉

- 베일 頭紗
  [be-il] 〈veil〉

- 청첩장 喜帖 〈請牒狀〉
  [cheong-cheop-jjang]

同義字

결혼 피로연
婚宴

| C | *What Kind*
有哪些結婚習俗？

- 독신파티 單身漢派對
  [dok-ssin-pa-ti] 〈獨身 party〉

- 신부값 聘金
  [sin-bu-gap] 〈新婦 -〉

- 신부파티 新娘聚會
  [sin-bu-pa-ti] 〈新婦 party〉

- 주석 酒席
  [ju-seok] 〈酒席〉

- 지참금 嫁妝
  [ji-cham-geum] 〈持參金〉

- 신혼여행 蜜月旅行
  [sin-ho-nyeo-haeng]
  〈新婚旅行〉

- 결혼 피로연 婚宴
  [gyeol-hon pi-ro-yeon]
  〈結婚披露宴〉

| D | *Who*
在婚宴上有誰？

- 들러리 伴郎
  [deul-leo-ri]

- 신부 新娘
  [sin-bu] 〈新婦〉

- 신부 들러리 伴娘
  [sin-bu deul-leo-ri] 〈新婦 -〉

- 신랑 新郎
  [sil-lang] 〈新郎〉

- 주례 主婚人
  [ju-rye] 〈主禮〉

- 접수 담당자 婚禮接待
  [jeop-ssu dam-dang-ja]
  〈接受擔當者〉

- 웨딩 플래너 婚禮策劃人
  [we-ding peul-lae-neo]
  〈wedding planner〉

活用關鍵字 可用表格中的部分字彙替換

1. 그 부부가 이혼하려고 하다
   那對夫妻打算離婚 → A

2. 베일을 조정하다
   調整頭紗 → B

3. 감상적인 신부 샤워
   感傷的新娘聚會 → C

4. 나의 신부 들러리가 되겠습니까?
   你願意當我的伴娘嗎？ → D

單複數

한 장례식
一場葬禮

두 장례식
兩場葬禮

| A | **What**
在葬禮上做什麼？

- 마련하다 安排
  [ma-ryeon-ha-da]

- 참석하다 出席
  [cham-seo-ka-da] 〈參席 -〉

- 묻다 埋葬
  [mut-tta]

- 들고 있다 扛（棺木）
  [deul-kko it-tta]

- 화장하다 火葬
  [hwa-jang-ha-da] 〈火葬 -〉

- 연설하다 發表（演說）
  [yeon-seol-ha-da] 〈演說 -〉

- 방부 처리를 하다 防腐
  [bang-bu cheo-ri-reul ha-da]
  〈防腐處理 -〉

- 무덤에 안치하다
  [mu-deo-me an-chi-ha-da]
  置入墓穴〈- 安置 -〉

- 상중 服喪
  [sang-jung] 〈喪中〉

- 기도하다 祈禱
  [gi-do-ha-da] 〈祈禱 -〉

- 안식하다 安息
  [an-si-ka-da] 〈安息 -〉

- 흐느껴 울다 啜泣
  [heu-neu-kkyeo ul-da]

- 운송하다 運送
  [un-song-ha-da] 〈運送 -〉

| B | **Something**
在葬禮上有什麼？

- 플래카드 布條
  [peul-lae-ka-deu] 〈placard〉

- 골회 骨灰
  [gol-hoe] 〈骨灰〉

- 관 棺木
  [gwan] 〈棺〉

- 파고다고둥 靈骨塔
  [pa-go-da-go-dung] 〈pagoda-〉

- 십자가 十字架
  [sip-jja-ga] 〈十字架〉

- 찬사 悼文
  [chan-sa] 〈讚辭〉

- 무덤 墓穴
  [mu-deom] 〈墓 -〉

- 영구차 靈車
  [yeong-gu-cha] 〈靈柩車〉

- 향 線香
  [hyang] 〈香〉

- 상복 喪服
  [sang-bok] 〈喪服〉

- 기도문 禱文
  [gi-do-mun] 〈祈禱文〉

- 위령 미사 追思彌撒
  [wi-ryeong mi-sa]
  〈慰靈 missa〉

- 묘비 墓碑
  [myo-bi] 〈廟碑〉

同義字

고별식
告別式

相關字

장례식장
殯儀館

| C | What Kind
有哪些葬禮習俗？

- 화장 火化
  [hwa-jang] 〈火葬〉

- 토장 土葬
  [to-jang] 〈土葬〉

- 추도식 追思會
  [chu-do-sik] 〈追悼式〉

- 부문 訃聞
  [bu-mun] 〈訃聞〉

- 식사 葬禮餐會
  [sik-ssa] 〈食事〉

- 감사 편지 感謝信
  [gam-sa pyeon-ji] 〈感謝便紙〉

- 전의 奠儀
  [jeo-nui] 〈奠儀〉

| D | Who
在葬禮上有誰？

- 송경그룹 誦經團
  [song-gyeong-geu-rup]
  〈誦經 group〉

- 먼 친척 遠親
  [meon chin-cheok] 〈- 親戚〉

- 직계가족 直系親屬
  [jik-kkye-ga-jok] 〈直系家族〉

- 장의사 殯葬業者
  [jang-ui-sa] 〈葬儀社〉

- 관을 옮기는 사람 抬棺者
  [gwa-neul om-gi-neun sa-ram]

- 신부 神父
  [sin-bu] 〈神父〉

- 도사 道士
  [do-sa] 〈道士〉

活用關鍵字 可用表格中的部分字彙替換

1. 사망자를 위해 기도하다
   為往生者祈禱 → A

2. 적합한 관을 선택하다
   挑選適合的棺木 → B

3. 화장을 채용하다
   採用火葬 → C

4. 무책임한 장의사
   不負責任的殯葬業者 → D

婚禮準備

◆ 청첩장을 돌리다
　寄發喜帖
◆ 웨딩드레스를 고르다
　挑選婚紗

婚禮

◆ 샴페인 타워
　香檳塔
◆ 웨딩 부케를 던지다
　丟新娘捧花

弔唁

◆ 사망자에게 경의를 표하다
　向往生者致敬
◆ 묵도하다
　默哀

1 **당신은 웨딩 드레스가 어떤 스타일을 원하십니까?**
您想要什麼款式的婚紗？
나는 그리스 여신 드레스로 원합니다.
我想走希臘女神風。

가슴 부분을 강화하는 디자인 強調低胸的設計	홀터넥 드레스 繞頸露背禮服	클래식 화이트 經典純白

2 **서로 어떻게 만났습니까?**
你們當初是怎麼認識的？
우리는 첫 눈에 사랑에 빠졌습니다.
我們是一見鍾情。

내 친구의 결혼식에서 만나다 在我認識的好友的 婚禮上	소개팅에서 만나다 相親認識的	세부 사항을 기억이 안 나다 我不記得細節了

3 **장례식 비용은 얼마 쓸 겁니까?**
我們會花多少錢在喪葬費上？
장의사에게 물어 봐야 합니다.
我們該問殯葬業者。

그것은 확실히 돈이 많이 들다 開銷勢必很大	우리는 감당할 수 있다고 생각하다 我們應該負擔得起	제일 어려운 부분이다 那是最棘手的部份

單複數

한 파티
一場派對

두 파티
兩場派對

| A | **What** 在派對上做什麼？ | B | **Something** 在派對上有什麼？ |

| A | **What** 在派對上做什麼？

- 꺼지다 吹熄
  [kkeo-ji-da]

- 환호하다 歡呼
  [hwan-ho-ha-da] 〈歡呼 -〉

- 꾸미다 裝飾
  [kku-mi-da]

- 마시다 喝酒；乾杯
  [ma-si-da]

- 초대하다 招待
  [cho-dae-ha-da] 〈招待 -〉

- 요청하다 邀請
  [yo-cheong-ha-da] 〈邀請 -〉

- 열다 [yeol-da] 打開

- 계획하다 籌畫
  [gye-hoe-ka-da] 〈計畫 -〉

- 붓다 倒 (飲料)
  [but-tta]

- 준비하다 準備
  [jun-bi-ha-da] 〈準備 -〉

- 누르다 壓 (飲料)
  [nu-reu-da]

- 교제하다 交際
  [gyo-je-ha-da] 〈交際 -〉

- 꿀꺽꿀꺽 삼키다 狼吞虎嚥
  [kkul-kkeok-kkul-kkeok sam-ki-da]

- 포장하다 包裝
  [po-jang-ha-da] 〈包裝 -〉

| B | **Something** 在派對上有什麼？

- 풍선 氣球
  [pung-seon] 〈風船〉

- 플래카드 橫幅 (布條)
  [peul-lae-ka-deu] 〈placard〉

- 샴페인 香檳
  [syam-pe-in] 〈champagne〉

- 양주 洋酒
  [yang-ju] 〈洋酒〉

- 칵테일 雞尾酒
  [kak-te-il] 〈cocktail〉

- 색종이 조각 五彩碎紙
  [saek-jjong-i jo-gak] 〈色 -〉

- 무도장 舞池
  [mu-do-jang] 〈舞蹈場〉

- 얼음통 冰桶
  [eo-reum-tong] 〈- 桶〉

- 통 맥주 桶裝啤酒
  [tong maek-jju] 〈桶麥酒〉

- 미러 볼 鏡球
  [mi-reo bol] 〈mirror ball〉

- 장식품 裝飾品
  [jang-sik-pum] 〈裝飾品〉

- 파티 모자 圓椎派對帽
  [pa-ti mo-ja] 〈party 帽子〉

- 거품 분무 泡沫噴劑
  [geo-pum bun-m] 〈- 噴霧〉

- 색 테이프 垂掛式彩帶
  [saek te-i-peu] 〈色 tape〉

種類

생일 파티
生日派對

변장 파티
化妝舞會

| C | **What Kind**
有哪些派對種類？

- 독신 파티 單身漢派對
  [dok-ssin pa-ti] 〈獨身 party〉
- 맥주 모임 啤酒聚會
  [maek-jju mo-im] 〈麥酒 -〉
- 송별회 歡送會
  [song-byeol-hoe] 〈送別會〉
- 여성들만의 파티 女性聚會
  [yeo-seong-deul-ma-nui pa-ti]
  〈女性 - party〉
- 집들이 喬遷派對
  [jip-tteu-ri]
- 포트럭 自帶餐點聚會
  [po-teu-reok] 〈potluck〉
- 축하 파티 祝賀派對
  [chu-ka pa-ti] 〈祝賀 party〉

| D | **Who**
在派對上有誰？

- 이벤트기획자 活動策畫人
  [i-ben-teu-gi-hoek-jja]
  〈event 企劃者〉
- 불청객 不速之客
  [bul-cheong-gaek] 〈不請客〉
- 손님 賓客
  [son-nim]
- 주인 主人
  [ju-in] 〈主人〉
- 파티고어 派對狂
  [pa-ti-go-eo] 〈partygoer〉
- 파티 왕 舞王
  [pa-ti wang] 〈party 王〉
- 파티 여왕 舞后
  [pa-ti yeo-wang] 〈party 女王〉

活用關鍵字　可用表格中的部分字彙替換

1. 선물 포장하다
   包裝**禮物** → A
2. 풍선을 조금 걸다
   懸掛一些**氣球** → B
3. 총각 파티에서 미쳐 날뛰다
   在**單身漢**派對**失控**了 → C
4. 좋아하는 파티 여왕에 투표하다
   投票給你喜愛的**舞后** → D

單複數

한 시상식
一場頒獎典禮

두 시상식
兩場頒獎典禮

| A | **What**
在頒獎典禮做什麼？

- 비평하다 批評
  [bi-pyeong-ha-da] 〈批評 -〉

- 껴안다 擁抱
  [kkyeo-an-da]

- 인터뷰 訪問
  [in-teo-byu] 〈interview〉

- 키스 親吻
  [ki-seu] 〈kiss〉

- 지명하다 提名
  [ji-myeong-ha-da] 〈指名 -〉

- 공연하다 表演
  [gong-yeon-ha-da] 〈公演 -〉

- 나와 드리다 呈現
  [na-wa deu-ri-da]

- 얻다 獲得
  [eot-tta]

- 긍정하다 肯定
  [geung-jeong-ha-da] 〈肯定 -〉

- 소리치다 尖叫
  [so-ri-chi-da]

- 흐느끼다 哽咽
  [heu-neu-kki-da]

- 스폰서 贊助
  [seu-pon-seo] 〈sponsor〉

- 방송하다 轉播
  [bang-song-ha-da] 〈放送 -〉

| B | **Something**
在頒獎典禮有什麼？

- 상 獎項
  [sang] 〈獎〉

- 상업 광고 電視廣告
  [sang-eop gwang-go]
  〈商業廣告〉

- 야회복 晚禮服
  [ya-hoe-bok] 〈夜會服〉

- 리무진 豪華禮車
  [ri-mu-jin] 〈limousine〉

- 후보 명단 入圍名單
  [hu-bo myeong-dan]
  〈候補名單〉

- 기자 회견 記者會
  [gi-ja hoe-gyeon] 〈記者會見〉

- 평론하다 評論
  [pyeong-non-ha-da] 〈評論 -〉

- 런다운 典禮流程
  [reon-da-un] 〈rundown〉

- 쇼 타임 表演時間
  [syo ta-im] 〈show time〉

- 생방송 實況轉播
  [saeng-bang-song] 〈生放送〉

- 시간대 節目時段
  [si-gan-dae] 〈時間帶〉

- 우승자 수락 연설 得獎感言
  [u-seung-ja su-rak yeon-seol]
  〈優勝者受諾演說〉

種類

아카데미 시상식
奧斯卡金像獎

그래미상
葛萊美獎

| C | **How**
如何形容名人服裝？

- 단조하다 單調的
  [dan-jo-ha-da] 〈單調 -〉

- 우아하다 優雅的
  [u-a-ha-da] 〈優雅 -〉

- 멋지다 帥氣的
  [meot-jji-da]

- 비공식적이다 不正式的
  [bi-gong-sik-jjeo-gi-da]
  〈非正式的 -〉

- 아줌마 같다 老氣的
  [a-jum-ma gat-tta]

- 시대에 뒤지다 過時的
  [si-dae-e dwi-ji-da] 〈時代 -〉

- 매끈하다 時髦的
  [mae-kkeun-ha-da]

| D | **Who**
在頒獎典禮有誰？

- 다크호스 黑馬得獎人
  [da-keu-ho-seu] 〈dark horse〉

- 사회자 主持人
  [sa-hoe-ja] 〈司會者〉

- 팬 [paen] 粉絲 〈fan〉

- 지명된 사람 入圍者 〈指名 -〉
  [ji-myeong-doen sa-ram]

- 연기자 表演者
  [yeon-gi-ja] 〈演技者〉

- 기자 記者
  [gi-ja] 〈記者〉

- 스타 明星
  [seu-ta] 〈star〉

- 수상자 得獎人
  [su-sang-ja] 〈受賞者〉

活用關鍵字 可用表格中的部分字彙替換

1. 수상자가 참을 수 없게 소리를 지르다
   得獎者忍不住尖叫了 → A
2. 인상이 깊은 광고
   令人印象深刻的廣告 → B
3. 많은 옷은 시대에 뒤지다
   許多禮服都過時了 → C
4. 내가 좋아하는 스타
   我最喜愛的明星 → D

653

派對結束

◆ 오늘은 그만합시다
今晚就到這裡為止吧

◆ 누군가를 호위하고 태워서 집에 보내다
護送某人回家

紅地毯

◆ 레드 카펫을 걷다
走紅地毯

◆ 소리를 지르는 팬
尖叫連連的影迷

得獎感言

◆ 감동적인 우승자 수락 연설
感人的得獎感言

◆ 아주 긴 감사 리스트
冗長的感謝名單

1 내가 이 예복을 입는 게 어떻습니까?

我穿這件禮服看起來如何？

정말 멋져 보입니다.

你看起來很棒。

이게 눈에 잘 띄지 않습니다	이게 늙어 보입니다	모두 사람의 눈을 끌 수 있습니다
這件不夠搶眼	這件讓你顯老	你會吸引所有人目光

2 당신은 나와 함께 춤을 원하십니까?

你願意賞臉與我共舞嗎？

물론, 그럼요.

當然，我很樂意。

죄송합니다, 당신은 내 타입이 아닙니다	나는 춤을 출 수 없습니다	친절해서 고마습니다
抱歉，我對你沒興趣	我不會跳舞	謝謝，你人真好

3 좋아하는 여배우가 어젯밤에 상을 받았습니까?

你最愛的女星昨晚有得獎嗎。

아니요, 아쉽네요!

沒有，好可惜喔！

아니요, 좀 놀랐네요	예, 그녀는 그것을 충분히 받을 자격이 있습니다	예, 나는 그녀를 위해 너무 기쁩니다
沒有，我好驚訝！	有，她實至名歸	有，我為她感到高興

單複數

한 교회
一間教堂

두 교회
兩間教堂

| A | **What** 在教堂做什麼？

- 용서하다 赦免
  [yong-seo-ha-da] 〈容恕 -〉

- 세례식 受洗儀式
  [se-ryesik] 〈洗禮式〉

- 음송하다 吟誦
  [eum-song-ha-da] 〈吟誦 -〉

- 참회하다 懺悔
  [cham-hoe-ha-da] 〈懺悔 -〉

- 실행하다 施行
  [sil-haeng-ha-da] 〈施行 -〉

- 기도하다 祈禱
  [gi-do-ha-da] 〈祈禱 -〉

- 강도하다 講道
  [gang-do-ha-da] 〈講道 -〉

- 구속하다 救贖
  [gu-so-ka-da] 〈救贖 -〉

- 개혁하다 改革
  [gae-hyeo-ka-da] 〈改革 -〉

- 노래하다 唱歌
  [no-rae-ha-da]

- 예배를 보다 做禮拜
  [ye-baereulbo-da] 〈禮拜 -〉

- 기증하다 捐贈
  [gi-jeung-ha-da] 〈寄贈 -〉

- 임명하다 授予聖職
  [im-myeong-ha-da] 〈任命 -〉

| B | **Something** 在教堂有什麼？

- 성경 聖經
  [seong-gyeong] 〈聖經〉

- 예배식 禮拜
  [ye-baesik] 〈禮拜 -〉

- 십자가 十字架
  [sip-jja-ga] 〈十字架〉

- 복음 福音
  [bo-geum] 〈福音〉

- 성수 聖水
  [seong-su] 〈聖水〉

- 찬송가 聖歌
  [chan-song-ga] 〈讚頌歌〉

- 미사 彌撒儀式
  [mi-sa] 〈missa〉

- 관풍금 管風琴
  [gwan-pung-geum] 〈管風琴〉

- 피아노 鋼琴
  [pi-a-no] 〈paino〉

- 송가 聖歌
  [song-ga] 〈頌歌〉

- 기도문 禱告文
  [gi-do-mun] 〈祈禱文〉

- 예수상 耶穌像
  [ye-su-sang] 〈耶穌像〉

- 성모상 聖母像
  [seong-mo-sang] 〈聖母像〉

類義字

대성당
大教堂

소예배당
小教堂

| C | **Where**
在教堂的哪裡？

- 원형 기둥 圓柱〈圓形 -〉
  [won-hyeong gi-dung]

- 고해실 懺悔室
  [go-hae-sil]〈告解室〉

- 교구 教區
  [gyo-gu]〈教區〉

- 반구형 지붕 圓頂〈半圓形 -〉
  [ban-gu-hyeong ji-bung]

- 현관 홀 前廊
  [hyeon-gwan hol]〈玄關 hall〉

- 대청 正廳
  [dae-cheong]〈大廳〉

- 성전 聖殿
  [seong-jeon]〈聖殿〉

- 첨탑 尖塔
  [cheom-tap]〈尖塔〉

| D | **Who**
在教堂有誰？

- 주교 主教
  [ju-gyo]〈主教〉

- 천주교도 天主教徒
  [cheon-ju-gyo-do]〈天主教徒〉

- 기독교도 基督教徒
  [gi-dok-kkyo-do]〈基督教徒〉

- 성직자 神職人員
  [seong-jik-jja]〈聖職者〉

- 선교사 傳教士
  [seon-gyo-sa]〈傳教士〉

- 수녀 修女
  [su-nyeo]〈修女〉

- 목사 牧師
  [mok-ssa]〈牧師〉

- 신부 神父
  [sin-bu]〈神父〉

活用關鍵字 可用表格中的部分字彙替換

1. 의식을 실행하다
   施行一項儀式 → A
2. 고요한 성모 마리아 동상
   莊嚴的聖母像 → B
3. 무수한 기둥
   數不清的圓柱 → C
4. 존경할 만한 신부
   受人尊崇的神父 → D

單複數

한 절
一間寺廟

두 절
兩間寺廟

A | What
在寺廟做什麼？

- 기도하다 保佑
  [gi-do-ha-da] 〈祈禱 -〉

- 숙이다 彎腰鞠躬
  [su-gi-da]

- 불에 타다 焚燒
  [bu-re ta-da]

- 들다 [deul-tta] 抬（轎）

- 송경하다 誦經
  [song-gyeong-ha-da] 〈誦經 -〉

- 제비를 뽑다 抽籤
  [je-bi-reul ppop-tta]

- 합장하다 合掌；摺（紙錢）
  [hap-jjang-ha-da] 〈合掌 -〉

- 수호하다 守護
  [su-ho-ha-da] 〈守護 -〉

- 첨시를 해석하다 解籤
  [cheom-si-reul hae-seo-ka-da]
  〈詩籤解釋 -〉

- 무릎을 꿇다 跪下
  [mu-reu-peul kkul-tta]

- 영혼을 지니다 靈體上身
  [yeong-ho-neul jji-ni-da]
  〈靈魂 -〉

- 수복하다 修復
  [su-bo-ka-da] 〈修復 -〉

- 목어를 치다 敲木魚
  [mo-geo-reul chi-da] 〈木魚 -〉

- 절하다 [jeol-ha-da] 拜拜

B | Something
在寺廟有什麼？

- 제단 祭壇
  [je-dan] 〈祭壇〉

- 부적 護身符
  [bu-jeok] 〈符籍〉

- 염주 念珠
  [yeom-ju] 〈念珠〉

- 불상 佛像
  [bul-sang] 〈佛像〉

- 양초 蠟燭
  [yang-cho] 〈洋 -〉

- 점구 筊杯
  [jeom-gu] 〈占具〉

- 첨시 籤詩
  [cheom-si] 〈籤詩〉

- 신명 神明
  [sin-myeong] 〈神明〉

- 단향 檀香
  [dan-hyang] 〈檀香〉

- 향로 香爐
  [hyang-no] 〈香爐〉

- 등롱 燈籠
  [deung-nong] 〈燈籠〉

- 제품 祭品
  [je-pum] 〈祭品〉

- 돌사자 石獅子
  [dol-sa-ja] 〈獅子〉

- 목어 木魚
  [mo-geo] 〈木魚〉

類義字

승원　　　　　　　　탑
僧院　　　　　　　　寶塔

| C | **What Kind**
在寺廟有哪些活動？

- 제사를 지내다 祭祖
  [je-sa-reul jji-nae-da]〈祭祀 -〉
- 악령 쫓기 의식 收驚
  [ang-nyeong jjot-kki ui-sik]
  〈惡靈 - 儀式〉
- 용과 사자 춤추기
  [yong-gwa sa-ja chum-chu-gi]
  舞龍舞獅〈龍 - 獅子 -〉
- 순례 繞境，朝聖
  [sul-lye]〈巡禮〉
- 인형극 布袋戲
  [in-hyeong-geuk]〈人形劇〉
- 묘회 廟會
  [myo-hoe]〈廟會〉
- 대만의 오페라 歌仔戲
  [dae-ma-nui o-pe-ra]
  〈台灣 -opera〉

| D | **Who**
在寺廟有誰？

- 법사 法師
  [beop-ssa]〈法師〉
- 스님 [seu-nim] 和尚
- 여승 尼姑
  [yeo-seung]〈女僧〉
- 순례자 香客，朝聖者
  [sul-lye-ja]〈巡禮者〉
- 수도승 住持
  [su-do-seung]〈修道僧〉
- 영매 乩童
  [yeong-mae]〈靈媒〉
- 도교 신자의 성직자 道士
  [do-gyo sin-ja-ui seong-jik-jja]
  〈道教信者 - 聖職者〉
- 참배자 信徒
  [cham-bae-ja]〈參拜者〉

活用關鍵字　可用表格中的部分字彙替換

1. 독실한 신자를 수호하다
   守護虔誠信仰者 → A
2. 부적을 가지고 있다
   把護身符帶在身上 → B
3. 유명한 인형극
   眾所周知的布袋戲 → C
4. 순례자가 절에 몰려들다
   寺廟被香客擠得水洩不通 → D

教堂

◆ 예배에 참석하러 교회에 가다
上教堂做禮拜
◆ 영세를 받다
受洗

禱告

◆ 당신의 죄를 용서하다
赦免你的罪過
◆ 자기의 죄를 하느님에게 고백하다
向上帝懺悔

寺廟

◆ 예불하다
禮佛
◆ 대나무 통을 흔들다
搖竹籤桶

1 어떤 종교를 믿으세요?
你信什麼宗教?
저는 기독교도입니다.
我是一個基督徒。

불교도	이슬람교도	유대교도
佛教徒	回教徒	猶太教徒

2 당신은 하나님을 믿습니까?
你很信神嗎?
아니요, 나는 무신론자예요.
不,我是無神論者。

예, 하나님은 우리와 함께 합니다	글쎄요, 복권당 첨하게 되면 믿을게요	아니오,우리가 스스로에게만 의 지해야 됩니다
當然,神與我們同在	讓我中樂透我就信	不,我們得靠自己

3 묘회에 가 보겠습니까?
你想去廟會逛逛嗎?
예, 내 가방을 좀 가져 갑니다.
好啊,我拿個包包。

아니오, 예날에 다 봤습니다	올해 특별한 것이 있습니까?
不要,以前都看過了	今年有什麼特別的嗎?

單複數

한 화재
一場大火

두 화재
兩場大火

| A | What
在火災時做什麼？

- 겨냥하다 對準
  [kkyeo-nyang-ha-da]

- 폭발하다 爆發
  [pok-ppal-ha-tta] 〈爆發 -〉

- 기침하다 咳嗽
  [gi-chim-ha-da]

- 덮다 掩蓋
  [deop-tta]

- 삼키다 吞噬
  [sam-ki-da]

- 터지다 爆炸
  [teo-ji-da]

- 대피시키다 疏散
  [dae-pi-si-ki-da] 〈待避 -〉

- 조사하다 調査
  [jo-sa-ha-da] 〈調査 -〉

- 새다 （瓦斯）外洩
  [sae-da]

- 끄다 撲滅
  [kkeu-da]

- 신고하다 報案
  [sin-go-ha-da] 〈申告 -〉

- 구조하다 救援
  [gu-jo-ha-da] 〈救助 -〉

- 생존하다 生還
  [saeng-jon-ha-da] 〈生存 -〉

- 일으키다 引發
  [i-reu-ki-da]

| B | Something
在火災現場有什麼？

- 응급차 救護車
  [eung-geup-cha] 〈應急車〉

- 들것 擔架
  [deul-kkeot]

- 비상계단 逃生梯
  [bi-sang-gye-dan] 〈非常階段〉

- 소화기 滅火器
  [so-hwa-gi] 〈消化器〉

- 소화전 消防栓
  [so-hwa-jeon] 〈消化栓〉

- 소방차 消防車
  [so-bang-cha] 〈消防車〉

- 물대포 水柱
  [mul-dae-po] 〈- 大砲〉

- 사다리 소방차 雲梯車
  [sa-da-ri so-bang-cha]
  〈- 消防車〉

- 고가 사다리 雲梯
  [go-ga sa-da-ri] 〈高架 -〉

- 에어 쿠션 救生氣墊
  [e-eo ku-syeon] 〈air cussion〉

- 화재탐지기 煙霧警報器
  [hwa-jae-tam-ji-gi]
  〈火災探知器〉

- 자동살수장치
  [ja-dong-sal-ssu-jang-chi]
  自動灑水系統
  〈自動灑水裝置〉

類義字

대화재
大火災

산불
森林大火

C | What Kind
有哪些火災起因？

- 방화 縱火
  [bang-hwa] 〈放火〉

- 가스 폭발 瓦斯氣爆
  [ga-seu pok-ppal] 〈gas 爆發〉

- 인위실수 人為過失
  [i-nwi-sil-su] 〈人為失手〉

- 콘센트에 과부하가 걸리
  게 하다 插座超載
  [kon-sen-teu-e gwa-bu-ha-ga
  geol-li-ge ha-da]
  〈concentric 過負荷 -〉

- 산화제 助燃物
  [san-hwa-je] 〈酸化劑〉

- 난로를 홀략하다 忽略爐火
  [nal-lo-reul hol-lya-ka-da]
  〈暖爐 - 忽略 -〉

D | Who
在火災現場有誰？

- 방화범 縱火犯
  [bang-hwa-beom] 〈放火犯〉

- 구경꾼 圍觀者
  [gu-gyeong-kkun]

- 소방수 消防員
  [so-bang-su] 〈消防手〉

- 진료보조자 醫護人員
  [jil-lyo-bo-jo-ja]
  〈診療補助者〉

- 기자 記者
  [gi-ja] 〈記者〉

- 생존자 生還者
  [saeng-jon-ja] 〈生存者〉

- 희생자 罹難者
  [hi-saeng-ja] 〈犧牲者〉

活用關鍵字 可用表格中的部分字彙替換

1. 불을 끄다
   撲滅火勢 → A

2. 스프링클러 설비를 설치하다
   安裝自助灑水系統 → B

3. 난로를 홀략해서 화재가 발생하다
   忽略爐火釀成火災 → C

4. 생존자를 돌보다
   照顧生還者 → D

單複數

한 지진
一場地震

두 지진
兩場地震

A | *What*
在地震時做什麼？

- 묻다 [mut-tta] 埋住

- 무너지다 倒塌
  [mu-neo-ji-da]

- 허물어지다 摧毀
  [heo-mu-reo-ji-da]

- 대피시키다 疏散
  [dae-pi-si-ki-da] 〈待避 -〉

- 발표하다 發佈
  [bal-pyo-ha-da] 〈發表 -〉

- 지속하다 持續
  [ji-so-ka-da] 〈持續 -〉

- 측정하다 測量
  [cheuk-jjeong-ha-da] 〈測定 -〉

- 교통마비 交通癱瘓
  [gyo-tong-ma-bi] 〈交通麻痺〉

- 구조하다 救援
  [gu-jo-ha-da] 〈救助 -〉

- 흔들리다 搖晃
  [heun-deul-li-da]

- 생존하다 生還
  [saeng-jon-ha-da] 〈生存 -〉

- 조난하다 遇難
  [jo-nan-ha-da] 〈遇難 -〉

- 신원 확인 確認身份
  [si-nwon hwa-gin]
  〈身份確認 -〉

- 인공 호흡 人工呼吸
  [in-gong ho-heup] 〈人工呼吸〉

B | *Something*
與地震相關的事物？

- 공중 보급 空中補給
  [gong-jung bo-geup]
  〈空中補給〉

- 헬리콥터 直昇機
  [hel-li-kop-teo] 〈helicopter〉

- 응급차 救護車
  [eung-geup-cha] 〈應急車〉

- 진앙 震央
  [ji-nang] 〈震央〉

- 깊이 [gi-pi] 深度

- 진원지 震源
  [ji-nwon-ji] 〈震源地〉

- 단층 斷層
  [dan-cheung] 〈斷層〉

- 진도 震級
  [jin-do] 〈震度〉

- 릭터 규모 芮氏規模
  [rik-teo gyu-mo]
  〈Richter 規模〉

- 지진 활동 地震運動
  [ji-jin hwal-dong] 〈地震活動〉

- 지각 地殼
  [ji-gak] 〈地殼〉

- 플레이트경계 板塊交界
  [peul-le-i-teu-gyeong-gye]
  〈plate 境界〉

- 지진대 地震帶
  [ji-jin-dae] 〈地震帶〉

類義字

미진
輕微地震

여진
餘震

| C | **What Kind**
地震會導致哪些災害？

- 사상자 傷亡
  [sa-sang-ja] 〈死傷者〉

- 화재 大火
  [hwa-jae] 〈火災〉

- 홍수 水災
  [hong-su] 〈洪水〉

- 가스 폭발 瓦斯氣爆
  [ga-seu pok-ppal] 〈gas 爆發〉

- 산사태 山崩
  [san-sa-tae] 〈山沙汰〉

- 낙석 落石
  [nak-sseok] 〈落石〉

- 토양 액화 土壤液化
  [to-yang ae-kwa] 〈土壤液化〉

- 쓰나미 海嘯
  [sseu-na-mi] 〈tsunami〉

| D | **Who**
在地震時有誰？

- 국군 國軍
  [guk-kkun] 〈國軍〉

- 진료보조자 醫護人員
  [jil-lyo-bo-jo-ja] 〈診療補助者〉

- 구조대 救難隊
  [gu-jo-dae] 〈救助隊〉

- 기자 記者
  [gi-ja] 〈記者〉

- 지진학자 地震學家
  [ji-jin-hak-jja] 〈地震學者〉

- 생존자 生還者
  [saeng-jon-ja] 〈生還者〉

- 희생자 罹難者
  [hi-saeng-ja] 〈犧牲者〉

- 자원 봉사자 志工
  [ja-won bong-sa-ja]
  〈自願奉仕者〉

活用關鍵字　可用表格中的部分字彙替換

1. 지진이 이분 동안 지속되다
   地震搖晃持續兩分鐘 → A

2. 헬리콥터를 보내다
   派出直昇機 → B

3. 역사상 최대 규모의 지진 쓰나미
   史上最大的海嘯 → C

4. 구조 팀을 보내다
   派遣救難隊 → D

火災應對

◆ 화재용 비상구
火災逃生出口
◆ 젖은 수건으로 코를 가리다
用溼毛巾掩住鼻子

搖晃程度

◆ 약한 지진
輕微地震
◆ 대지진
大地震

救援

◆ 생존자를 찾다
尋找生還者
◆ 구호물자를 수송하다
運送救援物資

1 이 산불을 끌 수 있게 얼마나 걸려야 합니까?
這場森林大火多久才能撲滅?
또 평가해 봅니다.
要再評估看看。

보통 이 주일을 걸립니다 通常要花兩週	잘 모르겠 습니다 我不知道	물론 빨릴 수록 좋습니다 當然是愈快愈好啊

2 화재를 일으키는 원인이 무엇입니까?
引發大火的原因是什麼?
가스 폭발이라고 들었습니다.
我聽說是瓦斯氣爆。

담배를 피는 것에 관련되다 跟抽菸有關	방화 縱火	불법의 폭죽 非法的鞭炮

3 지진에서 측정하는 강도가 얼마나 됩니까?
地震測到的強度是多少?
리히터 지진계로 규모 7.3 짜리 측정했습니다.
芮氏規模7.3。

그것은 아직 보도 되지 않습니다 還沒被報導出來	역사 기록을 꼭 깰 겁니다 一定會超越歷史紀錄

單複數

한 태풍
一個颱風

두 태풍
兩個颱風

A | What
在颱風時做什麼？

- 발표하다 發佈
  [bal-pyo-ha-da] 〈發表 -〉

- 덮다 籠罩
  [deop-tta]

- 소산하다 消散
  [so-san-ha-da] 〈消散 -〉

- 예보하다 預報
  [ye-bo-ha-da] 〈預報 -〉

- 강화하다 增強
  [gang-hwa-ha-da] 〈強化 -〉

- 등륙하다 登陸
  [deung-nyu-ka-da] 〈登陸 -〉

- 머물다 滯留
  [meo-mul-da]

- 구조하다 救援
  [gu-jo-ha-da] 〈救助 -〉

- 엄몰하다 淹沒
  [eom-mol-ha-da] 〈淹沒 -〉

- 휩쓸고 가다 橫掃
  [hwip-sseul-kko ga-da]

- 수곤하다 受困
  [su-gon-ha-da] 〈受困 -〉

- 돌리다 轉向
  [dol-li-da]

- 뿌리째 뽑다 連根拔起
  [ppu-ri-jjae ppop-tta]

- 약화시키다 減弱
  [ya-kwa-si-ki-da] 〈弱化 -〉

B | Something
與颱風相關的事物？

- 농업 손실 農業損失
  [nong-eop son-sil] 〈農業損失〉

- 공중보급 空中補給
  [gong-jung-bo-geup]
  〈空中補給〉

- 푄 焚風
  [poen] 〈foehn〉

- 외국 원조 外援
  [oe-guk won-jo] 〈外國援助〉

- 태풍강도 颱風強度
  [tae-pung-gang-do]
  〈颱風強度〉

- 최대 돌풍 最大陣風
  [choe-dae dol-pung]
  〈最大突風〉

- 강우량 降雨量
  [gang-u-ryang] 〈降雨量〉

- 고무 보트 橡皮艇
  [go-mu bo-teu] 〈-boat〉

- 모래 포대 沙包
  [mo-rae po-dae] 〈- 包袋〉

- 피난소 避難所
  [pi-nan-so] 〈避難所〉

- 폭풍 경로 暴風路徑
  [pok-pung gyeong-no]
  〈暴風經路〉

- 태풍경보 颱風警報
  [tae-pung-gyeong-bo]
  〈颱風警報〉

類義字

열대 저기압
熱帶氣旋

허리케인
颶風

| C | What Kind
颱風會導致哪些災情？

- 정전 停電
  [jeong-jeon] 〈停電〉

- 집을 무너지다 房屋倒塌
  [ji-beul mu-neo-ji-da]

- 홍수 水災
  [hong-su] 〈洪水〉

- 산사태 坍方
  [san-sa-tae] 〈山沙汰〉

- 토석류 土石流
  [to-seong-nyu] 〈土石流〉

- 낙석 落石
  [nak-sseok] 〈落石〉

- 해수 침입 海水倒灌
  [hae-su chi-mip] 〈海水浸入〉

| D | Who
在颱風時有誰？

- 소개자 被疏散者
  [so-gae-ja] 〈疏開者〉

- 일기 예보자 氣象預報員
  [il-gi ye-bo-ja] 〈日氣預報者〉

- 기상학자 氣象學家
  [gi-sang-hak-jja] 〈氣象學者〉

- 국군 國軍
  [guk-kkun] 〈國軍〉

- 진료보조자 醫護人員
  [jil-lyo-bo-jo-ja] 〈診療補助者〉

- 기자 記者
  [gi-ja] 〈記者〉

- 구조대 救援隊
  [gu-jo-dae] 〈救助隊〉

活用關鍵字　可用表格中的部分字彙替換

1. 폭풍우가 마침내 약화시키다
   暴風雨總算減弱了 → A
2. 태풍 경고를 주의하다
   留心颱風警報 → B
3. 홍수를 발생하기 쉬운 지역
   易發生水災的區域 → C
4. 국군에게 원조를 주셔서 감사합니다.
   感謝國軍的援助 → D

單複數

한 폭풍설
一場暴風雪

두 폭풍설
兩場暴風雪

| A | What
在暴風雪時做什麼?

- 발표하다 宣佈
  [bal-pyo-ha-da] 〈發表 -〉

- 표류하다 漂移
  [pyo-ryu-ha-da] 〈漂流 -〉

- 덤프 傾倒
  [deom-peu] 〈dump〉

- 얼다 凍結
  [eol-da]

- 공격하다 侵襲
  [gong-gyeo-ka-da] 〈攻擊 -〉

- 교통마비 癱瘓(交通)
  [gyo-tong-ma-bi] 〈交通麻痺〉

- 제거하다 移走
  [je-geo-ha-da] 〈除去 -〉

- 발라내다 挖出
  [bal-la-nae-da]

- 눈을 치우다 鏟(雪)
  [nu-neul chi-u-da]

- 미끄러지다 打滑
  [mi-kkeu-reo-ji-da]

- 채우다 囤積
  [chae-u-da]

- 당하다 遭受
  [dang-ha-da] 〈當 -〉

- 가득 차다 擠滿
  [ga-deuk cha-da]

- 경고하다 警告
  [gyeong-go-ha-da] 〈警告 -〉

| B | Something
與暴風雪相關的事物?

- 항공기 지연 班機延誤
  [hang-gong-gi ji-yeon]
  〈航空機遲延〉

- 안치소 安置所
  [an-chi-so] 〈安置所〉

- 분사식 제설기 吹雪車
  [bun-sa-sik je-seol-gi]
  〈噴射式除雪機〉

- 폭설경보 暴雪警報
  [pok-sseol-gyeong-bo]
  〈暴雪警報〉

- 스노모바일 雪車
  [seu-no-mo-ba-il]
  〈snowmobile〉

- 눈삽 雪鏟
  [nun-sap]

- 제설기 鏟雪機
  [je-seol-gi] 〈除雪機〉

- 융설계통 融雪系統
  [yung-seol-gye-tong]
  〈融雪系統〉

- 비상 사태 緊急狀態
  [bi-sang sa-tae] 〈非常態〉

- 견인차 拖吊車
  [gyeo-nin-cha] 〈牽引車〉

- 가시도 能見度
  [ga-si-do] 〈可視度〉

- 피해 受災
  [pi-hae] 〈被害〉

類義字

눈보라
暴風雪

눈사태
雪崩

C	*What Kind*
如何形容暴風雪？

- 혼란하다 混亂的
  [hol-lan-ha-da]〈混亂 -〉

- 파괴하다 破壞性的
  [pa-goe-ha-da]〈破壞 -〉

- 아주 춥다 極冷的
  [a-ju chup-tta]

- 심각하다 嚴重的
  [sim-ga-ka-da]〈深刻 -〉

- 안정되다 穩定的
  [an-jeong-doe-da]〈安定 -〉

- 갇히다 [ga-chi-da] 困住的

- 변덕스럽다 變幻莫測的
  [byeon-deok-sseu-reop-tta]
  〈變德 -〉

- 쌀쌀하다 冷颼颼的
  [ssal-ssal-ha-tta]

D	*Who*
在暴風雪時有誰？

- 도급업자 （鏟雪）承包商
  [do-geu-beop-jja]〈都給業者〉

- 일기 예보자 氣象預報員
  [il-gi ye-bo-ja]〈日氣預報者〉

- 기상학자 氣象學家
  [gi-sang-hak-jja]〈氣象學者〉

- 구조자 救護人員
  [gu-jo-ja]〈救助者〉

- 거주자 居民
  [geo-ju-ja]〈居住者〉

- 생존자 生還者
  [saeng-jon-ja]〈生存者〉

- 여행자 旅客
  [yeo-haeng-ja]〈旅行者〉

- 희생자 受難者
  [hi-saeng-ja]〈犧牲者〉

活用關鍵字　可用表格中的部分字彙替換

1. 눈을 치우다
   鏟雪 → A

2. 비상 상태를 발표하다
   宣佈緊急狀態 → B

3. 심각한 비행 지연
   嚴重的班機延誤 → C

4. 구조 대원에 의존하다
   仰賴救護人員 → D

單複數

한 화산 분출
一場火山爆發

두 화산 분출
兩場火山爆發

| A | What
火山爆發時會發生什麼？

- 파묻다 埋住
  [pa-mut-tta]

- 덮다 [deop-tta] 覆蓋

- 멸망시키다 摧毀
  [myeol-mang-si-ki-da] 〈滅亡 -〉

- 파괴하다 破壞
  [pa-goe-ha-da] 〈破壞 -〉

- 소산하다 消散
  [so-san-ha-da] 〈消散 -〉

- 폭발하다 爆發
  [pok-ppal-ha-tta] 〈爆發 -〉

- 탈출하다 逃離
  [tal-chul-ha-da] 〈逃出 -〉

- 축출하다 驅離
  [chuk-chul-ha-da] 〈逐出 -〉

- 폭발하다 爆發
  [pok-ppal-ha-tta] 〈爆發 -〉

- 흐르다 （岩漿）流動
  [heu-reu-da]

- 형성하다 形成
  [hyeong-seong-ha-da] 〈形成 -〉

- 예측하다 預測
  [ye-cheu-ka-da] 〈預測 -〉

- 망치다 毀滅
  [mang-chi-da]

- 분출하다 噴發
  [bun-chul-ha-da] 〈噴出 -〉

| B | Something
火山爆發時會有什麼？

- 블록 岩塊
  [beul-lok] 〈block〉

- 분화구 火山口
  [bun-hwa-gu] 〈噴火口〉

- 화구호 火口湖
  [hwa-gu-ho] 〈火口湖〉

- 분기공 噴氣孔
  [bun-gi-gong] 〈噴氣孔〉

- 지열 熱能
  [ji-yeol] 〈地熱〉

- 온천 溫泉
  [on-cheon] 〈溫泉〉

- 용암 熔岩
  [yong-am] 〈鎔巖〉

- 마그마 岩漿
  [ma-geu-ma] 〈magma〉

- 유황 硫磺
  [yu-hwang] 〈硫磺〉

- 화산 활동 火山運動
  [hwa-san hwal-dong]
  〈火山運動〉

- 화산재 火山灰
  [hwa-san-jae] 〈火山 -〉

- 화산 구름 火山雲
  [hwa-san gu-reum] 〈火山 -〉

- 화산 가스 火山氣體
  [hwa-san ga-seu] 〈火山 gas〉

相關字

화산 활동
火山活動

화산학
火山學

| C | **What Kind**
火山爆發會導致什麼？

| D | **Who**
在火山爆發時有誰？

- 산성비 酸雨
  [san-seong-bi] 〈酸性 -〉

- 생매장되다 活埋〈生埋葬-〉
  [saeng-mae-jang-doe-da]

- 지진 地震
  [ji-jin] 〈地震〉

- 폭발 爆炸
  [pok-ppal] 〈爆發〉

- 홍수 水災
  [hong-su] 〈洪水〉

- 산사태 山崩
  [san-sa-tae] 〈山沙汰〉

- 토석류 土石流
  [to-seong-nyu] 〈土石流〉

- 쓰나미 海嘯
  [sseu-na-mi] 〈tsunami〉

- 모험가 探險家
  [mo-heom-ga] 〈冒險家〉

- 지리학자 地理學家
  [ji-ri-hak-jja] 〈地理學家〉

- 지질학자 地質學家
  [ji-jil-hak-jja] 〈地質學家〉

- 구조자 救難人員
  [gu-jo-ja] 〈救出者〉

- 거주자 居民
  [geo-ju-ja] 〈居住者〉

- 생존자 生還者
  [saeng-jon-ja] 〈生存者〉

- 희생자 受難者
  [hi-saeng-ja] 〈犧牲者〉

- 화산학자 火山學者
  [hwa-san-hak-jja] 〈火山學者〉

活用關鍵字 可用表格中的部分字彙替換

1. 마그마를 분출하다
   熱岩漿噴發 → A

2. 온천에서 이득을 얻다
   從溫泉中獲益 → B

3. 산사태 고통을 당하다
   遭受山崩之苦 → C

4. 지질 학자를 문의하다
   詢問地質學家 → D

颱風
警報

- 해상 태풍 경보를 발표하다
  發佈海上颱風警報
- 육상 태풍 경보를 발표하다
  發佈陸上颱風警報

發展
動向

- 착륙하다
  登陸
- 섬을 싸다
  籠罩全島

火山
類型

- 활화산
  活火山
- 사화산
  死火山

1 **태풍이 강화합니까?**
颱風增強了嗎？
예, 어쩌면 우리는 하루 오프해야 합니다.
對，說不定我們會放假。

아니오, 약해 졌습니다	아니오, 다행입니다	그래요, 우리가 태풍 준비를 빨리 해야 합니다
不，它減弱了	沒有，好險	沒錯，我們得快作防颱準備

2 **눈보라가 우리 도시를 공격합니까?**
暴風雪會掃到我們城市這邊嗎？
나는 당싱에게 아무때나 정보를 업데이트합니다.
我會隨時向你更新狀況。

네, 아마도 주말에 올 겁니다	일기 예보를 봅시다	예, 내 항편이 취소되었습니다
會，可能在週末來	來看天氣預報吧	會，我的班機被取消了

3 **당신은 화산 폭발의 통지를 받으셨어요?**
你收到火山爆發撤離通知了嗎？
아니오, 알려 줘서 감사합니다.
還沒，謝謝你告訴我。

네, 지금은 상황이 혼란합니다	아니오, 나도 떠나고 싶지 않습나다
有，現在情況很混亂	沒有，我也不想離開

99 인재 人為災害 | ❶ 車禍

單複數

한 자동차 사고
一場車禍

두 자동차 사고
兩場車禍

| **What**
遭遇車禍時會做什麼？

- 사과하다 道歉
  [sa-gwa-ha-da]〈謝過 -〉

- 다투다 爭執
  [da-tu-da]

- 충돌하다 相撞
  [chung-dol-ha-da]〈衝突 -〉

- 지휘하다 指揮
  [ji-hwi-ha-da]〈指揮 -〉

- 압수하다 扣押（車）
  [ap-ssu-ha-da]〈押收 -〉

- 폭발하다 爆炸
  [pok-ppal-ha-tta]〈爆發 -〉

- 변식하다 辨識
  [byeon-si-ka-da]〈辨識 -〉

- 구하다 救出
  [gu-ha-da]〈救 -〉

- 보여 주다 出示
  [bo-yeo ju-da]

- 과속하다 超速
  [gwa-so-ka-da]〈過速 -〉

- 폐지하다 吊銷
  [pye-ji-ha-da]〈廢止 -〉

- 뒤집히다 翻車
  [dwi-ji-pi-da]

- 위반하다 違反
  [wi-ban-ha-da]〈違反 -〉

B | **Something**
遭遇車禍時有什麼？

- 에어백 安全氣囊
  [e-eo-baek]〈air bag〉

- 손해 損害
  [son-hae]〈損害〉

- 음주 운전 酒後駕車
  [eum-ju un-jeon]〈飲酒運轉〉

- 피로 疲勞
  [pi-ro]〈疲勞〉

- 방호책 護欄
  [bang-ho-chaek]〈防護柵〉

- 무단 횡단하다
  [mu-dan hoeng-dan-ha-da]
  行人亂穿越馬路〈無斷橫斷 -〉

- 나쁜 시정 能見度差
  [na-ppeun si-jeong]〈- 視程〉

- 과실 人為過失
  [gwa-sil]〈過失〉

- 안전벨트 安全帶
  [an-jeon-bel-teu]〈安全 belt〉

- 미끄러진 자국 煞車痕跡
  [mi-kkeu-reo-jin ja-guk]
  〈- 刺戟〉

- 과속하다 超速
  [gwa-so-ka-da]〈過速 -〉

- 무면허 운전 無照駕駛
  [mu-myeon-heo un-jeon]
  〈無免許運轉〉

同義字

교통사고
車禍

교통사고
交通事故

| C | What Kind
有哪些車禍後續程序？

- 음주 측정 酒測〈飲酒測定〉
  [eum-ju cheuk-jjeong]

- 보상 賠償
  [bo-sang] 〈補償〉

- 저지선 封鎖線
  [jeo-ji-seon] 〈沮止線〉

- 필록하다 筆錄
  [pil-lo-ka-da] 〈筆錄 -〉

- 합의하다 和解
  [ha-bui-ha-da] 〈合議 -〉

- 견인차 拖吊車
  [gyeo-nin-cha] 〈牽引車〉

- 잔해 殘骸
  [jan-hae] 〈殘骸〉

- 불심검문 盤問
  [bul-sim-geom-mun] 〈不審檢問〉

| D | Who
遭遇車禍時有誰？

- 운전자 駕駛
  [un-jeon-ja] 〈運轉者〉

- 기사 騎士
  [gi-sa] 〈騎士〉

- 긴급 의료원 醫護人員
  [gin-geup ui-ryo-won]
  〈緊急醫療員〉

- 승객 乘客
  [seung-gaek] 〈乘客〉

- 기자 記者
  [gi-ja] 〈記者〉

- 교통경찰 交通警察
  [gyo-tong-gyeong-chal]
  〈交通警察〉

- 목격자 目擊者
  [mok-kkyeok-jja] 〈目擊者〉

活用關鍵字 可用表格中的部分字彙替換

1. 운전자의 차를 압수하다
   扣押駕駛的車 → A
2. 피로 때문에 이 교통사고를 일으키다
   疲勞導致這起車禍 → B
3. 음주 측정을 하다
   執行酒測 → C
4. 운전자가 심하게 다치다
   駕駛受重傷 → D

單複數

한 전기 화재
一次電線走火

두 전기 화재
兩次電線走火

| A | **What**
電線走火時會做什麼？

- 타오르다 燃燒
  [ta-o-reu-da]

- 그슬리다 燒焦
  [geu-seul-li-da]

- 체크하다 檢查
  [che-keu-ha-da] 〈check-〉

- 덮다 [deop-tta] 蓋上

- 조사하다 調查
  [jo-sa-ha-da] 〈調查 -〉

- 과열되다 過熱
  [gwa-yeol-doe-da] 〈過熱 -〉

- 과적하다 過載
  [gwa-jeo-ka-da] 〈過積 -〉

- 없애다 撲滅
  [eop-ssae-da]

- 치우다 移除
  [chi-u-da]

- 바꾸다 更換
  [ba-kku-da]

- 맡다 [mat-tta] 聞到

- 전송하다 輸送
  [jeon-song-ha-da] 〈傳送 -〉

- 파손하다 破損
  [pa-son-ha-da] 〈破損 -〉

- 코팅 包覆
  [ko-ting] 〈coating〉

- 변압기 變壓器
  [byeo-nap-kki] 〈變壓器〉

| B | **Something**
與用電相關的事物？

- 배전반 配電盤
  [bae-jeon-ban] 〈配電盤〉

- 전력사용량 耗電量
  [jeol-lyeok-ssa-yong-nyang]
  〈電力使用量〉

- 전류 電流
  [jeol-lyu] 〈電流〉

- (전기) 교류 交流電
  [(jeon-gi)gyo-ryu]
  〈(電器) 電流〉

- (전기) 직류 直流電
  [(jeon-gi)jing-nyu]
  〈(電器) 直流〉

- 전기 회로 電路
  [jeon-gi hoe-ro] 〈電器回路〉

- 연장 코드 延長線
  [yeon-jang ko-deu]
  〈延長 code〉

- 퓨즈 保險絲
  [pyu-jeu] 〈fuse〉

- 절연 자재 絕緣體
  [jeo-ryeon ja-jae] 〈絕緣資材〉

- 콘센트 插座
  [kon-sen-teu] 〈concentric〉

- 전압 電壓
  [jeo-nap] 〈電壓〉

- 와트수 瓦數
  [wa-teu-su] 〈wattage 數〉

- 송전선 電線
  [song-jeon-seon] 〈送電線〉

相關字

합선
短路

전기 불꽃
電火花

| C | *What Kind*
電線走火造成哪些影響？

- 단내가 나다 燒焦味
  [dan-nae-ga na-da]

- 전기 충격 電擊
  [jeon-gi chung-gyeok]
  〈電器衝擊〉

- 전기 불꽃 電火花
  [jeon-gi bul-kkot] 〈電器 -〉

- 큰 불 [keun bul] 大火

- 정전 斷電
  [jeong-jeon] 〈停電〉

- 재산 피해 財產損失
  [jae-san pi-hae] 〈財產被害〉

- 연기 煙霧
  [yeon-gi] 〈煙氣〉

| D | *Who*
在電線走火時有誰？

- 구경꾼 圍觀者
  [gu-gyeong-kkun]

- 전기 기사 電工
  [jeon-gi gi-sa] 〈電器技師〉

- 소방수 消防人員
  [jeon-gi gi-sa] 〈消防手〉

- 보수요원 維修人員
  [bo-su-yo-won] 〈補修要員〉

- 경찰 警察
  [gyeong-chal] 〈警察〉

- 거주자 住戶
  [geo-ju-ja] 〈居住者〉

- 부상자 傷者
  [bu-sang-ja] 〈負傷兵〉

活用關鍵字 可用表格中的部分字彙替換

1. 이불로 불을 끄다
   用棉被撲蓋火勢 → A
2. 퓨즈가 다 타버리다
   保險絲燒壞了 → B
3. 재산 손실을 발생하다
   造成財產損失 → C
4. 용감한 소방수들
   勇敢的消防隊員們 → D

肇事

◆ 다른 차와 충돌하다
與另一輛車相撞
◆ 뺑소니치다
肇事後逃逸

電線短路

◆ 전기 시스템 과부하
電力系統過載
◆ 과열 소켓
過熱插座

使用狀況

◆ 낡은 전기 코드
磨損嚴重的電線
◆ 콘센트에 느슨하게 연결하다
插頭未緊連插座

1 운전명허증을 좀 보여 주세요.
請出示您的駕駛執照。
예, 여기 있습니다.
好的，在這裡。

죄송합니다. 안 가지고 왔습니다
抱歉，我沒有帶

이유를 물어 봐도 될까요?
可以請問 為什麼嗎？

예, 잠깐 기다리세요
沒問題，請稍待

2 충동한 후에 사과했습니까?
相撞後你有道歉嗎？
아니요, 원인은 아직 분명하지 않습니다.
沒有，尚未釐清原因。

내 잘못이 아니예요
又不是我的錯

먼저 사과하지 마는 것이 낫겠습니다
最好不要先道歉

경찰이 처리 하겠습니다
警方會處理

3 불을 일으킨 원인이 뭡니까？
大火的原因為何？
아직 조사중입니다 . 믿어지지 않겠지요？
還在調查當中，難以置信吧？

플러그 과부하
插頭過載

전기 화재
電線走火

무인 감시하 는 화롯불
無人看管的爐火

單複數

한 산악 참사	두 산악 참사
一次山難	兩次山難

A | What
遭遇山難時會做什麼?

- 묻다 [mut-tta] 掩埋

- 올라가다 攀登
  [ol-la-ga-da]

- 확정하다 證實
  [hwak-jjeong-ha-da] 〈確定 -〉

- 내려가다 下山
  [nae-ryeo-ga-da]

- 당하다 遭逢
  [dang-ha-da] 〈當 -〉

- 들다 [deul-tta] 抬

- 보호하다 保護
  [bo-ho-ha-da] 〈保護 -〉

- 구조하다 救援
  [gu-jo-ha-da] 〈救助 -〉

- 미끄러지다 滑跤,失足
  [mi-kkeu-reo-ji-da]

- 생존하다 生還
  [saeng-jon-ha-da] 〈生存 -〉

- 운송하다 運送
  [un-song-ha-da] 〈運送 -〉

- 피난하다 避難
  [pi-nan-ha-da] 〈避難 -〉

- 구출하다 搶救
  [gu-chul-ha-da] 〈救出 -〉

- 위기 관리 危機管理
  [wi-gi gwal-li] 〈危機管理〉

B | Something
遭遇山難時有什麼?

- 나침반 指南針
  [na-chim-ban] 〈羅針盤〉

- 지휘본부 指揮中心
  [ji-hwi-bon-bu] 〈指揮本部〉

- 긴급조치 應變措施
  [gin-geup-jjo-chi] 〈緊急措置〉

- 목발 拐杖
  [mok-ppal] 〈木 -〉

- 조난 신호 求救訊號
  [jo-nan sin-ho] 〈遭難信號〉

- 손전등 手電筒
  [son-jeon-deung] 〈- 電燈〉

- 헬리콥터 直升機
  [hel-li-kop-teo] 〈helicopter〉

- 지도 地圖
  [ji-do] 〈地圖〉

- 들것 擔架
  [deul-kkeot]

- 가시도 能見度
  [ga-si-do] 〈可視度〉

- 워키토키 無線對講機
  [wo-ki-to-ki] 〈walkie-talkie〉

- 방수성냥 防水火柴
  [bang-su-seong-nyang]
  〈防水 -〉

- 휘파람 口哨
  [hwi-pa-ram]

相關字

산 재해
山區災害

고산병
高山症

| C | **What Kind**
遭遇山難有哪些症狀？

- 고산병 高山症
  [go-san-byeong] 〈高山病〉

- 코마 昏迷
  [ko-ma] 〈coma〉

- 동상 凍傷
  [dong-sang] 〈凍傷〉

- 저체온증 失溫
  [jeo-che-on-jeung] 〈低體溫症〉

- 저산소증 缺氧
  [jeo-san-so-jeung] 〈低酸素症〉

- 메스껍다 感到噁心
  [me-seu-kkeop-tta]

- 의식 불명 失去意識
  [ui-sik bul-myeong]
  〈意識不明〉

| D | **Who**
遭遇山難時有誰？

- 야영객 露營者
  [ya-yeong-gaek] 〈野營客〉

- 지휘관 指揮官
  [ji-hwi-gwan] 〈指揮官〉

- 헬리콥터 조종사
  [hel-li-kop-teo jo-jong-sa]
  直升機飛行員
  〈helicopter 操縱士〉

- 등산객 登山客
  [deung-san-gaek] 〈登山客〉

- 긴급 의료원 醫護人員
  [gin-geup ui-ryo-won]
  〈緊急醫療員〉

- 구조자 救難人員
  [gu-jo-ja] 〈救助者〉

活用關鍵字　可用表格中的部分字彙替換

1. 갇힌 관광객을 운송하다
   運送受困的旅客 → A
2. 부상자는 목발이 필요하다
   傷者需要一些拐杖 → B
3. 심각한 혼수 상태에 빠져들다
   陷入嚴重昏迷 → C
4. 무모한 등산객
   魯莽的登山客 → D

單複數

한 범죄 현장
一個犯罪現場

두 범죄 현장
兩個犯罪現場

| A | **What** 在命案現場做什麼？

- 체포하다 逮捕
  [che-po-ha-da] 〈逮捕 -〉

- 자백하다 坦承
  [ja-bae-ka-da] 〈自白 -〉

- 구금하다 拘留
  [gu-geum-ha-da] 〈拘禁 -〉

- 변식하다 辨識
  [byeon-si-ka-da] 〈辨識 -〉

- 수사하다 調查
  [su-sa-ha-da] 〈搜查 -〉

- 모의하다 模擬
  [mo-ui-ha-da] 〈模擬 -〉

- 살해하다 謀殺
  [sal-hae-ha-da] 〈殺害 -〉

- 추측하다 推測
  [chu-cheu-ka-da] 〈推測 -〉

- 찌르다 刺傷
  [jji-reu-da]

- 목을 조이다 勒死
  [mo-geul jjo-i-da]

- 숨이 막히다 悶死
  [su-mi ma-ki-da]

- 목격하다 目擊
  [mok-kkyeok-ha-da] 〈目擊 -〉

- 신원 확인 確認身份
  [si-nwon hwa-gin]
  〈身元確認〉

| B | **Something** 在命案現場有什麼？

- 핏자국 血跡
  [pit-jja-guk] 〈- 刺戟〉

- 시체 屍體
  [si-che] 〈屍體〉

- 총알 [chong-al] 子彈 〈銃 -〉

- 구경 口徑
  [gu-gyeong] 〈口徑〉

- 적외선 탐지기
  [jeo-goe-seon tam-ji-gi]
  紅外線掃描器 〈赤外線探知機〉

- 탄피 彈殼
  [tan-pi] 〈彈皮〉

- 선색 線索
  [seon-saek] 〈線索〉

- 증거 證據
  [jeung-geo] 〈證據〉

- 타살하다 他殺
  [ta-sal-ha-tta] 〈他殺 -〉

- 거짓말 탐지기 測謊器
  [geo-jin-mal tam-ji-gi]
  〈- 探知機〉

- 현상금 破案獎金
  [hyeon-sang-geum] 〈懸賞金〉

- 공소시효 追訴時效
  [gong-so-si-hyo] 〈公訴時效〉

- 자살 自殺案
  [ja-sal] 〈自殺〉

相關字

범죄 현장 조사
犯罪現場調查

법의학 센터
刑事鑑識中心

| c | **What Kind**
有哪些辦案所需的東西？

- 현장 부재 증명 不在場證明
  [hyeon-jang bu-jae jeung-myeong]〈現場不在證明〉
- 부검 驗屍報告
  [bu-geom]〈剖檢〉
- 체액 體液
  [che-aek]〈體液〉
- DNA 감식 DNA 鑑定
  [DNA gam-sik]〈DNA 鑑識〉
- 지문 指紋
  [ji-mun]〈指紋〉
- 잔여물 殘留物
  [ja-nyeo mul]〈殘餘物〉
- 영장 搜索票
  [yeong-jang]〈令狀〉

| D | **Who**
在命案現場有誰？

- 검시관 驗屍官
  [geom-si-gwan]〈檢屍官〉
- 수사관 偵探
  [su-sa-gwan]〈搜查官〉
- 정보원 線民
  [jeong-bo-won]〈情報員〉
- 검시의사 法醫
  [geom-si-ui-sa]〈檢屍醫師〉
- 경찰관 警察〈警察官〉
  [gyeong-chal-kkwan]
- 검찰관 檢察官
  [geom-chal-kkwan]〈檢察官〉
- 목격자 目擊者
  [mok-kkyeok-jja]〈目擊者〉

活用關鍵字 可用表格中的部分字彙替換

1. 칼에 찔려 죽다
   被刺死 → A
2. 몇 가지 증거를 수집하다
   採集到一些證據 → B
3. 남아 있는 체액이 없다
   未有體液遺留 → C
4. 탐정으로 일하다
   以偵探為業 → D

避難

◆ 조난 신호를 만들다
發出求救訊號
◆ 구동굴에서 피신하다
在洞穴裡避難

搜索

◆ 증거를 조사하다
檢驗證物
◆ 범죄 현장을 재구성하다
重建犯罪現場

殺人罪

◆ 살인미수
殺人未遂
◆ 계획적인 살인
蓄意謀殺

1 **수색 구조팀에서 좋은 소식은 있습니까?**
有來自搜救隊的好消息嗎?
아니오 , 하지만 우리가 좋은 방면으로 생각합니다 .
還沒,但我們往好處想。

아니요 , 저희 부모님이
다 식사하지 못합니다
還沒,我父母都吃不下飯

예 , 그가 무사히
돌아왔습니다
嗯,他平安回來了

2 **당신이 범죄 현장에서 강력한 증거를 찾았습니까?**
你從犯案現場找到有力證據了嗎?
아니요 , 나는 여전히 바쁘게 수집하고 있습니다 .
還沒,我還在忙著採集。

이 것은 결정적인
증거가 될지 확정
하지 못합니다
我不確定這是否
為決定性證據

아니요 , 그 쪽은요 ?
沒有,你那邊呢?

3 **왜 당신의 지문이 살인 무기에 남아 있습니까?**
為何你的指紋在凶器上?
저를 믿으십시오 ! 저에게 억울한 누명을 씌웁니다 .
相信我,有人栽贓給我。

이것은 내
조리기구 중에
하나입니다
這是我的廚具之一

제가 딱 만지
는 것입니다
碰巧碰到而已

이것은 내가 살
인자인지 증명할
수 없습니다
這無法證明我
是犯人

單複數

한 전장
一個戰場

두 전장
兩個戰場

A | What
在戰場上做什麼？

- 매복 埋伏
  [mae-bok]〈埋伏〉

- 폭격 轟炸
  [pok-kkyeok]〈爆擊〉

- 에워싸다 圍攻
  [e-wo-ssa-da]

- 방어 防禦
  [bang-eo]〈防禦〉

- 배치하다 部署
  [bae-chi-ha-da]〈配置 -〉

- 침입하다 侵入，侵略
  [chi-mi-pa-da]〈侵入 -〉

- 발사하다 發射
  [bal-ssa-ha-da]〈發射 -〉

- 점령하다 佔領
  [jeom-nyeong-ha-da]〈占領 -〉

- 저항하다 反抗
  [jeo-hang-ha-da]〈抵抗 -〉

- 화해 和解
  [hwa-hae]〈和解〉

- 저항하다 抵抗
  [jeo-hang-ha-da]〈抵抗 -〉

- 철퇴하다 撤退
  [cheol-toe-ha-da]〈撤退 -〉

- 저격하다 狙擊
  [jeo-gyeo-ka-da]〈狙擊 -〉

- 항복하다 投降
  [hang-bo-ka-da]〈降伏 -〉

B | Something
在戰場上有什麼？

- 공습 대피소 防空洞
  [gong-seup dae-pi-so]
  〈空襲待避所〉

- 원자 폭탄 原子彈
  [won-ja pok-tan]〈原子爆彈〉

- 생화학 무기 生化武器
  [saeng-hwa-hak mu-gi]
  〈生化學武器〉

- 기습 공격 突襲〈奇襲攻擊〉
  [gi-seup gong-gyeok]

- 대포 大砲
  [dae-po]〈大砲〉

- 호 壕溝 [ho]〈濠〉

- 지뢰 地雷
  [ji-roe]〈地雷〉

- 미사일 飛彈
  [mi-sa-il]〈missile〉

- 해자 護城河
  [hae-ja]〈垓字〉

- 핵무기 核子武器
  [haeng-mu-gi]〈核武器〉

- 탱크 坦克車
  [taeng-keu]〈tank〉

- 최루 가스 催淚瓦斯
  [choe-ru ga-seu]〈催淚 gas〉

- 어뢰 魚雷
  [eo-roe]〈魚雷〉

- 망대탑 瞭望台
  [mang-dae-tap]〈望對塔〉

區域

최전선	후방
前線	後方

| C | What Kind
有哪些戰爭術語？

- 동맹국 同盟國
  [dong-maeng-guk] 〈同盟國〉

- 정전 停戰
  [jeong-jeon] 〈停戰〉

- 냉전 冷戰
  [naeng-jeon] 〈冷戰〉

- 통행금지령 宵禁
  [tong-haeng-geum-ji-ryeong]
  〈通行禁止令〉

- 계엄령 戒嚴令
  [gye-eom-nyeong] 〈戒嚴令〉

- 군사훈련 軍事演習
  [gun-sa-hul-lyeon] 〈軍事訓練〉

- 전략 策略
  [jeol-lyak] 〈戰略〉

- 전술 戰術
  [jeon-sul] 〈戰術〉

| D | Who
在戰場上有誰？

- 포로 戰俘
  [po-ro] 〈捕虜〉

- 사령관 總司令
  [sa-ryeong-gwan] 〈司令官〉

- 장군 將軍
  [jang-gun] 〈將軍〉

- 반역자 叛軍
  [ba-nyeok-jja] 〈反逆者〉

- 저격수 狙擊手
  [jeo-gyeok-ssu] 〈狙擊手〉

- 군인 軍人
  [gu-nin] 〈軍人〉

- 독재자 獨裁者
  [dok-jjae-ja] 〈獨裁者〉

- 테러리스트 恐怖主義者
  [te-reo-ri-seu-teu] 〈terrorist〉

活用關鍵字 可用表格中的部分字彙替換

1. 기지를 퍼붓다
   轟炸基地 → A
2. 파괴적인 원자 폭탄
   毀滅性的原子彈 → B
3. 이 전략을 채용하다
   採用此策略 → C
4. 군사 독재자
   軍事獨裁者 → D

689

開戰

◆ 전쟁을 일으키다
發動戰爭

◆ 군대 부서
軍隊部署

武器

◆ 미사일 발사하다
發射飛彈

◆ 주위에 지뢰를 살포하다
四處散佈地雷

停戰

◆ 군대를 철수하다
撤離軍隊

◆ 휴전협의를 선언하다
宣布停戰協議

1 **과격한 테러리스트의 공격을 어떻게 막습니까?**
如何阻止猖獗的恐怖攻擊？
우리가 할 수있는 것이 모든 국방을 강화할 뿐입니다.
我們只能鞏固國防了。

공항 보안을 강화시키다 加強機場安檢	우리 정부를 믿다 相信我們的政府	폭력을 비난하다 譴責暴力

2 **국경에서 현재의 상황은 어떻습니까?**
現在邊境現況如何？
평화 회담은 여전히 막다른 골목입니다.
和平對談依舊陷入僵局。

아무도 타협하고 싶지 않다 沒有一方願意妥協	긴장이 높아지다 緊張情勢升高了	중재가 실패하다 調停失敗了

3 **전쟁이 언제 끝납니까?**
戰爭什麼時候會結束？
휴전에 대한 표시가 없습니다.
沒有停戰的跡象。

누가 압니까? 誰知道？	나는 그것에 대해 낙관하지 않습니다 我不抱持樂觀態度

中文
索引頁

● 單字後面所標示的數字代表可找到該字的頁碼，如果有多個頁碼，則讀者可一步查詢此一單字在不同地點代表的種意義。

ㄅ

ㄅ ㄆ

ㄆ

ㄆ

ㄇㄈ

ㄈ

ㄈ

ㄉ

ㄉ

ㄉ

ㄉ

ㄊ

ㄌ

ㄌ

ㄌ

丂

ㄏ

ㄏㄨ

ㄐ

ㄐ

ㄐ

T

ㄓ

イ

ㄕ

ㄘ

ㄙ

ㄙ

ㄚ

ㄜ

ㄞ

ㄠ

ㄡ

ㄢ

ㄤ

ㄦ

一

ㄩ

其他

其他

MEMO

國家圖書館出版品預行編目資料

韓國人天天用的單字地圖／
　　國際語言中心委員會, 邵依 著. --初版.--
　　新北市：語研學院, 2014.03
　　　　面；　　　公分

　　ISBN 978-986-89005-9-2(平裝)

　　1.韓語 2.詞彙 3.會話

803.22　　　　　　　　　　　　　　103001896

韓國人天天用的
單字地圖

作者	國際語言中心委員會、邵依
出版者	台灣廣廈出版集團
	語研學院出版
發行人	江媛珍
地址	235
	新北市中和區中山路二段359巷7號2樓
電話	886-2-2225-5777
傳真	886-2-2225-8052
電子信箱	TaiwanMansion@booknews.com.tw
博訊書網	http://www.booknews.com.tw
總編輯	伍峻宏
執行編輯	陳靖婷
美術編輯	許芳莉
排版／製版／印刷／裝訂	菩薩蠻／東豪／弼聖‧紘億／明和
法律顧問	第一國際法律事務所 余淑杏律師
	北辰著作權事務所 蕭雄淋律師
代理印務及圖書總經銷	知遠文化事業有限公司
地址	222
	新北市深坑區北深路三段155巷25號5樓
訂書電話	886-2-2664-8800
訂書傳真	886-2-2664-8801
港澳地區經銷	和平圖書有限公司
地址	香港柴灣嘉業街12號百樂門大廈17樓
電話	852-2804-6687
傳真	852-2804-6409
出版日期	2014年4月初版
郵撥帳號	18788328
郵撥戶名	台灣廣廈有聲圖書有限公司

（購書300元以內需外加30元郵資，滿300元(含)以上免郵資）

台灣廣廈出版集團

235 新北市中和區中山路二段359巷7號2樓
2F, NO. 7, LANE 359, SEC. 2, CHUNG-SHAN RD.,
CHUNG-HO DIST., NEW TAIPEI CITY,
TAIWAN, R.O.C.

LA PRESS 語研學院 Language Academy Press 編輯部　收

一個地點，四種角度，360度透視單字

韓國人天天在用的
單字地圖

請沿虛線剪下

LA 語研學院 Language Academy Press 讀者資料服務回函

感謝您購買這本書！
為使我們對讀者的服務能夠更加完善，
請您詳細填寫本卡各欄，
寄回本公司或傳真至（02）2225-8052，
我們將不定期寄給您我們的出版訊息。

您買的書/ **韓國人天天在用的單字地圖**

購買書店/

您的姓名/

您的性別/ □男□女

婚　　姻/ □已婚□單身

您的職業/ □製造業□銷售業□金融業□資訊業□學生
　　　　　□大眾傳播□自由業□服務業□軍警□公
　　　　　□教□其他＿＿＿＿

職　　位/ □負責人□高階主管□中級主管□一般職員
　　　　　□專業人員□其他＿＿＿＿＿＿＿＿＿＿

教育程度/ □高中以下（含高中）□大專□研究所□其他＿

您通常以何種方式購書？
　　　　　□逛書店□劃撥郵購□電話訂購□傳真訂購
　　　　　□網路訂購□銷售人員推薦□其他＿＿＿＿

您從何得知本書消息？
　　　　　□逛書店□報紙廣告□親友介紹□廣告信函
　　　　　□廣播節目□網路□書評□銷售人員推薦
　　　　　□其他＿＿＿＿

您想增加哪方面的知識？或對哪種類別的書籍有興趣？

通訊地址/郵遞區號□□□

E-Mail/

聯絡電話/

您對本書封面及內文設計的意見

本公司恪守個資保護法，請問您給的電子信箱帳號是否願意
收到本集團出版物相關資料？ □願意□不願意

給我們的建議/請列出本書的錯別字

（填寫日期/＿＿/＿＿/＿＿）